Das Buch

Wer ist schuldiger? Wer einige tötet, doch so Millionen rettet? Oder wer niemanden tötet, aber Millionen sterben lässt? - Eine mutmaßliche Splittergruppe erpresst durch vielfache Morde das ahnungslose Land. Gemäßigtere Kräfte schockieren mit spektakulären Aktionen die überrumpelte Nation: Im Sommerloch 2016 explodiert die deutsche Umweltbewegung. Denn der Nordpol ist erstmals völlig eisfrei und der Klimagipfel von Paris Ende 2015 kläglich gescheitert ...

Der Autor

Harald Böttker (* 1963 in Osnabrück, † 2014 in Vanvikan/Norwegen) war katholischer Priester und ging Ende der 80er Jahre nach Norwegen. Im Jahre 2011 forderte er angesichts des Missbrauchskandals in seiner Kirche öffentlich den Rücktritt des Papstes. Daraufhin wurde er vom Priesteramt suspendiert. Böttker wurde norwegischer Staatsbürger, schrieb sich nun Bøttker, wandte sich verstärkt Umweltfragen zu und begann zu schreiben. Als er im Sommer 2014 aus bisher ungeklärter Ursache ums Leben kam, gehörte das Manuskript zum *Weichensteller* zu seinem Nachlass.

*

«Viel mehr als ein Krimi. Ein ganz außergewöhnliches Buch.»

Isolde Hofstad

Harald Bøttker

Der Weichensteller
Kriminalszenario für Deutschland

Roman

Herausgegeben von Markus Maria Sorge

Impressum

Der Weichensteller - Kriminalszenario für Deutschland
von Harald Bøttker

ISBN: 9783734787843
© 05/2015 Markus Maria Sorge
Alle Rechte vorbehalten.

Sattlerweg 3
88444 Ummendorf
markum@online.no

Buchcover: www.papayablue.com.au
Lektorat, Korrektorat: Dr. Jens Rohloff, Angelika Betz, Dr. Julie Horn, Isolde Hofstad
Herstellung und Verlag: BoD – Books on Demand, Norderstedt

Dieses Buch, einschließlich seiner Teile, ist urheberrechtlich geschützt und darf ohne Zustimmung des Rechteinhabers nicht vervielfältigt, wieder verkauft oder weitergegeben werden.

Die Handlung und Personen des ersten und zweiten Buches dieses Romans sind frei erfunden, die Handlung und Personen des dritten Buches sind es zum Teil. Ähnlichkeiten der dargestellten Personen mit natürlichen, lebenden Personen sind nicht immer zufällig, aber gleichwohl nicht mehr als Ähnlichkeiten. Alle Meinungen, denen die Personen dieses Romans Ausdruck verleihen, sind fiktional. Die meisten Orte der Handlung gibt es wirklich, freilich ohne dass sie nach Wissen des Herausgebers Ort der beschriebenen Ereignisse gewesen wären oder nach Meinung des Herausgebers werden sollten. Es ist vielmehr eines der Ziele des gesamten Buches, davor zu warnen, dass dessen Handlung wo auch immer in Teilen oder als Ganze stattfinden könnte.

Dank und Widmung des Herausgebers

Ein Roman wird selten über einen Herausgeber veröffentlicht. Warum der *Weichensteller* einen Herausgeber brauchte, wird beizeiten näher erklärt werden. Zunächst danke ich meiner Frau Ruth, die mich in der Absicht, dieses Manuskript herauszugeben, sehr bestärkt hat. Ich danke ihr für bisweilen unendliche Geduld, für ihre engagierte Begleitung und ihren immer wieder klugen Rat. Ohne sie hätte dieses Buch nie publiziert werden können.

Es ist ebenfalls eine große Hilfe, eine so umfangreiche Vorlage nicht alleine sichten zu müssen. Den mitdenkenden Probelesern Angelika Betz, Dr. Julie Horn, Jürgen Priester, Brigitte, Johannes und Elisabeth Gerster, Dr. Jens Rohloff und Isolde Hofstad ist es zu verdanken, dass dieser Titel trotz geringer Mittel für eine Veröffentlichung vorbereitet werden konnte. Für unschätzbare technische Unterstützung bei der Publikation danke ich Matthias Czarnetzki.

Sicher ist es im Sinne des Autors, seinem Werk eine persönliche Widmung anzufügen, wenn sie *stellvertretend* für die nächsten Generationen gemeint ist. Stellvertretend seien genannt: Martin, Mirjam und Brian; Marianne und Elliott, David, Lucas, Wanda, Regina und Marian; Philipp und Tabitha, Rebekka und Christian, Stephan und Manuela, Claudius und Silke; Mattheo, Paulinchen und der kleine Jacob.

Ummendorf, den 19.01.2015

Markus Maria Sorge

Verzeichnis der häufigsten Abkürzungen

BfV – Bundesamt für Verfassungsschutz

BKA – Bundeskriminalamt
BKA-Unterabteilungen:
ZD – Zentrale kriminalpolizeiliche Dienste
TL – Taktisches Lagezentrum
SO – Schwere und organisierte Kriminalität
GTAZ – Gemeinsames Terrorismusabwehrzentrum
GETZ – Gemeinsames Extremismus- und Terrorismusabwehrzentrum

BUND – Bund für Umwelt- und Naturschutz in Deutschland

LKA – Landeskriminalamt
LKÄ – Landeskriminalämter
LfV – Landesamt/ämter für Verfassungsschutz

SWR – Südwestrundfunk
CvD – Chef vom Dienst
RvD – Redakteur vom Dienst

Erstes Buch: Steinschlag

Nullpunkt: Donnerstag, 28. Juli 2016

0.1 Bei Holdorf (Oldenburger Land)

Kopfkino. Keine überflüssige Werbung, keine dröhnenden Vorschauen. Der Film beginnt sofort; sogar ohne Musik, sogar ohne Ton. Nur ein Paar Schuhe, große Herrenschuhe, in denen Füße stecken, Füße, die gehen. Bis zu den Knöcheln sieht man die Füße. Die Schuhe sind dunkelbraun, es sind Halbschuhe; ohne Muster, aus Leder, zeitlos im Design. Es könnten Halbschuhe aus jedem Jahrzehnt der vergangenen 50 Jahre sein. Schwarze Schnürsenkel. Schwarze Socken. Darüber schwarze Jeans. Der Mann geht.

Jetzt wird der Ton eingeblendet. Die zuerst nur zu sehen waren, jetzt sind sie auch zu hören, die braun beschuhten, regelmäßigen Schritte auf Asphalt, auf dem diese winzigen Geröllsteine liegen. Solche, die so knirschen, die so knarzen, im Wechsel, hier lauter, dort leiser, unter flachen, harten, profillosen Schuhsohlen. Während sie knirschen, wandert die Kamera langsam etwas zurück und etwas höher. Der Mann schiebt ein Fahrrad. Die Räder rollen lautlos. Die Schritte knarzen weiter. Bis hinauf zu den Oberschenkeln sind die Männerbeine in schwarzen Jeans zu sehen. Die gehen und schieben dabei ein dunkelblaues Fahrrad, wahrscheinlich ein Mountainbike. Ganz deutlich ist das nicht zu erkennen, es ist nur zur unteren Hälfte eingeblendet. Aber die dicken Reifen mit dem kräftigen Profil deuten darauf hin.

Unvermittelt hält der Mann an, lehnt das Fahrrad an ein Geländer. Die Filmleute legen eine weitere Tonspur auf die Bilder, ein neues, regelmäßiges Geräusch. Das kennst du, so wie das Knirschen und das Knarzen, ein gleichbleibendes Gemisch aus zischender Luft und Brummen von Motoren, nah und fern zur selben Zeit. Eine Autobahn. Der Mann steht auf einer Autobahnbrücke. Das Fahrrad hat er an das Brückengeländer gelehnt.

Die Kamera weicht zurück und schwenkt etwas, wandert nun seitlich an dem Mann langsam nach oben, bleibt aber unterhalb der Nase stehen, zoomt wieder vor, so dass nur der Mund zu sehen ist. Auf der ganzen Leinwand nur ein Mund, ein Männermund. Die Aufnahme ist so deutlich, dass man die weißblonden Bartstoppeln des Mannes sieht. Eine Zi..., nein, keine Zigarette, ein Zigarillo wird in den Mund gesteckt, so ein schlankes, braunes, langes Ding. Die Kamera zoomt ein wenig zurück, kräftige Männerhände entfachen ein Feuerzeug, schützen die Flamme, die Flamme entzündet den Zigarillo. Die Filmleute legen das Geräusch knisternder Tabakglut über den Verkehrslärm: Man hört den Mann rauchen, man sieht den Mann rauchen. Er inhaliert, bläst eine Wolke aus, die bläuliche Rauchfahne verrät schwachen Wind, der dem Mann entgegenweht. Die Sonne scheint ihm auf den Mund.

Jetzt gönnt der Kameramann dir endlich die Perspektive des Mannes, tritt hinter den Mann, zoomt zurück, ändert den Winkel und lässt dich sehen, was der Mann sieht. Die dreispurige Fahrbahn einer Autobahn, wahrscheinlich irgendwo in Deutschland. Links unten brummt LKW an LKW, soweit das Auge reicht, ihm und dir entgegen und unter der Brücke her. Auf der mittleren Spur überholen PKW in mäßigem Tempo. Rechts zischen die Schnellfahrer heran und sind schon wieder weg. In der Ferne glimmt hier und da eine Lichthupe zwei, dreimal auf.

Die Kamera schwenkt. Der Mann bückt sich, bindet einen Schnürsenkel, den Zigarillo muss er dabei im Mund haben, den sieht man nicht. Nur Hände, die einen Schnürsenkel neu binden. Dann legt die rechte Hand wie beiläufig einen faustgroßen Stein auf den Brückenrand, direkt über die Fahrbahn der äußeren, von ihm und dir aus gesehen rechten Überholspur. Da schwant Schlimmes, ein mulmiges Gefühl gerinnt in der Magengegend, die Kamera fährt zurück, der Mann richtet sich wieder auf, man sieht die ganze Gestalt jetzt im Profil; der Mann ist weißblond. Ein sonnenbebrilltes, braungebranntes Gesicht schaut ohne die Bewegung eines Gesichtsmuskels in die Ferne. In schwarzweiß kariertem Flanellhemd liegen, die Ärmel halb hochgekrempelt, seine Arme mit den Ellenbogen bald auf dem Geländer der Brücke, bald führt der Mann mit der Rechten seinen Glimmstengel zum Mund, zieht, inhaliert, bläst aus. Als er aufgeraucht hat, schnippst er den Zigarillo nicht brennend auf die Fahrbahn, sondern zerdrückt ihn sorgsam auf dem Brückengeländer, zerbröselt ihn mit beiden Händen, lässt die Tabakkrümel vom Wind davon wehen. Die Kamera zeigt das deutlich. Und unablässig hört das Ohr das Dröhnen der Laster, das Rauschen der PKW.

Da! Zoom! Nahaufnahme des rechten Fußes. Mit sogar aus dieser Nähe kaum merklicher Bewegung stößt der Schuh an den Stein. Die Kamera folgt. Der Stein fällt, fällt und fällt. Der Film zeigt Zeitlupe. Man sieht den Stein sich drehen, sieht kleine Quarze in der Sonne glitzern, sieht scharfe Kanten, Furchen, Krater. Der Stein fällt langsam, fällt, langsam, langsamer, wird immer langsamer, noch langsamer, prallt irgendwann in die Windschutzscheibe, die ihm unerbittlich und stundenlang irgendwoher entgegengerast ist, prallt auf, prallt ein, presst sich tief und tiefer; er zertrümmert, zerreißt, verästelt die Scheibe in tausend Blitze, macht sie milchig. Die Filmleute können ihr Handwerk. In das langsame Bild komponieren sie den Originalton von ächzend splitterndem Glas, dazu grell quietschende Reifen, ohrenbetäubend lange. Die Kamera schwenkt, lässt die Bilder gleichzeitig wieder normal laufen, zeigt, wie der Porsche auf der Rückseite der Brücke links gegen die Leitplanke knallt, sich überschlägt, auf die mittlere Spur geschleudert wird, dazu fürs Ohr jetzt das scheppernde Getöse von Metall, so wie es bei hoher Geschwindigkeit zusammengequetscht, innerhalb von Sekundenbruchteilen zu einem deformierten Klumpen wird, dann für Auge und Ohr ein Winzling, ein Fiat Panda, der in den Porscheklumpen quietschend hineinschlittert. Es scheppert, splittert, knallt, der folgende Opel Astra rast in den Fiat hinein, indem es knallt, indem es splittert, indem alles birst; das dritte Fahrzeug hielt Gott sei Dank genug Abstand und kann gerade noch bremsen; die Filmleute machen das Quietschen so trommelfellzerreißend, dass, als das Fahrzeug steht, einen Augenblick Totenstille zu herrschen scheint, obwohl rechts die Lkw noch unerschüttert vorbeidonnern. Dann, nach langen Sekunden, kommt ein roter, unbeladener Sattelschlepper zum Stehen, der Fahrer steigt hastig aus, rennt zur Unfallstelle, das Handy am Ohr, um erste Hilfe zu leisten. Hinter ihm und den verunglückten Fahrzeugen bildet sich unausweichlich einer der Staus, die sich zigfach und täglich auf deutschen Autobahnen bilden. Innerhalb von zwei Minuten wird die Schlange unüberschaubar. Die Kamera schwenkt zurück. Sie zeigt dir hinter dem Mann stehend den Stau. Lange.

Lange. Dann nimmt der Mann irgendwann das Fahrrad, wendet sich um, überquert, scheinbar ungerührt, das Rad schiebend, die Fahrbahn der sonnenbeschienenen, einsamen, schmalen Landstraßenbrücke, lehnt das Gefährt an das Geländer auf der anderen Seite der Brücke, greift in eine schwarze Umhängetasche, holt etwas hervor, bückt sich, legt es am äußersten Brückenrand über der äußeren Überholspur der auch dort dreispurigen Fahrbahn ab, richtet sich auf, legt die entblößten Oberarme auf das Brückengeländer und betrachtet, flanellhemdbekleidet, weißblond, braungebrannt, sonnenbebrillt, für die unten entgegenkommenden Fahrzeugführer wie ein harmloser Radfahrer wirkend, den Verkehr. Die ganze dreispurige Fahrbahn rechts vor ihm ist wie leergefegt. Als ein riesiges Gespenst liegt sie da, die leere Autobahn, Gespenst am helllichten Tag. Doch links des Gespenstes lichthupen die Porsche, die BMW, die Mercedes als ginge sie das gar nichts an. Während du weißt: Das stimmt nicht ganz. Das stimmt sogar überhaupt nicht. Es geht sie etwas an. Wären Menschen nicht immer wieder so verdammt ignorant, wären sie doch nicht so wahnsinnig ignorant, wären viele von ihnen wahrscheinlich auch morgen noch am Leben.

Und der Mann? Der ist auf jeden Fall am Leben und wird, nachdem er einem Stein, vielleicht auch zweien, einen winzigen Tritt versetzt hat, in aller Seelenruhe davon radeln.

0.2 http://www.presseinfo.de/polizeipresse

28.07.2016 | 12:22 | Polizeiinspektion Delmenhorst

POL-DEL: Autobahnpolizei Alhorn: Massenkarambolage auf A1 in beiden Fahrtrichtungen nach schweren Unfällen bei Holdorf (Oldenburg), **neun Tote, zwölf zum Teil schwer Verletzte** ... weiter zur Pressemitteilung von Polizeiinspektion Delmenhorst

0.3 http://www.presseinfo.de/polizeipresse/

29.07.2016 | 14:58 | Polizei Düsseldorf

POL-D: Hilden - A 3 in Richtung Köln - Massenkarambolage auf A1 in beiden Fahrtrichtungen hinter Autobahnbrücke, **sechs Tote, vierzehn zum Teil schwer Verletzte** ... weiter zur Pressemitteilung von Polizei Düsseldorf

0.4 http://www.presseinfo.de/polizeipresse/

30.07.2016 | 14:07 | Polizeipräsidium Südosthessen

POL-OF: A 45 Nähe Kahl am Main: Massenkaramobolage in beiden Fahrtrichtungen hinter einer Fußgängerbrücke über die Autobahn, **elf Tote, achtzehn zum Teil schwer Verletzte** ... Weiter zur Pressemitteilung von Polizeipräsidium Südosthessen

0.5 http://www.presseinfo.de/polizeipresse/

31.07.2016 | 16:32 | Landespolizeiinspektion Gotha

POL-GTH: A4 Nähe Gotha: Vollsperrung nach Massenkarambolage in beiden Fahrtrichtungen hinter Brücke über die Fahrbahn, **sieben Tote, fünfzehn zum Teil schwer Verletzte** ... Weiter zur Pressemitteilung von Landespolizeiinspektion Gotha

Kapitel 1: Montag, 1. August 2016

1.1 Ab 09:03 Uhr:
SWR, Funkhaus Stuttgart, Nachrichtenredaktion

Das helle und voll klimatisierte Großraumbüro summte von Tastaturgeräuschen und leisem Stimmengewirr. 18 Journalisten checkten hereinkommende Agentur- und Korrespondentennachrichten auf den Bildschirmen vor ihnen, lasen Pressemitteilungen, recherchierten im Netz, telefonierten über Kopfhörer, führten Interviews, schnitten Sendungsbeiträge am PC.

Bärbel Lorenz war seit fünf Jahren bei der Nachrichtenredaktion des Südwestrundfunks. Heute war sie an der Reihe, für die Redaktion Anfragen der Hörer zu bearbeiten. Dass Deutschland seit dreieinhalb Wochen keinen nennenswerten Regen gehabt hatte, freute zwar die meisten Menschen, aber manche begannen auch, sich Sorgen zu machen, und schrieben darüber an den Sender. Bärbel war es zwar ein großes Rätsel, warum ausgerechnet Nachrichtenredaktionen Adressaten von Mails solchen Inhaltes wurden, aber trotzdem war es heute ihre Aufgabe, auch für solche Hörer ein paar freundliche Worte zu finden.

Gerade hatte sie eine Hörermail beantwortet, nippte an ihrer Kaffeetasse und schaute dabei prüfend auf den linken der beiden Bildschirme vor ihr. Plötzlich runzelte sie die Stirn. Hastig stellte sie die Tasse ab, griff nach der Maus und klickte auf die Mail, die gekommen war, während sie geschrieben hatte. Die Betreffzeile lautete: «*Bisher 33 Tote, 58 Verletzte. Bekennermail. An alle deutschen Rundfunkanstalten und Online-Redaktionen*». Die Empfängerliste in der Adressenzeile war so lang wie die Polarnacht.

Bärbel begann die Meldung zu überfliegen, las immer langsamer und holte mehrmals tief Luft. Als sie fertig war, starrte sie einige lange Augenblicke lang wie entgeistert vor sich hin. «Mein Gott! Mein Gott!» dachte sie und stützte den Kopf in ihre Hände, während sie die verblichene Tastatur ihres PC kaum wahrnahm. Dann sah sie zu Heiko Bohrmann auf der anderen Seite des Tisches hinüber. Der Redakteur vom Dienst mit dem markant blank polierten Schädel hatte wie Bärbel den Kopfhörer auf und schien irgend etwas an seinem rechten Bildschirm zu redigieren. Jedenfalls hantierte er mit der Maus und blickte zwischen den Bildschirmen ständig hin und her. Bärbel nahm den Kopfhörer von ihrer dunkelblonden, halblangen Naturkrause, stand auf, winkte etwas, suchte Augenkontakt. Heiko Bohrmanns braune Augen blickten auf. Er zog die dunklen Augenbrauen hoch.

«HEIKO!» formte sie mit dem Mund. Sie gab ihm mit einer Handbewegung ein Zeichen, dass er den Kopfhörer abnehmen solle.

«Kann jetzt nicht!» signalisierte er durch Kopfschütteln und unwirschen Blick.

Bärbel machte erneut die Bewegung, mit der man einen Kopfhörer abnimmt, und zeigte auf ihren Kollegen, verzog ihr Gesicht zu einer dramatischen Grimasse, riss ihre Augen weit auf: «WICHTIG!!» formte sie wieder mit dem Mund.

Heiko nahm unwillig sein journalistisches Hörgerät ab: «Was ist denn? Ich hab keine ...»

«Hast du die Mail *33 Tote, 58 Verletzte* auf deinem Schirm? Lies die! Bitte! Sofort!»

«Bärbel, ich hab' ständig Tote und Verletzte auf dem Schirm, ich kann jetzt wirklich nicht! In fünf Minuten, okay?»

«HEIKO! BITTE!»

Bohrmann machte unter seiner Glatze ein ärgerliches Gesicht, ergriff dann aber die Maus und klickte auf dem linken Bildschirm herum. Dass er dann zu lesen begonnen hatte, sah Bärbel an seinen Augen, die zu immer schmaleren Schlitzen wurden:

«Wie in den Medien vielfach berichtet, sind ab vergangenem Donnerstag durch Doppelunfälle und Massenkarambolagen auf den Autobahnen A1 bei Delmenhorst, auf der A3 bei Düsseldorf, auf der A 45 bei Offenbach und auf der A 4 bei Erfurt insgesamt 33 Menschen ums Leben gekommen sowie 58 Menschen zum Teil schwer verletzt worden. Alle Karambolagen fanden in beiden Fahrtrichtungen und direkt hinter einer Brücke über die entsprechenden Autobahnen statt. Neben den Toten und Ver-

letzten führten die Unfälle zu kilometerlangen Staus sowie mehrstündigen Vollsperrungen auf den entsprechenden Teilstrecken. Nach Presseberichten entstand wirtschaftlicher Schaden in Millionenhöhe.

Das internationale Aktionsbündnis **Climate Action Now!***, Sektion Deutschland, bekennt sich hiermit dazu, Verursacher dieser Unfälle gewesen zu sein. Wir ließen von den Brücken Steine auf Windschutzscheiben von mit hoher Geschwindigkeit überholenden Fahrzeugen der Oberklasse fallen, worauf die Fahrer die Beherrschung über ihr Fahrzeug verloren. Nicht ohne symbolhafte Ironie rissen diese Fahrer nachfolgende Verkehrsteilnehmer mit in den Tod. Wir haben damit gezeigt, dass wir der Bundesrepublik Deutschland und ihrer Bevölkerung erheblichen Schaden zufügen können.*

Wir bedauern diese Opfer sehr, sahen uns jedoch zu diesen Anschlägen gezwungen, nachdem auch der vorläufig letzte Klimagipfel in Paris Ende 2015 grandios scheiterte. Von den schon nicht allzu großen Plänen in Kyoto 1997, die Erderwärmung auf maximal zwei Grad zu begrenzen, ist in der Praxis heute nichts mehr übrig geblieben. Auf die vagen und unverbindlichen Versprechungen von Paris geben wir nichts mehr! Auch maßgebliche deutsche Politiker scheinen die faulen Kompromisse, die seit Jahrzehnten menschliche Lebensräume dem ökologischen Kollaps entgegen führen, weiter fortsetzen zu wollen.

Dabei sind die Folgen des Klimawandels schon jetzt unübersehbar, immer weniger beherrschbar. Der Nordpol ist diesen Sommer erstmals völlig eisfrei. Die vielen Extremwettersituationen seit der Jahrtausendwende sprechen ihre deutliche Sprache, auch in Deutschland. Der von der deutschen Politik seit Jahrzehnten mitverursachte Klimawandel wird in absehbarer Zeit weltweit Abermillionen von Menschen in tödliche Gefahr bringen, hunderte Millionen ihrer wirtschaftlichen Existenzgrundlage berauben. Auch in Deutschland wird er Tausende von Toten fordern und Existenzen zehn-, wenn nicht hunderttausendfach zerstören.

Im Vergleich sind 33 unschuldige Todesopfer und 58 Verletzte leider verschwindend wenig. Wir sagen trotzdem klar, dass diese Menschen nicht schuldiger waren als alle anderen, den Tod nicht verdient, ein Recht auf ihr Leben hatten. Wir sagen aber ebenso klar, dass die kommenden millionenfachen Opfer des Klimawandels, mitverursacht durch deutsche Politik und deutsche Verbraucher, den Tod nicht verdient und ein Recht auf ihr Leben haben. Warum sollten unsere Kinder und Enkel ein geringeres Recht auf ein sicheres Leben haben als wir selbst?

58 Menschen wurden nur verletzt, 33 Menschen starben nur, damit Deutschland endlich aufwacht! Über 40 Jahre friedlicher Proteste haben zu nichts geführt! Wir hoffen inständig, das die Opfer unserer bisherigen Anschläge Mahnung genug sind! Wir stellen die sofortige Aussetzung unserer Aktion in Aussicht, wenn folgende Forderungen erfüllt werden:

1. Als Sofortmaßnahme Tempo 100 auf allen Autobahnen, Tempo 80 auf allen Bundes- und Landstraßen sowie Tempo 30 innerorts, ab heute, 10:00 Uhr. Zuwiderhandelnde Fahrzeugführer können Opfer unserer Aktivisten werden, die ab 10:00 Uhr auf Fußgängerbrücken im gesamten Bundesgebiet verteilt sind. Ausdrücklich ausgenommen sind Fahrzeuge der Rettungsdienste und der Polizei. Wir fordern die Rundfunksender und Online-Redaktionen auf, die Verkehrsteilnehmer zu warnen!

2. Als weitere Maßnahme fordern wir die sofortige Einberufung von Sonderparteitagen aller im Bundestag vertretenen Parteien sowie deren Durchführung innerhalb von 3 Monaten, ab dem heutigen Datum gerechnet. Programmpunkte sollen sein:
1. Die Aufnahme des Umweltschutzes in den Artikel 1 des Grundgesetzes, denn: Es gibt keinen Schutz der Menschenwürde ohne den Schutz der menschlichen Lebensgrundlagen.
2. Die öffentliche Diskussion alternativer Wirtschaftsmodelle zu Kapitalismus und Sozialismus, denn: Sowohl Sozialismus als auch Kapitalismus zeigen menschenverachtende Konsequenzen.
3. Die Verabschiedung eines Entwurfes zur Einführung einer allgemeinen ÖPNV-Abgabe, denn: Mobilität muss neu organisiert werden. Der aus den Fugen geratene Individualverkehr gefährdet die Zukunft aller.

So wird sich zeigen, ob die Parteien noch mehrheitlich zum Wohle des ganzen Volkes zu agieren in der Lage sind. Die Parteitage sind innerhalb von drei Tagen, ab heute gerechnet, öffentlich einzuberufen.

Sollten unsere Forderungen nicht erfüllt werden, wird unsere Aktion weitergehen, in den kommenden Tagen, Wochen und Monaten neue Todesopfer und Verletzte fordern und mit jeder Aktion wirtschaftliche Schäden in Millionenhöhe verursachen. Nicht nur Brücken, sondern auch die Ränder der Autobahnen, Bundes- und Landstraßen werden Ausgangspunkte unserer Aktionen sein, die zunächst SUV-Fahrzeuge, Fahrzeuge der Oberklasse und der oberen Mittelklasse treffen werden, da diese sich als besondere Verschwender von Ressourcen unserer Erde hervorheben. In den Städten und Gemeinden werden solche Fahrzeuge Ziel von Sabotageaktionen werden, die sie fahruntüchtig machen.

Mit bitterer Ironie möchten wir darauf hinweisen, dass schon durch Punkt 1 unserer Forderungen nächste Woche in Deutschland

1. bis zu 7200 Menschen im Straßenverkehr nicht getötet oder verletzt werden;
2. mindestens 52 Millionen Liter Kraftstoff und 127.000 Tonnen Co2 eingespart werden;
3. Polizei, Rettungsdienste, Krankenhäuser, Krankenkassen, Familien und Arbeitgeber durch weniger Verkehrsunfälle wesentlich geringer belastet werden als zuvor.
Wir fordern von den Medien, dass sie darüber berichten und unterstreichen den Ernst unserer Forderungen. Unsere Geduld mit den menschenverachtenden Konsequenzen auch deutscher Umwelt- und Wirtschaftspolitik ist zu Ende.

*Internationales Aktionsbündnis **Climate Action Now!***
Sektion Deutschland
*Twitter: **@2degreeC***

«Verdammt!» zischte der Redakteur vom Dienst, als er fertig gelesen hatte. Heiko sah Bärbel direkt an. «Verdammt! Verdammt! Verdammt! Was machen wir jetzt?»

«Das wollte ich dich fragen!»
«Ich hole Braunschweiger», sagte Bohrmann kurz entschlossen.
«Der ist in der Morgenbesprechung. Du bist jetzt verantwortlich!», hielt Bärbel ihm entgegen.
«Das weiß ich auch», raunzte Bohrmann. «Aber an dieser Mail hier verbrenne ich mir nicht die Finger! Wenn das da stimmt», er zeigte mit dem Finger auf den Bildschirm, «dann ist das die schwerste Terroraktion der Nachkriegsgeschichte. Das kann ich unmöglich alleine machen.»
«Bist du bei Twitter eingeloggt?»
«Ja.»
«Dann check' doch mal den Account, der da angegeben ist.»
Bohrmann war mit zwei Klicks auf seinem Konto und gab in das Suchfeld als Suchbegriff «*2DegreeC*» ein. «Komischer Name», sagte er währenddessen.
«Auf den ersten Blick vielleicht. Wahrscheinlich ist die Abkürzung CLAN besetzt. *2degreeC* spielt auf das Zwei-Grad-Ziel von Kyoto an. So vermittelt man gleichzeitig bei jeder Erwähnung die Grundforderung der Terroristen. Ist nicht ungeschickt gewählt», antwortete Bärbel.
«Okay, könntest recht haben. Schau dir das mal an».
Bärbel stand jetzt hinter Bohrmann und sah ihm über die Schulter. «*Future announcements at this place. To avoid criminal prosecution for yourself, only read, do not follow!*» war auf dem Schirm zu lesen. Mehr nicht. Bohrmann kratzte sich am Kopf. Bärbel verstand anscheinend wieder schneller als er: «Künftige Ankündigungen hier. Du sollst nur lesen, aber kein Follower auf Twitter werden, damit du selbst nicht strafrechtlich verfolgt werden kannst», gab sie den Inhalt wieder.
«Auf die Weise wollen die oder der von jetzt an mit der Öffentlichkeit kommunizieren», interpretierte sie weiter. In der Tat gab es null Followers zu dem Account.
Bohrmann reagierte nicht. Bärbel rüttelte ihn an der Schulter: «Schlägt dein Journalistenherz da nicht schneller? Los, klick mal auf *Follow*. Mal sehen, was sich da noch tut.»
«Du hast gut reden. Du hast ja nicht die Verantwortung», reagierte Bohrmann böse.
«Gut, dann klick' ich eben bei mir auf *Follow*. Und soll ich die Polizei

anrufen?» drängte Bärbel unbeeindruckt. «Egal, ob das da stimmt oder nicht, der Brief ist ganz klar ein Erpressungsversuch. So was ist strafbar.»
Bohrmann gab sich endlich einen Ruck: «Ja, auf jeden Fall, mach' das! Aber ich mach' das nicht alleine, ich hol' Braunschweiger.»
Bärbel ging wieder zu ihrem Tisch und griff noch stehend zum Telefon. Auch Bohrmann griff zu seinem Telefon, sah auf die Liste, die links von ihm am Bildschirm klebte, wählte die Notruf-Handy-Nummer des Chefs vom Dienst. Alle Chefs vom Dienst waren für den äußersten Notfall über diese Nummer zu jeder Tages- und Nachtzeit, wo auch immer sie sich im Funkhaus befanden, zu erreichen. Normalerweise entscheidet der Redakteur vom Dienst allein zusammen mit den Kollegen, welche Meldungen wann gesendet werden. Doch in sehr seltenen Fällen benötigen sie Rückendeckung. Zuletzt war das bei der Winnenden-Geschichte so gewesen, da waren auch die ersten Meldungen nicht über die Agenturen und Behörden, sondern aus der Bevölkerung gekommen. Das lag Jahre zurück. Hoffentlich hatte Braunschweiger nicht vergessen, das Handy zu laden oder einzuschalten. Wenn etwas so selten vorkam, war man schon mal etwas lax, das konnte den besten Leuten passieren. Nervös trommelte Heiko mit den Fingern auf den Tisch. Erstes Klingelzeichen, zweites.
Braunschweiger ging an den Apparat: «Was gibt's?» fragte er ebenso unmittelbar wie unfreundlich.
«Notfall, Herr Dr. Braunschweiger, bitte kommen Sie sofort in die Redaktion. Es ist dringend!»
«Bin in zwei Minuten da», antwortete der kurz, drückte auf Gespräch beenden und wandte sich hastig an die sieben anderen Sitzungsteilnehmer, die den Anruf mitbekommen hatten. Natürlich wussten alle, dass etwas äußerst Ungewöhnliches geschehen sein musste.
«Meine Damen und Herren, es ist etwas passiert, ich muss in die Redaktion. Tut mir leid, ich lese dann halt das Protokoll.»
Er erhob sich polternd, raffte sein Jackett, das über der Stuhllehne hing, an sich, warf es über den linken Arm, hastete zur Tür, riss sie mit der Rechten auf und verschwand im Laufschritt im Korridor, die Tür ließ er offen stehen.
«Was da wohl los ist?» fragte sich der große, hagere Mann, während er

durch den langen Flur im ersten Stock des Funkhauses joggte. Eine Mischung aus Ernst und Genugtuung machte sich dabei in ihm breit: «Macht doch irgendwie Spaß, wichtig zu sein, Bernd», ging es ihm durch den Kopf.

Er nahm die Treppe. Zweiter Stock. Drei Stufen auf einmal. Dritter Stock. Er war trotz seiner 52 Jahre immer noch schneller als der Fahrstuhl, wenn es sein musste. Zwei Kollegen, die schwatzend nebeneinander durch den Flur im Dritten gingen, mussten ihm ausweichen, blieben erstaunt stehen und sahen dem dunkelhaarigen CvD nach, wie der sich mit dem Jackett über dem Arm rennend von ihnen entfernte.

127 Sekunden nach dem Anruf zog Braunschweiger die schwere Glastür zur Redaktion auf: «So, da bin ich. Was ist los?», keuchte er.

18 Journalistenkollegen staunten, als sie ihren schwer schnaufenden Chef plötzlich mitten unter sich gewahrten. Alle wussten, dass er Sitzung hatte. Alle verstanden, dass etwas sehr Ungewöhnliches geschehen sein musste, da er so plötzlich auftauchte. Von der Mitte des Raumes her rief Bohrmann: «Stimmt schon, Leute, es ist was passiert, aber wir müssen trotzdem weiterarbeiten. Ich informiere euch hinterher. Herr Dr. Braunschweiger, bitte kommen Sie hierhin.»

Braunschweiger schlängelte sich zwischen den Schreibtischen hindurch an Bohrmanns Arbeitsplatz. Dieser wies auf den Bildschirm. «Öko-Terroristen auf deutschen Autobahnen. Die benutzen uns», sagte er. «Lesen Sie selbst!»

Braunschweiger warf das Jackett achtlos auf die Rückenlehne, ließ sich auf Bohrmanns Platz fallen und begann, das Schreiben zu lesen, während er nach Luft rang. «Scheiße!» japste er, «Scheiße! Scheiße!» wiederholte er sich immer wieder. Als er fertig war, drehte er sich zu Bohrmann um, der schräg hinter ihm stand und mitgelesen hatte, und blieb noch drei Sekunden sprachlos. «Verdammte Scheiße!» flüsterte Braunschweiger dann noch einmal.

Heiko knurrte durch zusammengebissene Zähne: «Hab' dasselbe gesagt. Und jetzt?»

«30 Sekunden verschnaufen, muss erst zu mir kommen», keuchte Braunschweiger. Die 30 Sekunden dauerten, dauerten, dauerten. Vielleicht hätte der sportliche CvD doch den Aufzug nehmen sollen?

«Die Technik ... soll mir sofort 'ne Leitung ... zu ... den anderen ARD-

Nachrichtenredaktionen ... machen. Wir ... brauchen 'ne Telefon- ....
oder Videokonferenz, egal, ... muss nur schnell ... gehen. Der Deutschlandfunk muss auch dazu. Und in der Zwischenzeit ... denken wir ... nach.»
Bohrmann ging hinüber zum Studiotechniker, der vor seinem riesigen Mischpult arbeitete, auch er mit dem Kopfhörer über den Ohren. Heiko schrieb einen Zettel: «SOFORT VIDEOKONFERENZ MIT ALLEN CVD VON ARD UND DLF IN KONFERENZRAUM SCHALTEN! DRINGEND!» und legte ihn dem Kollegen vor die Nase. Der warf einen Blick darauf, nahm den Kopfhörer ab und fragte mit einer der Spezies der Tontechniker eigenen Gelassenheit: «Brennt's?»
«Nur ein bisschen, so lichterloh ungefähr», gab Bohrmann sehr viel kühler zurück als er sich fühlte. «Wie lange brauchst du für die Schaltung?»
«Kommt drauf an, wie schnell die anderen sind, aber das müssten wir bald haben. Sagen wir fünf Minuten,» antwortete der Techniker. Bohrmann nickte und ging wieder hinüber zu Bärbel Lorenz und seinem Chef.
Sie konnten davon ausgehen, dass jetzt in allen Funkhäusern der ARD dasselbe vor sich ging, vorausgesetzt, diese sogenannte Bekennermail war wirklich an alle Rundfunkstationen und Online-Redaktionen in Deutschland gegangen. Aber das würden sie ja bald herausfinden. Die Chefs vom Dienst wurden alarmiert, sie alle stürmten aus ihren Morgensitzungen in die Redaktionen, wenn sie nicht schon dort waren. Jetzt ging es darum, sich abzusprechen: Wie verlässlich war der Inhalt dieser Mail? Wenn stimmte, was dort behauptet wurde, handelte es sich um den schwersten terroristischen Angriff auf die Bundesrepublik seit ihrem Bestehen. Beim Münchner Oktoberfestattentat 1980 waren zwar über 200 Menschen verletzt, aber nur dreizehn getötet worden. Die RAF hatte 22 Jahre gebraucht, um insgesamt 34 Menschen zu ermorden. Dem NSU wurden zehn Morde zur Last gelegt. Islamisten hatten es in Deutschland auf gerade mal zwei Todesopfer gebracht. Diese Zahlen gehörten zum Grundwissen eines jeden politischen Journalisten. 33 seitens der Erpresser behauptete Todesopfer waren demnach eine enorme Zahl, wenn die sich als richtig erweisen sollte. Was sollte der öffentliche Rundfunk jetzt tun? Die Autofahrer

warnen oder nicht? Wenn ja, mit welchem Wortlaut? Und was machten wohl die privaten Sender? Die hatten ja nicht so ein Netzwerk, die konkurrierten ja. Und die Bayern, die machten wie so oft eine Ausnahme. Der Bayrische Rundfunk hatte sich direkt mit dem Innenministerium der Staatsregierung und der Landespolizei zu koordinieren. Aber ob der Freistaat dadurch jetzt besser dran war? Man konnte das bezweifeln ...

Bernd Braunschweiger, der langsam wieder zu Atem kam, wandte sich Bärbel Lorenz und Heiko Bohrmann zu: «Frau Lorenz, überwachen Sie die beiden Bildschirme für Agentur-Nachrichten, während wir uns eine Meinung bilden. Aber sagen Sie gerne zwischendurch auch Ihre Ansicht. Und Herr Bohrmann, checken Sie die Online-Seiten der Privaten. Wir müssen wissen, was die machen. Ich selber denke jetzt mal laut nach, und Sie sagen was, wenn Sie was zu sagen haben. Kein Blatt vor den Mund, okay?» Braunschweigers Mitarbeiter nickten.
«Wir müssen die Polizei informieren, so oder so.»
«Schon passiert, Chef", sagte Bärbel Lorenz.
«Sehr gut. Haben Sie das LKA angerufen?»
«Nein, die 110. Ging am schnellsten. Und wir wissen ja nicht, wer da zuständig ist bei der Polizei», antwortete Bärbel. «Die regeln das dann schon selber».
«Gut. Und was haben die gesagt?"
«Dass sie sich das sofort anschauen wollen. Nichts weiter. Ich habe denen die Mail geschickt, das war's dann", sagte Bärbel.
«Gut, dann ist das erledigt! Und die Verkehrsredaktion, ist die schon informiert?»
«Nein, noch nicht, das ist ja eigentlich auch Sache der Polizei.»
«Ja, am besten, wir behelligen die noch nicht, so lange wir nicht wissen, was wir von der Sache zu halten haben. Gehen wir die Geschichte durch, so lange wir Zeit haben. Also, eine angebliche Gruppe von angeblichen Terroristen behauptet ...»
Die rote Lampe an Bohrmanns Telefon blinkte. Er drückte auf den Knopf, der die Leitung freischaltete. «Ja?»
«Kannst dem Chef ausrichten, dass die Leitung steht. Videokonferenz in sieben Minuten», ließ sich Studiotechniker Heinz durch den Tele-

fonlautsprecher vernehmen. «Und die Bayern sind mit ihrem RvD dabei.»
«Wie hast du das denn geschafft? Sehr gut! Danke!» Bohrmann ließ den Knopf los und sah auf die Uhr, während sich Braunschweiger an Bärbel Lorenz wandte: «Frau Lorenz, formulieren Sie bitte sofort eine Sondermeldung, die als Warnung für die Verkehrsteilnehmer im Sendegebiet fungieren kann. Und eine zweite Meldung für die Nachrichten. Beide können wir immer noch canceln, wenn wir nicht senden sollten.»
«Mach' ich», antwortete Bärbel.
«Schicken Sie mir die Meldungen auf meine Mailadresse. Sendung nur, wenn ich grünes Licht gebe. Herr Bohrmann, und Sie stellen mir jetzt Ihren gesamten Scharfsinn zur Verfügung.»
Bohrmanns Mundwinkel deuteten ein Lächeln an: «Also nicht Online-Seiten checken?», fragte er.
Braunschweiger erwiderte immer noch schwitzend den leicht spöttischen Blick: «Das können Sie immer noch machen, wenn ich in der Video-Konferenz bin. Also? Was denken Sie?»
Bohrmann antwortete, was er schon seit zehn Minuten dachte und ihn zunächst so gelähmt hatte: «Dass die auffällig vielen Massenkarambolagen vergangener Woche jetzt in einem anderen Licht erscheinen. Und dass die Mail eine verdammte Zwickmühle ist. Aber so ist das ja auch geplant von denen. Dahinter stecken präzise Vorbereitungen».
Braunschweiger sah Bohrmann fragend an: «Wie kommen Sie darauf?»
«Nun ja,» begann Bohrmann etwas zögerlich, als ihm Bärbel vom gegenüberliegenden Schreibtisch ins Wort fiel: «Schon allein die Adressenliste der Sender und Online-Redaktionen zusammenzustellen dauert ja Stunden. Allein die Sender sind ja an die 200.»
«Sie meinen also, einen üblen Scherz können wir ausschließen?» fragte Braunschweiger seine beiden Mitarbeiter. Ihm war anzumerken, dass er diese Hoffnung nicht ganz aufgegeben hatte.
Bohrmann antworte denn auch erst nach zwei, drei Sekunden. Dabei sah er seinen Chef offen an: «Sieht wohl so aus … . Ja, ich rate dringend, dies auszuschließen. Viel zu viel Arbeit für einen schlechten Witz!»

«Wahrscheinlich haben Sie recht. Aber wenn wir einen Scherz ausschließen, schließt das einen Bluff noch nicht aus. Oder?» Die Stimme des CvD verriet immer noch einen Funken Hoffnung.
Bärbel sagte: «Ist beides möglich: Bluff oder Bluff und Ernst.»
«Wie meinen Sie das?»
«Es kann ja sein, dass da einer mal die mediale Republik aufmischen will, aber überhaupt nichts hinter der eigentlichen Drohung steckt. Das käme dann dem schlechten Scherz ziemlich nahe. Es kann aber auch sein, dass es die Gruppe überhaupt nicht gibt. Diese angebliche Gruppe tritt zum ersten Mal in Erscheinung. Kann sich ja auch um einen Einzeltäter handeln.»
«Und?»
«Das könnte heißen, da macht sich einer nur dick, indem er behauptet, eine Gruppe zu sein und diese Unfälle verursacht zu haben», sagte Bohrmann nun wieder. «Der kann irgendwo in Deutschland oder auch in Honolulu sitzen. Ist nicht sicher, dass der sich in unserem Sendegebiet aufhält. Und die Uhrzeiten können auch nur gewählt sein, um uns unter Druck zu setzen. Damit wir überhaupt reagieren.»
«Stimmt,» pflichtete Braunschweiger bei, «und dann besteht vielleicht und irgendwo und irgendwann Gefahr, aber nicht notwendigerweise bei uns. Aber sicher ist in jedem Fall, dass da einer versucht, vor dem Hintergrund dieser Verkehrsunfälle letzter Woche die ganze Republik nach seiner Pfeife tanzen zu lassen. Zumindest heute», summierte der Chef vom Dienst die bisherigen Gedanken.
«Genau», nickte RvD Bohrmann, «aber wir wissen es nicht. Und das hat der oder haben die genau so gewollt.»
Braunschweiger sah auf die Uhr und dann geradewegs in die Augen von Bohrmann. Mit zorniger Stimme fragte er: »Lassen wir das mit uns machen?» Ruckartig stand er auf: «Ich muss jetzt in die Konferenz. Sie schmeißen hier den Laden solange und halten mich auf dem Laufenden. Danke für den Scharfsinn!»
«Keine Ursache, Herr Doktor», erwiderte Bohrmann. Die beiden Journalisten kannten sich schon lange. Trotzdem sie sich immer noch siezten, hatte sich in Jahren der nahen Zusammenarbeit ein kollegial-ironischer Umgangston etabliert, den keiner dem andern übel nahm.
«Ich guck' dann mal mit Bärbel weiter Nachrichten», knurrte der RvD.

«Die Welt dreht sich ja weiter. Leider Gottes.»
«Tun Sie das! Aber auf den Online-Seiten! Und vergessen Sie nicht, dass Gott Ihr Arbeitgeber ist. Ohne den haben wir nichts zu melden!», rief Braunschweiger mit doppelsinnigem Sarkasmus und schlängelte sich zwischen den Tischen Richtung Tür, nur um wenige Sekunden später wieder zurück zu sein: «Ich brauch' noch'n Ausdruck von der verdammten Mail!»
«Wie bin ich nur darauf gekommen, Chef», lächelte Bärbel spöttisch, streckte sich halb über den PC und reichte ihm drei Blätter.
«Danke! Was wäre die Welt ohne Frauen!»
«Halb so reich oder doppelt so arm!» antwortete seine Mitarbeiterin, doch das hörte Braunschweiger schon nicht mehr.

1.2 Ab 09:27 Uhr:
SWR, Funkhaus Stuttgart, Raum der Redaktionskonferenz

Bernd Braunschweiger war ein erfahrener Mann, mit vielen Wassern des Journalismus gewaschen. Schon in der Oberstufe hatte er die Schülerzeitung gemacht und für die Lokalzeitung Reporter gespielt, später Französisch und Politologie studiert und währenddessen Studenten-Radio gemacht, dann kamen das Volontariat beim WDR, die Promotion, die Redaktionsassistenz bei den Regionalnachrichten, die Zeit als Frankreichkorrespondent, der Wechsel zum SWR, wo er zuerst Nachrichtenredakteur wurde, dann Redakteur vom Dienst. Nun war er seit 3 Jahren Chef vom Dienst. Doch in seiner gesamten Karriere war ihm eine Situation wie diese noch nicht untergekommen. Für seine CvD-Kollegen bei den anderen Sendern konnte er von ähnlichen Lebensläufen und ebenso viel Erfahrung ausgehen. Und auch sie würden nicht wissen, was sie jetzt tun sollten. Noch nie war ein Sender, geschweige denn die gesamte ARD, auf diese Weise erpresst worden. Wie viel Zeit hatten sie zur Beratung? 15-20 Minuten, dann musste eine Entscheidung gefallen sein.

Braunschweiger saß allein im Konferenzraum, hatte zwischen sich und dem großen Monitor einen Tisch, auf dem er seinen Laptop platziert hatte. Er klemmte sich das Mikrofon ans Jackett und schaltete die Lautsprecher ein. Das Monitorbild war in neun Felder mit den jeweiligen Emblemen der Sender unterteilt: NDR, RB, WDR, MDR, BR, HR, SR, RBB, DR, worin die ernsten Gesichter der Kollegen nach und nach erschienen. Trotz der wirklich ernsten Lage musste Braunschweiger einen Augenblick lang grinsen: Der Bildschirm sah aus, als hätte man einen Werbespot für Brillen eingeschaltet, neun Menschen von Ende vierzig bis Anfang sechzig mit Klugheitsgläsern vor den Augen. Oder sollte der Versammlung von unsichtbarer Hand sichtbar ein überdurchschnittlicher Intelligenzquotient attestiert werden? «Wenn der Anschein mal nicht trügt», dachte Braunschweiger.

Sich selbst hatte er ausgeblendet. Man kannte sich flüchtig von dieser und jener Sitzung, dieser und jener Tagung, hatte dies und jenes übereinander gehört, mochte sich, mochte sich teilweise, mochte sich nicht. Pikant und erschwerend für eine Situation wie diese war ihre absolute Gleichberechtigung: Kein Sender stand über dem andern. In der Hierarchie über ihnen befanden sich noch die jeweiligen Programmdirektoren und die Intendanten, aber auch dort galt das Prinzip der Gleichberechtigung. Das Problem, das die CvD jetzt hatten, ließ sich deshalb nicht nach oben verschieben, jedenfalls nicht in Anbetracht der knappen Zeit, die zur Verfügung stand. Und weil niemand an eine Situation wie diese bisher gedacht hatte, war auch die Leitung dieser Ad-Hoc-Sitzung nicht offiziell geregelt.

«Guten Morgen, werte Kolleginnen und Kollegen», ergriff Braunschweiger denn auch das Wort, nachdem ein paar Sekunden Hüsteln und ratloses Schweigen geherrscht hatten, «wir haben im mehrfachen Sinne eine Ausnahmesituation. Wie wäre es, wenn wir unser kleinstes Problem lösten, indem wir unseren Gast bitten, diese Sitzung zu leiten? Fände das Ihre Zustimmung, vorausgesetzt dass der Bayrische Rundfunk dazu bereit ist?»

Allgemeines Nicken auf acht Bildschirmteilen, mit Ausnahme des überraschten Kopfes aus München.

«Na, besten Dank für die Ehre», sagte dieser, ein weißhaariger Herr Bertold Baumhardt, um die 60, mit rundlichem Gesicht und unverkennbar oberfränkischem Akzent. »Wir haben wohl nicht viel Zeit zu verlieren. Gibt es jemanden, der das Wort wünscht?»

Neun Hände erhoben sich.

«Gut, dann der Reihe nach», nahm Baumhardt sein Amt wahr. «Ich bitte allerdings in Anbetracht der knappen Zeit dringend, auf die Wiederholung von Inhalten, die ein Kollege bereits genannt hat, zu verzichten. Folgen wir dem Alphabet. Die Kollegin vom Deutschlandradio?»

Anne-Marie Schulz, Anfang 50, mit ihrer wahrhaft wuchernden, dunkelblonden, immer noch ungefärbten Löwenmähne ein Hingucker für allerlei Herren der Schöpfung, räusperte ihre tiefe Stimme in Köln: «Ich nehme an, dass das Schreiben allen vorliegt?»

Alle nickten.

«Gut, dann schlage ich vor, wir analysieren es Abschnitt für Abschnitt.

Die Frage ist wohl, ob die ausgesprochene Bedrohung real ist oder nicht. Welche Hinweise haben wir darauf, dass diese Gruppe wirklich existiert? ....»

Hubertus Polaschek, schon in jungen Jahren grau gewordener Ex-DDR-Bürgerrechtler und seit langem Nachrichten-CvD beim RBB, hob beide Hände zum Zeichen dafür, dass er eine Frage zum Verfahren hatte.

Der Kollege vom Bayrischen Rundfunk erteilte ihm unmittelbar das Wort: «Bitte, Herr Polaschek?»

«Was Frau Schulz hier anspricht, ist sicher die richtige Verfahrensweise, sofern wir zuständig sind. Aber die Frage nach unserer Zuständigkeit haben wir ja noch nicht gestellt und müssten diese zuerst beantworten.»

«Wieso sollten wir denn nicht zuständig sein?» fragte Baumhardt.

«Es geht hier ja um eine potenzielle Bedrohung der Bevölkerung. Zu entscheiden, ob eine solche Bedrohung vorliegt oder nicht, ist Aufgabe der Polizei und der jeweiligen Landeskriminalämter, nicht unsere!», antwortete Berlin.

Mehrere Kollegen nickten.

Braunschweiger hob die Hand. «Bitte, Herr Dr. Braunschweiger», gab der BR-RvD ihm das Wort.

«Das ist prinzipiell richtig. Aber in diesem Fall haben wir es mit einer Vermischung der Ebenen zu tun, die wir uns selbst nicht ausgesucht haben. Auf der einen Seite liegt eine potenzielle Bedrohung der Bevölkerung vor, auf der anderen Seite eine Nachricht. Für Nachrichten sind wir zuständig, nicht die Polizei. Erstens. Zweitens: Es gibt hier eine praktische Seite, die meines Erachtens viel wichtiger ist als die prinzipielle. Seit die Polizei, bei uns zumindest, informiert worden ist, sind jetzt 36 Minuten vergangen. Zuständig sind die LKÄ und als deren Chefs letztlich die Innenminister der Länder. Die wiederum dürften wohl in ihren jeweiligen Konferenzen sitzen. Bis die 16 Innenminister informiert sind, sich koordiniert haben und die Zuständigkeit in diesem konkreten Fall zurückdelegiert haben, eventuell das BKA eingeschaltet ist, wird wertvolle Zeit verstrichen sein. Ob das bis 10:00 Uhr reicht, ist äußerst fraglich. Und dann erst wird die Polizei mit ihrer Arbeit beginnen können. Sollte die Polizei dann zu dem Ergebnis kom-

men, dass eine Bedrohung vorliegt, ist sie sowieso auf uns angewiesen und muss sich an uns mit der Bitte wenden, die Autofahrer zu warnen. Das tun wir dann natürlich, aber dann kann es 11 oder 12 Uhr oder noch später und bereits Schlimmes geschehen sein. Sollte die Polizei hingegen zu dem Ergebnis kommen, dass keine Bedrohung vorliegt, haben wir möglicherweise zwar gesendet, aber außer ein paar Stunden Aufregung ist nichts geschehen. Das wäre auf jeden Fall das kleinere Übel. Richtig?»
Die neun Köpfe auf dem Bildschirm schwiegen.
«Wir können uns hier nicht hinter der Polizei verstecken. Wir sind am nächsten dran, wir sind die, die handeln müssen, ob uns das nun passt oder nicht», fügte Braunschweiger hinzu.
Immer noch Schweigen.
«Ja. So müssen wir das wohl sehen. Wir haben ja auch noch die 200 Privatsender in Deutschland. Die haben alle diesen Brief bekommen. Wer weiß denn, was die machen?» sagte Anne-Marie Schulz nach einer Weile. »Wenn die jetzt reihenweise die Polizei anklingeln und fragen, was sie machen sollen, sitzt die erst mal am Telefon!»
«Und was sollen die Sender tun, die per Definition für mehrere Bundesländer senden? NDR, MDR, HR, DR? Sollen die auf Bescheid von mehreren Innenministern warten? Was, wenn der eine ja, der andere nein sagt? Ich fürchte, Herr Dr. Braunschweiger hat Recht,» ließ das kleine Saarland sich vernehmen. «Wir sind am nächsten dran, ob es uns passt oder nicht.»
«Gut, dann erkläre ich diesen Punkt der Diskussion jetzt für abgeschlossen. Am Ende muss jeder von uns sowieso für seine Redaktion allein entscheiden,» sagte München darauf. «Die Zeit drängt! Noch Einwände?»
Neunfaches leises Kopfschütteln bestätigte die Entscheidung der Diskussionsleitung.
«Dann kehren wir zurück zum Ausgangspunkt. Frau Schulz schlug vor, den Brief zu analysieren. Ich halte das für die richtige Vorgehensweise. Jemand dagegen?»
Wiederum wurde der BR-RvD bestätigt.
«Gut, dann bitte ich nun um Wortmeldungen zu dieser Mail», sagte der Weißhaarige. Die Löwenmähne aus Köln hob die Hand.

«Seit Donnerstag sind ja tatsächlich mutmaßlich Anschläge von Autobahnbrücken verübt worden, das haben wir ja täglich melden müssen, und die Landespolizeien arbeiten ja schon an den Fällen, aber soweit mir bekannt noch nicht unter Terrorverdacht. Den Anschlägen war nach Polizeiangaben allerdings gemeinsam, dass in die Unfälle immer Fahrzeuge der Oberklasse verwickelt waren.»

«Richtig», ließ sich jetzt der NDR-CvD aus Hamburg vernehmen, «aber …»

«Herr Kollege Schwerte, ich erteile Ihnen gerne das Wort, aber Frau Schulz war noch nicht fertig», unterbrach München. «Frau Schulz?»

«Schon in Ordnung, bitte, Herr Schwerte», kam es von dieser.

«Ich meine nur, dass das nicht ausschließt, dass es sich um einen Trittbrettfahrer handeln könnte.»

«Sie meinen, jemand will sich die Ereignisse der letzten Woche politisch zu Nutze machen, ohne das eine politische Intention seitens der Täter vorliegt?» erwiderte die DR-CvD.

«Genau!» bestätigte Schwerte

«Gut, aber dass ausgerechnet Fahrzeuge der Oberklasse zum Gegenstand der Anschläge wurden, deutet auf eine politische Absicht hin,» kam es aus Köln. «Jedenfalls sollten wir aus Vorsichtsgründen von dieser Annahme ausgehen.»

Mehrere Kollegen nickten nun. Das Saarland meldete sich zu Wort.

«Bitte, Frau Beckstein?»

Die kurzhaarige Endvierzigerin rückte ihre Brille zurecht:

«Aber wir können von hier aus nicht überprüfen, ob die Angaben, die die Mail für die Unfälle macht, stimmen. Und ob die Absicht politisch ist oder nicht, ist eigentlich gar nicht relevant.»

«Das sehe ich anders», hörte man nun Hamburg wieder. «Ich meine …»

«Herr Kollege Schwerte, ich muss Sie auffordern, der Kollegin nicht ins Wort zu fallen! Wir haben extrem wenig Zeit!» Die Stimme aus München war etwas scharf geworden. »Bitte, Frau Beckstein, fahren Sie fort!»

«Ich meine, ob ich nun aus politischen oder nicht politischen Motiven Kriminellen zum Opfer fallen kann, ist mir total wurscht! Ich will in Frieden und in Sicherheit leben, und das wollen meine Mitbürgerinnen und Mitbürger auch!»

«Das ist ja völlig … Ähm, darf ich ums Wort bitten?», fragte nun die MDR-Chefin vom Dienst die Sitzungsleitung.
«Sprechen Sie, Frau Dr. Zenke», bestätigte München nach Leipzig.
«Das ist ja völlig richtig, was Frau Beckstein sagt. Aber ich denke, auf die Existenz einer Gruppierung deutet die Tatsache hin, dass die Anschläge an verschiedenen Orten in Deutschland verübt wurden. Das fordert von einem Einzeltäter, dass er kreuz und quer durch die Republik reist, um diese Anschläge zu begehen. Das wäre ein erheblicher Aufwand für nur eine Person. Das ist zwar auch denkbar, aber wahrscheinlicher ist vorläufig, dass es sich um mehrere Täter und damit um eine Gruppe handelt, was die potenzielle Gefahr wiederum vergrößert. Sind Sie anderer Meinung?»
Allgemeines Kopfschütteln.
«Ja, Herr Uppendiek?» Der CvD von Radio Bremen hatte sich zu Wort gemeldet.
«Ich denke, wir sollten auf die politischen Inhalte der Mail vorerst nicht eingehen. Sie deuten auf eine Gruppe hin, wie die Kollegin Frau Dr. Zenke gerade so treffend analysiert hat, aber für die reelle Bedrohung unserer Mitbürger tun sie nichts zur Sache, da hat Frau Beckstein recht. Ich meine, wir müssen senden.»
Der bayrische Kollege räusperte sich:
«Wenn ich neben der Diskussionsleitung auch meine Ansicht äußern darf? Herrn Uppendiek, ich halte Ihre Schlussfolgerung für voreilig. Es heißt doch in dem Schreiben, Moment, wo war das noch … ja, hier, die erste Forderung, da heißt es doch «zuwiderhandelnde Fahrzeugführer» könnten Opfer der Aktivisten werden. Wie, bitteschön, wollen denn diese Aktivisten diese Zuwiderhandlung feststellen? Haben die vielleicht Radargeräte? Woher sollen die die denn kriegen? Die kosten ja zehntausende, die kann man auch nicht einfach im Sportgeschäft kaufen. Tut mir Leid, aber für mich deutet dieses Detail auf einen Riesenbluff hin. Da versucht jemand, auf unserer Herdplatte sein politisches Süppchen zu kochen.»
In der Runde herrschte einen Augenblick ratloses Schweigen. Alfons Sauer, CvD des Hessischen Rundfunks, hatte bisher der Diskussion nur zugehört und seine Brille geputzt. Nun hob er die Hand, nachdem er gleichsam entschlossen die Brille aufgesetzt hatte.

«Bitte, Herr Sauer?»

«Spielt jemand von Ihnen Golf?»

Hätten sie im selben Raum gesessen, die Kollegen hätten Alfons Sauer nur verblüfft angeschaut. Auf Braunschweigers Monitor allerdings sah es so aus, als hätten die Reklameleute sich für ihren Brillenspot etwas besonderes einfallen lassen, so erstaunt oder verwirrt schauten braune und blaue aufgerissene Augenpaare zwei Sekunden lang durch ihre jeweiligen Gläser.

«Darf ich fragen, was das zur Sache tut?», räusperte sich die Münchener Diskussionsleitung.

«Das erkläre ich gleich, aber beantworten Sie doch bitte meine Frage», erwiderte Sauer.

Vier Hände erhoben sich zögernd.

«Schön! Ist Ihnen schon mal aufgefallen, dass einige Golfspieler so ein Gerät besitzen, mit dem man Entfernung und Geschwindigkeit von Golfbällen messen kann?»

«Ich hab' sogar selbst so ein Ding», sagte der Mann aus Hamburg, diesmal nachdem er sich gemeldet hatte. «Ist ein Lasermessgerät. In der Tat ließe sich damit auch die Geschwindigkeit von Autos messen, bis auf 1500 Meter Entfernung. So ein Gerät kostet um die 500 Euro, in den USA kriegt man's für 300.»

«Wie viele aktive Golfspieler haben Ihrer Einschätzung nach so ein Gerät?»

«Naja, alle haben's nicht, aber einige halt schon ...»

«Moment, Moment! Jetzt reicht's aber! Ich melde mich zu Wort!» Die oberfränkische Stimme klang fast ärgerlich. «Sie wollen doch wohl nicht behaupten, dass gerade Golfspieler die Art von Menschen sind, die sich morgens um zehn auf Autobahnbrücken stellen, von dort Steine runterschmeißen, andere ums Leben bringen wollen und dann auch noch Erpresserbriefe an die ARD versenden?»

«Behaupten will ich gar nichts, Herr Kollege, aber denken lässt sich, dass ein solches Gerät den Erpressern zur Verfügung steht. Erstens lässt es sich käuflich frei erwerben, zweitens braucht ja nur irgendein Jugendlicher, der sich mit dem reichen alten Herrn verkracht hat und jetzt einen auf Radikal-Öko macht, das Ding eben diesem alten Herrn aus dem Schrank zu klauen. In Deutschland leben 80 Millionen Men-

schen. Da kann so was schon vorkommen.»
Der Bildschirm schwieg nachdenklich und die Sekunden zogen sich in die Länge. Plötzlich aber vibrierte Braunschweigers Handy. Kaum hatte er es ergriffen, sah er, dass seine Kollegen fast synchron dieselbe Handbewegung machten, im Bruchteil einer Sekunde hatten alle das Telefon am Ohr und fast wie im Chor «Ja?» gesagt. Aufmerksam lauschten die Journalisten hinein. Aus Braunschweigers Gerät kam die Stimme von Bärbel:
«Chef, DPA meldet gerade, dass heute Nacht nach Polizeiangaben offenbar bundesweit parkende Autos der Oberklasse mit den Buchstaben CLAN besprüht worden sind. Das muss fast «Climate Action Now» bedeuten. Um das A ist ein Kringel rum wie beim Zeichen der Anarchisten. Und bei allen Fahrzeugen wurde die Windschutzscheibe besprüht, so dass man vorerst nicht mit ihnen fahren kann.»
«Danke, Frau Lorenz!» Braunschweiger drückte auf Gespräch beenden. Wenige Augenblicke später hatten auch die anderen CvD ihre Handys wieder von sich gelegt.
«Meine Damen und Herren, ich nehme an, dass wir soeben alle dieselbe DPA-Meldung bekommen haben? Besprühte Autos der Oberklasse heute Nacht, anscheinend durch Anarchisten?», fragte der weißhaarige Herr aus München.
Alle nickten.
«Damit dürfte leider doch einigermaßen zweifelsfrei sein, dass es sich um eine Gruppe handelt», fuhr dieser fort. «Jedenfalls ist das ein starkes Indiz. Ich muss Ihnen Recht geben. Aber trotzdem, wir wissen immer noch nicht, ob für die Autobahnbrücken dasselbe gilt. ... Ja, Herr Sauer?»
«Aber wir können es uns nicht leisten, Herr Kollege, darauf zu setzen, dass es sie nicht gibt. Es reicht doch auch schon ein einziger Täter, der irgendwo im Bundesgebiet die Drohung des Briefs wahr macht. Schon für diesen einen Fall säßen wir ganz gewaltig in der Tinte, denn wir hätten ja die Autofahrer warnen können. Und handelt es sich doch um eine Gruppe auf den Autobahnbrücken, dann Prost Mahlzeit. Dann haben wir eine Katastrophe zugelassen, die wir hätten abwenden können. Was meinen Sie, wie uns dann die Bevölkerung aufs Dach steigt! Mal ganz abgesehen von den persönlichen Schicksalen und den Famili-

en, die davon betroffen wären. Und wir können dann, ganz nebenbei bemerkt, alle hier unsere Posten abgeben», sagte der HR-CvD.
Allseitiges bedenkliches Nicken folgte. Auch Theo Kölsch vom WDR hatte bisher geschwiegen. Nun hob er die Hand.
«Bitte, Herr Kölsch!»
Der guckte hinter seinen Brillengläsern mit zusammengekniffenen Augen aus dem Bildschirm und sagte langsam: «Also stellen wir uns mal vor, was passiert, wenn wir die Meldung rauslassen. Sie wissen alle, wie dicht der Verkehr vielerorts um diese Tageszeit ist. Die Meldung geht raus, die Autofahrer, die sich auf der Überholspur befinden, steigen auf die Bremse, wollen sich einreihen. Das gibt im besten Fall Staus überall, im schlimmsten und gar nicht unwahrscheinlichen Auffahrunfälle und vielleicht sogar neue Massenkarambolagen und Tote. Dann haben wir genau das erreicht, was wir verhindern wollten. Wollen wir das?»
Der Mann in Frankfurt wiegte bedächtig den Kopf und sagte ebenso langsam wie sein Vorredner: «Ich fürchte, dieses Argument wird, so richtig es ist, niemand hören wollen, wenn wir nicht senden und dann doch irgendwo Steine von den Brücken fallen».
Abermals herrschte Stille. Die sorgenvollen Gesichter der ARD-CvD sahen in alle möglichen Richtungen, nur nicht in die Kamera vor ihnen. Da begann Braunschweiger, an seinem Laptop mit der Maus zu hantieren. Während er sein Mailprogramm anklickte, hörte man aus den Lautsprechern hier und da Räuspern, nervöses Fingertrommeln, Räuspern, nervöses Fingertrommeln. Gute, effektive Bärbel! Natürlich war ein Meldungsentwurf in Braunschweigers Mail-Box.
«Okay, dann hören Sie mal zu», sagte er in die Stille hinein. «Was halten Sie von folgendem Entwurf: *Achtung, Achtung, eine Eilmeldung für alle Autofahrer! Öko-Terroristen halten angeblich im gesamten Bundesgebiet ab heute, 10:00 Uhr, über Autobahnen und Schnellstraßen Brücken besetzt. Sie drohen damit, Steine auf Fahrzeuge zu werfen, die auf Autobahnen Tempo 100 und auf Bundes- und Landstraßen Tempo 80 überschreiten. Dies geht aus einem Erpresserbrief, der heute morgen u.a. allen ARD-Sendern zuging, hervor. Bitte bremsen Sie vorsichtig ab, senken Sie bis auf weiteres Ihre Geschwindigkeit auf 100, bzw. 80 km/h, lassen Sie Ihr Autoradio eingeschaltet und warten Sie auf weitere Mel-*

dungen.»
Braunschweiger machte eine kurze Pause. Dann fuhr er fort:
«Mein Vorschlag ist: Wir geben diese Meldung an die Verkehrsnachrichten, aber warten mit der Sendung bis kurz vor zehn. Das gibt der Polizei noch etwas Zeit, zu einer anderen Bewertung als wir zu kommen. Die steht ja sowieso mit den Verkehrsnachrichten aller Sender ständig in Verbindung. Sollte die Polizei zu einem anderen Ergebnis als wir kommen, wandert die Meldung in den Papierkorb. Hören wir bis dahin nichts von der Polizei, senden wir um 09:57 Uhr und wiederholen die Meldung in den Nachrichten um 10:00 Uhr. Und schätzt die Polizei die Lage ebenso ein wie wir, senden wir sowieso oder noch früher. Was halten Sie von dem Vorschlag?»
In der Pause, die folgte, sprachen die Bilder auf dem Schirm. Man sah förmlich, wie es in neun Hirnen rumorte. Direkt unter den Mittelscheitel der Löwenmähne in Köln hatte sich eine steile Falte gelegt, während im benachbarten Funkhaus Herr Kölsch wieder einmal die Augen zusammenkniff. Frau Dr. Zenker biss in Leipzig auf einem Fingernagel nach dem anderen. Das rundliche Gesicht in München sah aus, als ob der Mond denken könnte.
«Das hört sich recht durchdacht an», äußerte sich dann schließlich der BR-RvD. «Letztlich formuliert ja jeder für sich selber, aber so oder ähnlich könnten wir's machen. Ich weiß nicht, ob Herr Dr. Braunschweiger bei der Formulierung schon daran gedacht hat, aber ich würde sagen, den politischen Kram lassen wir definitiv raus, bis wir von der Polizei bestätigt bekommen haben, dass auch ihrer Einschätzung nach tatsächlich eine politisch motivierte Bedrohung vorliegt. Das jedenfalls ist meine Meinung.»
«Ja, richtig», «Ja, das ist wohl das vorläufig Beste», «So könnten wir's machen». Das Stimmengewirr in Braunschweigers Lautsprecher signalisierte einhellige Zustimmung.
«Dann beende ich jetzt die Sitzung. Danke für konstruktive Zusammenarbeit! Wünsche allseits gutes Gelingen!» verabschiedete sich da der Oberfranke. Die anderen nickten wortlos in ihre Kameras und blendeten sich aus. Braunschweiger stellte die Lautsprecher ab und griff zu seinem Handy. Es war 09:52 Uhr.

1.3 Ab 09:52 Uhr:
A3 Frankfurt – Würzburg, Höhe Aschaffenburg

Gregor Schäfer saß gelassen im beigen Fahrersitz seines nagelneuen, schwarzen Audi R8 Quattro V10 plus Coupé und freute sich des Daseins, obwohl der Tacho wegen des lahmen Peugeot 107 auf der linken Überholspur vor ihm nur um die 120 anzeigte. Ja, er freute sich des Daseins, eine solche Formulierung war heute durchaus angebracht. Den Wagen hatte er seit drei Wochen, er hatte in dieser Zeit allerdings fast rund um die Uhr arbeiten müssen, für heute hatte er sich frei genommen. Erst heute würde er erstmalig die 550 Pferde unter der Haube so richtig aufscheuchen dürfen, wenn der Verkehr es zuließ. Die Geschäfte liefen trotz Bankenkrise ausgezeichnet, und er war auf dem Weg zu Barbara in Würzburg. Er kannte sie seit einem halben Jahr und hatte sich augenblicklich in sie verliebt. So ein Teufelsweib im himmlischsten Sinne war ihm in seinen 43 Jahren noch nicht über den Weg gelaufen. Sie hatte die Eleganz eines Schwanes, das war der romantischste Vergleich, der Gregor Schäfer einfiel, dazu halblange, dunkle Haare, tiefblaue Augen, bezauberndes Lächeln, nicht zu große, nicht zu kleine feste Brüste und auch sonst eine fantastische Figur, lange Beine, und das Beste: Sie war mit einem Scharfsinn ausgestattet, der zwar nicht so selten, aber in dieser Kombination mit äußerst attraktivem Äußeren bei Frauen doch nicht wirklich oft vorkam, was wiederum eine gelinde Untertreibung war: Barbara war einfach einzigartig! Solche Frauen hatten zwar auch ihre Männergeschichten, aber fanden kaum jemanden, der ihnen ebenbürtig war und – das war ja so wichtig für sie – an den sie sich gleichzeitig anlehnen konnten. Doch er, Gregor Schäfer, war so ein Mann, sonst hätte ihn eine gewisse Barbara Drewen nicht gewählt. Seltener Mann seit 43 Jahren, seltene Frau seit sechs Monaten, seltenes Auto seit drei Wochen – auch das Wetter war seit über drei Wochen super und die Welt heute einfach perfekt, selbst wenn der 107 immer noch keinen Platz machte.

Gregor tippte aufs Gaspedal, der Wagen schoss nach vorne, Schäfer bremste und betätigte die Lichthupe. «Komm, du Mücke, mach dich mal vom Acker, ich werde erwartet», murmelte er fast gutmütig, während seine Hände auf das Lenkrad trommelten. Der Peugeot schwenkte nach rechts, nachdem der Laster auf der mittleren Spur ebenfalls nach rechts gefahren war. «Na also, warum denn nicht gleich so! Tschüss!»

Herrgott, wie das Ding abging, wie die Kiste durchzog! 560 Newtonmeter! «Das is' so gut wie'n Orgasmus», dachte er grinsend, «das is' einfach Potenz!», und schon wieder musste er bremsen, weil da in der Ferne, die ruck zuck ganz ganz nah war, so ein Opel-Popel, so ein Kadett aus dem vorigen Jahrtausend sich noch vor ihn geschoben hatte. Vorher hatte er einen Cayenne mit 320 PS gehabt, der war ja schon nicht schlecht gewesen, aber das hier, das hier ... Lichthupe! «Bester Genosse, mach dich doch aus der Gosse», reimte Gregor aufgeräumt, während Schäfer ungeduldig aufs Gaspedal tippte, auf den Kadett zu zischte, abbremste, lichthupte. Konnte schon sein, dass der andere seinen Fahrstil als aggressiv empfand. Aber er selbst fühlte sich gar nicht so. Er spielte nur, er spielte ja nur, hier Kater, dort Mäuserich. Dabei wollte er dem Mäuserich gar nichts, nur an ihm vorbei wollte er, sonst nichts. Was weiß denn so ein Kadettnager von den Möglichkeiten, die in einem R8 Quattro stecken? Nichts, rein gar nichts! Der Kadett war an den fünf Lastern vorbei, blinkte rechts und machte die Überholspur frei.

Vor Gregor Schäfer reihten sich die Fahrzeuge jetzt ein wie im Reißverschluss, er hatte freie Fahrt, soweit das Auge reichte. «Donnerwetter», murmelte er, «das kommt ja nich' gerade oft vor. Na, dann mal los, Alter!»

Und nun zeigte der Audi wirklich, was für ein Wunderwerk postindustrieller Fortbewegung er war. 14 Männer – klar, dass es Männer waren, natürlich waren es Männer! – hatten ihn als einen von dreißig am Tag in Manufaktur zusammengesetzt, das merkte man jetzt erst wirklich. Das Beste aus automatischer Fertigung und präzisester Handwerksarbeit war in ihn geflossen, das Adrenalin lamborghinischen Feuers mit dem kultivierenden Geist deutscher Ingenieurkunst zu einem wahren Meisterwerk der Automobiltechnik gegossen worden. Der Tacho zeigte 240, 250, 260, doch das Lenkrad lag so ruhig in der Hand wie Barbara auf seiner Brust, wenn sie miteinander geschlafen hatten und er sie sanft streichelte. Ja, das war ein Auto, das man wirklich hart nehmen konnte und sich trotzdem streicheln ließ!

Schäfer sah auf die Uhr. Gleich zehn. Nachrichten. Er bediente den Knopf an dem ledernen Multifunktionslenkrad. Augenblicklich ertönte aus den Hifi-Lautsprechern der letzte Ton des Deutschlandfunksignals. Als säße sie neben ihm im Auto, ließ sich darauf die tiefe Stimme der Sprecherin hören:

«*Es ist 10 Uhr ... Zunächst eine Warnung an alle Autofahrer. Öko-Terroristen halten angeblich seit soeben, 10 Uhr, bundesweit Fußgängerbrücken, die über Autobahnen und Schnellstraßen führen, besetzt. Sie drohen damit, Steine auf Fahrzeuge zu werfen, die auf Autobahnen die Geschwindigkeit von 100 km/h, auf Landstraßen Tempo 80 überschrei ...*»

«WAS?» Gregor brüllte fassungslos!

«*... aus einem Erpresserbrief, der heute morgen an alle Sender der ARD gerichtet war, hervor.*», fuhr die Stimme neben ihm fort.

«WIE BITTE?» Er trat auf die Bremse. «DAS GIBTS DOCH NICHT!» übertönte Schäfer seine Begleiterin.

«*... zu Ihrer Sicherheit, Ihre Geschwindigkeit angemessen zu reduzieren. Lassen Sie Ihr Autoradio eingeschaltet, warten Sie auf weitere Meldungen und folgen Sie den Anweisungen der Polizei!*»

Schäfer blinkte rechts, schaute in Rück- und Seitenspiegel und reihte sich ein, Gregors Amygdala initiierte die ersten Gedanken. Unter wie vielen Brücken war er bisher hindurch gefahren? Er hatte gar nicht darauf geachtet. Deshalb also war die linke Spur so frei! Wie schnell war er gerade gefahren? 260? Das hätte aber mächtig ins Auge ...

«Moment mal, Gregor», meldete sich Schäfer aus dem Vorderhirn, während er wie all die anderen auf der mittleren Spur lahme 100 fuhr, «jetzt mal halblang! Du wärst nicht da, wo du jetzt bist, wenn auf diesen Brücken Terroristen gestanden hätten! Denk doch mal nach!

Warum bist du im Leben da, wo du jetzt bist? Weil du denken kannst! ALSO, DENK!»

«Schon richtig», murmelte Gregor. Die Dame aus dem Radio hatte von Israel und Palästina zu quasseln begonnen. Er drehte sie leiser.

«Wenn an dieser Meldung was dran ist, wie viele Brücken gibt's denn über deutschen Autobahnen?»

«Keine Ahnung, müssen tausende sein», murmelte Gregor.

«Und wie viele Terroristen könnten sich denn zu so einer Aktion zusammenrotten?» fragte Schäfer weiter.

Gregor spitzte den Mund: «Einige Dutzend vielleicht?»

«Maximal! Jedenfalls viel zu wenig, um für die meisten eine reelle Bedrohung darzustellen.»

«Najaaa ...»

«Wieso naja? Lass uns mal konkreter werden. Nehmen wir mal zehntausend Brücken an. Realistisch?» fragte Schäfer.

«Kann schon hinkommen», murmelte Gregor.

«Und fünfzig Terroristen. Was ziemlich viele wären.»

«Wieso?»

«Die muss man ja erst mal zusammenhalten, ideologisch wie organisatorisch. Die muss man logistisch postieren. Die Zahl ist wahrscheinlich viel zu hoch.»

«Mmh.»

« Zwei Dutzend, kann das hinkommen?»

«Vielleicht ...»

«Immer noch zu hoch! So entschiedenes Handeln synchron mit 24 Menschen zu organisieren, die trotzdem auf sich allein gestellt sind, wenn sie auf ihren Brücken stehen – nee, unwahrscheinlich. Drei, vier, maximal fünf könnten es sein. Die stehen dann psychologisch in irgend einem besonders engen Verhältnis zu einander. So was geht mit fünf, aber nie mit 50!»

«Mmh, kann sein.»

«Teil mal zehntausend Brücken durch fünf.»

«Auf jeder zweitausendsten Brücke steht einer ... .»

«Teil mal fünftausend Brücken durch fünf.»

«Auf jeder tausendsten Brücke ...»

«Wie hoch ist dann die Gefahr, die für dich von diesen Leuten

ausgeht?»
«0,1 Prozent.»
«Oder noch geringer! Die müssen ja auch noch treffen mit ihren Steinen. Ist bestimmt gar nicht so leicht! Oder?»
«Hast recht ...»
«Würdest du russisch Roulett spielen, wenn deine Verliererchance 0,1 Prozent betrüge und du dabei 10 Mille gewinnen könntest?»
«Ja!»
«Also, ein Grund, 100 zu fahren?»
«Nee!»

Schäfer grinste und sah in den linken Seitenspiegel, Gregor blinkte, scherte aus und gab Gas! Es gab einen Grund, warum er dieses Auto fuhr. Dies war nicht etwa so, weil er 200.000 im Monat verdiente. Vielmehr verdiente er 200.000 im Monat, weil er denken konnte. Und sein scharfer Verstand hatte ihm schon als jungem Mann aufgehen lassen, dass die weitaus meisten Menschen Sicherheit mit Gewohnheit verwechseln. Denn Sicherheit gibt es nicht, nur die Gewohnheit, dass dies oder jenes mit einer gewissen Chancenverteilung regelmäßig eintrifft. Woran die Menschen sich gewöhnen, das halten sie für sicher. Doch sicher ist nichts, absolut nichts im Leben, nicht einmal der Tod, subjektiv betrachtet, und wie anders sollte man den betrachten? Auch der Tod ist nur ein Erfahrungswert, den Millionen von Jahren der Evolution den Wirbeltieren als Angst in den Hirnstamm gelegt haben. Mücken zum Beispiel wissen nichts von ihrem möglichen Tod. Pflanzen, Bakterien und Viren auch nicht. Und doch leben sie. Der eigene Tod bleibt subjektiv solange nicht existent, bis er eingetreten ist. Wer das verstanden und gelernt hat, seine Amygdala mittels des Verstandes in die Schranken zu weisen, der lebt anders. Der analysiert, schätzt Gefahren blitzschnell auf ihre Chancenverteilung ein, der macht sich nicht von Gewohnheiten abhängig, akzeptiert, dass gerade die Unsicherheit die Bedingung des Lebens ist. Ohne Unsicherheit keine Bewegung. Ohne Bewegung Stillstand. Wer nicht stillstehen will, muss sich bewegen. Wer sich bewegt, riskiert. Wer sich am meisten bewegt, riskiert am meisten. Wer am meisten riskiert, lebt am meisten. So war das! Weil er das verstanden hatte, deshalb fuhr Gregor Schäfer einen

Audi R8 Coupé Quattro V10 plus! Und ließ nun erst recht seine 550 Pferde aus der Koppel. Wie die davon stoben, wie die galoppierten! 560 Newtonmeter!

Doch abermals währte Gregor Schäfers diesmal durchaus auch trotzige Freude nur kurz. Gerade hatte er eine weite Kurve passiert, sah er Blaulicht auf der linken Spur, offensichtlich ein stehendes Einsatzfahrzeug. Dahinter ein riesiger, gelb blinkender Pfeil, der zum Einordnen nach rechts auf die mittlere Spur aufforderte. Entfernung ca. 500 Meter. Schäfer musste trotzdem, gelinde gesagt, ziemlich scharf bremsen! Reaktionszeit 1 Sekunde, Tempo 260, macht allein einen Reaktionsweg von 78 Metern. Gott sei Dank musste er danach nur auf Tempo 100 runter, also von 160 auf Null gewissermaßen, das ging wegen der potenzierten kinetischen Energie bei einem Fünftel Schallgeschwindigkeit aber nur so gerade, das mit dem Einordnen klappte auch so gerade, ohne dass ihm einer hinten in die Karre fuhr. Glück gehabt, Gregor. Braucht man aber auch.

Während der Verkehr auf der rechten Spur offensichtlich mit den Lastwagen 80 km/h hielt, lagen die PKW der mittleren Überholspur wie eben auch bei Tempo 100 und bewegten sich, wie es Schäfer nun schien, geradezu schneckenhaft auf eine Brücke in weiteren ca. 500 Metern Entfernung zu. Zuerst fiel ihm auf, dass vielleicht 50 Meter vor der Brücke auf der linken Spur noch ein Polizeifahrzeug mit Blaulicht auf der Fahrbahn stand. Und je näher er der Brücke kam, um so schärfer nahm er eine offensichtlich weiß maskierte Gestalt wahr, die gegen die Fahrtrichtung auf der Brücke über genau der Überholspur stand, die er vor 460, 470, 480, 490 Metern hatte verlassen müssen. Er sah auch noch links und rechts in einigen Metern Entfernung der Gestalt zwei Uniformierte, welche ihre Waffen auf diese gerichtet zu haben schienen. Dann wurde sein Wahrnehmungswinkel zu steil, mehr konnte er nicht mehr sehen, und er war unter der Brücke durch. «Die Polizei, dein Freund und Helfer. Noch mal Glück gehabt, Gregor», murmelte Schäfer. Er machte das Radio wieder lauter. Gregorianische Amygdala und Schäfersches Prosencephalon, 550 PS und 560 Newtonmeter kamen in Würzburg bei 100 km/h unversehrt an.

1.4 Ab 10:06 Uhr:
A3 Frankfurt – Würzburg, Autobahnbrücke ST 2312

Streifenwagen Frank 9-3/44 der Autobahnpolizei der hessischen Polizeidirektion Frankfurt war seit 09:53 Uhr unter Blaulicht auf der linken Spur hinter überholenden Fahrzeugen her gerast, hatte sie von hinten mit der Lichthupe angeblinkt, durch eigenes Überholen auf die mittlere Spur verwiesen und war so von Fahrzeug zu Fahrzeug weiter gepresscht. Vor vereinzelten Fußgängerbrücken, von denen Passanten den Fahrzeugen zuwinkten, hatte das Polizeifahrzeug abgebremst und die Fußgänger über Megafon von der Fahrbahn aus zum Verlassen der Brücke aufgefordert, damit Autofahrer sie nicht für mögliche Attentäter halten, unüberlegte Bremsungen durchführen, womöglich Auffahrunfälle provozieren sollten.

So auch vor der Autobahnbrücke der Staatsstraße St2312 zwischen Auffahrt Rohrbrunn und Parkplatz Moosklinge auf mittlerweile bayrischem Hoheitsgebiet. Gerne gewährte man den Kollegen dort Amtshilfe. Doch weisungsbefugt war den Hessen gegenüber immer noch Frankfurt, was die Amtshilfe durchaus verkomplizierte, wenn schnelles Handeln geboten war.

Auf der Brücke der St2312 schien sich im Gegensatz zu den vorherigen Passanten nämlich eine Person zu weigern, das Viadukt zu verlassen. Jedenfalls reagierte sie auch auf wiederholte Aufforderungen nicht. Polizeiobermeister Krämer hatte darauf sicheren Abstand gehalten und über die Zentrale in Frankfurt Verstärkung angefordert: «Frank 9/3-44 an Zentrale. Bitte Aschaffenburg informieren. Verdächtige Person über linkem Fahrstreifen gegen Fahrtrichtung auf Brücke St2312 nach Auffahrt Rohrbrunn Richtung Würzburg observiert. Person ist maskiert, reagiert nicht auf Anruf und weigert sich offenbar, Aufforderung nach Entfernen nachzukommen. Bitte um Unterstützung wegen eventueller Ergreifung auf St2312.»

Die bayrischen Kollegen vom Polizeipräsidium Aschaffenburg hatten unmittelbar zwei Streifen geschickt, von denen die eine 8, die andere 11 Minuten nach dem Funkruf auf jeweils einer Seite der Brücke eingetroffen waren. Diese hatten sich mit ihren Fahrzeugen auf der Straße quergestellt und das Viadukt auf diese Weise gesperrt. Je ein Polizist der Streifenbesatzungen war auf jeder Seite mit der Kelle etwa 50 Meter zurückgegangen, hielt ankommende Fahrzeuge und Fußgänger an und auf diese Weise vom Geschehen fern. Die beiden übrigen Beamten gingen langsam auf die Gestalt zu.

Sie war mit einem schwarzen Anorak bekleidet, was bei der Hitze etwas verwunderlich war. Sie hatte zudem dessen Kapuze über den Kopf gezogen, das Gesicht war der Überholspur auf der Autobahn unter ihr zugewandt und wegen der Kapuze nicht zu erkennen. Am rechten Oberarm trug sie eine gelbe Binde, die hatten die Kollegen aus Hessen nicht rapportiert. Der schlanke Oberkörper war leicht nach vorne gebeugt, durch die beiden zu 45 Grad angewinkelten Arme auf das Brückengeländer gestützt, die Hände waren ineinander gelegt, die in schwarzen Jeans steckenden Beine standen lässig auf den Untergrund vor das Geländer gepflanzt, das eine Bein gespannt, das andere entspannt, leicht eingeknickt und etwas nach hinten gestellt. Figur und Körpergröße deuteten auf einen Mann hin. Abgesehen davon, dass bei herrlichem Wetter selten Menschen mit einer Kapuze über dem Kopf in Gedanken versunken den Autobahnverkehr von einer Brücke aus beobachten, wirkte die Gestalt genau so, als täte sie eben dies. Wobei die gelbe Binde doch etwas merkwürdig war. Und diese Person schien von einer stoischen Gelassenheit zu sein. Vom Eintreffen der Polizeifahrzeuge, dem Absperren der Brücke schien sie keinerlei Notiz genommen zu haben oder keinerlei Notiz nehmen zu wollen. Normale Menschen hätten nicht nur bei diesem Wetter keine Kapuze auf, sie hätten auch auf die Aufforderung des Polizeifahrzeugs unten auf der Fahrbahn reagiert, oder sich bei Ankunft der beiden Streifenwagen umgeschaut, wären neugierig auf eins der Polizeifahrzeuge zugegangen, hätten die Beamten angesprochen, oder wären wenigstens einfach weitergegangen. Doch nichts dergleichen tat diese Person.

Die beiden Polizisten näherten sich daher dem Unbekannten langsam, Schritt für Schritt von jeweils schräg hinten, in einem Winkel von ca. 45 Grad. Auf deutliche Rufweite gekommen blieben sie stehen und riefen ihn abwechselnd an:
«Polizei! Aufgrund einer allgemeinen Gefahrenlage müssen wir Sie auffordern, sich von der Brücke zu entfernen.»
Keinerlei Reaktion.
«Achtung, Polizei! Entfernen Sie sich von der Brücke!»
Die Gestalt verblieb regungslos.
«Polizei! Entfernen Sie sich augenblicklich von der Brücke!»
Hörte der Mann wirklich nicht?
«Toni 33/14 an Zentrale», sagte einer der Polizisten in sein Funkgerät. «Person auf St2312 reagiert weiter nicht auf Anruf, aber ist möglicherweise blind. Gelbe Binde am rechten Oberarm. Bitte um Anweisung zu weiterem Vorgehen.»
«Zentrale an Toni 33/14. Person nochmals auffordern, bei Nichtreaktion gewaltsam von der Brücke führen und zur Feststellung der Identität vorläufig festnehmen.»
«Toni 33/14 an Zentrale. Verstanden.»
Zum letzten Mal rief Polizeioberwachtmeister Maier den Mann an:
«Wenn Sie nicht sofort unserer Aufforderung nachkommen, müssen wir Sie mit Gewalt von der Brücke entfernen und festnehmen!»

Spätestens jetzt hätte jeder normale Mensch reagiert. Die unglaubliche Gelassenheit des Brückenpassanten war eine ebenso unglaubliche Dreistigkeit. Der Mann stand da wie eine Statue, ja genau, wie einer dieser Statuemenschen, die man zur Sommerzeit gelegentlich in den Innenstädten bewundern kann. Wie ein Mensch es schafft, so lange unbeweglich in einer Körperhaltung zu verharren, ist den allermeisten ein Rätsel. Sehr, sehr viel Selbstbeherrschung und sehr viel Übung gehören dazu. Aber was in aller Welt veranlasste jemanden zu einer solchen Übung an einem solchen Ort? Ein Mensch dieser Art jedenfalls schien dort, jetzt noch etwa 10 Meter von den beiden Polizisten entfernt, zu stehen. Oder hatte er einfach nur einen Kopfhörer unter der Kapuze und hörte deshalb nichts? Dann hätte er doch zumindest das Polizeifahrzeug unten auf der Fahrbahn sehen und darauf reagieren müssen. Oder bedeutete die gelbe Binde tatsächlich, dass die Person blind war? Und wo war dann der Blindenhund oder wenigstens ein Stock? Es wäre allerdings ein sehr merkwürdiger Zufall, dass ausgerechnet ein Blinder gerade heute, gerade jetzt, gerade hier stand. Und seit wann beobachten Blinde den Autobahnverkehr? Es konnte sich, wenn die Person keine Gefahr darstellte, auch um eine gewollte Provokation handeln. Sollte die Polizei zu einer unüberlegten Handlung gereizt und so in die Schlagzeilen gebracht werden? Was bezweckte die Gestalt, was führte sie im Schilde? Und warum die Maske, von der die hessischen Kollegen unten auf der Autobahn sie unterrichtet hatten?

Beide Beamten zogen nun die Dienstwaffe, nachdem sie sich mit den Augen untereinander verständigt hatten und gingen weiter auf die Gestalt zu.
«Sie sind vorläufig festgenommen! Nehmen Sie die Hände hoch und leisten Sie keinen Widerstand!»
Doch noch immer rührte die Gestalt sich nicht.
Polizeioberwachtmeister Norbert Maier feuerte einen Warnschuss in die Luft ab. Der Provokateur zeigte keinerlei Reaktion. Jeweils fünf Meter trennten die beiden Beamten noch von dem Mann. Da steckte Maier die Waffe ins Halfter:
«Gib mir Deckung!» rief er dem Kollegen zu, überwand die fünf Meter mit vier schnellen Sätzen und griff den Mann körperlich an, indem er ihn von hinten ansprang, beide Arme um ihn schlang und ihn zu Boden zu reißen suchte. Doch der Mann fiel durchaus nicht und im nächsten Moment ließ Maier ihn verblüfft los: «Scheeeiiiße!!!»
Er war selbst halb gestürzt, richtete sich wieder auf, drehte sich um und sah den Kollegen völlig verdattert an:
«Heinrich, das ..., das, das gibt's doch nich'! Das is' kein Mensch! Das is'ne *Puppe*!!! Das is'ne *Schaufensterpuppe*!!!»
«Waaas?»
«Wir ham versucht, 'ne *Schaufensterpuppe* zu verhaften. Mann, wann hab' ich mich so verarscht gefühlt?»
Der mit Heinrich angesprochene Kollege war herangekommen und sah abwechselnd auf Maier und die der Autobahn zugewandte Gestalt

in schwarzem Anorak. Auch seine Verblüffung war grenzenlos:
«Is' ja'n Ding! Was soll'n der Schwachsinn? Wer bringt hier denn 'ne Puppe hin?»
Die beiden Polizisten besahen sich die Puppe von beiden Seiten. Sie war mit dünnen, kaum sichtbaren Nylonschnüren, wie Angler sie benutzen, an Armen und Beinen am Geländer befestigt, so dass sie nicht umfallen konnte. Zwischen Körper und Geländer gab es angepasste Aluminiumstützen, damit die Puppe in ihrer Körperhaltung verblieb. Die Binde am rechten Oberarm war ganz richtig eine Blindenbinde mit drei schwarzen Punkten. Die Polizisten beugten sich über das Geländer und sah von jeweils links und rechts in eine weiße Maske, wie sie aus dem Film *Vendetta* und von den Anonymous der Occupy-Bewegung her bekannt sind. Sie nahmen der Puppe Kapuze und Maske ab und blickten in das starre Gesicht irgendeines jungen Mannes, der irgendwann für diese Schaufensterpuppe Modell gestanden hatte.
«Ich fass' es nich'!» sagte Maier. «Kannst du dir da 'n Reim drauf machen?»
«Muss was mit der Erpressungssache zu tun haben», antwortete Heinrich und trat zwei Schritte zurück. Da erst fiel ihm ein kleines Metallschild auf dem Rücken des Anoraks auf. Auf den ersten Blick und aus der Entfernung konnte man es für das Markenzeichen des Anoraks halten. Aber auf dem Schild stand: *NORBERT GRENZ, 2014 - «EINER VON ZU VIELEN» - ANONYME SPENDE.* Und dann in etwas kleinerer Schrift: *Eine Zusammenarbeit der Länder und des Bundesamtes für Umweltschutz (UBA).*
Heinrich stutzte. Dann brach er in schallendes Gelächter aus. Er lachte so, dass er hicksen musste und ihm die Tränen kamen, was den Kollegen, der sich noch die Puppe von vorne beschaute, ziemlich ärgerte:
«Was gibt's denn da zu lachen, verdammt noch mal?»
«Das ... gibt's ... doch nich'!», kam die hicksende Antwort. «Du Norbert, weißte was? Guck mal! Das Schild hier! NORBERT GRENZ, 2014 - «EINER VON ZU VIELEN» - ANONYME SPEN ... Wir ham nich' nur versucht, 'ne Puppe zu verhaften, sondern 'n Kunstwerk! Das iss'n Kunstwerk! Und dann heißt der auch noch wie du, der Künstler! Du

Künstler! Wenn das nich' zum Lachen is' ...» Und Heinrich lachte, dass die Tränen kullerten.

Norbert drehte sich langsam um und sah den Kollegen genau so sauer an, wie der andere erheitert war, und er deutete nach unten vor die Füße der Puppe:

«Haha! Soso! Und der hier, der Stein hier vor dem Fuß auf dem Brückenrand, direkt über der Überholspur, gehört der auch zum Kunstwerk?»

1.5 Ab 10:55 Uhr:
Gemeinsames Terrorismusabwehrzentrum (GTAZ), Berlin

Seit 09:07 Uhr waren unablässig Meldungen über den Erpresserbrief bei den lokalen Polizeidienststellen und den Landeskriminalämtern eingegangen, welche diese in das Taktische Lagezentrum der BKA-Abteilung «Zentrale kriminalpolizeiliche Dienste (ZD)» unverzüglich weitervermittelten. Nach der fünften Meldung um 09:17 Uhr hatte man bei den ZD begonnen, die Informationen ernst zu nehmen und bundesweit Abwehr- und Schutzmaßnahmen zu koordinieren. Die Autobahnpolizeien der Länder wurden alarmiert, lokale Polizeistationen angewiesen, Autobahn- und Schnellstraßenbrücken zu patrouillieren, das Gemeinsame Terrorismusabwehrzentrum in Berlin und das GETZ informiert. In allen Großstädten der Republik saßen zudem Polizeibeamte in ihren jeweiligen Büros und nahmen seit den frühen Morgenstunden von erbosten Autobesitzern Anzeige gegen Unbekannt wegen Sachbeschädigung auf.

Doch abgesehen davon herrschte große Ratlosigkeit: Wie sollte man den Fall einordnen, wer war zuständig? Es war klar, dass es sich um politisch motivierte Kriminalität handelte. Dafür war dem Namen nach beim Bundeskriminalamt die Abteilung ST, der Polizeiliche Staatsschutz da. Die bestand aber nur aus einer Zentralstellenfunktion und zwei Koordinierungsplattformen. Die erste war das Gemeinsame Terrorismusabwehrzentrum in Berlin, das sich aber ausschließlich mit islamistischem Terror beschäftigte. Dazu versammelte es nicht weniger als 40 Behörden unter einem Dach. Die andere war das GETZ, das Gemeinsame Extremismus- und Terrorismusabwehrzentrum, welches sich u.a. um Links- und Rechtsextremismus kümmern sollte. Die Bezeichnung «Zentrum» war aber irreführend, denn das vermeintliche Zentrum bestand lediglich aus einer Reihe von Beamten der größtenteils selben 40 Behörden, die sich Dienstags bis Donnerstags die eine Woche beim Verfassungsschutz in Köln, die andere beim Bundeskriminalamt in Meckenheim bei Bonn trafen, um sich über alles auszutauschen, was nicht islamistisch, aber sonst irgendwie bedrohlich schien. Das GETZ wäre inhaltlich am ehesten zuständig gewesen, hatte aber keine Infrastruktur für tägliche Zusammenarbeit vorzuweisen. Und nur zehn Bundesländer waren daran beteiligt. Schließlich stand die gut organisierte BKA-Abteilung SO in Wiesbaden für schwere und organisierte Kriminalität zur Verfügung, worum es sich hier zweifelsfrei auch handelte. Aber dieser Abteilung fehlte es an der politischen Kompetenz.

Es hatte das BKA auf dem falschen Fuß erwischt. «Grünen Terror» hatte es bisher nicht gegeben. Radikale Umweltschützer hatten sich immer auf großteils gewaltfreie Demonstrationen beschränkt, Greenpeace-Aktivisten hier mal einen Schornstein besetzt, dort mal ein Schiff geentert, AKW-Gegner sich an Schienen gekettet und Castor-Transporte behindert, der Schwarze Block von Autonomen bei Demos auch schon mal Steine oder Molotow-Cocktails geworfen. Und ganz früher, da hatten die Grünen sogar Turnschuhe im Bundestag an! Wieso machten die jetzt plötzlich Terror? Das ging doch nicht, es gab doch gar keine Spezialeinheit dafür, geschweige denn ein Abwehrzentrum, wie sollte die Republik sich denn jetzt wehren?

Und dann auch noch auf diese geradezu primitive Art! Steine! Spraydosen! Terroristen? Das sind doch immer Leute, die Bomben legen oder Geiseln nehmen, Banken überfallen und Lösegeld fordern, dazu Menschen mit falscher Hautfarbe erschießen, wenn sie von rechts kommen, Prominente aus Politik und Wirtschaft entführen, wenn sie von links kommen! Vor allem planen die so, dass man sie berufsmäßig observieren kann, trinken hier und da mal öffentlich Kaffee, fahren öffentlich Auto oder U-Bahn, hinterlassen Spuren im Internet, kaufen illegal Waffen ein, besorgen sich Sprengstoffzutaten, basteln Bomben im Keller, treiben sich in illegalen Training-Camps rum. Wie kamen die denn dazu, einfach Steine zu sammeln? Das war doch legal, das konnte man doch nicht verbieten! Und dann reihenweise Autos nicht zu sprengen, sondern zuzusprayen. Das war doch nicht ohne Grund nicht erlaubt! «Terroristen sind schon schlimme Leute, aber auch Terroristen kennen ihre Grenzen!», hatten die Innenminister des Bundes und der Länder offenbar gedacht, dachte man beim Bundeskriminalamt und dem Bundesamt für Verfassungsschutz, den 16 Landeskriminalämtern und den weiteren 16 Ämtern für den Schutz der Landesverfassungen. Jedenfalls konnte man denken, dass sie das dachten, wenn sie dachten. Denn eine andere Erklärung gab es nicht für die totale Verwirrung im BKA an diesem Vormittag des 1. August 2016.

Eine allerdings, Kriminalhauptkommissarin Anne-Liese Schwartzer beim GTAZ, war nicht verwirrt, ja nicht einmal überrascht. Ihren Spitznamen «Die grüne Alice» kannte unter den 229 Angestellten jeder in jener Behörde, die eigentlich keine war. (Offiziell hat das GTAZ nicht einmal eine Leitung, damit die verschiedenen Organe unter seinem Dach «auf Augenhöhe kommunizieren» können, wie es auf der Homepage heißt.) Die kleine, drahtige, rothaarige Frau Anfang 40 aus Eisleben verdankte den Spitznamen sowohl «ihren Männern», wie sie es nannte, als auch der wirklich weitsichtigen Einäugigkeit, mit der seinerzeit das GTAZ gebildet worden war und seinen Namen erhalten hatte.

Allusion an Nach- und Vornamen der berühmten Feministin reichten zunächst völlig, um ihr in maskulin geprägter Umgebung den Stempel einer Männerhasserin aufzudrücken. Ob dies stimmte oder nicht, darum scherte sich keiner. Ihre Scharfsinnig- und noch mehr ihre Scharfzüngigkeit war kaum geeignet, den Abdruck dieses Stempels zu mildern. Anne-Liese hatte darunter gelitten, bis sie verstand, dass genau das ihre Chancen verstärkte: Um sich unter Männern zu behaupten, musste sie einerseits als potenzielles Sexobjekt nicht einmal in Frage kommen, andererseits besser als die Kollegen sein, in die offene Konkurrenz mit ihnen treten, so wie jeder Mann. Einen Teil des Respektes, den ein Mann sich erst erkämpfen muss, bekam sie durch ihren Spitznamen und die diesen verstärkende Signalwirkung ihrer roten Haare aber einfach geschenkt, zum Beispiel, indem man sie immer ausreden ließ, was ein kleines, aber dafür höchst relevantes und für Frauen unter Männern keineswegs selbstverständliches Detail ist. Das merkte Anne-Liese, die Männer merkten es aber nicht. Seit sie also verstand, dass der Spitzname ihr die Arbeit erleichterte, sollte er ihr recht sein, zumal er mit ihrem Intimleben überhaupt nichts zu tun hatte. Und das schirmte sie streng gegen Arbeitsplatz und Kollegen hin ab.

Während sie für «Alice» kaum etwas konnte, so war die Zusatzqualifikation «grün» jedoch mehr als verdient. Abseits jeder Naturromantik wusste Anne-Liese Schwartzer ausgezeichnet Bescheid über den Stand der Dinge in Sachen Umwelt. Je mehr Fakten sie kannte, je mehr Zusammenhänge sie verstand, um so mehr dehnten sich ihr Beschützerinstinkt und ihr Gewissen, die sie direkt nach der Wende zur Polizei gebracht hatten, in ihrer Freizeit auf die Natur aus. Weil sie wusste, dass sie besonders als Polizistin der BKA-Abteilung Polizeilicher Staatsschutz parteipolitisch unabhängig bleiben musste, verbrachte sie seit Jahren jede Woche mehrere Stunden ihrer Freizeit ehrenamtlich beim BUND, und sie war ausgezeichnet vernetzt.

Deshalb war ihr auch schon lange klar, dass die nächste Bedrohung der Demokratie aus den Kreisen der Umweltschützer kommen würde. Nicht weil die an sich gewaltbereit oder antidemokratisch waren. Aber wer über den Zustand der Erde informiert genug war, musste einfach irgendwann zu verzweifeln beginnen, und auch im Westen, nein, nicht auch, sondern gerade im Westen Umwelt gegen Rechtsstaat setzen.

Denn, so Anne-Lieses Analyse: Nur der Staat, der auch die natürlichen Lebensgrundlagen seiner Bürger schützt, ist ein Rechtsstaat. Von ausreichendem Schutz der natürlichen Lebensgrundlagen der Menschen konnte aber nirgendwo auf diesem Planeten die Rede sein. Gerade hier versagten die demokratischen Mechanismen, denn die rasant fortschreitende globale Veränderung menschlicher Lebensgrundlagen kümmerte sich einen Dreck um die langsamen Prozesse demokratischer Willensbildung. Also würden eine per Definition sehr kleine Minderheit umweltpolitisch wirklich Informierter die Staaten zu zwingen suchen, die Lebensgrundlagen ihrer Bürger besser zu schützen, notfalls mit Gewalt. Denn sonst würde der Rechtsstaat dort, wo es ihn gab, irgendwann ganz von selbst zusammenbrechen. So entstand das Paradox, dass wer die Demokratie doch noch zur Kursänderung in letzter Minute bewegen und so schützen wollte, sich über sie erheben und sie angreifen musste. Dies aber musste er in «zweitletzter Minute» tun, damit die so erzwungenen Maßnahmen der Politik in «letzter Minute» noch greifen konnten. Die Frage war einzig, welchen Zeitpunkt wer wann als «zweitletzte Minute» ansehen würde. Je mehr Chancen zu wirklich einschneidenden Maßnahmen die Politiker national und international verspielten, um so näher rückte er. Seit Jahren.

Anne-Liese war also nicht überrascht, diese paradoxe Logik hatte sie längst begriffen. Doch war sie viel zu klug, an ihrem Arbeitsplatz offen darüber zu sprechen. Sie konnte es sich ganz gewiss nicht leisten, etwa ihrem Vorgesetzten ihre Befürchtungen mitzuteilen. Man hätte sie nicht verstanden, mehr noch, an ihrer Loyalität gezweifelt. Denn dass ihre Weitsicht und ihr Idealismus ihr auch einen Loyalitätskonflikt bescherten, das ließ sich schnell erahnen. Den musste sie also mit sich selbst austragen. Ihre Loyalität gegenüber dem BKA durfte durch nichts und niemand in Zweifel gezogen werden. Fast jeder Kollege sah die Hauptbedrohung der Gesellschaft nun mal auf genau dem Feld, auf dem er offiziell Spezialist und weshalb er beim GTAZ anzutreffen war. Dass auch Anne-Liese Spezialistin war, war das, was sie herausstellen musste, nicht, dass sie sich auf andere Dinge auch noch verstand.

Daher beschränkte Anne-Liese sich darauf, in der Kantine, wenn es nicht um Kollegentratsch oder das Wetter ging, allgemein von den Umweltgefahren, die auf sie alle zukamen, zu sprechen. Das allerdings tat sie um so öfter, als sie die einzige war, die davon sprach, um zu bewegen, was sich bewegen ließ. Doch das Ergebnis war nur, dass sie «die grüne Alice» wurde! Das ganze, dem Namen nach so vieläugige GemeinsameTerrorismusAbwehrZentrum, das GTAZ, war, wie der Rest des BKA, mit geradezu natürlicher Blindheit gegenüber der aufziehenden grünen Gefahr geschlagen. Ihr Spitzname selbst bestätigte, wie recht Anne-Liese mit ihrer Vorsicht hatte. Zwar mag der Einäugige unter den Blinden König sein. Aber nicht der Zweiäugige unter den Einäugigen.

Es sei denn, die Zyklopen brauchen ihn. Das nun war der Fall, als der leitende Koordinator, Alfons Schellinger, die Kompetenz seines Hauses nach außen wie innen doch irgendwie unter Beweis stellen wollte. Sobald die ZD das GTAZ informiert hatten, hatte er, der das BKA in- und auswendig kannte, im Stab der Abteilung ST angerufen. Dort raufte man sich die Haare darüber, welches Referat und wen man mit der Leitung der zu bildenden Sonderkommission beauftragen solle. Die Mitarbeiterin Anne-Liese Schwartzer könne er nur «wärmstens empfehlen», sagte Schellinger. Als Mitglied der PIAS, der Polizeilichen Informations- und Analysestelle des GTAZ, habe sie sich «in den Arbeitsgemeinschaften Strukturanalyse, Gefährdungsbewertung und Deradikalisierung seit Jahren hervorragend bewährt.» Durch ihre Freizeitaktivitäten sei sie «mit Umweltschützern ausgezeichnet vernetzt», was «mit Sicherheit wertvolle Hinweise» bieten könne. Man hatte Schellinger für den Anruf gedankt und ihm versichert, dass man im Stab seinen Vorschlag ernsthaft prüfen werde.

Währenddessen saß Anne-Liese nichts ahnend in ihrem Büro, schwitzte trotz des geöffneten Fensters und bereitete sich auf die nächste Sitzung der «AG Deradikalisierung» vor. Polizisten lernen schnell, dass man sich nicht von all dem Schlimmen, das sich um sie herum ereignet, beeinflussen lassen darf, sonst können sie ihre Arbeit nicht tun. Die Fähigkeit zum Tunnelblick ist Berufsvoraussetzung. Was an diesem Tag geschehen war, fiel nicht unter Anne-Lieses Zuständigkeit.

Doch um 10:55 Uhr läutete das Telefon: «Schwartzer?», meldete sie sich.
«Dr. Hoffkamp, Abteilung ST. Guten Morgen, Frau Schwartzer!»
Anne-Liese durchfuhr ein Schreck. Der Chef persönlich? Was wollte der denn? «Guten Morgen, Herr Dr. Hoffkamp!»
«Frau Schwartzer, Sie sind sicher im Groben darüber orientiert, in welcher Situation sich unser Land seit heute morgen befindet?»
«Ja, natürlich ...»
«Frau Schwartzer, der Kollege Schellinger hat Sie uns sehr warm empfohlen. Wir brauchen dringend eine kompetente Kriminalistin, die sich im ...» Hoffkamp räusperte sich «... hm, nun, sagen wir, im ...

grünen Milieu auskennt. Der Kollege Schellinger ist der Ansicht, dass Sie uns da helfen könnten ...»

Anne-Liese blieb der Mund offen stehen.

«Frau Schwartzer?»

«Ehh ... ja?» Anne-Liese riss sich zusammen.

«Frau Schwartzer, ich möchte gerne, dass Sie die Leitung der Sonderkommission übernehmen, die wir für diese Sache gerade zusammenstellen. Lassen Sie stehen und liegen, woran Sie im Augenblick arbeiten, Sie haben alle Vollmachten, dafür sorge ich. Sie berichten nur mir, ich unterrichte Ihre Vorgesetzten.»

«Herr Dr. Hoffkamp, ich ... das, das ... kommt ein bisschen ...»

«... 'plötzlich' wollten Sie sagen? Frau Schwartzer, diese Terroristen waren auch «ein bisschen plötzlich» da. Wir haben jetzt keine Zeit für vornehme Zurückhaltung. Sie sind das Beste, was wir im Moment haben. Ich rechne fest mit Ihrem Einverständnis.»

«Ja, natürlich, Herr Dr. Hoffk ...»

«... Gut! Wie Sie sich denken können, haben wir noch einige organisatorische Probleme zu lösen. Als Operationszentrale kommt wohl am ehesten Meckenheim infrage. Die sechs fehlenden Bundesländer kriegen wir schon noch. Ich schicke Ihnen einen Hubschrauber, dann können Sie in drei Stunden hier sein.»

«Aber ich ...»

«Welche Probleme haben Sie, Frau Schwartzer?»

«Nun ... meine Kinder ... heute Nachmittag ...»

«Verstehe! Sind Sie alleinerziehend?»

«Ja.»

«Verstehe, verstehe! .... Gut, sagen wir in .... vier Stunden. Schaffen Sie das? Für Ihre Ausgaben kommt das Amt auf, machen Sie sich da mal keine Sorgen.»

«Okay, Herr Dr. Hoffkamp, ich tue, was ich kann. Ich hoffe, ich erreiche meinen Ex-Mann.»

«Das hoffe ich auch. Die Lage ist sehr ernst. Richten Sie ihm einen Gruß aus, wenn das hilft ...»

«Wenn ich ihn erreiche, wird das kein Problem sein, denke ich.»

«Dann bitten wir alle guten Mächte, dass Sie ihn erreichen. Auf Wiederhören, Frau Schwartzer!»

Klack. Das Gespräch war beendet. Anne-Liese saß einige Augenblicke völlig verdattert und reglos auf ihrem Stuhl. Dann kam Bewegung in sie. Wo war das Handy? Sie suchte in ihrer Handtasche, in ihrer Jacke. Verflixt, hatte sie denn nicht ...? Wann hatte sie zuletzt ...? Sie ergriff den Hörer des Bürotelefons und wählte ihre eigene Nummer. Das Ding vibrierte unter einem Papierstapel. Erleichtert warf sie den Hörer auf das, was früher mal Gabel hieß, kramte unter den Papieren nach dem Mobiltelefon, sah auf die Uhr. Thomas war jetzt im Unterricht. Am besten, sie schickte ihm eine SMS und eine Mail und rief die Schulsekretärin an, dann würde das schon klappen. Fieberhaft tippte sie in das Handy: «Hallo Thomas, muss dienstlich dringend nach Meckenheim. Kann ein paar Tage dauern, tut mir leid. Du nimmst die Kinder? Check deine Mail-Box. LG, Anne-Liese». Sie drückte auf 'Senden', legte das Handy in Reichweite von sich und rückte vor dem Büro-PC ihren privaten Laptop zurecht. Über den BKA-Server durfte sie keine privaten Mails verschicken, seit es Laptops und öffentliches WLAN gab, waren Privatleben und Arbeit einer Polizistin wesentlich leichter zu verbinden. Sie öffnete ihr Mailprogramm, wählte Thomas' Adresse, schrieb:

«Hallo Thomas, je nachdem, was du zuerst liest, SMS oder das hier: Ich muss dienstlich dringend nach Meckenheim. Kann ein paar Tage dauern, keine Ahnung, wie lange, du musst die Kinder nehmen. Christina hat um 17:00 Uhr Flötenunterricht, Andreas muss um 18:00 Uhr zum Judo. Wochenplan hängt auf dem Kühlschrank. Ich hab noch nasse Wäsche in der Maschine, hängst du die auf? Nimm die Kinder mit zu dir oder bleib bei mir in der Wohnung, wie du willst, tu, was praktischer für dich ist. Tut mir leid, dass ich dir so in die Planung grätsche, aber ich hab' keine Wahl. Das Amt kommt für alle Kosten auf. (Quittungen aufheben!) Melde mich per Handy, wenn der Tag zu Ende ist, kann aber spät werden. Rückfragen bis 14:00 per SMS – telefonieren kann ich nicht. Bist ein prima Kerl. LG, Anne-Liese.»

Sie drückte auf «Senden». Im selben Augenblick stieg ihr ein dicker Kloß in den Hals. Die Trennung war jetzt knappe drei Jahre her, die hatte sie immer noch nicht verwunden. Es war Thomas, der genug davon bekommen hatte, mit einer Kriminalpolizistin verheiratet zu sein, die auch noch Umweltschützerin war, sie liebte ihn immer noch, er war ein phantastischer Mann, mit einer Eselsgeduld. Aber irgendwann bekommt auch der größte Esel genug und geht weiter, sie verstand das. Seitdem lebten sie getrennt, nicht weit von einander, die Kinder eine Woche bei ihm, eine Woche bei ihr. Herrgott, wie weh das immer noch tat.

Anne-Liese schluckte mehrmals, fing sich, griff zum Handy, wählte die Nummer der Schule:
«Sekretariat Pestalozzi-Schule, Schabowski, guten Tag?»
«Schwartzer, guten Morgen, Frau Schabowski! Würden Sie bitte Herrn Malm ausrichten, dass er unbedingt seine private Mail-Box checken muss, wenn er Pause hat? Es geht um die Kinder. Es ist sehr wichtig!»
«Ja natürlich, Frau Schwartzer, ich leg' ihm einen Zettel ins Fach und suche ihn in der großen Pause, für alle Fälle.»
«Das ist sehr nett von Ihnen, Frau Schabowski, Sie sind ein Engel!»
Der Engel stieß ein kurzes, hohes Glucksen aus: «Aber das mach' ich doch gerne!»
«Ebendrum! Vielen, vielen Dank! Wiederhören, Frau Schabowski.»

Anne-Liese drückte auf «Gespräch beenden». So, das war erledigt. Was jetzt? Wieder ein Blick auf die Uhr. Sie musste sich diese Erpressermail ausdrucken, damit sie die im Hubschrauber studieren konnte. Was brauchte sie sonst noch? Da hatte es doch mal so eine Gruppe in den USA gegeben, *Earth Liberation Front* nannte die sich. Die hatten zum Beispiel Autos gesprengt. Aber dass die *ELF* in Erscheinung getreten war, das war doch Jahre her? Wie dem auch sei, die konnten wiedererstehen, es konnte sich auch um eine Splittergruppe handeln. Dasselbe galt «Earth First!», einer international vernetzten Gruppe von Öko-Anarchisten, die in Europa in Holland und Großbritannien Ableger hatte. Die hatten schon mal Strommasten oder Skiliftmasten kippen lassen. Das alles trug zwar nicht die Handschrift des Erpresserbriefes, so viel war Anne-Liese bereits klar, aber man konnte nie wissen. Eine Anfrage an die Partnerbehörden in England, Holland und den USA zu schicken würde sie nicht mehr schaffen, bevor der Hubschrauber kam, aber sie konnte sich noch im Netz allgemein zugängliche Informationen über die Gruppen suchen und ausdrucken. Was sie auch tat.

Um 11:50 Uhr hörte Anne-Liese ständig stärker werdendes Hubschraubergeknatter über dem Haus. Sie schaltete den Computer aus, klappte den Laptop zusammen, stopfte die ausgedruckten Papiere in die PC-Tasche, ergriff Handy und Handtasche, wollte gerade aus dem Büro, als ihr einfiel, was noch wichtig war: Das Englischwörterbuch! Sie hastete zurück zum Regal, schnappte sich das Ding, fand Platz dafür in einer Seitentasche der Laptop-Bag und verließ, so schnell sie konnte, das Büro, schloss ab, hastete die Treppen hinunter, verließ das Haus durch die Hintertür zum Innenhof, wo der Hubschrauber gelandet war.

Kollegen, die ihre Büros mit dem Fenster zum Innenhof hin hatten, staunten nicht schlecht, als sie die ihnen wohlbekannte, kleine Gestalt mit kurzem, rotem Haar in den Himmelstransporter einsteigen und mit ihm abheben sahen. Und ihr Respekt vergrößerte sich, wenn möglich, noch mehr, auch wenn sie auch jetzt kaum hätten sagen können, warum.

1.6 Ab 14:50 Uhr:
Bundeskriminalamt, Meckenheim-Merl

«Krankenhäuser haben eigene Landeplätze auf ihren Dächern, wir nicht», hörte Anne-Liese den Piloten in ihrem Helm, als der Helikopter über dem Sportgelände des BKA Meckenheim in der Luft zum Stehen gekommen war. «Aber im BKA hat man ja Zeit, da braucht man so was nicht.» Er ließ die Maschine langsam über dem Outdoor-Handballplatz der Behörde sinken und setzte sie mit einem kaum merklichen Stoß auf: «Bitteschön! Da wären wir», sagte er.

«Wenn Sie sonst im Leben immer so weich landen wie jetzt, muss es Ihnen ziemlich gut gehen», komplimentierte Anne-Liese. «Danke für den sicheren Flug!»

«Keine Ursache!»

Anne-Liese entledigte sich des Helmes, raffte ihre Sachen zusammen, der Pilot wartete, bis sie ausgestiegen und zum Rand des Spielfeldes, wo ein hochgewachsener Mann auf sie wartete, gelaufen war; der Pilot hob zum Gruß die Hand, als sie einen Blick zurück warf, und ließ den Hubschrauber wieder steigen.

Der Mann am Spielfeldrand sah aus wie ein überdimensionierter Gregor Gysi, braune Augen, Brille, Halbglatze, alles was dazu gehört, nur eben viel, viel größer. Er gab Anne-Liese vorläufig nur die Hand, eine wahrhafte Pranke verglichen mit Alice' zierlicher Frauenhand, und formte unter freundlichem Grinsen mit dem Mund ein überdeutliches «Guten Tag». Mit der anderen seiner Riesenhände wies er auf den Hubschrauber, dessen Lärm es unmöglich machte, sich anders zu verständigen. Dann wies er in Richtung einer Art Werkhalle, durch die sie offensichtlich gehen mussten, und sie setzten sich neben einander dorthin in Bewegung. Er hielt ihr die Tür auf, nachdem er sich mit seiner Security-Card identifiziert und seinen Code eingegeben hatte. Als die ins Schloss fiel, konnte man sprechen.

«Sind Sie Herr Dr. Hoffkamp?» fragte Alice.
«Nein, Kriminaloberkommissar Wegner. Ich arbeite im Stab und bringe Sie zum Chef. Hatten Sie einen guten Flug?»
Sie gingen durch einen langen, hellen Gang, der sein Licht von einem milchverglastem Dach erhielt. Rechts und links waren Türen, an denen Abteilungsnamen und elektronische Kodierungsschlösser zu sehen waren.
«Ja, danke. Man denkt anders, wenn man so fliegt, vielleicht sollten wir öfter die Gelegenheit dazu haben?»
«Sie meinen, wir sollten das ganze BKA mal in die Luft jagen?»
«Das haben Sie gesagt». Anne-Liese lachte in der tiefen Stimmlage, die man ihrem kleinen Körper gar nicht zutraute, und freute sich an dem unmittelbar lockeren Umgangston. Ein Kollege mit Humor und ohne Berührungsängste. Gut!
«Gibt's denn Neues in unserem Fall? Mein Informationsstand ist von 11:55 Uhr», fragte sie.
«Dann haben wir in der Tat Neues für Sie», antwortete Wegner. «Es gibt zwei wichtige Nachrichten. Die eine überbringt Ihnen der Chef. Die andere ist, dass in allen 16 Bundesländern je eine maskierte Schaufensterpuppe auf Autobahnbrücken platziert worden ist, und zwar immer direkt über der Überholspur, bei dreispurigen Straßen über der äußeren. Und vor den Füßen jeder Puppe lag ein Stein.»
«Ach! Das ist ja unglaublich! Und weiter?»
«Von der Fahrbahn aus gesehen mussten die Autofahrer die Puppen für wirkliche Menschen halten. Sie waren alle schwarz, aber sonst ganz normal gekleidet. Dabei trugen aber alle Puppen diese Guy-Fawkes-Masken, wissen Sie, diese Masken, die in der Anonymous-Bewegung verbreitet sind. Ziemlich furchteinflößend, wenn man da nichtsahnend mit 150 km/h daherkommt und plötzlich diese Gestalt wahrnimmt, wenn Sie mich fragen.»
«Das kann ich mir vorstellen, in der Tat.»
«Aber damit nicht genug. Die Puppen auf den Brücken selbst waren als Kunstwerke getarnt ...»
«Wie bitte? Als Kunstwerke? Ich verstehe nicht ganz ...»
Sie waren bei einem Aufzug angelangt, dessen Tür sich sofort öffnete.
«... Auf den Anoraks, die alle Puppen anhatten, war hinten ein kleines

Metallschild angebracht, worauf der Name des Künstlers, ein Werktitel und ein anonymer Spender angegeben waren.»

Wegner drückte auf den Knopf zum fünften Stock. Der Aufzug schloss sich.

«Außerdem trugen alle eine gelbe Blindenbinde. Auf diese Weise schöpfte niemand, der die Puppen passierte, wenn er ihnen denn Beachtung schenkte, Verdacht und ließ sie stehen. Wenn wir oben sind, zeigen wir Ihnen die Bilder, die wir bis jetzt haben.»

Anne-Lieses Verblüffung stand ihr ins Gesicht geschrieben: «Das ist ja raffiniert! Da kriegt man ja fast Respekt! Gibt es Spuren?»

«Vorläufig keine. Aber alle Puppen wurden entfernt und die entsprechenden Labore der LKÄ gebracht. Wollen hoffen, dass die Kollegen vor Ort bei der Spurensicherung nichts übersehen haben.»

«Da sollten wir wohl nicht allzu optimistisch sein ...»

«Ich gebe Ihnen recht. Und was noch hinzukommt: Bilder dieser Puppen, vor allem der Guy-Fawkes-Masken in Nah- und Fernaufnahme kursieren bereits im Netz. Die Online-Redaktionen haben sich wie die Geier auf sie gestürzt. Sie wissen ja, Journalisten ...»

«Da haben sie den Tätern genau den Gefallen getan, den sie wollten.»

«Ja, das sehen wir auch so. So verbreitet man Angst. Wirklich raffiniert eingefädelt von den Terroristen.»

Der Aufzug stoppte, die Tür öffnete sich. Während sie sich nun rechts in einen ebenfalls langen Korridor wandten, fragte Anne-Liese:

«Gab es denn Unfälle bisher?»

«Keinen einzigen. Halten Sie sich fest: So gut wie ganz Deutschland fährt brav 100 km/h auf der Autobahn. Es ist nicht zu fassen. Nach Berichten der Kollegen von der Autobahnpolizei sind die linken Fahrspuren, dort wo es zwei oder mehr Überholspuren gibt, wie leergefegt. Haben Sie das vom Hubschrauber aus nicht gesehen?»

«Wo Sie's sagen, ja, doch, aber richtig bewusst wird es mir erst jetzt. Ich sagte ja, man denkt anders, wenn man auf diese Weise fliegt, irgendwie abgeschirmt vom Rest der Welt. War auch nötig, ich musste mir über einiges etwas größere innere Klarheit verschaffen, um es mal so auszudrücken.»

«Darf ich fragen, was Sie damit meinen?»

«Dürfen Sie. Aber mit der Antwort möchte ich noch etwas warten»,

lächelte Anne-Liese gewinnend 35 cm nach oben und machte dabei ihre Stimme absichtlich etwas heller. Dann wieder in ihrer sonoren Stimmlage: «Ich erzähle Ihnen von meinen bisherigen Gedanken zu dem Fall im Team. Wenn sie dann noch relevant sein sollten. Wie sieht denn unser Team aus?»
«Das wird Dr. Hoffkamp Ihnen sagen. Ich bin jedenfalls mit dabei.»
«Das ist ja nett, freut mich!» zeigte Anne-Liese offen ihre Sympathie. «Was ist Ihr Spezialgebiet?»
«Ich bin IT-Spezialist. So, da wären wir.»

Dr. Karl-Heinz Hoffkamp, Kriminaldirektor, Abteilungsleiter ST war auf dem Türschild zu lesen, sowie *Jacqueline Schulte, Sekretärin*.
«Frau Schulte, hier ist Frau Schwartzer», sagte Wegner, als sie das Vorzimmer betraten.
«Guten Tag, Frau Schwartzer» lächelte eine stark geschminkte, vollbusige, blonde Frau Ende zwanzig. «Sie werden erwartet, bitte gehen Sie doch gleich durch. Darf ich Ihnen einen Kaffee bringen?»
«Ja, sehr freundlich von Ihnen, der täte jetzt gut» lächelte Anne-Liese zurück. «Kommen Sie nicht mit rein?» wandte sie sich an Wegner.
«Wir sehen uns in einer halben Stunde bei der ersten Lagebesprechung. Ich habe bis dahin noch zu tun. Bis gleich», sagte der nette Riese und verschwand wieder im Korridor.
Anne-Liese klopfte an die dicke, nur angelehnte Tür des Direktors, die so massiv war, dass deren Holz das Klopfen fast verschluckte, und schob sie auf. Hinter einem großen Schreibtisch blickte ein eher kleiner, korpulent wirkender Mann Anfang 60 mit kahl geschorenem Schädel, wässerig-blauen Augen und Nickelbrille auf. Er erhob sich: «Frau Schwartzer! Gut, dass Sie da sind», ging er mit ausgestreckter Hand auf sie zu, während er einen in der Tat ansehnlichen Bauch vor sich herschob. «Bitte nehmen Sie Platz!». Er wies nach der Begrüßung auf eine kleine Sitzgruppe am Fenster. Von dort hatte man ein wunderschöne Aussicht nach Nordosten über einen großen Wald hin. Hoffkamp registrierte Anne-Liese Blickrichtung: «Ja, wir sind auf dem Land und schön ist es hier, aber die Zeit drängt. Ich möchte gleich zur Sache kommen, Frau Schwartzer.»
Anne-Liese zuckte innerlich zusammen. War das als Kritik für einen

Augenblick Unkonzentriertheit aufzufassen? Sie fuhr ihre Antennen aus: Eher kleiner Mann, nur wenig größer als sie, vielleicht 170 cm, körperlich wenig anziehend, in ziemlich gehobener Position. Das zeugte von scharfer Intelligenz, Behändigkeit, Durchsetzungsvermögen und Ehrgeiz. Sie wusste aber auch, dass kleine Männer oft ebenso Komplexe entwickeln wie große Frauen. Hier galt es, vorsichtig zu sein, solche Menschen können zu Überempfindlichkeiten neigen. Es konnte gut sein, das Hoffkamp ihren kurzen Blick über die Landschaft als Missachtung seiner Person missdeutet hatte.

«Ja, natürlich, Herr Dr. Hoffkamp, entschuldigen Sie», machte sie ihre Stimme hell, gab sich bewusst kleinlaut und sah Hoffkamp aus ihren grünlichen Augen mit voller Konzentration an. «Herr Wegner hat mich bereits grob orientiert, aber sagte auch, dass es eine wichtige Nachricht gebe, von der ich durch Sie persönlich unterrichtet würde?» Sie betonte absichtlich das Wort *persönlich* und nickte dabei leicht, um vorsichtshalber den Herrn Vorgesetzten in seiner gehobenen Position zu bestätigen. Der Trick funktionierte:

«Ganz richtig, Frau Schwartzer. Ich werde gleich noch viel telefonieren und hoffe, Ihnen bald eine bessere Nachricht geben zu können, aber vorläufig lautet sie: Der Verfassungsschutz hat sich für nicht zuständig erklärt. Wir können von dort vorerst nicht mit Unterstützung rechnen.»

Anne-Liese sah Hoffkamp verwirrt an: «Wie darf ich das verstehen?»

«So wie ich es sage» antwortete ihr Chef gereizt. «Ich habe schon die letzten beiden Stunden damit verbracht, mit den Chefs der LfV und des BfV zu telefonieren. Fast überall höre ich dasselbe: Man bedauere, aber nach eingehender Analyse der bisherigen Informationen, sprich des Erpresserbriefes, richteten die Anschläge der Terroristen sich nicht gegen die Verfassung, sondern wollten Zwecke erreichen, die innerhalb des Rahmens unserer Verfassung lägen. Das gehe klar aus dem Brief hervor. Zwar seien Leib und Leben von Mitbürgern in Gefahr, aber Leib und Leben zu schützen sei unsere Aufgabe, also die der Polizei, nicht des Verfassungsschutzes. Man leiste gerne Amtshilfe, sofern man verfügbare Leute habe, aber die Kollegen seien bereits an andere Aufgaben gebunden.»

«Sagen tatsächlich alle LfV und ...»

Es klopfte kaum vernehmbar, die Tür öffnete sich, Jacqueline Schulte kam auf Stöckelschuhen ins Zimmer stolziert und reichte Kaffee mit etwas Gebäck. «Darf ich Ihnen sonst noch etwas bringen?», flötete sie mit überzuckerter Stimme, während sie eingoss.
«Es ist gut, vielen Dank, Jacqueline», antwortete Hoffkamp. Anne-Liese beobachtete den Blick, mit dem der alternde Chef der jungen Frau nachsah, während sie das Zimmer verließ. «Aha», dachte sie, «hier stimmen alle Klischees. Aufpassen, Anne-Liese.»
Sie rührte in ihrer Kaffeetasse und wiederholte die Frage:
«Sagen tatsächlich alle LfV und das BfV das so?» Anne-Liese tat, als sei sie äußerst erstaunt.
«Natürlich nicht alle, aber der Tenor ist so. Die flexibleren Kollegen würden gerne helfen, aber trauen sich nicht auszuscheren. Stellen Sie sich vor, wie das aussieht, wenn da das LfV Bremen bei uns sitzt, das von Hamburg aber nicht – das gibt internes Gezänk für die, das wollen die nicht. Abgesehen davon wäre es auch ineffektiv.»
«Und was steckt Ihrer Meinung nach wirklich dahinter?», fragte Anne-Liese, obwohl sie lange genug beim BKA war, um sich die Antwort denken zu können.
«Wirklich steckt dahinter, dass diese Esel nicht zugeben wollen, dass sie hier mal wieder was verbockt haben, dass sie nichts wissen – oder so tun als wüssten sie nichts. In Deutschland kann nun mal nur der Verfassungsschutz Mitbürger beobachten, die noch keiner konkreten politisch motivierten Straftat verdächtig sind, aber eine solche verüben könnten. Das kann im Prinzip aber jeder von uns. Deshalb stochern die Kollegen im Nebel rum, schämen sich ihrer Existenz, weil dabei zu selten was rauskommt oder sie bedienen sich nicht immer ganz legaler Methoden. Beides sollen wir nicht wissen, die wollen sich von uns nicht auf die Finger schauen lassen. Dann wäre ihr Geheimdienst ja auch nicht mehr geheim. Das ist der Punkt.»
«Jaja, geheim sein macht wichtig. Da ist viel Psychologie im Spiel. Aber dass das so weit geht? Nicht zu fassen!» kommentierte Alice, um sich als ebenso klug wie entrüstet darzustellen. «Was wollen Sie jetzt tun?»
«Ich werde mich jetzt mit dem BKA-Präsidenten in Verbindung setzen und mit den Innenministern der Länder telefonieren. Wenn die Verfassungsschutzleute von selber nicht kommen, werden sie es eben

auf Druck von oben tun müssen. Ich werd's denen schon zeigen, aber wir verlieren wertvolle Zeit.»
«Ja, das kann mal wohl sagen. Das ist wirklich eine dumme Sache.»
Hoffkamp beugte sich vor: «Frau Schwartzer, um so wichtiger ist es, dass *Sie* ganze Arbeit leisten. Sie haben sich sicher schon einige Gedanken gemacht. Wollen Sie mich kurz orientieren?»
«Sagen Sie mir bitte noch was zu dem Team, das mir zur Verfügung stehen wird?» begann Alice, das Gespräch in die Hand zu nehmen.
«Ach ja, entschuldigen Sie, das habe ich bei dem Ärger ganz vergessen.» Hoffkamp räusperte sich. «Herrn Wegner kennen Sie ja schon. Ausgezeichneter Mann, Referat ST 42. Aus dem Referat 32 kommen Sie selbst, dann haben wir als Spezialisten für internationale Fahndung Herrn Wild vom Referat 22 und als Ermittler für Linkskriminalität Herrn Brecht, der aber Bertram, nicht Bertold mit Vornamen heißt und außerdem auch noch lebt ...»
Anne-Liese lachte über den Scherz so, wie die Klugheit es gebietet. Chefs muss man unbedingt in dem Glauben erziehen, sie seien humorvoll und geistreich.
«... aus dem Referat ST 12. Alles Leute mit viel Erfahrung», fuhr Hoffkamp nach dem gemeinsamem Lachen fort, sichtlich etwas besserer Laune, «Sie werden sie gleich zur ersten Lagebesprechung treffen und kennen lernen. Außerdem steht Ihnen noch im Taktischen Lagezentrum ein Mitarbeiter zur Verfügung, der rund um die Uhr über diesen Fall betreffende Ereignisse landesweit und zeitnah informiert ist. Aktuelle Informationen rufen Sie von dort jederzeit ab. Ihr Büro haben Sie im dritten Stock, gleich neben Herrn Wegner, und Ihre Unterbringung ist auch geregelt, wenden Sie sich da bitte an Frau Schulte. Haben Sie noch weitere Fragen?»
«Nein, eigentlich nicht, Sie scheinen das sehr sorgfältig geplant zu haben», antwortete Alice in ihrer hellen Stimmlage.
«Man tut, was man kann, nicht wahr? Schön, dann skizzieren Sie mir doch jetzt bitte Ihre bisherigen Gedanken zu dem Fall, Frau Schwartzer.»
«Jetzt wirklich aufpassen, Anne-Liese», dachte Anne-Liese wieder. Sie achtete während der folgenden Sätze darauf, ihre Stimmlage langsam von hell nach dunkel zu modulieren, unmerklich für den

Gesprächspartner:

«Wenn wir zusammenrechnen, was wir bisher wissen, müssen wir von einem sehr kreativen, entschlossenen und vorausschauenden Gegner ausgehen», begann sie. «Die Sache mit den Puppen ist natürlich ein wirklicher Clou. Aber auch die Vorbereitung des Ganzen, die an vier auf einander folgenden Tagen provozierten Unfälle, die Erpressung der Rundfunkanstalten, die Streuung des Briefes über alle Online-Redaktionen, das Timing, die Spraydosen-Aktion von voriger Nacht, das alles deutet darauf hin, dass diese Terroristen genauestens durchdacht haben, was sie tun. Diese Puppen geben» - Anne-Liese überlegte blitzschnell ob sie «mir» oder «uns» sagen sollte - «uns gleich drei Hinweise: 1. Diese Terroristen wollen gar nicht töten. 2. Sie werden aber wieder töten. 3. Sie haben noch andere Waffen als nur Steine.»

Hoffkamp sah sie erstaunt an: «Woraus schließen Sie das?»

«Nun, fragen wir uns, warum jemand überhaupt Puppen auf Brücken stellt, statt wie angedroht Steine zu werfen. Das letztere wäre ja viel einfacher und ist immerhin in den letzten Tagen vierfach geschehen. Warum macht man damit nicht weiter? Stattdessen dieser Aufwand! Warum? Ich weiß nur *eine* Antwort: Man will nicht töten. Opferzahlen sollen trotz allem so klein wie möglich gehalten werden.»

«Das sagen Sie, obwohl wir es mit den meisten Terror-Toten unserer Nachkriegsgeschichte zu tun haben?»

«Ich bin mir völlig darüber im Klaren, wie widersprüchlich das wirkt. Aber trotzdem: Warum diese Puppen? Diesen inneren Widerspruch haben ja nicht wir aufgebaut, sondern die Terroristen!»

«Der PR-Effekt ist immerhin erheblich!» warf Hoffkamp ein.

«Das stimmt. Aber der ließe sich auch erzielen, indem man einfach weiter Steine wirft. Noch einmal: Bedenken Sie den Aufwand, den es gekostet haben muss, diese Puppen zu installieren! Warum macht sich jemand diese Mühe?»

Der dicke Vorgesetzte strich sich nachdenklich mit Zeigefinger und Daumen seiner Rechten über einen nicht vorhandenen Vollbart. «Schön», sagte er dann, «gehen wir einmal von dieser Hypothese aus. Was schließen Sie weiter daraus?»

Anne-Liese spürte leise Genugtuung, ließ sich diese aber nicht

anmerken: «Das sagt uns dann, dass wir die Drahtzieher nicht in generell gewaltbereiten Kreisen suchen müssen. Sie werden von dort möglicherweise Beifall erhalten oder auch Unterstützung bekommen haben. Das werden wir schnell herausfinden. Die Puppen, besonders mit diesen Masken, deuten aber an, dass das primäre Ziel der Terroristen nicht zu morden, sondern Angst zu verbreiten ist. Dafür nehmen sie die Tötung anderer billigend in Kauf und versuchen gleichzeitig, so widersprüchlich das wirkt, sie zu begrenzen. Zweitens müssen sie aber wissen, dass die Wirkung der Puppen nur vorübergehend sein wird. Wenn morgen, spätestens übermorgen nicht wieder etwas spektakuläres geschieht, werden sie den Druck, den sie aufgebaut haben, nicht aufrecht erhalten können. Das müssen sie aber, denn sie haben politische Ziele, die sich im besten Fall für sie mittelfristig erreichen lassen. Deshalb müssen wir bereits morgen, spätestens übermorgen mit neuen Unfällen und damit verbundenen Toten und Verletzten rechnen. Drittens rechnen die Terroristen damit, dass die Gesellschaft Schutzmaßnahmen ergreifen wird. Videokameras auf Brücken, Wehrpflichtige auf Brücken, Bürgerwehren auf Brücken, was weiß ich. Dann haben die Täter ihr politisches Ziel aber noch lange nicht erreicht. Also müssen sie, wenn ihre Aktion Sinn machen soll, weitere Druckmittel, das heißt weitere Waffen in der Hand haben, wenn ihnen Brücken als Ausgangspunkte ihrer Anschläge nicht mehr zur Verfügung stehen.»
«Und welche Waffen sollten das sein?»
«Ich bin keine Terroristin, Herr Dr. Hoffkamp, das weiß ich nicht. Aber nach der bisherigen Handschrift der Täter zu urteilen werden sie primitiv, jedermann zugänglich und nicht durch Gesetze, Verbote und Kontrolle zu regulieren sein. Das wiederum bedeutet: Wir im BKA werden mit all unserer Technologie nicht weit kommen. Wir werden uns auf äußerst langwierige Ermittlungen einstellen und völlig neu, völlig anders denken müssen als wir es gelernt haben.»

Anne-Liese hatte wie geplant zunehmend mit ihrer ruhigen, kontrollierten Altstimme gesprochen. Dies, ihr kurzes, rotes Haar, die grünlichen Augen, die sie schmal und sachlich machen konnte, sowie ihr Räsonnement verfehlten ihre Wirkung nicht: Hoffkamp schwieg

einen Augenblick und sah sie mit seinen wässerigen Augen durch seine Nickelbrille nur bewundernd an.
«Donnerwetter!» sagte er dann. «Frau Schwartzer, ich glaube, wir hätten es nicht besser treffen können. Der Kollege Schellinger hatte völlig recht, als er Sie empfahl.» Er sah auf die Uhr. «Frau Schwartzer, Ihre Team-Kollegen warten bereits. Sie müssen jetzt in den Konferenzraum B 12. Frau Schulte wird Ihnen sagen, wo der ist. Ich muss mich jetzt meinen Ministern widmen.» Er stand auf und reichte ihr die Hand. «Wir hören von einander? Und wenn es Probleme gibt, Sie finden hier immer eine offene Tür!»
«Vielen Dank für Ihr Vertrauen, Herr Dr. Hoffkamp, das ist gut zu wissen», verabschiedete Anne-Liese alias Alice Schwartzer sich. Zufrieden mit sich verließ sie den Raum.

1.7 Ab 15:30 Uhr:

BKA Meckenheim-Merl, Konferenzraum B12

24 Quadratmeter der 55,2 Kubikmeter des Konferenzraumes B12 bestehen aus ockerfarbenem Linoleum. Weitere 4,5 Quadratmeter sind verglast und lassen von Süden her Tageslicht herein. Dem Licht gegenüber liegt die Tür, so weiß wie der Rest des Raumes. Darüber hängt eine große analoge Uhr, rechts neben der Tür steht vom Fenster aus gesehen ein kleiner Einzeltisch mit einem Drucker darauf, links der Tür ein bewegliches interaktives Whiteboard. In der Mitte des Raumes befinden sich 6,4 Quadratmeter Tisch in Anthrazit, für dessen Mitte irgendwer Strom- und Internetanschlüsse sowie jeweils ein Telefon für 12 Sitzungsteilnehmer als sinnvoll befunden hat. Sinnvoll in einem wenig vollmundigen Sinne des Wortes sind auch die Ergostühle, die vor jedem Anschluss stehen, auch in Anthrazit und mit dunkelrotem Sitzbezug. In der Mitte der Ostwand hängt das Bild des amtierenden Bundespräsidenten, nicht er selber, was ihm doppelter Anlass zur Freude sein könnte. Die dem Bild gegenüberliegende Wand bietet ihre Fläche für jeweils eine große Deutschland-, Europa- und Weltkarte, auf Kork montiert, so dass man Nadeln in sie stecken kann. Das ist alles.

Als Anne-Liese den Raum betrat, waren die drei Herren schon da, anscheinend in angeregter Diskussion, die sie abrupt unterbrachen. Anlass der Diskussion war offenbar eine auf dem Whiteboard sichtbare Person, die hinter einem Brückengeländer stand und eine Guy-Fawkes-Maske trug. Die Männer erhoben sich vom vorderen Ende des Tisches.

«Hauptkommissar Wolfgang Wild, Referat 22», stellte ein ausgesprochen breitschultriger Herr, etwa 1,85 groß, kahler Kopf, brillenlos, stahläugig, glatt rasiert, Mitte vierzig sich vor. «Freut mich!»
«Anne-Liese Schwartzer», lächelte Alice, «ganz meinerseits» und dachte: «Wenn du so viel Muskeln im Kopf wie in den Armen hast, bin ich morgen wieder in Berlin.»

«Hauptkommissar Brecht, Referat 12, guten Tag, Frau Schwartzer!» Bertram Brecht wirkte neben dem Muskelpaket Wild und dem netten Riesen Wegner wie ein Männchen. Dabei war er einfach nur normal groß, um die 1,80, normal schlank, hatte helles, schütteres Haar, war aber erst Ende dreißig, trug eine markante, schwarze, eckige Brille, hatte braune Augen. Den Experten für Linksterrorismus konnte Anne-Liese sich spontan auch gut als Lehrer an der gymnasialen Oberstufe vorstellen.
«Anne-Liese Schwartzer, GTAZ Berlin, guten Tag, Herr Brecht!»

Da sie sich schon kannten, nickten Riese Wegner und Anne-Liese einander nur freundlich zu und Anne-Liese übernahm mit ihrer tiefen Stimme die Leitung, während sie ihren Rechner auspackte und anschloss: «Bitte, nehmen Sie Platz.»

Die Männer platzierten sich wieder hinter ihren bereits angeschlossenen Laptops, daneben liegenden Ausdrucken des Erpresserbriefes, aufgeschlagenen Notizblöcken und Kugelschreibern. Wegner und Wolf saßen nebeneinander. Gegenüber von Riese Wegner saß Lehrer Brecht, neben dem und gegenüber von Muskelmann Wolf Anne-Liese selbst Platz nahm.

Anne-Liese lies bewusst zwei, drei Sekunden verstreichen, während derer sie ihren Team-Kollegen freundlich ins Gesicht sah. Ihr Kinn stütze sie dabei auf ihre linke, kleine Faust: «Tja, da hat es wohl uns alle auf dem linken Fuß erwischt», sagte sie dann. «Und dass die Kollegen vom Verfassungsschutz uns vorerst nicht beistehen wollen, ist nicht gerade ein guter Anfang.» Der Lehrer nickte, der muskulöse Kahlkopf nickte, der nette Riese nickte.

Lehrer Brecht neben ihr sagte: «Es ist trotzdem erstaunlich, dass wir scheinbar überhaupt nichts mitbekommen haben. Alle LKÄ haben V-Leute in den einschlägigen Milieus der linken Szene, von Anarchisten über die alten Hausbesetzer bis zu den AKW-Gegnern. Aber mir ist kein einziges Signal zu Ohren gekommen, das auch nur entfernt auf diese Geschichte hingedeutet hätte.»

«Was wiederum heißt, dass entweder a) unsere Verbindungen in die Szene nicht funktioniert haben oder b) diese Anschläge aus der Mitte der Gesellschaft kommen. Auch eine Kombination von a) und b) ist denkbar», sagte Wegner. Dreifaches Nicken folgte seiner Äußerung.
«Es ist ja klar, dass wir es nicht mit Terrorismus zu tun haben, wie wir ihn bisher kennen» sagte Anne-Liese. «Hat jemand von Ihnen trotzdem einen Vorschlag, in welche Richtungen wir arbeiten sollten?»
«Vorläufig können wir wohl nur die Neonazis ausschließen. Wobei mir schon jetzt ganz mulmig bei dem Gedanken ist, dass die diese Terrormethode für sich auch entdecken könnten», äußerte Brecht.
«Ich glaube, da müssen wir keine Angst haben», erwiderte Anne-Liese.
«Warum nicht? Unter denen sind Leute, die sich als sehr lernfähig erwiesen haben.»
«Prinzipiell ausschließen können wir das natürlich jetzt nicht mehr», gab Alice zu, «aber ist Ihnen schon einmal aufgefallen, dass es bei allen Terroristen, ob bei Bin Laden, den Islamisten allgemein, diesem Breivik in Norwegen, bei unserem eigenen NSU und zurück bis zur RAF, salopp gesagt immer blitzen, stinken und knallen musste?»
Die drei Männer sahen sie verständnislos an.
«Nun, schauen Sie, ist es nicht erstaunlich, dass bisher zur Erreichung vorgeblich politischer Ziele immer irgendeine Form von Explosiva im Spiel gewesen ist? Wobei ich auch eine Feuerschusswaffe hier zu den Explosiva rechne. Wenn Sie mich fragen, dann war und ist die Politik für diese Leute nur ein Überbau, eine Legitimierung zur Entladung ihres aufgestauten Hasses, ihrer Wut, ihrer Aggression, die ganz woanders herrühren, nicht aus der Politik. Ginge es ihnen vorrangig um Politik, ihre Ziele ließen sich doch auch und viel besser mit stillen Formen der Gewalt und der Erpressung erreichen. Intelligent genug sind diese Leute ja. Warum also immer Explosiva? Und warum ganz überwiegend Männer? Trete ich Ihnen zu nahe, wenn ich Sie frage, wie viel Spaß es einem Jungen macht, wenn es blitzt, stinkt und knallt? Und wenn er «Pengpeng, du bist tot» rufen kann?» Und dass sich dabei auch beträchtliche Wut, latente Aggression entladen kann? Die allermeisten Terroristen wollen eigentlich auf eine destruktive Art bemerkt werden, sichtbar kolossal wütend sein und irgendwie im

Recht sein dürfen; das sind Amok-Läufer, die sich ein politisches Mäntelchen angezogen haben. Hochgefährlich, ja. Aber nicht aus überwiegend politischen, sondern aus überwiegend psychologischen Gründen. Und deshalb, Herr Brecht, glaube ich nicht, dass sich diese neue Terrorform in andere politische Milieus verpflanzen wird. Dort haben die Leute viel zu viel Wut im Bauch, um leise agieren zu können. Anders unsere Kandidaten hier. Die sind nicht wütend, die sind verzweifelt.»

Eine kleine Pause entstand. Während der Riese Wegner dem Gesichtsausdruck nach durchaus Anne-Lieses Reflexionen in Erwägung zu ziehen gewillt schien, im Gesicht von Lehrer Brecht gar nichts zu lesen war, war Muskelmann Wilds Kopf rot geworden:
«Frau Schwartzer, ich muss mich wundern, wie viel Verständnis Sie für Terroristen aufbringen!» sagte der kahlköpfige Hauptkommissar nach einigen Sekunden scharf.
«Hab' ich dem auf seine Männlichkeit getreten? Pass um Gottes Willen auf, Anne-Liese», dachte Anne-Liese augenblicklich, «das könnte ein Fehler gewesen sein.» Laut sagte sie:
«Herr Wild, ich arbeite seit Jahren am GTAZ unter anderem in der Arbeitsgemeinschaft Deradikalisierung, mit einigem Erfolg, wie ich sagen darf. Man hat da nichts zu suchen, wenn man nicht versteht, was Menschen radikal macht. Übrigens, meine Herren», sie modulierte bewusst ihre Tonlage von dunkel nach hell, «ich gehe davon aus, dass wir lange zusammen arbeiten werden müssen. Dieser Fall wird nicht übermorgen gelöst sein. Da finde ich es praktischer, dass wir uns mit Vornamen anreden. In Berlin sagen alle «Alice» zu mir. Das dürfen Sie auch gerne.» Und sie lächelte ihr schönstes Lächeln.

Der Streich saß! Die drei Männer starrten einen Augenblick etwas verlegen auf die kleine rothaarige Gestalt und Anne-Liese hatte sich da, wo sie sich haben wollte: Als Sexobjekt auch für die leiseste Männerphantasie überhaupt nicht infrage kommend und so als gewissermaßen gleichgeschlechtlich anerkannt, ihre Kompetenz hatte sie durch Argumentation und Statusbetonung bewiesen, ihre Unerreichbarkeit gerade durch die quasi-private Preisgabe ihres

Spitznamens unterstrichen und die Männer damit in Zugzwang gebracht. Die drei Herren konnten nicht anders als folgen:
«Soll mir recht sein, ich heiße Wolfgang», kam ihr das Muskelpaket entgegen, wobei er sich etwas räusperte.
«Bertram», sagte Herr Brecht gelassen.
«Klaus», sagte der nette Riese Wegner. Er sah als einziger Anne-Liese direkt an und schien ein kleines Blitzen in den Augen zu haben, als ob er Anne-Liese durchschaute. Ein IT-Mann mit hoher sozialer Intelligenz. Alice fand ihn noch sympathischer.

«Gut», sagte Anne-Liese, «dann verschaffen wir uns zunächst einen Überblick.» Sie wandte sich dem Whiteboard zu. «Das ist sicher nicht das einzige Bild, das wir haben? Zeigen Sie mir doch die anderen und erklären Sie mir Ihre Gedanken dazu.»
Klaus Wegner griff nach der Maus vor ihm, mit der er das Bord steuerte, und klickte einige Bilder zurück:
«Wie ich Ihnen schon sagte, von solchen Puppen ist bisher je eine in jedem Bundesland aufgetaucht. Kennzeichnend für alle war, dass sie auf relativ wenig befahrenen Straßenbrücken positioniert worden sind.» Auf dem Whiteboard wurden mehrere schwarzgekleidete Schaufensterpuppen auf offensichtlich verschiedenen Brücken nacheinander sichtbar.
«Wahrscheinlich, um Zeugen bei der Installierung zu vermeiden?» fragte Anne-Liese.
«Richtig, das vermuten wir auch. Das Aufstellen der Puppen muss ja Zeit gekostet haben. Trotzdem ist es unwahrscheinlich, dass bei 16 Puppen und einem Installationsaufwand von geschätzten 30 Minuten niemand etwas gesehen haben sollte. Dafür allerdings haben sich die Täter etwas besonderes ausgedacht: Auf dem Rücken der Puppen war dieses kleine Metallschild angebracht.»

Der Hauptkommissar zeigte jetzt in Nahaufnahme ein Messingschild nach Art eines kleinen Türschildes, durch Nieten auf schwarzen Anorakstoff gestanzt. Auf den Schild stand in Blockbuchstaben: NORBERT GRENZ. «EINER VON ZU VIELEN». Darunter, ebenfalls in Blockbuchstaben, aber kleinerer Schrift: ANONYME SPENDE. Und in einer dritten Zeile, auch in kleinen Blockbuchstaben: EINE ZUSAMMENARBEIT DER KULTUSMINISTER DER LÄNDER UND DES UMWELTBUNDESAMTES (UBA).»

In einem Ton, als sei er selbst der Künstler, sagte Wegner: «Sieht doch ziemlich offiziell aus, oder?» und schaute die anderen seltsam triumphierend an.

«In der Tat!» Anne-Liese war einen Moment lang wirklich perplex.

«Ja, unfassbar» murmelte der Kahlkopf, obwohl er das Bild zum zweiten Mal sah, während der Lehrer gar nichts sagte, aber wohl schon wieder ziemlich große braune Augen machte, denn auch er sah das Schild zum zweiten Mal.

«Diesen Norbert Grenz, gibt es den wirklich?» fragte Anne-Liese dann.

«Insgesamt 14 Personen in Deutschland und zwei in Österreich tragen diesen Namen» antwortete Wegner. «Natürlich müssen wir checken, ob es sich bei dieser Posse wirklich um ein Kunstwerk handelt oder ob einer von diesen Norberts wirklich Künstler ist. Wir müssen auch herausfinden, ob es wirklich so ein Kunstprojekt zwischen den Ländern und dem UBA gibt. Aber ich vermute mal, dass wir da ins Leere schießen. Das wird uns nur wertvolle Zeit kosten.»

Brecht sagte: «Auf jeden Fall würde ein beliebiger Passant diese Kunstwerkgeschichte für bare Münze nehmen und keine weiteren Fragen stellen. Sollten eventuelle Zeugen beim Installierungsprozess überhaupt gefragt haben, konnten die Täter auf das Schild verweisen und sagen, es handele sich um ein offizielles Kunstprojekt.»

«Aber die Masken?» fragte Anne-Liese.

«Die sind in ein paar Sekunden aufgesetzt und darüber hinaus nur von der Fahrbahn unten auf der Autobahn aus zu erkennen. Wenn man auf der Brücke an der Puppe vorüber läuft, sieht man sie im Profil nicht, denn alle Puppen hatten Kapuzen über dem Kopf.» Wegner klickte einige Fotos durch, die die Puppen von rechts und links im Profil zeigten, so wie sie von Vorbeigehenden wahrgenommen werden mussten.

«Mmh», machte Anne-Liese.

Wegner klickte weiter: «Vor dem rechten Fuß jeder Puppe lag ein Stein.» Nacheinander waren vor einem beschuhten Fuß 16 Steine von der Größe einer Männerfaust auf dem Whiteboard zu sehen.

«Die Steine sind hoffentlich alle bei der Spurensicherung gelandet?» fragte Anne-Liese.

«Ja, und wir wollen hoffen, dass sich darauf irgendwelche Spuren befinden, und seien sie noch so winzig», entgegnete Wegner. «Aber es wird einige Zeit dauern, bis wir das wissen.» Er fuhr fort:

«Als besonderes Kuriosum haben wir dann noch diese Blindenbinde», und zeigte nacheinander Bilder von rechten Oberarmen, von denen sich das gelbe Tuch mit den drei schwarzen Punkten abhob.

Anne-Liese wurde augenblicklich stutzig. «Stopp!» rief sie. «Geben Sie mir doch mal die Maske im Kontrast. Am besten Maske neben Binde und dazu noch das Bild von einer Puppe, wie sie Autofahrer unten auf der Autobahn sehen mussten.»

Wegner übererfüllte ihr den Wunsch. Auf dem Board erschienen zuerst eine Blindenbinde, dann eine Guy-Fawkes-Maske sowie eine Puppe aus circa. 100, dann circa 50, dann 10 Metern Entfernung gesehen, fotografiert von der linken Überholspur der Autobahn aus.

«Ich kann Ihnen auch demonstrieren, wie das ganze auf Autofahrer bei verschiedenen Geschwindigkeiten gewirkt haben muss. Wir können das simulieren», sagte er.

«Tun Sie das, ja, bitte!»

Auf dem Whiteboard erschien das virtuelle Cockpit eines Autos. Der Tachometer zeigte 190, das simulierte Fahrzeug schoss über die äußere linke Spur einer dreispurigen Autobahn auf eine Brücke zu. Rechts unten war auf dem Bildschirm die Entfernung in Metern eingeblendet. 500, 400, 300, 200, 100, 50, 40, 30, 20, 10. Dann war das Fahrzeug unter der Brücke durch, der Vorgang dauerte bei dieser Geschwindigkeit etwa 9,5 Sekunden.

«Noch einmal, bitte, aber in etwas langsamerer Bildabfolge und trotzdem bei derselben Fahrgeschwindigkeit. Geht das?» fragte Anne-Liese.

«Klar», sagte der IT-Mann, bearbeitete seinen Laptop einen Augenblick und zeigte die gewünschte Sequenz in Zeitlupe.

«Bereits auf 500 Meter erkennt man eine Gestalt auf der Brücke, bei 250 Metern registriert man ein weißes Gesicht, das möglicherweise dann schon die Aufmerksamkeit des Fahrers bindet, und je näher er kommt, um so deutlicher erkennt er dann natürlich die Maske. Ja.

Danke!» sagte Anne-Liese.

«Ziemlich gefährlicher Spaß», sagte Wolfgang Wild. «Aber so ist das wohl auch gemeint. Wobei ich Spaß in Anführungsstrichen verstanden wissen möchte.»

«Sie haben recht, Wolfgang, aber darauf kam es mir im Moment nicht an», sagte Anne-Liese. «Ich wette, die Maske ist den Puppen erst heute morgen um kurz vor zehn aufgesetzt worden.»

Die drei Männer sahen sie erstaunt an.

«Woher wissen Sie das denn?», fragte der Muskelprotz.

«Ich weiß es natürlich nicht, aber ich vermute es stark. Die Puppen mit den Masken erzeugen doch Aufmerksamkeit! Je länger sie da stehen, um so mehr Autofahrer müssen sie gesehen haben, was für die Terroristen die Gefahr, dass die Puppen vor der Zeit entfernt werden, steigert. Ohne Maske aber sehen die Puppen aus wie ein harmloser Passant, man registriert sie kaum. Daran muss den Tätern gelegen gewesen sein, damit die Puppen stehen bleiben konnten. Zusammen mit der Blindenbinde und dem Messingschild für die Passanten oben auf der Brücke macht das Sinn. Für Brückenpassanten waren sie ja ein Kunstwerk. Wenn jemand überhaupt darüber nachdachte, sollte er denken: *Wir sehen diesen Autoverkehr wie Blinde. Wir gucken uns das wie ein Spaziergänger auf einer Brücke in aller Seelenruhe an und sehen trotzdem nichts. Wir verstehen nicht, was wir da anrichten.* So ungefähr. Und so konnten die Täter ihre Puppen in Ruhe und Gelassenheit platzieren und kein Mensch kümmerte sich darum. Dabei sollte es bleiben, bis heute morgen 10:00 Uhr, als die Täter das Tempolimit verhängten. Um ihre Schlagkraft und ihren Erfindungsreichtum zu unterstreichen, haben sie dann um kurz vor zehn die Puppen mit diesen Masken versehen und denen gleichzeitig den Stein vor die Füße gelegt. Und damit einen medialen Coup gelandet. Denn damit sind sie wirklich in aller Munde.»

«Hm, könnte sein, hört sich folgerichtig an», sagte Wegner.

Wolfgang Wild warf missmutig ein: «Folgerichtig ist vieles. Vorläufig ist das nur eine Hypothese. Ich bin dafür, dass wir uns an Fakten halten.»

Anne-Liese spürte, dass der Mann sich unterlegen fühlte. Sie zögerte, wusste nicht ganz, wie sie reagieren sollte und sagte dann: «Die

Puppen *sind* Fakten. Aber Fakten müssen interpretiert werden, so oder so, daran kommen wir nicht vorbei. Wir wollen uns allerdings auf die Puppen jetzt nicht versteifen. Wir brauchen zuerst einen Überblick. Wie viele Bilder haben wir von den Puppen?» wandte sie sich wieder an Wegner.
«Um die 400» antwortete der.
«Gut. Bis wir die alle analysiert haben, dauert es sowieso noch einige Tage, wir kommen später auf sie zurück. Ich denke, wir wenden uns jetzt dem Brief zu», sagte Anne-Liese. «Hat jemand Einwände?»
Riese, Muskelprotz und Lehrer schüttelten den Kopf.

*

«Klaus, machen Sie mir dann bitte das Whiteboard weiß?», fragte Anne-Liese einen Augenblick später. Mit einem Mausklick verschwand das Cockpit und das Whiteboard stand als Tafel zur Verfügung.
Die rothaarige Kommissarin stand auf, zog das Whiteboard etwas vor, nahm einen blauen Stift: «Die IP-Adresse des Erpresserschreibens haben wir doch sicher schon?»
«Die liegt in Amsterdam. Die Mail wurde allerdings von einem Internet-Café aus gesendet. Dort endet die Spur» antwortete Wegner.
«Ist das ein Szenen-Café? Verkehren da bestimmte Leute?» fragte jetzt Bertram Brecht.
«Das ist mir unbekannt», antwortete Wegner.
«Dann senden wir eine Anfrage an die niederländischen Kollegen», kam es von Wolfgang Wild. «Möglicherweise gibt's in dem Café auch eine Videokamera? Dann müsste es Bilder von dem Absender geben.»
Anne-Liese notierte auf dem Whiteboard: «IP-Adr. Amst. Szenen-Café? Video! Holland anfragen» und fragte: «Gut, was haben wir noch?»
Brecht sagte: «Bisher sind bundesweit 2536 Fälle von Sabotage mittels Spraydosen gemeldet. Die Zahl dürfte aber noch steigen. Hauptsächlich Universitätsstädte.»
«Heben sich bestimmte Städte besonders hervor?»
«Da müssen wir die Zahlen aufschlüsseln, vorerst lässt sich das nicht sagen.»
Anne-Liese schrieb: «Spray. Uni-Städte. Aufschlüsseln»

«In dem Erpresserbrief gibt's auch ein kleines IT-Indiz», sagte Klaus Wegner.
«Das wäre?»
«Die nennen da am Schluss Zahlen. Moment.» Der Riese sah auf die zweite Seite des Ausdrucks hinab. «Pro Woche 7200 Menschen weniger im Straßenverkehr nicht getötet oder verletzt. 52 Millionen Liter Kraftstoff und 127.000 Tonnen CO2 eingespart. Die Zahlen müssen die irgendwoher haben. Das sind wahrscheinlich offizielle Statistiken oder Berechnungen. Also sollten wir mal um die Vorratsdatenspeicherung von offiziellen Stellen, Parteien und Verbänden bitten. Umweltbundesamt, Statistisches Bundesamt, Grüne, BUND usw. Von welchen IP-Adressen hat wer auf deren Homepages nach genau dieser Information gesucht? Sind da Überschneidungen?»
«Richtig», sagte Bertram Brecht. «Und wenn wir das dann mit IP-Adressen abgleichen, die die mir näher bekannte Klientel im Netz besucht haben, bekommen wir vielleicht schon konkrete Spuren. Die Spraydosen-Aktion musste von vielen ausgeführt werden. Die Puppen-Aktion ja auch. Das deutet auf Hilfstruppen hin. Die müssen irgendwie rekrutiert worden sein. Gut möglich, dass meine lieben Autonomen da ins Rampenlicht rücken.»
«Die stecken mit Sicherheit da mit drin», brummte Wild. «Wir sollten die Sache zum Anlass nehmen, denen endgültig das Wasser abzugraben. Sofortige Hausdurchsuchung, Computer beschlagnahmen, Handys beschlagnahmen, bundesweit, bei der ganzen Bande!»
«Wir durchsuchen und beschlagnahmen nichts, solange nicht ein konkreter Anfangsverdacht vorliegt», entgegnete Anne-Liese scharf.
«Mein Gott, auf welchem Planeten leben Sie denn?» fuhr Wild auf.
«Wir haben doch wohl unsere Erfahrungen!»
Anne-Liese beherrschte sich mühsam «Wolfgang, es kann gut sein, dass Erfahrungen sich hier bestätigen», sagte sie leise. «Die geben aber nicht mehr als eine Richtung an.» Und sie schrieb an das Whiteboard: «IP-Homepage-Check UBA, SBA, Grüne, BUND usw.»
«Noch ein IP-Hinweis. Diese allgemeine ÖPNV-Abgabe» sagte Brecht.
«Und was soll damit gemeint sein?», fragte Wolfgang Wild.
«Finanzierung des öffentlichen Personenverkehrs aus Steuermitteln», sagte der Gymnasiallehrer. «Wird in Bürgerforen vereinzelt im Netz

diskutiert.»

«Aha. Aber das wäre doch eine Steuer? Ich hab' noch nie von Terroristen gehört, die Steuern fordern. Was für einen Sinn soll das denn machen?»

«Die Befürworter dieser Idee meinen, dass bei einer allgemeinen Mobilitätsabgabe jeder automatisch mehr Bus oder Bahn fährt und das Auto dann stehen bleibt. Was, wenn man so was in ganz Deutschland macht, dann zu einer drastischen Senkung des CO_2-Ausstoßes führen würde. In einzelnen französischen Städten gibt es so etwas bereits», sagte Alice.

«Soso. Und woher wissen *Sie* das so genau?» Wilds Tonfall war lauernd.

Anne-Liese registrierte die Provokation, dachte: «Pass bloß auf, du Muskelprotz» und sagte lächelnd: «Ich kenne halt meine Pappenheimer, Wolfgang! Jedenfalls zeigt das, dass wir die Täter nicht so ohne weiteres den Grünen oder den Piraten zuordnen können. Keine deutsche Partei hat eine ÖPNV-Abgabe bisher zu ihrer offiziellen Politik erhoben.»

«Was in Richtung Splittergruppe deuten könnte», kommentierte Wegner.

«Eben das macht das Detail ja interessant», sagte Bertram Brecht nun wieder. «Wir haben ein weiteres Kriterium. Die IP-Adressen derer, die diesen Vorschlag unterstützen, sollten wir abgleichen mit den relevanten Personen, die die anderen hier wichtigen Homepages besucht haben.»

Allgemeines Nicken folgte. Anne-Liese ergänzte auf dem Whiteboard: «ÖPNV-Abg. IP-Adr. Abgl.-Kriterium.»

«Splittergruppe' ist auch ein wichtiges Stichwort», sagte sie dann. «Es gibt oder gab im angelsächsischen Raum zwei Öko-Terrorgruppen, die *Earth Liberation Front*, kurz *ELF*, aus den USA, und eine Gruppe, die sich «*Earth First!*» nannte oder nennt. Das sind internationale Öko-Anarchisten mit Ablegern in unter anderem England und Holland. Die bisherige Handschrift unserer Terroristen hier weicht zwar bedeutend von denen ab, soweit mir bekannt. Aber ich habe mich lange nicht mehr mit denen beschäftigt. Und es könnte sich, wie gesagt, auch um eine deutsche Splittergruppe handeln.»

«Aber da ist uns bisher nichts aufgefallen», sagte Linksexperte Brecht. «Weshalb wir ja auch hier sitzen», bemerkte Kahlkopf Wild süffisant. Jetzt reagierte Anne-Liese sofort und scharf: «Wolfgang, ich denke, diese Bemerkung war überflüssig. Ich darf Sie an Ihre Professionalität erinnern!»

Das zweite peinliche Schweigen dieser ersten Sitzung trat ein. Wild starrte Anne-Liese von seinem Glatzkopf aus stahlblau an. Doch Alice wich dem Blick nicht aus. Sie wusste, wenn sie jetzt nachgab, würde ihr die Leitung der Gruppe entgleiten. Wenn man so einen Blick aushalten muss, haben Profis allerdings gewisse mentale Hilfsmittel bereit: Man muss Adrenalin generieren und den eigentlichen Blick nach innen richten. Anne-Liese tat das: «Ich mach' dich zum Dackel, du Muskelprotz, wenn du mir hier das Arbeitsklima versaust», dachte sie, und mutierte vor ihrem inneren Auge den kahlköpfigen Stiernacken zu einem Orang-Utan, dann zu einem Orang-Utan-Baby, von dort zu einem süßen Langhaardackel, der mit braunen Äuglein winselnd zu ihr aufsah. Die Vorstellung rief ein breites Lächeln auf ihr Gesicht. Von außen allerdings sah dies aus wie die typische Waffe einer Frau; Brecht und Wegner beobachteten gespannt Kampfhahn und Kampfhuhn und sahen, wie das Huhn gewann: Nach etwa 10 Sekunden blickte der Kahlkopf in eine andere Richtung.

«Wir machen am besten jetzt eine Pause», beherrschte Anne-Liese die Situation endgültig wieder. «Wolfgang, richten Sie bitte Anfragen an unsere Partnerbehörden in Holland, Großbritannien und den USA. Klaus, Sie leiten bitte erste Schritte zur Herausfilterung relevanter IP-Adressen ein, und Sie, Bertram, können Sie mehr über die *ELF* und *Earth First!* ausfindig machen? Ich selbst werde die Kollegen im TL anrufen und fragen, ob die Neues für uns haben. Hat jemand Ergänzungen?»

Zwei der Männer sahen sie ziemlich respektvoll an, der dritte mit mühsam beherrschter Wut. Alle schwiegen und schüttelten den Kopf. «Dann bedanke ich mich für eine erste Runde guter Zusammenarbeit. Wir sehen uns in einer Stunde hier wieder», sagte Anne-Liese. Sie

wandte sich an den Riesen: «Klaus, würden Sie mir mein Büro zeigen?»
«Natürlich, Alice!»
«Danke, dann warten Sie doch bitte noch einen Augenblick!»

*

Anne-Liese wartete, bis Muskelmann Wild und Lehrer Brecht den Raum verlassen hatten, schloss die Tür hinter ihnen und setzte sich wieder. Alice sah zu dem Riesen auf:
«Klaus, wie lange sind Sie schon hier?»
«Sie meinen, wie lange ich schon im Stab arbeite?»
«Ja.»
«Sieben Jahre. Warum?»
«Würden Sie sagen, dass Sie Hoffkamp gut kennen?»
Jetzt nahm auch Wegner wieder Platz, streckte seine langen Beine aus und verschränkte die Arme hinter dem Kopf:
«Ja, schon, soweit man einen Vorgesetzten kennen kann.»
«Wie oft haben Sie mit ihm zu tun?»
«Mindestens einmal die Woche, oft mehr. Warum fragen Sie?»
«Sage ich gleich. Wie beurteilen Sie ihn?»
«Als Vorgesetzten, als Polizisten oder der Persönlichkeit nach?»
«Das lässt sich ja nicht ohne weiteres trennen. Aber hauptsächlich der Persönlichkeit nach.»
«Hm, schwer zu sagen. Korrekt. Erfahren. Karrierebewusst. Viele Beziehungen. Aber jetzt müssen Sie mir sagen, warum Sie fragen.»
«Im Moment kann ich mich ja nur auf meine Intuition verlassen, ich kenne das Haus ja nicht. Deshalb brauche ich auch Ihr Urteil. Sehen Sie, eine Sache ist, wer diese Täter sind. Eine andere, was die als nächstes vorhaben, ich hab' sehr ungute Ahnungen.»
«Sie meinen?» Wegner verschränkte die Arme vor seiner Brust.
«Wir tun gut daran, damit zu rechnen, dass *die* damit rechnen, dass ihnen die Brücken nicht ewig als Ausgangspunkte ihrer Anschläge zur Verfügung stehen werden.»
«Stimmt. Der Brief deutet ja so was an. Ränder von Autobahnen, Bundes- oder Landstraßen.»

«Richtig. Wie viel Wald, Gebüsch, Böschungen, Lärmschutzwälle und so weiter, also Gelände, wo man sich gut verstecken kann, von dem aus man ungesehen Steine auf fahrende Autos werfen und von wo man schnell verschwinden kann, gibt es an deutschen Straßen?»
«Zehntausende von Kilometern.»
«Können wir die kontrollieren?»
«Keine Chance.»
«Wenn die Täter von den Brücken aus Steine als Waffe verwenden, welche anderen Waffen würden sie von Straßenrändern aus benutzen?»
«Lautlose Waffen, die für jedermann zugänglich sind.»
«Zum Beispiel?»
«Hm. Schleudern mit Stahlkugeln oder Steinen? Soft Guns? Spiegel, mit denen sie Autofahrer gezielt blenden?»
«Ja, so was denke ich mir auch. Wie hoch ist dann die Gefahr für die Bevölkerung, die von diesen Leuten ausgeht, bis wir sie kriegen?»
«Sehr hoch!»
«Glauben Sie, dass wir die schnell erwischen?»
«Im allerbesten Fall brauchen wir einige Tage. Aber wahrscheinlich werden es Wochen oder gar Monate sein.»
«Nehmen wir den allerbesten Fall an. Wie viel Unheil können die Täter da immer noch stiften?»
«Sehr, sehr viel!»
«Sehen Sie, genauso sehe ich das auch. Deshalb wäre es das Beste, wenn die Politik den Tätern ein Moratorium anböte.»
«Was meinen Sie damit?»
«Ob uns das schmeckt oder nicht, diese Leute haben im Moment das ganze Land in der Zange. Es kann jeden treffen. Wenn unser wichtigstes Ziel ist, die Bevölkerung zu schützen, dann müssen wir bis auf weiteres nachgeben. Das heißt, die Politik muss auf die Forderungen eingehen, bis wir die Terroristen haben.»
«Ich glaube kaum, dass die Politiker von selber auf die Idee kommen.»
«Eben. Ich auch nicht. Deshalb fragte ich Sie nach Hoffkamp. Hat der Mann genug Einfluss, um unsere Analyse bis in die Bundesregierung zu bringen? Und hat er genug analytische und emotionale Intelligenz, hat er genug Stehvermögen, um den Gedanken eines Moratoriums

wirklich auszufechten? Oder beugt er sich vor Hardlinern, bzw. ist selber so einer, der nicht nach links und nicht nach rechts schaut und notfalls über Leichen geht?»

Klaus Wegner kratzte sich am Kopf und sah nachdenklich vor sich hin.

«Puh, das ist ganz schwer zu sagen», sagte er langsam. «Wirklich. Ganz schwer. So einen Fall hatten wir ja noch nie.»

«Hoffkamp hat Sie mir gegenüber als ausgezeichneten Mann bezeichnet. Anscheinend hat er Respekt vor Ihnen. Würden Sie mit mir zu ihm gehen und unsere Analyse vortragen?»

Der nette Riese Klaus Wegner zögerte einen Augenblick. Dann nickte er: «Ja, mach' ich, Alice.»

Anne-Liese lächelte Klaus Wegner erleichtert an: «Klaus, ich hab' mich nicht in Ihnen getäuscht. Sie haben meinen größten Respekt! Gehen wir!»

1.8 Ab 16:50 Uhr:

BKA Meckenheim-Merl, Büro Dr. Karl-Heinz Hoffkamp

Die Tür, an der *Dr. Karl-Heinz Hoffkamp, Kriminaldirektor, Abteilungsleiter ST* und *Jacqueline Schulte, Sekretärin* stand, war verschlossen. Anne-Liese sah auf die Uhr:
«Zehn vor fünf. Dann sind Sekretärinnen natürlich auf dem Heimweg. Was machen wir jetzt?»
Wegner holte sein Handy hervor:
«Vielleicht ist er noch da.» Der gysianische Riese tippte ins Handy und hielt das Telefon ans Ohr. Ein paar Sekunden vergingen, dann hörte auch Anne-Liese, dass jemand an den Apparat ging.
«Wegner. Herr Dr. Hoffkamp, entschuldigen Sie die Störung, aber sind Sie noch in Ihrem Büro? Frau Schwartzer und ich stehen vor der Tür. Wir müssten dringend mit Ihnen sprechen.»
Die Stimme sagte etwas und das Gespräch wurde beendet.
«Er kommt», sagte Wegner.
«Gott sei Dank.»
Zwei Augenblicke später öffnete sich die Tür von innen und Glatzkopf und Nickelbrille erschienen: «Kommen Sie rein!»
«Bitte!» sagte der Kriminaldirektor und wies auf seine offene Bürotür, nachdem er die Flurtür zum Vorzimmer von innen wieder verschlossen hatten. Wegner zog den Kopf etwas ein und ging zuerst, Anne-Liese folgte.
«Nehmen Sie Platz», geleitete Hoffkamp die beiden zu der Sitzgruppe am Fenster mit der schönen Aussicht. «Wie kann ich Ihnen helfen?»
«Wir machen uns große Sorgen», sagte Anne-Liese, während sie sich setzten.
«Das tun wir wohl alle», entgegnete Hoffkamp.
«Dessen bin ich mir sicher. Als wir vorhin miteinander sprachen, sagte ich ja schon, dass wir bereits für morgen, spätestens übermorgen mit einem neuen Anschlag der Terroristen rechnen müssen.»
«Richtig, das sagten Sie, und Ihre Argumente waren überzeugend.»
«Es freut mich, dass Sie das sagen, Herr Dr. Hoffkamp. Aber was kön-

nen wir dagegen tun?»
«Was schlagen Sie vor?»
«Dass wir die Täter schnell fassen und die erwarteten Anschläge so abwehren könnten, ist wohl eine Illusion, es sei denn der Zufall hilft uns. Auf den sollten wir allerdings nicht setzen.»
«Ich stimme Ihnen zu!»
«Dann sehen wir», Anne-Liese sah zu dem Riesen hinüber, «nur eine Möglichkeit, die Bevölkerung zu schützen. Nämlich dass die Politik vorläufig auf die Forderungen der Terroristen eingeht.»
Hoffkamp sah Alice aus seinen Wasseraugen unergründlich an: «Frau Schwartzer, wie stellen Sie sich das vor? Der Staat darf sich nicht erpressen lassen. Und ich bin kein Politiker.»
Wegner ergriff das Wort: «Herr Dr. Hoffkamp, das sehen wir prinzipiell natürlich genauso. Aber könnten Sie nicht zusammen mit dem BKA-Präsidenten der Bundesregierung den Ernst der Lage verdeutlichen? Ihr Wort als erfahrener Polizist muss doch Gewicht haben. Jeder, der vom Fach ist, begreift doch sofort, dass wir die Täter im besten Falle mittelfristig zu fassen bekommen. Bis dahin werden die Terroristen noch sehr viel Unheil anrichten können.»
Der Kriminaldirektor sah nachdenklich auf die kurzfingerigen Hände, die er über seinen Bauch gefaltet hatte. «Geben Sie mir Ihre Argumente», sagte er aufblickend.
Anne-Liese rutschte auf die vordere Kante ihres Sessels. Sie saß kerzengerade, die Hände hielt sie gefaltet zwischen den Beinen: «Die Terroristen fordern ein generelles Tempolimit sowie die Einberufung von Sonderparteitagen innerhalb von drei Monaten. Beides kann zwar die Bundesregierung nicht direkt entscheiden. Aber sie kann an die Landesinnenminister und an die Parteien appellieren, zum Schutze der Bevölkerung diese Forderungen bis auf Weiteres zu erfüllen. Damit stärkt die Regierung ihre moralische Autorität, bringt andere politische Akteure in Zugzwang und nimmt den Terroristen Wind aus den Segeln. Ganz klar muss natürlich sein, dass dieses Zugeständnis nur so lange gilt, bis die Täter gefasst sind. Zwar darf der Staat prinzipiell nicht erpressbar sein, aber der Schutz seiner Bürger ist der höhere Wert. Keine 'Freie Fahrt für freie Bürger' kann so wertvoll sein, dass man dafür Menschenleben aufs Spiel setzt.»

«Frau Schwartzer, genau das tut man in Deutschland täglich und seit Jahrzehnten, die Kollegen von der Verkehrspolizei wissen ihr Lied davon zu singen», erwiderte Hoffkamp, während er sie ruhig anblickte. «Ich fürchte, diese Argumente werden auf taube Ohren stoßen. Man wird sagen, Geschwindigkeitsbegrenzungen gebe es sowieso schon in hohem Maße, auf die Unabhängigkeit der Parteien habe man keinen Einfluss und dürfe auch keinen nehmen, der Staat und seine Entscheidungsträger dürften sich unter keinen Umständen erpressbar zeigen. Man wird sagen, den Terroristen nachzugeben sei diesen Angriff auf die Demokratie als Mittel der Politik anzuerkennen und eventuellen Nachfolgern Tür und Tor zu öffnen. Besonders das letzte Argument sehe auch ich sehr deutlich, wobei ich das Ihre nicht schmälern möchte.»

Anne-Liese war nicht wenig überrascht von der ausgewogenen Betrachtungsweise ihres Vorgesetzten. Die hatte sie dem Mann spontan nicht zugetraut: «Herr Dr. Hoffkamp, es freut mich wirklich, dass Sie das sagen!»

Sie ließ den Blick aus dem Fenster über den Wald nach Nordosten hin schweifen: «Wir müssen abwägen zwischen dem Leben von Mitbürgern, das in den nächsten Tagen sehr real bedroht ist, und der Funktionsfähigkeit unserer Demokratie, die ebenfalls real bedroht ist, wenn man den Terroristen nachgibt. Unsere Aufgabe ist es, beides zu schützen. Natürlich.»

Ihre Augen wandten sich wieder in Richtung Glatzkopf und Nickelbrille: «Aber was sollen wir tun, wenn akut nur der eine von beiden Werten verteidigt werden kann? Eine Parallele aus unserer polizeilichen Praxis wäre: Wenn ein Kind entführt wird, raten wir den Eltern, das Lösegeld zu zahlen. Ja, wir sind sogar manchmal behilflich damit, Lösegeld aufzutreiben, wenn Eltern nicht zahlen können. Man könnte dagegen einwenden, das sei Kindesentführern Tür und Tor zu öffnen. Im Prinzip ist der Einwand richtig. Aber eben nur im Prinzip. In der Praxis hat sich die Anzahl der Kindesentführungen nicht erhöht. Meistens kriegen wir die Täter. Wäre das eine brauchbare Analogie?»

Hoffkamp erwiderte ruhig: «Es ist eine Analogie, aber auch nicht mehr als eine Analogie. Kein Mensch weiß, ob sie sich auf Terroristen übertragen lässt.»

Klaus Wegner beugte vom Sofa aus seinen langen Oberkörper vor: «Eigentlich müsste man den Entscheidungsträgern nur drei einfache Fragen stellen. Erstens: Haben Sie Familie? Zweitens: Würden Sie in den kommenden Tagen das Leben eines Familienmitglieds für die Demokratie opfern? Drittens: Wenn ja, welches? Wenn nein, warum dann die Mitglieder anderer Familien? Ich denke, diese drei Fragen entwaffnen auch den härtesten Hardliner.»

Der kahl rasierte Schädel und der rothaarige Frauenkopf sahen den einfühlsamen Riesen überrascht an. «Da haben Sie allerdings recht, Herr Wegner», sagte Hoffkamp. «Das Argument schlägt so schnell keiner!»

Anne-Liese betrachtete den Mann, der ihr von Anfang an sympathisch gewesen war und mit dieser Äußerung sehr plötzlich mehr als nur sympathisch wurde. Sie spürte, dass sie ein wenig errötete.

Wegner legte noch nach: «Man könnte auf diese Fragen noch antworten, Politik und Gefühle dürfe man nicht mit einander vermischen. Darauf würde ich meinem Gesprächspartner zwei Schlussfolgerungen nennen. Erstens: Wenn Politik und Gefühle nicht miteinander vermischt werden sollen, dürfte es Ihnen wirklich keine Schwierigkeiten machen, die Namen derjenigen zu nennen, welche Sie zu opfern gedenken. Nicht wahr? Zweitens: Wenn Politik und Gefühle nicht vermischt werden sollen, müssen Sie der Meinung sein, Politik sollte am besten von Computern gemacht werden. Wann reichen Sie Ihren Rücktritt ein?»

Anne-Liese lächelte breit und Hoffkamp begann zu lachen: «Herr Wegner, ich lerne Sie ja von einer völlig neuen Seite kennen! Ich hätte nicht gedacht, dass Sie so bissig sein können!»

«Ist auch eher vorübergehend», schränkte Wegner ein. «Aber hier müssen wir weiterkommen, jede Stunde zählt. Ich jedenfalls denke, in diesem Dilemma muss der Schutz der Bevölkerung Vorrang haben. Und das lässt sich gut begründen.»

«Gut, Sie haben mich auf Ihrer Seite» antwortete Hoffkamp. «Aber ich mache Sie darauf aufmerksam, dass man erst einmal in Position kommen muss, um so argumentieren zu können. Es hilft wenig, wenn man nur einen Ministerialbeamten vor sich hat. Versprechen kann ich also nichts. Ich muss den BKA-Präsidenten kontaktieren und ihn überzeugen, dann muss der die Regierung kontaktieren. Das wird Zeit kosten. Und die bisherigen Reaktionen aus der Politik stimmen wenig optimistisch. Aber wir können es versuchen.»

«Wie haben die Politiker bisher reagiert?» fragte Anne-Liese. «Wir hatten keine Zeit, uns darüber auch noch zu informieren.»

«Die üblichen Phrasen. Man verurteile die Tat scharf, Deutschland werde sich nicht erpressen lassen, man habe Vertrauen in uns, dass wir die Täter schnell finden werden. Vorläufig haben sich aber nur die Parteivorsitzenden und der Regierungssprecher geäußert, die Bundeskanzlerin wartet anscheinend noch ab. Aber lange wird sie nicht mehr schweigen können.»

«Um so weniger Zeit haben wir», sagte Anne-Liese.

«Für 18:00 Uhr ist in Berlin meines Wissens seitens der Regierung eine Pressekonferenz anberaumt, an der auch der BKA-Präsident teilnehmen wird. Zunächst müssen wir einfach erreichen, dass die Kanzlerin nichts sagt, hinter das sie nicht zurückrudern kann.» Hoffkamp sah auf die Uhr: «17:10. Das gibt mir maximal 40 Minuten.» Er stand auf: «Eine gute Nachricht habe ich doch noch. Ab morgen 15:00 Uhr sind die LKÄ der sechs fehlenden Bundesländer mit dabei. Sie werden dann einen Stab von 19 Mitarbeitern haben, Frau Schwartzer. Operationszentrale wird der Große Konferenzraum sein.»

«Hoffentlich macht die Masse auch die Klasse», knurrte Wegner, während er sich in seiner Länge gleichzeitig mit der kleinen Anne-Liese erhob. Hoffkamp überhörte die Äußerung: «Auf jeden Fall ist es für die Landesbehörden so leichter, ihre Arbeit zu koordinieren.»

«Und was ist mit dem Verfassungsschutz?», fragte Anne-Liese. Der Kriminaldirektor geleitete die beiden zur Tür: «Wird noch bearbeitet. Der Tag ist noch lange nicht zu Ende. Was machen Sie jetzt?»

«Ich werde jetzt mit Wiesbaden telefonieren, ob die im TL Neues für uns haben», sagte Anne-Liese. «Dann sind wir wieder in B12.»

Hoffkamp öffnete die Tür zum Korridor: «Gut. Ich informiere Sie bis spätestens 18:00 Uhr per SMS.»

«Besten Dank, Herr Dr. Hoffkamp. Und viel Erfolg!»

«Gleichfalls!» Glatzkopf, Wasseraugen und Nickelbrille schlossen hinter ihnen die Tür.

1.9 Ab 18:00 Uhr:

Bundeskanzleramt Berlin, Presseraum

Anne-Liese und ihre drei männlichen Kollegen rückten im B12 ihre Stühle zurecht. Es war 17:59 Uhr, auf dem Whiteboard war ein Sprecher der Tagesschau sichtbar und sagte soeben: «Meine Damen und Herren, aus aktuellem Anlass schalten wir nun live zur Pressekonferenz im Bundeskanzleramt nach Berlin.»

Auf dem großen Whiteboard erschienen die Bundeskanzlerin, flankiert von ihrem Innenminister auf der einen und dem BKA-Präsidenten auf der anderen Seite, sowie der Regierungssprecher. Das Vierergespann blieb einen Augenblick vor der Mitte eines langen Tisches stehen, bis das erste Blitzlichtgewitter der Fotografen sich gelegt hatte. Dann setzten sich Regierungschefin, Innenminister und BKA-Präsident. Der Regierungssprecher richtete stehend das Wort an die Versammlung:

«Meine Damen und Herren, ich begrüße Sie zu dieser Sonderpressekonferenz. Die Kanzlerin wird zunächst das Wort an Sie und das ganze Land richten, danach werden der Innenminister des Bundes und der Präsident des Bundeskriminalamtes Ihnen weitere Informationen zur aktuellen Lage geben. Anschließend haben die Pressevertreter 15 Minuten Zeit, ihre Fragen direkt an sie zu stellen. Danach stehe ich Ihnen für weitere Fragen zur Verfügung.»

Der Regierungssprecher setzte sich und die Kamera richtete sich auf die sehr ernst und müde wirkende Kanzlerin:

«Meine Damen und Herren Anwesenden, liebe Mitbürgerinnen und Mitbürger», begann sie betont langsam und nachdrücklich, «unser Land befindet sich seit heute morgen in einer Situation, die für uns alle eine große Herausforderung darstellt. So genannte Öko-Terroristen wollen diesem Land ihre Sicht der Dinge und ihren Weg mit Gewalt aufzwingen. 33 Menschen sind durch sie bisher gestorben, 58 wurden zum Teil schwer verletzt. Diese Taten sind beispiellos in Deutschland. Sie widersprechen zutiefst dem Wesen der Demokratie. Die Bundesregierung verurteilt den Erpressungsversuch der Terroristen mit aller Schärfe. Den Familien und Angehörigen der Opfer spricht die gesamte Regierung ihr tiefstes Mitgefühl aus.»

Für die folgende Pause hätte man ebenso gut drei auf Pappe gemalte Ausrufezeichen hochhalten können, bevor die Regierungschefin direkt in die Kamera sah und gewichtig, langsam und betonungsvoll fortfuhr:

«Ich fordere Sie, die Täter, auf, sich unverzüglich der Polizei zu stellen und die Verantwortung für Ihr Tun zu übernehmen. Die Morde an unseren Mitbürgern, zu denen Sie sich heute morgen schriftlich bekannt haben, wird der Rechtsstaat mit allen ihm zur Verfügung stehenden Mitteln verfolgen und ahnden. Ich appelliere eindringlich an Sie, keine weiteren Leben aufs Spiel zu setzen. Wenn es Ihnen mit der Mitmenschlichkeit, die Sie in Ihrem Schreiben trotz allem andeuten, wirklich ernst ist, dann lassen Sie sich sagen, dass Sie auf einem fatalen Irrweg sind. Geben Sie auf und stellen Sie sich unverzüglich der Polizei. Denken Sie an die Kinder, denen Sie Väter und Mütter entrissen und entreißen! Denken Sie an die Familien, die Sie in lebenslanges Unglück stürzten und stürzen! Besinnen Sie sich! Stellen Sie sich der Polizei!»

Die Bundeskanzlerin hatte den letzten Satz noch langsamer als die vorherigen gesprochen und dabei unverwandt und eindringlich aus dem Whiteboard in den Konferenzraum B12 wie aus Millionen anderen Übertragungsgeräten in die Wohnzimmer geblickt. Dann wandte sich ihr Kopf für die Zuschauer nach rechts und sagte ernst: «Der Bundesminister des Inneren hat das Wort.»

Dieser blickte seinerseits die Kanzlerin an und sagte betont: «Ich schließe mich dem Appell der Kanzlerin mit aller Eindringlichkeit an!» Eine langsame Kopfdrehung nutzte er als Kunstpause und blickte nun seinerseits hinein in die Stuben der Deutschen. Allerdings modulierte er seinen Tonfall nun von gewichtig nach sachlich. Der Herr Minister wollte offensichtlich Ruhe und Kompetenz ausstrahlen: «Die Regierung hat heute morgen unter meiner Leitung einen Krisenstab gebildet, der kontinuierlich tagen wird, bis die Situation unter Kontrolle ist. Wir werden alle notwendigen Maßnahmen treffen, die den Schutz der Bevölkerung gewährleisten und zur Ergreifung der Terroristen führen können. Alle verfügbaren Einheiten der Bundespolizei und der Länderpolizeien sind in höchste Alarmbereitschaft versetzt.

Der Krisenstab prüft die Möglichkeit, als konkrete Abwehrmaßnahme die Brücken über unseren Autobahnen und Schnellstraßen durch Einheiten der Bundeswehr zur Unterstützung der Polizei patrouillieren zu lassen. Allerdings sind uns hier durch die Verfassung enge Grenzen gesetzt. Die Soldaten hätten den Auftrag, durch ihre Präsenz als potenzielle Zeugen Anschläge von Brücken zu erschweren. Weiter könnten sie zur Unterstützung der Polizei die Identität die Brücken passierender Personen kontrollieren. Aber wie ich schon sagte, müsste sich eine solche Maßnahme erst als verfassungskonform erweisen.

Ich möchte daher alle Autofahrer auffordern, ihre Geschwindigkeit dieser, wie wir alle hoffen, vorübergehenden Situation anzupassen. Wenn man bei Terroristen irgendeine Form von Glaubwürdigkeit annehmen darf, sind Fahrzeugführer, die auf Autobahnen und Schnellstraßen 100 km/h und auf Landstraßen 80 km/h nicht überschreiten, nicht direkt gefährdet.

Nicht wenige Fahrzeuge sind heute Nacht von unbekannten Rowdies systematisch fahruntüchtig gemacht worden. Die Regierung verurteilt diesen Vandalismus scharf. Behauptete umweltpolitische Gründe können keine Entschuldigung dafür darstellen, dass man das Eigentum anderer mutwillig beschädigt. Dem Erpresserbrief zufolge stehen diese Beschädigungen im Zusammenhang mit der Terroraktion, die Leib und Leben von Mitbürgerinnen und Mitbürgern bedroht. Es könnte die Strategie der Terroristen sein, möglichst viele Fahrzeuge fahruntüchtig zu machen. Der Krisenstab fordert daher alle Bürgerinnen und Bürger zu erhöhter Wachsamkeit auf. Meiden Sie, wenn möglich, öffentliche Parkplätze, wenn Sie Ihr Fahrzeug abstellen.

Der Krisenstab steht in ständigem Kontakt zu den Anbietern des öffentlichen Nah- und Fernverkehrs und prüft die Möglichkeit, die Beförderungskapazitäten kurzfristig zu erhöhen. Diese Maßnahme dient dazu, Mitbürgerinnen und Mitbürgern, die aus verständlichen Gründen Angst um ihr Leben oder um ihr Fahrzeug haben, morgen und in den nächsten Tagen eine alternative Beförderungsmöglichkeit zu bieten. Ich bitte gleichzeitig um Verständnis dafür, dass der öffentliche Nah- und Fernverkehr hier an die Grenzen seiner Beförderungskapazitäten gelangen kann. Weitere Informationen gebe ich Ihnen, soweit die Zeit es zulässt, nachdem der Präsident des Bundeskriminalamtes Sie kurz über den Stand der polizeilichen Maßnahmen informiert hat. Bitte, Herr Präsident.»

Die Kamera schwenkte vom Innenminister über die Bundeskanzlerin hin nach links. Das ernste Gesicht des höchsten deutschen Polizeibeamten blickte in die Kamera:

«Liebe Mitbürgerinnen und Mitbürger, das BKA hat seit heute morgen, 11:00 Uhr, offiziell die Koordinierung der polizeilichen Schutzmaßnahmen und die Ermittlungen in diesem Fall übernommen. Insbesondere Fahrzeuge der Autobahnpolizei, aber auch der örtlichen Polizeidienststellen patrouillieren ständig unsere Straßenbrücken und suchen sie durch ihre Präsenz zu sichern.

Ich möchte Sie, liebe Mitbürgerinnen und Mitbürger, sehr herzlich bitten, weder für die Autofahrer noch für unsere Polizistinnen und Polizisten Missverständnisse zu provozieren: Bitte bleiben Sie, wenn Sie eine Brücke zu Fuß oder mit dem Rad passieren müssen, nicht darauf stehen, lehnen Sie sich nicht an die Geländer, beobachten Sie nicht den Verkehr unter den Brücken. Sie erschrecken sonst die Autofahrer und Sie machen sich selbst verdächtig. Die Beamtinnen und Beamten vor Ort sind in solchen Fällen gehalten, Ihre Identität zu überprüfen.

Die Polizei ist auch bei den Ermittlungen auf Ihre Mithilfe angewiesen. Jede Beobachtung, mag sie noch so unwesentlich erscheinen, kann von Nutzen sein. Wenn Sie etwas beobachtet haben, wenden Sie sich bitte umgehend an die nächste Polizeidienststelle.

Dies gilt zum einen den vom Herrn Minister bereits erwähnten Fahrzeugbeschädigungen von heute Nacht. Zum anderen geht es um die Montage dieser ominösen Schaufensterpuppen, die spätestens heute morgen 10:00 Uhr auf jeweils einer Brücke in jedem Bundesland montiert waren. Dies muss die Täter viel Zeit gekostet haben, wir vermuten, dass sie gesehen worden sind. Zum dritten stellen sich acht spektakuläre Verkehrsunfälle vergangener Woche nun in einem anderen Licht dar. Wer sich in diesen Zusammenhängen an etwas erinnert, wende sich bitte umgehend an die Polizei.

Obwohl wir alle verfügbaren Ressourcen einsetzen und diesem Fall höchste Priorität einräumen, hat die Polizei noch weitere Aufgaben, die sie nicht vernachlässigen darf. Ich wiederhole deshalb den Hinweis des Innenministers, dass Sie, liebe Mitbürgerinnen und Mitbürger, einiges zu Ihrem Schutz selbst tun können. Wenn Sie Auto fahren müssen, fahren Sie langsam und vorsichtig. Stellen Sie Ihren Wagen, wenn möglich, nicht an öffentlich zugänglichen Plätzen ab.

Zum Stand Ermittlungen kann ich sagen, dass wir uns noch in der Einleitungsphase befinden. Trotzdem gibt es bereits einige Hinweise, denen wir nachgehen. Ich möchte an dieser Stelle die exemplarische Zusammenarbeit der Länderpolizeien und der Bundespolizei hervorheben und mich bei den Kolleginnen und Kollegen, die jetzt Außerordentliches werden leisten müssen, schon jetzt bedanken.»

Der Polizeibeamte schwieg und wandte den Blick nach links auf die Bundeskanzlerin. Diese sagte zum Abschluss des ersten Teils der Pressekonferenz:

«Ich möchte dem Krisenstab des Bundesinnenministers und den Beamtinnen und Beamten der Polizei mein volles Vertrauen aussprechen. Ich bin sicher, dass sie alles tun werden, um Ihnen, liebe Mitbürgerinnen und Mitbürger, so bald wie möglich wieder ein normales und uneingeschränktes Leben zu ermöglichen.» Sie schwieg einen Augenblick. «Wenn der Bundesminister des Inneren und der Präsident des Bundeskriminalamtes nicht noch etwas hinzufügen möchten, möchten wir nun auf Fragen der anwesenden Journalisten antworten, so gut es zu diesem Zeitpunkt geht. Ich bitte allerdings um Verständnis dafür, dass wir Ihnen nur noch 15 Minuten zur Verfügung stehen können.»

«Das war ja wie erwartet», knurrte der Glatzkopf in der kurzen Pause, die entstand. «Warum guckt man sich so was an? Die wissen und können nichts besser als wir. Hätt' ich alles selber sagen können.»
«Nun warten Sie doch ab, Wolfgang», beruhigte Anne-Liese. «Mal sehen, was die Presse aus ihnen herauskitzelt.»

Das Whiteboard zeigte eine Unzahl Journalisten, die ihre Hände in die Höhe reckten. Blitze der Fotografen durchzuckten den Raum unentwegt. Angesichts der anstehenden Fragenflut rief der Regierungssprecher: «Ich bitte um Verständnis dafür, dass wir wegen der knappen Zeit nur eine Frage pro Pressevertreter zulassen können.» Der Mann räusperte sich unschlüssig: «Ich weise nochmals darauf hin, dass ich Ihnen, nachdem die Kanzlerin und die beiden Herren diese Pressekonferenz wieder verlassen haben, weiter Rede und Antwort stehen werde».

Darauf erteilte er als erster der Vertreterin von DPA das Wort: «Bitte.»

Die Frau stand auf und fragte: «Diese angebliche Gruppe Internationales Aktionsbündnis Climate Action Now, Sektion Deutschland ist heute zum ersten Mal in Erscheinung getreten. Welche Hinweise hatten Regierung und Polizei vor dem heutigen Tag darauf, dass diese Gruppe existiert, und, wie sie behauptet, international verbreitet ist?»

Der BKA-Präsident antwortete: «Alle unsere Hinweise sind bisher allgemeiner Natur, auf die wir aus Rücksicht auf die laufenden Ermittlungen nicht näher eingehen können. Feststeht, dass die Gruppe heute in Deutschland aktiv geworden ist. Ob sie auch in anderen Ländern aktiv werden wird, bleibt abzuwarten. Eine internationale Verbreitung können wir zum gegenwärtigen Zeitpunkt weder bestätigen noch dementieren.»

Die Kunst, mit vielen Worten nichts zu sagen, zeichnet sowohl Politiker als auch BKA-Präsidenten aus, die Kunst, sich davon nicht beeindrucken zu lassen, das Heer der Hauptstadtjournalisten. Die

ZEIT versuchte, aus einem anderen Winkel die Regierung in die Zange zu nehmen:

«Hat die Umwelt- und Wirtschaftspolitik dieser und früherer Regierungen nicht zu dieser Situation geführt? Deutschland ist das einzige Land der Welt, in welchem noch kein allgemeines Tempolimit gilt. Sieht die Bundesregierung ihre Verantwortung dafür, dass Deutschland sich so auf die Dauer selbst zur symbolträchtigen, ersten Zielscheibe potenziell internationaler Öko-Terroristen gemacht hat? Welche Verantwortung übernimmt die Regierung dafür, dass Deutschland jetzt von grünem Terror heimgesucht wird?»

Die Kanzlerin ergriff das Wort: «Deutschland nimmt seit Jahrzehnten in der Umwelt- und Klimapolitik eine Führungsposition ein. Deutschland hat alle Vereinbarungen des Kyoto-Protokolls mehr als erfüllt. Wesentliche Impulse zur Bewältigung der globalen Umwelt- und Klimaprobleme gehen von der deutschen Industrie aus. Deutschland hat als einziges Industrieland der Welt die Energiewende beschlossen. Ich sehe nicht, warum ausgerechnet Deutschland zur Zielscheibe von Öko-Terroristen werden musste, seien sie nun international oder nicht.» Die Kanzlerin wirkte auf dem Bildschirm aufrichtig beleidigt, und der Regierungssprecher erteilte dem SPIEGEL das Wort.

Der fragte: «Wie kann es sein, dass bei dem Ausmaß der Überwachung der elektronischen Kommunikation in Deutschland bei den Behörden anscheinend keinerlei Hinweise auf diese Terroraktion eingegangen sind?»

Der Innenminister hob die Hand zum Zeichen, dass er antworten wolle, und erhielt das Wort: «Entgegen dem Eindruck, den einzelne zu vermitteln suchen, ist Deutschland kein Überwachungsstaat. Deutschlands Bürger können in aller Regel ungehindert und unkontrolliert miteinander kommunizieren. Das gilt natürlich auch für potenzielle Terroristen. Wenn wir den totalen Überwachungsstaat nicht wollen, bleibt ein Restrisiko, mit dem die Demokratie leben muss.»

Die Hauptstadtjournalisten der verschiedenen Medien konkurrieren zwar, wenn es darum geht, exklusive Informationen zu erlangen. Doch sie haben auch gelernt, in Situationen wie der aktuellen Pressekonferenz zusammenzuarbeiten. Die SÜDDEUTSCHE ZEITUNG legte nach: «Nach Logik des Ministers wäre Terror also ein Resultat der Staatsform, kein Resultat der und keine Antwort auf eine bestimmte Politik. Das wäre in der Tat ein wirklich bemerkenswerter Standpunkt. Sieht sich die Regierung in diesem konkreten Fall tatsächlich überhaupt nicht in der Verantwortung für das, was heute geschehen ist und möglicherweise noch geschehen wird?»

Wieder ergriff die Bundeskanzlerin das Wort: «Keiner demokratisch gewählten Regierung kann jemals Verantwortung für einzelne Terrorakte zur Last gelegt werden. Eine Politik zu führen, die ausnahmslos alle zufrieden stellt, ist nicht möglich. Wer mit unserer Politik nicht zufrieden ist, der hat in Deutschland die Möglichkeit, unter Einhaltung bestimmter Regeln dafür zu arbeiten, dass diese Regierung abgewählt wird. Terror, sei er links, rechts, religiös oder jetzt auch grün motiviert, ob er von Bombenlegern oder Steinewerfern stammt, ist und bleibt als Mittel der Politik gänzlich unakzeptabel und wird seitens dieser Regierung immer auf die stärkste Gegenwehr treffen.»

Doch die TAZ hakte nach: «Terror ist die politische Extremantwort bisher Ohnmächtiger auf die Politik bisher Mächtiger. Interpretieren wir die Bundeskanzlerin richtig, wenn wir vermuten, dass die Erfüllung der politischen Forderungen der Terroristen für die Regierung an keinem Punkt in Frage kommt, dass sie damit Hart gegen Hart setzt und dass sie es damit auf einen Kampf zwischen bisheriger Ohnmacht und bisheriger Macht ankommen lässt? Diese Terroristen scheinen lediglich erzwingen zu wollen, dass man angesichts der Gefahren, die von der globalen Umweltkrise ausgehen, in Deutschland Weichenstellungen zu diskutieren beginnt, die bisher in Deutschland nicht oder sehr wenig diskutiert worden sind. Wie kann die Regierung etwas ablehnen, was sie nicht diskutiert hat?»

Die Kanzlerin wich aus: «Die Bundesregierung kann weder ein Tempolimit noch Parteitage beschließen. Die Forderungen des Erpresserbriefes sind somit an die Länder und an die Parteien gerichtet. Es ist aber Aufgabe der Bundesregierung, für die Sicherheit der Mitbürgerinnen und Mitbürger zu sorgen. Das wird diese Regierung mit allem Nachdruck tun.»

Das Ausweichmanöver brachte sogar die sonst eher regierungsfreundliche FAZ in Stellung: «Wenn die Regierung den Forderungen der Terroristen ausweicht, indem sie auf diese einzugehen anderen politischen Akteuren überlässt, dann sorgt sie eben nicht für die Sicherheit der Mitbürgerinnen und Mitbürger, sondern überlässt es anderen als der gewählten Regierung, dafür zu sorgen, dass die Bürger sicher sind. Hält die Regierung die Forderungen nach Umweltschutz im Grundgesetz, nach einer umweltfreundlichen Wirtschaftsweise und nach einer Mobilitätsabgabe für unter allen Umständen so unannehmbar, dass sie dafür Menschenleben aufs Spiel setzen muss?»

«Nicht die Bundesregierung, sondern die Terroristen setzen Menschenleben für politische Ziele aufs Spiel», antwortete die Kanzlerin. «Es geht der Regierung nicht um die Abweisung einzelner Forderungen, sondern darum, ob jemand seine politischen Ziele den Spielregeln des demokratischen Staates unterordnet oder nicht. Auf diesen Spielregeln hat jede demokratisch gewählte Regierung zu bestehen, sonst verspielt sie ihre eigene Legitimität und öffnet der Willkür einzelner Gruppen Tür und Tor.»

Nun konterte der STERN: «Es ist aber kein Geheimnis, dass auch diese demokratisch gewählte Regierung dem Einfluss einzelner Gruppen Tür und Tor sehr viel mehr öffnet als anderen. Umweltschützer weisen seit Jahrzehnten darauf hin, dass die Ressourcen unserer Erde begrenzt sind; die Wirtschaft tut seit Jahrzehnten so, als seien sie unbegrenzt. Wo Umwelt und Wirtschaft in Konflikt gerieten, ist die Wirtschaft in aller Regel als Siegerin hervorgegangen. Kurzsichtigkeit siegte immer wieder über Weitsicht. Wenn aber die Ressourcen unseres Planeten begrenzt sind, was niemand bestreiten kann, musste dann eine solche über Jahrzehnte hinaus geführte Politik nicht dazu führen, dass Umweltschützer sich irgendwann über die geltenden Spielregeln hinwegsetzen? Müssen sie nicht irgendwann zum letzten Mittel greifen, das sie haben, nämlich zur Gewalt? Und ist es dann nicht plausibel, dass sie dies eher in demokratischen als in totalitären Staaten tun?»

«Man kann keine gute Umweltpolitik gegen die Wirtschaft machen, Gott sei Dank haben alle Regierungen das bisher eingesehen», antwortete die Kanzlerin ebenso gereizt wie doppeldeutig. «Es ist richtig, dass wir umweltpolitisch vor großen Herausforderungen stehen. Diese Regierung arbeitet kontinuierlich dafür, dass wir diese bestehen werden. Terror, Erpressung und Gewalt führen dabei aber nicht zum Ziel. Niemals!»

Der Wald von hochgereckten Journalistenhänden stand nach wie vor im Raum, doch der Regierungssprecher suchte darin nach einem ganz bestimmten Baum. Als er ihn gefunden hatte, sagte er: «Meine Damen und Herren, unsere Zeit ist leider begrenzt. Ich kann nur noch eine Frage zulassen, bevor die Kanzlerin, der Bundesminister des Inneren und der Präsident des Bundeskriminalamtes wieder gehen müssen. Der Herr von der BILD-Zeitung?»

Dieser erhob sich ungefähr aus der Mitte des Saales: «Unsere Leser wünschen vom Präsidenten des Bundeskriminalamtes zu erfahren, auf welche Weise die Terroristen denn kontrollieren können, ob ein Fahrzeug 80 oder 100 km/h fährt.»

Die Kamera zeigte die sichtbare Erleichterung von Kanzlerin und Innenminister über diese Frage nur für einen Augenblick, während sie über sie hin auf den BKA-Präsidenten schwenkte. Dieser antwortete: «Die Polizei hält es für wahrscheinlich, dass die Terroristen über Lasergeräte verfügen, mit denen sich auch die Geschwindigkeit von Fahrzeugen messen lässt. Sie sind für jemanden, der ein besonderes Interesse an ihnen hat, durchaus erschwinglich und im Handel frei erhältlich. Es ist daher sinnvoll, damit zu rechnen, dass die Terroristen einige solcher Geräte besitzen. Die müssen sie haben, um ihre differenzierte Drohung glaubwürdig aufrecht erhalten zu können. Schließlich behaupten sie, nur Fahrzeuge angreifen zu wollen, die Tempo 100 oder 80 überschreiten. Ich glaube, wir alle tun gut daran, die Drohung des Erpresserschreibens vorläufig ernst zu nehmen.»

Die Kamera zeigte wieder den Regierungssprecher «Meine Damen und Herren, mit der Antwort des Präsidenten des Bundeskriminalamtes muss ich diesen Teil der Pressekonferenz leider für beendet erklären. Ich stehe aber ...»

*

Wegner klickte mit der Maus von seinem Platz aus das Fernsehbild auf dem Whiteboard weg. «Und - was wissen wir jetzt mehr?» fragte er in die kleine Runde der BKA-Ermittler.

«Immerhin sind die Zuschauer mehrfach aufgefordert worden, ihre Geschwindigkeit der Situation anzupassen», antwortete Anne-Liese. «Das berechtigt vielleicht zu der Hoffnung, dass in den kommenden Tagen keine weiteren Menschen ums Leben kommen.»

«Glauben Sie tatsächlich, dass solche Appelle etwas nützen?» fragte der Gymnasiallehrer Anne-Liese.

«In der Regel nicht, heute vielleicht schon. Ganz Deutschland spricht heute von nichts anderem, davon können wir ausgehen. Die Aussagen der Pressekonferenz werden die Gespräche der Leute untereinander beeinflussen. Kann gut sein, dass sie sich morgen in vorsichtigerem Verhalten auf den Straßen niederschlägt.»

«Bei der Konferenz hat keiner gesagt oder gefragt, ob heute durch die Terroraktion Menschen ums Leben gekommen sind», konstatierte Wolfgang Wolf.

«Dafür war die Konferenz wohl etwas zu kurz», vermutete Anne-Liese.

«Vielleicht wollte das aber auch keiner sagen. Ich kann Ihnen mitteilen, dass es auf bundesdeutschen Autobahnen und Schnellstraßen heute bisher keinen einzigen Verkehrstoten in Folge überhöhter Geschwindigkeit gegeben hat. Jedenfalls war das um 17:30

Uhr noch so, als ich im TL angerufen habe.»
Lehrer Brecht schüttelte erstaunt den Kopf: «Verrückte Welt! Das kommt wohl nicht gerade oft vor. Da müssen wir diesen Terroristen wohl noch dankbar sein, was?»
«Wenn sie sind, wofür sie sich ausgeben, dann sind sie Mörder und Erpresser, so oder so!» polterte Muskelmann Wolf. Er wandte sich an Anne-Liese. «Und - welche anderen Neuigkeiten gibt's vom TL?»
«Eine ganze Menge!» Die Kommissarin blickte vom einen Kollegen zum anderen. «Und Sie haben sicher auch einiges herausbekommen? Ich schlage vor, dass wir bis 22:00 Uhr arbeiten, dann dürfen auch wir schlafen gehen. Hat jemand Einwände?»

Die drei Männer schüttelten den Kopf und die Sonderkommission machte sich wieder an ihre Arbeit.

1.10 Ab 22:17 Uhr:
Meckenheim, Hotel Birkenhof

Anne-Liese öffnete die Tür ihres Hotelzimmers. Es war ein seltsames Gefühl, ohne Gepäck anzukommen. Gepäck sorgt dafür, dass man nicht so überrascht ist, dass das Zimmer, zu dem man den Schlüssel hat, ein fremdes ist. Gepäck sagt: Du bist nur vorübergehend hier, es macht nicht so viel, dass du fremd bist. Gepäck ist oft schwer, aber es sagt: Du hast ein Zuhause.

Doch Anne-Liese hatte nur, was sie am Leibe und mit sich trug, ihre Handtasche und ihren Laptop. Entsprechend fühlte sie sich, als sie das Licht anknipste und sich umsah. Ungemütlich war das Dreisternezimmer aber nicht, die zwei Bilder an der Wand bewiesen sogar einen selten mitfühlenden Geschmack. Keine billigen Kunstreproduktionen, nein, zwei gute, aus verschiedenem Winkel gemachte, große Fotografien vom demselben alten Bauernhaus, das so einladend aussah, das jeder sich vorstellen konnte, dort wenigstens seine Wochenenden verbringen zu wollen. Die leicht geöffnete blaue Tür, ein weit geöffnetes, sonnenbeschienenes, blaurahmiges Fenster, die darin flatternde weiße Gardine, die geduldige schwarze Katze auf dem Fenstersims waren von besonntem Mauerwek in Naturstein umrahmt; jeweils ein Waschzuber, welcher eine ganze Blumenwiese zu repräsentieren hatte und das wirklich gut machte, stand vor der Eingangstür an jeder Seite. Es musste sich um ein Bauernhaus aus der Gegend handeln. Und die Tagesdecke des Bettes war doch tatsächlich im selben Blau gehalten wie Tür und Fensterrahmen auf dem Bild. Hier verströmten ein umsichtiges Auge und eine einfühlsame Hand einen guten Geist, der Anne-Liese augenblicklich gut tat.

Sie inspizierte das Bad. Auch in Ordnung, nicht groß, aber hell und gepflegt. Der gute Geist hatte ihr sogar ein Minimum dessen, was Frau braucht, um den Tag beenden und beginnen zu können, auf das Board vor dem Spiegel gestellt, neben Zahnpasta und Zahnbürste, Shampoo und Conditioner, versteht sich. Vielen Dank, guter Geist.

Anne-Liese verließ das Bad, setzte sich aufs Bett, streifte die Schuhe ab, kramte das Handy aus der Handtasche, ließ sich quer aufs Bett nach hinten fallen, drückte auf ein paar Knöpfe, hielt das Telefon zwei drei Sekunden ans Ohr, bevor sie sagte:
«Hallo Thomas! Na? Hat alles geklappt heute?»
Sie lauschte.
«Gott sei dank,» sagte sie.
Lauschen.
«Ja, mir geht's soweit gut, ist halt stressig, erzählen kann ich nichts, wie immer, du weißt ja ... was?
Lauschen.
«Dienstschluss». sie sah auf die Uhr, «vor 25 Minuten, bin ziemlich fertig ... was?»
Lauschen.
«Nein, keine Ahnung, wann ich zurück bin.»
Lauschen.
«Thomas, ich kann doch nichts dafür ... ich versteh' ja, dass du sauer bist ...»
Lauschen.
«Du bist nicht sauer? Du hörst dich aber so an!»
Lauschen.
«Gut. Entschuldige bitte.»
Lauschen.
«Ja, ich werd' mit dem Chef drüber reden. Ich hab' noch nie so einen Fall gehabt, weiß nicht wie das mit Wochenendurlaub ist, ob das üblich ist ...»
Lauschen.
«Thomas, nichts für ungut, aber du bist jetzt in der Rolle, in der Frauen normalerweise sind.»
Lauschen.
«Nein, natürlich macht es das nicht besser, und ich weiß, dass du das weißt. Aber was soll ich denn machen? Würdest du mir das bitte mal sagen?»

Lauschen.
«Du, komm, lass uns nicht streiten, wir haben das alles x-mal durchgekaut ... was?»
Lauschen.
«Ja, ist in Ordnung. Und grüß die Kinder ganz, ganz lieb. Ich bring euch allen was mit!»
Lauschen.
«Okay. Tschüss, Thomas. Gute Nacht.»

Die kleine rothaarige Frau auf dem Bett mit der blauen Tagesdecke drückte auf einen Handyknopf, schmiss das akustische Entfernungsüberbrückungsgerät neben sich aufs Bett, verschränkte die Hände hinter dem Kopf und blickte traurig an die Zimmerdecke. «Scheißjob, scheißverdammter, scheißblöder Scheißjob», murmelte sie. «Das ist es nicht wert, kein Geld der Welt ist diesen Scheißjob wert!» Reglos blieb sie 10 Minuten liegen, schlief fast ein, erwachte mit einem Ruck aus dem Dreiviertelschlaf, richtete sich auf, kramte wieder in der Handtasche, holte ein kleines, schwarzes Notizbuch hervor, stand auf, setzte sich an das kleine Schreibpult des Hotelzimmers, stützte den Kopf in beide Hände. Dann schlug sie das Büchlein auf, blätterte, ergriff einen der Kugelschreiber, die das Hotel bereit gelegt hatte, begann zu schreiben:

Meckenheim, 01.08.2016. Was für ein Tag! Heute morgen ruft mich doch glatt H. im Büro an, ich soll den ersten bundesweiten Fall grünen Terrors in D übernehmen. War völlig platt. Wurde eine Stunde später mit dem Hubschrab abgeholt, bin seit 15:00 hier. Gleich Klaus W. kennen gelernt, der mich zu H. gebracht hat. Klaus ist sehr, sehr, sehr nett, hatte sofort einen Draht zu ihm ... . ------- Aber mehr wird nicht, nicht wahr, A.-L.? NICHT WAHR? Alles würde nur noch komplizierter. --------- Was ich von H. halten soll, weiß ich nicht. War überraschend verständnisvoll, als ich mit Klaus gegen 17:00 Uhr noch mal bei ihm war. Passte gar nicht zu meinem ersten Eindruck. Vorsicht! Der erste Eindruck ist nie falsch, nur unvollständig, denk dran, A.-L. Nach Treffen mit H. dann erstes Treffen mit der Soko, die ich leite. Klaus ist mit dabei, was sehr gut ist. Bertram B. ist ok, glaube ich. Aber Wolfgang W. wird mich noch viel Kraft kosten.

Der Mann ist so ein Law-and-Order-Kerl, dazwischen gibt's nichts. Der meint, die Welt wird einfach, wenn man sie sich im Kopf einfach macht: Genug Gesetze, genug Gefängnisse und genug Polizei, dann regelt sich alles. So ungefähr. Dass erwachsene Menschen so dumm sein können, es erstaunt mich immer wieder! Um 18:00 Pressekonferenz mit den anderen geschaut. Danach Soko-Arbeit bis 22:00. Viele Hinweise aus der Bevölkerung. Die Installation dieser Puppen ist von vielen beobachtet worden, einige Zeugen haben sogar beim Aufbau geholfen. Seltsam: Die beobachteten Personen waren immer männlich, blond, schwarz gekleidet, trugen eine Sonnenbrille und sprachen schlechtes Deutsch mit englischem Akzent. Alter 25 – 40. Dabei sind aber mindestens 11 der 16 Puppen ungefähr gleichzeitig installiert worden, es kann sich nicht um den selben Mann handeln. Raffinierte Tarnung mit anderen Worten. Alle Täter hatten auch Einweghandschuhe an, was sie den mithelfenden Zeugen damit erklärten, dass sie die wegen einer Allergie hätten. Fingerabdrücke können wir damit vergessen. Meine Frage: Wie viele Deutsche können glaubwürdig einen Engländer, Amerikaner oder Australier mimen, der gebrochen Deutsch spricht? Viele wahrscheinlich, muss man nur ein bisschen üben. Trotzdem weitet sich der mögliche Täterkreis jetzt tatsächlich international aus. Was die Ermittlungen noch aufwändiger und langwieriger machen wird. Ich glaube, damit kann ich meine Ehe wirklich endgültig vergessen. ------- Thomas, ich versteh dich, ich versteh dich so gut! Aber denkt man denn an so was, wenn man mit 20 eine Berufsausbildung anfängt? Im Grunde ist unsere Ehe damals schon gescheitert, als ich dich noch gar nicht kannte. Oder als ich dir erzählte, dass ich Polizistin werden würde, da hättest du sofort nein sagen sollen. Aber eine Frau, die zur Polizei will, fandest du soooo cool! Und ich fand einen Mann cool, der das cool fand. Gott, was weiß man denn, wenn man 20 ist? ------ Betrauerter, ferner Mann, ich muss jetzt schlafen. Du weißt, ich würd' dir gern so viel erzählen. Aber es geht nicht, es geht einfach nicht. Wenn du irgendwann mal meine Tagebücher kriegst ----- ob du die lesen wirst? Wie oft habe ich mich das schon gefragt. Ich küsse dich.

Anne-Liese legte den Kuli weg, hob das noch aufgeschlagene Tagebuch an den Mund, küsste die zuletzt beschriebene Seite, klappte es zu, legte es wieder in die Handtasche. Ein Blick auf die Uhr: 23:15.

Alice zog sich Jeans und Bluse aus, hängte beides über den Stuhl, ließ den kleinen BH, Slip und Socken folgen, schlug die Tagesdecke halb zurück, schlüpfte ins Bett, stellte den Handy-Wecker auf 06:59 Uhr, knipste das Licht aus. Morgen musste Jacqueline ihr wenigstens die nötigste Unterwäsche besorgen. Und wann würde sie selbst Zeit haben, sich mit Kleidung zum Wechseln zu versorgen? «Das Amt kommt für alle Kosten auf. Was für ein Witz! Wenn das Amt wüsste, was es wirklich kostet, gäbe es das Amt gar nicht.» Ein kleiner Frauenkopf mit kurzem roten Haar schlief auf einem großen, weißen Hotelkissen erschöpft ein.

Kapitel 2: Dienstag, 2. August 2016

2.1 Ab 03:15 Uhr:
Wien, Dreihackengasse, 9. Bezirk

Kopfkino. Die Kamera führt durch eine nächtlich Straße. Straßenlaternen beleuchten Autos, die links und rechts der Trottoirs dicht an dicht parken. Die Häuser, die die angrenzenden Bürgersteige tagsüber mit Menschen versorgen, sind durchweg gepflegte, schöne Altbauten, Gründerzeit oder früher. In weniger seriösen Produktionen hätten die Filmleute über die Szene einen einzelnen, lang anhaltenden, hohen, sirrenden Ton gelegt, der dem Zuschauer suggerieren soll: Gefahr! Denn eigentlich passiert nichts. Es regnet nicht einmal. Auf dem linken Trottoir kommt eine männliche Person der Kamera entgegen, etwa 35 Jahre alt, Brille, dunkles, nach hinten gekämmtes, aber recht kurzes Haar, mittelgroß, mit hellem T-Shirt, sportiver halblanger, olivenfarbener Hose und Sandalen. Es ist Sommer. Der Mann bleibt vor einem hohen Hauseingang stehen, greift in die Tasche, holt einen Schlüssel hervor, schließt auf, verschwindet in der Tür, welche dumpf, aber in der Stille gut hörbar ins Schloss fällt. Nur einige Sekunden später hält drei Häuser weiter auf der anderen Seite der Straße ein Taxi, das leise tuckernde Geräusch des Diesels füllt die Luft. Das Nummernschild verrät, dass die Stadt Wien sein muss. Eine junge Frau mit halblangen, dunklen Haaren, in hellem T-Shirt, hellem, kurzem Rock und Schuhen mit hohen Absätzen, steigt aus, stöckelt peinlich hörbar zum nächstgelegenen Hauseingang, greift in die Handtasche, schließt auf, verschwindet im Gebäude. Das Taxi fährt an, bremst nach 50 Metern, blinkt rechts, biegt ab, es ist wieder still, die Straße menschenleer. Dann ertönt der typische, kurze Vibrationslaut eines Handys.

Schnitt! In der nächsten Sekunde öffnet ein Daumen das Display, welches fast auf der ganzen Leinwand zu sehen ist. «ALLES KLAR» steht da.

Schnitt! Die Kamera zeigt von der gegenüber liegenden Straßenseite, wie sich aus einem Hauseingang zwei Gestalten lösen, beide ungefähr gleich groß. Sie tragen beide schwarze Sweatshirts mit Kapuzen, diese sind übergestülpt, jeder der beiden trägt eine große Sonnenbrille. Die beiden ziehen sich Einweghandschuhe an, verteilen sich, einer geht der links, einer der rechts parkenden Autozeile entlang. Du kannst dir schon denken, dass es egal ist, welchem der beiden die Kamera nun folgt. Sie tut es so, dass eine der Gestalten von hinten zu sehen ist. Gleichzeitig lassen sich die Automarken erkennen, an denen sie langsam, wie suchend, vorbeigeht. Ein blauer Skoda. Ein gelber Fiat. Ein roter Seat. Ein großer, relativ neuer, schwarzer Opel .... Die beturnschuhten, überraschend kleinen Füße stoppen einen Augenblick, gehen dann weiter. Ein mindestens zehn Jahre alter Mercedes. Wieder ein Opel, diesmal ein kleiner, weißer. Dann ein älterer VW Passat, silber-metallic. Und jetzt ein Mercedes-Benz Coupé CLS 400, maximal zwei Jahre alt. Die Kamera führt dich um die schicke Kiste, zeigt dir den glänzenden, dunklen Lack, in dem das Laternenlicht sich matt spiegelt, zoomt durch die Fenster auf die helle, elegante Innenausstattung, das mit Edelholz vertäfelte Armaturenbrett. Wie von Geisterhand öffnet sich die Fahrertür; sie setzt dir die Augen ins Auto, die Kamera, die Tür fällt mit einem satten, schweren Plopp ins Schloss. Es ist nun ganz still, die Fahrgastzelle schirmt dich von allen Geräuschen der schlafenden Stadt ab. Du siehst durch die Windschutzscheibe auf den parkenden, schmutzigen, hellblauen VW-Transporter vor dir, deutlich ist das alte schwarze Wiener Kennzeichen mit den weißen Buchstaben sichtbar, von schräg oben fällt das matte Laternenlicht auf dein Auge. Doch du bist nicht der Fahrer, du sitzt im Kino, und du weißt, was jetzt passiert. Der Kameramann will dir nur zeigen, wie das von innen aussieht, wenn mitten in der Nacht eine Gestalt, die eine Kapuze und eine große Sonnenbrille aufhat, sich plötzlich von vorne über das Auto beugt, eine behandschuhte Hand plötzlich in Spiegelschrift von rechts nach links erst ein C, dann ein L, ein A und zuletzt ein N mit Rufzeichen groß, fett und rot auf die Windschutzscheibe sprüht. Zuletzt sprüht die Hand noch ein Kringel um das A, du siehst die Bewegung des schwarzen, kreisenden Arms. An einigen Stellen verläuft die Farbe. Dass das von innen wie versprühtes und dann verlaufendes Blut aussieht, haben die Filmleute natürlich so gewollt. Und das von der Straßenlaterne kommende Licht wird jetzt rötlich für dich, sehen kannst du kaum noch etwas. Dass man mit diesem Auto nicht mehr fahren kann, ist sofort klar.

Aber du sitzt im Kino. Du kannst, sofern du Mann bist, nicht den Wutbürger spielen, die Tür aufreißen, das Adrenalin deines Zornes nutzen und augenblicklich die Verfolgung des unverschämten Vandalen aufnehmen. Du kannst, sofern du Frau bist, nicht wild in der Handtasche kramen, per Handy mit zitternder Hand die 133 wählen und sofort die Polizei rufen. Du sitzt, ob Mann oder Frau, im Kino und kannst die Polizei nicht rufen. Die Polizei muss im Film kommen. Aber die kommt nicht.

Schnitt! Die Filmleute zeigen stattdessen die schwarz gekleidete, sonnenbebrillte Gestalt mit Kapuze, wie sie neben dem Mercedes steht und mit der Spraydose in der Hand in Richtung des anderen Endes der etwa 150 Metern langen Straße winkt. Die Kamera schwenkt: Die andere Gestalt winkt zurück, dreht sich um, setzt sich in Bewegung, verschwindet rechts um die Ecke. Noch ein Kameraschwenk: Die erste Gestalt verschwindet links um die Ecke.

Die beiden treffen sich in der nächsten Querstraße wieder, gehen auf ihrer jeweiligen Straßenseite an der Autozeile langsam entlang, zu sehen von oben, offensichtlich von einem Balkon aus gefilmt. Da ein Porsche, dort noch ein Daimler der Premiumklasse. Die beiden verrichten ihr Werk. CLAN!. Das Rot ist auch von oben gut erkennbar. Ein SUV von BMW. CLAN!. Und ein 5er BMW neueren Baujahrs. CLAN!. Ein Audi A6, letzte Modellvariante. CLAN!. Auf einer 150 Metern Straße parken auf jeder Seite ca. 30 Autos. Macht ca. 120 Autos, die die beiden bisher abgeklappert haben. In Österreich sind die Vermögensverhältnisse kaum anders als in Deutschland. Zehn Prozent der Bevölkerung besitzen fünfzig Prozent des Gesamtvermögens. Das schlägt sich auch im Autobesitz nieder. Doch die beiden sind offensichtlich nicht in Wiens reichster Gegend unterwegs. Daran haben sie vielleicht nicht gedacht?

Auf jeden Fall scheinen sie nicht bedacht zu haben, dass es Menschen gibt, die nachts nicht schlafen können. Wo 120 Autos parken, gibt es wohl doppelt so viele Anwohner, wahrscheinlich mehr. Dass da mal einer nachts aus dem Fenster schaut, das kommt schon vor. Besonders im Sommer, wenn sich bei geöffneten Fenster eine Zigarette rauchen lässt. Du siehst einen solchen Menschen nun, die vermummten Gestalten sehen ihn nicht. Die rundliche Frau um die Fünfzig steht in weißem Nachthemd mit dem Rücken zu einer weißen Gardine, hält mit der Linken die Zigarette aus dem Fenster, während die Rechte das Handy ans Ohr presst. «Hallo, Polizei?» spricht sie in das Telefon so, wie nur Wiener das Wort «Polizei» aussprechen können. «Vor mir unten auf der Straße sprühen zwei Nichtsnutze parkende Autos mit Farbe voll.» - «Ja, ich sehe das deutlich. CLAN sprühen sie auf die Scheiben. Mit Rot. Und um das A machen sie einen Kringel und hinter das N ein Rufzeichen.» - «Regine Förster, Dreihackengasse 12, 9. Bezirk» - «Ja, ich habe es genau gesehen, ich sehe sie noch. Nein, jetzt sind sie weg, um die Ecke verschwunden.» - «Keine Ursache, Herr Inspektor. Wollen Sie keine Streife schicken?» - «Dann bin ich ja beruhigt. Sie dürfen gerne klingeln, ich bin noch wach.» - «Nein, das macht mir nichts aus. Ich kann sowieso nicht schlafen.» - «Keine Ursache. Gute Nacht, Herr Inspektor.»

Schnitt! Die Kamera zeigt einen der Nichtsnutze in Nahaufnahme, den Oberkörper und den Kopf in schwarzem Sweatshirt mit Kapuze. Darunter die Sonnenbrille. Der Nichtsnutz scheint eine junge Frau zu sein. Die weiblich schön geschwungenen, vollen Lippen verraten das. Mit der dunklen Kapuze und der großen Sonnenbrille sieht sie in dem fahlen Laternenlicht trotzdem gespenstisch aus. Du hörst ihre Schritte kaum, aber am sich hin- und herbewegenden Oberkörper merkst du, dass sie sich vorwärts bewegt. Da piept leise ihr Handy. Sie zieht es aus der Bauchtasche des Sweatshirts hervor, ein mit durchsichtigem Einweghandschuh bekleideter Daumen öffnet das Display, das auf der ganzen Leinwand erscheint: KIBERER! (In Klammern erscheint am unteren Bildschirmrand getextet die Übersetzung ins bundesdeutsche: BULLEN!)

In anderen Filmen begänne die Empfängerin der Meldung jetzt zu laufen, von hektischer Musik gejagt. Aber in diesem Film bleibt es still. Die Frau löscht die SMS, steckt das Handy in die Hosentasche, stellt ihre Spraydose unter dem nächsten parkenden Auto ab, streift die Einweghandschuhe ab, holt ein Feuerzeug hervor, bückt sich, entfacht auf dem Bürgersteig aus den Handschuhen ein zweisekundiges Auflodern, richtet sich auf, zieht das Sweatshirt, unter dem ein weißes T-Shirt sichtbar wird, aus, schüttelt ihr langes, mittelblondes Haar, hängt sich die Sonnenbrille in den Ausschnitt, das Sweatshirt um den Hals. Das ganze wirkt routiniert und geübt, dauert keine 15 Sekunden. Dann geht die schlanke, junge Frau in weißen Sommerjeans und weißem T-Shirt, mit dunklem Sweat-Shirt über den Schultern davon, einfach davon.

Und jetzt setzt die Musik ein. Musik? Wenn, dann sogenannte *zeitgenössische Musik*. Die Filmleute plagen dich mit einem langgezogenem, sehr hohem, sehr unangenehmem, an- und abschwellendem Siiiiiii, einem Sirren, einem Siiiiiisiiiiisiiiiisiiiiisiiii, das immer stärker wird, wie wenn dich Abertausende von Mücken umschwirrten, Mücken, Mücken, Mücken, während die mittelblonde, langhaarige, schlanke Frau – Mücken – sich mit dem Rücken zur Kamera – Mücken – Schritt für Schritt entfernt und nach langen Sekunden – Mücken – an parkenden Fahrzeugen vorbei um eine Straßenecke verschwindet. Mücken!

Ein, zwei Mücken kann man totschlagen. Tausende nicht.

2.2 Ab 15:00 Uhr:
BKA Meckenheim-Merl, Großer Konferenzraum

Hätten die deutschsprachigen Schlagzeilen der Online-Seiten brüllen können, Nachrichtensprecher nicht die Tugend der vokalen Mäßigung pflegen müssen, um wie viel vielchöriger wäre da das Weh- und Wutgeschrei noch gewesen, das sich an diesem Morgen und Vormittag am Dienstag, dem 2. August 2016, über Deutschland erhob. Gewiss hatten die Erpressung der ARD, die damit in Verbindung stehenden 33 Autobahnmorde, die 58 zum Teil schwer Verletzten und die 16 Guy-Fawkes-Puppen am Vortag bereits die Schlagzeilen beherrscht und die Gemüter erregt. Doch diese Angriffe galten Menschen. Ein Mensch ist kein Gott. Wer den Menschen angreift, mag ein Verbrecher sein, über den zu empören sich wohl ansteht. Wer aber mit der Gottheit Schindluder treibt, ist an Schändlichkeit nicht mehr zu unterbieten, zeigt er doch, dass ihm wirklich nichts mehr heilig ist. Weder Niobe noch Rahel hätten so über ihre Kinder wehklagen können, wie die Hohen Priester in den Tempeln Stuttgart, Ingolstadt und München, ja fast mehr noch deren Berliner Ministranten schluchzten über die Schändung der heiligen Ordnung, welche an diesem Morgen offenbar wurde und in der letzten Nacht von Flensburg bis Garmisch, von Linz bis Graz, von Basel bis Bern durch Unbekannte stattgefunden hatte: Über 50.000 Fahrzeuge der Oberklasse und gehobenen Mittelklasse überwiegend deutscher Produktion waren im gesamten deutschen Sprachraum von taggenden Tagedieben, von ruchlosen Rowdies, von wahnwirren Vandalen durch simples Farbspray fahruntüchtig gemacht worden. Einen schärferen Dolch hätten sie kaum in die Herzen der Gläubigen stoßen können.

In dem hörsaalähnlichen, mit deutscher Eiche vertäfelten großen GETZ-Konferenzraum des BKA Meckenheim-Merl waren unter den versammelten Vertretern von 39 deutschen Sicherheitsbehörden tatsächlich neben Anne-Liese noch fünf weitere Frauen, was aber nur um so deutlicher machte, dass eine Frauenstimme in diesem Männerchor entweder Solo singen oder untergehen musste. Vom halbrunden Plenum aus gesehen saß Anne-Liese vorne rechts neben Dr. Hoffkamp vor einer großen Leinwand an einem langen Tisch, neben ihr Riese Wegner, links von Hoffkamp hatten Lehrer Brecht und Muskelmann Wild Platz genommen. Jeder von ihnen hatte den Laptop aufgeschlagen vor sich stehen, ebenso wie die 45 restlichen Beamten im Konferenzraum. Auf jedem Tisch befand sich neben einem Mikrofon ein Schild, auf dem der Name der jeweiligen Behörde und der ihres Repräsentanten zu lesen war. Während die meisten Beamten in Zivil erschienen waren, trugen sechs der Teilnehmer ausländische Polizeiuniformen.

Hoffkamp, der ausländischen Gäste wegen ebenfalls in Uniform, sah auf die Uhr, erhob sich, wartete, bis das Gemurmel im Plenum sich gelegt hatte, wischte sich dabei wiederholt mit einem großen, weißen Taschentuch den Schweiß von der Stirn, und eröffnete dann die Sitzung mit bleichem, übermüdetem Gesicht:
«Meine Damen und Herren, wir sind heute morgen alle zu einer Wirklichkeit aufgewacht, die wir uns gestern noch nicht hätten träumen lassen. Nach bisheriger Zählung sind heute Nacht in Deutschland, Österreich und der Schweiz über 50.000 PKW durch sogenanntes Tagging systematisch fahruntüchtig gemacht worden. Dieser ungeheuerliche Vorgang scheint aber nach neuesten Erkenntnissen über die Taktik der Terroristen nur ein Vorgeschmack auf das zu sein, was wir noch zu erwarten haben könnten. Deshalb freue ich mich besonders, dass es uns gelungen ist, alle relevanten Behörden hier zu versammeln, wofür ich Ihnen allen sehr herzlich danke. Besonders begrüße ich die Kollegen von den verschiedenen Verfassungsschutzämtern sowie Sie, sehr verehrte Kollegen aus Österreich und der Schweiz. Seien Sie uns herzlich willkommen!»
Die jeweils drei uniformierten Polizeibeamten aus den beiden Nachbarländern erhoben sich für einen Moment. Zu ihrer Begrüßung erscholl kurzer, freundlicher Applaus. Als dieser geendet hatte, fuhr Hoffkamp fort:
«Nun, Gott sei Dank scheinen wir Glück im Unglück gehabt zu haben. In Frau Hauptkommissarin Anne-Liese Schwartzer vom GTAZ Berlin

hier zu meiner Linken ist uns eine besonders befähigte Kollegin zur Verfügung gestellt worden ... .»

«Soll der doch mit der Lobhudelei aufhören», dachte Anne-Liese, eher misstrauisch als geschmeichelt. Es war natürlich gut, dass Hoffkamp ihr öffentlich Anerkennung und damit Unterstützung zusprach, aber wie sollte sie wissen, wie lange die hielt? Außerdem säte man leicht Zwietracht, wenn man die Leistungsfähigkeit einzelner hervorhob, während andere ungenannt blieben. Anne-Liese mochte das nicht.

«... Sie leitet seit gestern 15:30 Uhr die Sonderkommission, die wir sofort gebildet haben. Neben ihr sehen Sie Herrn Hauptkommissar Wegner vom Referat 12, links von mir Herrn Hauptkommissar Brecht vom Referat 42 und Herrn Hauptkommissar Wild vom Referat 32. Die Kommission hat bereits wertvolle Arbeit geleistet. Der gestrige Abend und der heutige Vormittag haben uns dahin gebracht, dass wir glauben, die wichtigsten Zusammenhänge jetzt zu verstehen. Frau Schwartzer und ihr Team werden uns diese jetzt erläutern. Danach müssen wir diskutieren, welche Maßnahmen wir ergreifen sollen. Ich glaube, wir alle tun gut daran, uns auf eine lange Sitzung gefasst zu machen. Bitte, Frau Schwartzer.»

Hoffkamp setzte sich, nahm die Nickelbrille ab und wischte sich wieder den Schweiß von Glatze und Stirn, während die kleine Anne-Liese aufstand. Sie ließ ein paar Augenblicke verstreichen, blickte aufmerksam und ernst von links nach rechts auf die Anwesenden im Plenum, bevor sie in ihrer hellen Stimmlage begann:

«Herr Dr. Hoffkamp, liebe Kolleginnen und Kollegen, uns alle beschäftigt die Frage, wie die Vorboten zu vorgestern Nacht, gestern morgen und heute Nacht so leise an uns vorübergehen konnten. Darauf haben wir eine Antwort gefunden, die Ihnen Herr Wegner und Herr Brecht gleich präsentieren werden. Die Anfänge des Falles lassen sich zeitlich auf den Februar 2014 lokalisieren. Eine zentrale Rolle spielt dabei die Seite www.we-are-anonymous.org.»

Anne-Liese modulierte jetzt ihre Stimme langsam von hell nach dunkel:

«Weiter hat sich, wie Sie vielleicht schon wissen, eine anonyme Anruferin heute morgen beim ARD-Hauptstadtstudio von den Autobahnunfallmorden der vergangenen Woche distanziert, sich aber gleichzeitig hinter die politischen Ziele des Erpresserschreibens gestellt und betont, dass die Aktion «Climate Action Now» weitergehen werde. Eine entsprechende Botschaft ist auch heute von Anonymous um 12:13 Uhr auf You Tube veröffentlicht worden. Das deutet darauf hin, dass die Terroristen untereinander zerstritten sind. Ermittlungstechnisch haben wir es dann möglicherweise nicht mit einem, sondern mit zwei Fällen zu tun, die aber miteinander in Verbindung stehen, bzw. eine gemeinsame Wurzel haben könnten. Herr Wegner und Herr Brecht haben dazu gestern Abend und heute Vormittag Dutzende von relevanten Netzseiten durchforstet. Sie werden Ihnen dazu jetzt weitere Informationen geben.»

Anne-Liese setzte sich wieder und nickte Klaus Wegner an ihrer Seite leicht zu. Der wiederum sah zu Bertram Brecht hinüber. Lehrer und Riese standen gemeinsam auf, Wegner hielt eine PC-Fernbedienung in der Hand, mit welcher er jetzt auf der großen Leinwand hinter ihnen die Homepage www.we-are-anonymous.org sichtbar machte:

Auf schwarzem Untergrund prangte auf der Mitte der Seite weiß das Heading «YOU ARE ANONYMOUS» in großen Lettern, darunter war das Emblem der Bewegung zu sehen, das auf das Logo der Vereinten Nationen Bezug nimmt. Dort umranken zwei Ähren den Globus, in der Mitte der Kugel sind die fünf Weltteile abgebildet. Die Weltteile ersetzt Anonymous jedoch durch eine Figur in schwarzem Schlips und Anzug vor hellem Hintergrund, welche die Arme hinter dem Rücken verschränkt hält. Den Kopf der Figur bildet ein schwarzes Fragezeichen. Ganz oben auf der Seite waren vor dem schwarzen Hintergrund in Flaggenform eine Unmenge von Sprachen repräsentiert.

Wegner klickte mit der PC-Fernbedienung auf Deutsch. DU BIST ANONYMOUS erschien nun in großen, unterstrichenen weißen Lettern unmittelbar auf der Leinwand, darunter in kleinerer Schrift die Frage: ERNSTHAFT AM HACKEN INTERESSIERT? Kreuz und quer über die Seite verstreut machten vor dem schwarzen Hintergrund weitere Links wie FORUM, IRC-CHAT, INFORMATIONS- UND MEINUNGSFREIHEIT, ANONYMITÄT oder LINKS UND INFOS auf sich aufmerksam.

Wegner blickte zu Brecht hinüber, der das Wort ergriff: «Werte Kolleginnen und Kollegen, Anonymous ist traditionell immer eine Art Hacker-Gemeinde gewesen. Als solche hatten wir sie natürlich unter Beobachtung. In ihrem Selbstverständnis lehnte Anonymous mit Ausnahme des Hackings bisher jede Form von Straftaten und Gewalt ab. Die auf Anonymous gerichtete Suchmaske zur frühzeitigen Aufdeckung geplanter Aktivitäten deckten daher den Bereich der Computer- und Homepage-Sabotage ab. Mit diesen konnten wir aber nicht erfassen, dass andere Kräfte, namentlich militante Umweltaktivisten, Anonymous für ihre Zwecke gewinnen wollten, und, wie sich heute zeigte, auch gewinnen konnten. Erst die Verwendung von Guy-Fawkes-Masken bei den Puppen hat uns darauf gebracht. Und der systematische Durchgang der deutschsprachigen Anonymous-Homepage, deren Server übrigens in Panama liegt, führte uns heute Vormittag auf die richtige Spur. Wir haben uns rückwärts gehend die gesamte Themenliste und Threads der Kommunikation auf dieser Homepage angesehen und sind dabei auf folgendes Schreiben, datiert vom 18.02.2014, gestoßen. Gepostet wurde es von einer IP-Adresse im norwegischen Trondheim. Bitte lesen Sie es sich alle einmal durch!»

Wegner klickte auf seine Fernbedienung. Auf der Leinwand wurde in weißen Lettern auf schwarzem Hintergrund ein Text sichtbar.

Wegner sagte: «Wenn jemand von Ihnen im Plenum Schwierigkeiten hat, den Text zu lesen: Die Adressenzeile ist auch im Intranet auf Ihrem eigenen Laptop abrufbar. Bitte, nehmen Sie sich nun etwas Zeit zum aufmerksamen Lesen!»

Thema: Hilfe!
Von: Homo sapiens, 18.02.2014, 16:53

Hallo Anon!

Ich (*1953) bin wahrscheinlich mindestens doppelt so alt wie die meisten hier im Forum. Wenn ich mir anschaue, wie meine Generation

Euch die Zukunft versaut, wird mir ganz anders. Deshalb wende ich mich an Euch.

Die Gefahren, welche durch die globale Umweltkrise auf uns und insbesondere Euch und Eure (zukünftigen) Kinder zukommen, hat es bisher in der Menschheitsgeschichte nicht gegeben. Es wird zu Klimaflüchtlingsströmen kommen, gegen die unser heutiges Flüchtlingsproblem ein Witz ist. Unser aller Ernährung wird gefährdet sein, weil Extremwettersituationen global die Ernten gefährden. Das werden wir auch in Deutschland spüren. Die Klimaforscher prognostizieren wegen der sich ändernden globalen Niederschlagsverteilung für den Mittelmeerraum ab etwa 2030 zunehmende Dürre, die in den folgenden Jahrzehnten weiter nach Norden kriechen wird. Zu wenig Wasser für die Menschen in diesen Ländern, zu wenig Wasser für die dortige Landwirtschaft, die uns hier in Deutschland heute noch mit Obst und Gemüse versorgt – kannst du dir ausmalen, was das bedeutet, wenn wir gleichzeitig in Deutschland immer weniger Landwirtschaftsflächen zur Nahrungsmittelproduktion haben? Den allermeisten Menschen ist zwar klar, dass, aber nicht wie sehr Wirtschaft, Politik und auch wir selbst heute an dem Ast sägen, auf dem wir alle sitzen.

Dafür gibt es viele bekannte Gründe. Das Kuschen der Politik vor der Wirtschaft. Die Profitgier des Kapitalismus. Unsere eigene Unfähigkeit zum Konsumverzicht. Über alledem schwebt die Macht des Geldes. Usw. Durch ein Buch, das ich neulich las, sind mir aber zwei Gründe aufgegangen, die noch tiefer liegen. Titel und Namen des Autors kann ich hier nicht nennen, damit er keine Schwierigkeiten kriegt. Ich kann verraten, dass er Biologe ist. Letztlich kommt es auch auf den Namen nicht an, sondern auf die Argumente. Die gebe ich hier jetzt weiter, weil ich glaube, dass Ihr als eine kritische und denkende Minderheit dafür offen seid:

Dieser Mann sagt, dass die globale Umweltkrise eine logische Konsequenz unserer Evolution ist. Und er sagt, dass wir die Krise nicht bewältigen können, wenn wir das nicht verstehen. Ich gebe ihm recht und fasse hier die zwei wichtigsten Gründe ganz kurz zusammen:
1. Der Mensch handelt erst, wenn er fühlt. Die Natur (= Evolution) hat

uns mit einem Sinnesapparat ausgestattet, der uns Gefühle vermittelt. Erst diese lenken unsere Handlungen in diese oder jene Richtung. Ohne Gefühle entsteht kein Handeln. Die Umweltkrise nehmen wir aber mit unserem Sinnesapparat nicht wahr. Wir wissen von ihr nur, aber wir fühlen sie nicht. Deshalb handeln wir im Alltag immer noch so, als gäbe es die Krise gar nicht, und wir verschärfen sie so immer mehr.

2. Die Gefühle des Homo sapiens sind letztlich immer auf zwei Ziele ausgerichtet. Entweder dienen sie, direkt oder indirekt, dem Überleben. Oder sie dienen, direkt oder indirekt, der Fortpflanzung. Fortpflanzung erreichen wir, indem wir uns bemühen, für mögliche Geschlechtspartner so attraktiv wie möglich zu sein. Für unser Aussehen können wir nichts. Aber wir können sonst eine ganze Menge tun, um als Geschlechtspartner attraktiv zu sein. Die üblichste Strategie ist: Wir streben nach Wohlstand, nach Überfluss. Wer Überfluss hat, kann besser für Nachkommen sorgen als der, der am Existenzminimum entlang kriecht. Wer Überfluss hat, kann auch leichter teilen. Tut er das, stärkt er den Zusammenhalt seiner Gruppe und erhält dadurch Status. Wer viel Status in der Gruppe hat, ist – besonders für Frauen! – ein auf die Dauer attraktiverer Geschlechtspartner als der, der wenig Status hat.

Vordergründig betrachtet gibt es durch Wohlstand mehr Sicherheit und durch Überfluss höheren Lebensgenuss. Aber im Hintergrund läuft durch Wohlstandssteigerung immer dasselbe biologische Programm ab: Erstens Überlebenssicherung und zweitens Steigerung der eigenen Attraktivität. Das Streben nach Letzterer ist der eigentliche Grund dafür, dass die meisten Menschen immer mehr haben wollen. Oder soll ich 'müssen' sagen? Denn: **Wie attraktiv einer ist, wie viel Status jemand hat, beurteilt ja keiner selbst. Das beurteilen immer die Anderen. Des Urteils der Anderen aber kann man sich nie völlig sicher sein. Nicht wahr?** Deshalb muss ich dafür sorgen, dass ich wenigstens so viel habe wie die anderen. Oder ich muss mehr haben. Weniger geht nur für ganz wenige von uns. (Erinnere dich mal an deine Schulzeit, an die Zeit, in der du noch so jung warst, dass du den Unterschied zwischen Haben und Sein noch nicht wegdenken konntest: Ging es auf dem Schulhof nicht ganz oft darum, wer was neu hatte, wer der letzten Mode folgte und so Trendsetter wurde? Dafür mussten dessen Eltern aber mehr **haben** als *die anderen Eltern ...)*

Deshalb also verhallen alle Appelle der Umweltschützer! Deshalb also handeln wir im Alltag immer wieder gegen besseres Wissen. Deshalb also dreht sich das Karussell immer weiter und immer schneller. Und ich glaube, du verstehst schon jetzt so gut wie ich, ohne das ganze Buch gelesen zu haben, dass wir dann wirklich in der Falle sitzen. Denn wenn wir aus biologischen Gründen 1. die globale Umweltkrise nicht direkt <u>fühlen</u>, und wenn wir 2. wegen unserer Biologie immer mehr haben <u>müssen</u>, dann führt das dazu, dass wir die Überausbeutung unserer Naturressourcen immer weiter fortsetzen werden. Dürfen wir den Klimaforschern glauben, wird uns dann beim gegenwärtigen Tempo der Klimagasemissionen ab etwa 2030 die Rechnung dafür präsentiert werden.

Es sei denn, wir nutzen den biologischen Vorteil, dass wir als einzige Art dieses Planeten Gedanken ins Gefühl transportieren können. Es sei denn, die Erkenntnis, dass es jedem von uns dann früher oder später wirklich an den Kragen gehen kann, macht uns so viel Angst, dass wir das Steuer doch noch herumreißen, das Schlimmste verhindern können. Denn wie gesagt, der Mensch handelt erst, wenn er fühlt. Aber fürs wirkliche Handeln haben wir so gut wie gar keine Zeit mehr. Auch deshalb ist die Erkenntnis bei mir in den Gefühlen angekommen. Ich habe jetzt Angst. Ich habe verstanden, was dieser Mann sagt. Es ist völlig logisch. Ich bin bereit zu handeln. Du auch?

Ich habe einen Vorschlag, was wir tun könnten, wie wir durch eine wirklich heftige Aktion die Gefühle der Leute erreichen, wie wir sie aus ihrem Dornröschenschlaf wecken, über Deutschland Europa und so vielleicht sogar die Welt in eine andere Richtung zwingen könnten. Das internationale Netzwerk von Anonymous und Euer Wille zum Handeln spielen da eine ganz wichtige Rolle. Wollt ihr mehr wissen?

Beste Grüße
Euer
Homo sapiens

«Sind alle mit dem Lesen fertig?», fragte Bertram Brecht das Plenum. «Oder brauchen Sie noch zwei Minuten?»
Halblautes Ja-Gemurmel und allgemeines Nicken bestätigten, dass der Text von allen gelesen worden war.
«Nun», fuhr er fort, «als wir diesen Text heute morgen fanden, kam uns daran irgendetwas irgendwie bekannt vor. Wir alle im Team hatten das Gefühl, ihn oder Teile davon schon mal irgendwo gelesen zu haben. Wir gingen dann die Diskussion im Thread unter dem Text durch, an der sich ziemlich viele beteiligten. Da fragte der Forum-Teilnehmer *Homo sapiens* irgendwann, ob es technisch möglich sei, diesen Brief in modifizierter Form an alle oder möglichst viele deutschsprachigen E-Mailadressen zu versenden. Aktivisten von Anonymous erklärten, dass man dazu die Server der großen Internet-Provider in Deutschland hacken müsse, was aber problemlos möglich sei. Man beschloss dann, die Mail so zu versenden, dass der Absender dem Empfänger bekannt scheinen musste, damit die Mail auch geöffnet wurde und nicht im Spam landete.»

Bertram Brecht machte eine kurze Pause und ging, die Hände auf dem Rücken, vor der großen Leinwand auf und ab. Er sah dabei abwechselnd vor sich hin und dann wieder ins Auditorium. Nach dieser Kunstpause fragte er, nicht ohne boshaften Unterton:
«Das heißt, jeder von uns sollte diesen Brief bekommen haben, mehrfach sogar, von der Adresse verschiedener Mailkontakte, sowohl amtlich als auch privat, und zwar fast genau vor einem Jahr, dem 27. Juli 2015. Erinnert sich jemand?»

War es im Plenum vorher schon still gewesen, herrschte nun peinlich berührtes Schweigen, Hoffkamp blickte durch seine Brille wässrig ins Niemandsland. Bertram Brecht war jetzt tatsächlich ganz Lehrer, der mit seinen Schülern über eine versägte Klassenarbeit schimpft, nur dass nicht Schüler, sondern 45 Spitzenbeamte der Landeskriminalämter, der Landesverfassungsschutzämter, des Bundesnachrichtendienstes und anderer Organisationen vor ihm saßen:
«Dieser modifizierte Brief unterschied sich von dem vorliegenden nur in Anrede und kurzer Einleitung sowie dem Schluss».

Brecht sah zu Wegner hinüber, der daraufhin auf der Leinwand den Schluss eines anderen Dokumentes sichtbar machte.

«Nach der Passage, die mit «*Ich bin bereit zu handeln. Du auch?*» endet, ging der Brief an uns alle so weiter», sagte Brecht. «Bitte lesen Sie!»

Liebe Leserin oder lieber Leser, es geht wirklich um unser aller Zukunft! Es liegt in einer Demokratie in Deiner Hand, die Zukunft mitzubestimmen, für Dich und für andere. Mit Deiner Zukunft kannst du machen, was du willst, aber nicht mit der Zukunft anderer. Auch Dein Bundestags-, Landtags- und Kreistagsabgeordneter hat wie Du selbst diesen Brief bekommen, ebenso wie alle deutschsprachigen Europaparlamentarier und Gemeinderäte, so wie jeder Deiner Nachbarn oder Kollegen am Arbeitsplatz. Es ist allerhöchste Zeit zu handeln. Die bisherigen Klimaschutzmaßnahmen reichen bei weitem nicht aus. Sprich mit Deiner Familie, Deinen Nachbarn, Deinen Kollegen. Fordere von allen Deinen Abgeordneten mehr Klimaschutz! Belästige sie mit Mails. Ruf sie an. Geh ihnen auf die Nerven. Und hör auf, Dinge zu kaufen, die Du nicht brauchst. Lass das Auto stehen, wo es geht. Kurz: Wach auf! Engagiere Dich! Noch einmal: Es geht um Deine eigene Zukunft und die Deiner (zukünftigen) Kinder!

Wir, die Absender dieses Briefes, sind allerdings nicht sehr optimistisch, dass Du dies alles oder auch nur ein wenig davon tun wirst. Wir glauben ehrlich gesagt, dass der Brief nichts bewirken wird. Die, welche sich schon engagieren, werden sich weiter engagieren. Die, welche das anderen überlassen, werden es weiter anderen überlassen. Die, die das alles für Quatsch halten, werden es weiter für Quatsch halten.

Aber wir sind bereit, uns überraschen zu lassen! Wir geben Dir heute, am 27.07.2015, noch genau ein Jahr Zeit, die Klimaschutzpolitik und Dein eigenes Klimaschutzverhalten zu ändern. Sollte dies sichtbar nicht geschehen, werden wir ab dem 27.07.2016 aktionieren. Und wir laden die Millionen der bis jetzt Engagierten, die ebenso wie wir befürchten, dass auch dieser Appell nichts nützt, ein, sich an unserer Aktion, die dann sehr, sehr viel Aufsehen erregen wird, zu beteiligen. Wir werden sie von heute an in aller Offenheit vorbereiten, so dass niemand sagen kann, er habe nichts wissen können. Willkommen auf www.we-are-anonymous.org.

Anonymous

Bertram Brecht stand vor der Leinwand, hinter seinem Stuhl, wippte auf den Füßen auf und ab, hatte die Hände auf dem Rücken verschränkt und wartete, bis die Versammlung ausgelesen hatte. Dann sagte er: «Um der kollektiven Erinnerung eine letzte Hilfestellung zu geben: Es gab auf diesen Brief hin vor einem Jahr ein kleines Strohfeuer in der Presse, ein, zwei Wochen lang vielleicht. Viele regten sich darüber auf, den Brief mehrfach bekommen zu haben und darüber, dass private Mail-Adressen zur Versendung gekapert worden waren. Dann verschwand das Thema von der Tagesordnung. Richtig?»
Bertram Brecht registrierte betretenes Nicken im Auditorium.
«Schön. Die Woche darauf hatten wir hier im GETZ, in diesem Saal, eine Sitzung, wo dieser Brief eines von mehreren Themen war. Wir hatten diskutiert, ob diese Ankündigung eine Bedrohung darstellen könnte und uns geeinigt, zwei Kollegen vom BfV zu beauftragen, welche auf der deutschsprachigen Seite von www.we-are-anonymous.org eigens das Forumthema «Aktion 01.08.2016» überwachen sollten. Im Bedarfsfalle sollte frühzeitig das Plenum unterrichtet werden. So steht es im Protokoll. Aus dem Protokoll geht nicht hervor, welche Kollegen namentlich beauftragt worden sind. Die Frage dieser Sonderkommission ist: Wer sind diese Kollegen? Wer hat hier etwas gewusst?»

Es ist schon merkwürdig, wie viele Menschen urplötzlich alle auf einmal eines Arztes bedürfen können. Das Husten, dass sich jetzt im großen Konferenzraum des BKA Meckenheim-Merl ausbreitete, deutete auf einen besonders gefährlichen Krankheitserreger, der die Luftröhre beim nicht-virtuellen Homo sapiens in Bruchteilen von Sekunden angreift und augenblicklich nahezu funktionsunfähig macht.

Von Sprechfähigkeit kann dann natürlich überhaupt keine Rede mehr sein.

2.3 Ab 15:45 Uhr:
BKA Meckenheim-Merl, Großer Konferenzraum

Die sofortige ärztliche Hilfe kam in Gestalt von Dr. Hoffkamp. Er hatte einen hochroten Kopf bekommen, stand auf, hob in seiner blauen Uniform beide Arme in die Höhe, wie ein evangelischer Pfarrer zum Abschlusssegen, und gebot auf diese Weise, ohne ein Wort, Ruhe. Entweder war es der bekannte Placebo-Effekt oder aber diese sakrale Geste, die den Patienten innerhalb der nächsten zwei Minuten ihre Gesundheit zurückgab.

BKA-Schamane Hoffkamp sagte nach erfolgter Heilung donnernd zum Plenum: «Diesem Thema werden werden wir uns noch zu widmen haben!», und beherrschter, an Bertram Brecht gewandt: «Bitte fahren Sie fort, Herr Brecht!» Und der Leiter der Abteilung ST setzte sich wieder.

Der Lehrer sah zum Riesen hinüber. Der betätigte seine Fernbedienung, klickte auf das Forumthema «Aktion 01.08.2016», und auf der Leinwand erschien zunächst ein eingerahmter Text in weißer Schrift vor schwarzem Hintergrund:

243.657 haben unterzeichnet! Aufruf!

Polizei und Verfassungsschützer dürfen mitlesen! Weder die Planung noch die Vorbereitung einer Straftat ist in Deutschland nämlich strafbar. Jeder, der wissen will, was wir planen, darf dies auch wissen! Allerdings ist nicht einmal sicher, ob was wir planen, überhaupt eine Straftat ist! Was mit einer «Ordnungswidrigkeit»? Wir nennen es zivilen Ungehorsam und berufen uns auf den §34 StGB:

Rechtfertigender Notstand

Wer in einer gegenwärtigen, nicht anders abwendbaren Gefahr für Le-

ben, Leib, Freiheit, Ehre, Eigentum oder ein anderes Rechtsgut eine Tat begeht, um die Gefahr von sich oder einem anderen abzuwenden, handelt nicht rechtswidrig, wenn bei Abwägung der widerstreitenden Interessen, namentlich der betroffenen Rechtsgüter und des Grades der ihnen drohenden Gefahren, das geschützte Interesse das beeinträchtigte wesentlich überwiegt. Dies gilt jedoch nur, soweit die Tat ein angemessenes Mittel ist, die Gefahr abzuwenden;

sowie den § 229 BGB:

Selbsthilfe:

Wer zum Zwecke der Selbsthilfe eine Sache wegnimmt, zerstört oder beschädigt ... handelt nicht widerrechtlich, wenn obrigkeitliche Hilfe nicht rechtzeitig zu erlangen ist und ohne sofortiges Eingreifen die Gefahr besteht, dass die Verwirklichung des Anspruchs vereitelt oder wesentlich erschwert werde.

Was braucht man nun zur Vorbereitung unserer Ordnungswidrigkeit? Eine Farbspraydose, eine Sonnenbrille und einen Anorak (o.ä.) mit Kapuze. Und worin wird möglicherweise (!) unsere Ordnungswidrigkeit bestehen? Wir, die Unterzeichner, werden (möglicherweise!) ab dem 01.08.2016 in Deutschland und anderen Ländern öffentlich parkende Autos der Oberklasse, sogenannte SUV-Fahrzeuge und Sportwagen auf der Windschutzscheibe mit den Buchstaben CLAN! besprühen. CLAN! bedeutet «Climate Action Now!».

Strafrechtlich bedeutet dies (möglicherweise!) ein Vergehen (keinesfalls ein Verbrechen!) nach StGB § 303.2: «Ebenso wird bestraft, wer unbefugt das Erscheinungsbild einer fremden Sache nicht nur unerheblich und nicht nur vorübergehend verändert.» Wir wünschen den Juristen viel Vergnügen dabei, herauszufinden, ob eine solche Tat das Erscheinungsbild dieser Autos «nicht nur vorübergehend verändert», also ob es sich überhaupt um eine Straftat im vollen Sinne des StgB handelt.

Wir reagieren damit darauf, dass Besitzer und Nutzer der genannten Fahrzeugtypen einen Lebensstil pflegen, der indiskutabel und täglich Klima und Umwelt weit mehr gefährdet, als der Lebensstil derer, die sie nicht kaufen oder die kleinere Fahrzeuge nutzen; steht das Auto doch wie kaum ein anderes Symbol dafür, welchen Besitz jemand angehäuft hat und wie er mit diesem Besitz umgeht. Zwar sind Besitzer und Nutzer solcher Fahrzeuge nur die Spitze eines gesamtgesellschaftlichen Eisbergs von Überverbrauch, Umwelt- und damit Zukunftsgefährdung. Doch haben sie sich selbst an die Spitze dieses Eisberges gesetzt; mögen sie nun auch zuerst mit den Konsequenzen leben.

Uns ist nicht einsichtig, warum alleinig der Besitz von mehr Geld einzelne dazu befugen soll, unser <u>aller</u> Umwelt und Zukunft weit mehr zu gefährden als jeder von uns dies gegenwärtig zu tun gezwungen ist. Wir protestieren mit dieser Aktion auch gegen einen Staat, der dies nicht nur einzelnen seiner Bürger erlaubt, sondern sie sogar hofiert. Damit verzichtet dieser Staat aktiv auf eine klare Möglichkeit zum Schutze der Zukunft aller seiner Bürger, indem er den Schutz und die Förderung von Privateigentum einzelner über den Schutz und Förderung von gemeinsamem Eigentum, unser aller Umwelt, die die Basis unser aller Zukunft ist, stellt.

Denn sollte es zu dieser Aktion kommen, steht zu vermuten, dass staatlichen Stellen mehr daran gelegen sein wird, unsere kleine Ordnungswidrigkeit zu verfolgen als mit uns den großen Raubbau zu bekämpfen. Doch gegen die Vielen waren die Mächtigen schon immer machtlos. Wenn wirklich viele, zehntausende oder gar hunderttausende hier mit ihrem Nick unterzeichnen und bereit sind zu tun, was sie damit ankündigen, werden staatliche Organe machtlos sein – und damit auch diejenigen, die sich einen Dreck um die Naturressourcen scheren, welche wir, aber noch mehr unsere Kinder und Enkel zum Leben brauchen.

Rettet die Zukunft! Climate Action Now!

Erstunterzeichner: Mecky23; Dr.Schiwago; Frankenstein12; Mozärtchen; RoyBlack1; SilvioBerlusconiDerFünfte; Pippi.Langstrumpf2; Zicki;

AlbertoZweistein; HumphreyBoggy; Marilyn4; Don.Cappuccino; Erbsenzähmer; Boheme44; KarlMayoderMarx; Einklaviereinklavier; HerrBiederfrau; Zweistein3; Kalle.Blomquist; NapoleonIV.; KelmutHohl; J.W.v.Tröte ...

«So, meine Damen und Herren», sagte Brecht, nachdem die Versammlung auch diesen Text gelesen hatte, «und jetzt werfen wir noch einen Blick auf die Taktik der Aktivisten.»

Wegner klickte auf seine Fernbedienung, und unter der Adresse www.anonymous.org/deutsch/01082016/aufruf/taktik.https erschien auf der Leinwand, abermals mit weißer Schrift auf schwarzem Hintergrund, folgender Punktekatalog:

•Kaufe dir im Laufe des Jahres eine Farbspraydose mit wasserlöslichem Lack.
•Finde im IRC Mitaktivisten in deiner Stadt und bleibe in Kontakt. Aber verrate NIE deinen echten Namen! IP-Adresse durch VPN-Tunnel, TOR oder ähnliche Dienste schützen.
•Wenn wir wirklich viele werden (sh. Anzahl Aufrufunterzeichner), brauchen wir im IRC nur noch Datum und Uhrzeit, aber nicht mehr den Ort abzusprechen. Möglicherweise legen wir dazu auch einen Twitter-Account an. So werden zu abgesprochener Uhrzeit genug von uns auf der Straße sein. Wir werden einfach überall sein und einander finden. Die Bullen wissen dann zwar vielleicht, dass und wann wir kommen, aber nicht, wohin, und können nichts machen.
•Arbeitet zur Vorsicht trotzdem mindestens zu viert, besser zu sechst. Vier schieben Wache, zwei sprühen. Wechselt euch ab.
•Wache schieben geht so: Am jeweiligen Ende einer Straße, in der zwei Sprayer unterwegs sind, stellen sich zwei Leute auf. Der eine guckt links, der andere rechts, ob Bullen oder Zeugen unterwegs sind.
•Sprühen geht so: Nur Fahrzeuge der Oberklasse, SUV und Ego-Autos (Zweisitzer). CLAN! auf die Windschutzscheibe, nirgendwo anders hin! (Lack auf der Scheibe lässt sich

entfernen, Lack auf Lack nicht. Damit unsere Aktion juristisch eine Ordnungswidrigkeit ist und wir uns auf den §34 StGB berufen können, muss der Schaden vorübergehend bleiben.)
- *Wenn Bullen oder Zeugen kommen, per SMS Alarm an die zwei Tagger schicken. Alarm schon schreiben, so dass ihr nur noch auf «Senden» drücken müsst.*
- *NUR über Prepaid-Sim-Card kommunizieren! Meldungen sofort nach Sendung löschen.*
- *Sim-Card sofort nach der Aktion herausnehmen, damit du nicht mehr geortet werden kannst, wegwerfen oder an geeignetem Ort verstecken.*
- *Zweifellos werden die Bullen trotzdem einige von uns kriegen, damit müssen wir einfach rechnen. Dafür errichten wir im Nicht-EU-Ausland ein verdecktes Anderkonto, auf das jeder anonym 2,- Euro einzahlt. Davon bezahlen wir die Bußgelder.*
- *Wird aus der Aktion nichts, spendet unser Treuhänder nach dem 01.08.2016 das Geld an Greenpeace. Den Namen des Treuhänders und die Bankverbindung erfährst du, wenn du unterzeichnet hast.*

Bertram Brecht ging wieder, während die Versammlung las, mit den Händen auf dem Rücken unter der Leinwand auf und ab. Ab und zu hob er den bebrillten Blick, um einschätzen zu können, wie weit das Plenum mit dem Lesen war.

«Alle fertig?» fragte er nach einer Weile, als Gemurmel sich erhoben hatte. «Nun, um dem Ganzen die Krone aufzusetzen: Wenn Sie sich jetzt hier anmelden, erhalten Sie tatsächlich einen Namen und eine Bankverbindung, nämlich in der Schweiz. Der Treuhänder ist zu allem Überfluss ein gewisser Gregor Mendel, seines Zeichens evangelischer Pfarrer. Können wir dem vorhalten, dass er etwas Illegales tut? Das können wir leider nicht, denn als Verwendungszweck für das Treuhandkonto, das er verwaltet, ist angegeben: «Ab dem 01.08.2016 für Greenpeace oder verwandte Zwecke».

Brecht schwieg, blickte mit süffisantem Lächeln von links nach rechts und wieder von rechts nach links auf die versammelten Kollegen und sagte dann: «Tja, das war's von Kollege Wegner und mir.» Wegner bediente seine Fernbedienung, die Leinwand wurde weiß und die beiden setzten sich.

Hatte die Versammlung vorher nur gemurmelt, schwirrten nun die Stimmen. Anne-Liese beugte sich zu Hoffkamp und raunte etwas, woraufhin dieser nickte. Nach etwa einer Minute stand der Leiter der Abteilung ST auf:
«Liebe Kolleginnen und Kollegen, ich darf ...»
Hoffkamp räusperte sich.
«Liebe Kolleginnen und Kollegen, ich darf ...»
Es dauerte, bis die Versammlung ihm zuhörte.
Hoffkamp rief: «Liebe Kolleginnen und Kollegen, ich darf ... Ihren spontanen Austausch untereinander ... darf ich so interpretieren ..., dass Sie alle sofort verstanden haben ..., vor welches Dilemma uns diese Leute stellen! Ruhe bitte, bitte Ruhe!»
Das Plenum beruhigte sich nur langsam. Hoffkamp wischte sich mit dem weißen Taschentuch über die Stirn und fuhr fort:
«Wir stehen vor einer Aufgabe noch nie dagewesener Dimension. Zusammen mit den Unfallmorden vergangener Woche ist hier durch den Erpresserbrief von gestern juristisch ein Ineinander von Terrorismus und Aktivismus, ein Konglomerat von schwerstem Verbrechen und politisch möglicherweise sehr effektiven, aber juristisch ziemlich harmlosen Vergehen oder gar nur Ordnungswidrigkeiten geschaffen worden. Ein Täter, der beim Auto-Tagging gefasst würde, käme mit einer Geldbuße davon, Tagging ist isoliert betrachtet kein Terror! Doch was ist es in dieser organisierten Form? Juristisch befinden wir uns auf hochkomplexem Gebiet, die Täter sind hier in eine Grauzone vorgestoßen, die, soweit mir bekannt, kein Gesetz eindeutig regelt. Der oder die Verfasser des Erpressungsschreibens müssen hingegen mit langjähriger Gefängnisstrafe rechnen, der oder die Verursacher der Unfallmorde mit lebenslänglich. Der Schwere der Straftaten nach ist absolut klar, worauf wir hier am GETZ unser Augenmerk und unsere begrenzten Ressourcen zu richten haben. Die Polizeien des Bundes und der Länder können nicht durch höchst mögliche Präsenz unsere

Autobahnbrücken schützen, Jagd auf den oder die Mörder und den oder die Erpresser machen, andere Kriminelle, die ja auch nicht gerade ruhen, weiter bekämpfen und gleichzeitig in den Städten angesichts dieser Unterzeichnerzahl effektiv auf Taggerjagd gehen. Das bedeutet: Die Taktik dieser Leute scheint aufzugehen. Indem der terroristische Teil alle verfügbaren polizeilichen Kräfte auf sich zieht, gewinnt der aktivistische praktisch freie Hand. Diese Aktivisten können machen, was sie wollen. Wir haben zur Strafverfolgung einfach keine Kapazitäten.»

Einer der Gäste aus der Schweiz hob die Hand, worauf Hoffkamp ihm sofort das Wort erteilte: «Bitte, Herr Kriminaloberkommissar Meininger!»
«Zur Unterzeichnerzahl möchte ich zwei Dinge bemerken», sagte dieser. «Erstens dürfen wir annehmen, dass sie sich auf den gesamten deutschsprachigen Raum bezieht, so dass sich die Zahl pro Land etwas relativiert. Zweitens sollten wir bedenken, dass Signaturen mit einem Internet-Alias überhaupt nichts bedeuten müssen – die kann man erfinden, ja elektronisch generieren. Ob sich dahinter reale Menschen befinden, wissen wir nicht. Dass über 240.000 hier unterzeichnet haben sollen, kann sich um eine fiktive Behauptung handeln, es könnte sogar eine Finte sein.»
«Bis heute morgen hätte ich Ihnen Recht gegeben, Herr Kollege», erwiderte Hoffkamp, «und auch andere haben das ja so eingeschätzt. Aber spätestens nachdem heute Nacht über 50.000 Fahrzeuge, davon über 2000 in der Schweiz fahruntüchtig gemacht worden sind, glaube ich nicht mehr, dass diese Tagger-Streitmacht der Aktivisten nur virtuell ist.»
Hoffkamp blickte stehend auf Anne-Liese hinunter: «Frau Schwartzer ist eine ausgezeichnete Kennerin der Umweltschützerszene in Deutschland und hat ihre eigenen Überlegungen zum Sachverhalt. Wollen Sie uns diese mitteilen, Frau Schwartzer?»

Hoffkamp setzte sich, die rothaarige kleine Frau erhob sich, nahm ihren Notizblock in die Linke, den Kugelschreiber in die Rechte und begann in ihrer tiefen Stimmlage: «Natürlich kann ich nur von Deutschland sprechen. Jeder aufmerksame Zeitungsleser müsste sich bei nur kurzer Veränderung des gewohnten Blickwinkels darüber im Klaren sein, wie frustriert und besorgt im Umweltschutz wirklich engagierte Bürgerinnen und Bürger sein müssen. Aus ihrer Sicht begnügt die Politik sich seit Jahrzehnten mit rein kosmetischen Maßnahmen. Ich will Ihnen ein Beispiel nennen: Sie kennen alle die Kennzeichnung zur Energieeffizienz von Neuwagen. A, AA, AAA+ und so weiter. Nun: Diese Kennzeichnung stammt von der deutschen Autoindustrie. Im Jahre 2010 schrieb die deutsche Autolobby die Regierungsnovelle zur Verordnung der Energiekennzeichnung von Pkw in weiten Teilen selbst, die die Regierung dann ihrerseits der EU aufdrückte. Dies kam aber erst nach der Bundestagswahl 2013 heraus. Das Bundeswirtschaftsministerium hatte bis dahin Einsicht in Akten, die dies belegen, trotz eines Urteils des Europäischen Gerichtshofes rechtswidrig verweigert.»

Anne-Liese nahm einen Schluck Wasser aus dem Glas vor ihr und fuhr dann fort:

«Nun, das öffentliche Gedächtnis für eine solche Nachricht ist kurz, aber bei den Engagierten bleibt sie hängen. Liebe Kolleginnen und Kollegen, das illustriert die seit Jahrzehnten unveränderten Kräfteverhältnisse im politischen Tauziehen um den Umweltschutz. Wir alle wissen, dass die globale Entwicklung unserer Umwelt in die falsche Richtung läuft und eine Richtungsänderung nicht in Sicht scheint. Wenn Sie sich an den Klimagipfel in Paris Ende letzten Jahres erinnern wollen? Auch der ist ja, wie alle anderen, letztlich jämmerlich gescheitert. Ich halte es daher für nicht unwahrscheinlich, dass angesichts der immer drängenderen Umweltprobleme mit der Zeit tatsächlich 240.000 Menschen zu Aktionsformen wie dem Auto-Tagging bereit sein könnten. Bedenken Sie, dass es sich dabei um nur 0,3 % der Gesamtbevölkerung handelt, das ist einer von 333 Menschen. Glauben Sie nicht, dass einer von diesen 333 informiert, engagiert und intelligent genug ist, um zu verstehen, dass eine solche Aktionsform funktionieren kann, zumal wenn er anonym und im Schutz der Masse, also völlig gefahrlos für sich selbst, seine Bereitschaft in Form eines Nicks erklären kann und dabei zumindest vorläufig noch nicht einmal etwas illegales tut? Dieser Brief von Anonymous von vor einem Jahr ist doch an uns alle gegangen. Glauben Sie nicht, dass einer von 333 den Brief ganz gelesen hat, sich davon beeindrucken ließ und sich auf die Homepage von Anonymous einklickte? Mit anderen Worten: Diese Zahl 243.657 erscheint mir realistisch, es wundert mich eher, dass sie nicht noch höher ist. Wir tun gut daran, sie ernst zu nehmen.»

Anne-Liese machte eine Pause und ließ ihren Blick über die versammelten Kollegen schweifen. Betroffene Gesichter sah sie, jeder der Anwesenden verstand, dass angesichts einer solchen Tagger-Armee guter Rat ziemlich teuer war. Außer vereinzelten Festnahmen würden sie nichts zur Wiederherstellung der Ordnung beitragen können. Insgesamt gab es nur um die 240.000 Polizeibeamte in Deutschland; schon ohne diese Tagger-Aktion waren sie für ihre vielfältigen Aufgaben viel zu wenige, jeder der im Saal Anwesenden wusste das aus eigener Erfahrung. Und jetzt das!

«Meiner Ansicht nach sollten wir Herrn Dr. Hoffkamp unsere gemeinsame fachliche Unterstützung zusichern, wenn er diese Einschätzung, die er ja auch schon selbst angedeutet hat, an die Politik weitervermittelt», fuhr Anne-Liese fort. «Unser vorrangiges Augenmerk muss den Terroristen, nicht den Aktivisten gelten, wenn wir nur einigermaßen Aussicht auf Erfolg haben wollen. Dass damit diverse Politiker unter erheblichen Druck geraten, mag so sein. Doch Menschenleben sind wichtiger als Windschutzscheiben, auch wenn letztere zu Autos der Oberklasse gehören.»

Anne-Liese biss sich auf die Lippen, den letzten Nebensatz hätte sie sich im Nachhinein gern verkniffen. Der ein oder andere im Konferenzraum fuhr sicher ein solches Fahrzeug, möglicherweise sogar Hoffkamp selbst. Doch gesagt war gesagt, jetzt gab es nur die Flucht nach vorne:
«Seitens der Bevölkerung können wir, denke ich, mit großem Verständnis und aller Unterstützung rechnen, wenn wir unser Dilemma auch erklären. Wenn es keine Einwände gibt», Anne-Liese blickte fragend zu Hoffkamp, «würde ich Ihnen daher gerne jetzt unsere bisheri-

gen Hinweise darauf, wer diese Terroristen sind, präsentieren.»

Sie setzte sich, während Hoffkamp wieder aufstand: «Vielen Dank, Frau Schwartzer. Seitens der Bundesregierung wird ja sondiert, inwiefern Einheiten der Bundeswehr zu unserer Unterstützung herangezogen werden können. Bis seitens der Regierung eine Entscheidung vorliegt, konzentrieren wir uns auf die Terroristen, die unmittelbar Leben und Sicherheit unserer Mitbürgerinnen und Mitbürger gefährden.»

Hoffkamp unterbrach sich und sah auf die Uhr: «Gut. Oder nicht gut, wie dem auch sei. Ich denke wir haben uns einen Kaffee verdient. Im Foyer steht für Sie alle eine kleine Stärkung bereit. Es ist jetzt 16:32 Uhr. Wir sehen uns um 17:00 Uhr hier wieder.»

Allgemeines Stimmengewirr erhob sich erneut, Stühle wurden gerückt und 45 Beamten drängten den beiden Ausgängen des Konferenzraumes zu. Hoffkamp wandte sich an Anne-Liese: «Ich würde gern noch fünf Minuten allein mit Ihnen sprechen. Geht das?»
«Natürlich» lächelte Alice und erschrak gleichzeitig. Sie hoffte inbrünstig, dass ihr Nebensatz von eben bei diesem Gespräch unter vier Augen keine Rolle spielen würde.

Hoffkamp wartete, bis der Saal sich geleert hatte und er mit Anne-Liese allein war. Dann richteten Nickelbrille und Wasseraugen sich direkt auf sie: «Frau Schwartzer, ich hätte gerne Ihre Einschätzung dazu, wie es zu dieser Situation kommen konnte.»
Anne-Liese war überrascht und etwas verwirrt. Was hatte das denn jetzt mit der konkreten Aufgabe, vor der sie standen, zu tun? Wie es zu dieser Lage kommen konnte, war doch im Moment ziemlich egal, *dass* sie so war, das war entscheidend. Oder ging es Hoffkamp darum, sie für die weitere Arbeit politisch einzuordnen?
«Ich verstehe nicht ganz», sagte sie denn auch. «Meine privaten politischen Ansichten können hier doch nicht relevant sein?»
Hoffkamp lächelte müde: «Nein, Frau Schwartzer, darum geht es mir nicht. Sehen Sie, Presse und Politik werden uns die Hölle heiß machen,

dass wir es soweit kommen lassen konnten. Die Terroraktion hat uns unvorbereitet getroffen, aber die Taggeraktion war angekündigt. Man wird uns fragen, warum wir nicht wenigstens die verhindert haben. Ich möchte einfach von jemandem, der zu klarem Denken fähig ist, hören, welche Gedanken er sich dazu macht.»

Jetzt war Anne-Liese wirklich überrascht. Dass sie nach so kurzer Zeit einen solchen Stein im Brett des Herrn Kriminaldirektor Dr. Karl-Heinz Hoffkamp haben sollte, hätte sie nicht gedacht.

«Nun», begann sie mit ihrer tiefen Stimme langsam und nachdenklich, «die Ankündigung war ja eigentlich recht diffus. Einerseits ist von einem konkreten Datum die Rede und von einer konkreten Aktionsform. Andererseits werden juristische Begründungen ins Feld geführt und es ist viel von «wenn» und «möglicherweise» die Rede. Wie das Ganze juristisch beurteilt wird, ist wohl von unterschiedlichen Interessen und von grundsätzlichen Vorentscheidungen der Urteilenden abhängig – mit anderen Worten werden die Meinungen da geteilt sein und bleiben.»

Hoffkamp sah sie mit ausdruckslosem Gesicht an. «Und weiter?» fragte er.

«Ich denke weiter, dass die Entscheidungsträger den Brief seinerzeit sehr wohl registriert haben. Aber sie mussten sich zwischen Großreden und Totschweigen entscheiden. Niemand konnte vor einem Jahr wissen, wie sich das Ganze entwickelt. Man wollte nicht, dass das Hirngespinst einer solchen Aktion große öffentliche Aufmerksamkeit und damit möglicherweise ungewollten Zulauf bekommt. Also hat man sich für offizielles Totschweigen und inoffizielles Beobachten entschieden, wie ja auch hier im Raum vor einem Jahr geschehen. Die beiden Beobachter vom Bundesverfassungsschutz konnten aber lediglich registrieren, dass sich da etwas zusammenbraute. Mögliche präventive Maßnahmen auf polizeilicher Ebene gab es auf legale Weise nicht, dafür hätte die Politik erst die Voraussetzungen schaffen müssen. Hätte die Politik aber anders reagiert, etwa durch eine Gesetzesinitiative zur Kriminalisierung von bestimmten Absichtserklärungen, wäre die Sache an die große Glocke gekommen, was man ja verhindern wollte. Und eine radikale Änderung der Umweltpolitik wollte man auch nicht.»

Anne-Liese dachte noch einen Moment nach. «Ja. So ungefähr reime ich mir das zusammen.»

Hoffkamp blieb seinerseits einen Augenblick still. «Mmmh», nickte er dann. «Mit einer Minute Nachdenken kann man also selber drauf kommen, ohne weitere Details zu kennen. Ohne Namen zu nennen kann ich Ihnen versichern, dass es so war, Frau Schwartzer.»

«Aha. Und warum fragen Sie mich das?», entfuhr es Anne-Liese trockener als sie es beabsichtigt hatte.

«Nur ein bisschen Trost von einem denkenden Menschen, Frau Schwartzer, nur ein bisschen Trost. Kenne ich den Laden recht, werde nämlich ich und nicht der Verfassungsschutz für das hier den Kopf hinhalten müssen», sagte ihr Vorgesetzter müde und resigniert. «Da tut's halt gut bestätigt zu bekommen, dass die Dinge für denkende Menschen anders aussehen. Aber kommen Sie. Jetzt gibt's Kaffee.»

«Das heißt also, dass der Verfassungsschutz wusste, wie groß diese Sache werden würde, aber es nicht an uns weitergegeben hat?», fragte Anne-Liese, während sie neben ihrem Chef dem rechten der beiden Ausgänge zum Foyer zuging.

«Von Wissen zu sprechen ist vielleicht übertrieben. Der BfV wusste von dieser Homepage und kannte die Zahl der Nicks, aber hielt diese Tagger-Armee für eine rein virtuelle, das heißt praktisch nicht umsetzbare Drohung. Ich nehme mal an, dass die BfV-Leute auch mit ihren Mitteln versucht haben, die Seite zu beeinflussen. DOS-Attacken zum Beispiel, um den Anonymous-Server lahm zu legen. Die haben sicher einen kleinen Hacker-Krieg veranstaltet. Aber Server im Ausland können wir nicht auf Dauer außer Betrieb setzen. Und so etwas ist auch davon abhängig, welche Ressourcen man zur Verfügung hat. Dann reden wir irgendwann natürlich von der politischen Verantwortung.»

«Sie meinen, irgendwo weiter oben hat jemand an entscheidender Stelle die Entwicklung nicht ernst genug genommen?»

«Wissen Sie, Frau Schwartzer», Hoffkamp blieb vor der schweren Eichenschwingtür zum Foyer stehen, legte die Hand auf den senkrechten Türgriff aus Aluminium und sah sie blass und wasseräugig an, «es gibt immer und überall Leute, die meinen, dass nicht sein kann, was nicht sein darf».

2.4 Ab 22:15 Uhr:
Meckenheim, Hotel Birkenhof

Anne-Liese stellte Laptop und Handtasche, nebst drei großen, prallvollen Einkaufstüten eines lokalen Modehauses vor der Hotelzimmertür ab und nahm die Schlüsselkarte aus dem Mund. Die steckte sie in den Schlitz, drückte die Klinke herunter, die Tür nach innen, bugsierte mit Händen und Füßen ihr Gepäck in den Raum, versetzte dann der schweren Tür einen kleinen Stoß. Die Tür fiel mit einem Plopp ins Schloss. Dann hörte Anne-Liese die Stille. Endlich Stille, endlich Ruhe!

Anne-Liese machte kein Licht, noch war es nicht ganz dunkel draußen und eine Straßenlaterne warf ersten matten Schein in das Zimmer. Das war genug, im Moment hätte sie auch Licht als laut empfunden. Todmüde ließ sie sich rückwärts aufs Bett fallen. Wieder ein 14-Stunden-Tag. Wie lange sollte das noch so weitergehen? Lange wahrscheinlich.

Sie rappelte sich auf, suchte im Halbdunkel die Handtasche, fand sie, kramte nach dem Handy, fiel wieder aufs Bett, drückte mit beiden Händen über dem Kopf auf Thomas' Nummer. Das Licht des Displays beschien ihr Gesicht einen bläulichen Augenblick, bevor sie das Telefon ans Ohr hielt. «Hier ist der Anschluss von Thomas Malm. Leider bin ich im Moment nicht erreichbar. Bitte hinterlassen Sie eine ...» Anne-Liese drückt auf die rote Taste. Sie will keine Nachricht hinterlassen. Sie will mit den Kindern reden. Obwohl es schon 22:15 Uhr ist. Thomas weiß das.

Was jetzt? Warten, ob Thomas zurückruft, manchmal tut er das. In der Zwischenzeit kann sie die Sachen, die Jacqueline für sie gekauft hat, anprobieren und in den Schrank räumen. Aber dazu muss Anne-Liese Licht machen. Das ist ihr viel zu viel im Moment. In der Zwischenzeit kann sie auch die Nachrichten checken. Das ist ihr eigentlich auch zu viel im Moment. Aber die Zappe liegt auf dem Nachttisch, ist näher als der Lichtschalter, einschlafen darf sie noch nicht. Anne-Liese streckt sich nach dem Ding, macht den Fernseher an, schaltet auf ARD-Text, damit sie kein Geräusch ertragen muss:

- Öko-Terroristen sind gespalten
- Schwere Vorwürfe gegen Polizei
- Security-Dienste überlastet
- Auch heute: Keine Verkehrstoten wegen überhöhter Geschwindigkeit
- Verband der Automobilindustrie (VDA) fordert hartes Durchgreifen
- Bundeswehr kommt doch zum Einsatz
- Umweltverbände sehen sich bestätigt
- Busse und Bahnen überfüllt
- Opposition hält Regierung für überfordert

Es reicht, der Tag ist lang genug gewesen, Anne-Liese hat keine Lust mehr, die Welt soll draußen bleiben. Sie zappt den Glotzkasten wieder aus. Im selben Moment summt das Handy, Anne-Liese drückt auf den grünen Knopf:
«Hallo Thomas!»
Lauschen.
«Ja gerne.»
Lauschen.
«Dann hol' doch kurz Christina.»
Anne-Liese wartet.
«Hallo Christina! Na? Wie geht's dir?»
Lauschen.
«Schatz, ich weiß nicht, wann ich nach Hause komme.»
Lauschen.
«Weil ich die Terroristen jagen muss.»
Lauschen.
«Nein, das ist nicht gefährlich. Die schießen nicht und die legen auch keine Bomben.»
Lauschen.

«Weil die Steine von den Brücken schmeißen. Das ist gefährlich, das darf man nicht, das weißt du doch auch.»
Lauschen.
«Weil die Angst davor haben, dass das Wetter sich so ändert, dass viele Leute irgendwann nicht mehr genug zu essen haben werden oder nicht mehr dort wohnen können, wo sie wohnen.»
Lauschen.
«Nein, nicht bald. Aber vielleicht wenn du erwachsen bist, dann.»
Lauschen.
«Wenn man Auto fährt, dann entsteht ein Gas, das heißt CO_2. Davon hast du doch sicher schon gehört? Das Gas sieht und riecht und schmeckt man nicht und es ist auch eigentlich gar nicht gefährlich. Und die Pflanzen, die leben ja davon. Aber wenn ganz viele Auto fahren und das Gas produzieren, jeden Tag auf der ganzen Welt, dann wird es gefährlich.»
Lauschen.
«Weil es wie ein Fenster funktioniert. Es ist durchsichtig, du kannst da zwar durchgucken, aber das Fenster hält die Kälte trotzdem draußen und die Wärme drinnen. Das tut das Gas auch, aber am Himmel über der ganzen Welt, weil wir so viel davon produzieren. Dann wird es immer wärmer.»
Lauschen.
«Ja, natürlich ist es schön, wenn es warm ist. Aber zu warm ist auch nicht schön, oder?»
Lauschen.
«Siehst du. Und wenn mit der Zeit die warmen Gebiete der Erde noch wärmer werden, dann verdunstet da mehr Wasser. Das wird dann mit den Wolken vom Wind dahin getrieben, wo es kälter ist, und da regnet es dann.»
Lauschen.
«Ja, auch in Deutschland.»
Lauschen.
«Ja, auch in Berlin.»
Lauschen. Anne-Liese lacht:
«Ja genau, weil Berlin in Deutschland liegt.»
Lauschen.

«Ja, das stimmt. Wenn aber viele Gegenden auf der Erde immer wärmer werden, dann werden die Gegenden, wo es kalt ist, immer weniger. Dann regnet das ganze Wasser mit den Wolken aus den vielen warmen Gegenden in den wenigen kalten ab. Und dann regnet es in vielen Gegenden zu wenig und in wenigen zu viel. Verstehst du das?»
Lauschen.
«Genau, Christina. Unsere Pflanzen, die brauchen genau die richtige Mischung von Sonne und Wasser und Kälte und Wärme. Wenn die Mischung nicht mehr stimmt, dann wachsen sie schlecht oder gar nicht. Und dann kann es passieren, dass die Menschen und Tiere nicht mehr genug zu essen haben. Dann fangen die Menschen an, um das Essen zu kämpfen. Davor haben die Terroristen Angst und sie wollen die Regierung zwingen, mehr dagegen zu tun.»
Lauschen.
«Ja, das kann auch in Deutschland passieren. Aber erst in 20 Jahren. Oder in 30. Aber wenn wir aufpassen, dann kommt es nicht so. Und man darf trotzdem kein Terrorist sein.»
Lauschen.
«Ja, das stimmt genau, Christina. Wir müssen weniger Auto fahren, wir müssen weniger Sachen kaufen. Fahrrad fahren und selber machen ist viel besser.»
Lauschen.
«Ja, ich weiß, dass du viel Fahrrad fährst, und das ist ganz super. Wenn ich wieder zu Hause bin, fahren wir zusammen, ja? Du kannst ja mal zusammen mit Andreas eine Radtour planen. Dann fragt ihr Papa, ob alles so funktioniert, wie ihr euch das denkt, und dann könnt ihr mich überraschen.»
Lauschen.
«Ja, Papa fährt auch viel Fahrrad. Aber du, Christina, jetzt musst du ins Bett. Ich rufe morgen wieder an, ja?»
Lauschen.
«Doch, Christina, jetzt ist Schlafenszeit. Ich geh' auch bald schlafen. Gibst du mir Papa noch mal?»
Lauschen.
«Okay, gute Nacht, mein Schatz.»
Anne-Liese hört Thomas freundlich «So, Christina, ab in die Kiste»

sagen, einen Schmatz und trappelnde, nackte Kinderfüße, bevor sich seine Tenorstimme meldet.
«Hallo Thomas. Wie geht's dir?»
Lauschen.
«Hallo?»
Thomas sagt ein paar Sekunden nichts und dann einen offenbar längeren Satz. Anne-Liese richtet sich halb auf.
«Was meinst du mit «ich hab' recht gehabt»?
Lauschen.

Thomas hatte sich nicht von Anne-Liese getrennt, weil er sie nicht mehr liebte, und auch nicht nur, weil sie Polizistin war – das war eher Anne-Lieses Version. Er hatte sich getrennt, weil sie im Alltag nicht mehr zueinander fanden. Wenn sie beide von der Arbeit nach Hause kamen, war die Familie für zwei, drei Stunden versammelt. Die standen im Zeichen der Kinder, des Haushalts, des Kochens, der Wäsche, des Einkaufens – und des Telefons. Dann brach entweder er oder sie wieder auf, sie Montags und Mittwochs zum BUND, er Dienstags und Donnerstags zum Training mit Hertha BSCs U 12. Wenn der eine nach Hause kam, war der andere oft schon im Bett, denn um 05:45 Uhr war die Nacht zu Ende. An den Samstagen wurde vormittags erledigt, was unter der Woche liegen geblieben war, dann ging es jede zweite Woche zum Hertha-Heimspiel, an den Sonntagen stand der Jugendtrainer am Spielfeldrand seiner U 12, in der auch Andreas spielte. Wenn die beiden wieder heimkamen, sah die Familie einen Film oder spielte zusammen oder Thomas musste an den Schreibtisch, um Unterricht vorzubereiten. Den Kindern ging es lange gut dabei; doch die beiden Erwachsenen, die entfernten sich immer mehr von einander; sie fanden einfach keine Zeit zur Zweisamkeit und zum Reden. Und *ein* großes Streitthema gab es zwischen ihnen: Die Wichtigkeit ihres jeweiligen freizeitlichen Engagements, das so viel Zeit in Anspruch nahm. Natürlich war Thomas nicht gegen Umweltschutz. Aber er fand, dass Anne-Liese übertrieb. Seiner Meinung nach musste es problemfreie Zonen im Leben geben. «Du hast doch in deinem Job genug um die Ohren. Das Leben darf auch Spaß machen, Anne-Liese» pflegte er zu sagen, mit Betonung auf *darf*. Seine problemfreie Zone war der Fußball, wobei er mit seiner Jugendarbeit ja auch noch half, soziale Probleme einzudämmen. Anne-Liese wiederum hatte gar nichts gegen Fußball. Aber ihr Engagement beim BUND begriff sie als erweiterte Daseinsvorsorge, nicht nur aus reinem Idealismus, sondern in einem sehr persönlichen Sinne, denn sie dachte an die Kinder. Weil sie so viel wusste, war ihr schon jetzt himmelangst vor der Welt, in der sie einmal erwachsen sein würden. Deshalb wollte ihr einfach nicht in den Kopf, wie Thomas ihr «Übertreibung» vorwerfen konnte. «Du weißt einfach zu wenig», sagte sie dann, «es reicht nicht, Nachrichten zu sehen und die Tageszeitung zu lesen.» Das nahm Thomas ihr übel – einem halbwegs intelligenten und dazu beliebten Lehrer unterstellt gerade seine Frau nicht, er sei zu wenig informiert. Auf das Reizthema türmten sich so die Kleinigkeiten des Alltags zu einem immer höheren Berg zwischen ihnen, den am Ende keiner mehr zu übersteigen vermochte. Schweigen breitete sich aus, wenn die beiden allein waren, immer mehr Themen mussten sie im Beziehungskeller verstecken. Die viel zu wenigen wirklichen Gespräche endeten viel zu oft im Streit. Am Ende der Sommerferien vor drei Jahren schließlich, als auch der letzte gemeinsame Urlaub keine Erleichterung für die Ehe gebracht hatte, hatte Thomas genug gehabt und verkündet, lieber lebe er alleine als sich und die Kinder diesem konstanten Spannungsfeld auszusetzen.

Und nun hatte Thomas gesagt: «Du hast recht gehabt.» Anne-Liese lauscht lange. Die Straßenlaterne bescheint matt die obere Hälfte der kleinen, kurzhaarigen Frau, die quer auf dem dunklen Tagesbezug des Hotelbettes liegt, das Handy am rechten Ohr hat, den linken Arm unter dem zierlichen Kopf. Vor ihr an der Wand hängt das schöne Bild von dem Bauernhof, schemenhaft erkennbar; Anne-Liese sieht es an, während sie zuhört. Endlich sagt sie leise, mit ihrer tiefen Stimme: «Das rechne ich dir haushoch an, Thomas. Wolkenkratzerhoch!»
Dann schluckt sie und ergänzt, noch leiser und ganz tief: «Du bist so ein toller Mann. Ich hätte mir wirklich keinen besseren Vater für meine Kinder aussuchen können.»
Und was Thomas dann sagt, treibt ihr die Tränen in die Augen. Anne-Liese liegt auf dem Bett und weint, wischt sich mit der Linken über das Gesicht, weint, zieht die Nase hoch, weint.

«Ja, ich bin noch da», sagt sie zwischendurch, weint, wischt sich über das Gesicht, weint, zieht die Nase hoch, weint.
«Nein, das war gar nicht schlimm, ganz im Gegenteil!» ruft sie. «Warte!» Sie legt das Handy neben sich, kramt in ihrer Handtasche nach den Tempotaschentüchern, schnäuzt sich, wirft das zerknüllte Taschentuch auf den Boden, nimmt ein neues, wischt sich das Gesicht ab, lässt das zweite Papierknäuel dem ersten folgen, nimmt das Handy wieder auf, sagt mit ihrer tiefen Stimme, wieder leise:
«Ja, Thomas, du darfst mich gerne zum Essen einladen, wenn ich wieder da bin. Von Herzen gerne, ja!»
Sie schweigt, auch am anderen Ende der Leitung scheint es still zu sein. Eines dieser seltenen, guten Schweigen füllt das Hotelzimmer immer mehr, bis Anne-Liese sagt: «Du, jetzt müssen wir schlafen. Gute Nacht, Thomas! Und pass' auf dich auf. Und die Kinder. Gute Nacht.»
Sie lauscht der Erwiderung, hebt dann das Handy vom Ohr über das Gesicht, das Display bescheint bläulich einen Augenblick Anne-Lieses feine Nase, ihren schmalen Mund und die hochstehenden Wangenknochen, bevor sie auf «Gespräch beenden» drückt.

Und jetzt kommt Leben in sie, die Müdigkeit ist wie weggeblasen. Sie findet den Lichtschalter, holt das Tagebuch aus der Handtasche, macht das Licht am Schreibtisch an, die Zimmerbeleuchtung wieder aus, setzt sich, schlägt das Buch auf, beginnt zu schreiben:

02.08.16, Meckenheim, Hotel Birkenhof, 23:05 Uhr. Gerade mit Thomas telefoniert. Er hat etwas gesagt, was ich erst gar nicht glauben konnte. <u>Wörtlich:</u> «Wenn auch wir anderen deine Weitsicht gehabt hätten, wäre das vielleicht nicht passiert. Du hast recht gehabt.» Wie hoch ich ihm das anrechne, dass er das gesagt hat! Und er hat mich zum Essen eingeladen, hurra, juchhe, hurra, er hat mich zum Essen eingeladen! Gestern war alles noch so schwarz und jetzt hab' ich Hoffnung. Riesenhoffnung hab' ich. Das einzugestehen, das war soooo schwer für ihn, da ist er wirklich über seinen Schatten gesprungen. «Würde die Mutter meiner Kinder mit mir alleine essen gehen, wenn sie wieder da ist?» hat er charmant gefragt. Da hab' ich angefangen zu heulen. Wie sehr ich mich danach gesehnt habe! Thomas hat erzählt, dass es in Berlin drunter und *drüber geht. Die Leute wollen plötzlich alle Bus und Straßenbahn und U-Bahn fahren und viel zu viele wollen dazu ihre Räder mitnehmen, das geht natürlich nicht. Die Züge sind völlig überfüllt, die Leute warten auf den Bahnsteigen und an den Bushaltestellen, kommen zu spät zur Arbeit mit allem, was da dranhängt. Berlin ist heute eine einzige große Verspätung gewesen, sagt er und meint, dass das morgen genau so sein wird. Und dann hat er von dem volkswirtschaftliche Schaden, den die Terroristen anrichten, geredet. Der ist schon jetzt immens, es ist ja nicht nur in Berlin so gewesen, wie Thomas beschreibt. Wenn das ganze Land ein, zwei Stunden zu spät zur Arbeit kommt, welche enormen Kosten entstehen da? Und morgen auch und übermorgen auch. Wenn wir 40 Millionen Arbeitnehmern in Deutschland mal im Schnitt nur 10,- Euro die Stunde geben, dann sind bei nur einer Stunde Verspätung die Kosten heute schon 400 Millionen, morgen 800 Millionen, übermorgen 1,2 Milliarden. So hab' ich das noch gar nicht gesehen, aber da hat Thomas natürlich recht. Und endlich hat er <u>mir</u> recht gegeben, Gott sei Dank. Fußball ist schön und gut und richtig und wichtig, aber wenn der Tag nur 24 Stunden hat und wir mit dieser Scheißumweltpolitik auf die Dauer eine Riesenkatastrophe heraufbeschwören, dann gibt es richtigeres und wichtigeres als «problemfreie Zonen», das habe ich immer gesagt und das hat er nie hören wollen. Aber jetzt hat er's eingesehen und mich zum Essen eingeladen, und ich glaube fast, dass er auch ein bisschen stolz auf mich ist. Hurra, Anne-Liese, hurra! Das Eis ist gebrochen und hoffentlich, hoffentlich kriegen wir den Rest auch wieder hin. Es wäre so gut für Christina und Andreas, für uns alle!!!!!!*

Anne-Liese sieht auf die Uhr.

23:45, muss dringend ins Bett. Bin aber viel zu aufgekratzt, um schlafen zu können. Gut, dann probier' ich jetzt die neuen Sachen vom Amt an.

Anne-Liese klappt das Tagebuch zu, legt den Kuli weg, steht auf und wendet sich den drei Einkaufstüten zu, die auf dem Boden am Bett gegenüber liegen. Doch als sie die erste hochgenommen hat, kommt ihr ein anderer Gedanke. Sie stellt die Tüte wieder ab, packt stattdessen den Laptop aus, setzt sich auf die Bettkante, fährt auf dem Schoß das

Gerät hoch und sucht in der Photogallerie nach einem besonders schönen Bild von Thomas, dem aus dem Urlaub vor fünf Jahren, wo er so lacht. Das platziert sie neben Christina und Andreas, die sie sowieso immer auf dem Bildschirm hat, und stellt die drei auf den Schreibtisch.

Dann erst schaut sie in die Tüten. In der ersten: Sieben BH Größe 75B, Preisschilder noch vorhanden, schicke Dinger, das Stück für 59,90; dazu sieben Slips, Größe S, 14,90 für jeden. In der zweiten: Zwei Jeans, Größe 36, die eine für 89,-, die andere für 99,-. Dann sieben einfarbige, helle T-Shirts, Größe S, 15,- Euro. In der dritten: Drei Blusen für zusammen 147,- und zehn Paar Socken für 20,- Euro. Anne-Liese gefallen die meisten Sachen, Jacqueline hat Geschmack bewiesen und beim Einkauf wirklich daran gedacht, was der fünfzehn Jahre älteren und so anderen Frau stehen könnte; das hätte sie der aufgedonnerten, stöckelnden jungen Dame gar nicht zugetraut. Und das Amt hatte sich wahrhaft nicht lumpen lassen, das war mehr als ein drittel Nettomonatsgehalt, was da vor Anne-Liese auf dem Bett verstreut lag. Anne-Lieses Nacht versprach noch kürzer, aber dafür um so besser zu werden.

Kapitel 3: Mittwoch, 3. August 2016

3.1 Ab 02:30 Uhr:
Campingplatz Musetorp, Ostfriesland

Renate lag schwitzend auf ihrem Schlafsack und konnte nicht schlafen. Sie drehte sich auf die Seite und sah schemenhaft Veronika, die wie sie nur mit Slip und BH bekleidet neben ihr im Zelt lag, ebenfalls auf offenem Schlafsack. Wie konnte die bei dieser Hitze so gut pennen? Und bei dem Lärm, den einige besoffene Gäste weiter weg auf dem Campingplatz machten?

Es waren aber nicht nur die Hitze und der Krach, die Renate nicht schlafen ließen. Sie war auch ein wenig zu nervös, ein wenig zu aufgeregt. Was heute Nacht passieren würde, war noch nie passiert, um halb drei würde die Handys auch in den drei kleinen Nachbarzelten summen, die sechs anderen würden sich hören lassen und bald darauf herauskrabbeln. Aber bis dahin war sie allein mit ihrer Schlaflosigkeit und den zur Schlaflosigkeit gehörenden Gedanken.

Als der Amerikaner vor gut zwei Jahren zu ihnen gestoßen war, hatte das frischen Wind in die Aktionsgruppe gebracht, der Mann hatte wirklich Ideen, das musste man ihm lassen. Der ersten Sitzung der Maskierten waren Dutzende gefolgt, gemeinsam hatten sie seine Vorschläge angenommen oder verworfen, an den guten geschliffen und gefeilt, von Frankfurt aus im Laufe der Zeit und in mühsamer Kleinarbeit ihr Netzwerk von Aktivisten erneuert und erweitert und über den gesamten deutschsprachigen Raum von Stadt zu Stadt gespannt. Renate war im Laufe dieser Zeit klar geworden, dass die autonome Bewegung sich seit Jahrzehnten gewissermaßen in ihrer Selbstrealisierung erschöpfte, ihr Widerstand zum Selbstzweck zu versteinern drohte. Waren sie zufrieden mit dem Erhalt ihrer Häuser, mit ihrer Teilnahme an Demos, mit ihren Schlagwörtern und Parolen, mit ihrer ewigen Stammesfehde mit der Polizei? Der Verdacht konnte durchaus aufkommen, denn die Zustände, die sie anprangerten, hatten sich seit

Jahrzehnten nicht nur nicht geändert, sondern in vielen Bereichen verschlimmert. In ihrer eigenen Wahrnehmung war das so, weil sie zu schwach, zu wenige waren, um dem repressiven Staat mehr entgegen zu setzen. Der Amerikaner hatte ihnen die Augen geöffnet dafür, dass es möglicherweise weniger an ihrer Zahl als an ihren Methoden und ihrer Einstellung lag, dass man sich im Ziel und in der Methode vom einen kleinsten gemeinsamen Nenner mit möglichst vielen zu nächsten mit möglichst vielen hangeln musste, wenn man Erfolg haben wollte. Für viel zu viele der Autonomen schien ein Alles oder Nichts zu gelten, die Fundamentalopposition das Wesentliche zu sein, nicht die Umwelt, nicht die Ausbeutung, nicht die Verdummung der Massen. Doch dann wurde Opposition gewissermaßen zum Privatvergnügen. So sprengte man kein Loch in die Mauern des Kapitalismus, so kam man nicht weiter.

Aber heute Nacht würden sie weiterkommen, heute Nacht und in vielen der folgenden Nächte auch würden sie den kapitalgläubigen Deutschen einen Denkzettel bescheren, den sie so schnell nicht vergessen würden. Die zehntausendfache Taggeraktion von gestern war schon ein Erfolg gewesen und würde heute Nacht weiter gehen. Aber heute Nacht würden sie den Teutonen des 21. Jahrhunderts noch auf andere Weise zeigen, wie verletzlich das System war, in dem sie sich eingerichtet hatten, und dass es in der Macht relativ Weniger stand, an einer seiner Säulen so zu rütteln, das es einzustürzen drohte. Nur ein paar Dutzend Motorradfahrer konnten nämlich, über das Bundesgebiet strategisch verteilt, viele, viele tausend Autofahrer in totale Verwirrung stürzen und den Verkehr so behindern, dass der Wirtschaft empfindliche Einbußen zugefügt werden würden. Die Medien würden die Zwischenfälle begehrlich aufgreifen und so in Politik und Bevölkerung die Unruhe darüber, dass da etwas unwiederbringlich aus dem Ruder zu laufen begonnen hatte, weiter schüren. Renate war wirklich gespannt, wie Deutschland am Ende der Woche dastehen würde. Auch morgen würde völlig Unerwartetes passieren, ebenso wie übermorgen, und sie freute sich diebisch, wenn sie sich vorstellte, wie man in den Vorstandsetagen und an den Börsen von Tag zu Tag sorgenvoller auf Deutschland blickte. Denn was, fragten die sich da, wenn der Funke auf die sozialen Bewegungen anderer Länder überspringen würde? Was sie in Deutschland konnten, das konnten die in Italien, Spanien, Frankreich, Holland auch. Wie machtlos die Mächtigen dann plötzlich sein würden!

Einzig die Unfallmorde der vergangenen Woche verunsicherten Renate. Davon hatte sie nichts gewusst, davon war in ihren Sitzungen nie die Rede gewesen, und nie hätten sie oder die anderen da zugestimmt, ja, wer so etwas vorzuschlagen gewagt hätte, wäre achtkantig rausgeschmissen worden. Hätte sie nur den Hauch einer Ahnung gehabt, sie selbst hätte den Cops einen anonymen Tipp gegeben. Doch was wusste sie, was wer mit wem außerhalb ihrer Sitzungen, in denen sie einander nur mit Masken sahen, beredete und plante? Aber dass sie, wenn auch unwissend, möglicherweise mit Leuten unter einer Decke steckte, die vor Mord nicht zurückschreckten, das gab ihr ein sehr, sehr ungutes Gefühl. Das war Verrat an ihrer Sache, Verrat an ihrem Kampf für eine bessere Welt! Aber was sollte sie tun? Zurückkehren zu ergebnislosen Demos, zurückkehren zu ergebnislosen Diskussionen, zurückkehren zu einem ergebnislosen Privatleben in ihrer kleinen autonomen, quasipolitischen Welt? Mussten sie von den Kapitalisten nicht lernen, wie man hartnäckig ein Ziel verfolgt, wie man Strategien ändert und sich flexibel auf neue Gegebenheiten einstellt? Dass man nicht Jahrzehnte lang mehr vom selben machen kann, wenn dasselbe nicht zum Ziel führt?

Veronikas Handy summte halb drei, Veronika selbst drehte sich unwillig auf die Seite, tastete nach dem Ding, wollte es offensichtlich ausschalten. Renate rüttelte sie vorsichtig: «Aufstehen», flüsterte sie, «aufstehen, Veronika.» Auch aus den drei Nachbarzelten kamen Geräusche, Renate hörte das Geraschel von Schlafsäcken, Reißverschlüsse sich öffnen, Glieder sich recken und knacken, leises Tuscheln. Veronika richtete sich schlaftrunken halb auf. «Wieso ist es denn schon halb drei?» fragte sie; von gerade Erwachenden erwartet keiner, dass sie sich gleichzeitig für den MENSA-Club qualifizieren.

Renate antwortete nicht, sondern krabbelte nach vorne und öffnete den Zeltausgang, der sich knochentrocken anfühlte. Kein Tropfen Morgentau, es mussten um die 25 Grad sein. «Wann hört diese blöde Hitze endlich auf?» fragte sie leise, ohne ihrerseits eine Antwort zu erwarten und wand sich aus dem Zelt heraus. «Gib mir mal meine Sachen», raunte sie nach hinten, bevor sie sich aufrichtete und sich vor dem Zelt im Dunkeln, nur in Slip und BH, einige Augenblicke reckte und ausgiebig gähnte.

Nach ein paar Sekunden erschien vor dem Zelteingang eine Hand, die eine Motorradhose, dann eine Motorradjacke, dann Motorradstiefel herausreichte. Renate begann, sich anzuziehen. «Leise sein! Reißverschlüsse offen lassen», hörte sie Simon von rechts kommandieren, der im übrigen vor seinem Zelt dasselbe tat wie Renate. Als ob sie nicht schon dutzend Mal besprochen hätten, wie sie auf den Zeltplätzen beim nächtlichen Aufstehen so wenig Geräusche wie möglich verursachen sollten! Renate verkniff sich ein «Pass auf dich selber auf», um nicht mehr Lärm als unbedingt nötig zu machen, aber nahm sich vor, später mit Simon zu reden. Es ärgerte sie, dass er sich hier zum Chef aufspielte. Simon war nichts Besonderes, nur weil er den Detektor hatte.

Veronika kam aus dem Zelt, zog sich ebenfalls ihre Motorradhose über die nackten Beine, streifte ein T-Shirt über den Oberkörper, beugte sich zurück in die Stoffhülle und holte Waschbeutel und zwei Handtücher heraus. «Kommst du mit?» flüsterte sie. Renate nickte. Zusammen gingen sie zum Waschraum des Campingplatzes. Es wäre natürlich am besten gewesen, den Waschraum zu meiden, dort konnte man andere späte Campinggäste treffen. Aber eine kurze Dusche zur Abkühlung, zum Wachwerden und der Gang aufs Klo waren nötig. Auf eventuelle neugierige Fragen, was sie vorhätten zu so später Stunde, würden sie antworten, sie seien eben erst zurückgekommen von einer Tagestour an die Nordsee und dass sie sich jetzt auf ihre Schlafsäcke freuten. Die Antwort würde jeden Frager zufrieden stellen.

Als die beiden zurück kamen, ohne dass ihnen jemand beggnete war, waren die anderen sechs bereits fertig angezogen und trugen ihre

Helme in der Hand, wobei alle wegen der Wärme die Motorradjacken noch offen gelassen hatten. «Okay», sagte Simon halblaut, «sind alle Handys aus und in den Zelten?»
«Hör auf zu quatschen, das haben wir alles tausendmal besprochen!» zischte Renate jetzt zur Antwort. Wie der Kerl sie aufregte.

Simon reagierte, soweit Renate das im Dunkeln ahnen konnte, mit einem bösen Blick, sagte aber klugerweise nichts. Renate nahm Veronika Handtücher und Waschbeutel ab, beugte ihre obere Körperhälfte ins Zelt, entledigte sich des Hygienekrams, griff nach dem Helm der Gefährtin, reichte ihn nach rückwärts heraus, nahm ihren eigenen, tauchte wieder ganz aus dem Zelt auf und verschloss den Reißverschluss zum Eingang so langsam, dass tatsächlich nichts zu hören war. Dann setzte der Trupp von acht Aktivisten, vier Männer und vier Frauen, sich wortlos zum Ausgang in Bewegung, wo die Maschinen auf dem Parkplatz standen.

Ein dickbäuchiger Campinggast, männlich, um die 60, in kurzer, schlabberiger Sporthose, ärmellosem Unterhemd und Badelatschen kam ihnen in die Quere, offensichtlich auf dem Weg zur Toilette. «Na, wo wollt ihr'n noch hin?», fragte er neugierig und blieb stehen.
«Mal ordentlich Gas geben. Kann man tagsüber ja nich' so gut», antwortete Simon für die Gruppe, die weiterging, während er selber stehen blieb.
«Auffe Autobahn odda wat?» fragte der Camper mit deutlichem Ruhrpottakzent.
«Logisch. Vielleicht einmal Amsterdam und zurück oder so. Mal gucken.»
«Dat sin'ja zusam' fass' 400 Kilometer. Geht mich ja nix an, aber hört sich nich' ungefährlich an, wat ihr da vorhabt.»
«Nicht nachts, wenn die Autobahn frei ist. Da macht so was richtig Spaß», sagte Simon.
«Na, dann ma' toitoitoi un' kommt heile zurüch», wünschte der Kohlenpöttler.
«Danke. Selbst auch!», witzelte Simon. «Gute Nacht!»
Der Camper entfernte sich watschelnd in in Richtung Toiletten,

während Simon ruhig den anderen nachging.

Die warteten am Ausgang.
«Scheiße. Das hätten wir jetzt nicht gebraucht», sagte Veronika, als Simon sie eingeholt hatte. Aber der blieb ruhig: «Wieso? Ist doch alles paletti. Jetzt gibt's sogar eine falsche Spur, wenn jemand fragen sollte,» antwortete er.
«Was hast du denn gesagt?»
«Dass wir mal richtig Gas geben wollen, nach Amsterdam.»
«Und seit wann weißt du, dass wir nach Amsterdam fahren?»
«Weiß ich doch gar nicht, hab' ich nur so gesagt.»
«Und wo fahren wir jetzt hin?»
Zur Antwort nahm Simon seinen kleinen Rucksack ab und eine flache Tupperware-Dose heraus, die er öffnete und Veronika hinhielt: «Du kannst ja unser erstes Ziel ziehen.»

Sie hatten hin und her überlegt, wie sie die Cops an der Nase herumführen konnten. Sie mussten damit rechnen, dass sich eine V-Person oder gar ein verdeckter Ermittler unter ihnen befand. Irgendwann verstanden sie, dass die Polizei machtlos sein würde, wenn für ihre Aktionen eine von zwei W-Fragen unbeantwortet blieb: Wann oder Wo. Dann konnten die Bullen das Was ruhig zu wissen bekommen, solange die nur Ungefähres wussten, konnten die nichts tun. Das Wer hatten sie ja schon durch die Guy-Fawkes-Masken bei ihren Treffen ausgeschlossen.
Für ihre heutige Aktion hatten sie das Datum so diffus wie möglich geplant. Um auszuschließen, dass ein verdeckter Ermittler unter ihnen ihnen die Suppe im letzten Augenblick versalzen konnte, hatten sie in Frankfurt vereinbart, dass einige von ihnen gemeinsam in Camping-Urlaub fahren sollten, um die Aktionen irgendwann während dieses Urlaubs durchzuführen. Kein Bulle konnte zu seinem Chef gehen und sagen: «Hörn'Se mal, ich muss aus ermittlungstechnischen Gründen mal drei Wochen Camping-Urlaub mit dem Motorrad machen. Die möglichen Anschlagsziele der Gruppe sind hier und hier und dort und dort, aber welches sie nehmen, entscheiden sie durch Los in der aktuellen Nacht, die außerdem erst am selben Abend auf irgendeinem

Camping-Platz im Großraum X bestimmt wird. Wenn die Ziele bewacht sein sollten, fahren sie einfach vorbei, machen gar nichts und sind harmlose Motorradfahrer. Außerdem haben die sich einen auf dem Markt frei erhältlichen mobilen Detektor zum Aufspüren von Wanzen und Peilsendern besorgt. Wenn ich mitfahre, sollte ich kein Handy und keinen Peilsender bei mir haben, sonst flieg' ich auf. Meinen normalen Jahresurlaub hätt' ich natürlich trotzdem gerne.»

War also ein verdeckter Ermittler unter ihnen in der Großgruppe, war der schön zu Hause geblieben, weshalb Veronika jetzt in aller Ruhe einen von vielen kleinen, zusammengerollten Zetteln aus der Dose zog. Simon hielt die Dose dann drei anderen hin, die ebenfalls jeweils einen Zettel zogen. Zu lesen war in der Dunkelheit vorläufig nicht, was darauf stand.

Simon verschloss die Dose wieder, tat sie in den Rucksack und holte nun den Detektor, der etwa die Größe eines Handfunkgerätes hatte, hervor. Er schaltete ihn ein, steckte den Verbinder der flexiblen Antenne in die Buchse auf dem Gerät und drehte ihn mit der Hand fest. Nachdem er den Empfindlichkeitsregler nach rechts justiert hatte, hörten die Umstehenden ein leichtes Ticken und sahen die LED-Balkenanzeige in der Dunkelheit leuchten. Dann gab er das Gerät an Renate weiter.

«Okay», sagte sie, «dann stellt euch mal auf.»
Die anderen sieben Aktivisten stellten sich jetzt auf dem Parkplatz in einem Abstand von ca. einem Meter nebeneinander und breiteten die Arme aus, wie bei der Sicherheitskontrolle auf dem Flughafen. Renate fuhr mit der Antenne des Geräts an jedem ihrer lederbekleideten Gefährten langsam entlang, ohne dass das Ticken des Detektors schneller wurde oder gar in Heulen überging.
«Scheint alles clean zu sein», sagte sie und gab das Gerät an Veronika, damit diese sie selbst in Gegenwart der anderen absuchen sollte.
«Und du bist auch clean. Alle V-Leute sind zu Hause geblieben oder neutralisiert», lächelte Veronikas Stimme im Dunkeln und wollte das Gerät abschalten.
«Moment», rief Simon, «die Helme, die Handschuhe. Und die

Maschinen, vergiss die Maschinen nicht!» Veronika war offensichtlich doch etwas nervös.

«Okay, das hätte ich fast vergessen. Aber will jemand anders das machen?», fragte sie.

«Gib mal her», meldete sich Marco. Er nahm das Gerät, bückte sich und hielt die Antenne langsam vorwärts wandernd an Helme und Handschuhe, die vor den Bikern lagen. Das Gerät tickte monoton und gab keinen Anlass zur Beunruhigung.

«Alles klar», richtete Marco sich wieder auf und ging zu den vier schweren Maschinen hinüber. Auch sie wurden in Anwesenheit der anderen einer eingehenden Analyse unterzogen. Aber alles schien in Ordnung.

«Gut», sagte Simon dann, «sollen wir das Ding mitnehmen oder da in der Mülltonne verstecken, bis wir wieder da sind?»

«Wenn in dem Detektor ein Sender stecken sollte, endet unsere Spur jetzt genau hier. Ausschalten und verstecken!», gab Marco seine Meinung entschieden kund.

Renate sagte: «Wir sind ja in zwei, drei Stunden wieder da. In der Zeit wird keiner hier rumstrolchen, in der Mülltonne wühlen und das Ding finden. Ich bin auch für Hierlassen.»

Allgemein zustimmendes Murmeln sorgte dafür, dass Simon den Detektor wieder an sich nahm, ihn in eine Plastiktüte wickelte und diese in die Mülltonne am Rand des Parkplatzes legte.

«So, und wohin geht's jetzt?», fragte er dann.

Erst jetzt knipste Veronika ihre Taschenlampe an und sah auf den Zettel. «A29 Richtung Bremerhaven, Anschlussstelle Schwanewede bis Anschlussstelle Hagen», las sie vor. Sie gab die Taschenlampe an Simon: «Guck mal auf die Karte.»

Simon griff wieder in den Rucksack, holte die Karte, die bereits auf den Großraum Bremen aufgefaltet war, heraus. Alle anderen umringten ihn und sahen ihm soweit möglich über die Schulter. Der Lichtkegel der Taschenlampe erfasste ihren Standort: «Okay. Das ist ja nicht so weit. Wir müssen durch das Kaff hier durch und dann vielleicht fünf Kilometer bis zur Autobahnauffahrt auf die A 28, dann auf die B 75 und von da auf die A 29. Bis nach Schwanewede ca. 60 Kilometer, das müssten wir in maximal 30 Minuten haben. Ich schlag' vor, dass wir da

zuerst hinfahren und dann weitersehen», sagte Simon.
«Sollen wir nicht zuerst die Gesamtroute festlegen?», fragte Renate.
Die andern schwiegen einen Augenblick nachdenklich, bis Simon sagte: «Können wir natürlich machen. Aber wir haben ja noch keine Erfahrung. Wir wissen nicht, wie viel Zeit wir für das Verstellen der Leitbaken brauchen. Ich bin dafür, dass wir erst mal dahin fahren, das machen und die Zeit nehmen. Dann halten wir auf dem nächsten Parkplatz und überlegen weiter.»

Was eine «Leitbake» ist, hatten sie alle lernen müssen – im Duden steht das Wort nicht. Aber Google sei Dank kann man über Bilder und dann die Wikipedia das Wort finden. Damit werden Verkehrszeichen benannt, die Verkehrsteilnehmer auf ein Hindernis in der Fahrbahn oder am Fahrbahnrand hinweisen und entsprechend daran vorbei leiten. An allen Straßenbaustellen stehen diese länglichen Dinger mit der rot-weißen Schraffur, mit dem Klumpfuß drunter und oft einem gelben Blinklicht drauf.

«Fahren wir erst mal los», meinte Veronika, «wir stehen hier schon zu lange rum. Auf einem Parkplatz an der Autobahn fallen wir jedenfalls nicht auf. Und wenn wir unterwegs an einer Baustelle vorbeikommen, können wir da ja schon aktionieren.» Die beiden Argumente gab den Ausschlag. Die anderen nickten, murmelten «Okay», bückten sich, hoben ihre Helme hoch, setzten sie auf und zurrten sie fest, während sie wieder zu den Bikes gingen.

«Erst auf die Straße schieben, dann anmachen», sagte Simon durch den Helm bei noch offenem Visier, was ihm abermals einen ziemlich unwirschen Gedanken von Renate einbrachte. Auch das hatten sie besprochen, sie brauchten keinen Kindergartenonkel. Aber jetzt war nicht der Zeitpunkt, große Diskussionen anzufangen, das musste sie für später aufheben. Jetzt ging es einzig darum, schnell und so leise wie möglich von diesem Campingplatz wegzukommen.

Vier der jetzt behelmten Biker schoben in voller, aber noch halboffener Ledermontur ihre schweren, allerdings allesamt etwas in die Jahre gekommenen Maschinen vom Parkplatz auf die Straße, die anderen vier gingen daneben her. Nach ungefähr zweihundert Metern auf der völlig stillen Landstraße angekommen setzte Veronika sich mit ihrer Suzuki an die Spitze, betätigte den Anlasser, Renate schwang sich auf den Sozius. Im nächsten Augenblick gaben hinter ihr auch die Bennelli, die Kawasaki und zuletzt die BMW den tief bullernden Sound ihrer Motoren in die Nacht ab. Acht Biker schlossen ihre Lederjacken, klappten so gut wie synchron ihre Visiere herunter, Veronika hob die rechte Hand, während die Linke die Kupplung zog, sah in beide Rückspiegel, sah drei Lichter hinter sich aufgereiht, ahnte die anderen Helme nicken, Veronikas Rechte fiel zurück auf den Gasgriff, der Motor bekam sein Feuerwasser, die Linke gab den Gang frei. Und die Suzuki stob davon.

Wer nicht Motorrad fährt, mag davon gehört haben, aber weiß einfach nicht, welch ein Gefühl der Freiheit sich einstellt, wenn Fahrer und Maschine eins werden. Mit anderen Fortbewegungsarten ist das nicht zu vergleichen, mit Autofahren schon gar nicht. Auch die fettesten automobilen Karossen lassen echte Biker kalt. All die für Außenstehende so umständlichen Ankleidungsprozeduren, die Motorradfahrer auf sich nehmen, wenn sie sich fast wie Ritter umständlich zum Waffengang rüsten, werden immer wieder in dem Augenblick entgolten, in dem der bullernde Sound des Motors ertönt, der Gasgriff zwei, dreimal hochgedreht wird und die Maschine dann in einem Affenzahn aus dem Stand beschleunigt, sobald die Linke die Kupplung entlässt; der Sitz vibriert leicht, Fliehkraft und Luftwiderstand pressen den Fahrer nach hinten, rohe Pferdestärken reißen ihn gleichzeitig nach vorn, Adrenalin schießt durch den Körper, alle Sinne schärfen sich. Große Motorräder sind Ungeheuer, Drachen, Lindwürmer, die es nicht zu töten, sondern auch noch bei 250 km/h zu zähmen und beherrschen gilt, und die dann dieses Gefühl hervorrufen, das es nur mit ihnen gibt: Hier und jetzt unbezwingbar und damit völlig frei zu sein.

Trotzdem hielt Veronika sich an die Geschwindigkeitsbegrenzungen und ebenso diszipliniert fuhren ihre Mitstreiter, solange sie noch durch zwei Dörfer mussten und die Landstraße zur nächsten

Autobahnzufahrt befuhren. Kein dummer Zufall durfte sie der Polizei in die Hand spielen. Vier Biker so früh am Morgen sind ungewöhnlich. Wer sie sah, der würde sich an sie erinnern, möglicherweise sogar auf die Uhr schauen. Allein, die Straße war in dieser Gegend von Ostfriesland, wo Fuchs und Hase sich gleich zweimal Gute Nacht sagen, und um diese Zeit, um 03:30 Uhr in Ostfriesland, wo auch die komischsten Käuze schlafen, fahrzeug- und somit menschenleer. Vier Lichtkegel durchschnitten hintereinander die späte Nacht und blieben die fünf, sechs Kilometer bis zur Autobahnauffahrt unter sich.

Auch auf der Autobahn, die sie um 03:35 Uhr erreichten, war nichts los, und jetzt gaben die vier Maschinen Zunder. Trotz ihres Alters waren alle noch für 220, 230 km/h gut. Das gehörte mit zum Plan: Schnell sein, verdammt schnell, und beweglich, verdammt beweglich auftauchen, verdammt beweglich verschwinden. Einige der Aktivistenteams in anderen Teilen des Bundesgebietes, die jetzt ebenso wie sie unterwegs waren, verfügten sogar über Enduros. Die waren zwar nicht ganz so schnell, aber mit denen konnte man auch über die Böschung einer Autobahn abhauen, wenn es sein musste, und jeder Bullen-Biker hätte das Nachsehen, wenn es denn überhaupt so weit kommen sollte, dass sie von Polizei-Motorrädern verfolgt würden. Aber diese Möglichkeit war so verschwindend klein, dass sie die vernachlässigen konnten. Was sie vorhatten, war so ausgeklügelt, so perfekt und dabei so unwahrscheinlich einfach, dass die Polizei entweder gar nicht kommen würde, weil nichts passiert war, oder erst da sein würde, wenn sie schon wieder in ihren Zelten lagen. Nur schade, dass sie nicht dabei sein konnten, wenn die Cops große Augen machten.

Um 03:43 Uhr erreichten sie die B 75, dort mussten sie wieder langsam fahren, um 03:52 ging es dann auf die A 29 Richtung Bremerhaven und Veronika gab wieder Gas, was das Zeug hielt. Um 03:56 kam sie zur Abfahrt Schwanewede, wo die Baustelle begann. Veronika drosselte das Tempo und fuhr auf der wegen der Baustelle einspurigen, engen Fahrbahn die hier vorgeschriebenen 60 km/h, die anderen folgten in jeweils ca. 10 Meter Abstand. Als das Ende der fünf Kilometer langen Baustelle noch circa 200 Meter entfernt war, bremste die Suzuki und hielt mitten auf der Fahrbahn neben einer Leitbake an. Auch die Kawa, die Benelli und die BMW kamen zum Stehen. Weit und breit war kein anderes Fahrzeug zu sehen. Jetzt begann die Aktion.

Renate und die drei anderen Beifahrer sprangen wie auf Kommando von ihren Soziussitzen, während die Fahrer bei laufenden Motoren warteten. Die behelmten Gestalten hasteten hinter den Motorrädern zu je einer der Leitbaken, die Fahrbahn und Baustelle voneinander trennten. Sie zerrten vier der ca. 30 Kilo schweren Absperrgeräte von der Stelle und stellten sie stattdessen in jeweils einem knappen Meter Abstand quer über die Fahrbahn nebeneinander – jetzt war die Spur gesperrt. Dann fuhren die Motorräder vierzig Meter vor, ihre Gefährten liefen hinterher und das Spiel wiederholte sich. Jetzt war die Spur mit einer Doppelreihe gesperrt. Doch auch das war den Aktivisten nicht genug. Weitere vierzig Meter vorne bedienten sie sich abermals an den vorhandenen Absperrgeräten. Dreifache Sperrung. Und noch einmal. Vierfache Sperrung. Und ein letztes Mal vierzig Meter vor. Fünf quergestellte Reihen von Leitbaken versperrten jetzt jedem Auto die Weiterfahrt.

Das ganze hatte knappe sechs Minuten gedauert. Sie hatten sich auch mit ein paar Reihen weniger begnügen können, aber die Aktivisten waren mutterseelenallein auf der Strecke. Warum also nicht richtig zulangen, wenn sich die Gelegenheit erst bot? Als die fünfte Absperreihe schließlich stand, besahen sich die vier das Resultat ihrer Mühe, hoben die Visiere, grinsten und lachten sich an, streckten acht behandschuhte Daumen nach oben und schlugen sich gegenseitig die flachen Hände gegeneinander. Hatten sie noch Zeit zur selben Aktion auf der Gegenfahrbahn? Sie brauchten nur über die Leitplanken zu springen, das würde ruck zuck gehen. Aber Renate mahnte zur Vorsicht: In dieser Zeit konnte sehr wohl das erste Auto kommen und von der Absperrung überrascht anhalten müssen. Der Fahrer würde die vier Motorräder direkt hinter der Absperrung sehen, sofort Unrat wittern, aufblenden und womöglich ein, zwei Kennzeichen erfassen können. Um das zu verhindern, mussten die Maschinen dann, noch bevor das Auto angehalten hatte, sporenstreichs verschwinden und ihre Beifahrer stehen lassen. Also musste die Gegenfahrbahn warten, die war viel zu gefährlich.

Und in der Tat sah Renate plötzlich in der Ferne die Lichtkegel von zwei Autoscheinwerfern. «Los!», rief sie, rannte die 15 Meter zu Veronika, warf sich auf den Sozius, umklammerte sie von hinten, rief noch einmal «Los!» und Veronika gab Gas, war in 4,9 Sekunden auf 100 km/h, in weiteren fünf Sekunden auf 180. Treffpunkt war der nächste Parkplatz. Und während Renate sich an die Fahrerin klammerte, begann ein hochaktueller Film in ihrem Kopf:

Das Auto fährt auf die gelb blinkende Absperrung zu, wird langsamer, bremst, bremst auf die letzten Meter scharf, hält an. Durch die Windschutzscheibe ist der Fahrer schemenhaft erkennbar, der auch im Dunkeln einen total verdatterten Eindruck macht, den Kopf schüttelt, die Hände auf das Lenkrad schlägt. Nach ein paar Sekunden macht er den Warnblinker an, schnallt er sich ab, steigt aus, geht die zwei, drei Meter an die Absperrung heran, sieht nach links, sieht nach rechts, wendet sich um, dreht sich abermals, stutzt. Jetzt kapiert er, dass die Leitbaken umgestellt worden sein müssen, die Baustelle selbst ist hinter den fünf Reihen noch nicht ganz zu Ende. Er dreht sich wieder um, guckt, dreht sich wieder um, schaut, dreht sich wieder um, sieht, was er sieht, versteht und versteht gleichzeitig gar nichts. Wer zum Teufel hat hier mitten auf die Fahrbahn zwanzig von diesen Dingern mit den Leuchten drauf gestellt? Und warum? Und was soll er jetzt tun? Die Dinger zurückstellen? Wenden? Rückwärts fahren? Auf der Autobahn? Er holt er sein Smartphone heraus und checkt die Baustellenwarnung des ADAC. Eine Baustelle ist da verzeichnet, aber keine Sperrung. Und schon gar nicht so eine.

Ein zweites Auto kommt, hält. Der erste Mann geht auf den zweiten Wagen zu, gibt mit den Händen ein hilfloses Zeichen. Auch dieser Fahrer steigt aus, der erste erklärt, zeigt, beide gehen zu der Absperrung, reden, gestikulieren. Ein drittes Auto kommt, ein viertes, ein fünftes. Irgendwann in den nächsten Minuten ruft irgendeiner die Polizei an. Der Beamte am Ende der Leitung ist so überrascht wie die Verkehrsteilnehmer, will zuerst nicht glauben, was er hört, verfügt dann, dass man bis zum Eintreffen einer Streife zu warten habe und nichts anrühren solle. In der Zwischenzeit bildet sich einer der schönsten Staus, die man sich für die frühen Morgenstunden denken kann. Dann muss die Polizei konstatieren, dass hier etwas nicht mit rechten Dingen zugegangen ist, und der Stau wird noch länger. Denn dies hier ist keine Unfallstelle, sondern ein Tatort. Hier müssen weitere Streifen kommen, Spuren gesichert, Zeugen vernommen werden, alles muss bis auf Weiteres so bleiben wie es ist. Und dies nicht nur dort, jetzt einige Kilometer hinter Veronika, Renate und den sechs anderen. Spätestens in den Nachrichten um sechs wird es heißen, dass Unbekannte über das gesamte Bundesgebiet verteilt auf 27 Baustellen die Autobahnen gesperrt haben. Dass die Nachrichten am nächsten Morgen und am Morgen danach dasselbe, nur mit steigenden Zahlen melden werden, wissen die Medien noch nicht. Aber die Bullen werden das heute schon kapieren, wenn sie clever sind. Und völlig hilflos sein. Die heutige Schlagzeile der Bildzeitung «Im Würgegriff des Tagger-Terrors» oder was diese Idioten sich sonst ausgedacht hatten, jedenfalls ist längst überholt.

«Guten Morgen, Deutschland!», dachte Renate und lächelte triumphierend hinter ihrem Visier. «Guten Morgen, Deutschland!»

3.2 Ab 07:15 Uhr:
Meckenheim, Hotel Birkenhof

Als Anne-Liese den Frühstücksraum des Hotels betrat, registrierte sie sofort, dass die wenigen Gäste wie gebannt auf den Fernseher schauten, der ziemlich indiskret auf hoher Lautstärke lief. Ein Mann wurde gerade interviewt, offenbar an oder auf einer Autobahnbaustelle. Hinter ihm waren gelb blinkende Lichter auf diesen rot-weiß schraffierten Dingern zu sehen, mit denen Fahrspuren von Baustellen abgegrenzt werden. Dahinter standen zwei Polizeifahrzeuge, noch weiter hinten ein Polizeihubschrauber, der mitten auf der Autobahn gelandet war.

«... *gerade noch bremsen*», sagte der Mann.
«*Wie schnell sind Sie gefahren?*», fragte eine weibliche Stimme ins Mikrofon, bevor die Reporterin es dem Mann wieder vor den Mund hielt.
«*60, maximal 65 km/h, ist ja 60 hier. Aber das wäre trotzdem fast schief gegangen.*»
«*Sie wären auf die Absperrung drauf gefahren?*»
«*Um ein Haar, ja. Mit so was rechnet man ja nicht.*»
«*Haben Sie sich erschrocken?*»
«*Kann man wohl sagen, ja. Wie gesagt, mit so was rechnet doch keiner. Ist da mitten auf der Spur 'ne Sperre aufgestellt.*»
«*Wann war das?*»
«*So kurz nach vier heute Nacht vielleicht.*»
«*Und seitdem stehen Sie hier?*»
«*Ja, genau. Weil die Spurensicherung so lange dauert.*»
«*Woher wissen Sie das?*»
«*Das hat einer der Beamten da gesagt.*»

Die Kamera zoomte auf hinter der Absperrung arbeitende Polizisten, schwenkte dann und zeigte einen Stau, soweit das Auge reichte. Anne-Liese setzte sich so an ihren Tisch, dass sie dem Geschehen am Fernseher folgen konnte.

«So'ne Riesensauerei!», rief währenddessen aufgebracht der Gast am Nebentisch, dem man den LKW-Fahrer sofort ansah. «Die dat jemacht ham, zehn Jahre einsperr'n, Zuchthaus, bei Wasser un' Brot!» Der Mann blickte wütend um sich, unbeeindruckt von den anderen Gästen und dem lauten Fernseher. «Jibt's denn sowat? Arschlöcher, kriminelle Arschlöcher! Dat is' doch jefährlich, saujefährlich is' dat, versuchter Totschlach is' dat, mindestens. Wennick da mit meim 40-Tonner druffheiz', wat mein'Se, watta passier'n kann!»

«Sind denn Menschen ums Leben gekommen?», fragte Anne-Liese.

«Nee, da hamse bis jetz' nix von jesacht, abba Jottseidank, wat? Wie schnell kann dattenn passier'n? Siemzwanzich von solche Sperr'n hamse jesacht hamse in janz Deutschland jefun'n. Dat is' doch'n Wunda, datta keina bei druffjejang' is'.»

«Siebenundzwanzig?» fragte Anne-Liese ungläubig.

«Siemzwanzich, ja, hamse jesacht. Dat war'n mit Sicherheit diese CLAN-Idiot'n.»

«Wurde das auch im Fernsehen gesagt?», fragte Anne-Liese interessiert.

«Nee, abba dat sieht ja'n Blinder mit'm Krückstock. Dat janze is' ja orjanisiert. Siemzwanzich Baustell'n in eina Nacht. Is' doch keen Zufall, nach jestan un' vorjestan.»

«Da könnten Sie Recht haben», sagte Anne-Liese. Erst jetzt goss sie sich aus der kleinen Thermoskanne vor ihr Kaffee ein. Auf dem Bildschirm erschien gerade wieder die Moderatorin:

«Wir kommen zu unserer nächsten Nachricht. Heute aktionierte in den Morgenstunden die Polizei vielerorts gegen sogenannte autonome Häuser oder Zentren. Sie beschlagnahmte Computer, Laptops und Mobiltelefone. Zur Begründung hieß es, erfahrungsgemäß seien es militante Autonome, die zu Anschlägen wie denen der vergangenen Tage bereit seien. Es sei Gefahr in Verzug und bekannt, dass solche Personen sich in den genannten Gebäuden aufhielten. Thomas Süß berichtet.»

«Ohh, veeerdammt!» Davor hatte sie doch gestern, beim zweiten Teil der Sitzung nach 17:00 Uhr, noch eindringlich gewarnt! Anne-Liese folgte, während sie sich ihr Brötchen aufschnitt, wie die anderen Gäste dem Geschehen am Bildschirm. Zu sehen war die berühmte «Rote Flora» in Hamburg, etwa ein Dutzend Einsatzwagen malten pulsierendes Blaulicht in die ansonsten von Straßenlaternen beschienene Szenerie, das Autonomen-Haus war durch eine Hundertschaft Bereitschaftspolizei großräumig abgesperrt, vereinzelt standen Schaulustige auch schon so früh am Morgen außerhalb der polizeilichen Absperrungen, zum Teil im Bademantel. Dann zeigte die Kamera Polizisten, die Computer und Laptops aus dem Haus trugen und in ein Polizeifahrzeug luden, bevor Reporter Thomas Süß sichtbar wurde:

«Heute morgen um ca. 04:15 Uhr hat die Polizei hier in Hamburg wie in anderen Städten Deutschlands in einer koordinierten Aktion sogenannte autonome Zentren durchsucht und stationäre Computer, Laptops und Handys der Bewohner beschlagnahmt. Die Aktion ist jetzt beendet. Neben mir steht Einsatzleiter Hauptkommissar Herbert Grönewold.»

Die Kamera fuhr etwas zurück und zeigte den Reporter mit dem Polizisten, an den der TV-Mann sich wandte:

«Herr Grönewold, ist diese Aktion zur Zufriedenheit der Polizei verlaufen?»
«Ich kann nur für Hamburg sprechen, aber wir sind mit dem Ergebnis dieser Hausdurchsuchung bisher zufrieden.»
«Hat es Widerstand gegeben?»
«Nur vereinzelt haben einige Personen Widerstand zu leisten versucht.»
«Was ist mit diesen Personen geschehen?»
«Diese Personen wurden zur Feststellung der Identität und wegen Widerstand gegen die Staatsgewalt vorübergehend festgenommen.»

«Richtich!» brüllte der LKW-Fahrer, «die soll'n ers'ma' ahbeitn lern'!»

«Welchen konkreten Verdacht hat die Polizei gegen die Bewohner dieses Hauses?»
«Dazu kann ich aus ermittlungstechnischen Gründen nichts sagen.»
«Bekommen die Eigentümer ihre Geräte wieder zurück?»

«Selbstverständlich, wenn die Ermittlungen abgeschlossen sind und keine strafrechtlich relevanten Informationen gefunden wurden.»
«Wie lange wird das dauern?»
«Dafür sind andere zuständig, dazu kann ich leider nichts sagen.»
«Fast alle brauchen Computer und Laptops heute für ihre Arbeit. Was geschieht, wenn ein Eigentümer aufgrund der Beschlagnahmung bis auf Weiteres seiner Arbeit nicht nachgehen kann?»

«Die ahbeit'n doch janich», brüllte der LKW-Fahrer. «Hartz IV, die janze Bande!»
«Auch Sie sind zwar stimmberechtigt, aber von Brüllen hat keiner was gesagt», äußerte sich jetzt ruhig ein Herr mit Schlips aus dem Winkel des Frühstückraums, der links von Anne-Liese lag. Der LKW-Fahrer warf einen ebenso erstaunten wie verständnislosen Blick in Richtung des Sprechers.

« ... den Eigentümern frei, Rechtsmittel gegen die Beschlagnahmung einzulegen.»

«Vielen Dank», sagte Reporter Thomas Süß und wandte sich wieder der Kamera zu. «Zu meiner Rechten habe ich jetzt einen der betroffenen Bewohner, der nur mit Vornahmen angesprochen werden möchte.»

Die Kamera zoomte zurück und zeigte links neben Süß einen jungen Mann, kurzhaarig, blond, sportlich und durchtrainiert, etwa Mitte 20, in schwarzem T-Shirt, sonst ohne weitere Merkmale. Süß hatte sich halb zur Seite gewandt und sagte in das Mikrofon:

«Florian, Sie sind einer der Bewohner der Roten Flora. Können Sie schildern, wie Sie diese Polizeiaktion erlebt haben?»
«Also, heute morgen um viertel nach vier polterte es plötzlich unten an der Tür. Wir haben alle geschlafen, aber als wir das Gepolter hörten, wussten wir schon, was kommen würde. Ist ja nicht das erste Mal. Als wir dann aus dem Fenster guckten, haben wir dieses Polizeiaufgebot hier gesehen und uns gefragt, was wir jetzt schon wieder verbrochen haben sollen.»

«*Sie waren also ahnungslos?*»
«*Vollkommen ahnungslos, ja.*»
«*Was passierte weiter?*»
«*Die Polizei sagte, sie hätten einen Durchsuchungsbefehl und verlangten Einlass.*»
«*Den hat sie ohne Probleme bekommen?*»
«*Die machen uns ja sonst nur die Tür kaputt.*»
«*Was geschah weiter?*»
«*Wir fragten nach dem Grund für die Hausdurchsuchung. Der wurde uns nicht genannt. Die Polizei sagte nur, die Richtigen unter uns würden das schon wissen. Da haben einige von uns sich zur Wehr gesetzt, was natürlich nichts genützt hat. Und die Polizei ist in unsere Zimmer eingedrungen und hat alle stationären Computer, Laptops und Handys mitgenommen.*»
«*Sie sind jetzt also von der Außenwelt sozusagen isoliert?*»
«*So kann man das sagen, ja. Nicht mal bei der Arbeit anrufen kann ich.*»
«*Welcher Art Arbeit gehen Sie nach?*»
«*Ich arbeite als Schreiner in einem genossenschaftlichen Betrieb.*»

«Dett stimmt doch janich!» brüllte der LKW-Fahrer.

«*Sind Sie auf Ihren Computer beruflich angewiesen?*»
«*Ich nicht, aber andere im Haus schon. Künstler und Schreiberlinge und so.*»
«*Und welcher konkrete Verdacht liegt gegen Sie vor?*»
«*Keine Ahnung. Aber ich habe gestern mein Fahrrad rot lackiert. Vielleicht war das eine staatsgefährdende Handlung.*»
«*Werden Sie Rechtsmittel gegen die Hausdurchsuchung geltend machen?*»
«*Natürlich!*»
«*Florian, vielen Dank für das Gespräch.*»
«*Gerne.*»

Während die Moderatorin wieder auf dem Bildschirm erschien, erhob Anne-Liese sich, sie hatte genug gesehen. Es war 07:45 Uhr, es würde noch fünf Minuten dauern, bis ein Dienstwagen kommen und sie abholen würde. Aber hier zusammen mit den schlechten Nachrichten und dieser Vox populi vom Nebentisch hielt sie es nicht mehr aus. Das sah nicht gut aus, das sah überhaupt nicht gut aus. Sie musste unbedingt mit Hoffkamp reden, aber zuerst im taktischen Lagezentrum anrufen.

Sie griff nach dem Diensthandy, zögerte, ließ es wieder in die Tasche gleiten. Sie hatte noch knappe 15 Minuten frei, der Dienst begann um 08:00 Uhr. Es ärgerte sie in Grund und Boden, dass es ihr nahezu unmöglich war, Dienst und Freizeit zu trennen. Selbst wenn sie jetzt nicht im TL anrief, war sie in Gedanken ständig bei der neuesten Entwicklung, konnte unmöglich abschalten. Also konnte sie ebenso gut doch das TL anrufen, um einen gründlichen Überblick zu bekommen. Sie seufzte, holte das Handy wieder heraus, schaltete es ein, wählte die Nummer in Wiesbaden. Während sie das Gerät ans Ohr hielt, verließ sie durch die Drehtür das Hotel. Kaum draußen spürte sie, wie warm es schon wieder war, es mussten mindestens 25 Grad sein, und es war noch nicht einmal acht Uhr.

«Taktisches Lagezentrum, Kommissar Braig», meldete sich eine schwäbelnde Stimme.
«Schwartzer, guten Morgen, Herr Braig.»
«Guten Morgen, Frau Schwartzer. Ich habe leider keine guten Nachrichten für Sie.»
«Das kann ich mir schon denken, aber schießen Sie los.»
«Also gut. Heute haben Unbekannte in den frühen Morgenstunden auf 27 Autobahnbaustellen die Fahrbahn komplett gesperrt, mithilfe dieser Leitbaken, die da rumstehen. Sie wissen, was das ist?»
«Ja, das weiß ich und von dieser Geschichte weiß ich auch schon. Aber haben wir irgendwelche Hinweise auf die Täter?»
«Keinen einzigen, Frau Schwartzer, keinen einzigen.»
«Die Täter haben nichts zurückgelassen, nichts verloren, kein Feuerzeug, keinen Zettel, keinen Kaugummi, keinen Zigarettenstummel, nichts?»
«Die Spurensicherung hat sicher eingesammelt, was an den Autobahnstücken so rumliegt. Aber spezifische Spuren haben wir nicht, nein. Persönlich konnte ich leider nicht nachsehen, Frau Schwartzer.»

«Und es gibt auch kein Bekennerschreiben, keinen anonymen Anruf bisher?»
«Nein, nichts dergleichen.»
«Na, prost Mahlzeit. Augenblick, Herr Braig.»
Der Streifenwagen, der sie abholen sollte, kam. Anne-Liese klemmte das Telefon zwischen Schulter und Ohr, öffnete die Tür zum Fond, lies sich samt Handtasche und Laptop ins Auto fallen, schloss die Tür, nickte dem Fahrer zu. Das Fahrzeug setzte sich in Bewegung.
«Schön, und was gibt's sonst noch?», setzte sie das Telefonat fort.
«Im Laufe der Nacht sind wieder tausende Fahrzeuge der Oberklasse getaggt worden. Genaue Zahlen haben wir noch nicht, aber der Schaden ist enorm. Diesmal haben sich die Täter bundesweit Langzeitparkhäuser an den Flugplätzen ausgesucht und sind da mit ihren Spraydosen hausieren gegangen. Da ist die Frequenz dieser Art von Fahrzeugen besonders hoch.»
«Aber da gibt's doch Überwachungskameras?»
«Das ist wohl sehr verschieden. In Stuttgart, wo ich herkomme, sind Überwachungskameras in den Parkhäusern direkt am Flugplatz nur an den Eingängen gegenüber den Zahlungsautomaten installiert. Da kann man sich drunter herschlängeln, wenn man sich an die Wand drückt, an der die Kamera selbst installiert ist, und wird so nicht entdeckt. Und auf den Parkdecks sind gar keine Kameras.»
«Und die Wächter in den Wachhäusern an den Eingängen, haben die nichts beobachtet?»
«Vereinzelt haben die in der Nacht junge Leute in die Parkhäuser gehen sehen, aber das ist ja nicht verboten.»
«Konnten die diese jungen Leute beschreiben?»
«Nur sehr grob, für die Ermittlungen bisher wertlos. Aber die werden noch vernommen, vielleicht kommt dabei noch was raus.»
«Na super! Und die mobilen Security-Dienste, haben die nichts gemerkt? Patrouillieren die die Parkhäuser nicht?»
«Das tun die sicher, aber die können ja auch nicht überall sein und hinter so einem Auto kann man sich als Täter ziemlich gut verstecken, bis die Luft wieder rein ist.»
«Das heißt, auch hier keinerlei Hinweise?»
«Ja und nein, Frau Schwartzer.»

«Was soll das heißen?»

«Es sind massenweise leere Spraydosen zurückgelassen worden, aber ohne Fingerabdrücke oder irgendwelche anderen Spuren!»

«Sie haben jetzt gleich Dienstschluss, Herr Braig, nicht wahr?»

«Ja, hab' ich. Wieso?»

«Ich will Ihnen nur gratulieren und von meinem ganzen kollegialen Herzen für die nächsten 12 Stunden alle Blind- und Taubheit dieser Welt wünschen!»

Braig lachte: «Vielen Dank, Frau Schwartzer, werd's nötig haben. Und Sie, suchen Sie sich doch ein wunderschönes Ermittlungsziel im Südpazifik.»

«Ist schon bestellt, der Privatjet kommt in einer Stunde.»

«Na dann. Wünsche angenehmes Auffliegen und Abtauchen. Wiederhören, Frau Schwartzer.»

«Wiederhören, Herr Braig.»

Während Anne-Liese das Gespräch beendete, passierte der Dienstwagen die Kontrollschranke zum GETZ. Wenige Sekunden später hielt er vor dem Haupteingang.

«Schönen Tag noch» wünschte Anne-Liese dem Fahrer, öffnete die Tür und stieg aus.

«Ebenso!»

Es war 07:58 Uhr.

3.3 Ab 07:58 Uhr:
BKA Meckenheim-Merl, Büros Wegner/Dr. Hoffkamp

Anne-Liese betrat das klimatisierte Gebäude und genoss sofort die Kühle. Als sie die Menschentraube vor den beiden Aufzügen sah, entschied sie sich, die Treppe zu nehmen, und wählte währenddessen Hoffkamps Nummer.

«Vorzimmer Dr. Hoffkamp, guten Morgen», meldete sich Jacqueline.

«Schwartzer, guten Morgen, Frau Schulte. Ist der Chef schon da?»

«Nein, leider nicht. Soll ich ihn um Rückruf bitten?»

«Ja, Frau Schulte, das wäre sehr gut. Es ist dringend.»

«Mach' ich, Frau Schwartzer.»

«Besten Dank! Übrigens vielen Dank auch für Ihren Einkauf!»

«Och, das hat ja mal richtig Spaß gemacht. Passt denn alles?»

«Das tut es, Frau Schulte, und gefallen tut's mir auch. Vielleicht haben Sie Ihren Beruf verfehlt und sollten eher Modeberaterin werden?» komplimentierte Anne-Liese.

«Darüber habe ich tatsächlich schon öfter nachgedacht», antwortete die Vorzimmerdame erfreut.

Anne-Liese beendete das Gespräch: «Meine Empfehlung hätten Sie! Tschüss, Frau Schulte.»

In ihrer Etage angekommen klopfte Anne-Liese, statt in ihr eigenes Büro zu gehen, nebenan bei Klaus Wegner. Eine von Kinderhand gebastelte bunte Pappuhr an der Tür zeigte, ähnlich einer Parkscheibe, dass der Kollege schon anwesend war.

«Ja, bitte?»

Anne-Liese öffnete die Tür: «Morgen, Klaus.»

«Morgen, Alice.» Der Riese lächelte erfreut und wies auf den zweiten von zwei Stühlen im Raum. Auf dem ersten saß er selber. «Setzen Sie sich.»

Auf Wegners Schreibtisch standen zwei große Monitore nebst zwei Tastaturen, an der Wand hinter den Monitoren hingen ein paar Kinderzeichnungen und ein Kalender von irgendeiner Computerfirma, die

Regale des Acht-Quadratmeter-Büros waren unordentlich mit allerlei elektronischem Krimskrams sowie Fachbüchern- und Zeitschriften über Informatik vollgestopft.

«Gut geschlafen?», fragte Wegner, während er Anne-Liese unaufgefordert ein Tasse schwarzen Kaffee aus der Thermoskanne auf dem Fensterbrett eingoss und auf den Rand des Schreibtisches stellte.

«Ja. Kurz, aber gut. Und Sie?»

«Lang, aber schlecht», grinste Klaus stoppelbärtig.

Die beiden sahen einander einen Augenblick mit offener Sympathie an.

«Tja, heute ist die Kacke noch mehr am Dampfen», sagte Klaus dann.

«Ich hätte mich anders ausgedrückt, aber dasselbe gemeint», antwortete Anne-Liese. «Was in aller Welt sollen wir jetzt tun?»

«Wenn ich das wüsste. Die Sache wächst uns haushoch über den Kopf», sagte der Kollege. «Auch wenn es noch kein Bekennerschreiben oder so was gibt, für mich gehören die Baustellensperren glasklar zum Fall.»

«Für mich auch», stimmte Anne-Liese ihm zu. Sie nahm einen Schluck Kaffee. «Um so dramatischer wird das Ganze. Und ich glaube nicht, dass wir das Ende der Fahnenstange schon erreicht haben.»

Der gysianische Riese streckte von seinem Arbeitsstuhl die langen Beine von sich in den Raum und verschränkte die Hände nach seiner Gewohnheit hinter dem Kopf: «Nämlich! Und die Hausdurchsuchungen waren ein Riesenfehler. Erstens wird es Wochen dauern, bis wir diese hunderte von Computern, Laptops und Handys analysiert haben. Nur mit dem Ergebnis, dass dabei nichts rauskommt. Alle sensiblen Daten speichert man heute extern. Wer Ahnung hat, der lässt auf seinem Computer nur harmloses Zeug. Und Verbindungsdaten werden durch VPN-Tunnel geschützt. Seit der NSA-Sache tut das jeder, der auch nur ein bisschen Ahnung hat. Und bei den Autonomen können wir davon ausgehen, dass sie Ahnung haben, Überwachung ist das letzte, was die wollen.»

Wegner leerte seine Tasse und goss sich Kaffee nach: «Zweitens bindet das völlig sinnlos unsere IT-Kräfte, die wir sehr gut für Anderes hätten brauchen können.»

«Und drittens», ergänzte Anne-Liese mutlos, «werden diese Hausdurchsuchungen in allernächster Zukunft, vielleicht heute Abend schon, zu Demonstrationen in allen größeren Städten führen. Die Aktion wird mit Sicherheit ein Nachspiel haben. Wir können nicht einfach Autonome unter Generalverdacht stellen, nur weil einige oder sogar viele der Täter wahrscheinlich Autonome sind. Das ist dasselbe wie wenn wir die Computer aller Schwaben beschlagnahmen, weil mit Sicherheit viele Täter auch in Schwaben leben. So was geht einfach nicht. Das werden viele kapieren und wird viele auf die Straße treiben. Für die Demos brauchen wir dann Tausende von Kollegen, um Ausschreitungen zu verhindern. Und die fehlen uns dann für andere Einsätze.»

«Diese verdammte Hau-Ruck-Politik!» schimpfte Wegner.

«Diese verdammte Hau-Ruck-Politik!» bestätigte Anne-Liese.

«Die tun genau das, was die Täter wollen», sagte Wegner.

«Und wir tun auch das, was die Täter wollen. Statt die Situation zu stabilisieren, destabilisieren wir sie», ergänzte Anne-Liese.

Beide schwiegen resigniert, bis Anne-Liese sich einen Ruck gab: «Ja, es tut gut sich auszukotzen. Aber weiter kommen wir damit nicht. Kommst du noch mal mit zu Hoffkamp?»

Sofort schlug Anne-Liese sich verlegen auf den Mund und errötete: «Tut mir Leid, Klaus. Das Du ist mir nur so rausgerutscht.»

«Macht nichts, von mir aus können wir's gerne dabei lassen», grinste der Riese.

Und es entstand plötzlich eine zeitlich kurze, aber gefühlt lange, sehr engmaschige Stille, in der die beiden sich mit viel mehr als unverhohlener Sympathie in die Augen sahen. Anne-Lieses Herz klopfte ihr bis zum Hals. Urplötzlich war der Gedanke an Thomas, der sie heute Nacht noch so hoffnungsfroh gemacht hatte, genau so weit weg wie diese Stille nach außen hin dicht war.

«Aber mehr wird nicht, Klaus», sagte Anne-Liese dann aber irgendwann doch mit ihrer tiefen Stimme leise und schluckte, deutlich sichtbar. «Abgemacht?»

«Abgemacht, Alice». Wegners Stimme klang kratzig. Auch er schluckte. Aber er bekam die Situation schneller als Anne-Liese wieder in den

Griff: «So, dreimal kräftig räuspern, das hilft», sagte er freundlich, im wahrsten Sinne des Wortes von oben herab. «Na, wird's bald?» setzte er hinzu, als Anne-Liese ihn verständnislos ansah. Und er räusperte sich überlaut. «Du bist dran, Alice! Los, räuspern!»
Anne-Liese räusperte sich etwas gespielt, aber prustete im Räuspern los, musste husten, hustete und lachte, lachte und hustete und lachte wieder, fühlte die befreiende Wirkung des Lachens im ganzen Körper. Auch Klaus Wegner lachte, ein großes, tiefes, herzliches Lachen, während die beiden einander froh ansahen.

«Du bist der netteste Klaus, der mir je begegnet ist», sagte Anne-Liese schließlich und erhob sich. «Aber jetzt ist es wohl besser, dass ich gehe. Ich meld' mich, wenn ich den Termin bei Hoffkamp hab'. Um zwölf sehen wir uns ja eh im Team.»
Und Anne-Liese verließ den Raum, um nebenan ihr eigenes, kahles Büro zu betreten.

Dort klappte sie gerade ihren Laptop auf, als das Diensthandy summte.
«Schwartzer», meldete sie sich.
«Dr. Hoffkamp, guten Morgen. Sie hatten um Rückruf gebeten?»
«Guten Morgen, Herr Dr. Hoffkamp, ja, das hatte ich. Ich würde mich gerne mit Ihnen wegen der neuesten Entwicklung beraten», sagte sie. «So bald wie irgend möglich.»
«Dann kommen Sie am besten sofort. Sonst müssen Sie bis nach der Mittagspause warten».
«Ich bin in drei Minuten da. In Ordnung, dass ich Herrn Wegner mitbringe?»
«Selbstverständlich.»
«Dann bis gleich.»
Zum zweiten Mal an diesem Morgen klopfte Anne-Liese bei Klaus Wegner.

*

Der Chef der Bundespolizei Abteilung Staatsschutz sah wirklich schlecht aus. Unter den wässerigen Augen mit der Nickelbrille davor hingen dunkle Tränensäcke, der Mann musste wirklich kaum geschlafen haben. Ständig tupfte er sich mit dem weißen Taschentuch den Schweiß von Stirn und Glatze, obwohl das Büro voll klimatisiert war, und sein Atem ging kurz. Hoffkamp machte alles andere als einen gesunden Eindruck.

«Wir haben 25 Minuten, um neun ist der erste Termin, also schießen Sie los», sagte er, noch während sie in der Sitzecke Platz nahmen. Anne-Liese saß wieder auf dem Sessel, der den Blick auf die schöne Aussicht über den Wald im Nordosten lockte. Sie riss sich zusammen:

«Herr Dr. Hoffkamp, wir,» sie nickte zu Wegner hinüber, «wir haben ja schon gestern beim zweiten Teil der Sitzung im GK gesagt, dass wir Hausdurchsuchungen ohne konkrete Anhaltspunkte für einen Fehler halten.»

«Ich habe Ihre Argumente sehr wohl gehört und weitervermittelt», erwiderte Hoffkamp gereizt, «aber die Entscheidung lag nicht bei mir, und auch die Befürworter hatten ihre Argumente.»

«Das ist zweifelsfrei richtig», beschwichtigte Anne-Liese mit ihrer tiefen Stimme, «aber gestern wussten wir noch nicht, was wir heute wissen. Selbst wenn bisher kein Bekennerschreiben vorliegt, können wir davon ausgehen, dass die Autobahnsperren in den frühen Morgenstunden heute ein gewolltes Glied in einer Kette von Ereignissen sind.»

«Das kann ich mir auch denken. Worauf wollen Sie hinaus?», fragte ihr Chef wenig besänftigt.

«Wir sollten uns fragen, was uns die Ereignisse bisher über Ziele, Strategie und Taktik der Täter verraten.»

«Die wollen Chaos verbreiten, das ist doch klar!»

«Das sehe ich auch so. Aber wir müssen uns doch fragen, warum die das wollen?»

«Müssen wir das? Frau Schwartzer, es ist nur unsere Aufgabe, Ruhe und Ordnung wiederherzustellen! Den Rest überlassen wir anderen. Es wundert mich, dass ich Ihnen das sagen muss», antwortete Hoffkamp unwirsch.

«Der ist wirklich nicht gut drauf», dachte Anne-Liese, «Vorsicht, Alice!» Laut sagte sie: «Bei anderen Verbrechen fragen wir doch auch nach dem Motiv.»

«Wenn es uns weiterführt, ja.»

«Glauben Sie, dass Chaos das Motiv dieser Leute ist?»
«Bei den Autonomen, ehrlich gesagt, ja. Für die ist Gesetzeslosigkeit doch der Idealzustand.»
«Können wir es uns tatsächlich so einfach machen?» fragte Anne-Liese vorsichtig zurück, wohl wissend, dass sie damit ihren Vorgesetzten trotz aller Vorsicht heute Morgen schon zum zweiten Mal kritisierte. Die Gesprächsentwicklung gab ihr ungute Ahnungen.
«Was heißt hier einfach ...», brauste Hoffkamp denn auch auf.
Wegner schaltete sich ein: «Herr Dr. Hoffkamp, wir können sicher davon ausgehen, das Autonome bei dieser Sache eine wichtige Rolle haben. Aber dürfen wir deshalb ausschließen, dass sie auch Teil einer größeren Allianz sein könnten? Es ist doch normal, dass verschiedene politische Kräfte sich zur Erreichung eines Minimalziels zusammenschließen. Und wir wissen doch aus den Verfassungsschutzberichten, dass der harte Kern der Autonomen nur einige tausend Menschen umfasst und dass das autonome Potenzial bei wenigen 10.000 liegt. Hier aber sind es über 240.000!»
Anne-Liese sah dankbar zu Klaus hinüber.
«Und was schließen Sie daraus?», fragte Hoffkamp.
«Dass das Chaos hier Mittel ist, nicht Zweck. Die Täter wollen Chaos verbreiten mit dem erklärten Ziel, die Umweltpolitik dieses Landes zu beeinflussen. Das geht aus dem Erpresserbrief klar hervor. Es soll keinen anderen Weg aus dem Chaos geben als ihren Forderungen nachzugeben», sagte Anne-Liese nun wieder. «Die Vorgehensweise der Täter trägt keine bisher bekannte Handschrift. Hier haben wir etwas Neues vor uns.»
Hoffkamp musterte Anne-Liese einige Sekunden lang missmutig. «Meinetwegen», knurrte er dann. «Und? Weiter?»
Anne-Liese rutschte auf ihrem Sessel unruhig nach vorne. «Das bedeutet eigentlich, dass wir zurückrudern müssten», sagte sie vorsichtig. «Wir müssen jetzt deeskalieren, wo wir können. Mit traditionellen Methoden kommen wir dieser Tätergruppe nicht bei.»
«Sie dürfen gerne etwas konkreter werden», forderte Hoffkamp auf, aber sein verschlossenes Gesicht zeigte ihn dabei keineswegs offen für neue Vorschläge.
«Umweg gehen», dachte Anne-Liese, «geh' einen Umweg, geh' von

hinten rein». Sie sah einen Augenblick aus dem Fenster, hinaus auf den morgensonnenbeschienen Wald, dem man nicht ansah, wie warm es da draußen schon wieder war, überlegte, wandte sich dann wieder ihrem Vorgesetzten zu und sagte:
«Werfen wir einen Blick auf die Gesamtsituation. Zuerst werden Steine von Autobahnbrücken geworfen. Wir haben 33 Todesopfer und 58 Verletzte zu beklagen. Solche Täter sind für uns so gut wie unauffindbar und machen die Öffentlichkeit äußerst nervös. Dann kommt der Erpresserbrief. Sehr, sehr medienwirksam werden zudem die Puppen auf den Autobahnbrücken inszeniert. Spätestens dann richten sich auch die Augen des Auslands auf Deutschland. Dann taggen zigtausende von Aktivisten Autos, heute bereits in der dritten Nacht. Es sind so viele, dass wir nicht die geringste Chance haben, ihrer zeitnah habhaft zu werden. Die Medien machen die Sache ganz groß auf. Dann sperrt ein wahrscheinlich kleiner Kreis von Aktivisten Autobahnen, wahrscheinlich mit einer Methode, die von uns nicht zu unterbinden ist. Die Täter haben keine einzige spezifische Spur hinterlassen. Aber die Medien sind natürlich zur Stelle. Abgesehen von der Puppengeschichte können diese Aktionen so gut wie beliebig oft wiederholt werden. Das verstehen auch die Kommentatoren in den Tageszeitungen, was die öffentliche Nervosität abermals vergrößert. Durch ihre Aktionen, aber vor allem, indem die Medien die Ereignisse noch viel größer machen, stören die Täter den Alltag von zigmillionen Menschen und machen ihn unberechenbar. Damit stören sie auch die Wirtschaft ganz empfindlich, denn Termine lassen sich nicht mehr zuverlässig planen, mal ganz abgesehen von dem Sachschaden, den sie anrichten. Es reicht ja, dass ein relativ geringer Anteil von Verkehrsteilnehmern das Auto nicht mehr nutzen will, weil sie Angst um ihr Leben oder um ihr Auto haben und auf öffentliche Verkehrsmittel umsteigen, worauf niemand vorbereitet ist. Alles gerät aus den Fugen. So fühlt sich das für die Menschen da draußen an. Stimmen Sie mir zu?»
«Da kann man wohl kaum anderer Meinung sein», erwiderte Hoffkamp.
«Aber ist es dann nicht so», argumentierte Anne-Liese vorsichtig weiter, «dass bundesweite Demonstrationen, die wir wegen unserer Hausdurchsuchungen zu erwarten haben, dieses Gefühl, dass alles aus den

Fugen gerät, verstärken würden? Müssen wir nicht mit Ausschreitungen rechnen? Müssen wir nicht bundesweit tausende von Kollegen einsetzen, um das zu verhindern? Wenn ich mir die Bilder im Fernsehen dazu vorstelle, dann ... . Genau darauf setzen die Täter doch! Herr Dr. Hoffkamp, wir täten unseren Tätern damit einen Riesengefallen!»
«Aber verdammt noch mal, Frau Schwartzer, was sollen wir denn tun? Wir können doch nicht hier sitzen und Däumchen drehen!»
«Das tun wir ja auch nicht. Aber vorläufig können wir nur Schaden begrenzen.» Anne-Lieses Stimme wurde leise, fast bittend: «Lassen Sie uns die beschlagnahmten Gegenstände zurückgeben, heute noch. Ohne Beschlagnahmung keine Demonstrationen.»
Hoffkamp starrte seine Untergebene perplex an. Gleich darauf wurde sein Glatzkopf puterrot und er zischte, mit mühsam unterdrücktem Zorn:
«Das kann doch nicht Ihr Ernst sein? Wie stellen Sie sich das denn vor? Wie stehen wir denn dann da?»
«Schlecht», antwortete Anne-Liese lakonisch. «Aber wenn wir das nicht tun, wird das Gemeinwesen, das wir schützen sollen, noch schlechter dastehen. Das garantiere ich Ihnen hier und jetzt.»
Auf jeden Fall den letzten Satz hätte Anne-Liese sich besser verkneifen sollen. Hoffkamp stand abrupt auf. «Frau Schwartzer», sagte er scharf, «ich schätze ihren Mut und Ihr Engagement. Aber dieser Vorschlag ist völlig unrealistisch. Dieses Gespräch ist been ...»
«Herr Dr. Hoffkamp, bitte!»
Auch der Riese hatte sich erhoben und sah auf diese Weise 25 Zentimeter auf seinen Vorgesetzten herab. «Sie kennen mich seit Jahren. Vielleicht wundert es Sie, dass ich Frau Schwartzers Vorschlag unterstütze. Aber die beschlagnahmten Gegenstände sind für uns wertlos, das kann ich Ihnen als Fachmann versichern. Als Einziges haben wir vielleicht erreicht, dass wir die Kommunikationsmöglichkeiten des Täterkreises vorübergehend begrenzt haben, für einige Stunden vielleicht. Darf ich Ihnen das erklären?»
Es war unentscheidbar, ob Wegners Körpergröße, die ruhige Stimme, sein Argument oder das Faktum, dass Hoffkamp Wegner seit Jahren kannte und schätzte, den Ausschlag gaben. Jedenfalls beruhigte der Leiter der Abteilung ST sich etwas und setzte sich wieder.

«Also gut, Herr Wegner. Aber fassen Sie sich kurz.»
Auch der Riese nahm wieder Platz, beugte sich etwas vor und sagte betont ruhig:
«Die beschlagnahmte Elektronik ist für uns zwar prinzipiell interessant. Aber dass wir belastendes Material auf den Maschinen finden, halte ich trotzdem für äußerst unwahrscheinlich. Die Öffentlichkeit und mit Sicherheit die Autonomen sind seit der NSA-Affäre enorm sensibilisiert. Kein Mensch, der etwas zu verbergen hat, lässt im Jahre 2016 noch sensible Informationen auf seinem Computer. Die werden auf externen Einheiten gespeichert, Spuren auf der eigenen Maschine hinterher mit Datenschreddern gelöscht oder effektiv unkenntlich gemacht. Wir können davon ausgehen, dass Autonome im Täterkreis all diese Techniken kennen, denn viele von denen haben ja etwas zu verbergen. Wenn wir doch etwas finden sollten, dann nur in mühsamster Kleinarbeit, die bei dieser Anzahl von Maschinen Wochen, wenn nicht gar Monate in Anspruch nehmen wird. Bis dahin hat uns die Entwicklung der Ereignisse längst überholt.»
Wegner machte eine kurze Pause, in der er sowohl das Argument als auch seine ruhige Stimme nachwirken ließ. Hoffkamp und Anne-Liese sahen ihn schweigend an. Dann fuhr er, womöglich noch ruhiger, fort:
«Was Handys und Computer als Kommunikationsmedien angeht, können wir davon ausgehen, dass die Kommunikationswege effektiv anonymisiert worden sind, besonders wenn es um einen Fall wie diesen geht. Auch dafür gibt es Mittel und Wege, die wir bei unserer Klientel als bekannt voraussetzen müssen. Nur, wenn wir nach ganz bestimmten Personen suchen, dann können wir diese mithilfe ihres Kommunikationsverhaltens im Netz identifizieren. Aber wohlgemerkt nur, wenn wir schon wissen, wen wir suchen. Das wissen wir aber noch nicht.»
Der Riese unterbrach sich ein zweites Mal, um das dritte Argument vorzubereiten, sah Anne-Liese und Hoffkamp jetzt ganz gelassen an und sagte dann:
«Und was die generellen Kommunikationsmöglichkeiten mit diesen Geräten betrifft: Unsere Hausdurchsuchungen haben diese sicher für einige Stunden stark eingeschränkt, aber nicht mehr. Was machen wir selbst, wenn wir mal unser Handy vergessen haben? Wir leihen uns mal eben eins aus. Was machen wir, wenn unser Laptop plötzlich nicht

mehr geht? Wir gehen zu einem Freund und leihen seinen kurz. Genau das tun die Autonomen auch und richten bei der Gelegenheit dem Freund noch schnell einen VPN-Tunnel ein, wenn er noch keinen hat. Und was die Koordinierung möglicher Aktionen angeht: Dafür braucht man nicht mehr als ein Handy und einen Twitter-Account. Das neue Handy kann ich mir als Auslaufmodell im Handumdrehen billig beschaffen, prepaid natürlich und anonym. Wenn ich meine potenziell belastenden Netzaufrufe getätigt habe, nehme ich die Sim-Karte heraus, ersetze sie durch eine zweite, mit der ich meine normalen Anrufe tätige. Mit der ersten, die mich belasten könnte, bin ich nicht mehr ortbar. Die kann ich notfalls auch ganz schnell und unauffällig wegschmeißen, klein wie die Dinger sind. All das wissen diese Leute.»

«Und was ist mit den Kontaktdaten, die auf den beschlagnahmten Handys sind?», warf Hoffkamp ein. Er schien jetzt etwas nachdenklicher zu wirken. «Die sind doch nicht wertlos?»

«Nur wenn wir zeitnah Tausende von Menschen, die auf diesen Hunderten von Handys gespeichert sind, ausführlich vernehmen können. Können wir das?» fragte Wegner mit imponierender Ruhe zurück.

Anne-Liese wollte etwas sagen, holte Luft, aber registrierte im letzten Augenblick einen warnenden Blick von Klaus und schwieg weiter. Im Moment hatte sie keine guten Karten bei Hoffkamp. Und sie spürte, dass es hier beileibe nicht nur um Argumente ging, weshalb sie ja auch schon am Vortag, als es um die Hausdurchsuchungen ging, gescheitert war. Hier ging es ebenso sehr um die verletzte Eitelkeit von meist männlichen Polizeibeamten, die nicht hinnehmen wollten, dass die Vernunft sie eigentlich zwang, «Däumchen zu drehen». Deeskalieren fühlt sich für viele Männer an wie «Däumchendrehen». Und Hoffkamp war nun mal ein Mann. Jetzt war es am besten, wenn ein Mann mit ihm sprach.

Hoffkamp sagte: «Aber auch unter den Autonomen gibt es unvorsichtige Leute. Darin stimmen Sie mir doch zu, Herr Wegner?»

«Ja, natürlich.»

«Und unter den Geräten, die wir beschlagnahmt haben, befinden sich doch sicher einige, bei denen vergessen wurde, belastendes Material zu löschen oder bei Handys die SIM-Karte herauszunehmen?»

«Das ist anzunehmen, ja.»

«Dann können wir die nutzen, um an das Netzwerk von innen heranzukommen», konstatierte Hoffkamp.

«Im Prinzip, ja. Aber haben wir die Zeit dazu? Wir müssen sehr, sehr viel Glück haben, um da schnell fündig zu werden», entgegnete Klaus Wegner.

«Darauf müssen wir es eben ankommen lassen!», erwiderte Hoffkamp.

Das klang ziemlich endgültig. Und jetzt verstand Anne-Liese. Ob Hoffkamp ihre Argumente weitergegeben hatte, wie er anfangs behauptet hatte, erschien nun ziemlich fragwürdig, was er vorentschied oder so nicht entschied, ziemlich undurchsichtig. Welche Absichten verfolgte der Mann eigentlich? Ging es hier tatsächlich nur um männliche Psychologie, wie Anne-Liese bisher gemutmaßt hatte? Oder auch um etwas anderes? Wollten gar Hoffkamp und Kreise, zu denen er sich zählte, die Situation als Hebel für die Erreichung eigener Ziele nutzen?

Anne-Liese wagte einen letzten Versuch. «Vielleicht wäre ein Kompromiss möglich?», fragte sie vorsichtig.

«Was für ein Kompromiss?» Ihr Vorgesetzter sah, während er die Frage stellte, auf die Uhr. Kein gutes Zeichen.

«Wir behalten die Geräte für 24 Stunden,» schlug Anne-Liese trotzdem vor, immer noch vorsichtig, und fuhr fort: «Das verlautbaren wir heute noch in einer Pressemitteilung und entschuldigen uns so auch offiziell bei denen, die unschuldig von der Beschlagnahmung betroffen wurden. So wehren wir mögliche Demonstrationen im Vorfeld doch noch ab.»

Doch da explodierte ihr Vorgesetzter: «Frau Schwartzer, ich muss mich wirklich wundern! Sollen wir uns jetzt auch noch entschuldigen, dass wir die Sicherheit unserer Mitbürgerinnen und Mitbürger gewährleisten wollen?»

«Wir sollten uns dafür entschuldigen, dass wir dabei wissentlich in die Grundrechte Unschuldiger eingreifen, weil wir keinen anderen Weg sehen», argumentierte Anne-Liese verzweifelt. «Warum sollten wir das denn nicht sagen können? Das kann man doch kommunizieren. So sehr wir aus Erfahrung wissen, dass wir belastendes Material finden werden, so sehr wissen wir doch auch, dass wir dabei mehrheitlich unbescholtene Bürger nachts aus dem Schlaf geholt, ihnen ihre Ar-

beits- und Kommunikationsgeräte weggenommen, in ihre Persönlichkeitsrechte eingegriffen haben und es bis auf weiteres dabei belassen wollen. Und zwar ohne konkreten Verdacht.»
«Soso, Frau Schwartzer! Sie halten also Autonome für mehrheitlich unbescholten?», fragte Hoffkamp lauernd.

Da war die Katze endlich aus dem Sack. Wofür doch schlechte Laune und schlaflose Nächte gut sind: Wer sich nicht länger beherrschen kann, muss sein wahres Gesicht zeigen. Und so fiel nicht nur die Vorsicht von Anne-Liese ab, jetzt verlor auch sie die Beherrschung und sprang auf. «Falls Sie das nicht wissen sollten, Herr Dr. Hoffkamp», rief sie erregt und ihre stehende kleine Gestalt loderte geradezu: «Ich bin 43 Jahre. Ich komme aus Eisleben, falls Ihnen das was sagt! Ich habe noch einen Staat erlebt, der seine Bürger unter Generalverdacht stellt. Da führt ein Weg hin. Verstehen Sie das? Da führt ein Weg hin! Den gehe ich nicht mit. Warum beschlagnahmen Sie denn nicht alle Computer aller Berliner? Nach Ihrer Logik müssten Sie das nämlich tun. Sie tun es nur nicht, weil Sie es nicht können! Es tut mir Leid, Ihre wertvolle Zeit in Anspruch genommen zu haben, Herr Dr. Hoffkamp!»

Hoffkamps Glatzkopf verschlug es für einen Moment die Sprache, lief währenddessen mit all seinen Schweißperlen rot an und wollte dann heftig etwas erwidern. Aber den schon geöffneten Mund schloss er unwillkürlich wieder. Anne-Lieses jetzt ganz schmalen Augen und ihre zusammengepressten, ebenso schmalen Lippen, der kurze Haarschnitt und die rote Haarfarbe, die hohen Wangenknochen und der drahtige, kleine Körper strahlten eine Energie aus, gegen die er wehrlos war. Das spürte Hoffkamp ebenso instinktiv wie er wahrlich alt genug war, sie wiederzuerkennen. Die Frau bückte sich, raffte ihre Papiere vom Tisch, richtet sich auf, stob wortlos um seinen Sessel herum und zur Tür. Die Hand auf die Türklinke gelegt wandte die kleine Gestalt sich zurück und sagte leise, ganz ruhig und in ihrer dunkelsten Stimmlage: «Ich kann mir auch selbst ein Bahnticket nach Berlin kaufen.» Dann setzte sie ein maliziöses Lächeln auf und modulierte die Stimme in den Sopran: «Wünsche würdigstes Weiterwursteln!» Und sie öffnete die Tür, verschwand und ließ zwei fassungslose Männer zurück.

3.4 Ab 08:51 Uhr:
Daimler-Werk Sindelfingen, G 50, Erker II

Es war reiner Zufall, dass Max Sauter, Chef des Werkschutzes Daimler Sindelfingen, sich um 08:51 Uhr im Erker II des Gebäudes G50 befand und aus dem Fenster blickte. Es war reiner Zufall, dass es gerade dieses große Fenster im fünften Stock war, aus dem er blickte; Sauter hätte sich zu diesem Zeitpunkt auch an jedem beliebigen anderen Ort des 1,89 Quadratkilometer großen Werksgeländes befinden können, was immerhin ca. 265 Fußballfeldern entspricht. Wenn man bedenkt, wie schwer es schon auf einem einzigen Fußballfeld ist, die Abwehr einigermaßen gut zu organisieren, dann kann man sich vorstellen, wie enorm diese Aufgabe für 265 Felder gleichzeitig ist. So gesehen konnte Sauter von großem Glück sagen, dass sein Blick aus dem Fenster um 08:51 Uhr mit dem Eintreffen der Buslinie 707 des Stadtverkehrs Böblingen-Sindelfingen an der Haltestelle Mercedes Benz Tor 7 zusammenfiel. Was Sauter sah, ließ ihn für einen kleinen Augenblick regelrecht erstarren und dann energisch nahe ans Fenster treten.

Dem Bus entstiegen zehn schwarzgekleidete Gestalten, alle männlich, soweit das auf die ca. 100 Meter Entfernung auszumachen war, alle kurzhaarig und sehr blond, alle trugen eine dunkle Sonnenbrille. Verwundert registrierte Sauter, dass die Männer sich zunächst um ein von der werkseigenen Naturschutzgruppe an der Haltestelle aufgestelltes Schild gruppierten. Sauter wusste um das Schild, hatte in seinen zehn Jahren als Sicherheitschef bei Daimler Sindelfingen schon oft dort an der Haltestelle gestanden. Aber das Schild hatte er noch nie gelesen:

Artenvielfalt statt Einheitsgrün
Der Natur bieten sich auch an einem Industriestandort große Entfaltungsmöglichkeiten. Auf ungemähten Rasenflächen gelangen Gräser und Kräuter zur Blüte und Samenreife und bieten so seltenen Tierarten

die für ihr Überleben wichtige Nahrungsgrundlage und geeignete Nistmöglichkeiten. Dadurch entwickelt sich sehr schnell die für die Region typische Vielfalt an Pflanzen und Tieren: Ein einfacher, aber effektiver Beitrag zum Umweltschutz.

Einer der Männer trat nach einigen Sekunden an den etwa zwei Meter hohen Maschenzaun, der weitere etwa drei Meter hinter der Bushaltestelle begann, wies auf die kleine, steil abfallende Böschung hinter dem Zaun, auf der sich ungemähtes Gras befand, dann auf den drei Metern breiten, mit Bäumen bepflanzten ebenen Grünstreifen vor dem Zaun, auf welchem das Gras gemäht war. Dann zeigte er hinunter auf den großen, insgesamt etwa fünf Meter tiefer gelegenen Parkplatz hinter dem Zaun, auf dem an die 320 nagelneue, für den Export bestimmte Mercedes E 400 Limousinen standen. Dazu sagte er etwas, was bei seinen Zuhörern sowohl Kopfschütteln als auch höhnische Heiterkeit auszulösen schien.

Sauter wusste zwar nicht, was auf dem Schild stand, aber die zentralen Zahlen für diesen Fahrzeugtyp hatte er ebenso wie für jeden anderen Mercedes im Kopf: 2998 ccm, 333 PS, Höchstgeschwindigkeit 250 km/h, Beschleunigung von 0-100 in 5,9 Sekunden, Grundpreis ab Werk 56.059,- Euro. Ihm war völlig klar, welche Werte da unten auf dem werkseigenen Parkplatz standen, und dass das Auftauchen dieser zehn schwarzgekleideten Gestalten für diese Werte nichts Gutes verhieß, wurde ihm zunehmend klarer.

Denn die zehn Männer verteilten sich nun entlang des Zauns, indem sie einen Abstand von etwa 15 Metern zwischen sich ließen und jeder dem Zaun und damit dem großen Parkplatz, der dahinter und weiter unten lag, zugewandt stehen blieb. Nachdem jeder der Männer seine Position eingenommen hatte, nahmen alle einen schwarzen Rucksack ab, der zunächst gar nicht zu erkennen gewesen war, da er sich auf die Entfernung von den schwarzen T-Shirts der Männer kaum abhob. Sie holten etwas daraus hervor, was auf die Entfernung hin ebenfalls nicht sofort und eindeutig zu identifizieren war. Aber alle Männer machten dieselbe Bewegung, sie zogen ein langes Ding aus dem Etwas, es musste sich um Antennen handeln. So gut wie zweifellos hielt jeder der Schwarzgekleideten eine Fernsteuerung in seinen Händen. Und mit dieser vor dem Bauch traten nun alle zehn zwei synchrone Schritte an den Zaun, hinter dem die Fahrzeuge standen. Was zum Teufel hatten die vor?

Die Frage fand ihre höchst wahrscheinliche Antwort in einem Modellflugzeug, das plötzlich wie aus dem Nichts über dem Sauters Standort gegenüberliegenden Werksgebäude auftauchte. Hinter sich zog es ein grünes Banner her, auf dem in Rot irgendetwas stand. Das konnte Sauter nicht sofort lesen, aber um so deutlicher war zu sehen, dass das Flugzeug über den 320 Limousinen der E-Klasse alle mögliche Kunststückchen zu vollführen begann. Im einen Augenblick flog es mit einem Affenzahn dicht über den Fahrzeugen her, um dann am Ende des Parkplatzes steil aufzusteigen und sich im nächsten Augenblick wie ein Sturzkampfbömberchen wieder auf die Neuwagen zu stürzen, in letzter Sekunde abgefangen zu werden, über die Dächer der Fahrzeuge hinwegfegend plötzlich erneut aufzusteigen, eine Pirouette zu drehen, einen Looping zu vollführen, dann von neuem zu stürzen und in allerletzter Schrecksekunde *nicht* aufzuprallen. Auf einem Modellflugplatz wäre das alles, besonders mit dem Banner hinter dem Flugzeug, großartige Unterhaltung gewesen, aber hier, über einer netten Summe von zwischen 15 und 20 Millionen Euro hörte der Spaß auf, wenngleich Sauter, verblüfft wie er war, nicht gleich wusste, was er tun sollte. Nur dass dieses Spielchen schleunigst aufhören musste, das war sofort klar. Doch nachdem das Flugzeug drei-, viermal seine Kunststückchen dargeboten hatte, hörte das Spiel von selbst auf, das kleine Cessna-Modell stieg von den Autos her auf und flog jetzt in Höhe des zweiten Stocks an den Fenstern des Werkgebäudes G44 links von Sauter entlang, vollführte an dessen Ende eine scharfe Linkskurve, stieg etwas und näherte sich rasend schnell Sauters eigenem Standort oben im fünften Stock des zweiten der vier Erker des G50. Während das Flugzeug schräg links und etwas unterhalb von ihm am G44 entlang geflogen war, meinte Sauter, auf der ihm zugewandten Seite des Banners PARIS 12/15 entziffert zu haben, worauf er sich überhaupt keinen Reim machen konnte. Aber jetzt passierte es dicht vor ihm am Fenster vorbei von links nach rechts. CLAN! stand unmissverständlich in großen roten Lettern auf dieser Seite des grünen Banners, nur dass um das A kein Kringel gezeichnet war wie bisher in dieser Woche.

Für solche Feinheiten hatte Sauter allerdings kein Auge. Was er las, reichte! Demonstrieren konnten die gefälligst woanders, hier im Werk hatte Mercedes das Hausrecht und allen Grund, sich solch provokative Mätzchen zu verbitten. Eine Anzeige wegen Hausfriedensbruchs war den blonden Herren in Schwarz da unten auf jeden Fall jetzt schon sicher. Sauter hob sein Funkgerät, um mit der Werkschutzgruppe Kontakt aufzunehmen, schnellst möglich 20 Leute zusammenzutrommeln und diesen Kerlen da unten das Handwerk zu legen.

In der Sekunde seiner Armbewegung folgten Sauters Augen weiter dem Flugzeug, das gerade über dem großen Parkhaus schräg rechts vor ihm wendete und nun aus einem Winkel von ca. 45 Grad direkt auf ihn zugeschossen kam, als wüsste der Pilot, dass er, Sauter, genau dort stand. In der nächsten Sekunde durchfuhr Sauter ein fürchterlicher Schreck.

Sprengstoff! War das Ding etwa mit Sprengstoff beladen?

Der Schreck sorgte für blitzartige Klarheit in Sauters Kopf und die restlichen fünf, sechs Sekunden, die das Modellflugzeug für die etwa 200 Meter dort vom Parkhaus bis zu ihm hin brauchte, ließen ihn vollends verstehen: Von den zehn, die da unten standen, steuerte nur einer das Flugzeug. Die anderen neun standen da, damit man nicht feststellen konnte, wer von den zehn das war. Und wenn das Flugzeug Sprengstoff geladen hatte, dann konnten die da unten jetzt hier im Daimler-Werk Sindelfingen heute am 3. August einen kleinen deutschen 11. September veranstalten, ohne dass man ihnen würde nachweisen können, wer die Sprengladung geflogen hatte. Die konnten ihr Spielchen treiben, solange das Flugzeug Benzin hatte und es dann in seiner letzten Flugsekunde in eines der Fenster stürzen, hinter dem Angestellte saßen und arbeiteten. Alarmierte Sicherheitskräfte würden tatenlos zusehen müssen, wie dies am helllichten Tag geschah. Wurden die Täter dann nach der Tat festgenommen, würde man keinem von ihnen nachweisen können, das Flugzeug gesteuert zu haben. Ja, möglicherweise wussten die neun, die das Flugzeug nicht steuerten, nicht einmal, wer der zehnte war. Was für ein teuflischer Plan!

Sauter hob nun das Funkgerät an den Mund und gab im selben Moment, in dem das Flugzeug vielleicht gerade noch zwei Meter vor ihm vor dem Fenster abdrehte, für den aktuellen Werksbereich vollen Alarm an die Sicherheitszentrale. Zwei Sekunden später ertönten in den Gebäuden G44, G46 und G50 die Sirenen. Zigfach geübt wussten tausende Mitarbeiter dort sofort, was das Signal bedeutete und wie sie sich zu verhalten hatten: Unverzügliche Evakuierung! Die Produktion wurde angehalten und alle Mitarbeiter über Lautsprecher beordert, die Gebäude in Richtung Tor 14 zu verlassen, sowie ausdrücklich aufgefordert, die Fußgängerbrücke zum Parkhaus 307 und die Tore 5, 7 und 16 nicht zu benutzen.

Als nächstes alarmierte Sauter von seinem Standort aus die Werksfeuerwehr und beorderte sie für schnelles Eingreifen an die beiden Ausfahrten Tor 5 und Tor 16. Sauter informierte weiter die örtliche Feuerwehr Sindelfingen und bat um Verstärkung der werkseigenen Kräfte, deren Standorte er durchgab. Dann fluchte er laut, während er die nächste dreiziffrige Nummer wählte: Wäre das hier noch vor anderthalb Jahren passiert, hätte er direkt die Bereitschaftspolizei in Böblingen anrufen können, die wären mit drei Zügen und 45 Mann in höchstens 15 Minuten dagewesen. Aber seit der Reform 2014 hatte die Polizei in Böblingen nur noch ein gewöhnliches Revier und ein Fortbildungsinstitut, die nächsten Bereitschaftsverbände lagen in Göppingen, 45 Minuten entfernt. Hier konnte man doch nicht nur ein paar Streifen schicken, die wären doch völlig überfordert! Aber was blieb ihm anderes übrig? Er rief die 110 an.

Während der neun Minuten, die Sauters Maßnahmen bisher in Anspruch genommen hatten, war das Flugzeug unverdrossen bald vor den Fenstern der Gebäude entlang geflogen, bald über die Limousinen auf dem Parkplatz hinweggefegt, bald hatte es seine Loopings und Pirouetten gedreht. Sauter war sich einen Augenblick lang unsicher, ob er sich selbst in Sicherheit bringen oder an seinem Posten, von wo er einen sehr guten Überblick hatte, bleiben sollte. Er entschied sich für bleiben. Von hier aus waren die Maßnahmen gut zu koordinieren. Die Polizei, wann auch immer die kommen würde, konnte er am besten von hier aus unterstützen.

*

Tim Altmann, 23, seit 6 Semestern Maschinenbaustudent an der Uni Stuttgart, fast ebenso lange aktives Mitglied der Greenpeace-Gruppe an selbiger Uni und seit seinem zehnten Lebensjahr passionierter Modellflieger, grinste in sich hinein. Die Idee, Modellflugzeuge bei Demos und Aktionen einzusetzen, hatte er schon lange mit sich herumgetragen. Er hatte in der Gruppe erstmals davon erzählt, als vor mehr als einem halben Jahr befreundete Aktivisten aus Frankfurt Kontakt aufgenommen hatten, um sie für eine bundesweite Dauer-Power-Aktion mit dem Titel «Climate Action Now!» zu gewinnen. Wegen des abermals gescheiterten Klimagipfels in Paris Ende 2015 sollte in der Öffentlichkeit ab Sommer 2016 ein lang anhaltender und immer größerer Druck auf die Regierung aufgebaut, im Idealfall sollten eine Regierungskrise herbeigeführt und Neuwahlen erzwungen werden. Dazu sollten Aktivistenzellen in ganz Deutschland ab dem 01.08., wenn die meisten Bundesländer Ferien hatten und in der Presse Saluregurkenzeit herrschte, möglichst medienwirksam aktiv werden. Was sie taten, das sollte den Zellen selbst überlassen bleiben, aber wann sie es taten, das sollte von Frankfurt aus koordiniert werden, damit die Energie der Umweltbewegung sich nicht innerhalb weniger Tage entlud und so verpuffte. Nicht vereinzelt wie bisher, sondern koordiniert und mit langem Atem jeden Tag eine fette Schlagzeile, jeden Tag irgend etwas Spektakuläres, noch nie Dagewesenes, damit sie die Presse beherrschten, das war die Devise. Da war viel Kreativität angesagt; Tims Idee kam den anderen gerade recht. Zusammen hatten sie sie weiter entwickelt und das Ergebnis ihrer Arbeit war jetzt, um 08:59 Uhr des 03.08.2016, da unten über dem Parkplatz für diese blöden, völlig unnützen Benz-Karossen zu sehen. Und es machte wirklich Spaß, das Ergebnis!

Tim musste sich begreiflicherweise an seinem Standort, dem mittleren, südöstlichen Rand der Ebene 4 des Parkdecks 307, von wo aus er alles überschauen konnte, voll auf die Kunststückchen seines Fliegerleins konzentrieren. Aber wenn er über den Autos auf dem Parkplatz schräg unter ihm dahinjagte, nahm er trotzdem wahr, wie die Kumpels unten vor dem Zaun auf der anderen Seite der Straße jede Eskapade des Flugzeugs mit dem Körper mitmachten. Flog er nach links, beugten sie sich synchron nach links, flog er nach rechts, bewegten sich die Oberkörper synchron nach rechts, beim Steigflug beugten sie sich nach hinten, beim Sinkflug nach vorne, zehn Oberkörper in schwarzem T-Shirt gingen so ständig parallel hin und her und auf und ab, ein Super-Effekt für Sandra mit der Kamera neben ihm, die die Aktion filmte. Dieses Modellflieger-Ballett hatten sie lange geübt, aber es sah auch total witzig aus und würde ihre Zuschauer auf Youtube ab heute Nachmittag, wenn sie das Material gesichtet und geschnitten hatten, mit Sicherheit zum Lachen bringen. Humor ist wichtig in der politischen Arbeit. Eine mit Humor gewürzte Botschaft verbreitet sich viel schneller als irgendwelche noch so inhaltsschweren Appelle.

Aber die Bullen würden das Ganze natürlich gar nicht witzig finden. Es konnte nicht mehr lange dauern, bis die ersten eintrafen. Natürlich würden diese ferngesteuerten Idioten seine zehn Kumpel da unten anmachen und gar nicht merken, dass die Fernsteuerungen, die *die* in den Händen hielten, gar nicht funktionierten. Ohne Batterien waren die reine Attrappen. Und die hatten nun mal keine Batterien. Wie doof die Cops gucken würden, wenn sie das dann doch irgendwann feststellen und dann die Jungs wieder laufen lassen mussten. Denn irgendwo mit einer nicht funktionierenden Fernsteuerung rumzustehen, das war noch nach keinem Strafgesetz der Welt verboten. Und die Cops würden auch keine Ahnung davon haben, dass von den Jungs da unten jeder ein Handy mit offener Leitung trug, um die Art und Weise ihrer Festnahme vor Zeugen am anderen Ende der

Leitung akustisch zu dokumentieren. Erfahrungsgemäß würden die Bullen bei der Verhaftung der Aktivisten nicht gerade zimperlich zu Werke gehen. Und von dem Quadrokopter, der das alles, ferngesteuert per Cyber-Brille, bald auch noch von oben filmen und direkt auf einen Computer übertragen würde, hatten sie erst recht keine Ahnung. Wenn die Staatsgewalt sich unbeobachtet fühlen und sich dann krumme Sachen zu leisten versucht sein sollte, dann würde ein bisschen öffentliche Nachhilfe in Rechtsstaatlichkeit genau dieser Staatsgewalt recht gut tun. Und damit den PR-Effekt der Aktion um ein vielfaches erhöhen. Ja, darauf hatten sie sich vorbereitet und sie waren gut vorbereitet. Tim hatte wirklich gut Grinsen, während er seine Cessna durch die Luft jagte.

Nur der Fluchtweg für Sandra und ihn machte ihm etwas Sorgen, grummelte in seinem Bauch und drückte ihm ein ganz kleines bisschen auf den Darm. Wenn in 20 Minuten das Benzin für das Flugzeug fast aufgebraucht war, musste er erst das Banner ausklinken und dann das Flugzeug über das Mercedes-Gelände hinweg verschwinden lassen, wo Maik auf der anderen Seite des Werkes die Steuerung übernehmen und den Flieger landen würde. Selbst musste er dann den alten Peugeot Partner, in dem sie hier oben auf dem Parkdeck saßen, über die Ausfahrt auf der Südwestseite auf die Straße bringen, während Sandra das Parkhaus zu Fuß verlassen sollte. Wenn sie sich dabei völlig harmlos gaben, würde das höchstwahrscheinlich auch klappen, niemand würde Verdacht schöpfen, geschweige denn den Peugeot oder Sandras Rucksack durchsuchen. Schließlich sahen die beiden ganz normal und friedlich aus. Kein auffälliges Piercing, keine Tatoos, keine Sonnenbrillen, leichte, helle Sommerbekleidung. Und Kameras gab es in dem Parkhaus nicht, so dass man sie nicht nachträglich würde identifizieren können.

Trotzdem wäre Tim ein Mercedes als Operationsfahrzeug lieber gewesen, der wäre in diesem Parkhaus mit seinen 7000 Stellplätzen, wo naturgemäß ganz überwiegend die Mercedes aller Komfortklassen und Jahrgänge der Werkangestellten geparkt waren, weniger aufgefallen. Aber ein Mercedes war für die Gruppe nicht aufzutreiben gewesen.

Und hoffentlich kamen die Cops nicht auf die Idee, das Parkdeck von hier oben zur Benzstraße und dem Parkplatz unten hin mit Scharfschützen oder so was zu besetzen. Die würden zwar gar keinen Sinn machen, aber man konnte nie wissen, was den Bullen in ihrer Phantasielosigkeit einfiel. Jedenfalls wäre dann die Gefahr, entdeckt zu werden, ziemlich groß. Dann mussten sie auf Plan B setzen. Der bestand darin, dass die Cops Sandra und ihn hinten auf der Pritsche, die er mit Matratzen ausgelegt hatte, in recht privater Situation antreffen sollten. Tim grinste bei dem Gedanken noch ein wenig mehr, fast wünschte er sich, dass es so weit kommen würde, obwohl das für die Aktion natürlich eher schlecht wäre. Aber Sandra war verdammt hübsch und Tim hätte sie auch sonst nicht von der Bettkante gestoßen. Egal, das würde die Cops ablenken, die würden ihnen sagen, dass sie sich sofort anziehen und verschwinden sollten. Damit wären sie dann aus dem Schneider. Aber noch war kein Bulle zu sehen.

*

Auf die verdammte Polizeireform fluchte auch Polizeihauptmeister Schliesser, nachdem er den Anruf von Sauter entgegengenommen hatte. Sauter hatte als Sicherheitsexperte ein genaues Bild der Lage geben und auch den Bedarf für polizeiliche Maßnahmen angeben können, das war ein Vorteil. Aber da hörten die Vorteile auch auf. Personal zur Absperrung der Benz- und der Calwstrasse war nötig, sowie Personal zur großräumigen Absperrung der Hans-Martin-Schleyer-Straße auf der Ostseite des Werkes, um Schaulustige fernzuhalten, zusammen mindestens acht Fahrzeuge und sechzehn Mann, sie brauchten mindestens weitere zwanzig Mann zur Verhaftung der Täter, zehn Scharfschützen zur Postierung auf dem Parkdeck für den Fall, dass die Täter bewaffnet waren und sich nicht freiwillig ergaben, einen Verhandlungspsychologen, fünf Ambulanzfahrzeuge, ersatzweise zwei Rettungshelikopter, einen Mannschaftshubschrauber, um die Scharfschützen auf dem Parkdeck abzusetzen, und einen Hubschrauber zur Operationsleitung aus der Luft. Woher in Gottes Namen sollte Schliesser dieses Aufgebot nehmen? Noch vor anderthalb Jahren hätten sie ganz anders dagestanden, in fünfzehn Minuten da und operativ sein können. Und jetzt? Eine ganze Stunde, bis er das alles zusammengetrommelt und alle Leute vor Ort haben würde. Bis dahin konnten das Daimler-Werk oder Teile davon hundertmal in die Luft geflogen sein. Schliesser schimpfte wie ein Straßenköter auf Politiker und Vorgesetzte und konnte doch nur alle Streifen alarmieren, die sich halbwegs in der Nähe des Werkes befanden, und hoffen, dass die gerade arbeitslos waren. Die Operationsleitung musste er von Ludwigsburg einfliegen lassen, der Verhandlungspsychologe musste zusammen mit den Scharfschützen von Göppingen kommen und die Hubschrauberstaffel war in Echterdingen, Herr im Himmel, was für ein Chaos! Aber bei dem Desaster, das dabei herauskommen würde, würden wenigstens ein paar von den Köpfen rollen, die das alles zu verantworten hatten, wenigstens das, wenigstens das! Schliesser koordinierte, Schliesser telefonierte, Schliesser schimpfte, Schliesser gab alles, was er hatte, damit wenigstens an *einer* Stelle der richtige Mann am richtigen Ort saß. Polizeihauptmeister Schliesser war ein vorbildlicher Polizist.

*

Als die erste Streife mit Sauter Kontakt aufnahm, war es 09:09 Uhr. Da hatte der Mercedes-Sicherheitschef sich bereits gefragt, wie viel Benzin so ein Modellflugzeug wohl verbrauchen mochte und wie viel Flugzeit noch übrig war. Hin und her, rauf und runter düste unverdrossen das Ding und die Kerle da unten führten zwischen den Bäumen ihren idiotischen Indianertanz auf, das ging seit einer Viertelstunde so. Doch in fünfzehn Minuten, plus/minus, schätzte Sauter, würden sie spätestens wissen, was für ein Spiel hier eigentlich gespielt wurde. Dann würde das Flugzeug runter müssen und sich herausstellen, ob Sauters Verdacht berechtigt gewesen oder das Ganze ein Riesen-Fake gewesen war, ob da unten waschechte Terroristen oder an Dumm- und Frechheit nicht mehr zu überbietende Flegel standen. Doch so sehr er hoffte, dass das Letztere der Fall sein würde, so sehr wollte er, dass unabhängig vom Ausfall die da unten zur Verantwortung gezogen würden für das, was sie gerade taten. Auf der Tatebene ließ sich sowieso zur Zeit, so lange das Flugzeug flog, nichts verhindern. So dirigierte der Zivilist Sauter, durch seinen Standort und seine Expertise bis zum Eintreffen der offiziellen Staatsgewalt unfreiwilliger Einsatzleiter bis auf Weiteres, die erste Streife zur Absperrung der Benzstraße, wo sie um 09:14 Uhr in Position ging. Zwei Minuten später meldete sich die nächste Streife, die er zur Absperrung der Calwstraße schickte und dort um 09:17 Uhr war. Jetzt gab es für die da unten keinen Fluchtweg mehr.

Doch gerade, als er den Anruf der dritten Streife entgegennahm, runzelte er die Stirn. Da tauchte über dem Gelände doch plötzlich ein zweiter kleiner Flugkörper auf, der sich aber ganz anders als das Flugzeug bewegte. Sauter kniff die Augen zusammen, der Gegenstand war noch zu weit weg, als dass er ihn deutlich erkennen konnte. Was war das? Eine Art Spielzeug-UFO? Das Ding sah aus wie eine Scheibe und bewegte sich sehr wendig, aber bei weitem nicht so schnell wie das Flugzeug, nein, es ging senkrecht nach oben oder unten wie ein Minifahrstuhl, und nach vorn, nach hinten, nach links und nach rechts auf ein und derselben Ebene wie ein, ja wie sollte man das beschreiben, wie ein .... Luftkissenboot vielleicht? Sauter beschrieb der Streife, was er sah.
«Das hört sich nach einer Hobby-Drohne an», sagte die Männerstimme in Sauters iPhone.
«Ja, das kann sein», pflichtete Sauter unmittelbar bei, «ja, stimmt, genau so bewegt es sich. Was soll das? Wozu das? Und das bedeutet, dass hier irgendwo noch jemand sein muss. Das Ding war ganz plötzlich da.»

Erst indem er das sagte, fiel Sauter auf, dass dasselbe für das Flugzeug gegolten hatte. Die Kerle da unten hatten völlig seine Aufmerksamkeit gebunden, aber sie mussten Komplizen außerhalb des für ihn sichtbaren Bereiches haben. Weder das Flugzeug noch die Drohne konnten die blonden Herren in Schwarz, so wie sie dort standen, selbst an den Start gebracht haben. Dass ihm das entgangen war!

«Hören Sie», sagte er zu der Streife in sein Handy, «ich bin Ihnen gegenüber natürlich nicht weisungsbefugt. Aber bis Ihnen andere Anweisungen vorliegen, möchte ich Ihnen als Sicherheitschef hier im

Werk vorschlagen, dass Sie bis auf weiteres langsam um das Werk herumfahren und Ausschau nach auffälligen Personen halten, die mit diesen Hobby-Flugkörpern in Verbindung stehen könnten. Selbstverständlich nur, wenn Sie das selbst für richtig halten und bis Sie seitens Ihrer Behörde Anweisungen erhalten.»
«Das können wir schon machen», sagte die Stimme im iPhone.

*

«Verdammte Scheiße! Was macht der denn? Wieso denn jetzt schon?»

Auch Tim und Sandra hatten den Quadrokopter aufsteigen sehen, pünktlich mit dem Eintreffen der zweiten Polizeistreife. Doch jetzt grinste Tim nicht mehr, während er die beiden Sticks seiner ziemlich antiquierten, aber eben nicht ortbaren 35 MHz-Fernsteuerung bediente. Jetzt wurde es plötzlich unerträglich spannend und der Druck auf den Darm nahm unangenehm zu. Patrick unten im Parkhaus, der genau unter Tim und Sandra vier Stockwerke tiefer in seinem Auto saß, hatte offensichtlich etwas missverstanden oder die Situation falsch eingeschätzt. Die Drohne sollte aufsteigen, kurz bevor die Polizei begann, die Leute vor dem Zaun zu verhaften, nicht schon, wenn die Polizei eintraf. Jetzt hatte die Cessna noch sechzehn Minuten Flugzeit. Die Drohne hatte achtzehn. Erst nachdem die Cessna weg sein würde, würden die Cops es wagen, sich an die Kumpel ranzumachen. Und auch erst, wenn die Cops genug waren, mindestens doppelt so viele. Das bedeutete, dass da unten noch mindestens 20 Mann fehlten. Das wiederum bedeutete, dass die von jetzt an in maximal 13 Minuten auftauchen mussten. Drei Minuten brauchte Tim, um das Flugzeug über dem Werk verschwinden zu lassen und die Steuerung Maik zu übergeben. Und dann blieben nur fünf Minuten zum Filmen für die Drohne.

Fünf Minuten! Das war verdammt wenig. Wenigstens ein paar Verhaftungen mussten sie im Kasten haben. Eine Sache war die Cessna mit dem Banner und dem Modellflieger-Ballett auf Youtube. Eine zweite war zu dokumentieren, wie die Behörden mit Umweltschützern und ihrem kreativen Protest umsprangen. Protest war im sogenannt demokratischen Deutschland nämlich nur willkommen, solange man ihn abwimmeln konnte und sich nicht um ihn zu kümmern brauchte. Ganz besonders galt das für die Umweltpolitik. Da wurde hinter der ach so demokratischen Kulisse mit allen faulen Tricks gekämpft. Damit die Öffentlichkeit sich überhaupt dafür zu interessieren begann, brauchten sie den Humor, das Modellflieger-Ballett im Video, und das kam prima rüber. Aber wenn die Verhaftungen dann nicht dazu kamen, dann war das Ballett nur alberne Kasperei. Wenn die Bullen jetzt zu spät kamen? Dann war die Hälfte ihres Plans missglückt und sein eigentliches Ziel verfehlt! Sandras Kamera käme nie nah genug an die einzelnen Situationen heran.

«Ich hätte nie gedacht, dass ich mal so auf die Bullen warten würde», sagte Sandra denn auch zu Tim, während sie durch die Windschutzscheibe des Peugeot ihre Kamera über die Szenerie hin und her gleiten ließ, vor und zurück zoomte. «Los, ihr saublöden Saubermänner, kommt schon, kommt schon, ich will euch sehen!»

3.5 Ab 09:06 Uhr:
BKA Meckenheim-Merl, Büros Schwartzer/Wegner

Von alledem wusste Anne-Liese natürlich noch nichts, als es klopfte. Sie hatte sieben, acht Minuten in ihrem kahlen Büro gesessen, den Kopf in die Hände gestützt und nur auf den immer noch zugeklappten Laptop vor sich gestiert.

«Herein», rief sie überrascht und hob den Kopf.

Die Tür öffnete sich und Wegner schaute herein: «Darf ich reinkommen?»

«Natürlich.»

In Ermangelung eines zweiten Stuhls blieb Klaus Wegner stehen und lehnte sich an die Tür. Er verschränkte die Arme vor der Brust, sagte ein paar Sekunden lang nichts und dann, leise:

«Was hast du dir dabei bloß gedacht? Beim Alten hat noch nie jemand so verschissen wie du, das kann ich dir flüstern.»

«Oder der bei mir. Kommt drauf an, wie man's nimmt, Klaus, kommt drauf an, wie man's nimmt. Und ich nehm's so.»

Anne-Lieses Stimme war ruhig und tief, vielleicht lag auch eine Spur von Verachtung darin. Jedenfalls sah sie gelassen von ihrem Schreibtischstuhl zu dem Kollegen auf.

«Weißt du, der kann mir nichts», fuhr sie fort, als Wegner sie durch seine braunen Augen ziemlich groß anstaunte. «Ich muss nicht mein Leben lang bei der Polizei bleiben. Ich komm' beim BUND unter. Oder ich mach' Journalistik. Die Medien werden sich die Finger nach einer ehemaligen Polizistin lecken, die über Gerichtsprozesse berichtet und polizeiliches Handeln kommentiert.»

«Meinst du das im Ernst?», fragte Wegner.

«Jedes Wort, Klaus.»

Der gysianische Riese kratzte sich mit der Linken am Hinterkopf «Und was willst du jetzt tun? Ich meine, gerade jetzt?»

«Was ich tun will, weiß ich nicht. Was ich tue, weiß ich: Ich sitze dumm

rum und starre auf meinen Laptop, der ganz dienstlich endlich mal nicht läuft.»
«Hoffkamp sagt, er entzieht dir die Leitung der Gruppe ...»
«... hab' ich mir gedacht, ist sein Problem, nicht meins ...»
«... und schickt dich nach Norwegen ...»
«Was?»
«Nach Norwegen.»
«Aber die norwegische Spur ist doch schwach, wir haben doch nur zwei Anhaltspunkte. Und das Ausland ist doch Wilds Job ...»
«Eben drum, Alice. Er schickt dich nicht nach Hause, sondern er stellt dich kalt. Von da oben aus kannst du ihm nicht dazwischen funken. Hier unten macht Wild dann für dich weiter.»
«Um Himmelswillen! Wie kann man bloß ... .» Anne-Liese starrte ein paar Sekunden aus dem Fenster, dann wandte sie ihr Gesicht wieder um: «Klaus?»
«Ja?»
«In deinem Büro gibt's doch Kaffee und noch einen Stuhl.»
Wegner sah auf die Uhr: «Okay. Komm!»
Klaus drehte sich um, Anne-Liese stand auf, beide wechselten das Büro, nahmen im Nachbarraum in ehemaliger Position wieder Platz. Sitzend schenkte Klaus Kaffee in Anne-Lieses Tasse ein, die noch genau wie vor einer Stunde am Rand des Schreibtisches stand.
«Soso, will der mich also nach Norwegen schicken», sagte Anne-Liese, während sie die schwarze Brühe aus der Thermoskanne in die Tasse gluckern sah. «Nur weil «Homo sapiens» seine erste Mail von da gepostet hat und weil ich gestern noch diesen norwegischen Öko-Philosophen aufgetan hab'. Ist ziemlich wenig.»
Sie ergriff ihre Tasse mit beiden Händen, trank einen Schluck und sah Klaus dabei an.
Der erwiderte: «Aber du sagtest gestern doch selbst, dass militante Umweltschützer sich auf diesen Philosophen berufen und dass der in Norwegen immer noch Anhänger hat.»
Anne-Liese stellte die Tasse auf dem Tisch ab. «Ja, aber das heißt doch noch lange nicht, dass unsere Täter in Norwegen sitzen. Aber gut, Hoffkamp will mich ja loswerden. So gesehen macht das Sinn. Soll er hier würdig wursteln. Ich mach' dann mal auf Staatskosten ein paar

Tage in Norwegen Urlaub. Auch nicht schlecht.»
Anne-Liese lächelte Klaus an: «Neidisch?»
«Nee», antwortete der. «Aber etwas verwirrt, wenn ich ehrlich bin. Dass dich das so gar nicht anmacht ...»
Anne-Liese ergriff die Kaffeetasse wieder: «Es ärgert mich, klar, Klaus. Es ärgert mich sogar sehr! Aber weißt du, nur wer keine Alternativen hat, ist erpressbar. Ich erwarte von Vorgesetzten, dass sie klüger sind als ich, weil sie erfahrener sind als ich und deshalb weiter schauen als ich. Ich will, dass Vorgesetzte die besseren Argumente haben.» Sie trank. «Es gibt viel zu viele Vorgesetzte, die nichts taugen», fuhr sie fort. «Man sollte denen einfach weglaufen. Du als IT-Spezialist kannst doch auch gehen, wann und wohin du willst.» Und sie nahm noch einen Schluck von dem schwarzen Gebräu.
Klaus spielte mit dem Deckel der Thermoskanne, indem er ihn auf und zu schraubte. Jedes mal, wenn es ihm gelang, den Deckel schnell genug zu lösen, gab es ein kleines Zischgeräusch. «Bisher hab' ich mich hier ganz wohl gefühlt», antwortete er währenddessen. «Und im Großen und Ganzen erachte ich meine Tätigkeit als sinnvoll.»
«Und wie ist das jetzt gerade?», fragte Anne-Liese.
«Im Moment etwas weniger, stimmt schon.»
«Warum?»
«In diesem Moment? Ich glaube, ich hab' kapiert, welche Taktik Hoffkamp und die mit und über ihm fahren wollen. Das wäre dann nicht so prickelnd.»
«So?», fragte Anne-Liese. «Lass hören!»
«Hat es dich nicht gewundert, dass er sich von unseren Argumenten überhaupt nicht überzeugen ließ?», fragte Wegner.
«Und wie!», antwortete die Kollegin. «Zuerst dachte ich, er ist nur ein beleidigter alter Hammel, weil da welche seine ordnungshüterische Autorität untergraben. Dann dachte ich, er hat die Autonomen einfach auf dem Kieker und will sich genüsslich in seinen Vorurteilen wälzen. Deshalb bin ich ja so wütend geworden. Ein Mann in seiner Position darf das einfach nicht.»
«Stimmt, Alice. Und deshalb gibt es eine dritte Möglichkeit.»
«Ich bin gespannt ...»
«Es kann ja sein, dass Hoffkamp gewisse Vorurteile hegt und dass die

ihm heute, müde und überarbeitet wie er ist, rausgerutscht sind. Trotzdem ließ er sich davon nicht leiten, glaube ich. Ich kenne Hoffkamp als ziemlich professionell. In seinem Kopf machen die Hausdurchsuchungen durchaus Sinn, er darf das nur nicht laut sagen.»
«Worin sollte der Sinn bestehen?»
«In einem kalkulierten Rechtsbruch. Zuerst gehen wir rechtswidrig in die autonomen Häuser und beschlagnahmen Handys und Computer. Das sorgt für Reaktionen von viel mehr Leuten als in den Häusern wohnen. Also wird es Demos geben. Aber da geht ja längst nicht jeder hin. Die, die da hingehen, das sind dieselben, die auch als Täter für die Tagging-Anschläge infrage kommen. Die, die da hingehen, jedenfalls viele von denen, rekrutieren sich aus den 240.000. So, und wenn wir dann bei den Demos mal so richtig beherzt zugreifen, für möglichst viele Festnahmen sorgen, dann gehen uns dabei Leute ins Netz, die für wenigstens eine der letzten drei Nächte kein Alibi haben. Capito? Hoffkamp will die Demos, damit wir fischen gehen können.»
«Das ist rechtswidrig!» entfuhr es Anne-Liese empört.
«Sag' ich ja», bestätigte Klaus kühl. «Deshalb sagt das keiner laut. Aber das ist das Kalkül. Dann kann man in einigen Tagen vor die Presse treten und sagen, hier haben wir dutzende oder gar hunderte von Tatverdächtigen dingfest gemacht. Ihr andern, ihr könnt aufgeben, euch kriegen wir auch noch. Am besten, ihr stellt euch gleich der Polizei. Dann interessiert die Rechtswidrigkeit der Vorgehensweise keinen mehr.»
Anne-Liese richtet sich erregt auf: «Ja, das kann sein! Gestern hat er mir noch unter vier Augen gesagt, er rechne damit, für das Versagen des BfV den Kopf hinhalten zu müssen. Und so, wie du es gerade angedeutet hast, sieht er eine Möglichkeit, den Kopf doch noch aus der Schlinge zu ziehen. Ja, das kann gut hinkommen.»
Klaus Wegner spielte mit der Kaffeekanne, sah aus dem Fenster, während er zuhörte, nickte viel sagend und sagte dann: «Aber es geht nicht nur um Hoffkamps Kopf. Wenn wir die Situation nicht in den Griff kriegen, werden in den alten Führungsriegen jede Menge Köpfe kullern. Ich glaube, das wissen die ganz genau. Die haben einen riesigen Schiss. Und sind zu allem möglichen bereit.»
«Da hast du wahrscheinlich recht,» bestätigte Anne-Liese. «Aber ich bin nicht dazu da, irgendwelche Köpfe zu schützen, außer im

buchstäblichen Sinne. Und außerdem: Wenn wir keine anderen Mittel sehen, als uns um eines höheren Zieles willen des Rechtsbruchs zu bedienen, was macht uns dann besser als diejenigen, die sich auch um eines höheren Zieles willen des Rechtsbruchs bedienen? Ist in Grundrechte einzugreifen nicht so schlimm wie Autos zu taggen? Von den Baustellensperren wussten wir heute Nacht doch noch nichts! Dass wir an den oder die Erpresser oder gar den oder die Mörder über Verhaftungen auf Demos herankommen, daran glaubt doch weder Hoffkamp noch sonst jemand! Und womöglich interessieren die Unfallmorde auch gar keinen mehr. Richtig gefährlich, gefährlich für das System, für die Wirtschaft und die Politik, das sind diese Tagger. Weil die so viele sind! Aber rechtfertigt die Rechtswidrigkeit des Taggings die Rechtswidrigkeit unseres Vorgehens? Tagging ist gerade mal eine Ordnungswidrigkeit. Aber wir greifen, um dem zu wehren, in Grundrechte Unschuldiger ein. In was für einer Bananenrepublik sind wir denn?»

Wegner wandte sich der Kollegin wieder zu. «Tja, Alice, beim Verfassungsschutz hören die das Gras wachsen. Und in der BKA-Abteilung ST hört man halt Bananen wachsen», kommentierte er sarkastisch. Dabei ließ er der Kaffeekanne ein besonders langes Tschhhh-Geräusch entfahren. Das musste er lange geübt haben, sein Blick bekam einen spitzbübisch triumphierenden Ausdruck.

«Jaja, das Kind im Manne!» sagte Anne-Liese, nachsichtig lächelnd. «Und was, wenn die Taktik nicht aufgeht? Was, wenn die Tagger sagen: Ihr habt zwar ein paar hundert geschnappt, aber wir sind immer noch 240.000, ihr könnt uns nix! – was dann?»

Klaus Wegner zuckte die Schultern und schraubte an seinem Deckel.

«Mehr als drohen und einschüchtern können wir nicht», fuhr Anne-Liese fort. «Und ob Einschüchtern funktioniert, ist eben abhängig vom Motiv.»

«Wie meinst du das?» Wegners Frage folgte ein weiteres Tschhhh-Geräusch.

Anne-Lieses Gesicht bekam einen genervten Ausdruck. «Hör doch mal auf damit! Ich dachte, mit dir könnte man ernsthaft reden.»

Klaus grinste verlegen und stellte die Kanne auf den Tisch. «Nichts für ungut, Alice», sagte er. «Ich mach' so was immer, wenn ich nervös bin.»

«Hast du denn Grund, nervös zu sein?»
Auf diese Frage antwortete Klaus nichts, sondern sah Anne-Liese nur traurig an. Die stutzte ein paar Sekunden, verstand, dass Wegner mit «nervös» eigentlich etwas anderes meinte, und gab sich dann innerlich einen Stoß. Hier durfte kein Raum für irgendwelche Sentimentalitäten entstehen.

«Sind die Täter halbstarke Rowdies, dann geht Einschüchtern», setzte sie daher ihre Überlegungen scheinbar unbeeindruckt fort. «Sind die Täter aber politisch überzeugt, heißt, wissen diese 240.000 tatsächlich, warum sie tun, was sie tun, dann werden unsere paar Verhaftungen nicht nur rein gar nichts bewirken, sondern sie werden Öl ins Feuer gießen. Und dann haben sie unsere möglichen Reaktionsweisen auch im Voraus bedacht.»

«Meinst du das wirklich?»

«Jedenfalls die Strategen unter denen! Deshalb ist das Motiv der Täter so zentral hier. Das hat Hoffkamp nicht kapiert! Und die über ihm erst recht nicht. Die haben halt keine Ahnung, wie verzweifelt die Stimmung unter den Leuten ist, die wirklich wissen, in welche Richtung der Hase umweltmäßig läuft.»

Klaus Wegner hatte sich wieder gefangen, jetzt die Arme vor der Brust verschränkt und nickte: «Hm, gut möglich, aber ich kenn' mich da offen gestanden auch nicht so aus. Und Hoffkamp & Co mit Sicherheit nicht. Deshalb wählen sie diese Taktik.»

Anne-Liese wiegte den Kopf: «Das wäre die phantasielose Erklärung. Die zynische wäre: Gerade weil sie sich auskennen, aber keine Zugeständnisse machen wollen,» analysierte sie. «Weil die wollen, dass alles beim Alten bleibt. Dann müssen die Recht brechen. Dahin treiben die Täter sie. Weißt du, was der Unterschied zwischen gewissen Regierenden und diesen Tätern ist?»

«Na, ich denke, die einen sitzen in der Regierung und die andern nicht», versetzte Klaus spöttisch, worauf seine Kollegin fortfuhr:

«Was bedeutet, dass die einen zur Erreichung ihrer Ziele Recht im Verborgenen brechen können, während die anderen es offen brechen müssen.»

«Jetzt, finde ich, gehst du ein bisschen weit», protestierte Klaus. «Mord ist ja nicht gerade irgend ein Rechtsbruch! Diese Leute haben nach

eigener Aussage 33 Menschenleben auf dem Gewissen.»
«Natürlich, Klaus! Aber wir diskutieren doch nicht über die Unfallmorde. Wir diskutieren deine Theorie, dass mit den Hausdurchsuchungen Demos provoziert werden sollen und damit wissentlich Grundrechte verletzt werden, um etwas anderes zu erreichen.»
«Okay. Dann ist es wahrscheinlich so,» schlussfolgerte Wegner, «Hoffkamp ist nicht informiert genug, um einen anderen Weg zu gehen, und diejenigen über ihm, die informiert sind, wollen keinen anderen Weg gehen. Oder er hängt sein Fähnlein in den Wind, was auch nicht unwahrscheinlich ist. In eine Position wie seine kommt man kaum ohne eine gewisse Wendigkeit.»

Es entstand eine Pause und ein schelmisches Blitzen tauchte in Wegners Augen auf. Er nahm seine Brille ab, tupfte sich pantomimisch Schweiß von Glatze und Stirn und sagte, Hoffkamp imitierend: «Nun gut, Frau Schwartzer. Und? Was schlagen Sie vor, Frau Schwartzer?»
Anne-Liese lächelte, rückte sich zurecht, spitzte die Lippen und antwortete in gestelztem Tonfall, mit ihrer tiefsten Stimme: «Ich schlage vor, dass Sie über den BKA-Präsidenten der Regierung klar machen, dass sie bald abtreten kann, wenn sie die Lage unterschätzt. Wenn es sich hier, wie ich glaube, um 240.000 Überzeugungstäter handelt, haben wir denen nichts entgegen zu setzen. Und, wissen Sie was?»
Anne-Liese machte ein theatralische Pause, schloss die Augen und legte zwei Finger an die Stirn, so als denke sie angestrengt nach.
«Das geht mir gerade erst auf: Eine Regierungskrise könnte sogar das eigentliche Ziel der Täter sein. Erinnern Sie sich an den Eiertanz, den die Regierungen der Industrieländer beim Pariser Klimagipfel im Dezember aufgeführt haben? Die Täter gehen mit Sicherheit davon aus, dass die auch weiter nicht anders auftreten werden. Deshalb die Forderung nach Sonderparteitagen hierzulande. Die will aber keiner von denen, die gegenwärtig am Ruder sitzen. Also werden sie auf die Forderung nicht eingehen. Aber dafür müssen sie jetzt bezahlen mit dem Chaos, das die Täter stiften. Das wiederum wird Presse und Bevölkerung gegen sie aufbringen und Forderungen nach Rücktritt und Neuwahlen laut werden lassen. Und wenn unsere Täter in Deutschland

eine Regierungskrise auslösen, vielleicht sogar Neuwahlen erzwingen können, weil wir das hier nicht unter Kontrolle kriegen, dann wird das international sehr viel Aufsehen erregen. Dann verhalten sich vielleicht auch die Regierungen anderer Länder etwas vorausschauender als bisher. Bitte geben Sie doch diese Einschätzung nach oben weiter, Herr Dr. Hoffkamp.»

Der Riese konnte sich ein Grinsen nicht verkneifen und fiel aus dem kleinen Rollenspiel heraus: «Wirklich schade, Alice, dass wir dich nicht mehr dabei haben werden!» Und dann wurde er wieder offen traurig. «Schade, ja, wirklich schade, Alice!», sagte er noch einmal.

Anne-Liese beugte sich vor und legte leicht ihre kleine Hand auf den großen Arm des Kollegen: «Du weißt doch sicher auch, wie man einen Riesen kampfunfähig macht?» fragte sie listig. «Da gibt's ganz viele bekannte Methoden, Totschießen, Totschlagen, Vergiften und so weiter. Und die weniger bekannten, wie zum Beispiel Juckpulver. Man benutzt Juckpulver.» Und sie kitzelte Klaus leicht und etwas anzüglich, so dass er den Arm wegzog. Anne-Liese lächelte: «Man sorgt dafür, dass der Riese sich die ganze Zeit kratzen muss. Dann ist er auch kampfunfähig. Er wird brüllen und um sich schlagen, aber zielgerichtet kämpfen kann er nicht mehr, seine Größe und sein Getöse nützen ihm gar nichts. *Das* tun diese Täter mit Deutschland, Klaus, sie benutzen Juckpulver. Und sie werden damit erst aufhören, wenn der Riese das tut, was sie wollen.»

3.6 Ab 09:07 Uhr:
Daimler-Werk Sindelfingen, Parkhaus 307

Wenn ein Ereignis von extremer Unwahrscheinlichkeit, aber dafür ganz im Sinne mindestens eines von mindestens zwei Beteiligten eintrifft, macht die Menschheit seit Alters her gerne eine höhere Macht für das Ereignis verantwortlich. Nun war Sandras intensiver Wunsch nach den saublöden Saubermännern durchaus nicht als Gebet gemeint gewesen. Aber fromme Seelen konnten die Erfüllung ihres Wunsches durchaus als Erhörung eines unfrommen Gebets verstehen, denn der hervorgestoßene Wunsch wurde Sandra, ja nicht nur ihr, sondern allen Beteiligten zur Fülle erfüllt. Alle Beteiligten wünschten nichts mehr als dass mehr Polizei bald kommen möge. Und mehr Polizei kam. Bald.

Die höhere Macht wollte es nämlich, dass die beiden Mannschaftshelikopter, über die die Landespolizei Baden-Württemberg verfügt, zum aktuellen Zeitpunkt nicht in Echterdingen, sondern im zehn Flugminuten entfernten Göppingen standen, wo auch zwei Spezialeinsatzkommandos stationiert sind. Hätten sich nur einer der Hubschrauber oder gar beide in Bruchsal bei Karlsruhe befunden, wo nach der Polizeireform Baden-Württembergs die zweite von ehedem fünf Bereitschaftspolizeidirektionen liegt, hätte die Sache ganz anders ausgesehen und Polizeihauptmeister Schliessers Befürchtungen wären womöglich noch übertroffen worden.

Doch so ging es nun nur zwei Minuten nach Aufsteigen der Drohne Schlag auf Schlag. Von Westen her erschienen die beiden Helikopter. Wie übergroße blaue Hornissen schwebten sie bald über dem Parkhaus 307, auf dem sie wegen der vielen Autos auch auf der Ebene 4 keinen Platz zum Landen hatten. 14 Beamte eines Sondereinsatzkommandos seilten sich daraufhin aus jedem Hubschrauber einer nach dem anderen auf das Deck ab. Vermummt und schwer bewaffnet verschwanden sie geduckt zwischen den parkenden Autos. Zehn von insgesamt 28 SEK-Polizisten tauchten Sekunden später vorne am Parkdeck, von wo man Blick auf die Benzstraße hat, mit Präzisionsgewehren wieder auf, verteilten sich und nahmen mit ihren Waffen von dort je einen der Blonden in Schwarz unten vor dem Zaun ins Visier. Weitere 18 Beamte nahmen im Laufschritt die mittlere Treppe im Parkhaus, begaben sich vier Stockwerke tiefer und hasteten von dort zum Ausgang Mitte-Süd hin. Aus diesem quollen sie wie ein Schwarm schwarzer Hummeln hervor und verteilten sich, Maschinenpistolen im Anschlag, von links nach rechts jeweils zu zweit hinter neun der zehn Aktivisten, die nach wie vor mit dem Gesicht zum Zaun standen und mit den Oberkörpern ihren merkwürdigen Tanz aufführten. Gleichzeitig kam von der Benzstrasse her ein Streifenwagen mit Blaulicht, aber ohne Sirene angerast. Dieser bremste etwa zehn Meter hinter dem zehnten Aktivisten mit quietschenden Reifen, worauf, sobald der Wagen zum Stehen gekommen war, zwei weitere vermummte Beamte aus dem Fahrzeug stürzten und hinter dem Blonden in Schwarz in ca. fünf Meter Abstand mit gezogenen Waffen so in Position gingen, dass beide in einem Winkel von ca. 45 Grad zu ihm standen. Inklusive der Präzisionsschützen auf dem Parkdeck richteten sich nun 30 Läufe von Gewehren oder Maschinenpistolen sowie zwei normalen Dienstwaffen auf die zehn vor dem Zaun. Drei Mündungen pro Mann.

Währenddessen surrte die Cessna ziemlich hoch über dem Limousinenparkplatz im Uhrzeigersinn in einem großen Kreis und zog dabei ihr Banner hinter sich her. Das verdankte sie Tims vorläufiger Geistesgegenwart ebenso wie der partiellen Weitsicht der inzwischen auch eingetroffenen polizeilichen Einsatzleitung unter Polizeirat Frank Ulmer vom Präsidium Ludwigsburg: Als die Helikopter über dem Parkdeck zu schweben begannen, war es für Tim und Sandra für die Flucht mit dem Auto ziemlich plötzlich zu spät. Tim gelang es aber, während die Helikopter sich noch dem Parkdeck näherten, die Maschine auf Kurs zu bringen und dann die Fernbedienung auf Autopilot zu stellen, bevor er zusammen mit Sandra in dem Peugeot Partner abtauchte; es blieb für die zwei nur zu hoffen, dass wer keinen konkreten Verdacht hatte, angesichts der vielen anderen Autos auch an diesem achtlos vorbei stürmen würde. Einsatzleiter Ulmer seinerseits hatte die Helikopterpiloten angewiesen, den Ort des Geschehens so anzufliegen, dass der Wind der Rotoren das Modellflugzeug nicht manövrierunfähig machen würde, denn dessen Manövrierunfähigkeit konnte, wenn die Cessna tatsächlich eine fliegende Bombe war, die Katastrophe bedeuten.

Das war die Situation, wie Patrick sie jetzt hörte und sah. Durch Cyberbrille und Kopfhörer war er von seiner realen Welt im Parkhaus abgeschnitten und dafür durch Kamera und Mikrofon der Drohne mit der realen Welt vor dem Parkhaus verbunden. Die Situation da draußen glich für Patrick nicht wenig einem gut animierten Computerspiel, weshalb sein Puls zwar etwas, aber nicht sonderlich erhöht war. So etwas war er gewohnt, außerdem gab es hier keine Musik, die die Nerven kitzelte. Die SEK-Beamten, die an ihm vorbeigekommen waren, hatte er gar nicht wahrgenommen. Dahin, dass man ihn hätte entdecken können, musste er sich denken, als er die vermummten Gestalten mit den Máschinenpistolen aus dem Parkhaus kommen sah. Direkt fühlen konnte er die Gefahr, die für ihn bestanden hatte, nicht. Patrick war ein intelligentes Bürschchen und dachte «Glück gehabt». Aber das war alles, Angst empfand er nicht.

Und so betrachtete er eher mit Verwunderung die Situation, die nun entstanden war: Ein falsches Patt, ein schiefes Gleichgewicht der Kräfte. So lange das Flugzeug flog und zumindest den Verdacht trug, eine Bombe zu sein, hatten die blonden Schwarzen die Überhand, war die Polizei mit all ihrem Overkill machtlos. Sobald das Flugzeug weg oder gelandet war, würde es umgekehrt sein. Dazwischen gab es nichts. Verhindern konnte niemand mehr etwas.

Wie viel cleverer wäre es da gewesen, den erfahrensten und nettesten Kleinstadtpolizisten zu schicken, den Sindelfingen aufzubieten hatte, mit der einfachen Frage an die blonden Herren, was sie denn da machten. Im Falle, dass sich wirklich eine Bombe in dem Fliegerlein befand, wäre die Situation dadurch kaum gefährlicher geworden. Sehr wohl aber hätte sie entschärft werden können, durch kluges Zuhören, kluges Reden, sanfte, wohlüberlegte Argumentation. Gewalt ist eine

Weise, sich Gehör zu verschaffen. Wer sich gehört fühlt, schlägt nicht. Und sprengt erst recht keine Bomben. Und in dem Falle, der ja nun der Fall war, dass sich gar keine Bombe in der Cessna befand, wäre diese ganze aberwitzige Situation gar nicht erst entstanden. Der nette Polizist von Sindelfingen hätte Verständnis, ja sogar Hochachtung für das Engagement der jungen Leute geäußert, die blonden Herren aber trotzdem verwarnt und gebeten, das Flugzeug herunterzuholen, bevor er sie anzeigen müsse. Und wahrscheinlich wären die jungen Leute seiner Aufforderung gefolgt. Denn der erfahrene Polizist hätte gewusst: Es geht gar nicht darum, gehört zu werden. Es geht darum, sich gehört zu *fühlen*. Wer sich gehört fühlt, wird sanft wie ein Lamm. Und dafür konnte ein einziger Polizist als Repräsentant der Staatsgewalt sehr wohl sorgen.

Doch woher hatten Tim, Sandra, Patrick und die zehn anderen bloß gewusst, dass die Ordnungsmacht auf solch einfache Weise eben *nicht* reagieren würde? Konnte das mit Erfahrungen zu tun haben? Nun, das war jedenfalls einer der beiden Gründe, warum sie die ganze Geschichte inszeniert hatten. Deshalb saß Patrick dort, wo er saß und flog jetzt seine Drohne an den rechts von ihm aus gesehen fünften Kumpel vor dem Zaun heran, ließ sie ca. einen Meter vor und über ihm schweben, die Kamera gegen das Parkhaus gewandt. So wartete Patrick auf das, was da kommen würde. Zunächst übertrug das Mikrofon eine Männerstimme, die aus einem Megafon drang, und höchst Erwartetes sagte:
«Achtung, Achtung, hier spricht die Polizei! Sie sind umzingelt, jeder Widerstand ist zwecklos! Landen Sie das Flugzeug, heben Sie die Arme über den Kopf und leisten Sie keinen Widerstand.»
Patrick lächelte spöttisch unter seiner Cyberbrille, ließ die Drohne etwas rückwärts steigen, um den Aufnahmewinkel zu erweitern und möglichst die Reaktion aller zehn Aktivisten einfangen zu können. Die wiegten, so wie sie es für diese Situation geübt hatten, die Fernbedienungen vor sich ihre Oberkörper wie bei einer Gymnastikübung von links nach rechts im Kreis, synchron mit dem Flugzeug. Niemand tat etwas anderes, niemand antwortete etwas. Alle wussten, dass die Aufforderung der Polizei völlig sinnlos war, so lange

das Flugzeug flog. Doch der einzige für solche Fälle ausgebildete polizeiliche Verhandlungspsychologe Baden-Württembergs befand sich heute – wie hätte es anders auch sein können – auf einer bundesweiten Fortbildung in Hamburg, weshalb das Megafon erneut ertönte:

«Achtung, Achtung, hier spricht die Polizei! Ich wiederhole: Sie sind umzingelt, jeder Widerstand ist zwecklos! Landen Sie das Flugzeug, heben Sie die Arme über den Kopf und leisten Sie bei Ihrer Festnahme keinen Widerstand.»

Wie weit dachte der Mensch, der da in das Megafon sprach? Hatte der überhaupt begriffen, dass die Aktivisten es auf die Festnahme ja gerade abgesehen hatten? Dass es ihnen nicht darum ging, nicht festgenommen, sondern darum, wieder freigelassen zu werden, weil ihnen nichts nachzuweisen war? Das galt doch sogar im Falle der Bombenhypothese, das hatte doch der Sicherheitschef von Mercedes schon längst begriffen. War das bei der Einsatzleitung nicht angekommen? Oder handelte es sich jetzt um pure Hilflosigkeit? Solange Absperrungen zu errichten, Fahrzeuge zu dirigieren, Hubschrauber zu kommandieren, Spezialkräfte in Position zu bringen waren, konnte man tun, was man geübt hatte. Da musste niemand viel denken. Aber jetzt war dieser Teil der Arbeit getan. Was nun? Jetzt musste in der Tat gedacht werden: Entweder das Flugzeug ist eine Bombe. Oder es ist keine Bombe. Was passiert, wenn es eine Bombe ist? Was passiert, wenn es keine Bombe ist? Wenn es eine Bombe ist, detoniert die. Vielleicht. Aber wenn es keine Bombe ist, detoniert hier auf jeden Fall nichts. Weiter: Wenn die Bombe zündet, haben wir zehn Tatverdächtige. Wenn das Flugzeug keine Bombe ist, haben wir auch zehn Tatverdächtige. Aber weshalb stehen hier zehn Leute mit zehn Fernbedienungen und nur einem Flugzeug? Damit wir dem Schuldigen, wenn das Flugzeug eine Bombe ist, nichts nachweisen können, natürlich. Also wird so oder so keiner der zehn Widerstand leisten. Denn die rechnen damit, dass wir sie wieder laufen lassen müssen. Folglich ist auch keiner von denen bewaffnet. Die Aufforderung, bei der Festnahme keinen Widerstand zu leisten, ist nicht nur sinnlos, weil diese zehn unbewaffnet sind, sondern diese zehn wollen sogar festgenommen werden. Unser ganzes Brimborium hier ist für die Katz!

Und wenn das Flugzeug keine Bombe ist, dann ist das Brimborium erst recht für die Katz. Dann haben wir gar keinen Grund, die zehn da zu verhaften. Die können von Mercedes wegen Hausfriedensbruch und grobem Unfug angezeigt werden, schön. Wir können noch einen Verstoß gegen das Luftfahrtgesetz Paragraf Soundso draufsetzen. Aber das wären im schlimmsten Fall ein paar Ordnungswidrigkeiten, dafür verhaftet man niemanden. Deswegen rückt man nicht mit drei Helikoptern, zwei Sondereinsatzkommandos und einem knappen Dutzend Streifen aus. Tausende und Abertausende von Euro an Einsatzkosten in den Wind gepustet für Nichts und wieder Nichts. Also, Schluss damit!

So hätte man denken können. Aber so dachte niemand, und deshalb ertönte das Megafon zum dritten Mal: «Achtung, Achtung, hier spricht die Polizei. Ihre Situation ist aussichtslos. Schusswaffen sind auf Sie gerichtet. Geben Sie auf, landen Sie das Flugzeug, heben Sie die Hände über den Kopf und leisten Sie bei Ihrer Festnahme keinen Widerstand.» Und die Drohne zeichnete alles getreulich auf und sendete es an Patricks Laptop im Auto.

Überhaupt, die Drohne! Mit einer Mischung von Argwohn, Zorn und Verwirrung betrachtete Polizeirat Frank Ulmer, der pikanterweise nur vier Autos von einem gewissen Peugeot Partner entfernt am Rand der Ebene 4 des Parkhauses 307 stand, das Ding. Etwa 70 Meter weit weg schwebte es unter ihm, schräg über dem Mittleren der Verdächtigen und den beiden SEK-Kollegen hinter diesem. Wozu Drohnen auch von Hobby-Piloten verwendet werden, wusste Ulmer natürlich. Gerade deshalb war er verwirrt, ratlos, sauer, wütend, wurde das deutliche Gefühl nicht los, dass es jemandem beliebte, ihn hier an der Nase herumzuführen. Was gab es hier zu fotografieren, was zu filmen? Das Flugzeug natürlich und dessen eventuelle Explosion. Aber das Flugzeug flog viel höher und im Kreis und die Drohne hätte sich zum Filmen in einer ganz anderen Position befinden müssen. Oder war das

Ding eine zweite Bombe? Eine, die über seinen Leuten explodieren sollte? Dann wäre allerdings mindestens einer der Verdächtigen da unten ein Selbstmordattentäter. Das kam Ulmer denn doch äußerst unwahrscheinlich vor. Sie waren hier nicht in Kabul, die Leute da unten keine Taliban. Aber was zum Henker hatte es dann mit der Drohne auf sich? Und wer steuerte die?

Weil Ulmer dachte wie er dachte, hatte er in seinem ganzen Aufgebot nicht einen einzigen freien Mann, den er aussenden konnte, um den oder die verborgenen Komplizen der Aktivisten ausfindig zu machen. Alle verfügbaren Einsatzkräfte, die sich in der Nähe Sindelfingens befanden, waren zur Absperrung und Sicherung der Benz- und der Calwstrasse nebst der Martin-Schleyer-Strasse zusammengezogen worden. Die Spezialkräfte der beiden Sondereinsatzkommandos waren genau dort zu postieren, wo sie postiert waren. Ulmer konnte schlecht seine drei Hubschrauberpiloten bitten, doch mal eben auszusteigen und im Parkhaus nachzusehen, ob da vielleicht noch jemand war. Wenn, dann musste das riesige Parkhaus, das pro Ebene gut und gerne 250 x 250 Meter misst und in dem um die 6000 Autos standen, systematisch durchkämmt werden. Es musste an allen acht Ausgängen gesperrt werden. Das war mit zehn Mann nicht zu machen und mit zwanzig auch nicht. Dafür brauchte er mindesten zwei Hundertschaften. Er forderte drei an, dann würde er 60 Mann pro Parkebene haben, 44 zum Durchkämmen und 16 zur Bewachung der Ausgänge, aber die mussten erst in Göppingen in ihre Mannschaftswagen steigen. 45 Minuten würde es dauern, bis die da sein würden, mindestens. Ulmer forderte auch ein Spezialfahrzeug zur Ortung der GPS-Signale der Drohne an. Aber das kam von Stuttgart und brauchte 25 Minuten. Und plötzlich sah es wieder so aus, als würde ein gewisser Polizeihauptmeister Schliesser mit seinen bösen Vorahnungen doch Recht behalten.

Unterdessen lagen Tim und Sandra im Heckteil ihres Peugeot Partner und hatten einfach riesigen Schiss. In Tims Fall drohte der Ausdruck tatsächlich wörtlich zu werden. Plan B war in Tims Kopf schlicht nicht mehr vorhanden. Wie auch, gut denken war da nicht, wenn man solche

Angst hatte und auch noch den Hintern so zusammenkneifen musste. Hochnotpeinlich war's ihm gegenüber Sandra. Wie viele Autos weiter die Bullen waren, wussten sie nicht, aber die konnten wirklich nicht weit sein, sie hörten die gut. Es war brüllend heiß in der Kiste, sehen konnten sie nur die angsterfüllten Augen des anderen, den roten Lack an der Decke des Kastenwagens oder, wenn sie sich umdrehten, den Lack der unverkleideten Innenwände des kleinen Lieferwagens. Und in wenigen Minuten würde die Cessna einfach auf eine der Limousinen auf dem Parkplatz plumpsen.

«Kannst du das Ding nicht einfach auf Geradeauskurs bringen und wegfliegen lassen?», fragte Sandra leise.

«Und dann?», gab Tim zurück. «Dann stürzt sie in zehn Minuten irgendwo anders ab. Wenn wir Glück haben, auf irgendeine Wiese, wenn wir Pech haben, auf irgendeinen Kopf. Geht nicht.»

«Und wenn wir Maik anrufen? Der wartet doch.»

«Macht nur Sinn, wenn ich die Cessna in die Reichweite seiner Fernsteuerung bringe. Kann ich aber nicht, wenn ich nichts sehe.»

«Dann rufen wir Patrick an. Der sieht's doch mit der Drohne. Der soll dich dirigieren.»

«Wenn wir 'n Handy einschalten, sind wir ortbar.»

«Aber das sind wir doch auch, wenn wir Maik anrufen.»

«Deshalb rufen wir ihn ja auch nicht an.»

«Eben hast du noch gesagt, weil du nichts siehst.»

«Das auch. Sind halt zwei Gründe.»

«Scheiße, verdammte. Anrufen ist unsere einzige Chance. Ich ruf' jetzt Patrick an. Dauert ja nur drei Minuten», entschied Sandra.

War es nicht die Vernunft, so war es reine Natur, die Tim zustimmen ließ. Der Druck auf den Enddarm wurde immer stärker. Sandra fingerte nicht nach ihrem iPhone, sondern dem billigen Aktionshandy mit der Prepaid-Card, schaltete es ein, wartete fieberhaft, bis der Schirm leuchtete und sie Empfang hatte, suchte in der Kontaktliste nach Patrick, der dort den Namen Purple trug, fand ihn, hielt das Telefon ans Ohr, sah Tim dabei an, wartete. Lange. Und vergebens.

«Ouuhhh Scheiße, der geht nicht ans Telefon! Wieso geht der denn nicht ans Telefon?» Sandras Augen waren geweitet vor Entsetzen. «Tim, was machen wir jetzt?»

Tims Konzentrationsfähigkeit wurde sowohl im Kopf als auch am anderen Körperende auf eine bald zu harte Probe gestellt. «Maik probieren», brachte er hervor. «Den Flieger auf gut Glück aus der Bahn bringen», murmelte er.

Eine Sekunde später vibrierte Sandras Handy.

«Herrgott, Patrick, wie verpennt bist du eigentlich», fauchte Sandra zum Gruß in das Gerät hinein. «Du hast die Drohne viel zu früh gestartet. Hier oben sind massenweise Bullen.»

«Ich kann auch wieder auflegen!», gab Patrick sauer zur Antwort. «Einfach noch ein bisschen ausfallender werden, Sandra, dann schaff' ich das schon.»

Tim wurde sauer und ging dazwischen: «Hör auf, Sandra. Das macht jetzt nix besser!» – worauf Sandra sich zusammenriss und ins Telefon sagte: «Wir sehen hier oben nix mehr. Wir mussten uns wegen der Bullen im Auto verkriechen. Du musst Tim jetzt führen, damit er den Flieger Richtung Maik steuern kann.»

«Schalt' mal auf Lautsprecher», sagte Tim.

«Ich schalt' jetzt auf Lautsprecher und dann führst du Tim, okay?» fragte Sandra darauf in das Handy hinein.

«Alles klar. Sag, wann's losgehen soll,» hörte sie Patricks Stimme.

«Jetzt!»

Sie schaltete auf Lautsprecher und beide hörten Patricks Stimme, indem er ihnen beschrieb, was er tat: «Ich lass' die Drohne jetzt senkrecht steigen. Warte, warte. Drehe gleichzeitig die Kamera 180 Grad. Warte. Warte. Okay. Bin jetzt auf etwa dreißig Meter Höhe. Jetzt seh' ich den Flieger. Aber der flitzt mir immer ins Sichtfeld und dann wieder raus. Kannst du nicht langsamer fliegen, Tim? Okay, ich geh' mit der Drohne langsam nach hinten. Warte, warte, warte, jetzt! Jetzt seh' ich die ganze Runde, die das Ding dreht. Okay, Tim, was soll ich machen?»

«Der Vogel dreht gegen den Uhrzeigersinn, oder?», fragte Tim.

«Stimmt, ja.»

«Gut. Stell' dir den Kreis jetzt als Uhr vor, die rückwärts geht. Aus welcher Himmelsrichtung siehst du die Cessna?», fragte Tim.

«Hm. Nordwest, würd' ich sagen. Muss aufpassen, dass die Sonne mich nicht blendet.»

Tim überlegte blitzschnell, was angesichts anderer Körperfunktionen an eine Meisterleistung grenzte.

«Gut. Die Position der Drohne definieren wir jetzt als sechs Uhr auf dem Kreis. Kurz bevor die Cessna auf zehn vor zwölf ist, musst du Bescheid sagen. Lass ein paar Proberunden gehen, damit du das Tempo einschätzen kannst.»

«Okay.»

Einige Augenblicke lang blieb es still im Auto, während sie draußen das rasenmäherartige Surren des Flugzeugs hörten, das sich bald näherte, bald entfernte, je nachdem, welche Position im Kreis es gerade durchflog. «Hätte auf Gehör fliegen sollen», dachte Tim jetzt. «Wär' auch gegangen. Wär' besser gewesen. Scheiße!»

«Jetzt!» tönte es da aus dem kleinen Lautsprecher. Tim bediente augenblicklich den linken Steuerhebel seiner Fernbedienung und ließ so die Cessna im rechten Winkel nach rechts aus ihrem Kreis ausscheren.

«Okay! Der Vogel verschwindet über dem Werk in Richtung Grünwall hinter dem Autobahnzubringer», hörte er Patrick im nächsten Moment sagen.

«Gott sei Dank! Ende! Und schalt' dein Handy jetzt aus!» kommandierte Tim erleichtert. Selbst schaltete er die Fernsteuerung ab und legte sie zur Seite.

*

«*Zugriff!*» Polizeirat Ulmer hatte noch ein paar Sekunden gewartet, nachdem das Flugzeug plötzlich aus seinem Kreiselflug ausgebrochen und in Richtung Süden verschwunden war, und dann den Befehl gegeben, der zeitgleich in den Headsets der SEK-Beamten ertönte.

Momentan stürzten sich 20 vermummte, schwarz gekleidete Polizisten von hinten gleichzeitig auf die zehn blonden Aktivisten in Schwarz, warfen diese zu Boden, wobei die Fernsteuerungen nach vorne flogen, an den Zaun geschleudert wurden und von dort auf die Rasenfläche fielen. Während die jungen Männer vor Schmerzen schrien, drehten die Polizisten ihnen die Hände auf den Rücken und legten ihnen Handschellen an. Innerhalb weniger Sekunden war die Festnahme abgeschlossen. Das Ganze war so schnell gegangen, dass Patrick mit seiner Drohne nicht mehr rechtzeitig zur Stelle gewesen war, um auch nur eine Verhaftung zu filmen. Es blieb ihm nur übrig, über einzelnen Festgenommenen zu schweben und zu dokumentieren, wie die Verhafteten auf dem Boden lagen und die Polizisten über ihnen knieten. Trotzdem sollten diese Aufnahmen noch von größter Bedeutung werden, als sie vom Nachmittag des 03.08.2016 an auf Youtube auftauchten. Denn das Mikrofon der Kamera dokumentierte, ebenso wie die offenen Telefonleitungen der Aktivisten, wie die Verhafteten wieder und wieder mehr ächzten als riefen: «Öffnen Sie die Fernsteuerung, öffnen Sie die Fernsteuerung, Fernsteuerung öffnen!». Das jedoch tat die Polizei *nicht*, was wiederum auf dem Youtube-Video gut zu sehen war. Stattdessen wurden die Geräte einzeln eingesammelt, in großen durchsichtigen Plastiktaschen versiegelt und die zehn jungen Männer der Reihe nach abgeführt. Später behauptete die Polizei, *eine* der Fernsteuerungen habe volle Batterien enthalten und müsse folglich zur Steuerung des Flugzeuges gedient haben. Mittels der Fingerabdrücke auf dem Gerät könne so der Hauptverantwortliche überführt werden. Die Angeklagten hingegen sagten übereinstimmend aus, *keine* der Fernsteuerungen habe Batterien enthalten, das Flugzeug sei von der Ebene 4 des Parkdecks 307 geflogen worden, wer die Steuerung durchgeführt habe, entziehe sich ihrer Kenntnis, da die Treffen zur Planung dieser Aktion immer maskiert erfolgt seien. Die Anregung zu maskierten Treffen sei seinerzeit von den befreundeten Aktivisten aus Frankfurt gekommen. Das später gefundene Flugzeug habe im übrigen nachweislich keinen Sprengsatz getragen, so etwas sei nie geplant gewesen, von Terrorismus könne keine Rede sein und sei von Greenpeace im Übrigen auch immer abgelehnt worden. Eine terroristische Bedrohung habe sich einzig in den Köpfen des Mercedes-Werkschutzes und der Polizei befunden, weshalb die Angeklagten freizusprechen seien. Man könne die Greenpeace-Gruppe weder moralisch noch juristisch verantwortlich dafür machen, was in den Köpfen öffentlicher oder privater Sicherheitskräfte vorgehe. Über Jahre hinweg und durch die Instanzen hindurch sollten dieser sogenannte Daimler-Greenpeace-Prozess und damit das Video die Republik noch beschäftigen. Millionenfach wurde es angeklickt und in der Berichterstattung immer wieder erwähnt, was auf dem Banner des Flugzeugs gestanden hatte: Paris 12/15, Climate Action Now! PR-mäßig hätte die Aktion kein größerer Erfolg werden können. Doch dies wurde sie erst, genau wie die Gruppe es erwartet hatte, mit Hilfe der Polizei.

*

Davon wussten allerdings weder Patrick noch Tim und Sandra schon etwas, als die Drohne um 09:17 Uhr des 03.08.2016 einfach zu Boden fiel. Die Flugzeit war aufgebraucht. Das war in Ordnung, weil so geplant, das Gerät hatten sie aus dem Demo-Budget, das die Greenpeace-Zentrale jeder lokalen Gruppe zur Verfügung stellt, nur für diese Aktion gekauft. Jetzt allerdings ging es darum, Patricks, Tims und Sandras Haut zu retten. Das geschah auf sehr unterschiedliche Weise:

Auch Sandra drückte auf Gespräch beenden und machte das Handy aus. Dann beugte sie sich über ihre Handtasche, holte ein Paar Einweghandschuhe hervor, zog sie an, öffnete das Gerät, holte die SIM-Karte heraus, entnahm auch noch die Batterie und schloss dann das Gehäuse wieder. Dann fragte sie Tim: «Und jetzt? Im Autoaschenbecher verbrennen geht nicht, solange wir das Fenster nicht öffnen können.»
«Beiß' auf der Card rum oder zerkratz sie mit den Fingernägeln, dann geht sie sicher auch kaputt! Und weißt du was? Ich muss wie wahnsinnig auf's Klo!»
Sandra sah Tim groß an: «Wie wahnsinnig?»
«Wie wahnsinnig, ja! Das geht echt nicht mehr lange gut!»
Sandra konnte sich trotz der pikanten Lage für sie beide ein Grinsen nicht verkneifen. «Na gut», sagte sie dann, während ihre blauen Augen blitzten und funkelten, «alles oder nichts, was? Versteck' die Fernsteuerung unter dem Fahrersitz!»
Zu Tims Überraschung verwuselte sie sich kurz entschlossen die langen blonden Haare, öffnete dann die Schiebetür des Peugeot und stieg knackig, wie sie war, in Hot Pants und weißem T-Shirt, aus dem

Auto. Einen Augenblick musste sie in der Sonne blinzeln. Gleichzeitig fühlten sich die 30 Grad, die es auf dem Parkdeck haben mochte, gegenüber der Hitze im Auto geradezu kühl an. Als ihre Augen sich an die Helligkeit gewöhnt hatten, sah sie einige Meter entfernt einen Polizisten stehen, der ihr offensichtlich ziemlich überrascht entgegensah.

«Guten Morgen!», rief sie mit bewusst mädchenhafter Stimme, ging gleichzeitig irgendwie schlurfend auf ihn zu und machte mit ihrem verwuselten Haar tatsächlich einen äußerst verwirrten Eindruck, verwirrt und gerade so auch noch äußerst sexy. «Mein Freund und ich, wir haben da in dem Auto übernachtet und dann haben wir diesen Krach von den Hubschraubern gehört und Angst gekriegt und wir waren auch ganz still. Aber jetzt müssen wir soooo dringend aufs Klo! Dürfen wir das?»

Ein total verdutzter Polizeirat Frank Ulmer wusste nicht, was er sagen sollte. Der Kontrast zu der dramatischen Situation, in der er sich eben noch befunden hatte, und der überrumpelnden Frage dieser so plötzlich aufgetauchten jungen Frau war in der Tat etwas zu groß, als dass er sofort hätte antworten oder gar mit Misstrauen reagieren können. Sandras Erscheinung, blond, klein, knackig, schlurfig und verschlafen, die Unschuld in Person mit anderen Worten, tat das Übrige, so dass er nach zwei Überraschungssekunden fragte: «Können Sie sich ausweisen?»

«Ja, ich glaube schon. Aber dürfen wir dann aufs Klo?», fragte Sandra treuherzig.

«Ich weiß nicht, ob sich hier in der Nähe eine Toilette befindet», räusperte sich Ulmer.

«Aber wenn wir Ihnen unsere Ausweise zeigen, dann schreiben Sie die doch auf. Dann können wir doch sowieso fahren, oder?» fragte Sandra.

«Also, eigentlich müsste ich Sie schon hier behalten, als Zeugen, wissen Sie», antwortete Ulmer. «Wenn Sie die Nacht über hier oben waren.»

Sandra machte ihre Beine zu einem X, ging dabei leicht in die Hocke, beugte ihren kleinen Körper nach vorne, wippte fast zappelnd auf und ab und sorgte dafür, dass ihr Gesicht einen flehenden Ausdruck bekam: «Aber Sie schreiben uns doch auf, nicht wahr? Dann wissen Sie doch, wer wir sind. Dann können Sie uns doch anrufen und aufs Revier bestellen. Dann können wir doch jetzt aufs Klo, das macht doch dann nichts. BITTE!»

Ulmer hatte sich durchaus auf anderes zu konzentrieren als kleine Mädchen mit gewissen Daseinsgrundbedürfnissen. «Na gut», sagte er, «gehen Sie mit Ihrem Freund zu dem Kollegen dort und lassen Sie Ihre Personalien aufnehmen. Dann können Sie meinetwegen fahren. Aber Sie müssen damit rechnen, dass wir Sie zeitnah kontaktieren.»

«Ja, natürlich, vielen Dank!» Sandra lächelte zuckersüß, wandte sich sichtbar erleichtert um, ging zum Auto zurück, sagte etwas zu Tim, worauf der im Inneren seines Peugeot verschwand und kurze Zeit später mit zwei Personalausweisen sowie Fahrzeugschein und Führerschein in der Hand wieder auftauchte. Damit gingen sie gemeinsam zu einem der SEK-Beamten, deren Dienste als Präzisionsschützen jetzt nicht mehr gebraucht wurden, zeigten diesem die Papiere, stellten sich dumm, indem sie fragten, was denn eigentlich passiert sei, sie hätten ja einfach nur die Köpfe eingezogen in ihrem Auto, und setzten sich, nachdem der Polizeibeamte sie mit einsilbigen Antworten abgespeist hatte, in den alten, roten Peugeot Partner, fuhren langsam und klopfenden Herzens, Parkdeck für Parkdeck, der Ausfahrt an der Calwstraße entgegen, ungehindert durch sie hindurch und in Richtung Benzstraße davon.

Patrick hingegen verfolgte eine ganz andere, aber deswegen nicht weniger raffinierte Taktik. Sie war auch nicht improvisiert wie bei Sandra und Tim, sondern als eine von mehreren Varianten von vornherein geplant und ein Teil ihres Verwirrspiels. Keiner der vielen Cops da draußen konnte sich nämlich vorstellen, dass jemand ein Fluggerät für mehrere hundert Euro einfach sich selbst überließ. Als die Drohne so urplötzlich zu Boden rumste, warteten Ulmer und seine Kollegen daher zunächst auf das, was da noch kommen würde.

Aber es kam nichts! Patrick nahm in aller Ruhe seine Videobrille ab, schloss sein anonymisiertes Steuerungsprogramm, schaltete den Laptop aus, steckte Brille und Computer in seinen Rucksack und stieg aus seinem alten Golf IV. Einzig riskanter Moment war das Schließen der Autotür, welches man nicht hören durfte, damit niemand auf Patrick aufmerksam wurde. Patrick lehnte sich daher vorsichtig an die Tür, drückte sie mit leisem Klack zu und verschloss sie mit dem Funkschlüssel. Dann schlängelte er sich zwischen vielen hundert geparkten Autos hindurch zum Ausgang Mitte-Ost, wo auch Fahrräder, Roller und leichte Motorräder der Werksangestellten geparkt waren. Hier traf er nicht unerwartet auf weitere Menschen, die alle nicht wussten, wie sie sich hatten verhalten sollen. Ein Parkhaus, in dem sich 6000 Autos befinden, ist nie ganz menschenleer, es herrscht ein nicht sehr auffälliges, aber stetes Kommen und Gehen. Die etwa 20 Kommenden oder Gehenden, die sich zu Beginn der Polizeiaktion im Parkhaus befunden hatten, waren von den Ereignissen ebenso überrascht worden wie alle anderen, hatten sich an verschiedenen Orten im Parkhaus aufgehalten und strömten jetzt, da die Aktion offensichtlich vorbei war, den Ausgängen entgegen. Zu ihnen gesellte sich Patrick, ließ wie die anderen in aller Ruhe seine Personalien aufnehmen, zeigte den Inhalt seines Rucksacks vor, der wie bei den meisten anderen einen Laptop und sonstigen Kleinkram enthielt. Die Videobrille erklärte er damit, dass er diese zu Computerspielen benutze. Er trage sie immer bei sich, weil sie so teuer sei, was sogar stimmte. Im Parkhaus sei er zu diesem Zeitpunkt gewesen, weil er an einer Werkbesichtigung habe teilnehmen wollen. Patrick fragte, ob er das Parkhaus mit dem Auto verlassen dürfe oder später wiederkommen solle, um es abzuholen. Ihm wurde beschieden, es später abzuholen. Daraufhin fuhr er von Sindelfingen aus mit der S-Bahn nach Stuttgart.

Am frühen Nachmittag des 03. August 2016 traf er sich mit Sandra. Gemeinsam sichteten sie ihr Aufnahmematerial und redigierten es zu einem Echtzeit-Doku von 28 Minuten. Mit der Veröffentlichung auf Youtube um 16:23 Uhr sorgten sie für die dritte superdicke Schlagzeile des Tages. Innerhalb weniger Stunden wurde das Video hunderttausendfach angeklickt.

Deutschland stand Kopf.

3.7 Ab 22:35 Uhr:
Opernhaus Oslo, Bjørvika

«Unwirklich!» Das ist das einzige Wort, das ich finden kann. Es ist 22:35 Uhr, es ist taghell, ich sitze tatsächlich auf dem Dach der Osloer Oper. Vorgestern morgen noch Berlin, gestern Abend noch Meckenheim, heute morgen Riesenkrach mit H., jetzt hier. Den interessiert nicht, dass 33 Menschen ums Leben gekommen sind, den interessieren «Ruhe und Ordnung» in seiner Welt und seine eigene Position darin. Was für eine armselige Gestalt!

Bevor ich auf Empfehlung der Hotelrezeption (sehr freundlich!) hierhin bin, noch kurz im Netz Nachrichten aus Deutschland gecheckt. Dort heute morgen «eine Art Angriff» (wie soll man das sonst nennen? Es war ein Angriff und es war doch keiner ...) von Greenpeace auf das Daimler-Werk in Sindelfingen mit einem Modellflugzeug. Heute Abend wie erwartet bundesweit Demonstrationen, viele Festnahmen. Wetten, dass es heute Nacht wieder zu Tagger-Aktionen kommt? Und dass Autobahnen morgen wieder gesperrt sein werden? Morgen wird das Ultimatum zur Ankündigung der Parteitage ausgelaufen sein. Und dann? Das kriegst du so nicht in den Griff, Hoffkamp! Niemals!

Und dann noch Thomas und Klaus. Wirklich unwirklich! Erst bin ich drei Jahre lang allein, dann hab' ich mir nichts dir nichts gleich zwei Männer im Kopf. Andreas! Christina! Du hast zwei Kinder, A.-L. Schlag dir Klaus aus dem Kopf! Aber der Abschied tut weh! Hab' mich sofort so wohl gefühlt neben ihm. So sicher. Mein Leben macht wirklich krumme Sprünge im Moment. Schlägt Haken wie ein Karnickel. Mein erstes Buch kriegt den originellen Titel «Aufstieg und Fall der Anne-Liese S.»

Anne-Liese hielt inne und sah auf. Sie saß mit angezogenen Beinen direkt auf einer der 34.000 grob behauenen weißen Marmorplatten, die

die neue Oper von Oslo bedecken, die mit ihrer Lage am, ja, fast im Fjord und ihrer spektakulären Architektur den Anspruch erhebt, das Sydney der nördlichen Hemisphäre zu sein. Vor, neben und hinter Anne-Liese tummelte sich ein Teil des abendlichen Lebens der norwegischen Hauptstadt. Überwiegend blonde und leicht gekleidete Skandinavier jeden Alters machten sich neben den vielen Touristen auf dem weißen Operndach breit, wie man sich in Deutschland auf der Rasenfläche eines Schwimmbades breitmacht, nur dass der Rasen hier aus weißem Marmor besteht. Vereinzelt tollten Hunde umher, Skater trieben das ratternde und dann trocken knallende Wesen oder Unwesen ihrer Sportart unweit von Anne-Liese unter tiefstehender Sommersonne, die auch um diese Tageszeit noch sanfte Wärme spenden kann. Die Temperatur betrug angenehme ein-, zweiundzwanzig Grad. Anne-Liese saß in von Jacqueline gekauften Jeans und T-Shirt auf dem Stein, ihr kleines schwarzes Tagebuch vor sich auf den Beinen. Etwa fünf Meter unterhalb Anne-Lieses lag der Wasserspiegel des Fjordes, in den dieser Teil des Operndaches in sanfter Schräge hineingleitet.

Ich weiß wirklich kaum, woran ich zuerst denken soll. Wo ist dein Kopf, A.-L.? Fünf Meter über dem Fjord, 10.000 Meter über Deutschland, 1000 Meter über Berlin, einen halben Meter über Andreas und Christina. Ihr schlaft jetzt, schlaft gut, ihr zwei! 20 Zentimeter vor, neben, über, unter dir, Thomas, ganz nah. Ob du jetzt auch schläfst? Meckenheim sortiere ich jetzt aus! H. kann mich einfach mal!!! Klaus? Richtiger Mann + falscher Zeitpunkt = falscher Mann. Thomas, du bist immer noch richtig. Wir haben die Kinder und unsere Geschichte, viel Geschichte. Die haben Klaus und ich nicht, da lässt sich's gut träumen. Thomas, du und ich, wir müssen halt arbeiten. Bin froh, dass es ist, wie es ist, dass nichts passiert ist, dass ich mir nichts vorzuwerfen brauche. Vielleicht war der Krach mit H. doch noch ein Glück. Ein paar Tage zwiespältige Sehnsucht, dann ist Klaus vorbei. Tschüss, lieber Klaus! Ich mag dich wirklich!

Anne-Liese war wehmütig, sie blickte zerrissen wieder auf, kaute auf dem Kugelschreiber, sah auf die Wasserfläche vor ihr, schrieb eine Weile nichts. Weiter draußen im Fjord spiegelten sich noch die letzten Strahlen der Abendsonne im Wasser, ihr schräg gegenüber lag in vielleicht 200 Meter Abstand ein alter Dreimaster, der sich pittoresk gegen ein wahrhaft riesiges Hafenverwaltungsgebäude aus den Zwanzigern des letzten Jahrhunderts abhob. Direkt vor ihr und doch weit entfernt nahm Anne-Liese einen dünnen Ölfilm wahr, registrierte abwesend kleine Styroporreste und eine Cola-Flasche, die gegen das künstliche Gestade schwappten. Das Opernhaus ist tatsächlich in Farbe und Form einem großen Eisberg nachempfunden, an dessen Rändern das Meer ständig leckt und schleckt.

Ich sitze auf einem künstlichen Eisberg. Ist das Ironie oder Weitsicht der Architekten? In 100 Jahren wird es auf der Nordhalbkugel vielleicht nur noch diesen Eisberg geben. Und ob in 100 Jahren in diesem Eisberg noch Opern gespielt werden? Vielleicht ist das sogar davon abhängig, wie diese Geschichte in Deutschland jetzt ausgeht. Wer weiß das? (Eislebener wissen, dass auch Einzelne der Weltgeschichte eine neue Richtung geben können. Ein bisschen Lokalpatriotismus darf sein!) So wie diese Woche hat Deutschland jedenfalls noch nie von unseren Umweltproblemen gesprochen, noch nie! Vielleicht ist das ein Anfang? Die Terroristen oder die Aktivisten oder die Täter oder wie man sie nennen will, sie beherrschen das Medienbild total, es gibt kein anderes Thema mehr, sollte man meinen. In den Kommentarspalten geht es nur noch um sie und die Frage, wie es so weit kommen konnte und was die Parteiführungen jetzt tun werden. Wenigstens das haben sie vorläufig erreicht. Und die Politiker haben Angst, richtig Angst. Wenn das bloß keine Dreitagesfliege bleibt, dann tun sie vielleicht doch noch was. Ginge es nach mir, hätten sie die dummen Parteitage längst einberufen. Das wäre nicht nur gut für den Wandel, den wir so dringend brauchen, das hätte auch den Tätern sofort den Wind aus den Segeln genommen. Deren gesamte, aufgestaute Energie wäre quasi im ersten Erfolg verpufft. Aber mich fragt ja keiner. Naja, mal sehen, was heute Nacht noch passiert. Nochmal was, womit keiner rechnet, neben dem Tagging und den Autobahnsperren? Fast wünsch' ich's mir. Und wenn's nur ist, damit H. eine lange Nase kriegt. ... (Aber den oder die Autobahnmörder, die will ICH kriegen! So was von würdelos: Von denen redet schon keiner mehr.)

Anne-Liese ließ den Kugelschreiber wieder sinken, sah auf die Uhr, dann auf und sich wieder um. 23:40 Uhr, immer noch fast taghell, nur ein Hauch von Abenddämmerung hatte sich unter blauem Himmel über die Stadt gelegt. Das war komisch und verstärkte die unwirkliche Stimmung, in der sie sich befand, mit all ihren widerstreitenden Blickwinkeln und Gefühlen, noch mehr. Und es war wunderschön. Einen Fjord harte sie sich immer ganz anders vorgestellt, dramatisch, schmal, eingezwängt zwischen hohen Felsen. Daran waren die Bilder schuld, mit denen potenzielle Touristen in Deutschland gen Norden gelockt werden sollen. Aber der Oslofjord gleicht eher einem riesigen See voll kleiner Inseln, von denen viele wie übergroße Kuppeln einer Moschee aussehen. Nadelbäume ersetzen die Minarette, von denen es dafür ziemlich viele gibt. Und auf den Inseln diese hübschen Anwesen, rot oder weiß gestrichen, manchmal auch blau, grün, gelb, alle in traumhafter Lage, die Häuser allesamt aus Holz, so wie man sie aus dem Fernsehen kennt. Zwischen den Inseln der rege Bootsverkehr, auch jetzt noch, um diese Zeit. Und dieses Licht! Unvergleichlich, in was für ein Licht die tiefstehende Sonne weiter draußen den Fjord und die Häuser noch tauchte. Die Oper selber lag jetzt im Schatten. Anne-Liese kramte in der Handtasche, holte ihr Handy heraus und machte ein paar Bilder in der Hoffnung, dass die Technik in der Lage sein würde, die Stimmung einzufangen. Die Bilder würde sie morgen Thomas und den Kindern senden. Und Klaus. Klaus? Nein, Klaus nicht! Das täte sie gerne, aber das musste sie sich verkneifen.

Es war nun doch kühl geworden. Anne-Liese steckte das kleine, schwarze Buch in die Handtasche, stand auf und drehte sich um. Die kleine Bewegung reichte völlig, um vom Fjord und seiner breiten Weite zurück in der Stadt zu sein. Bevor Anne-Liese von der Oper über die lange Fußgängerbrücke, die eine Stadtautobahn überquert, zurück zum Hotel ging, wollte sie noch einmal das imposante Marmordach erklimmen, das in sanfter Schräge vom Wasserspiegel bis in dreißig, vierzig Meter Höhe ansteigt. Beim Anstieg streckte sich rechts von ihr aus dem Dach wie ein übergroßer Erker der mehrstöckige, gänzlich verglaste und jetzt hell erleuchtete Teil des Foyers aus dem marmornen Eis dem Wasser entgegen. Oben öffnete sich, wie hinter einem Bergkamm auf einen neuen Gebirgszug, ein weiterer Blick auf Hochhäuser eines ziemlich neuen Stadtteils, elegant, reich, nach oben und nach vorne strebend. Es war, als seien diese Gebäude für den Abend geschaffen worden, so wie die vielen Lichter hinter dem vielen Glas in die sanfte Dämmerung funkelten. Oben angekommen ließ Anne-Liese den Blick schweifen. Zur Zierde hatten die Stadtplaner sogar Platz für ein paar Bäume und ein paar Grashalme zwischen Oper und Hotel gefunden, die da genau so stehen wie man Zimmerpflanzen irgendwo hinstellt. Der Rest der Fläche besteht aus Asphalt und Beton.

Anne-Liese sah, was sie sah, wandte sich um und ab und ging hinunter, machte sich auf den Weg von einer skandinavischen Oper zu einem skandinavischen Hotel in einer skandinavischen Hauptstadt. Wohl deshalb musste die Deutsche an H.C. Andersens Märchen «Die Nachtigall» denken, das zumindest in ihrer Kindheit immer noch erzählt oder vorgelesen wurde und das sie selbst auch Andreas und Christina erzählt hat. Wann hatte der Däne das geschrieben? 1840? 1850? Der Kaiser von China ersetzt darin eine echte, aber unscheinbare Nachtigall, die allabendlich für ihn singt, mit einer mechanischen, mit Diamanten und Edelsteinen besetzten. Doch der virtuelle Vogel geht irgendwann kaputt und singt nicht mehr und der Kaiser wird todkrank. Ob im wirklichen Leben die echte Nachtigall zurückkommt und den Kaiser rettet, so wie im Märchen? Hier, zwischen Oper und Hotel, war für die nächsten hundert Jahre jedenfalls kein Platz für Nachtigallen vorgesehen, so viel war sicher.

Morgen um 08:00 Uhr würde eine norwegische Kollegin auf Anne-Liese warten. Die sollte sie bei ihrer Suche nach «Homo sapiens» unterstützen. Die hatte für Anne-Liese auch einen Termin am philosophischen Institut an der Uni vereinbart. Dort würden sie einen Professor treffen, der sie über Gedanken und aktuelle Anhängerschaft dieses Öko-Philosophen orientieren sollte. Den Namen der Kollegin hatte Anne-Liese vergessen. Aber Deutsch sollte sie sprechen, jedenfalls war ihr das am Mittag in Meckenheim noch zugesichert worden. Das war gut, denn Anne-Lieses Englisch war nicht das Beste.

Anne-Liese betrat die mondäne Empfangshalle des Hotels und ging direkt zum Aufzug. Sie hatte ein Zimmer im fünften Stock, mit Blick über den Fjord. Das Amt ließ sich immer noch nicht lumpen, obwohl man fragen konnte, was wer von dem Fjordblick hat, wenn er oder sie schläft. Aber Verbrechensbekämpfung hat schon immer viel Geld gekostet, da kam es auf ein paar verschlafene Euro nicht an. Viel wichtiger war: Wer kann, wenn es nachts fast taghell ist, überhaupt schlafen?

Kapitel 4: Donnerstag, 4. August 2016

4.1 Ab 02:13 Uhr:
Deutschland, fast irgendwo

Kopfkino. Die Leinwand ist so dunkel wie sie überhaupt sein kann, wenn Filmleute Nacht filmen. Von einem Irgendwoher kommt schwaches Licht und bescheint den Kopf. Weißblond ist er, liegt auf einem weißen Kissen, gehört dem Mann und füllt die ganze Wand.

Der Mann schaut einige Sekunden in die Kamera, schließt die Augen, öffnet sie, schließt sie, öffnet sie, wirft sich herum, wendet dem Objektiv den weißblonden, zerzausten Hinterkopf zu, wälzt sich halb, liegt er ein paar Minuten auf dem Hinterkopf, starrt nach oben. Dann wiederholt sich das Spiel, dem Kinosaal zu- und dem Kinosaal abgewandt. Weil es so dunkel ist, wirken auch die Augen dunkel, auch wenn sie offen sind, ihre Farbe bleibt unentscheidbar. Ob du den Mann bei Tageslicht erkennen würdest? Vielleicht. Nein, eigentlich nicht. Kaum jedenfalls, wenn mehrere Männer mit ebenso blonden Haaren von ebensolcher Länge und Frisur dir gegenübergestellt würden. Du weißt, wer er ist, und könntest ihn doch nicht erkennen.

Rechts unten auf der Leinwand ist nun eine digitale Uhr eingeblendet, die im Zeitraffer läuft. 02:13 war es gerade, jetzt ist es schon 03:04 und dann 04:47. Es ist trotz Zeitraffers mühsam, zermürbend, einem Menschen beim Nicht-schlafen-können zuzusehen. Aber genau so ist es, das Nicht-schlafen-können, es zermürbt. Jeder, der lange genug gelebt hat, weiß das. So genervt wie man selber ist, wenn man sich in seinem Bett hin- und her wälzt, so genervt fühlt sich der Mann. Die Techniken, die man gelernt hat im Laufe des Lebens, das langsame Rückwärtszählen, das besonders regelmäßige Ein- und Ausatmen, das Autogene Training, die Tabletten, die man nehmen kann, ohne Abhängigkeit zu riskieren, und die Haltungen, die man sich zugelegt hat im Laufe des Lebens, das Wegschieben, das Verdrängen, das In-Schubladen-stecken, alles, damit man schlafen kann, all diese Dinge wirken eben nicht. Solche Nächte hat jeder, und ganz besonders dann, wenn es viel zu warm ist. Da braucht man nicht einmal was auf dem Kerbholz zu haben, man braucht auch keine schweren Gedanken, auf jeden Fall keine schwereren als die, die in jedem Leben vorkommen. Aber wenn die sich dann auch noch melden, was sie ja früher oder später unweigerlich tun, dann wird aus der Nachtruhe garantiert nichts mehr.

So fühlt sich wohl auch der Mann, der sich jetzt aufrichtet und offensichtlich aufstehen will. Dabei verändert die Kamera die Perspektive. Sie zeigt, dass er anscheinend nicht in einem normalen Bett schläft, der Kopffilm zeigt ihn aus der Perspektive seiner Füße. Gebückt sitzend rutscht er nach vorne, mit eingezogenem Kopf seinen Füßen nach oder zu, wie auch immer, und die Kamera weicht dabei unentwegt zurück als fliehe sie vor ihm. Dann dreht er sich um. Nackte und ziemlich große Männerfüße suchen und finden rückwärtigen Halt auf einer schmalen Aluminiumleiter und steigen langsam tiefer. Der Mann scheint aus einer Alkove zu klettern, in einer Schiffskajüte, einem Zugabteil oder – einem Wohnmobil?

Schnitt! Wie wenn die Kamera die letzte Vermutung bestätigen wollte, zeigt sie jetzt ein weißes, kleineres, aber ziemlich modernes Wohnmobil von der Seite, dessen dir zugewandte Tür sich gleichzeitig öffnet. Heraus kommt der Mann, der Zeitraffer am rechten unteren Leinwandrand bleibt bei 05:47:36 Uhr stehen. Noch ist es – jetzt, Anfang August, nicht ganz taghell, doch der Mann hat schon eine verspiegelte Sonnenbrille auf, von der Art, wie sie im Radsport verwendet werden. Bekleidet ist er mit einem eng anliegenden, blauen, kurzärmeligen Renntrikot. Dazu trägt er schwarze, kurze Tights und ebenfalls blaue Rennradschuhe ohne Socken. Der schlanke Körper wirkt gut, aber nicht übertrieben trainiert. Die Haut ist an Armen und Beinen hell behaart. Der Mann hält eine Tasse dampfender Flüssigkeit in der Hand, wahrscheinlich Kaffee. Er nimmt noch im Stehen einen Schluck, setzt sich dann auf das Treppchen der offenen Tür zum Wohnmobil, nimmt noch einen Schluck, stellt die Tasse vor sich auf der Erde ab, gähnt mehrmals, wendet sich dann um, greift in der Türöffnung hinter sich nach etwas. Als er sich zurückdreht, hat er einen Zigarillo im Mund, den er sich mit dem Feuerzeug in seiner Rechten ansteckt, während die Linke die Flamme schützt. Vornübergebeugt, die Ellenbogen auf die Beine gestützt, sitzt er da und raucht, in der Rechten den Zigarillo, am Arm der Linken eine grau-stählerne Armbanduhr, auf die er immer wieder schaut. Er muss sehr, sehr müde sein, so wie er ständig gähnt. Und: Der Mann ist offensichtlich nervös, so wie er ständig auf die Uhr schaut. Und: Unter den Armhöhlen bilden sich bereits Schweißflecken. Kein Wunder: Wenn die Nacht zu warm war, ist's der Morgen auch.

Die Kamera fährt zurück, die Umgebung des Wohnmobils wird sichtbar, gleichzeitig schleicht sich ein Geräusch so unmerklich ins Ohr, dass man sich fragt, ob es die ganze Zeit da gewesen ist oder ob die Filmleute es erst jetzt hinzugemischt haben. Geräusch und Bild sagen jedenfalls: Autobahnraststätte. Das Wohnmobil steht auf einer Autobahnraststätte. Hm. Ist das nicht ziemlich gefährlich für den Kerl? Der führt doch nichts Gutes im Schilde, da sollte man doch möglichst nicht gesehen werden. Wer des wirklich frühen Morgens mit Zigarillo und im Radler-Trikot beobachtet wird, bleibt doch sicher in der Erinnerung eventueller Beobachter haften, so wenig, wie das sportliche Outfit, Rauchen und Tageszeit zusammen passen. Also ist es vielleicht umgekehrt? Vielleicht will der Mann so auffällig sein? Vielleicht, damit etwas anderes der Erinnerung eines potenziellen Beobachters entgleiten soll?

Der Mann hat aufgeraucht, zerbröselt den Zigarillostummel sorgfältig zwischen den Fingern und wirft die Tabakkrümel in die Luft. Dann steht er auf und geht davon, wohl in Richtung Tankstelle und Toiletten, genau sieht man das nicht. Während er weg ist, führt die Kamera kurz hinter das Fahrzeug: Es hat ein dänisches Kennzeichen. Warum das denn?
Als der Mann zurückkommt, scheint er geduscht zu haben, sein Haar ist nass, dadurch etwas dunkler als sonst und rechts mit Akuratesse gescheitelt. Er verschwindet wieder im Wohnmobil, diesmal allerdings von der Kamera durch die geöffnete Tür genau beobachtet. Er setzt sich an den kleinen Tisch gegenüber der Tür – auf dem Tisch steht ein Tablet. Die Kamera wechselt die Perspektive und zoomt: Auf der

Leinwand ist jetzt der gesamte Bildschirm des Tablets zu sehen. www.sueddeutsche.de gibt eine unsichtbare Hand in die Adressenzeile ein.

Eine lange Sekunde später baut sich die Seite mit ihrer ersten Schlagzeile auf: SONDERPARTEITAGE: ULTIMATUM ABGELAUFEN steht da. Der Cursor geht auf die Zeile, der Anfang des Artikels erscheint:

Auch nach Ablauf des terroristischen Ultimatums vom vergangenen Montag, das von allen Bundestagsparteien bis spätestens gestern Nacht 23:59 Uhr die Ankündigung von Sonderparteitagen forderte, sind die Bundesvorstände der drei Regierungsparteien gespalten. Wie die jeweiligen Parteisprecher in Berlin zuletzt heute morgen um 04:00 Uhr mitteilten, werde in den Krisensitzungen der Bundes- und Landesvorstände weiter kontrovers diskutiert. Unterdessen appellierte die Kanzlerin erneut an die Terroristen, ihre Aktionen ...

In die obere Zeile der Seite wird eine neue Adresse eingegeben: www.welt.de. Die Seite baut sich auf. REGIERUNGSPARTEIEN DISKUTIEREN NOCH IMMER lautet die Schlagzeile dort. Die unsichtbare Hand tippt einen weitere Adresse ein: www.bild.de. PARTEIEN HABEN SPALTPILZ, REGIERUNG IST LAHM liest das Auge nach etwa einer Sekunde. Der Cursor fährt daraufhin in die rechte obere Ecke des Schirms und zeigt auf das kleine rote Rechteck mit dem kleinen weißen Andreaskreuz darin. Einen Augenblick später ist die Leinwand schwarz. Nur am rechten unteren Rand hat die Uhr wieder zu laufen begonnen und zeigt in weißen Ziffern auf grünem Grund jetzt 06:37:43 Uhr, während jetzt auch die Hundertstel Sekunden eingeblendet sind und losrasen.

Und du verstehst: Hier hat ein Countdown begonnen, dessen Ende nur dieser weißblonde Mann kennt.

4.2 Ab 07:00 Uhr:
Oslo, Hotel Opera – Internationaler Fährenkai

Anne-Liese erwachte vom Summton ihres Handys. Für ein paar Augenblicke wusste sie nicht, wo sie sich befand. Ausgeschlafen fühlte sie sich nicht, auch wegen der nordischen Helligkeit war sie im zweiten fremden Bett seit drei Tagen erst spät eingeschlafen und hatte dann wirres Zeug geträumt: Der Hubschrauberpilot von vor drei Tagen entpuppte sich als Dr. Hoffkamp. Während sie über Deutschland hinwegflogen und die vielen Staus auf den Autobahnen unter sich sahen, brüllte Hoffkamp die ganze Zeit: «Alles Ihre Schuld, alles Ihre Schuld!» Dann war sie plötzlich Hand in Hand mit Klaus Wegner auf dem Dach der Osloer Oper spazieren gegangen, dann waren Andreas und Christina da, dann Wolfgang Wild ... Herrgott, was für einen Quatsch man sich zusammenträumte! Aber im Grunde waren es ja nur die Ereignisse der letzten drei Tage, die sie so verarbeitete – Anne-Liese machte sich das bewusst und gewann so Abstand nicht nur zur vergangenen Nacht. Bald würde Meckenheim gefühlte, nicht nur tatsächliche 1000 km weit weg sein. Gut so.

Sie blieb noch ein paar Minuten liegen, gab sich dann einen Ruck, ging ins Bad, genoss den warmen Sprühregen unter der Dusche. Dienstbeginn Punkt 08:00 Uhr, nahm sie sich vor, keine Minute früher. Sie würde den Rechner vorher *nicht* hochfahren, das Diensthandy vorher *nicht* einschalten, vorher *nicht* in Wiesbaden anrufen, den Fernseher im Hotelzimmer *nicht* einschalten und vorher *nicht* mit ihrem Smartphone Nachrichten googeln. Keiner hatte etwas davon, dass sie Arbeit und Freizeit nicht ordentlich trennte. Die Episode mit Hoffkamp machte mehr als deutlich, dass man sich nur Ärger einhandelte, wenn man schneller war, weiter dachte und mehr leistete, als erwartet wurde. Die Zeit beim Frühstück wollte sie nutzen, um mit den Bildern von gestern je eine Guten-Morgen-SMS an Thomas, Christina und Andreas zu schicken.

Um 07:28 Uhr nahm Anne-Liese den Aufzug hinunter ins Erdgeschoss und ging von dort in den Restaurantteil des Hotels. An dem großzügigen skandinavischen Frühstücksbuffet waren die Speisen norwegisch und englisch beschriftet, was Anne-Liese nicht immer half. Aber alles war sehr appetitlich angerichtet und ein brauner Käse, von dem andere Gäste sich mit dem Käsehobel in dünnen Scheiben abschnitten, erregte ihre Aufmerksamkeit. Sie raffte ihr Englisch zusammen und fragte den Herrn hinter sich:
«Excuse me, this brown cheese, what kind of cheese is it?»
Der Norweger in offenem Hemdkragen und Jeans lächelte freundlich:
«Oh, that's a norwegian specialty. Actually, I don't know an english word for it. We call it «Brünust».
«What?» fragte Anne-Liese.
«Brünust», wiederholte der Mann.
«Brün-ust», sagte Anne-Liese langsam.
«Very good!», lobte der Mann.
«What does it taste like?», fragte Anne-Liese.
«A little sweet, a little like caramel», sagte der Mann. «But the cheese that's more dark than the other one beside» – er zeigte dezent mit dem Besteckmesser erst auf den dunkleren und dann den helleren der beiden Käse – «tastes a little bit stronger. It's made of goat milk. The other one is made of cow milk. Just try it, it's very good. We eat it often with jam.»

Anne-Liese kannte das Wort «goat» nicht, nickte aber trotzdem, bedankte sich und schnitt sich mit dem Hobel je zwei dünne Scheiben von den beiden Käsesorten ab. Dazu nahm sie sich etwas Blaubeermarmelade auf den Teller. Die Brotauswahl beeindruckte sie nicht übermäßig, es gab Brötchen und vorgeschnittene Scheiben, die schienen mehr aus Luft als aus irgendetwas anderem zu bestehen. Sauerteigbrot suchte sie vergeblich.

Mit ihrem Tablett suchte sie sich einen freien Tisch, stellte das Tragegerät ab, legte ihr privates Handy daneben und setzte sich. Während sie sich zwei Scheiben Brot zuerst mit Butter und dann etwas Marmelade bestrich, auf die sie dann nach Empfehlung des

Mannes je eine eine Scheibe des braunen Käses legte, überlegte sie, was sie Thomas und den Kindern schreiben sollte. In der Rechten Brot, in der Linken das Smartphone betätigte sie mit dem Daumen den Touch Screen des Gerätes. Dabei schmeckte der Käse anders als alles, was sie bisher gegessen hatte. Aber der Mann hatte recht: Der Geschmack war süßlich und erinnerte ein wenig an Karamell. Zusammen mit der Marmelade fand Anne-Liese ihn ziemlich lecker. Vielleicht ließ dieser Brünust sich in einem Supermarkt auftreiben, so dass sie ihn als Mitbringsel mit nach Berlin nehmen konnte?

Um 07:58 Uhr hatte sie dreimal auf SENDEN gedrückt, nahm sie ihren letzten Schluck Kaffee, steckte das Handy in die Handtasche, nahm das Dienst-Handy heraus, aktivierte es, legte es zurück in die Tasche, erhob sich, nahm dabei den Laptop auf, hängte die Handtasche über die linke Schulter und verließ mit dem Laptop in der Rechten das Restaurant durch den Ausgang zum Foyer.

Im selben Moment kam von draußen durch die Drehtür des Hotels eine norwegische Polizistin mit blondem Pferdeschwanz in schwarzer Sommeruniform herein. Die Blicke der beiden Frauen trafen sich, sie erkannten einander intuitiv, gingen auf einander zu und mochten sich augenblicklich.
«Sind Sie Anne-Liese Schwartzer?», fragte die burschikos wirkende, etwa 35-jährige, sommersprossige Norwegerin groß lächelnd, während sie schon die Hand zur Begrüßung ausstreckte.
«Ja, die bin ich!» Anne-Liese ergriff die Hand und schüttelte sie herzlich.
«Bente Breistein, Oslo politikammer», stellte die andere sich vor. «Willkommen in Norwegen!»
«Vielen Dank, Frau Breistein! Freut mich sehr, Sie kennen zu lernen.»
«Bitte sagen Sie nicht Frau. Es ist nicht normal zu sagen Herr oder Frau in Norwegen länger – sagen Sie einfach Bente», forderte die Norwegerin Anne-Liese in nicht ganz korrektem, aber flüssigem Deutsch auf, wandte sich dabei schon wieder dem Ausgang zu und bedeutete Anne-Liese mit einer burschikosen Handbewegung, dass sie folgen möge.

Anne-Liese kam der Aufforderung etwas überrumpelt nach. «Gut! Wenn Sie Anne-Liese sagen ...» Bentes ganzes Wesen vermittelte Tempo, Anne-Liese musste sofort aufschließen. «Woher können Sie so gut Deutsch?» fragte sie, als sie dann neben ihr her eilte.

«Ich habe es in die Schule für fünf Jahre gelernt. Wir konnten wählen zwischen Deutsch und Französisch nach Englisch zuerst. Ich habe gewählt Deutsch und ich habe es geliebt. Es ist so systematisch. Aber ich habe es lange nicht praktiziert.»

«Meine erste Fremdsprache war Russisch», erzählte Anne-Liese in der Drehtür. «Dann kam Englisch.»

«Dann müssen Sie sein von die alte Ostdeutschland?» fragte Bente zurück, während sie sich aus der Drehtür hinaus bewegten und auf ein Polizeifahrzeug zu marschierten, das direkt vor dem Hotel geparkt war.

«Das stimmt. Aus Eisleben. Martin Luther ist da geboren und gestorben.»

«Ja. Das ich erinnere mich dunkel», sagte Bente.

«Dann hat Ihnen die Schule aber Spaß gemacht, wenn Sie sich an so etwas erinnern», staunte Anne-Liese lachend.

Bente hielt Anne-Liese die Beifahrertür auf. «Ja, ich bin gerne gegangen auf die Schule,» sagte sie dabei. «Wir hatten viele gute Lehrer. Es hat Spaß gemacht.»

«Da haben Sie aber Glück gehabt!»

«Ich weiße», antworteten pferdeschwänzelnde, blonde Sommersprossen in schwarzer Polizeiuniform, schlossen die Tür und marschierten energisch vorne um den weißen, mit roten und blauen Streifen dekorierten Volvo herum, um sich dann hinters Steuer zu setzen. Es war das erste Mal, dass Anne-Liese in einem ausländischen Polizeifahrzeug saß. Der Unterschied bestand eigentlich mehr in der Fahrzeugmarke, der Lackierung und den Herstellern der polizeilichen Sonderausstattung als in der Ausrüstung selber. Während sie sich anschnallte und den Motor anließ, sagte Bente: «Und wir haben große Glück, dass Sie gekommen sind gerade heute.»

«Warum das denn? Wir sind doch die, die Glück hatten, dass Sie uns so schnell helfen konnten», erwiderte Anne-Liese.

«Dann sind wir beide glückliche», sagte die norwegische Kollegin und fuhr an, als gelte es ein Autorennen zu gewinnen. «Wir haben noch nicht geschickt eine Pressemeldung, aber heute morgen um circa 06:30 Uhr wir haben bekommen Nachricht von alle die große Fährenschiffe, die kommen von Deutschland oder Dänemark nach Norwegen. Da sind heute Nacht viele Autos gespraypt worden mit Lackfarbe auf die Fensterscheibe vorne. Nun sie können nicht von Bord fahren. Sie blockieren die anderen. Natürlich wir haben gelesen Zeitung und wissen, was passiert ist in Deutschland nicht erst, seit Sie haben Kontakt genommen gestern.»

So unerwartet die Neuigkeit kam, so wenig überrascht war Anne-Liese. «Na, da schau mal einer an!» sagte sie langsam. «Tsss! Tja! Jaja! Das kommt zwar ein bisschen unerwartet, aber es hat seine Logik! Tja. Jaja!» Und sie schürzte die Lippen und machte ihre Augen zu kleinen Schlitzen, während sie nachdachte.
Bente lenkte das Auto auf eine Sonderspur, die der Beschilderung nach sonst Bussen, Taxis und Elektroautos vorbehalten war. «Welche Logik?» fragte sie.
Anne-Liese antwortete mit einer Gegenfrage: «Haben Sie ähnliche Meldungen schon aus anderen Ländern? Schweden, Finnland? Welche Fähren gehen von Holland aus wohin? Und die Mittelmeerländer, wissen Sie was von denen?»
«Nein, aber das haben wir noch nicht gecheckt, denke ich», sagte die Kollegin. Der Wagen hielt vor einer Ampel. «Aber ich weiße auch nicht, ich leite nicht die Nachforschungen. Soll ich einmal fragen?» fragte sie, während sie wieder beschleunigte und sich links von ihr der Großstadtverkehr staute.
«Ja, wenn das geht? Das wäre gut!» sagte Anne-Liese.

Bente betätigte das Funkgerät und begann ein längeres Gespräch. Anne-Liese versuchte, ein paar norwegische Brocken aufzuschnappen. Immerhin bekam sie die Ländernamen Finland, Danmark, Holland, England, Belgia, Frankerike, Spania und Italia mit. Aber darüber hinaus war es nur eine Ansammlung unverständlicher Laute, die Bente in rasender Geschwindigkeit von sich gab. Vom Knacken des Funkgerätes unterbrochen antwortete eine Männerstimme ebenso unverständlich.

Darauf konzentrierte Anne-Liese sich auf die fremde Stadt. Oslo wirkte vom Auto aus wie irgendeine andere europäische Großstadt. Aber es gab überall eine Rechtsüberholspur für Busse, Taxis, Elektroautos und Einsatzfahrzeuge. Und Anne-Liese sah in diesen ersten zehn Minuten ihrer Fahrt so viele Elektroautos, wie sie in Deutschland ihr ganzes Leben noch nicht gesehen hatte.

Bente beendete das Gespräch. «Sie schicken eine Frage an Interpol», sagte sie. «In eine halben Stunde wissen wir mehr. Aber sollen wir fahren zu eine Tatort? Die Schiffe liegen geankert im Hafen jetzt.»
«Ja, wenn das geht? Das wäre sehr gut!» Fast alles, was Anne-Liese bisher über ihren Fall wusste, entstammte indirekter und damit gefilterter Information. Endlich Gelegenheit, mit eigenen Augen zu sehen. Und das ausgerechnet in einem fremden Land. Wozu doch Streit mit Vorgesetzten gut sein konnte ...
«Dann fahren wir nicht zu die Präsidium jetzt, aber zu die Tatort», sagte Bente darauf. «Das schaffen wir gut. Die Termin auf das Universität ist 10:00 Uhr.»

Sie bediente den Knopf für die Sirene des Fahrzeugs, gab jetzt erst wirklich Gas und brauste in einem Höllentempo durch die Gassen, die sich nun immer wenige Meter vor ihnen bildeten, wenn Busse, Taxis und Elektrofahrzeuge auf der rechten Sonderspur vor ihnen auftauchten. Dabei heulte die Sirene genau so, wie Anne-Liese Polizeisirenen aus amerikanischen Spielfilmen kannte. Ein bisschen Spielfilmgefühl stellte sich damit auch tatsächlich ein: Sie spürte, wie es im Bauch kitzelte und die Situation ihr sogar Spaß machte. Wie viele ihrer Landsleute im Allgemeinen und ihrer deutschen Kollegen im Besonderen rasten sonst noch im Ausland in einem Polizeiauto durch die Gegend, ohne etwas verbrochen zu haben? Ziemlich wenige wahrscheinlich, kein einziger wahrscheinlich ... .

Wenige Minuten später erreichten sie den Hafen und nach zwei weiteren Minuten hielten sie vor dem weit geöffneten Rachen einer riesigen, weißen Fähre. Die Auf- und Abfahrtrampe war heruntergelassen, aber am unteren Ende der Rampe standen mehrere Polizeifahrzeuge quer geparkt, alle hauptsächlich weiß mit roten und blauen Längsstreifen, das obere Ende der Rampe war durch ein weiß-rot-blau schraffiertes Plastikband gesperrt, davor waren dunkel uniformierte Polizisten postiert. Dahinter sah Anne-Liese von unten bereits mindestens ein Dutzend PKW, mehrere LKW und einen Reisebus, denen offensichtlich das Verlassen der Fähre bis auf Weiteres polizeilich untersagt war.

Anne-Liese verstand augenblicklich und lächelte geradezu grimmig. Ja, genau das hatten die Aktivisten im Sinn gehabt. Die Situation bedeutete keineswegs nur, dass diese Urlauber ihre Urlaubsziele und die Laster ihre Fahrtziele halt ein paar Stunden später erreichen würden. Sie bedeutete auch, dass das Schiff bis auf weiteres nicht wieder ablegen konnte, dass die Urlauber, die hier an Bord wollten, und die LKW, die ihre Frachtgüter von hier über Dänemark weiter nach Europa bringen wollten, nicht an Bord durften, dass sich der Verkehr also in die eine wie in die andere Richtung auf unabsehbare Zeit stauen würde, je länger, um so mehr im Sinne der Täter. Und sie bedeutete, dass alle weiteren Fähren sich dieser Situation anzupassen hatten und damit der gesamte Fahrplan durcheinander geriet. Darauf folgten Schadensersatzforderungen der Urlauber, darauf folgten tausendfach Stornierungen von Bestellungen in Hotels und Ferienhäusern, denn wer sagte denn, dass auf den nächsten Fähren nicht wieder dasselbe geschähe? Und wenn Anne-Liese den Braten richtig roch, dann würde das nicht nur für Norwegen gelten. Das galt ebenso Schweden und Finnland und den baltischen Staaten, das galt dem Fährverkehr von Holland, von Belgien, von Frankreich nach England und Irland, das galt dem Fährverkehr der Mittelmeerländer zu den großen Inseln, Korsika, Sardinien, Malta, Kreta, Zypern. Wenn Anne-Liese den Braten richtig roch, dann waren für die vergangene Nacht europaweit ein, zwei Aktivisten auf die jeweiligen Schiffe geschickt worden, als harmlose Urlauber getarnt, mit einer Farbspraydose im Koffer oder Rucksack, was natürlich kein Mensch kontrolliert hatte. Die leeren Spraydosen würden sie heute ohne weitere Spuren irgendwo auf den Parkdecks der Schiffe wiederfinden. Und auf den Windschutzscheiben großer deutscher Autos ganz bestimmter Hersteller, deren Besitzer hier oder dort in den Urlaub wollten, würden sie das Akronym CLAN mit Rufzeichen und Kringel um das A herum finden. Diese Autos, die durch die Spray-Aktion manövrierunfähig gemacht worden waren, versperrten aber nicht nur dort, wo sie standen, allen anderen den Weg. Sie versperrten auch den Weg in die Rückkehr zu einem Business as Usual, wie man es bis heute morgen gekannt hatte. Diese Autos bildeten eine Zäsur. Würde man künftig große Fähren nur noch nach einer Sicherheitskontrolle ähnlich der auf Flughäfen üblichen befahren können? Um unter anderem eventuell ein paar Farbspraydosen zu enttarnen? Es sah fast so aus … .

An all das dachte Anne-Liese, während sie neben Bente die Rampe nicht hinauf stieg, sondern fast spurtete. Bente bestand anscheinend auch an steilen Steigungen grundlegend aus Tempo. Vor dem Absperrband signalisierten durch reine Gegenwart sechs weitere Polizisten, dass es hier kein Herauskommen gab, bevor sie es zuließen. Bente wandte sich an einen von diesen und sprach ein paar Sätze mit ihm. Ihr Kollege zeigte nach oben. «Wir müssen auf die Kommandobrücke», sagte sie zu Anne-Liese. «Da ist die Einsatzleiter zusammen mit die Kapitän und die Mannschaftsoffizieren.»

Anne-Liese war noch nie auf einer so großen Fähre gewesen. In sechs Reihen standen die Autos dicht an dicht neben- und hintereinander auf dem mindestens 200 Meter langen, weiß getünchten Stahlkoloss. Nicht genug damit, über diesem Parkdeck gab es eine weiteres, wobei das Deck um die vier Meter hoch sein musste. Es roch markant nach Öl und Stahl, die Luft war stickig, trotz der geöffneten Luke. Am Ende des vorderen Drittels des Parkdecks teilten die Autoreihen sich und machten Platz für gleich drei Fahrstühle nebeneinander.

Anne-Liese folgte Bente, die sich zwischen den Fahrzeugen durchschlängelte und auf den rechten der Fahrstühle zusteuerte. Sie blieben dabei hier und da an einem Wagen der Premiumklasse, aber auch drei gängigen SUV-Fahrzeugen stehen, einem VW, einem Toyota und einem Kia, auf deren Windschutzscheiben in grüner Schrift dick und fett CLAN! zu lesen war. Um das A war der Kringel herum gemacht, so wie es Anne-Liese bisher berichtet worden war und sie es erwartet hatte.

Anne-Liese bat Bente, auf die Uhr zu schauen. Selber tat sie mit einer langsamen Armbewegung so, als sprühe sie das Wort CLAN mit Rufzeichen auf eine Windschutzscheibe. Es brauchte demnach circa acht Sekunden, ein Auto auf diese Weise fahruntauglich zu machen. Wegen der Enge auf dem Parkdeck konnte man es dann weder vor- noch zurück manövrieren, und es versperrte nun allen anderen den Weg; nur die allerersten Fahrzeuge auf dem Deck konnten ungehindert das Schiff verlassen.

«Wirklich effektiv!», murmelte Anne-Liese vor sich hin. Sie warf suchende Blicke nach oben und zu den Wänden hin. Gab es Videokameras, die die Täter aufgezeichnet haben konnten? Ja, die gab es. Aber deckten die das gesamte Areal? Und wie scharf waren die Aufzeichnungen? Konnte man darauf genug erkennen?

«Bente?» fragte Anne-Liese die Kollegin neben sich. «Haben Sie schon einmal mit Farbspray gearbeitet?»

«Ja, ich denke das.»

«Entsteht dabei nicht eine feine Farbwolke, von der sich Reste auf der Kleidung festsetzen können?»

«Ja, das tut es sicher.»

«Das könnte ein wichtiger Anhaltspunkt werden!», sagte Anne-Liese.

«Wenn wir haben Glück. Zuerst müssen wir haben Verdächtige!» erwiderte die norwegische Kollegin. «Es sind sehr viele Menschen auf die Schiff!»

Nach 30 weiteren Metern betraten die beiden Polizistinnen den Fahrstuhl. Von insgesamt 15 Decks wählte Bente per Knopfdruck das elfte, als sei sie in einem x-beliebigen Hochhaus. Das Gerät zur raschen Vertikalbeförderung von bis zu 20 Personen glitt nach oben, öffnete sich nach einigen Sekunden schon wieder und gab einen Korridor frei, den sie rasch entlanggingen. Links und rechts waren Türen, die wohl zu den Luxuskabinen des Schiffes gehörten. Am Ende des Korridors teilte sich der Gang dann nach links und nach rechts in Form eines T, in dessen Mitte sich eine Tür mit der Aufschrift «Crew only» befand. An diese klopfte Bente, drückte in ihrer burschikosen Art, ohne auf Antwort zu warten, die Klinke herunter und rauschte in den Raum. Anne-Liese folgte.

Für einen Augenblick vergaß sie dann den Grund ihrer Anwesenheit. Sie war nur überwältigt. Das Panorama, das sich ihr bot, war unglaublich. Von der ungefähr 30 Meter breiten und vielleicht 30 Meter über der Wasserfläche liegenden, total verglasten Kommandobrücke hatte man einen phantastischen Blick über den Fjord. Anne-Liese sah in eine viele Kilometer lange, von bewaldeten, hügeligen Ufern gesäumte gewaltige, halboffene Wasserlandschaft, Wasser, Wasser und nochmals Wasser, darin bewaldete, hügelige, kleinere und größere Inseln, Inseln als hätte jemand von oben eine Riesenfaust geöffnet und wahllos eine handvoll Meteore dorthin plumpsen lassen. In der Morgensonne von wolkenlosem, azurblauem Himmel glitzerten und funkelten zahllose Wellen um die Wette. Auf ihnen bewegten sich eine Vielzahl kleinerer Boote hin und her – wie in der Landschaft einer übergroßen Modelleisenbahn. Kreuz und quer ließen sie ihre Kielwasserspuren hinter sich – wie Flugzeuge Kondensstreifen am Himmel hinterlassen. Was für ein Anblick!

Aber diesem gewaltigen Eindruck konnte Anne-Liese sich nur einige Sekunden überlassen. Bente hatte einige Worte an die überraschten Anwesenden gerichtet und offenbar den Grund ihres Hierseins erklärt. Jedenfalls streckte ein Mann mit Halbglatze, ansonsten kurzem grauem Haar und rundem, etwas rötlichem Biergesicht, in weißem Hemd mit drei goldenen Streifen auf dunkelblauen Schulterklappen Anne-Liese die Hand entgegen und sagte ohne jeden Akzent: «Guten Morgen, Frau Schwartzer. Kapitän Leif Olavson. Willkommen auf der Queen of Oslo.» Als nächster reichte ihr der Polizist die Hand, welcher Anne-Liese unter blondem Haar durch besonders hochstehende Wangenknochen und irgendwie fast indianische Gesichtszüge auffiel: «Aslak Magga. I'm the leader of this operation. My German is not so good, I'm afraid. But it's very good to have you here quiet now, Missis Schwartzer. Welcome!»

Anne-Liese erwiderte den Händedruck und gab auch drei weiteren Anwesenden, offensichtlich Offiziere der Schiffsbesatzung, die Hand. Darauf ergriff Magga das Wort und sagte mehrere Sätze auf norwegisch. Bente raunte zu Anne-Liese: «Er sagt, er will die Meinung

von dem Kapitän hören. Natürlich können sie, für zu finden die Täter, alle die Passagiere viele Stunden festhalten. Aber es ist fraglich, ob der Kosten nicht übersteigt die Nutzen.»
Der Kapitän antwortete, Bente übersetzte leise: «Er will telefonieren die Reederei. Die Schiff ist voll belegt, 2700 Passagiere an Bord. Er sagt auch, die Passagiere müssen werden informiert fortlaufend. Er sagt, es ist am besten, wenn Kapitän und Polizei informieren zusammen.»
«Das ist sicher klug», kommentierte Anne-Liese ebenso leise. «Wie viele Deutsche sind unter den Fahrgästen, glauben Sie?»
«Ich weiß nicht, aber sicher viele. Ich kann fragen», raunte Bente zurück und griff bei nächster Gelegenheit in das Gespräch der anderen ein.
«Etwas über 2200 der Passagiere sind Deutsche oder deutschsprachig», antwortete darauf der Kapitän. Aslak Magga nickte zum Zeichen, dass auch er verstanden hatte.
«Gut. Und wie viele dieser Passagiere sind zwischen 18 und 30 Jahren, Schüler oder Studenten, reisen zu zweit oder alleine und haben die billigsten Plätze gebucht?»
«Das wissen wir natürlich nicht aus dem Stand», gab Olavson zur Antwort. «Aber es ist ja normal, dass die billigsten Plätze von jungen Leuten belegt sind. Einige dutzend, denke ich. Wir können das checken.»
«Why do you ask that question?», fragte nun der blonde Polizist mit dem Indianergesicht.
«Es ist wohl am ehesten diese Altersgruppe, in der wir die Täter suchen müssen», vermutete Anne-Liese. Und ertappte sich, während Bente übersetzte, plötzlich dabei, dass sie genauso dachte wie Hoffkamp. Unter den Passagieren bildeten diese Menschen eine kleine, relativ homogene Gruppe mit vier sehr überschaubaren gemeinsamen Merkmalen: jung, Schüler oder Student, zu zweit oder alleine, kleiner Geldbeutel. Die konnte man dann leicht ins Visier nehmen. Doch wieso zum Teufel qualifizierten gerade diese Merkmale dazu, diese Gruppe unter 2700 Passagieren verdächtiger als andere erscheinen zu lassen? Als stelle er sich diese Frage auch, antwortete Magga: «Why that?»
Anne-Liese spürte, wie sie etwas errötete. Jetzt musste sie zurückrudern, und zwar schnell und möglichst unauffällig. «An irgendeinem

Punkt müssen wir ja zu denken beginnen», sagte sie. «Auch wenn der erste Gedanke sich bei näherem Hinsehen als unzureichend erweist. Sehen Sie, wenn meine Vermutung richtig ist, ist hier nicht nur Norwegen betroffen. Viele andere Länder sind es auch. Dann müssen wir fragen: Wer hätte ein Motiv zu einer solchen Aktion, wer hätte die Zeit sie vorzubereiten, wer wäre unabhängig genug, sie durchzuführen, wer würde Geld dafür ausgeben?»

Anne-Liese machte eine Pause, damit Bente übersetzen konnte. Dann fuhr sie fort: «Da kommen unterm Strich dann junge Leute raus, wahrscheinlich Studenten, wahrscheinlich Umweltschützer. Die meisten Studenten tragen noch nicht Verantwortung für eine Familie. Die haben allgemein mehr Zeit, sich eingehend zu informieren. Die erreichen so ein höheres Maß an Betroffenheit. Die haben auch die Zeit, so eine Aktion zu organisieren. Die Bereitschaft, mit hohem persönlichem Einsatz Verantwortung für das Ganze zu übernehmen, finden wir unter ungebundenen Menschen eher als unter gebundenen. Und Studenten haben zwar wenig Geld, aber Geld genug, die billigsten Plätze auf einer Fähre zu bezahlen.»

«That may be right», erwiderte der blonde Indianer bedächtig, nachdem Bente übersetzt hatte. «But what about pensioners?»

Anne-Liese war überrascht. Das stimmte allerdings! An die hatte sie nicht gedacht. Auf Rentner und Pensionäre traf alles, was sie gesagt hatte, auch zu. Vielleicht abgesehen vom Geld, sehr vielen Rentnern ging es finanziell sehr gut. Doch sicher gönnte es sich der ein oder andere Altachtundsechziger, im letzten Viertel seines Lebens wieder politisch oder gar rebellisch zu werden. Unter den 2700 Passagieren brauchte es höchstens zwei Personen, um die Aktion auszuführen. Rentner hier als mögliche Täter auszuschließen, hieß sich auf einem Auge blind zu stellen. Vielleicht gerade, weil Pensionäre auf den ersten Blick unverdächtig erschienen.

«Da wohnt wohl ein kleiner Hoffkamp in uns allen», dachte Anne-Liese denn auch selbstironisch, während sie darauf achtete, den norwegischen Kollegen so entwaffnend wie möglich anzulächeln. «You may be right!» gestand sie ein. «What kind of theory do you prefer?»

Magga antwortete mit einem englischen Redeschwall, so dass Anne-Liese Bente hilfesuchend ansah. Die lächelte verständnisvoll, nickte ihr leicht zu und wartete, bis Magga fertig war.

«Er sagt», fasste Bente dann zusammen, «dass, wenn er wäre eine von die Täter, er würde sorgen für zu können verlassen die Schiff so schnell wie möglich. Es kommen dann die Personen in die Frage, die gehören die Fahrzeuge ganz vorne in die Schiff, die bei Ankunft könnten starten zuerst. Und es kommen Personen in die Frage, die sind mit die Fahrrad, die Motorrad oder die Fuß an Bord.»

Nun schaltete der Kapitän sich ein: «Mit Verlaub, bei allem gemeinsamen Interesse, die Täter dingfest zu machen: Wir haben sehr wenig Zeit! Wie stellen Sie sich das vor? In jedem Fall sprechen wir von mehreren Dutzend Menschen. Wie und wo wollen Sie die vernehmen? Hier an Bord? Das dauert doch Stunden, wenn nicht Tage! Und wann sollen wir dann wieder ablegen? Und wenn Sie nicht hier an Bord vernehmen wollen, dann müssen Sie aufs Geratewohl 10 oder 20 oder 50 Personen festnehmen und in Untersuchungshaft stecken. Können Sie das? Dürfen Sie das?»

Der Kapitän hatte Deutsch gesprochen, Bente übersetzte. Magga antwortete jetzt auf norwegisch, Bente übersetzte leise und so simultan sie konnte: «Er bestätigt, das ist eine schwierige Punkt. Dazu kommen die Videos von die Parkdecks. Die zu gucken währt viele Stunden. Man müsste untersuchen die Gepäck von die meisten Passagiere auch. Man müsste auch machen Speichelproben von alle im Prinzip.»

«Aber hat denn die Videoüberwachung nicht dazu geführt, dass man auf die Täter schon heute Nacht aufmerksam wurde?» fragte Anne-Liese verwundert.

Kapitän Olavson antwortete: «Das ist richtig, heute morgen gegen 05:00 Uhr haben wir Meldung vom Videokontrollraum bekommen. Ich habe dann mehrere Leute auf die beiden Parkdecks geschickt, die nachsehen sollten. Sie haben auch zwei Täter gesehen, die hatten Sonnenbrillen und Kapuzen auf. Aber die können schon früher da gewesen sein. Und es können mehr sein. Und wissen Sie, man kann sich zwischen den vielen Autos sehr gut verstecken. Da unten stehen um die 700 Pkw und 80 Lkw, dazu noch die Busse. Das ist wie im Urwald.»

«Wie viele Fahrzeuge sind denn insgesamt vom Tagging betroffen?» fragte Anne-Liese.

«Nach bisheriger Zählung 83», sagte der Kapitän.

Anne-Liese rechnete kurz im Kopf: 8 x 83 = 664 Sekunden. Das entsprach gut 11 Minuten reiner Tatzeit. Zusätzlich mussten sich die Täter aber auf zwei Decks in 200 Meter Längsrichtung zwischen den Fahrzeugen mehrmals durchgezwängt haben. Das dauerte seine Zeit. Trotzdem: Mehr als eine Stunde konnte das kaum sein.
«Ich denke, es reicht, wenn wir uns die Videos zwischen 04:00 und 06:00 Uhr anschauen», mutmaßte sie daher.

Während Bente die Vermutung übersetzte, summte das Handy des norwegischen Indianers in Polizeiuniform, der sich darauf auf der riesigen Kommandobrücke einige Schritte von der Gruppe entfernte, um ungestört telefonieren zu können. Die übrigen Anwesenden sprachen norwegisch untereinander, abgesehen von Anne-Liese natürlich, die sich in der für sie entstandenen Pause die Einrichtung der Kommandobrücke besah. Was für ein Arbeitsplatz! Auf der einen Seite diese Aussicht, diese Weite, auf der anderen Seite diese unglaubliche Ansammlung von Bildschirmen, Tasten, Hebeln, Schaltern, Knöpfen, Rädern, Telefonen, um diesen Koloss zu steuern. Wirklich imponierend!

Magga hatte sein Gespräch beendet, kam zu der Gruppe zurück und sprach norwegisch. Bente übersetzte: «Interpol. Es ist so, wie Sie sagten. Viele Länder sind berührt, alle haben dieselbe Problem. Diese Täter zu finden ist in die kurze Zeit wie zu suchen die Nadel in die Heustapel.»
Anne-Liese nickte: «Genau! Und ich verstehe gerade, dass genau das die Strategie dahinter ist: Die, die das geplant haben, haben sich gedacht, dass wir auch mit eventuellen Videoaufnahmen in der Hand entweder mit einem Riesenaufgebot die Schiffe stundenlang umkrempeln und tausende Passagiere stundenlang belästigen müssen. Damit bringen wir den Verkehr ewig lang ins Stocken und tun genau das, was die Täter wollen, ohne dass wir deshalb der Täter mit Sicherheit habhaft würden. Oder aber wir versuchen, den Schaden zu begrenzen, indem wir das Schiff schnell wieder fahren lassen. Dann tun wir auch das, was die Täter wollen, denn wir kriegen sie dann ja ganz bestimmt nicht, und sie können es auf dem nächsten Schiff wieder so machen. Und wenn wir ein Zwischending versuchten, indem wir per Stichprobe

gewissermaßen einige Leute vorübergehend festnähmen in der Hoffnung, auf die Richtigen zu treffen, aber dann mit höchster Wahrscheinlichkeit die Falschen erwischten, täten wir auch etwas, wofür man uns den Kopf abreißen würde. Was wir auch tun, wir tun das Falsche!»

Bente übersetzte, worauf alle anderen nickten. Ihr norwegischer Indianer richtete darauf seine dunklen Augen direkt auf die ihren, schwieg einen Augenblick demonstrativ und sagte dann kurz, aber eindringlich etwas auf norwegisch.

Und Anne-Liese erschrak! Obwohl sie verbal natürlich nichts verstand, spürte sie, was der Kollege gesagt, vielmehr gefragt hatte. Als Bente ihn wiedergab, wusste sie, was sie zu hören bekommen würde: «Er sagt, dass alle Wahrscheinlichkeit die Täter sind aus Deutschland. Er will wissen, welche von die drei Alternativen Sie jetzt halten für die kleinste Nachteil.»

4.3 Ab 08:57 Uhr:
Deutschland, fast irgendwo

Siiiiiiiiii. Die Leinwand ist völlig schwarz, das Kopfkino völlig dunkel. (Lies jetzt langsam!) *Siiiiiiiiii.* Der Filmemacher quält mit einem Ton. (*Siiiiiiiiiiiiiiiiiiiiiiiiiiiiii.* Lies langsam!) Auch Geräusche sind für ihn Musik (langsam, langsam lesen), dieser sirrende Klang, den Tausende von Mücken verursachen, wohl ganz besonders. (Langsam!) So genannte *zeitgenössische* Musik. *Siiiiiiiiiiiiiiiiiii.* Hörst du sie? Die Mücken, die Musik, die Mücken-Musik. *Siiiiiiiiiiiiiiiiiiiiiiiiiiiiiiiiiii.* Konzentriere dich! *Siiiiiiiiiiiiiiiiiiiiiiii. Siiiiiiiiiiiii. Siiiiiiiiiiiii.* Nein, kein Film nun, Hörspiel jetzt. Hör*stück*, jetzt im Kopfkinosaal. Es ist kein Spiel, wenn Tausende von Mücken, die man nicht sieht, einen umschwirren. *Siiiiiiiiisiiiiisiiiisiiiiiii.* Es ist kein Spiel, wenn man, *siiiiiiiiiiiiiiiiiisiiiiiii, siiiiiiiiiiiiiiiii, siiiiiiiiiiiiiiiii, siiiiiiiiiiiiiiiii,* um sich irgendwie zu wehren, *siiiiiiiiiiiiii, siiiiiiiiiiiii* imaginär fast um sich *siiiiii* zu schlagen beginnen *siisiiiiisiiiiisiiiiiisiiiisii* (oder das Kino, selbst wenn es nur ein Kopfkino ist, *siiiiisiiiiisiiiii* verlassen) will.

Und es ist *siiiiiiisiiiiiiisiiiiiisiiiiisiiiiiiiiiiiisiiisiiiiiii* kein Spiel mehr, wenn man sich im Einhören einbildet, dass die eine Hand im Dunkeln die andere trifft, nicht nur hier und dort, sondern in Massen, mit jedem Schlag Mücken mordet, mit jedem Schlag Viechermassen meuchelt, immer wieder. In Massen kleben die totgeklatschten Tiere dann an den Händen, ohne dass man sie sehen könnte. Und der Mückenbelag auf den Handflächen wird immer dicker, mit jedem Schlag zu einer matschigeren Schicht, ohne dass die etwas nützte. Die Mückenmatsche vermehrt sich, beginnt tatsächlich etwas zu wiegen, melden die Hände. Aber das Sirren wird nicht geringer, die verdammten Viecher nicht weniger, vermitteln die Ohren. *Siiiiii. Siiiiiiiiiii. Siiiiiiiiiii. Siiiiiiii.* Anders als akustisch kann weder urteilen noch reagieren, wer in diesem Kino sitzt, denn diese akustischen Stechmücken sind Sirrmücken, sirren nur, sirren im Kopf. *Siiiiii. Siiiiiiiiiii. Siiiiiiiiiii. Siiiiiiiiiiiii.*

Und sitzen als Matsche auf deinen Händen. *Siiiii. Siiiii. Siiiiii..* Im Kopf. Dieser Filmleut ist wirklich gemein. Er verwischt die Grenzen, Grenzen, die schützen. Ein Film, der keiner ist. Mücken, die keine sind. Sirren, das nicht und doch da ist. *Siiiiiiii.* Im Kopf, im Eingebilde, Eingehöre. *Siiiiiiii.* Du *siehst*: Für Terror braucht es keine Bomben, es braucht keine Schüsse. Nicht einmal Tote braucht es. Es reicht Beklemmung. Es reicht etwas, was zur Abwehr oder Flucht treibt, je nachdem, ob man schlagen oder fliehen kann. Dieser Ton, sogar schon die Vorstelling dieses Tones, dieses *Siiiiiiiiisiiiiisiiiii* ist schon genug, nicht wahr? Sollte jedenfalls genug sein.

Erlösung! Filmleute sind am Ende doch Augenmenschen, wie die meisten von uns. Das Ohr hat sich unterzuordnen. Auf der sonst immer noch schwarzen Leinwand erscheint rechts unten wieder die digitale Uhr, die das Countdown zählt. Gott sei Dank. Endlich ist wieder etwas zu sehen in diesem Kopfkino. Nicht, dass deine Schläge dir genützt hätten, deine Flucht dir geglückt wäre. Sie wurde dir ermöglicht, das ist etwas anderes. Doch das *Siiiiiiiii* nimmt ab, das *Siiiiiiiii* nimmt tatsächlich ganz allmählich ab. In weißen Zahlen auf grünem Grund rasen die hundertsel Sekunden davon. 08:57, 08:58, 08:59 Uhr wird es. Nur ein einziges *Siiiiiiiii* ist zum Schluss noch da. Zwar kommt es immer wieder, zischt dir am Ohr vorbei, ist weg, zischt wieder, aber was ist eine eingebildete Mücke gegen Tausende? Nur eine. Eben.

Die Leinwand wird langsam, ganz allmählich heller, gibt dem gierigen Blick zuerst nur Konturen zum Fraß, dann immer mehr Bild. Lässt den Mann langsam, ganz allmählich im Profil aufscheinen, wie er sein Wohnmobil steuert. Auf einer Autobahn fährt der Weißblonde in blauem Rennrad-Trikot und verspiegelter Radsport-Sonnenbrille sein Wohnmobil durch die Gegend. *Siiiiiii*. Die Kamera filmt den Mann von links im Winkel von 90 Grad, so dass man linksäugig durch die großzügige Windschutzscheibe auch die Laster auf der rechten Spur zuerst wahrnimmt, die er dann bei Tempo Hundert der Reihe nach überholt. Nicht langsamer als die anderen Autos übrigens. Zwar ist die Autobahn dreispurig. Doch die Laster fahren Achtzig, so gut wie alle anderen Hundert. Naja, knappe Hundertzehn halt, dem jetzt eingeblendeten, analogen Tacho am linken oberen Leinwandrand nach. Aber das ist ja Hundert, wie jedes Navi weiß.

Der Mann beugt sich vor, macht das Autoradio an, es ist jetzt 08:59:54 auf der Uhr unten rechts. Die zwei letzten Töne eines Zeitzeichens erklingen. Im selben Augenblick, in dem die Countdown-Uhr auf 09:00:00 Uhr springt, ertönt die Stimme eines männlichen Nachrichtensprechers im Kino:

Es ist neun Uhr. Hier ist der Deutschlandfunk mit den Nachrichten. Wiesbaden. Wie das Bundeskriminalamt in einer Pressemitteilung meldet, sind mutmaßlich deutsche Tagger-Aktivisten heute morgen auch im Ausland tätig geworden. Den Angaben zufolge wurden auf nahezu allen wichtigen Fährverbindungen des Kontinents nach Skandinavien, Großbritannien, Irland und den großen Mittelmeerinseln die Windschutzscheiben von Fahrzeugen hauptsächlich deutscher Premium-Hersteller mit Farbe besprüht und vorläufig fahruntüchtig gemacht.

Der weißblonde Mann beginnt einen Freudentanz hinter dem Steuer seines Wohnmobils. Er wippt auf und ab, hüpft geradezu im Sitzen, weiße, gepflegte Zähne werden sichtbar, weil er so breit lächelt. Er sieht dabei, trotz der Sonnenbrille, verwirrend froh, ja sympathisch aus.

Die besprühten Fahrzeuge hindern so andere Fahrzeuge am Verlassen der Fähren. Infolgedessen sind weite Teile des Urlaubs- und Warenverkehrs in die und aus den betroffenen Regionen Europas bis auf weiteres unterbrochen.

Die Kamera zeigt das Gesicht des Mannes im Profil. Um den Bügel der Radsportbrille herum und unter dem sehr blonden Haaransatz an der Schläfe sind unzählige Lachfalten zu erkennen, die es wirklich schwer machen, in dem Mann den Terroristen wahrzunehmen, der er doch ist.

Den Schaden beziffern die Behörden auf Millionenhöhe. Die Aktion wird von der Polizei mit militanten Umweltschützern in Verbindung ge-

bracht. Ein Bekennerschreiben liege jedoch noch nicht vor.

Mit der linken Hand lenkt er, mit der rechten schlägt der sehr blonde Mann auf das Lenkrad und schnipst im nächsten Moment in die Luft, so dass der Rhythmus entsteht, zu dem er den schlanken Oberkörper in blauem Rennrad-Trikot schlangenhaft bewegt. Dabei hält er sein Fahrzeug mit erstaunlicher Sicherheit auf der mittleren Spur.

Berlin. Auf einer Pressekonferenz gaben die Führer der drei Regierungsparteien nach einer Nachtsitzung vor wenigen Minuten bekannt, dass es mit ihnen keine Sonderparteitage geben werde.

Der Mann hält abrupt inne, sein Gesicht verdüstert sich schlagartig.

Militante Umweltschützer hatten am Montag ultimativ von allen im Bundestag vertretenen Parteien Sonderparteitage gefordert. Zur Begründung gaben die Parteiführer an, dass man Erpressungsversuchen jedweder Art unter keinen Umständen nachgeben dürfe.

Der Mann stößt ein unartikuliertes Gebrüll aus, das Gesicht läuft rot an, an der Schläfe tritt unter dem sehr blonden Haar auf brauner Haut eine Ader hervor.

Die Parteien bildeten ihre Meinungen und ihre Politik unabhängig. Sie dürften sich nicht von Sonderinteressen, die vor Terror nicht zurückschreckten, unter Druck setzen lassen.

Der Mann stimmt ein Hohngelächter an, in dem die folgenden Worte untergehen.

… Ultimatum sei ein Angriff auf die Demokratie, dem mit aller Entschiedenheit entgegengetreten werden müsse. Man sei zuversichtlich, dass die Polizei die Situation bald unter Kontrolle bekommen werde.

Der Mann lacht wieder zornig, schüttelt dabei heftig den Kopf, stützt seine nackten Oberarme auf das Lenkrad, beugt sich dadurch leicht vor, wirkt dadurch fast ein wenig zusammengesunken, murmelt etwas.

Hamburg. Heute Nacht kam es in vielen deutschen Großstädten bei Demonstrationen zu Ausschreitungen. Unter anderem in Hamburg hatten mehrere tausend Demonstranten sich vor dem Autonomenhaus Rote Flora versammelt, um gegen eine ihrer Meinung nach willkürliche Hausdurchsuchung vom frühen gestrigen Morgen zu protestieren.

Der Mann hört mit ausdruckslosem Gesicht zu.

Autonome werden von den Behörden mit Farbspray-Attacken der vergangenen Tage auf Fahrzeuge der Premium-Klasse in Verbindung gebracht. Eine Reihe von Teilnehmern an der nicht genehmigten Demonstration warfen Steine und Molotow-Cocktails. Viele Demonstranten waren vermummt. Die Polizei setzte Schlagstöcke und Wasserwerfer ein. Zahlreiche Personen wurden festgenommen.

Der Mann schüttelt den Kopf, presst die Lippen zusammen.

Wiesbaden. Wie das BKA in den Morgenstunden bekanntgab, haben Unbekannte heute Nacht erneut an Baustellen Autobahnabschnitte durch das Verrücken so genannter Leitbaken gesperrt. Betroffen waren insgesamt 32 Teilstücke im gesamten Bundesgebiet.

Der Mann richtet sich wieder auf und sitzt nun kerzengerade. Konzentriert blickt er geradeaus.

Vielerorts entstanden kilometerlange Staus, vereinzelt kam es zu Auffahrunfällen und Sachschäden. Ein Polizeisprecher sagte, für die nächsten Tage müsse mit ähnlichen Behinderungen gerechnet werden und rief die Autofahrer auf, ihnen bekannte Baustellen von vornherein großräumig zu umfahren.

Der Mann beugt sich leicht nach rechts und stellt das Radio ab. Dann schaut er mit versteinerter Miene in den rechten Rückspiegel, in dem die Kamera den gerade überholten LKW zeigt, und ordnet sich zwischen diesem und dem nächsten Lastwagen ein. Die Kamera folgt dem Blick des Mannes. SPEDITION UFFERBERG, Hamburg, Frankfurt, München steht in großen, weißen Lettern auf dem sonst roten LKW-Anhänger vor ihm. Dann kommt eine Brücke, auf der mehrere Soldaten zu erkennen sind und unter der sowohl LKW als auch Wohnmobil herfahren. Bald danach passieren sie ein Schild, das in 1000 Metern Entfernung einen Parkplatz ankündigt. Der Blinker beginnt zu ticken. Der Mann fährt ab.

Auf dem Parkplatz nimmt er bei laufendem Motor vom Beifahrersitz einen Straßenatlas auf, schlägt ihn an bestimmter Stelle auf und fährt mit dem Finger eine schon vorher markierte Straße entlang. Es ist die A 14 zwischen Leipzig und Dresden. Auf der Strecke sind mehrere Stellen mit einem Bleistift eingekreist. Der Finger bleibt an einer bestimmten Stelle ein, zwei Sekunden liegen. Der Mann schaut auf seine stahlgraue, analoge Armbanduhr, klappt den Atlas wieder zu, legt ihn zurück auf den Beifahrersitz, schaut in den linken Seitenspiegel, der ihm das Kopfsteinpflaster eines renovierungsbedürftigen Autobahnparkplatzes zeigt, lässt einen weißen Toyota Aygo vorbei, blinkt links, fährt an und beschleunigt.

Die Leinwand wird schwarz. Nur die Countdown-Uhr am rechten unteren Leinwandrand läuft. Schnitt bei 09:17:53 Uhr.

4.4 Ab 09:15 Uhr:
Internationaler Fährenkai Oslo – Stadtteil Nordre Aker, Blindern

«Ich denke, das war die den Umständen nach beste Entscheidung», sagte Anne-Liese, während Bente den Polizei-Volvo wieder durch den Verkehr der norwegischen Hauptstadt lenkte. «Aber Sie haben recht, man wird uns dafür den Kopf abreißen.»
«Aber Gott sei Dank es gibt andere Länder auch mit dieselbe Problem», erwiderte Bente. «In manche von diese sie werden bestimmen die Gegenteil. Dann die Touristen und die Lastwagen müssen warten viele, viele Stunden. Sie werden dort auch reißen ab die Polizei die Kopf. Und wenn sie trotzdem nicht finden die Täter, was dann?»
«Sie werden vielleicht irgendwelche jungen Leute verhaften, damit sie etwas vorzuweisen haben», vermutete Anne-Liese.
«Glauben Sie das wirklich?»
«Wie lange sind Sie schon bei der Polizei, Bente?» fragte Anne-Liese zurück.
«16 Jahren.»
«Und Sie haben das noch nie erlebt, dass man einfach irgendwelche Leute festnahm, weil die Öffentlichkeit oder die Politik einen schnellen Erfolg braucht?»
«Ich habe erlebt, dass wir haben gefangen die falschen Leute ...»
«Was ist der Unterschied?»
«Das ist eine gute Frage.»
Die beiden schwiegen eine Weile. Bente bewegte den Volvo jetzt gelassen auf der rechten Sonderspur. Sie hatten noch knappe 45 Minuten Zeit.

«Was ich nicht verstehe», eröffnete die Norwegerin das Gespräch dann wieder, «warum beginnt diese Geschichte gerade in Deutschland? Von Norwegen wir immer sehen Deutschland als vorbildlich, wenn es kommt zu die Umweltschutz.»
«Ja, das ist der Schein», gab Anne-Liese zurück. «Oder, um gerecht zu

bleiben: Relativ gesehen tut Deutschland oft viel mehr als andere Länder, das stimmt schon. Aber das Grundproblem haben wir auch in Deutschland nicht gelöst.»
«Was ist die Grundproblem in Ihre Meinung?» fragte Bente.
«Unbegrenztes Wirtschaftswachstum ist unmöglich. Der Zug fährt in die falsche Richtung und wir müssten ihn stoppen. Das ist unser Grundproblem!»
Das Thema ließ Anne-Liese unwillkürlich ihre tiefe Stimme einsetzen, als sie fortfuhr:
«Das sieht heute einerseits fast jeder ein. Viele meinen aber trotzdem, es geht mit grünem Wachstum. Sie meinen, man muss den Zug nur langsam, aber stetig, in einer großen Kurve gewissermaßen, in eine etwas andere Richtung führen, dann klappt das schon. Aber die Kursänderung geschieht, wenn überhaupt, so langsam, dass der Klimawandel und andere Umweltprobleme uns dabei überholen. Dass das so ist, das liegt im Wirtschaftssystem selbst, das haben viele aber nicht verstanden oder wollen es nicht verstehen. Dabei ist es ganz einfach. Jeder Industriebetrieb, ob groß oder klein, muss so viel Gewinn machen, wie er kann, damit er fürs Überleben so gut wie möglich positioniert ist. Die Wirtschaft muss sich deshalb, immer, ganz grundsätzlich, gegen alle Regulierungen stemmen, die ihren Handlungsspielraum begrenzen. Und Umweltauflagen begrenzen nun mal die Wirtschaft. Deshalb kann sie Auflagen nur dann akzeptieren, wenn sie für alle gelten. Weil aber in einer globalisierten Welt nie alle mitmachen werden, ist die Wirtschaft immer gegen Umweltauflagen. Die Politiker müssen sehr, sehr vorsichtig sein. Deshalb versuchen sie die große Kurve. Aber den Gefallen, sich noch langsamer zu verändern, als wir die Veränderung hinkriegen, den tut die Umwelt uns nicht. Im Gegenteil, sie verändert sich viel zu schnell. Denken Sie an die Hitzewellen und die Überschwemmungen der letzten Jahre. Denken Sie an die Eisschmelze am Südpol, am Nordpol, auf Grönland, an den Gletschern der Gebirge. Denken Sie an die schmelzenden Permafrostböden. Denken Sie an das Plastik in den Meeren, an die Versauerung der Gewässer. Denken Sie an die Rodung der Regenwälder, den Rückgang der Arten, das Sterben der Bienen. Wir müssten eigentlich sofort aufhören. Wir müssten sofort anders wirtschaften. Schon seit Jahren. Aber da gibt es natürlich

sehr, sehr viele, die das nicht wollen. Nicht wahr? Das Leben ist für sehr viele, besonders bei uns im Westen, einfach zu angenehm so, wie es ist. Nicht wahr? So. Das ist unser Status Quo.»

Anne-Liese machte nach der langen Rede eine kurze Pause und schaute nachdenklich aus dem Seitenfenster. «Wie hoch ist der Anteil nichtwestlicher Ausländer in Oslo?», fragte sie plötzlich. Auf den Gehsteigen waren ihr mit der Zeit viele Menschen mit orientalischem oder afrikanischem Aussehen aufgefallen.
«Etwa 25 Prozent», antwortete Bente.
«Das ist viel! In Berlin sind es nur 14,5!»
«Ja, das ist auch eine Problem, die wir haben. Aber fahren Sie fort mit was Sie denken über unsere Sache jetzt», forderte Bente Anne-Liese auf. «Oder waren Sie fertig?»
«Nein, aber meine Frage hatte mit unserer Sache zu tun», antwortete Anne-Liese. «Denken Sie sich zu diesen Menschen, die aus politischen oder wirtschaftlichen Gründen hierher gekommen sind, mit den Jahren immer mehr Klimaflüchtlinge hinzu!» Sie sah Bente von der Seite an. «Es ist wie ein Pulverfass, an dem die Lunte schon brennt. Aber wir löschen nicht die Lunte, sondern füllen noch mal kräftig Pulver nach. Nicht wahr?»
Bente reagierte, indem sie den Blick kurz erwiderte, bevor sie sich wieder auf die Straße konzentrierte. «Verstehe», sagte sie.
«Also, was Deutschland betrifft», fuhr Anne-Liese fort, «ist der entscheidende Punkt: Weil wir in Deutschland mit der starken Autoindustrie eine weltweite Schlüsselindustrie haben, kann das weltweite System von Deutschland aus und in Deutschland angegriffen werden. Deutschland bietet eigentlich perfekte Bedingungen dafür. Wir Deutsche sind so vernarrt in unsere Autos. Deshalb sind wir da auch psychologisch, nicht nur wirtschaftlich sehr verletzlich. Und Deutschland ist ein freies Land, jeder kann sich bewegen, wo und wie er will. Deutschland ist die viertgrößte Wirtschaftsnation der Welt und mit allen anderen großen Ländern stark vernetzt. Wenn der deutsche Riese fällt, dann reißt er die anderen mit. Deutschland ist die beste von allen Zielscheiben. Deshalb, denke ich, passiert das, was gerade passiert, gerade in Deutschland.»

Bente hatte sich den kleinen Vortrag in Ruhe angehört und dachte nach. «So Sie meinen, dass da ist eine große Strategie hinter alles das?» fragte sie nach einer Weile.

«Ja! Um etwas so Großes zu planen, wie wir seit Donnerstag voriger Woche erleben, braucht es eine Strategie und ein Ziel. Und es braucht sehr viel Vorbereitung. Wer sich so viel Mühe macht, der hat einen schweren Grund dafür. Sonst geht das nicht», antwortete Anne-Liese.

«Ja, das kann sein», nickte Bente nachdenklich. «Jaja, die deutsche Gründlichkeit», grinste sie dann breit und wandte Anne-Liese kurz ihr sommersprossiges Gesicht zu. «Wenn ihr Deutschen etwas tut, ihr nicht immer habt eine Grund. Ihr habt zwei, drei, vier, fünf.» Dabei lag ebenso Anerkennung wie ein Hauch gutmütigen Spottes in ihrem Themawechsel.

«Das kann ich nicht beurteilen. Ich kenne es nicht anders», antwortete Anne-Liese.

«Wir in Norwegen meinen, eine Grund ist genug. Wenn die Grund ist gut», erklärte Bente darauf, blinkte und bog rechts ab. «Jetzt wir sind gleich da. Es heißt Georg Morgenstiernes Haus, wo wir sollen. Ich habe nicht gehört von diese Georg Morgenstierne bevor, so ich habe gecheckt auf die Wikipedia gestern. Es war so typisch: Auf die norwegische Seite stehen eine paar Stichpunkte, auf die deutsche Seite steht eine lange Artikel. Über eine *norwegische* Forscher, nicht wahr? Es ist das, was ich meinte.» Jetzt lachte sie offen und laut.

«Aha», erwiderte Anne-Liese, mehr verwirrt als erhellt. «Und wer war dieser Georg Morgenstierne?»

«Er war eine Indologe und Sprachforscher.»

Bente bog wieder rechts ab und fuhr den Wagen nun durch ein Wohnviertel. Anne-Liese sah die weiß, rot oder gelb gestrichenen älteren, hölzernen Mehrfamilienhäuser, die um sich herum viel Platz und Grün hatten, und dachte, dass Oslo hier gar nicht wie eine hektische Großstadt wirkte; der kleine Stadtteil war nur eine Ansammlung etwas renovierungsbedürftiger, dafür aber ziemlich menschenfreundlich wirkender doppelstöckiger Holzgebäude. Die bauliche Verfassung des Viertels erinnerten Anne-Liese allerdings ein wenig an DDR-Zeiten. Häuser wie Straße wirkten irgendwie ein bisschen heruntergekommen, schlampig, aber nicht schlampiger, als dass man sich dort wohl fühlen konnte. Wahrscheinlich, weil die Häuser stumm von Bewohnern erzählten, denen es mehr auf Sein als auf Schein anzukommen schien. Anne-Liese hätte gut dort leben können. Wäre es nur um höheren Wohlstand gegangen, die bundesdeutsche Kommissarin wäre auch zufrieden gewesen mit dem, was die DDR zu bieten gehabt hatte. Auch dort hatte niemand gehungert, jeder Kleidung und ein Dach über dem Kopf gehabt, jeder hatte Arbeit, es gab geregelte Arbeitszeiten, es gab medizinische Versorgung für alle und alle, nicht nur die meisten, hatten auch Geld für den Urlaub. Aber das Gefängnis, das dieser Staat gewesen war, das war unerträglich gewesen.

Am Ende der Straße blinkte Bente links. «So», sagte sie, «noch eine paar hundert Meter, dann sind wir da.» Und sie zeigte nach vorne auf ein kubisches Gebäude aus roten Backsteinziegeln auf der linken Straßenseite, dem man die späten 70er Jahre deutlich ansah.

*

Als die beiden Polizistinnen dann das Georg-Morgenstierne-Haus gute zwei Stunden später wieder verließen, konnten sie vor Ermattung lange kein Wort sagen. Lange bedeutet in diesem Fall, dass sie nebeneinander her gingen und nicht miteinander sprachen, nur hin und wieder wie zwei Teenager kicherten, bis sie wieder im Auto saßen. Auch dann schwiegen sie noch ein paar Sekunden, sahen einander an, hatten ein staunendes Grinsen in den Augen, schüttelten dabei immer wieder ungläubig die Köpfe und – prusteten dann endlich los!

Denn die erste, zwar sehr wenig bedeutsame, aber dafür bei bestem Willen nicht verdrängbare Erkenntnis ihres Gespräches war diese: Der alternde Herr Prof. Dr. Björnar Björnson Tidemand trug seine beiden Titel völlig zu Recht. Zwischenfragen hatte er während der kleinen Privatvorlesung – oder sollte man angemessener von einem Einblick in seinen neulich publizierten Traktat zur ontogenetischen Ökologie transzendierender Subjekte sprechen, um welchen die deutsche Kriminalpolizei ihn ebenso erstaunlicher wie löblicher wie dankenswerter Weise gebeten hatte – zwar durchaus zugelassen, jedoch nur, um solchen Fragen mit einem knappen Nebensatz ihre Nebenbedeutung zuzuweisen und dann auf die wirklich großen Fragen des sich evolvierenden Seins zurückzukommen, die er in grammatisch perfekten, fast akzentfreien, aber dafür mit Fremdwörtern gespickten, Syntax und übriger Grammatik nach ursprünglich aber durchaus deutschsprachigen Sätzen solcher Länge erläuterte, dass ein Immanuel Kant vor Neid, wäre er nicht sowohl *bereits* als auch *längst* verblichen, zunächst *er-* und dann bei lebendigem Leib *ver*blasst wäre, wozu der Herr Professor längst schütteren Haares ein bis oben zugeknöpftes dunkelrosa Hemd zu dunkelblauer Hose mit grauen Hosenträgern getragen hatte, ebenso wie eine schwarze, überdimensionierte Hornbrille, die er, während er den tiefblauen Blick konsequent an den beiden Polizistinnen vorbei ins große Niemandsland richtete, beim Sprechen so oft abnahm und wieder aufsetzte, dass die Hörerinnen seiner Betrachtungen sich fragten, was sich denn dort in der Nähe oder Ferne dieses wahrhaft denkenden blauen Blickes abspielen mochte – sie selbst konnten dort trotz mehrmaligen sich Umdrehens mitnichten etwas erkennen. Aber vielleicht waren sie ja auch nicht ganz ohne Grund *nicht* Professorinnen der Philosophie.

Die zweite Erkenntnis der beiden Ermittlerinnen war denn auch viel banaler, handelte es sich doch um die Summe mehrerer in jenen Nebensätzen enthaltenen Informationen. Zusammenfassend ließen diese sich so wiedergeben: Zwar kannte der Herr Professor sich im Fundus der Schriften des berühmten Arne Naess hervorragend aus. Jedoch wusste er wenig über dessen aktuelle politische Anhängerschaft. Auskunft darüber könne möglicherweise ein gewisser Roger Amundsen geben, der den großen Philosophen betreut habe, bis der im Jahre 2009 96-jährig starb. Dieser Roger Amundsen betreibe nach dem, was Tidemand zu Ohren gekommen sei, nun ein modernes Antiquariat in Trondheim. Gerüchten zufolge sei dieses Antiquariat aber zur Kneipe verkommen. Dabei hatte der selbst alternde norwegische Professor, der sein Deutsch vor mindestens 60 Jahren gelernt haben musste und dessen deutscher Wortschatz wahrscheinlich nur *einer* von *mehreren* exzellent beherrschten war, eigentlich das Wort *Spelunke* benutzt. Das

Wort *Kneipe* war Anne-Lieses Übersetzung. Doch *spelunca* ist Latein und bedeutet *Höhle*. Das wusste Anne-Liese nicht. Ob der Professor vielleicht doch keine *Kneipe* gemeint hatte? Das wusste sie folglich auch nicht.

Sie hatten aber dem philosophischen Stammesdeutsch trotz allem einen wichtigen Hinweis entnehmen können. Immerhin stammte die Mail, die ein gewisser Homo Sapiens im Februar 2014 verschickt hatte, auch aus Trondheim. Das allein hatte zwar noch nicht viel zu bedeuten. Man braucht nur einen Memory Stick in einen Briefumschlag zu stecken und den postalischen Empfänger der Snail Mail zu bitten, ein darauf enthaltenes Dokument von einem öffentlichen Computer aus zu versenden, zum Beispiel von einer Bibliothek aus. Und schon ist der eigentliche Absender sowie Urheber des Dokumentes ein weiteres Stück anonymisiert. Trotzdem, während der kleinen Privatvorlesung war der Name der Stadt in diesem Fall nun zum zweiten Mal gefallen. Trondheim war ein Hinweis, dem Anne-Liese jetzt nachgehen musste. Anknüpfungspunkt war dieser Roger Amundsen.

«Wie weit», Anne-Liese wischte sich schließlich die Lachtränen aus den Augen «wie weit ist Trondheim von hier?» fragte sie.
«Circa 500 Kilometer», antwortete Bente, während sie schmunzelnd den Motor anließ.
«Wann geht das nächste Flugzeug? Könnten Sie das für mich herausfinden?», bat Anne-Liese.
«Ja, natürlich, aber es geht mindestens eine pro Stunde», antwortete die Kollegin, stellte den Motor wieder ab und holte ihr Smartphone heraus.
«Ein Flug jede Stunde?» staunte Anne-Liese.
«In die Arbeitszeit sogar zwei, ich denke. Eine Maschine von SAS, eine von Norwegian.»
Die Deutsche war wirklich erstaunt: «Ja, lohnt sich das denn für die Fluggesellschaften?»
«Ja, ich glaube das. Vielleicht 150 Passagiere in eine Flugzeug, das sind 300 pro Stunde zwischen Trondheim und Oslo in die Arbeitszeit in eine Richtung. Trondheim ist eine wichtige Stadt mit das Universität

und Sintef und Statoil und die große Krankenhaus. 300 Menschen in eine Stunde in eine Richtung sind nicht viele .»
Während sie das sagte, tippte und scrollte Bente auf ihrem Touch Screen herum. «Die nächste Flugzeug können wir erreichen um 14:35 Uhren», verkündete sie dann. «Dann Sie können sein in Trondheim Zentrum vielleicht um 16:15 Uhren, wenn Sie nehmen eine Taxi von die Flugplatz.»
«Ich habe mein Gepäck noch im Hotel», warf Anne-Liese ein.
«Das schaffen wir gut», sagte Bente lässig. Einen Augenblick sah sie, anscheinend gedankenverloren, nach vorne durch die Windschutzscheibe. «Übrigens, ich habe eine Idee jetzt auch», sagte sie dann. «Ich frage jetzt meine Chef, ob ich soll mit Sie kommen oder bleiben hier. Diese Sache ist nun auch eine norwegische Fall wegen was ist passiert auf die Schiffe heute morgen. Sie brauchen eine Dolmetscher. Und wir brauchen Informationen. Vielleicht wir reisen zusammen?» Bente lächelte Anne-Liese offen an.
«Das wäre ja richtig nett!» antwortete die rothaarige der sommersprossigen Polizistin, die darauf ein längeres Telefongespräch in der Landessprache begann. Währenddessen schaute Anne-Liese auf ihre beiden Handys, die sie während des Besuches bei dem Professor auf stumm geschaltet hatte. Auf dem privaten waren drei neue SMS angezeigt, je eine von Thomas, Andreas und Christina, die las sie zuerst, das gönnte sie sich jetzt einfach. Nach dem Lesen lächelte sie froh und sah einen Augenblick sehnsüchtig aus dem Fenster. Dann seufzte sie, legte das private Handy zurück in die Handtasche und warf jetzt erst einen Blick auf das Diensttelefon. Da waren drei Meldungen von der Twitter-Adresse **@2degreeC**. Sofort ahnte Anne-Liese Schlimmes. Sie öffnete sie und las. Und hatte schon wieder recht.

4.5 Ab 11:23 Uhr:
A14 Leipzig – Dresden, Nähe Mockritz

Das weiße Wohnmobil fährt auf einer kleinen Landstraße, die durch ein Stück lichten, sonnendurchfluteten Wald führt. Geäst und Blätter beschatten das Gefährt im zehntel Sekundentakt. Geräuschlos gleitet es dahin. Am Steuer sitzt der Weißblonde mit Radsport-Sonnenbrille in blauem Rennrad-Trikot. Die Countdown-Uhr am rechten unteren Leinwandrand stört. Sonst hätte das bewegte Bild, das Fahrer und Gefährt im Profil zeigt, ein Reklamefilm für Wohnmobile sein können; ein Film so friedlich, dass das dazugehörende Vogelgezwitscher hier förmlich zu sehen, nicht zu hören ist. Aber dieser Eindruck täuscht natürlich. Schon das immer wiederkehrende Siiiiii einer einzelnen Mücke in den Kinolautsprechern legt das nahe.

Jetzt wechselt die Kamera die Perspektive und zeigt einige Sekunden lang die Landstraße aus der Sicht des Mannes. Ein vereinzelter roter Kleinwagen kommt ihm entgegen und passiert ihn. Darauf liegt die Landstraße erneut einsam in lichtem Blätterschatten da. Weit und breit scheint es keine weiteren Verkehrsteilnehmer zu geben.

Nach einer Weile bremst der Wagen ab und hält mitten auf der Straße. Scharf gleißt jetzt Sonnenlicht durch die große Windschutzscheibe. Der Wald hört hier auf, links am Waldrand ist ein Feldweg zu erkennen, der leicht abwärts führt. Der Mann setzt den Blinker, der Blinker tickt deutlich, das Fahrzeug schwenkt, holpert noch ein paar Meter auf Steinen und staubtrockener Erde und bleibt dann stehen. Links ist Wald, geradeaus verläuft der Feldweg weitere zweihundert Meter, rechts davon liegt ein strohgelbes Stoppelfeld, von dem ein Krähenschwarm auffliegt. Der Mann stellt den Motor ab, beugt sich leicht vor, bedient einen Hebel unter dem Fahrersitz, den er daraufhin um 45 Grad schwenkt. Er steht auf und geht etwas gebückt in das Wohnmobil hinein, richtet sich dann auf, öffnet die Tür zu Nasszelle und Toilette und setzt sich vor dem Spiegel einen blauen Fahrradhelm auf. Dass der Mann blond ist, ist jetzt kaum noch zu sehen. Zusammen mit der verspiegelten Sonnenbrille ist er höchstens identifizierbar für jemanden, der ihn gut kennt. Doch wer sollte das sein?

Dann geht er wieder nach vorne, öffnet die Tür auf der Fahrerseite und gelangt durch sie ins Freie. Im selben Augenblick mischen die Filmleute ein wohlbekanntes Zischen, Rauschen, Brummen ins Ohr. Kein Zweifel, dieser Wald, dieser Feldweg, dieser Acker befinden sich unweit einer stark befahrenen Straße, wahrscheinlich einer Autobahn.

Jetzt wendet der Weißblonde sich dem hinteren Teil des Fahrzeugs zu. Seitlich, etwa im letzten Fünftel des Wagens befindet sich eine große Klappe, circa 1,2 x 1,2 Meter groß, die er öffnet. Die Kamera folgt und gibt den Blick auf einen geräumigen Stauraum frei. Zu sehen sind ein zusammengeklappter Campingtisch, zwei ebensolche Campingstühle sowie zwei Mountainbikes und ein Motocross-Motorrad mit so verdrecktem Kennzeichen, dass man es nicht lesen kann. Alles ist mit einem Seil an dafür vorgesehenen Haken festgezurrt. Der Mann befreit das blaue der Fahrräder von seinen Stricken, holt es heraus, lässt es auf den Feldweg fallen, schließt die Klappe, hebt es auf, setzt sich darauf und radelt, ganz blauer Mountainbiker jetzt, den Feldweg wieder hinauf. Die Kamera zeigt ihn dabei von vorne. Dann biegt er rechts ab und folgt der Landstraße, von der er kam. Das Countdown-Chronometer zeigt weiß auf grünem Grund 11:23:37 Uhr. Dann wird es dunkel im Kino.

Nach ein, zwei Sekunden Schwärze sind im nächsten sichtbaren Augenblick die weißen Zahlen auf grünem Grund auf 11:55:23 Uhr stehengeblieben. Dann wird die Leinwand heller. Der blaue Biker taucht auf. Wieder von vorne gefilmt radelt er abermals einen holprigen Feldweg entlang, nur dass sich jetzt zu seiner linken Seite ein Maisfeld befindet, zu seiner rechten eine Wiese ohne Zaun. Neben dem Geklapper des Rades ist die Autobahn wieder zu hören. Das Geräusch kommt langsam näher, doch wird dann überlagert vom Keuchen des blauen Bikers, das im Kopfkino bald zum Hauptgeräusch wird. Das blaue Trikot ist durchgeschwitzt. Da der Feldweg keine Steigung hat, deuten Keuchen und Schweiß darauf hin, dass der Mann schnell gefahren ist. Wie weit kommt man mit einem Mountainbike im Laufe einer guten halben Stunde? 10, 12, 13 Kilometer vielleicht, wenn man gut ist. Der Mann befindet sich vermutlich in dieser Entfernung von seinem Ausgangspunkt, dem Wohnmobil.

Jetzt ändert die Kamera die Perspektive und zeigt den blauen Biker von hinten. Gleichzeitig wird sichtbar, dass der Feldweg bald im rechten Winkel rechts um das Maisfeld herumführt. Geradeaus geht es nicht mehr weiter. Dort ist nur Gestrüpp, das nicht allzu dicht, aber unwegsam, nach links auch die Wiese und nach rechts den Weg begrenzt. Der Mann biegt rechts ab, hat nun links von sich das Gehölz, rechts den hohen Mais, bremst, steigt ab, lässt das Rad auf den Weg fallen. Die Erde ist staubig und knochentrocken.

Eine kleine Weile beugt der blaue Biker sich halb vor, stützt seine Hände auf die durchgestreckten Knie, keucht, ringt schwitzend nach Atem. Als der sich langsam beruhigt, richtet der Mann sich auf und den Blick durch das Gestrüpp hindurch. Die Kamera folgt. Dort, in etwa 30 Metern Entfernung, beginnt die Standspur der Autobahn. Das Gestrüpp selbst, das Straße und Landwirtschaftsfläche voneinander trennt, hat eine Breite von 10 – 15 Metern. 15 Meter weiter davon donnert alle ein bis zwei Sekunden ein LKW vorbei. Dahinter überholen die schnelleren PKW.

Der Mann tritt nun an das Gestrüpp heran, bückt sich und wühlt im Laub. Nach ein paar Sekunden zieht er eine braune Plastiktüte hervor, befreit sie vom Laub und blickt hinein. Die Kamera folgt dem Blick nur kurz. Was ist in der Tüte? Eine Feuerwerksrakete? Der blaue Biker bückt sich abermals, wühlt wieder in den Resten der Vegetation. Bald hat er eine leere weiße Sektflasche in der Hand. Auch die muss er dort deponiert haben. Aber was will der Kerl? Mitten im Sommer mitten am Tag mitten in der Pampa Silvester feiern?

Der blaue Mann dreht sich um und bückt sich nach dem Fahrrad. Von dem blauen Gestänge löst er die blaue Plastiktrinkflasche, richtet sich auf, öffnet sie. Aber er trinkt nicht, sondern stellt sie auf der Erde ab, wobei er darauf achtet, dass sie nicht umkippt. Dann geht er in die Hocke und wendet er sich um. Aus der Tüte, die hinter ihm liegt, holt er die Feuerwerksrakete hervor, nimmt die Plastikflasche und bespritzt aus dem Mundstück vorsichtig die Spitze des Feuerwerkkörpers. Kann das Wasser sein? Kaum! Aber Benzin, Benzin kann das sein. In so einem Film ist Flüssigkeit kein Wasser, sondern Benzin.

Jetzt richtet der blaue Biker sich auf und wendet Körper und Blick dem Gehölz zu, das die Wiese begrenzt. Etwa hundertfünfzig Meter mag die Wiese dort breit sein, dahinter beginnt ein weiteres Maisfeld, das Gestrüpp erstreckt sich aber mehrere hundert Meter weiter, steigt mit einer sanften Bodenwelle an und verschwindet hinter dieser. Der Mann holt aus der Brusttasche seines Trikots ein Feuerzeug hervor, steckt den Stock der Rakete in die Flasche, die er dann in einem aufwärts gerichteten Winkel von etwa 30 Grad von sich weg hält.

Schnitt! Jetzt fokussiert die Kamera die Zündschnur, die plötzlich die ganze Leinwand einnimmt. Die Countdown-Uhr ist verschwunden. Statt ihrer züngelt von rechts unten eine Flamme in die Leinwand hinein. Sofort fängt die Zündschnur Feuer. Der Docht glüht und sprüht, dazu verstärken die Filmleute das charakteristische Knistern genau in dem Maße, in dem die Glut sich durch die Diagonale nach links oben frisst und dort das Ende des Feuerwerkskörpers erreicht. Im Bruchteil einer Sekunde ist dann das Knistern ein Fauchen, die Rakete schießt los, im selben Augenblick zoomt die Kamera weit, weit zurück und zeigt das Projektil auf seiner Flugbahn in das Gestrüpp an der Wiese. Der Flug dauert zwei, drei Sekunden, die Rakete fliegt vielleicht 70, 80 Meter weit, dann explodiert ein Feuerball in dem knochentrockenen Gehölz und setzt es dort augenblicklich in Flammen; Flammen, die züngelnd nach links und nach rechts, nach vorne und nach hinten ziemlich schnell um sich greifen. Die Kamera zoomt heran, nimmt sich einen einzelnen, dünnen Ast vor, zeigt, wie der unbarmherzig von der Flamme gefressen wird, sich krümmt wie vor Schmerz, bevor er zu Boden fällt und unter sich als Glut Laub erfasst, das sofort zu schwelen und zu qualmen beginnt. Der Qualm wälzt sich, weißgrau und schon dem Aussehen nach ätzend, in Richtung Autobahn.

Schnitt. Der blaue Biker betrachtet kurz sein mehr und mehr loderndes Werk. Doch da ist kein triumphierendes Lächeln unter der Sonnenbrille, die Lippen sind zusammengepresst, das Gesicht wirkt versteinert. Dann bückt der Mann sich, hebt das Fahrrad empor, bringt die Trinkflasche wieder am Gestänge an, öffnet eine schwarze Gurttasche, die er um die Hüfte trägt, holt ein Smartphone heraus, lehnt das Rad an den eigenen Körper. Die Kamera zeigt, wie der Mann das Gehäuse des Handys öffnet. Es ist leer, dort fehlt die Batterie. Doch ein zweiter Griff, die Batterie wird aus der Gurttasche herausgefingert und eingesetzt, das Smartphone umgedreht und eingeschaltet, das Kennwort eingegeben. Es dauert etwas, bis das Gerät Empfang hat.

Schnitt. Die ganze Leinwand zeigt das Display. Die erste Textzeile beginnt mit dem Twitter-Account *@2degreeC*. Dann ist nach und nach zu lesen:

Heute um 12:00, um 16:00, um 20:00 und um 22:00 Uhr EIN WENIG Feuer. Morgen

Die Kamera zoomt zurück, zeigt das ganze Phone, ein Männerdaumen drückt auf Senden. Doch die Meldung war unvollständig, Twitter stellt pro Meldung nur 140 Zeichen inklusive Adresse zur Verfügung. Das Objektiv zoomt vor, erneut wird *@2degreeC* eingegeben, der Daumen schreibt:

um 12:00, um 15:00 und um 18:00 Uhr VIEL Zerstörung und VIELE Tote. Es sei denn, die

Wieder Zoom zurück, der Daumen drückt auf Senden. Und ein drittes Mal erscheint die Twitteradresse *@2degreeC* im Textfeld, bevor dahinter geschrieben wird:

Forderungen werden erfüllt. Regierungsparteien: Sonderparteitage an-

kündigen! Dann hören alle Aktionen sofort auf. CLAN!

Zoom zurück. Der Daumen drückt auf Senden.

Noch einmal Zoom zurück! Der Mann dreht das Smartphone um, entfernt die Batterie und platziert beide in seiner Gurttasche. Dann bückt er sich, stopft die Plastiktüte, die am Boden liegt, dazu und verschließt die Tasche mit dem Reißverschluss. Nun wirft er einen Blick zurück. Das Feuer ist ihm erheblich näher gekommen. Die Flammen stehen schon meterhoch in den Himmel, dicker Rauch quillt zwar meist in Richtung Autobahn, aber auch in Richtung des blauen Bikers. Es wird Zeit für den Mann, will er sich selbst nicht gefährden. Er bückt sich, nimmt die leere Sektflasche und schleudert sie in die Flammen.

Dann hebt der Biker sein Rad auf, nimmt auf dem holprigen Untergrund Anlauf, schwingt sich auf den Drahtesel, fährt, noch nicht brennendes Gehölz links und hohen Mais rechts von sich, auf dem Feldweg, der noch ein gutes Stück parallel zur Autobahn verläuft, davon. In circa einer halben Stunde wird er wohl sein Wohnmobil erreichen und von dort aus dorthin fahren, wo sein nächstes Anschlagsziel ist.

Und nicht nur für Bauern, auch für Politiker ist es jetzt ziemlich schlecht, wenn es in Deutschland wochenlang nicht geregnet hat.

4.6 16:30 Uhr:
Bundeskanzleramt Berlin

«Wir müssen jetzt im kleinen Kreis diskutieren, was wir tun sollen», eröffnete die Kanzlerin die Besprechung. «Einen Sitzungsmarathon wie heute Nacht können wir uns nicht mehr leisten.»

Die beiden anderen Anwesenden, namentlich ihre korpulente Kanzleramtsministerin Petra Neumüller und der ebenso füllige Vize-Kanzler und SPD-Vorsitzende Helmut Merkelauer, nickten. Auch der von der Münchner Staatskanzlei aus in Videokonferenz zugeschaltete CSU-Chef Edmund Straußhofer, mit seinen buschigen Augenbrauen nach wie vor ein Liebling der Karikaturisten, signalisierte durch ernstes Nicken Zustimmung. Es hatte seit Montag ungezählte Stunden gekostet, in den drei Regierungsparteien den Entschluss, keine Sonderparteitage anzukündigen, demokratisch zu verankern; es war äußerst kontrovers diskutiert worden. Allen standen die Strapazen der letzten Tage und insbesondere der letzten Nacht ins Gesicht geschrieben. Keiner der vier hatte seit Montag mehr als ein Minimum, geschweige denn gut geschlafen. Entsprechend gereizt war die Stimmung.

«Ich habe Ihnen die Situation bis soeben 16:30 Uhr noch einmal in Stichpunkten zusammenfassen lassen», sagte Neumüller. «Jetzt sieht man erst richtig, wie effektiv diese Terrorbande ist.»

Neumüller gab der Kanzlerin und dem SPD-Chef zwei ausgedruckte A4-Blätter. «Sie müssten das Dokument in Ihrer Mail-Box haben, Herr Straußhofer», sagte sie währenddessen, indem sie sich der Kamera über dem dem Bildschirm kurz zuwandte. Der CSU-Chef nickte abermals schweigend; an seinen Augen und einer geringen Bewegung des rechten Oberarms sah man, dass er mit der Maus über den Bildschirm seines Laptops fuhr und dann las:

1. Heute 16:20 Uhr: Meldung von Autobahnbrand Nr. 2, diesmal auf der A2 zwischen Berlin und Hamburg.

2. Heute 12:05 Uhr: Erster Autobahnbrand. Twitter-Androhung von weiteren Bränden sowie Todesopfern morgen zu definierten Uhrzeiten. Absender anonym, nach Polizeiangaben vorerst nicht ausfindig zu machen. Die Drohung ist nach Polizeieinschätzung sehr ernst zu nehmen.
3. Heute 08:47 Uhr: Bekanntgabe unseres Beschlusses, keine Sonderparteitage zu veranstalten.
4. Heute 08:38 Uhr: Offizielle Interpol-Meldung zur Behinderung des europäischen Fährverkehrs durch Tagger-Aktivisten.
5. Heute 07:32 Uhr: Erste Meldungen zu o.g.
6. Heute 06:02 Uhr: BKA-Mitteilung zur Fahrbahn-Sabotage an 32 Autobahnabschnitten im Laufe der Nacht/frühen Morgenstunden.
7. Gestern ab 18:00 Uhr: Bundesweite Demonstrationen militanter Umweltschützer und anderer linksgerichteter Kräfte. Bundesweite Polizeieinsätze, gewalttätige Ausschreitungen, 432 Festnahmen.
8. Gestern 09:42 Uhr: Meldung über Greenpeace-Angriff auf das Daimler-Werk in Sindelfingen. Festnahme von 10 mutmaßlichen Aktivisten/Terroristen.
9. Gestern 07:14 Uhr: BKA-Mitteilung über umfassende Fahrzeug-Sabotage in Parkhäusern deutscher Flughäfen.
10. Gestern 06:23 Uhr: BKA-Mitteilung zur Fahrbahn-Sabotage auf 27 Autobahnabschnitten.
11. Gestern 04:15 Uhr: bundesweite Hausdurchsuchungen in sogenannten Autonomen Zentren, Beschlagnahmung elektronischer Kommunikationsgeräte, einzelne Festnahmen.
12. Vorgestern 11:07 Uhr: Offizielle BKA-Meldung zur offensichtlich koordinierten Fahrzeug-Sabotage in 52.312 Fällen in Deutschland, Österreich und der Schweiz im Laufe der Nacht/frühen Morgenstunden.
13. Ab Montag dieser Woche, 10:32 Uhr: Beschlagnahmung von 16 als Kunstwerke getarnter Terroristen-Attrappen auf Autobahnbrücken.
14. Montag dieser Woche, 09:42 Uhr: DPA-Meldung zur Fahrzeugsabotage durch Farbspray im Laufe der Nacht in 2134 Fällen.
15. Montag dieser Woche, 09:07 Uhr: Erpresserbrief an ARD und alle anderen deutschen Rundfunksender.
16. Donnerstag letzter Woche, 28.07. bis Sonntag 31.07.: Steinwürfe von deutschen Autobahnbrücken, 33 Todesopfer, 59 zum Teil schwer Verletzte.

Der volkswirtschaftliche Schaden liegt vorsichtigen Schätzungen zufolge bereits jenseits einer Milliarde Euro. Bevölkerung und Wirtschaft sind zutiefst verunsichert. Das so gut wie gesamte Ausland blickt mit großer Sorge auf Deutschland.

«Darf ich fragen, warum Sie sich bei dieser Aufzählung nicht einfach nur mit dem jeweiligen Tagesdatum begnügt haben?», fragte die Kanzlerin konsterniert, als sie zu Ende gelesen hatte. «Und warum erzählen Sie uns hier Dinge, die wir schon wissen?»

«Das hat einer unserer Mitarbeiter gemacht, der damit neben der Information einen eher psychologischen Effekt erzielen wollte. Das fand ich sinnvoll. Mir jedenfalls kam die Dramatik der Situation auf diese Weise noch einmal näher, sehr viel näher. Wenn kein Wunder geschieht, können wir die Liste heute schon mit dem ergänzen, was für morgen angekündigt ist: Neue Todesopfer um 12:00, um 15:00 und um 18:00 Uhr. Nur die Anzahl ist ungewiss. Wir müssen jetzt unbedingt das Richtige tun!»

«In der Politik kann man immer nur tun, was am wenigsten falsch ist», erwiderte Frau Dr. Sieglinde Uriel trocken, die mit dieser kleinen Bemerkung wieder einmal unterstrich, warum sie und niemand anders Chefin dieser Regierung war. «Wir haben nach reiflicher Erwägung gemeinsam entschieden, dass es am wenigsten falsch ist, uns auch in dieser Situation unsere Politik nicht von außen aufzwingen zu lassen. Diese Entscheidung haben wir nicht für uns, sondern für das Staatswesen getroffen, das zu lenken und zu schützen wir gewählt wurden. Und dabei bleibt es jetzt!» Und sie blickte an sich herab und entfernte mit ihrer Rechten energisch einen nicht existierenden Flusen vom Revers ihres pupurroten Blazers.

«Aber das wird Deutschland Tote kosten», sagte SPD-Chef Merkelauer mit kratziger Stimme. Er räusperte sich.

«Ja, das ist möglich», erwiderte die Kanzlerin knapp.

«Und es ist nicht unwahrscheinlich, dass unsere Regierung das nicht überlebt», fuhr Merkelauer fort. Der Frosch im Hals des Politikers wollte nicht verschwinden. Der SPD-Chef räusperte sich wieder.

«Ja, auch das ist möglich», kam es wiederum kurz aus der Kanzlerin Munde. Sie verzog keine Miene.

«Sie sind trotzdem und trotz der neuesten Entwicklung bereit, unsere Entscheidung zu verteidigen?» hakte Merkelauer noch einmal besorgt nach.
«Ja was denn sonst?» Die Kanzlerin zeigte sich jetzt offen ärgerlich. «Lassen Sie das Fass jetzt zu, Herr Merkelauer. Wir haben das in den letzten Tagen alles besprochen!»
Das füllige Gesicht des SPD-Chefs sah jetzt nicht besorgt, sondern pikiert aus, der dazugehörige dicke Hals schluckte und die vier Politiker schwiegen einige Augenblicke. Frau Dr. Sieglinde Uriel bewies in der wohl bisher schwersten Herausforderung ihrer Regierung wieder einmal Führungsqualitäten. Da war kein Wickeln und kein Wackeln, das beeindruckte und machte gleichzeitig neidisch. Merkelauer sah düster vor sich hin.
Kanzleramtsministerin Neumüller wartete, bis es ihr opportun erschienen, das Gespräch wieder zu eröffnen. «Es gibt aus dem Kanzleramt zwei Vorschläge, was wir tun könnten».
«Bitte!» Die Aufforderung der Kanzlerin klang immer noch ärgerlich.
«Mit der Aufzählung, die vor Ihnen liegt, als Begründung dürfte es den meisten Mitbürgerinnen und Mitbürgern einleuchten, wenn wir den Notstand ausrufen, auch wenn wir Bürgerrechte damit einschränken. Wenn wir eine Ausgangssperre verhängen und mithilfe der Bundeswehr sichern, dass diese eingehalten wird, können wir vielleicht den Bewegungsspielraum der Attentäter so einschränken, dass es zu keinen weiteren Anschlägen kommt.»
«Wie stellen Sie sich das vor?», brausten CSU- und SPD-Chef fast gleichzeitig und absolut wortgleich auf, wenngleich mit höchst unterschiedlichen Gründen. Der CSU-Mann erhielt von der Kanzlerin zuerst das Wort:
«Das bedeutet, dass unsere gesamte Wirtschaft irgendwann ab heute Abend so gut wie still steht», dröhnte es aus dem Lautsprecher. «Bei einer Ausgangssperre müssen wir alles und jeden kontrollieren. Es wird keine Lieferung mehr pünktlich ankommen, es lässt sich kein Termin mehr einhalten, die Produktion des ganzen Landes kommt auf die Halde, Verträge mit unseren Partnern im Ausland platzen, und so weiter und so weiter. Wir wissen doch gar nicht, wie lange wir einen solchen Ausnahmezustand aufrecht erhalten müssen. Milliardenver-

luste mit entsprechenden Folgen für den Staatshaushalt sind jedenfalls vorprogrammiert. Und je nachdem, wie lange eine Ausgangssperre dauern würde, könnte diese für den Wirtschaftsstandort Deutschland und damit für unseren Wohlstand die Katastrophe bedeuten! Von so einer Maßnahme erholen wir uns kaum in ein paar Wochen. Das wollen die Terroristen doch gerade! Aber da spielt die CSU nicht mit!» Der bayrische Partei-Chef sah unter seinem Gebüsch von ein paar Augenbrauen grimmig aus dem Bildschirm.

Doch die Kanzlerin zuckte mit keiner Wimper. «Herr Merkelauer, Sie haben sicher weitere Gründe, die gegen diesen Vorschlag sprechen?», wandte sie sich kühl an ihren Koalitionspartner.

Der SPD-Chef nickte besorgt: «Neben diesen wirtschaftlichen Gründen möchte ich stärkste verfassungsrechtliche Bedenken anmelden. Wir haben ja schon Soldaten auf den Autobahnbrücken stationiert. Selbst wenn die unbewaffnet sind, sind die Notstandsgesetze auf diese Weise schon bis an die Grenzen des Machbaren ausgenutzt. Der Einsatz der Bundeswehr zu Polizeizwecken ist nur für den Verteidigungs- oder den Spannungsfall vorgesehen. Das weiß auch die Opposition. Wenn die den Antrag stellt, kann das Bundesverfassungsgericht, was wir hier als Spannungsfall auslegen, schon jetzt ganz anders sehen und uns jede Stunde zurückpfeifen. Dem müssten wir dann entweder folgen oder zuwider handeln. Im ersten Fall wären wir genau so weit wie vorher, im zweiten hätten wir nicht nur eine Wirtschaftskrise, sondern auch noch eine konstitutionelle Krise. Herr Straußhofer und ich sind selten einer Meinung, aber wie er ganz richtig sagte: Niemand weiß, wie lange eine solche Ausgangssperre aufrecht erhalten werden müsste. Plötzlich sind wir mir nichts dir nichts im Polizeistaat. Das kann für unser Land sehr, sehr böse enden.»

Kanzleramtschefin Neumüller mischte sich ein: «Nach BKA-Angaben sollten wir mit brauchbaren Vernehmungsergebnissen innerhalb der nächsten drei Tage rechnen können. Gut 450 Personen sind festgenommen worden und werden bereits vernommen. Einige von ihnen werden sicher wertvolle Informationen haben.»

«Aber kann die Polizei uns garantieren, dass wir einen Notstand in ein bis zwei Wochen beenden könnten?», hakte die Kanzlerin nach. Sie beugte sich über den Tisch, um sich an den Gemüsesnacks zu bedie-

nen, die neuerdings im Kanzleramt auf allen Konferenztischen stehen.
«Das kann sie natürlich nicht», erwiderte ihre Ministerin. «Es gibt bei optimistischer Sichtweise gewisse Möglichkeiten dafür, das ist alles.»
«Das heißt, auch aus BKA-Sicht könnte es Monate dauern, bis man der Attentäter habhaft würde und den Notstand aufheben könnte?»
«Ja, natürlich. Erinnern Sie sich an diesen LKW-Fahrer, der vor einigen Jahren immer wieder und insgesamt hundertfach auf andere Fahrzeuge geschossen hat?»
Frau Dr. Uriel nickte. Nach und nach hatte man den Eindruck, dass die Schatten unter ihren Augen ständig dunkler wurden.
«Es hat fünf Jahre gedauert, den dingfest zu machen,» erläuterte die Kanzleramtschefin, die ebenfalls immer müder wirkte, «dabei ist der nicht besonders intelligent vorgegangen. Und sein Motiv war einfach nur Frustration. Unsere Täter hier sind von anderem Kaliber. Die haben eine klare politische Motivation. Die planen intelligent und sehr genau. Jedenfalls ist das die Einschätzung des BKA.»
Die Kanzlerin schwieg einen Augenblick. Sie besah sich die kurzen, unlackierten Fingernägel zuerst der linken, dann der rechten Hand, wie um zu prüfen, ob bald eine Maniküre fällig sei. «Dann ist eine Ausgangssperre mit mir nicht zu machen!», entschied sie dann. «Wie lautet der zweite Vorschlag?» fragte sie sachlich, wieder aufblickend.
«Wir könnten für Sonntag Abend ein TV-Duell anbieten», antwortete ihre Ministerin. «Sie alle drei als Parteivorsitzende oder Sie alleine als Kanzlerin gegen eine Abordnung der Terroristen. Bis dahin ist gewissermaßen Waffenruhe.»
Ihre drei Diskussionspartner waren einen Moment lang verblüfft. «Ist das Ihre Idee?», raunzte der CSU-Chef dann unfreundlich.
«Nein, die Idee kam aus dem ARD-Hauptstadtstudio. Ich finde sie aber bedenkenswert.»
Der SPD-Vorsitzende nickte nachdenklich: «Hm. Das liefe auf eine Art Moratorium hinaus. Wir gewinnen Zeit. Wir machen den Terroristen ein Scheinangebot. Wir geben ihnen etwas, was sie nicht verlangt, aber woran sie auch nicht gedacht haben. Das wird für Diskussionen unter ihnen sorgen, einige werden dafür, andere dagegen sein und es wird sie wahrscheinlich spalten. Erscheint mir nicht dumm!»
«Und Sie meinen, die Terroristen gehen darauf ein? Das ist doch gren-

zenlos naiv! Die sind Mörder und Chaoten, aber dumm sind die nicht!», ereiferte sich Straußhofer mit hochrotem Gesicht. «Niemand von denen wird so blöd sein, vor laufender Kamera zu erscheinen und sich dann festnehmen zu lassen. Und, lassen Sie sich das gesagt sein: Auf eine Bande von Mördern, Brandstiftern und Chaoten geht die CSU grundsätzlich nicht zu!»

Die Kanzlerin verdrehte die Augen zum Himmel und sagte dann spitz: «Lassen Sie doch diese alberne Kraftmeierei, Herr Straußhofer. Moralische Entrüstung nützt uns jetzt überhaupt nichts, wir sind nicht in der Position dazu. Das Leben von Mitbürgerinnen und Mitbürgern ist in Gefahr. Die Wirtschaft ist in Gefahr. Die Demokratie ist in Gefahr. Wir müssen neue Anschläge verhindern. Wir müssen der Polizei Zeit verschaffen, damit sie ihre Arbeit tun kann. Dafür mache ich auch Mördern, Brandstiftern und Chaoten Angebote.»

Straußhofer rang nach Luft, zog es aber vor, die Erwiderung, die ihm auf der Zunge lag, hinunter zu schlucken. Dieser Moment war nicht geeignet, persönliche Gegensätze aufbrechen zu lassen und auf Angriff zu schalten, das sah auch er ein.

«Wir sichern freies Geleit zu», schlug die Kanzleramtsministerin vor. «Wie Sie ganz richtig sagten, Herr Straußhofer, diese Leute sind nicht dumm. Sie werden die Gefahr sehen, vor der Kamera garantiert maskiert auftreten und für den Fall der Festnahme ihrer Repräsentanten mit sofortigen Anschlägen drohen. Dass wir uns einen solchen Ausgang nicht leisten können, wissen die.»

SPD-Chef Merkelauer wiegte den Kopf: «Aber sie werden argwöhnen, dass unsere Sicherheitskräfte sie in Zivil verfolgen werden, wenn sie das Studio verlassen. Oder dass ihnen während der Debatte eine Wanze oder ein Peilsender untergejubelt wird.»

«Darauf müssten wir es ankommen lassen. Vielleicht merken die das nicht oder sind so öffentlichkeitsgeil, dass das Angebot sie blind macht?» replizierte die Ministerin.

Straußhofer warf ein: «Und der Inhalt der Debatte?»

«Sie oder die Kanzlerin sind vertraute Gesichter in der Öffentlichkeit,» antwortete die Kanzleramtschefin. «Die Terroristen hingegen treten sicher mit diesen albernen Masken auf, ohne Gesicht. Die Zuschauer vertrauen dann uns, nicht denen. Den Schlagabtausch hätten wir schon gewonnen, wenn es darauf ankäme. Aber darauf kommt es gar nicht an. Es geht einzig und allein darum, Zeit zu gewinnen.»

«Dann hätte ich vielleicht eine noch bessere Idee», äußerte sich nun der SPD-Chef wieder. «Diese Guy-Fawkes-Masken könnten doch auch wir beschaffen. Weil niemand die Identität der Debattanten überprüfen kann, könnten wir auch unsere eigenen Leute dahin setzen und debattieren lassen. Wir nehmen einfach ein paar Mitarbeiter aus dem Umweltministerium. Die müssten dann halt für 90 Minuten so tun, als seien sie Terroristen.»

«Da fallen mir spontan gleich zwei, drei Kandidaten ein», spottete der CSU-Mann darauf. «Aber ich prophezeie Ihnen: Das wird keinen Anschlag verhindern.» Mit ironischen und überheblichen Lächeln saß er da, wohl wissend, dass sein SPD-Kollege viel zu müde war, um sich nicht provozieren zu lassen: «Dafür, dass Sie selbst nur Dünnbretter bohren, mauern Sie ziemlich viel!», bellte der denn auch. Straußhofer lächelte noch mehr.

Die Kanzlerin verdrehte die Augen wieder nach oben, hob diesmal auch noch beide Hände zum Himmel, bevor sie sie fallen ließ und fauchte: «Meine Herren Gockel, die Arena für Kampfhähne hat jetzt geschlossen. Das Publikum ist nach Hause gegangen. Die Lage ist viel zu ernst für diesen Firlefanz. Möchten Sie Ihren Vorschlag weiter begründen, Herr Merkelauer?»

Der SPD-Mann warf einen verächtlichen Blick auf den großen Bildschirm, bevor er sich seiner Koalitionspartnerin zuwandte. «Ja!» sagte er. «Wenn wir über die Medien kommunizieren, dass den Terroristen unser Angebot über einen Journalisten vermittelt wurde und sie angenommen haben, können sie nichts dagegen tun. Die Meldung wird sie dann verwirren. Sie haben ja nur diesen Twitter-Account oder Youtube, um mit der Öffentlichkeit zu kommunizieren. Selber abonnieren sie den Account nicht einmal, um sich nicht verfolgbar zu machen. Wenn dort jemand, wer auch immer dazu Zugang hat, ein Dementi veröffentlicht, wird das außer ein paar Journalisten kaum einer merken. Aber alle lesen Zeitung, alle hören oder sehen Nachrichten!»

«Zu diesem Account hätte ich allerdings eine Frage an Frau Neumüller», unterbrach Straußhofer den SPD-Mann. «Warum haben wir den Terroristen eigentlich nicht schon längst den Twitter-Zugang gesperrt?»

Die Kanzleramtsministerin antwortete: «Dafür hat das BKA zwei Gründe. Erstens können wir selbst den Zugang gar nicht sperren, sondern müssten das bei Twitter in den USA beantragen. Zweitens verlieren wir dadurch eher, als dass wir gewinnen. Wenn ihnen Twitter nicht zur Verfügung steht, nutzen die Terroristen andere Kanäle, die sich nicht sperren lassen. Sie könnten zum Beispiel wieder eine Massen-Mail an die Online-Redaktionen schicken und die gegen einander ausspielen, wie sie es in dem Erpresserbrief schon getan haben. Wir können nicht verbieten, Informationen aus solchen Mails zu veröffentlichen, ohne in die Pressefreiheit einzugreifen. Summa summarum ist Twitter für uns das kleinere Übel, es ist auch für uns das schnellere Kommunikationsmittel. Jedenfalls habe ich das BKA so verstanden und es hört sich für mich auch nachvollziehbar an.»

«Aha». Der CSU-Chef nickte. «Wenn das BKA das so sieht, dann will ich mal nichts dazu sagen.»

«Und wenn Journalisten den Twitter-Account abonniert haben und ein eventuelles Dementi seitens der Terroristen veröffentlichen, was dann?» fragte die Kanzlerin.

«Dann wird die Ankündigung eines TV-Duells trotzdem verwirren,» nahm Merkelauer den Faden seiner Überlegung wieder auf. «Wohlgemerkt, wir müssten das Duell dann nicht nur anbieten, sondern nach einer gewissen Zeit auch ankündigen. Für den Fall, dass es wegen dieser Verwirrung dann morgen nicht zu den angekündigten Anschlägen kommt, haben wir gewonnen. Für den Fall, dass es trotzdem Anschläge gibt, haben wir nicht mehr verloren, als wir ohnehin verlieren werden. Den Terroristen entziehen wir aber auf diese Weise auf jeden Fall Anhänger und Sympathisanten. Wir stellen sie als genauso unzuverlässig und verantwortungslos dar, wie sie sind. Wir signalisieren: Wir sind die, die berechenbare Politik machen, auf die man sich verlassen kann. Und die Ankündigung wird die Terroristen, Aktivisten und deren Sympathisanten spalten. Sie werden so wenig wie der Rest der Öffentlichkeit durch die Maskierung Freund von Feind unterscheiden können. So höhlen wir den harten Kern der Terroristen von innen aus.»

Die drei Unionspolitiker sahen Merkelauer erstaunt an. So viel Ausgefuchstheit hätten sie dem politischen Gegner zwar im Wahlkampf, aber nicht in der jetzigen Lage und vor allem nicht bei der Müdigkeit zugetraut, die sie alle zu überwältigen drohte.

«Das hört sich nicht schlecht an», sagte die Kanzlerin. Im nächsten Moment fielen ihr für alle deutlich sichtbar die Augen zu. Wie ein Hund schüttelte sie sich aus dem Sekundenschlaf, rieb sich einmal mit beiden Händen über die Augen und mobilisierte mit eisernem Willen letzte Energie. «Dass wir mit der Strategie morgen schon Glück haben werden, glaube ich zwar nicht. Aber die Hoffnung stirbt zuletzt. Als Teil einer mittelfristigen Strategie finde ich diesen Vorschlag sogar sehr brauchbar», resümierte sie. «Aber müssten wir nicht weitere Maßnahmen ergreifen?»

«Auf jeden Fall!», meldete sich ihre Kanzleramtsministerin wieder. «Selbst wenn wir keine Ausgangssperre verhängen können, können wir die Bevölkerung auffordern, freiwillig zu Hause zu bleiben. Wir können auch verstärkte Polizeikontrollen ankündigen. Und wir können die Straßen aus der Luft mit Hubschraubern und Drohnen von Polizei und Bundeswehr überwachen lassen. Das ist alles juristisch völlig in Ordnung.»

«Dann heißt das Kind nicht Ausgangssperre, benimmt sich aber so», schlussfolgerte daraufhin erregt der Mann aus München. «Das läuft doch auf dasselbe hinaus. Wie lange wollen Sie diesen Zustand aufrecht erhalten, Frau Neumüller? Wäre ich Terrorist, würde ich mir die Hände reiben und sagen: Etappenziel erreicht! Die brauchen sich doch dann nur hinzusetzen und abzuwarten, bis wir die Kontrollen wieder lockern. Das müssen wir nämlich irgendwann. Und dann schlagen sie zu. Ob die morgen oder nächste Woche Mitbürger umbringen, ist denen doch egal! Aber die Verluste für die Wirtschaft wären immens!»

«Mit Verlusten müssen wir uns jetzt abfinden», erklärte darauf die Kanzlerin. «Wir haben gemeinsam beschlossen, dass die Unabhängigkeit der Parteien ein für Deutschland unaufgebbarer Wert ist. Dieser Beschluss kostet jetzt, Herr Straußhofer! Unsere Aufgabe ist es jetzt, die Kosten so gering wie möglich zu halten. Sagen Sie mir bitte, welche Kosten halten Sie für die höheren? Verluste für die Wirtschaft oder den Verlust von Menschenleben?»

Der CSU-Chef zog seine buschigen Augenbrauen zusammen und spitzte gleichzeitig den Mund, so dass ein wirklich karikaturreifer Gesichtsausdruck entstand. «Aber das ist doch nur die Hälfte des Problems», widersetzte er sich weiter. «Hören Sie denn nicht? Wenn wir hier einen Ausnahmezustand heraufbeschwören, egal ob wir das so nennen oder nicht, können wir den nicht ewig aufrecht erhalten. Die Mäuse verschwinden dann halt in ihren Löchern und warten einfach, bis die Katze wieder weg ist.»

«Ich muss Herrn Straußhofer nochmals Recht geben, Frau Dr. Uriel», unterstützte SPD-Mann Merkelauer den CSU-Chef jetzt wieder. «So geht das nicht!»

«Aber wie geht es dann, zum Kuckuck?» Es war äußerst selten, dass die Kanzlerin sich einen Kraftausdruck leistete. Wer sie gut kannte, wusste, dass *zum Kuckuck* hart an der Grenze dessen lag, was sie sich erlaubte. Dazu schlug sie dann mit der flachen Hand auf den Tisch, kniff die Augen zusammen, machte den Mund schmal und starrte ihren Gesprächspartner mit einer solch unangenehmen Energie an, dass auch ausgewachsene Männer am liebsten unter den Tisch kröchen, wenn sie denn könnten.

Eine Weile herrschte ratloses Schweigen. Dann hatte Kanzleramtsministerin Neumüller eine Idee: «Vielleicht sollten wir den Spieß umdrehen? Was, wenn wir die Menschen nicht auffordern, zu Hause zu bleiben, sondern sie im Gegenteil bitten, massenhaft spazieren oder zwischen den Dörfern auf Radtour zu gehen? Wer dort wohnt, kennt sich dort doch aus. Unbekannte Personen werden dort sofort auffallen. Dann sind überall ständig potenzielle Zeugen unterwegs, das dürfte den Terroristen gar nicht schmecken.»

Die buschigen Augenbrauen aus München zogen sich zusammen, die massige Stirn des SPD-Chefs legte sich in Falten, die rechtshändigen Fingerspitzen der Kanzlerin suchten und fanden die linkshändigen. «Die Idee ist nicht schlecht», sagte sie schließlich, während die beiden Herren bestätigend nickten. «Aber würden sich dann die Menschen nicht reihenweise gegenseitig verdächtigen?»

«Das würden sie wahrscheinlich. Und es würde massenhaft nutzlose Hinweise bei der Polizei geben,» räumte die Ministerin ein. «Aber das wäre der kleinere Preis, wenn der Lohn wäre, dass wir morgen Abend keine Todesopfer zu beklagen haben. Auf jeden Fall erschweren wir den Terroristen so ihr Vorhaben erheblich.»

Die Kanzlerin streckte den Rücken durch, schloss die Augen, stützte die Ellenbogen senkrecht auf den Tisch, legte die Fingerspitzen aneinander. Und sagte nach einigen weiteren Sekunden allgemeinen Schweigens: «Wer sich auf keinen Fall die Hände schmutzig machen will, sollte für ein Gemeinwesen keine Verantwortung übernehmen.» Sie schwieg wieder, nahm die Ellenbogen vom Tisch. Abermals besah sie ihre Fingernägel, zuerst die der linken, dann der rechten Hand. «In der Politik kann man immer nur das am wenigsten Falsche tun», teilte sie diesen mit. «Und man kann sich dabei täuschen!», erklärte sie den nach wie vor Unlackierten auch noch, bevor sie aufblickte und ihren korpulenten Koalitionspartner, ihre korpulente Kanzleramtsministerin und auch die Kamera, die sie nach München übertrug, ins Visier nahm: «Wenn wir morgen den Tag ohne Tote überstehen, ist das der Anfang vom Ende für die Terroristen. Wir müssen alles aufbieten, was wir haben. Darum bieten wir das TV-Duell an, wir veranlassen die Überwachung der Straßen aus der Luft durch Polizei und Bundeswehr, wir veranlassen verstärkte Fahrzeugkontrollen auf den Straßen und wir fordern die Menschen zu massivem Radeln und Spazierengehen auf. Diese Terroristen sollen mal sehen, was Deutschland kann. Sind Sie meiner Meinung?»
Ihre drei Gesprächspartner nickten langsam.
«Gut!», wandte sie sich dann direkt an die Chefin des Kanzleramtes, «dann setzen Sie bitte für 18:30 Uhr eine Pressekonferenz an. Und dann sollten auch Sie eine halbe Stunde schlafen!»

4.7 17:00 Uhr:
Universitätsstadt Trondheim, Mittelnorwegen

«Trondheim – windschief gepflegt!» Anne-Liese grinste einen Augenblick, als ihr wegen der alten, schiefen Handelshäuser, die ihr jetzt gegenüber lagen, die Idee zu dem frechen Slogan kam. Die kleine Selbsterheiterung war auch nötig. Noch am Flughafen, um etwa 16:10 Uhr, hatte sie im TL in Wiesbaden angerufen und vom zweiten großen Brandanschlag des Tages erfahren, diesmal auf der A2 zwischen Hannover und Berlin. Ihre bösen Ahnungen vom Mittag hatten sich bestätigt, seitdem hatte sie düstere Gedanken gehabt, die durch den zweiten Anruf in Wiesbaden nicht heller geworden waren. Wie würde die Regierung jetzt reagieren? Welche Gegenmaßnahmen ließen sich da überhaupt noch treffen? Wo würde es zum dritten Großbrand, wo zum vierten heute kommen? Dazu die Tagger-Aktionen auf Europas Fähren heute morgen. Dazu erneute Autobahnsperraktionen heute Nacht. Und ging es heute noch ohne Tote ab, so würde das morgen anders sein. Diese Leute machten ernst, wenn die Regierungsparteien nicht einlenkten, da gab es wirklich überhaupt nichts mehr zu deuteln.

Während Bente auf der Toilette war und dieser Roger Amundsen hinter der Theke je einen Cappuccino für sie selbst und die Kollegin zubereitete, wartete Anne-Liese auf dem winzigen, überdachten Balkon, der im Fluss Nidelva steht und zu jener Kneipe gehört, die gleichzeitig ein modernes Antiquariat ist. Unter anderen Umständen wäre es hier bei diesem Strahlewetter wirklich wohl sein gewesen, anders ließ sich das nicht beschreiben. Die Temperatur angenehm warme 24 Grad, der Himmel wolkenlos und von einem Blau mit einer Tiefe, wie Anne-Liese es noch nie wahrgenommen hatte, dieser Café-Tisch mit eigentlich nur zwei Sitzplätzen fast im behäbigen Fluss und doch auf dem Trockenen, mit Ausblick auf die kleine, alte, rostrot angestrichene Stadtbrücke, auf der sich sommerliches Leben tummelte, dahinter der imposante Dom im massigen Grün uralter Baumriesen. Wandte sie den Kopf weiter, sah sie auf der gegenüber liegenden Seite die alten, teils renovierten, teils sehr renovierungsbedürftigen, großen, schiefen, farbigen Handelsspeicher aus Holz, die auf Holzpfählen im Fluss stehen. «Windschief gepflegt» war keine alles deckende Wendung für das, was Anne-Liese sah, aber sie vermittelte etwas von der Gelassenheit, die hier zu herrschen schien und anderswo so selten ist: In dieser Stadt schien man tatsächlich Zeit zu haben, doch ohne sie deshalb zu verspielen. «Immer eins nach dem anderen» sagte die Kulisse, «immer eins nach dem anderen.» Sie hatte tatsächlich etwas Beruhigendes. Und das war jetzt gut so.

Bente kam von der Toilette zurück und mit ihr Roger Amundsen von der Theke an den Tisch. Der dunkelhaarige, große, attraktive Mann Mitte vierzig stellte mit vielen Lachfalten um blaue Augen herum und filmreifem Zahnpastalächeln je einen Cappuccino für die Damen und sich selbst einen normalen schwarzen Kaffee auf den Tisch, während er zu Bente etwas auf Norwegisch sagte.
Die gab ihn wieder: «Er sagt, dass er allein ist in die hintere Teil von die Café und er muss aufpassen, wenn es kommen andere Gäste. Und er sagt, dass seine Deutsch ist gerostet. Er versteht gut, aber er will selbst sprechen norwegisch oder englisch, wenn es geht.»
Amundsen hatte das leere Tablett auf einen Nachbartisch gestellt und sich einen Stuhl herangezogen, auf den er sich jetzt setzte.
Anne-Liese nickte und bedankte sich: «Es ist ja sehr nett, dass Sie sich Zeit für uns nehmen. Und dann noch in dieser wunderschönen Umgebung!» Und sie machte eine ausladende Handbewegung.
Amundsen lächelte so geschmeichelt, als habe er selbst die Kulisse von Fluss, Stadtbrücke, Dom und Speicher täuschend echt dorthin gemalt, wohin sie jetzt blickten.
«Es ist wirklich eine sehr feine Platz», bestätigte auch Bente, bevor sie die Höflichkeiten beendete und zu Anne-Liese sagte: «Aber Sie wollten wissen einiges über die Anhänger von Arne Naess, nicht wahr?»
Die deutsche Polizistin nickte wieder, nippte an ihrem Cappuccino und fragte dann: «Herr Amundsen, ich habe von Arne Naess erst neulich gehört, aber verstanden, dass er in Teilen der internationalen Umwelt-

bewegung eine wichtige Rolle gespielt hat. Und Sie haben ihn sehr gut gekannt. Wie, meinen Sie, hätte er sich zu den Ereignissen in Deutschland und jetzt auch in Norwegen und im übrigen Europa gestellt?»
Amundsen antwortete sofort, Bente übersetzte: «Er hätte sie erwartet!»
«Heißt das, dass er sie unterstützt hätte?», fragte Anne-Liese weiter.
Amundsen antwortete, Bente übersetzte: «Die Terroristen wahrscheinlich nein, die Aktivisten wahrscheinlich ja!»
«Wie ließ sich das für ihn trennen?»
Amundsen gab nun eine ausführlichere Antwort, während er Bente und Anne-Liese abwechselnd ansah. Bente hörte interessiert zu. Mehrfach fiel der Name Baruch Spinoza. Von dem Besuch bei der Osloer Lachnummer am Vormittag wusste Anne-Liese, dass das ein großer jüdischer Philosoph gewesen war. Aber mehr verstand sie natürlich nicht und musste sich auf die Beobachtung ihrer beiden Gesprächspartner beschränken. Die blonde, sommersprossige, stämmige, aber trotzdem schlanke Kollegin in dunkler Uniform und der große, dunkelhaarige Mann in lockerem Zivil gaben in der späten Nachmittagssonne ein ungleiches, aber ziemlich attraktives Paar ab.
«Für Arne Naess war das Leben selbst heilig, auch das Leben von seine politische Gegner», fasste Bente nach einer Weile zusammen. «Aus die Heiligkeit von die Leben er ableitete nach Spinoza seine ganze Philosophie. Es wäre eine Widerspruch in sich selbst zu töten andere Menschen.»
Amundsen sprach weiter, Bente hörte zu und übersetzte: «Arne Naess war keine Träumer. Er war eine scharfe Logiker und er war Professor mit 27 Jahren. 1973 er hat geprägt die Begriff tiefe Ökologie, vielleicht so wie man spricht von eine tiefe Psychologie. Da war er schon eine alte Mann, über 60 Jahre.»
Anne-Liese stutzte einen Augenblick. Dann kam sie darauf, dass der Begriff vielleicht eher «Tiefenökologie» heißen mochte. Sie lächelte, verstand einmal mehr, welche Fallen eine Fremdsprache für Ausländer bereitstellt, machte sich eine Notiz für spätere Recherchen und entschloss sich endgültig, ihr bisschen Englisch in der Mottenkiste zu lassen. Bentes Deutsch war ja allemal gut genug, wenn man mitdachte.
«Worauf bezieht sich diese Tiefenökologie?», fragte Anne-Liese. «Was

soll da tief sein und was ist nicht tief?»
Amundsen hatte die Frage verstanden und antwortete sofort auf norwegisch. Bente gab ihn diesmal Satz für Satz wieder:
«Es gibt keine wirkliche Grenze zwischen menschliche Leben und andere Leben.»
Norwegisch.
«Leben fließt, eine Leben geht über in die andere. Immer.»
Norwegisch.
«Es ist wie eine Fluss, es hat dieselbe Ausgangspunkt, es kommt aus die selbe Quelle.»
Norwegisch.
«Wer hat verstanden das, hat eine andere Respekt vor die Leben wie der, der nicht hat verstanden das.»
Norwegisch.
«Wer nicht hat verstanden das, kann wollen beschützen die Umwelt, weil er braucht sie zu die eigene Leben.»
Norwegisch.
«Aber er beschützt sie nicht, weil er sie liebt.»
Norwegisch.
«Er kann trotzdem kaputt machen alles, was nicht ist für seine Zwecke. Er kann töten alles, was ist in seine Weg.»
Norwegisch.
«Das ist die flache Ökologie von die Politik. Die tiefe Ökologie liebt alle Leben, weil alle Leben ist verwandt.»

Amundsen schwieg und sah Anne-Liese aus schier unergründlich blauen Augen ernst an. Die wusste nicht, was mehr auf sie wirkte: Dieser äußerst attraktive Mann, das, was der gesagt hatte oder beides zusammen. So einfach diese Gedanken eigentlich waren, so hatte sie noch nie gedacht. Oder vielleicht irgendwann, als sie noch sehr jung war. «So was denkt man, wenn man 17, 18 ist, und dann vergisst man es», ging es ihr durch den Kopf. Warum hatte sie es vergessen, dieser Arne Naess aber nicht? Kam es vielleicht darauf an, unter welchen Einfluss man als junger Mensch dann geriet? Darüber musste sie später nachdenken. Sie machte sich eine Notiz und räusperte sich:
«Könnten Sie Herrn Amundsen fragen, wie hoch er die Anhängerschaft

von Arne Naess beziffern würde?» wandte sie sich an Bente.

«Herr Amundsen versteht und heißt in Norwegen Roger», lächelte darauf Roger Amundsen selbst, bevor er zu Bente gewandt auf Norwegisch fortfuhr.

«Er sagt, dass er hat keine Ahnung national und gar nicht international», gab die ihn ebenfalls lächelnd wieder. «Aber hier in die Antiquariat sie haben eine kleine Philosophiekreis einmal in die Monat. In diese Kreis alle denken so, meint er.»

Anne-Liese nippte wieder an ihrer Tasse und kommentierte nachdenklich: «Wenn man so denkt und es wirklich ernst meint, muss es eigentlich recht schmerzhaft sein, heutzutage zu leben. Wie viele Leute gehören denn zu diesem Kreis?»

«Circa 20, plus minus», antwortete Amundsen direkt. Sogar sein Akzent war charmant.

«Und wie alt sind die?», fragte Anne-Liese weiter.

Amundsen antwortete wieder auf norwegisch, Bente übersetzte: «Die jüngste ist 19, die älteste ist 72.»

«Was machen die denn beruflich und haben die Familie? Haben einige von denen vielleicht Ihres Wissens Kontakte nach Deutschland?» Jetzt war Anne-Liese ganz Polizistin.

Amundsen sah Anne-Liese denn auch ziemlich ärgerlich an. Er sagte etwas und wirkte mehr als kurz angebunden. Bente gab die Antwort weiter: «Er kann natürlich nicht etwas sagen über die Privatleben von die Leute.»

Anne-Liese verstand. Das war ein Fehler gewesen. Sie korrigierte ihn eilig: «Roger, ich bin in der ehemaligen DDR aufgewachsen. Ich verstehe genau, was Sie meinen. Aber es geht nicht darum, Freunde und Bekannte zu verraten, sondern darum, zu verhindern, dass Menschen ums Leben kommen. Das ist ja auch im Sinne von Ihrem alten Mentor, wenn ich es richtig verstanden habe. Im Moment muss ich jeder noch so kleinen Möglichkeit zu einer Spur nachgehen. Verstehen Sie das?»

Amundsen zögerte etwas und nickte dann.

«Darf ich Sie dann bitten, mir zu helfen? Vielleicht könnten Sie eine Liste der Teilnehmer an diesem Philosophiekreis machen, dann kann ich die Leute selber fragen?»

Nach abermaligem kurzem Zögern nickte Amundsen und sagte dann etwas zu Bente. «Er sagt, dass er kann machen so eine Liste. Aber er will nicht, dass Sie sagen, dass Sie haben bekommen die Information von ihn.»

«Abgemacht!», sagte Anne-Liese erleichtert. «Vielen Dank!»

Die beiden Norweger wechselten wieder ein paar Worte, worauf die Kollegin Anne-Liese mitteilte: «Er macht die Liste jetzt sofort. Und dann muss er sich wieder kümmern um seine Café, wenn Sie nicht haben mehr Fragen.»

«Nur aus reiner Routine: Wo ist er selbst gewesen in den letzten acht Tagen?»

Jetzt wurde Amundsen regelrecht missmutig: «Her i Trondheim. Det kan jeg bevise», sagte er. So viel Norwegisch verstand auch Anne-Liese. Sie sagte eilig: «Nicht nötig, Roger, ich glaube Ihnen. Es tut mir wirklich Leid, aber ich muss so etwas fragen. Entschuldigen Sie bitte.»

Amundsen nickte wieder unwirsch, erhob sich, nahm die leeren Tassen, stellte sie auf das Tablett und trug alles zur Theke. Nach einigen Minuten war er zurück und überreichte Bente fünf Zettel, die von einem Quittungsblock abgerissen waren. Darauf standen handschriftlich offensichtlich Namen nebst Telefonnummern. Amundsen sagte etwas zu Bente. Die wirkte ziemlich überrascht, schien noch einmal nachzufragen und wandte sich dann an Anne-Liese: «Eine von die Philosophiekreis ist deutsch. Er heißt Harald Böttker und ist früher gewesen eine katholische Priester. Aber jetzt er ist eine Busfahrer. Roger hat ihn nicht gesehen seit viele Monate.»

Anne-Liese zog die Brauen hoch. «Aha?», fragte sie erstaunt. «Warum ist denn dieser Priester nicht mehr Priester?»

Amundsen antwortete, Bente gab ihn wieder: «Er hat gemacht eine Skandale vor einige Jahre. Er hat als eine Priester gefordert die Rücktritt von die vorige Papst in die Zeitung hier.»

Anne-Liese musste lachen: «Na, das war ja ganz schön mutig! Dass man nach so was Busfahrer wird, das kann man sogar verstehen. Vielleicht sollten wir mit dem mal reden? Irgendwo müssen wir ja anfangen.»

«Die Telefonnummer steht auf auf eine von die Zettel hier», erwiderte Bente und überflog die fünf kleinen Blätter.

Anne-Liese streckte der Kollegin die Hand entgegen, worauf diese ihr

den aktuellen Zettel gab. Die Deutsche griff nach ihrem Dienst-Handy, wählte die Nummer, wartete und sah die beiden Einheimischen dabei abwechselnd an. «Da sagt eine Stimme was auf norwegisch, wahrscheinlich ein Anrufbeantworter. Was sagt die?» Anne-Liese reichte Bente das Telefon. Die lauschte einen Augenblick und übersetzte dann: «Die Telefon ist ausgemacht oder in eine Gebiet ohne Deckung.»
«Ohne Deckung?»
«Es kann nicht bekommen eine Signal.»
«Ach so, es hat keinen Empfang.»
«Jaja, es hat keine Empfang». Bente wurde ein bisschen rot, was wiederum Anne-Liese ein wenig beschämte. Schließlich war sie auf Bente angewiesen.
«Ist doch nicht schlimm!», sagte sie und tätschelte Bente leicht am Oberarm. «Ohne Sie wäre ich doch völlig aufgeschmissen!» Aber ob Bente verstand, was Anne-Liese mit «aufgeschmissen» meinte?
«Wo wohnt denn dieser Harald Böttker? Immer noch hier in Trondheim?» wandte sie sich dann an Roger.
Amundsen zuckte die Achseln. Bente war schon wieder die alte und sagte in ihrer burschikosen Art: «Das wir finden ja schnell aus!»
«Dann lassen Sie uns das doch tun und diesem Busse fahrenden Priester einen Besuch abstatten!» Die deutsche Polizisten gab Amundsen die Hand: «Was heißt Vielen Dank auf norwegisch?»
«Mange takk!»
«Mange, mange takk, Roger! Sie haben uns sehr geholfen! Sollte ich je wieder nach Trondheim kommen, möchte ich in Ihrem wunderschönen Café auf genau diesem Platz hier wieder einen Kaffee trinken!»

*

Eine gute halbe Stunde später waren Bente und Anne-Liese stetig bergauf gegangen. Sie hatten sich Zeit gelassen, um Luft zu schnappen und sich einen Eindruck von der fremden Stadt zu gönnen. Jetzt standen sie auf der Holztreppe zum Eingang eines weißen, einstöckigen Vierfamilienhauses, dessen Fenster- und Türrahmen hellblau gestrichen waren. Wenn sie sich auf dem Treppenabsatz umdrehten, hatten sie eine wunderschöne Aussicht über eine alte Festung, die Stadt und

und den weiten Fjord, beschienen und erwärmt von frühabendlicher Augustsonne. Aber obwohl die Holzfassaden der Häuser gepflegt und viele frisch gestrichen waren, bekam Anne-Liese wieder dieses DDR-Gefühl, das sie schon in Oslo gehabt hatte. Ob das an den Straßen mit ihrem brüchigen Asphalt und diesen meist grünen, längst nicht mehr neuen Metallbriefkästen lag, die vor so gut wie jeder Einfahrt an mehr oder weniger schief in den Boden gerammten Holzpfeilern hingen? Auch die Einfahrten und Vorgärten hätten im heutigen Deutschland bei Bewohnern der mutmaßlich selben Einkommensklasse wohl sehr viel geschniegelter ausgesehen.

Bente drückte auf den Klingelknopf, unter welchem *Harald Bøttker* stand. Als niemand öffnete, klingelte sie erneut und länger. Niemand öffnete. Bente ging die Einfahrt hinunter und zu den vier Briefkästen, in welche sie hineinschaute. «Alle leer», rief sie über die 10 Meter zu Anne-Liese hinauf, die erst jetzt verwundert registrierte, dass man hier tatsächlich in den Briefkasten des Nachbarn schauen konnte, wenn man denn wollte. «Das bedeutet, dass er ist da oder weggereist lange», verkündete Bente, während sie energisch die Einfahrt wieder hinauf stiefelte. «Wir klingeln bei die Nachbar.»
Wieder neben Anne-Liese angekommen drückte Bente auf die Klingel neben Bøttker. *Britt Marit Hellesvik* war darunter zu lesen. Nach wenigen Sekunden hörten sie Schritte hinter der dunkelblauen Holztür. Eine blonde Frau Ende Zwanzig machte ein erstauntes Gesicht, als sie die norwegische Polizistin in Uniform und deren Begleiterin sah. Trotzdem lächelte sie.
«Hey», sagte sie freundlich.
«Hey», antwortete Bente, ebenso freundlich. Alles weitere war für Anne-Liese unverständlich, abgesehen von Bøttkers Namen, der nach seiner Einführung in das kurze Gespräch allerdings konsequent mit Vornamen erwähnt wurde.
Nach etwa fünf Minuten nickte Britt den beiden Polizistinnen freundlich zu und schloss die Tür. Bente wandte sich an Anne-Liese: «Er ist gefahren in die Ferien knappe zwei Wochen bevor. Zu Frankreich, sagt sie. Sie nimmt die Post und wassert die Blumen. Er hat eine alte VW-Bus, so eine Camping-Bus. Und er arbeitet bei die Busgesellschaft, wel-

che fährt zu die Lufthafen.»

«Mmh», machte Anne-Liese, während sie langsam die Einfahrt hinunter und dann wieder der Stadt zu gingen. «Das passt ja wenigstens grob. Homo sapiens hat diese Mail aus Trondheim verschickt. Die Sprache in dem Brief deutet darauf hin, das der Absender Deutsch als Muttersprache hat. Böttker ist Deutscher, wohnt in Trondheim, ist seit zwei Wochen verreist. Die Autobahnanschläge fanden letzte Woche statt. Der Weg nach Frankreich führt über Deutschland. Das braucht alles noch nichts zu bedeuten. Aber ich finde, wir sollten da mal etwas genauer hingucken. Bekommen wir um diese Zeit noch Kontakt zu seinem Arbeitgeber?»

«Nicht zu die Arbeitgeber, aber zu die Arbeitsplatz», sagte Bente darauf. «Die Bus zu die Lufthafen fährt fast immer. Da können wir anrufen in die Zentrale.»

Sie nahm ihr Smartphone, googelte die Busgesellschaft und hielt nach wenigen Augenblicken das Telefon ans Ohr. Derweil genoss Anne-Liese den Abend. Deutschland hatte während ihres Gesprächs mit Roger unmerklich weg zu gleiten begonnen und sich während ihrer kleinen Wanderung hier hinauf stetig weiter entfernt. Wie wundervoll der Fjord in der Sonne glitzerte, die Berge auf der anderen Seite sich gegen den Horizont abhoben, diese kleine Insel dort unten vor der Stadt im Wasser lag. Was für eine phantastische Aussicht die Menschen hatten, die hier oben wohnten. Und die gehörten wohl nicht zur Schickeria, waren ganz normale Leute. Dieser Harald Böttker hatte es gut getroffen.

Nach wenigen Augenblicken hatte Bente das Gespräch beendet. Sie pfiff durch die Zähne:

«Unser Harald ist krank gemeldet seit fast eine Jahr», sagte sie.

«Was», rief Anne-Liese, «und dann fährt er in Urlaub? Darf er das?»

«In Norwegen man kann krank sein eine Jahr mit volle Lohn, man behaltet die Arbeitsplatz und hat eine Recht auf Ferien trotzdem», erklärte Bente.

«Was? Wer arbeitet denn da noch?»

«Ich arbeite», sagte Bente darauf lakonisch. «Die meisten arbeiten. Wir

Menschen wollen arbeiten ganz freiwillig, wenn die Bedingungen sind gute. In Norwegen die Bedingungen sind gute.»

Anne-Liese war einen Moment lang platt. Es ging ihr in Deutschland ja wirklich nicht schlecht. Aber trotzdem, da konnte man neidisch werden.

«Aber wenn man ein ganzes Jahr nicht arbeitet, hat man vielleicht mehr Zeit, auf dumme Gedanken zu kommen», sagte sie dann.

«Sie meinen Harald?»

«Natürlich!»

«Ja, das kann ja sein», sagte Bente. «Das wir müssen finden aus. Ich schlage vor, wir jetzt nehmen eine Taxi zu die Präsidium. Da machen wir eine Bewegungsprofil, dann wissen wir schnell mehr.»

Die Norwegerin telefonierte wieder.

«Wie macht ihr das hier?» fragte Anne-Liese, als Bente fertig war.

«Was?»

«Ein Bewegungsprofil.»

Die Kollegin machte eine wegwerfende Handbewegung: «Das ist ganz einfach und geht ganz schnell. Alle bezahlen mit elektronische Karte hier in die Geschäfte. Wir kontakten die Bank, füllen eine Formular ein mit die Name von wer wir suchen, eine Polizeichef schreibt unter und wir schicken es per Mail an die Bankzentrale. Es dauert vielleicht 30 Minuten, dann wir wissen, wo die Karte wie oft benutzt ist. Wir können wissen auch wer wann hat herausgenommen wie viel Geld an die Bankautomaten. Und mit die elektronische Mautsystem überall wir können wissen, wer hat gefahren in die oder aus die große Städte in Norwegen. Wir können wissen, wer hat wann passiert eine Tunnel oder eine Brücke oder benützt eine Fähre. Wir einfach geben eine Autonummer in die Computer und Schwupp. Wir immer haben auch Bilder von die Autofahrer. Wenn Harald ist in Norwegen, wir finden eine Spur ganz schnell.»

Anne-Liese wusste nicht recht, ob sie auch auf die Möglichkeiten der Polizeiarbeit neidisch sein oder ob die Bürgerin in ihr protestieren sollte. «Wenn er mit dem Auto unterwegs ist und mit Karte zahlt», sagte sie daher nur einschränkend.

«Ja, natürlich. Aber Britt sagte ja, dass er gefahren ist zu Frankreich mit die VW-Bus. Da ist er gefahren zu Oslo zuerst via Gudbrandsdalen

oder Österdalen. Jajaja. Wir werden es finden aus.»
Das Taxi kam. Bente setzte sich neben den Fahrer des weißen Toyota Prius, während Anne-Liese im Fond Platz nahm. Geräuschlos fuhr das Hybridfahrzeug an. Anne-Liese sah auf die Uhr. 19:13. Während Bente mit dem Taxifahrer sprach, konnte sie im TL anrufen. Anne-Liese kramte das Dienst-Handy aus der Handtasche, wählte die gespeicherte Nummer.
«Taktisches Lagezentrum, Braig», meldete sich eine bekannte, schwäbelnde Männerstimme sofort.
«Schwartzer. Hallo, Herr Braig. Hat sich was getan in den letzten drei Stunden?»
«Nein. Oder ja, wie man's nimmt.»
«Wie nehmen Sie's denn?»
«Ehhh .... Jein!»
Anne-Liese lachte kurz. «Also, klären Sie mich auf, Herr Braig!», sagte sie dann.
«Die Regierung hat gerade eine Pressekonferenz beendet.»
«Und?»
«Hier wird fast der Ausnahmezustand eingeführt. Wir rücken heute Abend noch aus, mit allem was wir haben. Die Bundeswehr soll uns jetzt auch bei Straßenkontrollen unterstützen, nicht nur auf den Brücken. Aber weiter unbewaffnet. Und Uriel hat die Menschen aufgefordert, ganz viel spazieren zu gehen und Rad zu fahren.»
«Warum das denn?»
«Damit möglichst viele Zeugen unterwegs sind.»
Anne-Liese runzelte sofort die Stirn. «Der Schuss kann aber auch nach hinten los gehen», kommentierte sie dann.
«Kann er», antwortete der Kollege in Wiesbaden. «Aber so ist das nun mal. Hoffen wir das Beste.»
«Ja, was bleibt uns übrig? Okay. Sonst noch was?»
«Und die Kanzlerin hat den Terroristen ein TV-Duell mit freiem Geleit angeboten, wenn sie auf weitere Anschläge verzichten. Für Sonntag Abend.»
Jetzt war Anne-Liese überrascht. «Das war ja endlich mal ein cleverer Schachzug», sagte sie nach einem Augenblick. «Oder wie sehen Sie das?»

«Ja, das ist vielleicht nicht doof. Aber ob das hilft? Kommt jetzt auf den Gegner an.»
«Da haben Sie natürlich recht. Wie lange arbeiten Sie noch, Herr Braig?»
«Bis Punkt 19:59 Uhr und 59 Sekunden.
«Wieder mal 12 Stunden?»
«Wieder mal 12 Stunden. Zu Hause fragen die immer, wer das ist, der da zur Tür rein kommt!»
«Ach, bei Ihnen auch? Wiederhören, Herr Braig.»
«Wiederhören, Frau Schwartzer.»

*

Etwa vier Stunden später lagen zwei Handys und ein aufgeschlagenes Notizbuch auf einem leeren Restauranttisch. Und eine kleine, rechte, unberingte Frauenhand schrieb in die leeren Zeilen:

Trondheim, 04.08.2016, 23:11 Uhr. Jetzt also hier. Informationen von diesem Professor heute morgen haben mich hergebracht. Sitze in der Bar im 8. Stock meines Hotels, wegen der Aussicht. Es ist hier noch heller als in Oslo. Kann wieder nicht schlafen, obwohl ich todmüde bin. Aber wirklich wundervoller Blick über den Fjord direkt vor mir, vor mir diese kleine Insel mit altem Gemäuer drauf, die ich schon von der Stadt aus gesehen habe. Und das Hotel ist echt edel, supermoderne Architektur, richtig beeindruckend, hätte auch in Berlin gepasst. Wobei Berlin diese Lage natürlich nicht bieten kann. Der Spitzname «Goldzahn» (hat einer im Präsidium hier erzählt) ist aber fast schon wieder Berliner Schnauze. Wegen so einem vergoldeten Vorbau, der über den Eingang spannt, sieht sehr elegant aus. Mache von allem ein paar Bilder, damit die zu Hause auch glauben, dass ich hier gewesen bin.

Aber zu Hause? Zu Hause fühlt sich gerade sehr, sehr weit weg an. Meckenheim? Wo ist das denn? Berlin? Da leben mein Mann und meine Kinder. Als ich vor einer guten halben Stunde aus dem Präsidium kam und ihre SMS las, waren das irgendwie nur Buchstaben. Es ist alles so friedlich hier, so anders, das Wetter ist wunderbar, aber trotzdem anders als bei uns, die Landschaft ist auf jeden Fall anders, die Leute sind auch anders, obwohl sie aussehen wie wir. Ich weiß alles, was heute passiert ist in D: Die vier Brandanschläge, die letzten zwei wie angekündigt, um 20:00 und um 22:00 Uhr. Die Kollegen rücken alle aus, machen alle Überstunden, die Bundeswehr ist jetzt auch voll im Einsatz, so was ist noch nie dagewesen. Es muss eine unglaubliche Spannung herrschen im Land. Ich denke das klar und ich fühle es kaum. Seltsam! Denke an euch, Andreas, Christina, Thomas: Auch Ihr seid ganz weit weg. Vielleicht, weil ich so müde bin? So wahnsinnig müde! Aber wie soll man denn schlafen bei allem, was die letzten Tage passiert ist? Und bei dieser Helligkeit hier nachts um halb zwölf?

Ein paar Worte zum Arbeitstag heute: Wir haben vielleicht einen Verdächtigen! Ein katholischer Ex-Priester (!) könnte Homo sapiens sein. Ein Deutscher, d.h. ehemaliger Deutscher, bis voriges Jahr, da hat er die Staatsbürgerschaft gewechselt. Auf seine Spur kamen wir per Zufall in dieser Kneipe und dann durch seine Nachbarin. Angeblich ist der Mann vor knapp zwei Wochen in Urlaub gefahren. Die Spur führt nach Norden, wo sein Auto von der ersten elektronischen Mautstation erfasst wurde, aber nicht mehr von der zweiten. Der Nachbarin zufolge wollte er aber nach Frankreich, da wäre der entgegengesetzte Weg logisch gewesen. Also: Er ist über die nahe Grenze nach Schweden ausgereist, da haben sie dieses Mautsystem nicht, da kann er nicht mehr erfasst werden. Aber wir wissen durch die Maut-Bilder und die Fotos, die er beim Wechsel der Staatsbürgerschaft hinterlegen musste, wie er aussieht. Und der Mann hat in den letzten Wochen mit verschiedenen Kreditkarten verdächtig viel Bargeld abgehoben, umgerechnet fast 25.000 Euro. Das ist zwar gerade noch legal, braucht man aber nicht, wenn man in Urlaub fährt. Das braucht man aber, wenn man lange nicht gesehen werden will. Das passt dann zu der Ausreise über Schweden. Und dann ist da noch dieser Artikel, den er geschrieben hat. Bente hat ihn im Netz gefunden, gelesen und auf ihre unvergleichliche Art durch die Zähne gepfiffen (überhaupt: BENTE – Kollegin BENTE aus Oslo hab' ich heute morgen kennen gelernt und könnt' jetzt schon ein Buch über sie schreiben. Wahnsinnsfrau!) Also Bente sagt, der Artikel sei ziemlich gut, aber auch ziemlich radikal. Ihr Deutsch reichte nicht für die Übersetzung, ich krieg' ihn dann morgen von einem professionellen Überse...

Das Xylophon auf Anne-Lieses Diensthandy spielte. Sie runzelte die Stirn, griff nach dem Telefon, schaute auf den kleinen, blau leuchtenden Schirm: Eine Twitter-Nachricht von *@2degreeC,* 23:43 Uhr. Anne-Lieses aufgekratzte Müdigkeit wurde sofort zu angespannter Konzentration. Würden die auf das Angebot der Kanzlerin eingehen? Den Kuli jetzt in der Linken, das Phone in der Rechten öffnete Anne-Liese die Meldung mit dem Daumen:

@2degreeC : TV-Duell ist Verarschung. Erfüllen Sie unsere Forderungen, dann stirbt morgen keiner. (Wer nicht Auto fährt, ist sicher.) CLAN!

Als hätte sie jemand gebrüllt, dröhnte die Nachricht in Anne-Lieses Ohren, ließ den unsichtbaren Guss der Glocke, unter der sie sich befunden hatte, zerplatzen. Natürlich würde die Regierung die Forderungen nicht erfüllen, natürlich nicht! Das bedeutete: Am nächsten Tag Tote. Wie viele? Kein Mensch wusste das. Wo? Dafür gab es keinen Anhaltspunkt. Und die Meldung bedeutete: Chaos. In Windeseile würde sie sich über Twitter verbreiten, auf die Online-Seiten der Zeitungen gelangen. Keiner, der nicht unbedingt musste, würde morgen Auto fahren. Doch das würde nur die schützen, die sich das leisten konnten. Was mit denen, die auf ihr Auto angewiesen waren? Wie viele waren das wirklich? Was mit den Fernfahrern, die ihre LKW nicht einfach stehen lassen konnten? Was mit Ausländern, die mit dem Auto im Urlaub in Deutschland unterwegs waren? Ja, wer warnte denn die Ausländer auf Deutschlands Straßen? Würde überhaupt jemand an die denken?

Anne-Lieses Verstand folgte das Gefühl: Die lauernde Gefahr kroch vom Bauch aus in jede Zelle ihres kleinen Körpers. Ihre Haut fühlte sich an, als stächen tausend feine Nadeln sie von innen an. Nervös stand sie auf, stellte sich vor das große Panoramafenster, betrachtete den weiten Fjord, das alte Kloster auf der Insel da unten, die Berge dort drüben, und sah doch nichts davon. Wie viele Menschen würden in Deutschland den morgigen Abend nicht mehr erleben? Drei, vier?

Zehn, zwölf? Ein paar Dutzend? Ein paar Hundert? Wo würden die Terroristen morgen zuschlagen? In Berlin. Berlin war wahrscheinlich, Berlin war logisch, Berlin war Bühne, Regierungsstadt und weltberühmt. Wenn man terroristischer Logik folgte, dann mussten die Terroristen in Berlin zuschlagen. Terrorismus braucht Symbole und eine Bühne, ohne Symbole und Bühnen gibt es keinen Terror.

Sie sah die Gesichter von Andreas, Christina und Thomas vor sich. «Berlin ist viel zu groß. Die Möglichkeit ist winzig! Verschwindend, mikroskopisch winzig!», versuchte Anne-Liese sich ruhig zu denken. Aber irgendwen würde es treffen. Sie dachte an ihre Eltern, die Schwiegereltern, an ihren Bruder und seine Familie, an zwei nahe Freundinnen, an bestimmte Kollegen im GTAZ. Im Grunde waren die irgendwelche Leute, für die die Möglichkeit, dass ihnen morgen etwas zustoßen würde, an diesem Vorabend genauso winzig war wie für zwei Kinder und einen Ex-Mann, die zufällig einer gewissen Anne-Liese Schwartzer die liebsten Menschen auf dieser Welt waren. Die Chance war so winzig wie im Lotto, wirklich mikroskopisch. Doch trotz der winzigen Chance gewinnt am Ende immer jemand. Dasselbe Prinzip machten sich die Terroristen zunutze, indem sie den Spieß umdrehten und so eine ganze Nation in Geiselhaft nahmen. Denn so wie jede Woche jeder von 20 Millionen Deutschen im Glücksspiel gewinnen will, so würden in diesem nationalen Pechspiel von 80 Millionen jetzt keiner zu den Verlierern zählen wollen. Doch es würde Verlierer geben, das war ganz sicher. Und in *diesem* Jackpot lag der Tod für die Berliner mit mindestens zehnfach höherer Chance als im Lotto. Eine heute noch unbekannte Zahl Menschen würde *diesen* Jackpot morgen bekommen. Hinter der abstrakten Zahl würden echte Menschen stehen, echte Familien, echte Freunde, denen das Leben in Stücke gerissen würde. Warum eigentlich sollten Andreas, Christina und Thomas morgen dann *nicht* unter den Opfern sein? Es gab wahrhaftig keinen Grund dafür, nur die Möglichkeit.

Anne-Liese schauderte, wandte sich ab und um, ging zum Tisch zurück und griff zu ihrem privaten Handy. Thomas war mit Sicherheit jetzt im Bett, die Kinder sowieso. Anrufen wollte sie nicht mehr, aber eine SMS konnte sie schicken. «Thomas, haltet euch morgen von allen Autos weg. Am besten bleibt ihr Zuhause. Hab' euch sehr lieb! A.-L.», tippte sie und drückte auf Senden.

«Ich muss schlafen», dachte Anne-Liese dann nervös, klappte das Tagebuch zu, legte dieses und die beiden Handys in ihre Handtasche, «ich *muss* schlafen!» Sie stand auf und ging am Tresen der Bar vorbei zum Fahrstuhl, der sie zu ihrem Zimmer im Dritten brachte. Nebenan schlief Kollegin Bente, wahrscheinlich längst und auf jeden Fall nichtsahnend. Sehr, sehr selten in ihrem Leben hatte Anne-Liese den Wunsch gehabt, eine andere als sie selbst zu sein. Doch in dieser Nacht hätte sie mit der Norwegerin tauschen mögen.

Kapitel 5: Freitag, 5. August 2016

5.1 Ab 00:07 Uhr:
Nähe A8 München – Augsburg, bei Sulzemoos

Im Wohnmobil steht bei elektrischem Licht mit nacktem, schlankem Oberkörper der Mann; im Kopfkino zu sehen von hinten und schräg oben. Dass auch Terroristen ganz normale Menschen sind, macht ein ziemlich großer roter Pickel auf seiner rechten Schulter deutlich. Es scheint sehr warm zu sein, den kleinen Schweißtropfen auf der Haut des Mannes nach zu schließen. Und der Mann scheint mit irgendetwas zu hantieren.

Die Kamera schwenkt um ihn herum. Jetzt wird sichtbar, dass er in kurzer, blau verwaschener Jeanshose vor der kleinen Spüle und der Keramikherdplatte seiner fahrbaren Wohnung steht. Links, auf der Ablage zum Aluminiumabfluss, steht eine große grüne Plastikschüssel wie man sie in der Küche verwendet. Die Kamera zeigt auch, was darin ist: Reste einer mittelgrauen Masse, zäh, von der Konsistenz eines Kuchenteigs. In der Aluminiumspüle steht eine dunkelgraue, wohl einen halben Liter fassende Plastikflasche für Motoröl, mit schwarzem Schraubverschluss. Die Marke ist aus dieser Perspektive nicht erkennbar. Aber dass eine solche Flasche an jeder Tankstelle und in jedem Baumarkt erhältlich ist, versteht man sofort. Und dass man ein solches Gefäß auch für andere Inhalte als Motoröl verwenden kann, versteht man spätestens, als der Mann nun die Flasche anhebt und den Schraubverschluss öffnet, die Versiegelungsfolie mit dem Daumen eindrückt und das Öl durch einen weißen Trichter in einen roten 5-Liter-Kanister, der rechts von ihm auf der Herdplatte steht, umgießt.

Dann stellt er die Flasche wieder in die Spüle, nimmt die grüne Schüssel in die Linke, mit der Rechten einen Teigschaber und beginnt damit, die mittelgraue Masse in die dunkelgraue Plastikflasche abzufüllen. Die Schmierspuren in der Schüssel zeigen, dass er das nicht zum ersten Mal tut. Ein Abgleiten der Kamera bestätigt das. Zu Füßen des

Blonden und rechts von ihm steht eine ganze Reihe der grauen Flaschen dicht an dicht an der Wand zur Spüle, mindestens ein Dutzend. So aneinandergereiht fällt an ihnen erst auf den zweiten Blick auf, dass zwei dünne, schwarz abisolierte Drähte aus dem schwarzen Schraubverschluss herausführen und hinter den Flaschen verschwinden. Auf der flachen Rückseite der Flaschen ist etwas befestigt, was aus diesem Blickwinkel nur schemenhaft zu erkennen ist.

Was soll das? Die Drähte machen nur Sinn, wenn sie zu einem elektrischen Zünder führen. Aber bisher ist dieser Film doch ganz ohne Bomben ausgekommen, und jetzt so etwas? Was der Kerl da macht, ist eindeutig: Er baut eine Bombe. Die Masse könnte, so wie sie aussieht, ein Gemisch aus Kunstdünger und Diesel sein, für jeden erhältlich und hochexplosiv, wenn man weiß, wie man damit umgehen muss. Der Attentäter von Oslo hat damit ein ganzes Regierungsviertel in die Luft geblasen.

Die Kamera fährt wieder aufwärts. Auf der Leinwand dominieren nun die großen Männerhände. Sie tragen durchsichtige Einweghandschuhe. Die eine hält die Flasche, die andere schraubt sie zu. Wie in einem Werkfilm wird dann ein sehr dünner Bohrer senkrecht auf den schwarzen Verschluss gestellt und betätigt. Ein kurzes, zweimaliges hohes Surren und ein winziger Rest des aufgebohrten Plastiks, der sich in der Bohrspirale hält, schon ist auch dieser Teil der Arbeit erledigt. Dann werden zwei dünne, schwarz abisolierte Leitungen, deren Ende blankes Kupfer zeigt, hineingesteckt. Nach mindestens einem Dutzend Flaschen arbeitet der Weißblonde schnell und routiniert.

Er dreht das Gefäß herum, greift nach rechts und holt in das Blickfeld des Betrachters ein schwarzes Handy, ein Phone so alt und einfach, dass es im Jahre 2016 als wirklich unsmart gelten muss. Aber relativ flach ist es und relativ leicht scheint es zu sein, den Handbewegungen des Mannes nach zu urteilen. Er befestigt auf dem Display mittig einen Streifen mit hellgrauem, breitem Klebeband, presst dann das Handy mit der Rückseite an die Breitseite der Flasche und klebt die Streifen an den Seiten fest. Dann legt er die Flasche auf den Rücken, mit dem

Handy zuunterst. Auf der Oberseite des grauen, zweckentfremdeten Gefäßes platziert er jetzt vier runde Metallstücke, offenbar Magneten, und klebt einen grauen Streifen darüber. Dann stellt er die Flasche auf, hat plötzlich die ganze Rolle Klebeband in der Hand, von der er um Flasche und Display zwei Bahnen wickelt. Dieses Handy und diese Magneten werden von dieser Flasche so schnell nicht herunterfallen.

Es ist illegal, Bauanleitungen für Bomben öffentlich zu zeigen; der Film fürs Kopfkino bricht hier abrupt ab. Es geht dem Filmleut auch gar nicht darum, zu zeigen, wie man Bomben baut, sondern darum zu zeigen, dass das prinzipiell möglich ist und alle notwendigen Zutaten für jeden erhältlich sind. Diesel, etwas Kunstdünger, eine Flasche und ein veraltetes Handy kann sich jeder 12-jährige ganz legal für ein paar Euro beschaffen. Anleitungen dazu, wie man mittels des Handys einen Funkzünder baut, den man durch eine simple SMS weltweit auslösen kann, haben 15-jährige großzügig auf Youtube zugänglich gemacht. Wer seine Kenntnisse vertiefen möchte, kann weiter im Netz spazieren gehen oder ein paar frei erwerbbare Chemiebücher studieren. Jeder Chemiestudent im 2. Semester weiß sowieso, wie man mit einfachsten Mitteln hochexplosive Sprengstoffe herstellen kann. Bomben liegen folglich in unseren Köpfen herum wie Messer in unseren Küchenschubladen, wie Streichhölzer in ihren Schachteln auf den Wohnzimmertischen. Man muss sie nur öffnen und zu stechen oder zu zündeln oder mit beidem beginnen, schon ist die Hölle los. Oder, wenn man die Hölle nicht will, muss man es bleiben lassen, was die weitaus meisten von uns ja tun.

Der Weißblonde aber hat anscheinend nicht mehr vor, es bleiben zu lassen. Er hat seine Arbeit beendet und die Flasche zu den anderen gestellt. Jetzt räumt er auf. Der Klebefilm verschwindet in einer Schublade der praktischen Kleinküche. Der Kanister wird hinter dem Beifahrersitz des Wohnmobils verstaut. Die Reste des Kupferdrahtes und die dazugehörigen Zangen landen in einem Werkzeugkasten, der ebenfalls Platz hinter dem Beifahrersitz findet. Die Schüssel wird in der Spüle mit normalem Wasser und etwas Spülmittel gereinigt. Dann holt der Mann allerdings aus der unteren Schublade seiner Anrichte eine Anzahl brauner Papier- und eine Reihe durchsichtiger Plastiktüten hervor. Und er öffnet die Tür zum Mülleimer unter der Spüle. Er greift hinein, holt Abfall heraus, wirft diesen in die Aluminiumwanne. Appetitlich ist das kaum – aber der Mann hat ja seine Einweghandschuhe an. Und stopft nun jeden der funkzündbaren Sprengsätze in eine vor Feuchtigkeit schützende Plastiktüte, bevor er acht davon – die ohne Magneten – in je eine Papiertüte steckt und dann das Ganze darüber mit Abfall, bestehend aus Apfelsinen- und Bananenschalen sowie ekeligen braunen Apfelkrotzen, tarnt. Die fertig präparierten Papiertüten stellt er neben sich auf den Boden. Die anderen Sprengsätze stellt er daneben.

Der sehr Blonde streift die Handschuhe ab, wirft sie in den Eimer, schließt die Tür unter der Spüle und nimmt in jede Hand zwei der Bomben. Viermal geht er nach vorne und platziert sie fein säuberlich in einer hellblauen Kühlbox, die im Fußraum vor dem Beifahrersitz steht, verschließt diese, setzt sich dann hinters Steuer und knipst die Beleuchtung im Inneren des Wohnbereiches aus. Er lässt den Motor an. Und macht ihn wieder aus.

Der Kerl scheint zu zögern. Gedankenverloren schaut er durch die Windschutzscheibe in die Nacht. Bekommt der plötzlich Gewissensbisse? Oder ist er einfach nur müde? *Nur* ist gut, so wenig, wie der Mann geschlafen hat. Auch Terroristen müssen ausgeruht sein, gerade Terroristen müssen ausgeruht sein. Wie soll das gehen bei der verdammten Hitze?

Der Mann knipst das Licht wieder an, sieht auf seine Armbanduhr, steht von seinem Fahrersitz wieder auf, geht in das Wohnmobil zurück, zieht in der Miniküche eine Schublade auf, nimmt eine Schachtel Tabletten heraus. Die Kamera zoomt. *Provigil* steht auf der Packung. Informierte Zuschauer wissen, dass US-Soldaten das Mittel vor langen Kampfeinsätzen zum Wachbleiben und zur Leistungssteigerung nehmen. Die Männerhände entnehmen im Kamerazoom zwei Tabletten, legen sie auf die kleine Anrichte und die Schachtel zurück in die Schublade, öffnen den Kühlschrank und greifen nach einer Mineral-

wasserflasche, die sie aufschrauben. Die Rechte befördert die beiden
Pillen in den Mund, die Linke setzt die Literflasche zum Trinken an.
Durch den Temperaturunterschied zwischen der gekühlten Flasche
und der Hitze im Wohnmobil beschlägt die Flaschenwand und bildet
winzige Tropfen. Ein ausgeprägter Männerkehlkopf macht auf der
Leinwand so gierige Schluckbewegungen, dass diese jeden Reklamefilm für braune Brause mit dreifacher Glaubwürdigkeit ausgestattet
hätten.

Dann schraubt der sehr Blonde die Flasche zu, nimmt sie mit nach vorne; wirft sie auf den Beifahrersitz, setzt sich wieder hinters Steuer; knipst das Licht im Wohnmobil aus, schnallt sich, wie er ist, mit
nacktem Oberkörper, an; startet den Motor wieder, schaltet die Scheinwerfer an; setzt das Fahrzeug in Bewegung. Im Lichtkegel erscheint
für Augenblicke die Umgebung einer Sand- oder Kiesgrube, Google
Earth sei Dank lassen sich solche Verstecke auch für Ortsfremde im
Handumdrehen finden. Die von Wald gesäumte Schotterstraße, in die
das Fahrzeug einbiegt, ist erst auf den letzten Metern asphaltiert und
mündet dann in einen Kreisel. Dort nimmt der Mann die dritte Ausfahrt, unterquert eine Autobahnbrücke, setzt 200 Meter weiter den
linken Blinker, während im Abblendlicht ein blaues Hinweisschild erscheint. *A8 München* steht darauf.

*

Bis zur Bayernhauptstadt kann es nicht weit gewesen sein. 14 Minuten
später verlässt das Wohnmobil einen Kreisverkehr. Rechts wie links
liegt eine Tankstelle. Der Mann fährt weiter geradeaus, linker Hand
sind in kurzen Abständen drei weitere Tankstellen zu sehen, alle hell
erleuchtet. Wohl aus rechtlichen Gründen hat der Filmleut ihnen
Phantasienamen gegeben. AGRIL steht auf einer, LARA auf einer anderen, die Namen der drei nächsten sind ebenso schnell vergessen wie
gelesen. Direkt hinter der vierten Tankstelle führt eine Straße nach
links.

Dort wendet das Wohnmobil, fährt zurück und eine der Tankstellen an. Offenbar ist für die Wahl der Treibstoffpreis unwichtig, denn die Tankstelle, die der Mann anfährt, verlangt glatte drei Cent mehr für den Liter Diesel als die Konkurrenz. Aber um diese Uhrzeit bedient ist sie. Das könnte eine Rolle spielen.

Das Wohnmobil hält, der Mann steigt aus, ohne Sonnenbrille. Die Kamera zeigt seine Augen trotzdem nicht. Der sehr Blonde tankt. Dazu hat er jetzt ein schwarzes, verwaschenes T-Shirt ohne Aufdruck an. Und zur kurzen, blauen Jeanshose trägt er jetzt barfuß braune, ausgelatschte Sandalen. Nach 73 Litern Diesel geht er – ganz skandinavischer Sommerurlauber – zur Kasse und zahlt 96,09 € in bar. Als er zurück kommt, öffnet er die Beifahrertür des Wohnmobils, nimmt eine leere grüne Einwegflasche aus dem Wagen und eine der kleinen, braunen Papiertüten, in welchen oben drauf der Obstabfall liegt. Ganz offen und für jedermann sichtbar wirft er zuerst die Tüte und dann die Flasche direkt in den Abfalleimer, der zwischen zwei der Zapfsäulen platziert ist, geht dann vorne um sein Fahrzeug herum, steigt ein, schließt die Tür, schnallt sich an, startet den Motor und fährt los.

Dann zeigt die Kamera das davonfahrende Wohnmobil von hinten. Das dänische Kennzeichen ist im Schein der Beleuchtung von Tankstelle und Raststätte gut erkennbar. Auf der Countdown-Uhr am rechten unteren Leinwandrand ist es 00:56:57 Uhr, als die Leinwand wieder einmal schwarz wird.

*

Als die Projektionsfläche sich wieder erhellt, die weißen Zeitrafferziffern auf dem kleinen grünen Rechteck rechts unten sich wieder verlangsamen, ist es 03:45:32 Uhr. Das Wohnmobil befährt einen Autobahnabschnitt so gut wie alleine – die bewegten Bilder zeigen es von außen. Jetzt fährt es einen Autobahnparkplatz an. Dort steht, in schräger Längsrichtung geparkt, LKW an LKW. Die Kamera muss ganz nahe an die Laster heran, um in der Dunkelheit sichtbar zu machen, dass diese Fahrzeuge fast alle aus dem Ausland kommen. Polen, Tschechien, Slowenien, Russland, Bulgarien und Österreich sind die gängigen Herkunftsländer. Auch ein Portugiese ist dabei.

Die fahrbare Miniwohnung parkt an dem Parkplatzrand, der Gebüsch und ein paar Bäume vorzuweisen hat. Der Mann steigt aus, stellt sich zwischen die Bäume und pinkelt. Als er fertig ist, geht er zu seinem Fahrzeug zurück. Er öffnet die Beifahrertür, nimmt einen der Sprengsätze heraus. Es ist einer von denen, an die Magneten montiert sind, man sieht das an den Ausbuchtungen, welche die Kamera einen Augenblick lang deutlich fokussiert.

Mit der Bombe in der Hand geht der sehr Blonde dann an der Kopfseite der LKW-Reihe entlang. In keiner der Fahrerkabinen ist Licht, alle schlafen. Willkürlich wählt er ein Fahrzeug, geht an dem Sattelschlepper entlang nach hinten, greift in die Tasche seiner kurzen Hose, holt sein Handy hervor, kriecht auf dem Rücken unter den hinteren Teil des Lasters, schaltet die Taschenlampe des Handys kurz an, fokussiert einen Augenblick die Bremsleitungen des LKW und bringt dann zwischen zwei Leitungen und zwischen den beiden Hinterachsen mit einer einzigen Handbewegung mittels der Magneten den Sprengsatz an. Dann schaltet er die Handylampe aus, krabbelt unter dem Fahrzeug hervor, steht auf, sieht sich um. Niemand ist zu sehen, alles ist ruhig, keiner hat etwas gemerkt.

Zurück zum Wohnmobil. Dreimalige Wiederholung des Vorgangs, nur an anderen Lastern. Dann packt der sehr Blonde vier weitere Sprengsätze in eine Plastiktüte und überquert zu Fuß die Autobahn. Geisterhaft sieht das aus, wie seine Gestalt in kurzer Hose im Dunkeln mit der ahnungsweise gelben Tüte ruhig über die unbefahrene Fahrbahn geht, die Leitplanken mit einem Satz überspringt und den Parkplatz auf der anderen Seite erreicht. Auch dort steht LKW an LKW. Sich den Rest zu denken überlässt der Filmleut dem Zuschauer. Filmkunst ist auch Kunst der Andeutung. Das Bild wird matter und matter, bis die Leinwand dunkel und nur das Chronometer übrig ist. Es zeigt 04:17:32 Uhr.

*

Anderthalb Stunden später hat die Morgendämmerung eingesetzt. Aber es ist noch dunkel genug, um, wie der Mann durch die Windschutzscheibe des Wohnmobils, zwei Polizeihelikopter zu beobachten, die in geringer Höhe auf jeder Seite der Autobahn parallel in dieselbe Richtung fliegen und Suchscheinwerfer auf den Autobahnrand gerichtet halten. Nach den vier Großbränden vom Vortag, die natürlich Vollsperrungen nach sich zogen, will man offensichtlich verhindern, dass Brandstifter erneut dort zuschlagen, wo die Autobahnränder unübersichtlich sind oder durch die Vegetation gute Verstecke bieten. Dann sieht man den Mann im Halbprofil von schräg vorne, durch die Windschutzscheibe und von der Beifahrerseite aus gefilmt. Ein spöttischmalziöses Lächeln liegt in dem Gesicht, das auch wieder Sonnenbrille trägt, während es bald auf die Straße und den geringen Verkehr, bald nach halblinks schaut. Der Helikopter dort auf der anderen Seite der Autobahn fliegt wenig schneller als der sehr Blonde selber fährt. Das Schauspiel kann er eine ganze Weile beobachten. Und der knatternde Lärm seiner fliegenden Begleiter dringt in das Cockpit des Wohnmobils und wird über die Kinolautsprecher verstärkt. Das ist zwar nur ein Trick des Filmleuts, aber der Trick funktioniert. Unwillkürlich zieht auch der Zuschauer den Kopf ein, duckt sich weg, um dem tosenden Geknatter zu entgehen. Es ist eine Erlösung, als der Mann den Blinker setzt, auf eine Raststätte abfährt und das Rattern der Helikopter sich im selben Maß entfernt, in welchem das Wohnmobil seine Geschwindigkeit verlangsamt und auf die Tankstelle zufährt. Das Fahrzeug hält, der sehr Blonde steigt aus, in schwarzem, ausgewaschenem T-Shirt und kurzer, blauer ausgewaschener Jeans. Er tankt 45,7 Liter, geht an die Kasse, zahlt 69,88 € in bar, kommt zurück, öffnet die Beifahrertür und vor dem Beifahrersitz die Kühlbox, entsorgt daraus eine braune Papiertüte mit Abfall in den Abfallbehälter zwischen den Zapfsäulen, setzt sich in sein Fahrzeug und fährt wieder davon.

Und du verstehst: Wenn der Blonde ca. 45 Liter getankt hat, dann hat er seit München wohl um die 400 Kilometer zurückgelegt. Er könnte sich in der Höhe von Mainz, Kassel oder Leipzig befinden. Verteilt er seine Sprengsätze über die ganze Republik? Jedenfalls gibt es überall Abfalleimer, in denen man problemlos Sprengsätze verschwinden lassen kann. So hatten die Attentäter vom Münchner Oktoberfest das ja auch schon gemacht.

Aber hat denn nicht jede Tankstelle eine Videoüberwachung, mit der der Mann im Handumdrehen identifiziert werden könnte? Hat er sich denn nicht wenigstens einmal völlig ohne Tarnung gezeigt? Das hat er! Sein Verhalten macht nur Sinn, wenn er entweder fest damit rechnet, dass von diesem Beweismaterial am Freitag, dem 5. August 2016, am Abend nichts mehr übrig geblieben sein wird. Oder dass solches Beweismaterial nicht einmal entsteht. Denn in der Videoüberwachung gibt es sehr oft zwischen den Zapfsäulen einen toten Bereich. Darauf wird er schon achten, der Mann. Was wer wann dort in die Abfallbehälter wirft, das entgeht an solchen Tankstellen jeder Kamera.

5.2 Ab 08:14 Uhr:
Trondheim politikammer, Krimvakta

Anne-Lieses Nacht war fürchterlich gewesen. Wegen der Helligkeit und der Anspannung und trotz ihrer Müdigkeit hatte sie nicht einschlafen können, zum letzten Mal um halb drei auf die Uhr geschaut, den Wecker ihres Telefons viereinhalb Stunden später nicht gehört. Bente hatte sie geweckt, Dusche und Frühstück gab es nur in aller Hast, die zehn Minuten Fußweg zum Präsidium legten sie in sieben zurück.

«Hast du Kinder?» hatte Anne-Liese Bente atemlos gefragt, während sie auf dem Weg zum Präsidium waren, was Bente verneinte. Auf Bentes Gegenfrage erzählte Anne-Liese von Andreas und Christina, damit sie ein Ventil bekam für den Angstklumpen, der sich schon wieder in ihr festgesetzt hatte. Die Vorstellung, dass irgend ein wahnsinniger Zufall ihr eines ihrer Kinder oder gar beide rauben könnte, machte Anne-Liese schier verrückt. So irrational sie war, diese Furcht, bei allem Vertrauen, das sie zu Thomas hatte, jetzt wollte sie auf die Kinder selber aufpassen. Ihr ganzer Körper drängte seit der Twitter-Meldung von *@2degreeC* nach Berlin, nach Hause.

Mit Kopfschmerzen saß Anne-Liese jetzt in einem der kleinen, parterre liegenden Büros, die die Trondheimer *Krimvakta* normalerweise zu Vernehmungen nutzt. Vor dem fremden PC-Schirm und neben der skandinavischen Tastatur lagen auf dem hellen Tisch die beiden Handys. Nach kurzem Anruf im TL wusste Anne-Liese, dass in Deutschland bisher noch nichts geschehen war und dass man mobilisierte, was man mobilisieren konnte. Aber das beruhigte sie wenig. Thomas hatte noch nicht geantwortet. Er konnte doch wenigstens «Mach dir keine Sorgen» oder so was texten, irgendein Lebenszeichen halt, er war doch längst wach, die Kinder und er selbst mussten doch zur Schule. Die Tür zum Büro stand offen. Bente war draußen auf dem

Flur, wollte Kaffee besorgen, hielt aber gut hörbar einen Schwatz mit Kollegen. Vor sich auf dem Bildschirm hatte Anne-Liese die Übersetzung des Artikels.

Aber Anne-Liese verlor beim Lesen ständig die Zeile. Es bereitete ihr unsägliche Mühe, sich zu konzentrieren. Mussten die da draußen denn so einen Krach machen? Weghören half nicht, unhöflich oder nicht, die Deutsche stand auf und schloss im fremden Land, als sei sie zu Hause, die Tür zum Büro, damit die Geräusche vom Flur sie nicht so störten; sie setzte sich wieder auf den Bürostuhl, der nicht ihrer war, streckte den Rücken durch und schloss die Augen; sie bat wen auch immer darum, dass die Bürotür sich in der nächsten viertel Stunde nicht öffnen möge; sie legte die Hände auf die Beine und begann dasselbe autogene Training, mit dem sie in der Nacht schließlich doch etwas Schlaf gefunden hatte. «Ich bin ruhig und entspannt», sagte sie in sich hinein, indem sie lautlos die Lippen bewegte, und danach «Andreas und Christina haben es gut», bevor sie «ich bin ruhig und entspannt» wiederholte und sich erneut sagte, dass es den Kindern gut gehe. Dazu öffnete und schloss sie ihre Fäuste, spannte und entspannte die Muskeln ihres Unterarms, ihres Oberarms, nach und nach die Muskelgruppen ihres ganzen Körpers. Und immer wieder sagte sie sich mit identischen Worten, dass sie entspannt sei und es Andreas und Christina an nichts fehle. Gute Zehn Minuten dauerte die Übung, Gott sei dank kam während dieser Zeit tatsächlich niemand ins Büro; die Übung half, Anne-Liese öffnete die Augen, reckte und streckte sich, hatte nach einem Augenblick Benommenheit endlich Konzentrationsfähigkeit und Selbstbeherrschung zurückgewonnen. Jetzt konnte sie sich wieder dem PC-Schirm zuwenden: Was sagte ihr dieser Artikel?

Dessen Autor forderte in der Tat so gut wie unverblümt von seinem obersten Chef den Rücktritt. Akribisch listete er auf, wie der Papst unzähligen Presseberichten zufolge von Kindesmissbrauch durch katholische Priester schon seit den siebziger Jahren gewusst habe. Wo priesterliche Täter unter seine Zuständigkeit als Bischof und später Kardinal fielen, habe für seine Behandlung der Fälle nicht Rücksicht auf die Opfer oder Wiederholungsgefahr den Ausschlag gegeben, sondern durchgehend die Rücksicht auf den Ruf der Kirche und ihrer Priester. Dann zitierte Böttker Jesus: «Was ihr meinen geringsten Brüdern getan habt, das habt ihr mir getan»; und fragte, ob «ein Mann, der in seinem Handeln so konsequent darin gewesen war, die Geringsten in die zweite Reihe zu stellen, der oberste Leiter und Lehrer dieser Kirche sein» könne.

Anne-Liese war nicht besonders religiös. Mit der katholischen Kirche hatte sie gar nichts am Hut. Aber sie hatte Respekt vor jemandem, der ohne Rücksicht auf die eigene Position seine tief empfundene Wahrheit dieser Welt entgegenstellte. Die Ex-DDR-Bürgerin wusste, wie wichtig solche Leute sind. Hätten sich nicht immer wieder Dissidenten gegen das Regime gestellt, hätten im Laufe der Jahre nicht immer wieder Einzelne das Mitlaufen verweigert, die Mauer stünde ohne diese Wegbereiter noch immer. Denn wo alle mitlaufen, bleibt Unrecht unsichtbar. Weshalb auch sie selbst nur zwei Tage zuvor ihrem eigenen Chef die Gefolgschaft verweigert hatte, ohne die Konsequenzen ihres Handelns genau zu kennen. Aber wenn Vorgesetzte eine rote Linie überschreiten, dann muss man sich ihnen in den Weg stellen. Ja, *sie* verstand den Verfasser des Artikels.

Nur war die Frage: Wie weit ging *dessen* Radikalität? Konnte der Mann, der aus dem Artikel sprach, Homo sapiens sein, der, der diesen Brief an Anonymous geschrieben hatte? Ja, das war gut möglich. Konnte der Mann, der aus diesem Artikel sprach, Kopf der Ereignisse sein, denen sie jetzt in Deutschland gegenüber standen? Wenn man bedachte, dass Böttker jahrelang Pfarrer gewesen war, als solcher überzeugen, organisieren, leiten können musste, jedenfalls wenn er seinen Job gut machte, war das natürlich denkbar! Und hätte er die Zeit gehabt, das alles zu organisieren? Ja, auch das, der Mann war ja seit langem krank geschrieben. War er genau genug, um dabei alle Details zu bedenken? Ja, so wie in dem Artikel die Argumentation aufgebaut war, dachte dieser Mann in der Tat sehr genau. Aber war auch denkbar, dass derselbe Mann zur Erreichung seiner Ziele Mord zuließ, vielfachen Mord sogar? Nein! Anne-Liese schüttelte an dem fremden Büroschreibtisch, vor dem Flachschirm und über der skandinavischen Tastatur entschieden

den Kopf.

Um im nächsten Moment zu zweifeln. Sie sah aus dem Fenster des ebenerdig liegenden Büros auf einen Busbahnhof. Abwesend registrierte sie Ankunft und Abfahrt grüner Stadtbusse und komfortabler Reisebusse, während sie nachdachte. Nachfühlte. Ganz offensichtlich verstand sich Böttker ja als auf der Seite der Schwächsten stehend. Wenn nun diese Schwächsten ihre Rechte nicht selbst verteidigen konnten, war es da nicht denkbar, dass jemand sich vor sie stellen wollte, um notfalls mit Gewalt die zu bekämpfen, die sie unterdrückten? Das war zwar sehr selten, aber so etwas kam vor. Ab und zu tauchen solche Personen auf. Was, wenn dieser Priester zu dieser seltenen Sorte Mensch gehörte? Was, wenn dieser Priester zum Beispiel angesichts des Klimawandels in den Kindern von heute und den heute noch gar nicht Geborenen die Schwächsten erblickte? Was, wenn dieser Priester so wie sie selber wusste, dass ihnen so gut wie gar keine Zeit mehr zum Handeln blieb? Was, wenn dieser Priester sich an der 40-jährigen Ergebnislosigkeit der Politik satt und frustriert gesehen hatte? Was, wenn dieser Priester, der jetzt keiner mehr war, einen neuen Inhalt brauchte, weil seine Kirche ihn nicht mehr wollte? Wie sinnvoll fühlte es sich an, Busfahrer zu sein, wenn man doch so viel mehr als Busse fahren konnte, wollte und verstand?

Bente kam herein. Sie stellte einen Pappbecher mit schwarzem Kaffee vor Anne-Liese, legte eine weiße Tablette daneben, ging zum Waschbecken des Büros und kam mit klarem Wasser in einem durchsichtigen Plastikbecher zurück. «Für das Aspirin», sagte sie.
Anne-Liese lächelte herzlich. «Du bist wirklich nett, Bente! Danke!» Formlos ging sie vom Sie zum Du über, Bente merkte es gar nicht. Anne-Liese nahm die Tablette, spülte sie mit dem Wasser hinunter und trank ein paar Schluck Kaffee hinterher.
Bente hatte sich derweil auf den zweiten Stuhl des Büros gesetzt und deutete mit einer Kinnbewegung zum Bildschirm. «Nun, was sagst du?»
«Sehr interessant», antwortete Anne-Liese. «Ist diese *Trondheimsposten* eine große Zeitung?»

«Ja, das will ich sagen», sagte Bente.
«Wird die auch zum Beispiel in Oslo gelesen?»
«Von die Leute, die sind von die Trondheimgegend oder die haben viel zu tun mit Trondheim, will ich meinen das.»
«Das bedeutet, dass dieser Artikel im ganzen Land verbreitet wurde?»
«Ja, das stimmt sicher.»
«Das wusste Böttker natürlich!»
«Ja, ganz sicher.»
«Das heißt, er hat mit diesem Artikel beruflich seinen Kopf unter die Guillotine gelegt. Er muss gewusst haben, dass er etwas geschrieben hatte, was in seinem Verein nur sehr wenige wissen wollten. Er hatte schwerwiegende Gründe, aber damit blieb er trotzdem ein Außenseiter.»
«Ja, so ist es wohl in die Welt» sagte Bente.
«Dann ist der Verfasser dieses Artikels ein Mann, der sehr viel Mut hat», dachte Anne-Liese laut weiter. «Das ist jemand, der seine persönlichen Interessen hinten anstellen kann, jemand, der bereit ist, sich für eine größere Sache zu opfern. Kann es da sein, dass so jemand im äußersten Fall gewissermaßen seine Unschuld opfert? Dass er Tote in Kauf nimmt, um – sagen wir – die Allgemeinheit aufzurütteln?»
«Aufrütteln?» fragte Bente.
«Aufwecken» ersetzte Anne-Liese.
«Ah ja. Ich weiß nicht», sagte Bente. Sie nahm einen Schluck Kaffee. «Ich wollte das nicht tun.»
«Nein, du nicht. Ich auch nicht. Aber der da?» Jetzt war es Anne-Liese, die eine Kinnbewegung zum Bildschirm hin machte.
«Eine Priester? Nein, das glaube ich nicht!» Auch Bente schüttelte entschieden den Kopf. «Aber kann es nicht sein, dass er nur har geschrieben die Brief?», fragte sie nach einigen Sekunden. «Er muss ja nicht gleich sein eine von die Mörder.»
Anne-Liese nickte nachdenklich. Das war natürlich auch möglich.
«Du hast recht», gab sie zu. «Aber wir haben definitiv Erklärungsbedarf, so oder so. Er ist weg, er geht nicht ans Telefon. Er hat sehr viel Bargeld abgehoben, obwohl er auch mit Karten zahlen könnte. Er reist aus Norwegen über Schweden aus. Es ist ganz klar, dass der nicht gesehen werden will.»

«Ja, es ist ganz klar», sagte Bente. «Es ist nicht verboten, aber trotzdem wir können lassen ihn suchen von Interpol als eine mögliche Zeuge in Verbindung mit die Fährensache zum Beispiel. Vielleicht Bøttker hat ja geschrieben die Brief? Die Spray-Aktion hat gestartet in Deutschland, jetzt wir haben die Sache hier bei uns auch. Das macht unsere Polizeiadvokat schwuppdiwupp, denke ich.»
Anne-Liese runzelte eine Sekunde die Stirn und lächelte dann: «Du meinst den Untersuchungsrichter?»
«Heißt es Untersuchungsrichter auf Deutsch vielleicht? Ich weiße nicht. Aber ich meine, wir können nehmen unsere Spuren und fragen die Polizeiadvokat hier in Trondheim. Es ist eine Formalität. Wenn wir wollen sprechen mit Bøttker, wir müssen ihn finden. Wenn wir müssen finden ihn, dürfen wir auch suchen ihn. Das ist ganz logisch.»
«Eine Fahndung zur Aufenthaltsermittlung mit anderen Worten», sagte Anne-Liese, worauf es an Bente war, fragend auszusehen.
«Macht nichts, Bente, das war Amtsdeutsch», beschwichtigte Anne-Liese. «Ja, bitte geh' zu eurem Polizeiadvokat! Wie lange würde es dauern, bis wir eine Entscheidung haben?»
«Ich weiße nicht, wie viel sie hat zu tun natürlich. Auch bin ich nicht offiziell auf die Fall in Norwegen, ich bin ja da für zu stützen dich! Aber ich denke, wenn ich anrufe meine Chef in Oslo und meine Chef sagt, das geht in Ordnung, ich kann sprechen mit die Polizeiadvokat gleich jetzt, wenn sie hat Zeit.»
Neugierig hakte Anne-Liese nach; Bentes Deutsch war ja recht blumig: «Ist das wirklich eine Frau bei euch?»
«Ja, natürlich ist sie eine Frau bei uns! In die Polizei wir haben schon lange Frauen in Leitungen. Wir sind hier nicht in Deutschland», antwortete Bente, zwinkerte aus ihrem sommersprossigen Gesicht der erstaunten Kollegin zu und stand auf. «Ich gehe jetzt um zu fragen.»
Bente verließ das Büro, Anne-Liese sah wieder aus dem Fenster, ein wenig neidisch, aber sehr viel mehr erleichtert. Das passte allerdings ausgezeichnet. In Deutschland wäre die Sache weitaus komplizierter gewesen, hätte viel länger gedauert. Nicht nur im bürokratischen Sinne, sondern wenn die norwegische Polizei Bøttker jetzt durch Interpol suchen ließ, brauchte Anne-Liese sich nicht mit Hoffkamp und Wild kurzzuschließen – das war ihr im Augenblick mehr als recht. Die Infor-

mationen waren hochinteressant, aber reichten eben nicht, Böttker als Tatverdächtigen suchen zu lassen. Böttker konnte zwar Homo sapiens sein, aber das galt für hunderte in Trondheim lebender Deutscher auch. Wer wusste denn, wie viele von denen noch in Urlaub, wie viele noch über Schweden ausgereist waren? Das waren mit Sicherheit einige. Kein deutscher Untersuchungsrichter, der die Rechtsstaatlichkeit ernst nahm, ließ sich mit diesen Argumenten überzeugen, Böttker als Tatverdächtigen zur Fahndung auszuschreiben. Nicht zuletzt war er jetzt norwegischer Staatsbürger, das machte die Sache juristisch noch komplizierter – oder eben unkompliziert, weil jetzt die Norweger die Souveränität über den Ex-Deutschen hatten.

Das hieß allerdings nicht mehr, als dass Böttker in den Schengener Fahndungscomputer eingegeben werden würde. Und wenn er sich in Deutschland aufhalten sollte, würde man der Fahndung nach ihm jetzt mit Sicherheit keine Priorität geben. Hoffkamp und Wild arbeiteten in Richtung schneller Erfolge. Die wollten der Öffentlichkeit Verdächtige, nicht Zeugen präsentieren. Wenn die Festnahmen bei den Demos überhaupt Sinn machen sollten, dann waren jetzt alle der wenigen verfügbaren Kräfte durch die Vernehmung der bereits Festgenommenen gebunden. In der Situation, die in Deutschland heute herrschte, konnte es lediglich passieren, dass Böttker der Polizei zufällig bei einer Straßenkontrolle ins Netz ging. Die Chance dafür war heute zwar größer als sonst, aber durfte trotzdem nicht überschätzt werden. Nach den letzten drei RAF-Terroristen der dritten Generation zum Beispiel fahndete man immer noch, selbst nach über zwanzig Jahren. Fahndung bedeutete nicht viel. Die Sache entwickelte sich genau so, wie Anne-Liese Anfang der Woche vorausgesehen hatte. Diese Ermittlungen würden äußerst langwierig werden.

Bente kam wieder herein und setzte sich geräuschvoll auf den zweiten Stuhl des Büros. «Ich habe telefoniert mit meine Chef in Oslo. Der will telefonieren mit die Chef hier in Trondheim, dann ich werde sprechen mit die Polizeiadvokat im Laufe von die Vormittag, denke ich. Ich bin sicher, nach die Lunch wir können beginnen zu suchen nach Bøttker via Interpol.»

«Wann ist denn Lunch bei euch?» fragte Anne-Liese.
«Es beginnt um elf und endet um ein Uhren. Es kommt an auf, wann man hat Zeit zum zu essen.»
Anne-Liese sah auf die Uhr. Es war gerade erst halb zehn.
«Aha .... Aber das bedeutet ja, dass Böttker vorläufig ein norwegischer Fall ist», sagte sie dann. «Und dann ist ja die Frage, was ich hier noch soll?»
«Ja, das stimmt wohl», pflichtete Bente bei. Die blonde Kollegin sah Anne-Liese herzlich an, dachte einen Augenblick nach und sagte dann: «Ich arbeite sehr gerne zusammen mit dich, aber ich wollte verstehen, wenn du willst fliegen heim jetzt. Du hast sicher gehabt eine gewaltig anstrengende Woche?»
Anne-Liese war überrascht. So weit hatte sie noch gar nicht gedacht. Aber natürlich hatte die nette Norwegerin recht, selbst wenn sie nicht wusste, wie recht sie hatte. Es gab ja keinen konkreten Auftrag von Hoffkamp. Anne-Liese war nur dort, wo sie war, damit sie nichts relevantes tun sollte. Trotzdem hatte sie sogar ein erstes Resultat vorzuweisen – das würden Hoffkamp und Co nicht haben. Der Fall würde sich noch wochenlang hinziehen – mindestens! Was sprach also dagegen, dass sie jetzt heim nach Berlin, zu Andreas und Christina flog? Als sie den letzten Gedanken gedacht hatte, fiel ihr auf, dass Thomas immer noch nicht geantwortet hatte. Sofort war die klumpige, irrationale Angst um die Kinder wieder da, ergriff von der Herzgegend aus Besitz von Anne-Lieses Körper. Begehrlich griff sie nach der Begründung, die Bente ihr bot:
«Ja, das stimmt, Bente. Das war wohl eine der heftigsten Wochen meines Lebens. Weißt du was? Ich schreibe jetzt eine Mail an meinen Vorgesetzten nach Deutschland, rapportiere den Stand der Dinge und bestelle mir dann mein Ticket nach Berlin!»
«Vielleicht du solltest bestellen die Ticket zuerst?» fragte Bente. «Zu schreiben die Mail dauert nicht so lange. Du kannst auch schreiben auf die Flughafen, du brauchst nicht zu sitzen hier. In Norwegen haben wir auch Wifi in die Flugzeuge jetzt, so du kannst sogar schreiben in die Flugzeug, wenn du willst.» Bente streckte die Hand über den Tisch und drückte Anne-Liese herzlich den Arm. «Komm dich heim, Anne-Liese!", sagte sie. „Ich kann finden eine Flug für dich. Wenn du glück-

lich bist, kannst du um elf Uhren sitzen in eine Flugzeug».

Anne-Liese wurde ein bisschen rot, lächelte gleichzeitig froh, nickte langsam und sehr dankbar, im Sinne des Wortes erleichtert durch Bentes Unterstützung. Dann wandte sie sich dem fremden Computer zu, um ihrer eigenen E-Postadresse den Link zum Original und den übersetzten Text als Beweismittel zu zu mailen.

5.3 11:37 Uhr:
Deutschland, fast irgendwo

Es wird also langsam Zeit für die ersten Toten dieses Freitags. Will ein Terrorist glaubwürdig sein, muss auch er sich an das halten, was er ankündigt. 12:00 Uhr hieß es in der Twitter-Meldung vom Vortag. Es ist jetzt 11:37:42 Uhr auf dem Countdown-Chronometer an der Leinwand. Doch unser Terrorist hat Pech.

Er steht in einem Stau, den offenbar die Polizei selbst verursacht. Die Fahrbahn ist zwischen zwei Ausfahrten willkürlich durch rot-weiß gestreifte Leitkegel von drei Spuren auf eine verengt worden, große, gelb blinkende Pfeile wiesen die Autofahrer schon von weitem auf die Fahrbahnverengung hin. Nun steht das Wohnmobil auf der rechten Spur, kann nicht vor und nicht zurück und sein Fahrer muss wie die anderen Verkehrsteilnehmer warten, bis er bei der Kontrolle an der Reihe ist.

Der Weißblonde beugt sich vor, stützt sich mit den beiden Unterarmen auf das Lenkrad, faltet die Hände darüber und seufzt. Macht ihm das denn gar nichts aus? Er gibt etwas Gas, lässt das Gefährt vorwärts rollen und bremst wieder. Vor ihm sind noch zwei weitere Fahrzeuge, noch weiter vorne auf der Standspur wird ein Laster kontrolliert, gemeinsam von einem Polizisten und zwei unbewaffneten Bundeswehrsoldaten, die Feldjägerabzeichen tragen. Ein wirkliches Großaufgebot hat Vater Staat hier zusammengetrommelt. Das übernächste Auto vor dem Wohnmobil, ein alter, grün-rostiger Nissan Kombi, einer der wenigen PKW, wird ebenfalls von einem Beamten und zwei Soldaten herausgewunken, muss auch auf den Seitenstreifen. Vier junge Leute steigen aus, zwei Männer, zwei Frauen, tätowiert, gepierct, allesamt mit Irokesenfrisuren. Klar, dass die verdächtig sind, was denn sonst? Oder haben die von den Warnungen der letzten Stunden nichts mitbekommen? Wieder Anfahren, wieder Stopp. Jetzt ist der Mann der Nächste. Die Kamera folgt seinem Blick durch die Sonnenbrille, zeigt getönt,

wie ein junger blonder Polizist ohne Mütze in blauem kurzärmeligem Hemd, deutlichen Schweißflecken unter den Achseln und schusssicherer Weste über der Brust sich zu dem schwarzen Peugeot 307 mit französischem Kennzeichen vor dem Wohnmobil hinunterbeugt und durch das Fenster mit dem Fahrzeugführer spricht. Der reicht ihm die Papiere hinaus. Währenddessen geht ein zweiter, deutlich älterer, dunkelhaariger Kollege, mit Mütze auf dem Kopf sowie schusssicherer Weste und Maschinenpistole vor der Brust, prüfenden Blickes um den Franzosen herum. Er ruft dem jungen etwas zu. Der gibt dem Fahrer die Papiere zurück, der Wagen darf weiterfahren. Der junge Beamte hebt den Kopf, winkt das Wohnmobil an sich heran, grüßt durch das offene Fahrerfenster:
«Guten Tag! Ihren Ausweis, den Führerschein und die Wagenpapiere bitte».
Der Weißblonde hat alles bereitgehalten, nimmt mit der Rechten die verspiegelte Sonnenbrille ab und streckt dem Beamten mit der Linken die Papiere entgegen. Während dieser diese kontrolliert, geht der erfahrene Kollege um das Wohnmobil herum.
«Sprechen Sie Deutsch?»
«Eine wenig». Der Weißblonde hat Akzent und eine auffällig angenehme Bassstimme.
«Sie sind Norweger und fahren ein dänisches Fahrzeug. Darf ich fragen, warum?»
«Ich habe gemietet es in Kopenhagen. Das war mehr praktisch und mehr billig wie in Oslo.»
«Sind Sie alleine?»
«Ja.»
«Ist so ein Wohnmobil nicht ein bisschen groß für einen alleine?»
Der Mann schlägt resigniert beide Hände auf das Lenkrad: «Ich habe nicht gewesen alleine die ganze Zeit. Meine Freundin und ich, wir haben gestritten, so sie ist gefliegt von München zu Oslo. Jetzt ich muss fahren die Wohnmobil zu Kopenhagen alleine.»
«Verstehe.» Der junge Polizist nickt und macht ein bedauerndes Gesicht. Der Kollege mit der Maschinenpistole kommt von hinten um das Fahrzeug herum und ruft dem jungen Polizisten etwas zu. Der sagt:
«Hinten am Fahrzeug ist ein großer Stauraum. Würden Sie so freund-

lich sein, den für uns zu öffnen?»
Der Weißblonde nickt wortlos, schnallt sich ab, steigt aus, geht in verwaschenem, schwarzem T-Shirt, kurzer, blauer Jeanshose sowie barfuß in braunen Sandalen von der Fahrerseite her zu der großen Seitenklappe und öffnet sie. Die Kamera zeigt zwei Campingstühle, einen Campingtisch, zwei Mountainbikes und das Enduro-Motorrad von vorne, alles festgezurrt an dafür bestimmten Haken. Beide Polizisten begutachten den Stauraum eingehend.
«Gehört das Motorrad Ihnen?» fragt der mit der Maschinenpistole.
«Nein, ich habe gemietet es in Kopenhagen auch.»
«Und das zweite Mountainbike gehört Ihrer Freundin?» fragt der junge.
«Nicht gehört. Wir haben gemietet alles zusammen. Wollen Sie sehen die Mietungspapiere?»
«Nein, schon in Ordnung.» Der junge Beamte winkt ab, sieht den älteren an. Der nickt nur, worauf der junge dem Weißblonden die Papiere zurückgibt: «Gute Fahrt!».
«Danke!», antwortet die warme Bassstimme. Der Mann nimmt die Papiere in Empfang, steigt wieder in sein Fahrzeug, schließt die Tür; er schnallt sich an und fährt an, ab und davon, während die beiden Polizisten sich umdrehen, um das nächste Auto heranzuwinken.

Schnitt. Übergangslos besteht die ganze Leinwand plötzlich aus der eleganten analogen Herrenarmbanduhr des Mannes. Die skandinavische Marke erscheint dezent flach in stählernem Grau, neben Stunden-, Minuten- und Sekundenzeiger gibt es, wie auf solchen Uhren üblich, noch drei weitere Zeiger, die im großen Kreis in Kleinstfeldern ihre Kreise ziehen. Was diese Zeiger messen sollen und wozu das, was sie messen, zu wissen wichtig ist, weiß niemand, aber darauf kommt es nicht an. Wichtig ist nur, dass der Träger dieser Uhr wichtig ist, was eben solche Uhren darstellen sollen, sonst würde sich niemand für sie interessieren. Unser Armbanduhrträger allerdings ist wichtig, ohne dass es der drei Zusatzzeiger bedürfte: Die analoge Datumsanzeige in der oberen Hälfte der Uhr verkündet zwischen den römischen Ziffern den 5. August 2016, der Stundenzeiger steht schon auf der römischen Zwölf, der Minutenzeiger steht auf dem dritten kleinen Strich vor der

Zwölf, der Sekundenzeiger steht nicht, sondern läuft und läuft und läuft und läuft von fünf vor zwölf nach fünf vor zwölf auf die Zwölf zu und wieder von ihr weg.

In genau dem Augenblick, in dem er die XII zum dritten Mal passiert, wird der Mann sichtbar. Sehr blond geht er auf einem Autobahnparkplatz in seinem verwaschenen, schwarzen T-Shirt, seiner kurzen, verwaschenen blauen Jeans, in seinen braunen, ausgelatschten Sandalen barfuß hin und her, hält einen brennenden Zigarillo in der Linken und ein Handy in der Rechten, das er durch seine verspiegelte Sonnenbrille unentwegt anschaut und mit dem Daumen zu bearbeiten scheint.

Die Kamera zoomt nach vorne. Gleichzeitig wird das Bild des auf und ab wandernden Blonden kleiner und kleiner, es wird oval und landet genau in der Mitte der Leinwand, befindet sich jetzt im Schnittpunkt von vier weiteren Filmaufnahmen, die absolut gleichzeitig, indem sie immer heller wurden, aus dem Dunkel dazugekommen sind. Sie füllen jeweils ein Viertel der Projektionsfläche und zeigen dreimal einen Abfalleimer zwischen zwei Zapfsäulen. Im vierten Teilbild steht der Müllbehälter direkt vor dem Eingang zum Shop. Daneben befinden sich allerlei brennbare Waren, auch Flaschen mit Brennspiritus. Natürlich klärt die Kamera in kurzem Zoom darüber auf. Rechts unten in jedem Teilbild sind Ortsangaben: München, Frankfurt, Köln, Hamburg. Für Zuschauer, die so viele Sinneseindrücke auf einmal verarbeiten können, gibt es auf dem rechten unteren Leinwandeck auch wieder das Countdown-Chronometer in weißen Ziffern auf grünem Grund. Darauf rasen jetzt die hundertstel Sekunden davon.

Die Kamera zoomt zurück und gibt den Blick auf die Tankzeilen frei. Viel Betrieb ist dort nicht. Die Warnungen, die seit Mitternacht per SMS von Handy zu Handy geflogen, in den Schlagzeilen der Online-Zeitungen zu lesen, in den Nachrichten der Rundfunk- und TV-Sender zu hören gewesen sind, haben das ihre getan. Aber alle erreicht man nie. Im ersten Bild tankt an der Säule gerade ein glatzköpfiger Mann Ende Dreißig. Im zweiten auf der einen Seite der Zapfsäule ein weißhaariger, älterer Herr und auf der anderen eine blonde, junge Frau, im dritten Leinwandabschnitt ist gerade keine Kundschaft, auf dem vierten hängt ein Motorradfahrer im Motorradanzug, aber ohne Helm und schon etwas ergraut, soeben den Zapfhahn wieder in die Zapfsäule. Nachdem der Zuschauer sich ein paar Sekunden orientieren durfte, zoomt die Kamera noch einmal auf die Tankstelle, wo die junge Frau und der ältere Herr tanken, an der tankendem Frau vorbei, schlängelt sich auf den Beifahrersitz ihres Autos. Darauf liegt, angeschnallt gegen die Fahrtrichtung, ein Kindersitz, darin auf dem blauen Stoff in rotem Strampelanzug ein schlafendes Baby. Was ist für die junge Frau so wichtig, dass sie an diesem Tag gegen alle Warnungen mit ihrem Kind im Auto unterwegs sein muss? Keiner weiß das.

Das Chronometer ist unerbittlich. Es zeigt 12:00:43 Uhr. Da schießt aus dem ersten Abfallbehälter links oben eine gewaltige Stichflamme. Kaum hat sie den Blick auf sich gezogen, die Detonation das Ohr erreicht, als auch schon aus den Abfalleimern der drei anderen Teilfilme der Feuerstoß kommt. Der krachende Schall wird nicht Rauch, er wird Flammenmeer. Die junge Frau und den alten Mann schleudert es gegen ihre Fahrzeuge. Den Benzinschläuchen reißt es die Zapfpistolen ab. Ungehemmt schießt die Flüssigkeit dickstrahlig aus Schläuchen, die sofort bösartige Schlangen sind und im Sekundenbruchteil Feuer speien, hin- und herzischend die friedlichen Orte zum Inferno machen. Zigmal hast du dir solche Infernos in amerikanischen Filmen zur Unterhaltung, zum billigen Nervenkitzel angeschaut, aber dies ist kein amerikanischer Film, dies ist Deutschland am Freitag, dem 5. August 2016 um 12:00:45 Uhr, und diesmal musst du zuschauen, wie Feuerzungen, Feuergarben, Feuerstöße, Feuerbälle zu einer vierfachen Leinwand aus Flammen werden, sich brüllend in dein Auge und als Großbrände Tod und Zerstörung bringend in den verschiedensten Kameraeinstellungen auf die Umgebungen der Tankstellen wälzen. Natürlich sind der alte Mann und die junge Frau schon tot. Das Auto mit dem Baby darin hat es zerrissen. Der Mann Ende dreißig wälzt sich als lebendige Fackel unmenschliche Schreie ausstoßend am Boden. Der Motorradfahrer hat Riesenglück. Durch seinen Schutzanzug können ihm die Flammen im ersten Moment nichts anhaben, er wird von der Wucht der Detonation zu Boden geschleudert, auch er wird zur Benzinfackel, schafft es aber, sich aufzurichten und lodernd davonzurennen, bevor auch diese Tankstelle zu Feuergarben, Feuerstößen, Feuerzungen, Feuerbällen wird und als enorme Feuerspuckerin ihre Umgebung mit in ihre Gluten zwingt. An der letzten Tankstelle ist vor dem Eingang eine riesige Feuerwand entstanden, die das Personal einsperrt. Es hat Glück, wahrscheinlich gibt es einen zweiten Ausgang. Hoffentlich jedenfalls. Hoffentlich.

Und mitten in alledem geht auf einem Autobahnparkplatz in der Mittagssonne ein Mann Mitte Vierzig hin und her, sehr blond, in schwarzem, ausgewaschenem, jetzt unter den Achselhöhlen auch schweißnassem T-Shirt, blauen, ausgewaschenen, kurzen Jeans, ausgelatschten, braunen Sandalen. Er schaut durch eine verspiegelte Sonnenbrille auf ein Handy und raucht zwischendurch. Dann zertritt er sorgfältig den Zigarillo, hebt ihn von der Erde auf, wirft den Stummel in einen der Abfalleimer des Parkplatzes, wendet sich seinem Wohnmobil zu und steigt ein. Bevor er den Motor anlässt, öffnet er das Handy. Er entfernt die Sim-Card und die Batterie, nimmt dann das kleine Plastikding mit der winzigen Edelmetallplatte darauf und hält über dem Aschenbecher sein brennendes Feuerzeug daran. Als das Plastikteilchen Feuer gefangen hat, lässt er es im Aschenbecher zerschmelzen. Darauf zeigt die Kamera das Wohnmobil von außen, wie es rückwärts setzt, anfährt und sowohl den Parkplatz in Richtung Autobahn als auch den Feuersturm, der um es herum auf der Leinwandimmer lodernder tobt, verlässt.

So wird klar: Die Möglichkeit, dass dieser Mann innerhalb der nächsten Stunden gefasst würde, ist verschwindend gering. Sie ist so mikroskopisch klein, dass sie tatsächlich nur in der Theorie besteht. Es gibt nichts, was zu diesem Zeitpunkt gegen ihn vorläge. Auch in acht und in zwölf Stunden wird nichts gegen ihn vorliegen. Oder meinst du, die Videobilder der Tankstellen würden ihn, wenn sie denn nicht zerstört würden, man sie so schnell überhaupt sichten könnte, enttarnen? Falsch! Da wird wegen des toten Winkels für die Kameras nichts zu sehen sein. Du meinst, Videobilder späterer Anschläge könnten auf seine Spur führen, weil er an verschiedenen Orten wiederholt auftaucht?

Falsch! Der Mann hat ein Motorrad, der Mann hat ein Fahrrad, der Mann kann zu Fuß gehen, jedes Mal anders gekleidet, ja anders behaart sogar. Tankstellen muss man nicht mit einem auffälligen Wohnmobil anfahren. Der Blonde, auch rot-, braun- oder schwarz, lang- oder kurzhaarige, mit oder ohne Brille, mit oder ohne Kopfbedeckung muss auch nicht immer tanken. Er kann sich auch ein Eis kaufen. Dieser Mann ist so berechnend, dass er nicht berechenbar ist.

Folglich wirst du dir mit deinem inneren Auge für 15:00 und für 18:00 Uhr dieses Freitags ähnliche Infernos wie die jetzigen anschauen müssen. Noch fahren jetzt, um kurz nach zwölf, acht ganz bestimmte ausländische Lastwagen unversehrt irgendwo auf Deutschlands Straßen herum. Oder sie stehen zum Laden oder Entladen an ihrem Bestimmungsort. Doch wenn die Bomben unter ihnen zeitgleich um 15:00 Uhr detonieren, wird das anders sein. Dann fahren sie nicht mehr, dann schlittern, rutschen, schleudern, kippen sie kreuz und quer über die Fahrbahnen, lassen andere LKW in sich hineinrasen, verbreiten Tod und Zerstörung ebenso wie die lohenen Tankstellen zur Mittagszeit in München, Frankfurt, Köln und Hamburg. Oder sie detonieren direkt vor einer Ampel mitten in irgendeiner Innenstadt. Stell dir das Entsetzen vor, das diese Nachricht auslösen wird. Welcher LKW-Fahrer aus dem In- oder Ausland setzt sich danach noch freiwillig hinter sein Steuer? Und dann der Schock, wenn um 18:00 Uhr weitere Tankstellen in Flammeninfernos verwandelt worden sein werden. Wer fährt dann noch freiwillig eine solche an, ohne dass die Täter vorher gefasst wären? Dass Deutschlands Tankstellen nach diesem schwarzen Freitag erst einmal geschlossen werden und geschlossen bleiben, das ist jetzt schon klar. Wer wollte jetzt noch einen schwarzen Samstag, einen schwarzen Sonntag, einen schwarzen Montag riskieren? Andere verstehen wie du: Wo dieser Mann seine Bombe platziert, bestimmt nur er. Wann er das tut und wann sie detonieren, auch. Wer er ist, weiß kein Mensch. Alle – außer dir – halten ihn sogar für eine Gruppe. Und so weißt auch nur du, um wie viel schlimmer alles noch wäre, wenn es sich wirklich um eine Gruppe handelte.

Wäre es da nicht das Beste für alle, endlich zu tun, was er fordert?

5.4 Ab 17:27 Uhr:
Bundeshauptstadt Berlin

Anne-Liese saß nervös in Flight KL 1824, auf Platz 5A, von ihr aus gesehen vorne rechts, direkt hinter der Business Class. Gerade hatte der Pilot angekündigt, dass man Berlin Tegel wegen den Ausläufern eines starken Gewitters über der Innenstadt nicht anfliegen und nach Berlin Schönefeld ausweichen werde. Dabei werde man zeitweise am Rand des Gewitters entlang fliegen, wobei es zu starken Turbulenzen kommen könne.

Angstgefühle unterscheiden nicht zwischen ihren Ursachen. Angst ist auch ein Produkt der Vorstellungskraft: Je mehr man sich vorstellen kann, um so mehr Angstquellen muss man meistern. Anne-Lieses Angstquelle hieß aber nicht Flugangst. Anne-Lieses Angstquelle waren die Nachrichten, die sie kurz vor Abflug in Trondheim Vaernes um 12:55 Uhr und nach der Zwischenlandung in Amsterdam Schiphol um 15:15 Uhr empfangen hatte. Nervös war sie schon gewesen, als sie das Flugzeug bestieg.

Um 12:18 Uhr hatte sie durch Anruf im TL von den vier zeitgleichen Brandanschlägen auf je eine Tankstelle in München, Frankfurt, Köln und Hamburg erfahren. Auf You Tube kursierten kurze Zeit später bereits Amateur-Videos der Feuerhöllen, natürlich mobil abrufbar. Dann hatte Anne-Liese die KLM-Maschine in Trondheim bestiegen, das Telefon abschalten und während des Fluges mit den gesehenen Bildern leben müssen. Und eben damit, dass Thomas immer noch nicht geantwortet hatte. Als sie um 15:16 Uhr die Handys wieder einschaltete, waren erste Verlustzahlen gemeldet: Bisher sieben Tote, fünfzehn Verletzte, Sachschaden: viermalig Millionenhöhe. Ab 15:17 Uhr kamen dann die Meldungen von verunglückten LKW hinzu. Um 15:46 Uhr war klar, dass alle diese LKW aus dem Ausland kamen und zeitgleich auf dieselbe Weise auf deutschen Straßen verunglückt waren: Zeugen hatten bis dahin in acht von acht Fällen berichtet, dass es an den Fahrzeugen plötzlich eine Explosion an den Hinterachsen gegeben habe, worauf die Fahrzeuge ins Schleudern gekommen seien und auf ihren jeweiligen Strecken Massenkarambolagen, hauptsächlich mit anderen LKW, ausgelöst hätten. 14 Tote, 22 Verletzte seien bisher zu beklagen, Sachschaden: achtmalig Millionenhöhe. Auch für diese Meldungen kursierten Amateur-Videos von brennenden LKW, in einander verkeilten Lastzügen, voll gesperrten Autobahnabschnitten bereits im Netz. Deutschland versank im Chaos, wie es schien. Dabei war dies erst die zweite Angriffswelle. Die dritte war für 18:00 Uhr angekündigt. Folgte man terroristischer Logik, nach der Terror Symbole und eine Bühne braucht, war nach München, Frankfurt, Köln und Hamburg für Anne-Liese nun wirklich völlig klar, welchen Namen das dritte Angriffsziel tragen würde: Berlin. Und für die Frau und Mutter aus Berlin trug es deshalb drei weitere Namen, so sehr die Kommissarin sich sagte, dass die Möglichkeit dafür sehr, sehr klein war: Christina, Andreas, Thomas. Aber Thomas hatte sich auch um 16:20 Uhr, als sie die Telefone abschalten musste, noch nicht gemeldet. Dabei hatte sie von Amsterdam aus gleich nach der Ankunft zwei Nachrichten auf den Anrufbeantworter seines Handys und eine auf den Festnetzanschluss gesprochen. Auch die Kinder hatte sie anzurufen versucht, ohne dass die an den Apparat gegangen wären. Gerade für Andreas, der, wenn man nicht aufpasste, ohne Handy doch nicht einmal aufs Klo ging, war das ungewöhnlich.

Weil die Quelle der Angst der Angst selber egal ist, weiß, wer heftige Flugangst kennt, wie Anne-Liese sich fühlte. Weil die Quelle der Angst der Angst selber egal ist, weiß, wer jemals wirklich Angst um einen geliebten Menschen gespürt hat, wie es um die deutsche Kommissarin stand. Nicht irgendeine diffuse Unruhe, dass irgendwo irgend etwas Schlimmes passieren könnte, nein, wirkliche, bis in die Fingerspitzen nadelnde Angstgefühle durchspülen den Körper und vernebeln das Denken, lassen einen innerlich wie ein Riesenraubtier im per Definition zu kleinen Käfig auf und ab, hin und zurück wandern und äußerlich auf jedem beliebigen Sitz ständig hin und her rutschen. Wer auch noch in einem Flugzeugsitz angeschnallt ist, wie Anne-Liese es jetzt sein musste, scharrt mit den Füßen, verschränkt seine Arme, um sie im nächsten Augenblick wieder zu entschränken und sie in den Schoß zu legen, um sie dann wieder zu verschränken, um sie dann wieder zu lösen, die Hände sich aus der Tasche am Vordersitz eine belanglose Lektüre suchen zu lassen, diese nervös durchzublättern, um zwischendurch immer wieder und dann letztlich doch nur noch aus dem Fenster zu sehen, ohne den Blick an irgend etwas Festem befestigen zu können. Einem Kind würde man sagen: Zappel nicht so! Ohne daran zu denken, dass Kinder sich natürlich genau so fühlen können, aber für das Gefühl noch keinen Namen haben: Angst! Kinder dürfen dafür einfach schreien. Erwachsene nicht. Sie müssen scharren, rutschen, schwitzen; Hände verkrampfen; Kiefer verspannen, ruckartig den Kopf hierhin und dorthin bewegen. Eine Alternative ist vielleicht, zu erstarren, glasig Löcher in die Luft zu gucken, gänzlich unansprechbar zu sein. Aber schon zwischen einer dieser Alternativen wählen zu können, ist für viele eine Meisterleistung und zudem abhängig davon, wie heftig diese Angstgefühle sie anspringen, sich in ihrem Nacken verbeißen.

Die Maschine rüttelte es heftig, einige Passagiere gaben unkontrollierte Rufe von sich. Anne-Liese biss die Zähne zusammen und schaute glasig aus dem Fenster, hinein in dunkelgraue Wolkenmassen. Plötzlich wurde das Flugzeug wie in einem Aufzug von unsichtbarer Hand nach oben gezogen, um dann ebenso plötzlich fallen gelassen zu werden. Wie ein Stein plumpste das Fluggerät mit 160 Insassen in die Tiefe. Jetzt riefen die ängstlicheren Passagiere nicht mehr, sie schrien. Die härter gesottenen stellten die Gespräche ein und schwiegen bedenklich. Nur das monotone, hier drinnen staubsaugerähnliche Geräusch der Motoren erfüllte die Fahrgastkabine.

Anne-Liese wusste genug über Wetterphänomene, wusste, dass solche Situationen zum Spezialtraining der Doppelbesatzung im Cockpit gehören, wusste, dass diese Wetterlagen für jeden Flugzeuglenker jeden Sommer mehrfach vorkommen, wusste, dass Flugzeuge konstruiert sind, um solch enorme Belastungen auszuhalten, wusste, dass man in mitteleuropäischen Fluggesellschaften weiß, wie sehr ihre Existenz von der Sicherheit ihrer Passagiere abhängt. Dieser Art von Angst konnte sie mit Wissen begegnen. Der Pilot fing die Maschine wieder. Aber die Angst um die Kinder und um Thomas, die speiste sich daher, dass sie *nichts* wusste, rein gar nichts, nur dass irgendeine unsichtbare Macht die drei ihr liebsten Menschen irgendwo an unsichtbaren Marionettenschnüren Spazieren führte und vielleicht, wie ein verwöhntes Kind, das urplötzlich Lust auf ein anderes Spielzeug bekommt, die Schnüre einfach fallen ließ. Wie damals, bei den Opfern von 9/11. Wie damals, bei dem Anschlag auf Charlie Hebdo. Wie damals, beim Oktoberfest in München; bei den Opfern von Oslo; bei den Madrider Zuganschlägen; beim Bombenmassaker von Mumbai.

Ja, der Pilot fing die Maschine wieder. Aber Anne-Liese starrte glasig aus dem Fenster.

*

Es war 17:27 Uhr und das Chronometer in weißen Ziffern auf grünem Grund zeigt nun diese Uhrzeit auf der Leinwand rechts unten. Ein weißblonder Mann entsteigt soeben auf der Fahrerseite einer sehr glänzenden, schwarzen Autotür. Sogar die Kamera zoomt fast respektvoll etwas zurück: Bei dem zur Tür gehörigen Fahrzeug handelt es sich um eines der gehobenen Preisklasse, gelinde gesagt. Und der Mann ist fast nicht wiederzuerkennen, so wie er jetzt gekleidet ist: Er trägt einen dunkelgrauen, leger-eleganten und sicher nicht für jedermann erschwinglichen Sommeranzug aus Leinen, vom Schnitt her an die 50er Jahre erinnernd, dazu ein schlipsloses, an den oberen zwei Perlmuttknöpfen geöffnetes, weißes Hemd aus Seide, darin ein dezent tiefblaues Seidenhalstuch, sockenlos leichte, blauschwarze Ledermokassins, in der rechten Hand lässig eine Ledertasche, die farblich dem sehr dunklen Blau der Schuhe entspricht, vom Stil her ebenfalls an die 50er erinnert, deutlich aber fürs iPad und andere moderne Bedürfnisse designed ist. Die obligate Sonnenbrille fehlt natürlich nicht, nur dass sie jetzt wieder dunkel, recht gross und im Stil der 70er gehalten ist.

«Ein wirklich beeindruckendes Fahrzeug», sagt er mit seiner wohltönenden Stimme über das dunkel getönte Panoramadach hinweg zu seiner Begleiterin, die ebenfalls dem Auto entstiegen ist. Dann wirft er einen Blick nach oben, auf einen Himmel pechschwarzer Wolken. Noch ist es trocken. Kein Lufthauch scheint sich zu regen.
Die Kundenbetreuerin der Premiumklasse lächelt: «Es freut mich, dass Sie dieser Meinung sind». Sie stolziert hinten um das Fahrzeug herum, ist sich ihrer Wirkung bewusst: Halblanges, brünettes Haar, auch sie, trotz des wahrhaft wolkenverhangenen Himmels mit Sonnenbrille, gertenschlank, doch mit nicht unbeachtlicher Oberweite, umhüllt von weinroter, knitterseidener Bluse mit dezentem, aber doch ausreichend einladendem Ausschnitt, in hell-beigem Hosenanzug. «Schön, dass Sie gerade heute den Weg zu uns gefunden haben!», fügt sie hinzu, während sie sich gemeinsam dem Haupteingang der voll verglasten Mercedes-Niederlassung zuwenden. Ihr Kunde gibt ihr den Fahrzeugschlüssel zurück: «Man darf diesem Gesindel nicht einfach das Feld überlassen», sagt er dabei verächtlich. Mit angedeuteter Verbeugung lässt er der Dame bei der sich automatisch öffnenden Tür den Vortritt.
Die sagt, dankend nickend: «Da haben Sie recht, aber nicht viele denken so wie Sie».
Dem Gesichtsausdruck des früheren Fotomodells ist nicht zu entnehmen, ob es wirklich denkt, was es sagt. Aber es nimmt die Sonnenbrille ab, zeigt strahlend schöne blaue Augen und verlautbart: «Normalerweise haben wir an einem Freitag um diese Zeit viel zu tun. Da glaubt man manchmal, der ganze Bundestag braucht jetzt ein neues Fahrzeug. Aber heute Nachmittag waren Sie der einzige Kunde!»
«Wissen Sie, der Mensch ist ein Herdentier. Ich persönlich habe mich in Herden aber nie wohlgefühlt,» antwortet der sehr Blonde da. «Ein Nachmittag wie dieser ist mir gerade recht. Außerdem», er räuspert sich etwas gespielt, während er der Brünetten zur Service-Theke folgt, «schätze ich exklusive Begleitung.»
Er lächelt, sie lächelt, er vor, sie jetzt hinter der Theke. Er sagt: «Ich würde gern noch einige Fahrzeuge probefahren, bevor ich mich entscheide. Könnten wir für morgen einen neuen Termin machen? Und vielleicht auch schon für Montag?»
«Aber selbstverständlich, Herr von Mendelstein ...»

«Lassen Sie das «von» mal weg, wir sind ja im 21. Jahrhundert.»
«Wissen Sie, ich mag die vorigen Jahrhunderte schon auch», bekennt die Dame treuherzig und schaut dabei in den Terminkalender, der groß und aufgeschlagen auf dem Tisch liegt. «Darf ich Sie für morgen um zwölf eintragen? Und am Montag – warten Sie – am Mooeontag ginge es schon um zehn. Wenn Ihnen das nicht zu früh ist!» sagt sie, blickt auf, bleibt jedoch, den Kugelschreiber in der Hand, über den Schreibtisch gebeugt stehen, lächelt dabei honigsüß. Und achtet sehr darauf, dass der Herr auch einen kurzen, aber tiefen Einblick in ihren Ausschnitt nehmen kann.
Der vornehme Kunde reagiert seinerseits, indem er den Rücken durchstreckt, die Sonnenbrille zurechtrückt und perlweiße Zähne zeigt. Er überlegt kurz. «Beides passt ganz ausgezeichnet», sagt er und reicht der Dame über die Service-Theke die Hand. «Es wird mir ein Vergnügen sein. Darf ich mich unter den Ausstellungsfahrzeugen noch ein wenig umsehen?»
«So viel Sie wünschen! Ich freue mich auf morgen!», strahlt die Brünette. Hat der Herr von Soundso sie etwa jetzt schon in die Oper sowie zum anschließenden, bescheidenen Nachtmahl in diesem versteckt liegenden, kleinen, entzückenden Restaurant in Potsdam eingeladen, von dem neuerdings alle Welt spricht?
Der blonde Herr von Welt nickt mit gelassener Höflichkeit und schlendert, die Ledertasche in der Linken schlenkernd, von der Service-Theke aus hinüber zu den ausgestellten Fahrzeugen der S-Klasse. Vor einer Limousine in Silber Metallic bleibt er stehen, geht um sie herum, begutachtet sie, als habe er noch nie einen Mercedes gesehen, nickt, öffnet schließlich die Fahrertür, setzt sich in den Wagen, schließt die Tür.

Und die allzeit anwesende Kamera tut nun etwas, was die Brünette bedauerlicherweise nicht kann: Sie sieht dem Mann zwischen die Beine. Zwischen denen hat er wohl auch, was die Brünette gerne sähe, aber das zeigt die Kamera nicht. Die zeigt hingegen diese dunkelblaue Ledertasche, die er dort platziert hat. Deren Reißverschluss öffnet der sehr Blonde jetzt. Was da wohl drin sein mag? Für mitdenkende Zuschauer nicht ganz unerwartet fokussiert die Kamera ein dem Ausse-

hen nach wohlbekannt wirkendes Paket, einen in durchsichtige Plastikfolie gehüllten grauschwarzen Gegenstand. Der Mann streift sich mit der kräftigen Linken einen Einweghandschuh über die kräftige Rechte, holt den Gegenstand mit dieser hervor, schiebt ihn unter den Fahrersitz, auf dem er gerade Platz genommen hat, woraufhin er die Tasche wieder schließt, den Handschuh wieder auszieht und in der Jackentasche verschwinden lässt. Eine gefühlte ganze Weile sieht er sich daraufhin in dem edlen Automobil noch um, drückt auf Knöpfe, zieht an Hebeln, fährt mit dem Finger an der eleganten Edelholzvertäfelung entlang, findet kein Staubkorn, öffnet endlich die Tür wieder, entsteigt dem Wagen, schließt die Tür, nickt dabei anerkennend und begibt sich dann von dort aus in Richtung Hauptausgang. «Bis morgen!» ruft er in Richtung Service-Theke und verbeugt sich leicht im Gehen, als die Brünette aufblickt und strahlt.
«Sie wollen nicht das Gewitter lieber hier abwarten?» ruft sie.
«Ich schaffe es noch bis zum Hotel. Ich bedanke mich für ausgezeichneten Service!», gibt er zurück. «Bis morgen!»
«Bis morgen, Herr Mendelstein!»
Und vor dem extravaganten Herrn öffnet sich die schwere Glastür; er verschwindet unter einem Himmel in Berlin, der wohl in der letzten Nacht zuletzt so schwarz war. Nur war es da, wie in Nächten üblich, 23:28 oder 01:57 oder 03:25 und nicht, wie jetzt, 17:43 Uhr.

*

Um 17:47 Uhr landet eine KLM-Maschine auf der Landebahn II des Flughafens Schönefeld von Böen gebeutelt, aber davon abgesehen sicher. Noch während das Flugzeug ausrollt, beginnt es wie aus Kübeln zu schütten. Nach über vier Wochen ohne Regen ist das wie eine Erlösung. Doch sorgt die Wucht des über Wochen hin aufgestauten Elementes auch dafür, dass der Flughafen innerhalb von Minuten unter Wasser steht. Dabei sind sie hier gar nicht im Zentrum des Unwetters. Das ist knappe 20 km weiter nördlich, direkt über der Innenstadt. Wie muss es dort erst aussehen, wenn es hier schon so heftig zugeht? Die wenigen Meter von der Gangway bis zum Bus, der auf die Passagiere wartet, reichen, um Anne-Liese Wassermassen ins

Gesicht zu schütten und in ihrer leichten Sommerkleidung klitschnass zu machen. Tropfend schaltet sie ihre Handys ein. Immer noch keine Nachricht von Thomas. Sie wählt die Nummer. Ohne Klingelzeichen setzt sofort der Anrufbeantworter ein. Anne-Liese legt auf, beginnt zu zittern. Nur die vordere Bustür steht offen, um die sich hereindrängenden Passagiere aufzunehmen. Böen rütteln an dem schweren Fahrzeug und peitschen durch die geöffneten Tür immer wieder neue Duschfontänen in die Fahrgastzelle. Um sich abzulenken, will Anne-Liese, die sich nach 25 Überstunden für diese Woche Dienstschluss selbst verordnet hat, einen Augenblick lang im TL anrufen. Aber sie schiebt den Impuls fort, damit muss sie warten, bis sie halbwegs alleine telefonieren kann. Und jetzt, vor sechs, macht das sowieso keinen Sinn. Wenn, dann nach sechs, wenn der Rest der angekündigten Anschläge stattgefunden haben würde. Wann endlich macht der Busfahrer diese Scheißtür zu? Wann fahren sie endlich los? Weil Anne-Liese so weit vorne gesessen hat, ist sie als eine der ersten aus dem Flugzeug gestiegen, dafür muss sie im Bus jetzt warten. Es dauert Ewigkeiten, bis die Tür sich schließt. Und dann fahren sie immer noch nicht. Der Fahrer sieht nichts und muss warten, bis der schlimmste Teil des Unwetters sich gelegt hat. Anne-Lieses hagerer Körper zittert an allen Gliedern. Auch Zähneklappern kann sie nicht mehr unterdrücken. Aber wenigstens damit ist sie nicht alleine. Passagiere, die stehen, drängen ihre Leiber aneinander. Die Passagiere, die sitzen, müssen die Distanz zueinander wahren, die die Etikette ihnen auferlegt. Und dafür auch noch frieren.

*

Und auch über dem Zentrum der Hauptstadt hat das Unwetter begonnen, das wirklich *alles*, was man dort seit Beginn der Wetteraufzeichnungen erlebt hat, ins Vergessen stürzen wird. Da hat sich ein Orkan mit einer Gewalt erhoben, wie sie den Damen und Herren Abgeordneten des Bundes bisher nur vom Bildschirm, also aus anderen Gegenden des Landes und dem Ausland, bekannt ist. Wobei das nicht ganz stimmt: Ende Juni 2012 hatte es einige Straßenzüge in Berlin Tegel erwischt, ein 10-minütiger Hagelsturm ungeheure Verwüstungen hinterlassen. Doch die waren wahrhaft winzig, verglichen mit dem, wie dieser Orkan nun die deutsche Hauptstadt zurichtet. Wobei auch das nicht ganz stimmt: Nicht die Verwüstungen waren winzig, sondern Tegel ist winzig, vergleichsweise jedenfalls; klein genug eben, um schnell wieder vergessen zu werden.

In Tegel hatte es zigfach zertrümmerte Fensterscheiben, in Unzahl umgeknickte Bäume, hunderte verhagelter Autos, Tausende tobender Dachziegel, Millionen golfballgroßer Hagelkörner, überflutete Keller, einstürzende Schornsteine, ja, abgerissene Balkone gegeben, doch begrenzt auf ein paar Straßenzüge. Wer außer den Tegelern selbst denkt nur drei Tage später noch an solche Bagatellen? Zur halbherzigen Ermahnung der halben Republik strahlte das ZDF zwar am 21.04.2013 eine Dokumentation über die Zerstörungen aus, doch eben nur zur Ermahnung der *halben* Republik, weil um 18:30 Uhr, nicht zur schlechtesten Sendezeit, aber auch nicht zur besten. Und halbherzig, weil die Doku wohl hauptsächlich für emotional besonders Interessierte gemacht war: Personalisiert und mit pompöser Musik unterlegt, so, wie es sich heutzutage medial gehört, mit zwei echten Kumpels in den Hauptrollen, die bei der 10-Minuten-Show von Mutter Natur *ganz wirklich echt fast* ums Leben gekommen wären – mehr als vier Jahre sind seit jenem Sturm vergangen. Zeit, um Fragen zu stellen, gab es also. Zeit, um umzudenken, auch. Wer hätte wissen wollen, hätte wissen können. Hätte, hätte, Fahrradkette.

Jetzt nämlich schlägt dieses Schicksal quer durch Berlin eine fast sieben Kilometer breite Schneise. Das Unwetter tobt über Spandau, über Teilen von Charlottenburg, über ganz Berlin Mitte, über Friedrichshain-Kreuzberg, über Teilen von Pankow, über Lichtenberg, über ganz Mahrzahn-Hellersdorf. Abseits der Schneise weht es zwar auch heftig, schüttet es zwar auch Wassermassen vom Himmel, peitschen zwar auch Böen über die Straßen, schüttelt und rüttelt es auch an allem, was an Nieten und mit Nägeln befestigt ist; aber nach eingehender Prüfung bleibt das so Geprüfte doch stehen. Nicht so in der Schneise: Dort reißt der Orkan von Ost nach West Jahrhunderte alte Bäume aus, als ob ein ganze Kompanie kosmischer King Kongs Grashalme rupfte, fliegen Dachziegel umher, wie wenn Außerirdische aus einer galaktischen Schrotflinte schössen, schleudert der Himmel Millionen und Abermillionen eisiger Minimeteoren auf Dächer, Autos und Straßen, als ob eine Armee von Aliens just über dieser Schneise eine neue Superwaffe testete. Die eisigen Minimeteoren haben Größen zwischen Golf- und Tennisbällen, krachen auf berstende Windschutzscheiben, prasseln auf brechende Dachpfannen, durchschlagen Fensterscheiben und Wellblechdächer, zerhacken Äste und Blätter an Bäumen, die im Tiergarten bald kreuz und quer übereinander und überall sonst bald kreuz und quer über den Straßen liegen, in die Fenster der Wohnungen gestürzt sind, Autos zermalmt, deren Insassen erschlagen oder verletzt haben, wahllos, leicht oder schwer. An den Sehenswürdigkeiten der Stadt ist bald keine Würde mehr zu sehen, das Haupt der Siegesgöttin der Quadriga schleudert es nebst Preussenadler, Eichlaubkranz und Speer auf die Ostseite des Brandenburger Tors, die Spitze des Fernsehturms hält Sturm und Aliens-Geschossen nicht stand, Teile der Turmspitze lösen sich und zerschellen unten auf dem Alexanderplatz, die Fenster der Gebäude am Potsdamer Platz zertrümmert das Trommelfeuer der Hagelkugeln eins nach dem anderen oder auch gleichzeitig, je nach Lust und Laune der fröhlich-böigen Naturgewalt; Statuen, Standbilder, Büsten zerschlagen die fast stahlharten Eisbälle oder reißt der Sturm, als seien sie Pappfiguren, vom Berliner Dom, vom Französischen Dom, von den Prunkbauten der Museumsinsel; sie stürzen in die Spree oder in den Kupfergraben oder sie zerschellen auf Straßenpflastern, über deren Flächen die Sonnenschirme und Stühle der Straßen-Cafés- und Restaurants hergefegt kommen, so wie man nach dem Kochen etwas Küchenabfall am Boden mit dem Handfeger zusammenkehrt. Auch um die Glaspaläste der Stadt schert das Unwetter sich unverschämt wenig – wo die Minimeteore Glas nicht zerschlagen können, trommeln sie es zuerst kratzig und dann blind, behämmern es in tausendfachem Wirbel, bevor sie abrutschen und am Fuß der jeweiligen Gebäude zu eisiger Seife werden; sie beprasseln die Kugel des Fernsehturms, verprügeln die Kuppel des Reichstages, bewummern das Bundeskanzleramt, ballern auf die repräsentativen Bauten der Banken, der Versicherungen und – der Autobauer.

Neun Minuten dauert das apokalyptische Spektakel. Fassungslos tritt, als der letzte Hagelball gefallen ist, eine brünette Schönheit mit verheultem Gesicht vor die Tür ihres Arbeitsplatzes. Auf der Straße vor ihr beginnt eine dicke Hagelschicht, sich langsam in eisige Suppe zu verwandeln. 38 auf dem firmeneigenen Vorplatz ausgestellte Fahrzeuge der Premiumklasse sind vielleicht noch für den Schrotthändler ein wenig wert. Doch wahrscheinlich noch weniger als ein wenig, denn für die Premiumkonkurrenz zwei Ecken weiter sieht es nicht besser aus. Und zu dieser Konkurrenz kommt noch die Konkurrenz von den Zig- und Abertausenden im Freien geparkten, zerstörten Fahrzeugen in den Straßen der Schneise, die sich von Spandau bis Mahrzahn-Hellersdorf erstreckt. Schrott ist, wenn er erstklassiger Herkunft ist, halt bestenfalls erstklassiger Schrott.

Und unweit der Brünetten, auch nur ein paar Straßen weiter, blickt ein sehr blonder, heute fast dandyhaft gekleideter Mann aus dem wie durch ein Wunder noch ganzscheibigen Fenster seines Hotelzimmers im dritten Stock auf den behäbigen Eisstrom, der sich auf dem Asphalt vor und unter ihm breit macht. In der Hand hält er ein Handy, in welches er zu tippen beginnt.

*

Um Punkt 18:00 Uhr sind die Reisenden des Fluges KL 1824 am Gepäckband. Auf beiden Seiten des Bandes steht breitbeinig je ein Beamter des Bundesgrenzschutzes, beide mürrisch dreinblickend – als ob die Herren durch Blicken irgendetwas zu verhindern in der Lage wären, wenn es denn passieren sollte. Ebenso lächerlich ist die Kontrolle des Gepäcks jedes einzelnen Reisenden an der Zollgrenze, Schengen hin, Schengen her. Wohl enttarnt man so einen größeren Rauschgiftschmuggel, aber keine Bomben, keine Bombenzutaten, keine Attentatspläne, wenn man denn so etwas erwartet hat. Die Staatsmacht zeigt Präsenz, das ist wohl eher der Sinn der Sache. Aber für den, der nur ein wenig nachdenkt, ist diese Präsenz komplett lächerlich und für die Reisenden einfach nur ärgerlich; man kennt ja nicht einmal die Farbe des Nadelkopfes, nach dem man sucht. Warum also wühlt man da im Heuhaufen herum? Stimmung erzeugt man so, eine höchst unangenehme Stimmung latent lauernder, launischer Gefahr; das allerdings ist wahr. Also: Auch hier tut man brav, was die Terroristen wollen.

Anne-Liese ist froh, dass sie ihren Dienstausweis hat – nachdem sie um 18:07 Uhr ihren Koffer vom Band gezerrt hat, geht sie, diesen hinter sich her ziehend, direkt an der Warteschlange vor dem Zoll vorbei, weist sich als selber zur Staatsmacht gehörend aus, steht wenige Schritte weiter in der Ankunftshalle und sieht sich um. Was nun? Auf jeden Fall die Kleidung wechseln, bevor sie sich erkältet. Anne-Liese steuert mit dem Koffer die nächste Damentoilette an. Da ertönen Privat-und Diensthandy fast gleichzeitig, das private mit Queens «Another One Bites the Dust», das dienstliche mit dem SMS-Xylophon.

Momentan lässt sie, wo sie steht, den Koffer fallen. Sie kramt hastig in ihrer Handtasche, bekommt zuerst das Xylophon zu fassen, schiebt es unwillig zur Seite, fingert nach dem Ding, das den Queen-Song immer lauter von sich gibt, bekommt es schließlich in die Hand, wirft einen Blick aufs Display, betätigt den Daumen, hält das Gerät ans Ohr:
«Thomas! Herrgott im Himmel! Wo seid Ihr?»
Sie lauscht.
«Ich bin fast gestorben vor Angst! Wieso hast du denn nicht geantwortet?»
Lauschen.
«Ich hab' fünf mal versucht, dich zu erreichen! Fünf mal!»
Lauschen.
«Und die Kinder? Warum sind die nicht ans Telefon gegangen?»
Lauschen.
«Thomas! Macht so was nie wieder! Nie, nie, nie wieder!»
Anne-Liese wischt sich über die Augen, während sie zuhört.
«Wieso mir? Mir geht's gut. Wir hatten ein wahnsinniges Gewitter hier draußen. Und auf Tegel durften wir nicht landen. Aber sonst ist alles ok.»
Lauschen.
«Wie bitte?»

Anscheinend erst jetzt erfährt Anne-Liese, was zwanzig Kilometer weiter nördlich passiert ist.
«Waaas?»
Lauschen. Anne-Lieses Augen weiten sich vor Entsetzen.
«Ach du lieber Gott!»
Lauschen.
«Um Himmels Willen!»
Lauschen.
«Das darf doch nicht wahr sein!»
Lauschen.
«Was heißt 'euch ist nichts passiert'?»
Lauschen.
Anne-Liese holt tief Luft, fährt sich mit der freien Hand über das immer noch nasse Gesicht.
«Also jetzt mal langsam, von Anfang an, ja?»
Anne-Liese setzt sich auf den Koffer, hört zu, schüttelt dabei den Kopf, sagt immer wieder «unglaublich» und «das gibt's doch nicht» und «unfassbar» und ähnliches, bis eine Durchsage des Flughafens sie unterbricht:
«Achtung, Achtung, eine wichtige Durchsage an soeben gelandete Reisende mit den Zielen Berlin Spandau, Charlottenburg, Berlin Mitte, Friedrichshain-Kreuzberg, Pankow, Lichtenberg, Mahrzahn-Hellersdorf. In den genannten Stadtteilen wurde vor wenigen Minuten wegen eines Unwetters Katastrophenalarm ausgelöst. Diese Stadtgebiete sind vorerst für den Normalverkehr nicht zugänglich. Öffentliche Verkehrsmittel verkehren vorerst dorthin nicht. Der Individualverkehr wird weiträumig umgeleitet. Wir bitten alle Reisenden, die diese Stadtteile zum Ziel haben, sich entweder eine private Unterkunft zu sichern oder sich wegen der Übernachtung an das Flughafenhotel oder Hotels in der näheren Umgebung zu wenden. Informationen über Hotels in der Nähe von Schönefeld erhalten Sie am Serviceschalter Ankunft.»
Die Stimme wiederholt die Durchsage auf Englisch.
«Hast du das mitbekommen?» fragt Anne-Liese.
Sie lauscht kurz.
«Ja, und das heißt wohl, dass ich nicht zu euch kann und nach Hause

auch nicht», sagt sie dann. «Na prima!» Sie sieht sich um und schaut auf die Uhr.
«Du, dann mach' ich jetzt Schluss», sagt sie. «Ich muss mich unbedingt umziehen und mir dann eine Bleibe suchen. Ich meld' mich dann wieder. Und stell' um Gottes Willen dein Telefon nicht wieder auf stumm!»
Anne-Liese lauscht der Erwiderung, sagt «Tschüss, Thomas» und «Grüß' die Kinder!», bevor sie auf Gespräch beenden drückt.

Sie steht vom Koffer auf, reckt und streckt sich, wie von schwerer Krankheit genesen und erstmals wieder auf den Beinen. Als sie das Handy in die Handtasche gleiten lässt, fällt ihr das Dienst-Handy ein. Trotzdem nimmt sie den Koffer auf und macht sie sich auf den Weg zur Damentoilette. Dienstschluss! Es reicht! Sie ist zu Hause! Wenn auch nur fast. Wenn auch in einem Katastrophenfilm. Aber immerhin, Berlin! Den Kindern ist nichts passiert. Thomas ist nichts passiert. Sie selber ist todmüde, aber es geht ihr gut, so wahnsinnig erleichtert, wie sie jetzt ist. Der Rest wird sich finden. Bis sie richtig daheim ist, ist es nur eine Frage der Zeit.

Deshalb liest sie die beiden Twitter-Meldungen auf dem Dienst-Handy erst sehr viel später:

@2degreeC: Auch wir können nicht besser verwüsten als die Natur. Wir sparen unsere Kräfte aus diesem Grunde lieber für

@2degreeC: morgen 12:00 Uhr. Es sei denn: Die Parteitage wurden zwischenzeitlich einberufen. Dann stellen wir alle Aktionen ein. CLAN!

Ausblick

«Wie wird es weitergehen mit den Hitzerekorden? Unser Modell macht eine klare Vorhersage: Bleibt es bei der derzeitigen Erwärmungsrate, so wird die Zahl neuer Monatsrekorde in 30 Jahren ... um einen Faktor zwölf erhöht sein. Und diese neuen Rekorde werden dann nicht nur die heute schon bekannten Hitzerekorde übertreffen, sondern auch jene, die erst in 10 oder 20 Jahren auf uns zu kommen. Was 2003 noch als Jahrhundertsommer galt, wird dagegen der Normalfall sein.»

G. Wergen, J. Krug und S. Rahmsdorf: Klimarekorde. Mathematische Theorie der Rekorde, in: Spektrum der Wissenschaft 2/2014, S. 87

«Eine von Jean-Marie Robine ... koordinierte Studie wurde im Frühjahr 2007 mit der Kernaussage abgeschlossen, dass die Hitzewelle 2003 in Europa insgesamt 70.000 Menschen das Leben gekostet hat.»

Vgl. Wikipedia, Stichwort «Hitzewelle in Europa 2003», abgerufen am 26.02.2014

Zweites Buch: Homo sapiens

Kapitel 1

Mittwoch, 25. März 2013, Trondheim, Stadtteil Kuhaugen

Harald hatte Spätschicht gehabt und öffnete seine Wohnungstür. Dass ein Gedanke so ein Untier sein kann, so züngelnd, so giftig, so gefräßig! Den ganzen Tag hatte er versucht, ihn los zu werden. Wie treffend ist das biblische Bild für das Böse; die ewig züngelnde Schlange, die ihr Opfer entweder beißen oder würgen kann, um ihre Beute dann mit Haut und Haar zu verschlingen. Gewisse Gedanken tun genau das. Mit niemandem konnte er über sein Untier reden, mit Malte nicht, mit Eirik nicht, mit seiner alten Mutter nicht, seinen Geschwistern und seinen Nichten und Neffen nicht, mit einem der wenigen Gemeindemitglieder, die noch Kontakt zu ihm hielten, schon gar nicht. Das Biest würde auch sie zu beißen oder zu würgen und dann zu fressen versuchen. Angst um ihn würden sie bekommen, wenigstens, und ihm auszureden versuchen, auch um sich selber auszureden, was sich nicht ausreden ließ, weil es zu logisch war, weil er recht behalten würde, weil er alles durchdacht hatte. Oder sie würden mit ihm infiziert, ihrer Arglosigkeit, ihrer gefühlten Unschuld für immer beraubt, wenn sie an sich heran ließen, was er an sich heran ließ, heran lassen musste, schutzlos wie er war gegen das Denken. Egal was sie dann tun würden, würde es für sie ebenso wenig Entrinnen geben wie für ihn. Da war es trotz allem besser, dass er sie unwissend hielt. Doch das half nur den anderen, nicht ihm. Er musste endlich mit jemandem reden! Er musste mit jemandem reden! Er musste ein Du, ein Gegenüber finden, dem er sich anvertrauen konnte, einen Menschen, der nicht sofort wegwischte, was er ihm an die Tafel schrieb, sonst würde er tatsächlich wahnsinnig werden können. Die psychiatrischen Krankenhäuser sind übervölkert von Menschen, die keinen Schutzschild zwischen sich und der Welt mehr haben. Harald wusste von sich sehr genau, dass er zu jenen grenzgängerischen Dünnhäutern gehörte, die je nach Umständen in den Klauen der Seelenklempner landen können. Das wollte er begreiflicherweise nicht. Doch was in aller Welt sollte er tun?

Was, was wenn..., was wenn er einen Brief schriebe? Einen Brief, den er nie abschicken würde, in welchem er aber wenigstens jemanden anreden könnte? Conny? Conny! Ja! Nein! Nein! Augenblicklich war der alte Klumpen in seiner linken Brusthälfte wieder da. Und weil er genau wusste, dass der kommen würde, hatte er jahrelang nicht mehr an sie gedacht, sich gezwungen, die Tür seines Herzens, hinter der Conny wohnte, streng verschlossen zu halten. Was sie jetzt wohl machte, wo sie jetzt wohl war? Irgendwo in Deutschland wahrscheinlich, verheiratet, vielleicht auch geschieden, bestimmt hatte sie Kinder. 28 Jahre waren vergangen, seit sie ihre Entscheidung getroffen, sich voneinander los gerissen hatten für eine Liebe, an die sie beide glaubten, eine Liebe, die noch größer war als die ihre und der sie folgen mussten. Wie man sich aus Liebe trennen kann, das verstehen die wenigsten. Aber Liebe, die sich nicht verströmt, die nicht ihr letztes gibt, ist keine. Conny war die einzige Frau, der Harald begegnet war, die das nicht nur verstand, sondern von sich aus dachte. Dachte, nicht nur fühlte, fühlte, nicht nur dachte! Und die wie er konsequent genug war, sich für dieses gemeinsame Verstehen dessen, was die Welt zusammenhält, was dem Leben einzig Sinn und Halt gibt, das Herz aus dem Leibe zu reißen. Wie sehr liebte er sie gerade deswegen! Guter Gott, wie hatte er, wie hatten sie beide gelitten damals. Conny würde ihn verstehen, ja! Und Gott sei Dank hatte er keinen blassen Schimmer, wo sie sich aufhielt. Vor einigen Jahren war er versucht gewesen, sie übers Netz zu suchen. Zwei, drei Tage hatte der Gedanke heftig an ihm genagt, bis er ihn wegschieben konnte. Egal in welcher Lebenssituation sie sich befand, tauchte er wieder auf in ihrem Leben, es würde nur ungeheuer kompliziert werden, zu nichts Gutem führen. Aber immerhin, ihr konnte er jetzt schreiben, ohne dass er sie vergiftete, denn dieser Brief würde wirklich nie abgeschickt werden. Er würde beim Schreiben Rotz und Wasser heulen müssen. Aber das war die einzige Weise, nach außen zu kehren, was in ihm drin war.

Diesen Brief würde er mit der Hand schreiben, nahm er sich vor, wie damals in alten Zeiten, als er das Briefeschreiben noch zelebriert, auf seinem Schreibtisch spät abends zwei Kerzen angezündet, besonderes Briefpapier gehabt, den Füllfederhalter aufgezogen hatte, um dann bis tief in die Nacht an Conny, als sie evangelische Theologie in Marburg studierte, zu schreiben. Den Füllfederhalter hatte er sogar noch. Aber Tinte? Gab es denn im Zeitalter der Laserstrahldrucker noch irgendwo Tinte zu kaufen? Für einen Füllfederhalter?

Morgen würde er Frühschicht haben. Nach der Arbeit würde er in die Stadt gehen und versuchen, ein Tintenfässchen aufzutreiben. Am Gründonnerstag würde er auf die Hütte fahren, den Laptop zu Hause lassen, Briefpapier mitnehmen, das Handy abstellen und Conny schreiben. Der Gedanke gab ihm einen dünnen Mantel, einen kleinen Trost. Harald ging schlafen.

Kapitel 2

Karfreitag 2013, Vanvikan, Gemeinde Lensvik, Nord-Trøndelag

Wer ist schuldiger? Wer einige tötet, doch so Millionen rettet? Oder wer niemanden tötet, aber Millionen sterben lässt?

Conny, Du immer noch geliebte!

Nach so vielen Jahren einen Brief an Dich zu schreiben, ist nicht einfach. So viel ist passiert, es schnürt mir immer noch Herz und Kehle zusammen. Lange hab' ich Dich aus meinem Leben verbannt, die Trennung, die wir gemeinsam beschlossen, durchgehalten. Aber jetzt kann ich nicht mehr, ich muss mit jemandem reden, ich muss erzählen und laut nachdenken, sonst werde ich verrückt. Du wirst diesen Brief nie erhalten, das verspreche ich Dir und mir, aber wie gut, dass es Dich immer noch gibt – in meinem Herzen, wenigstens dort!

Dass ich Priester geworden bin, weißt Du, dass es mich nach Norwegen verschlagen hat, wohl schon nicht mehr, es sei denn, du hast es von irgend jemandem gehört. Ich kann Dir jetzt nicht alles erzählen, nur das Allerwichtigste, damit Du verstehst: Vor knapp zwei Jahren bin ich suspendiert worden, ich hatte in einem Artikel der hiesigen Regionalzeitung nach dem Missbrauchsskandal in meiner Kirche dem Papst den Rücktritt nahegelegt. Nun kannst Du als Protestantin ja fragen, was es die in Rom kratzt, wenn ich in einem verwehten Blättchen vom Nordpol gegen den Papst huste, aber so einfach ist die Sache nicht. Die Zeitung ist hierzulande so klein nicht, die wird im Generalvikariat Oslo auch gelesen, und von dort führt die Leitung direkt nach Rom. Entsprechend groß war der Skandal, den ich auslöste. Es dauerte zwei Tage und dann war ich weg vom Fenster.

«Bist du wahnsinnig?» wirst Du jetzt fragen und gleich nachschieben:

«Ja, aber es passt ganz zu Dir, zum Duckmäuser hast Du noch nie getaugt, ich versteh' nicht, warum Du in dieser Kirche bleibst.» Nun, das haben wir ja viel diskutiert und meine Haltung dazu hat sich nicht geändert. Jedenfalls ist dieses einschneidende Ereignis eine von zwei Voraussetzungen dafür, dass ich mich jetzt in solcher Seelennot befinde, denn nun bin ich ein völlig freier Mann. Hätte ich noch Verantwortung für meine Gemeinde, ich glaube kaum, dass ich hier säße und denken könnte, was ich jetzt denke.

Die andere Voraussetzung für diesen Brief ist ein Buch, das ich vor 9 Monaten las. Es ist von einem norwegischen Evolutionsbiologen, der sehr plausibel zeigt, wie die Evolution des Menschen und die globale Umweltkrise miteinander zusammenhängen. Das Fatale ist: Es musste soweit kommen; dass wir unsere eigenen Lebensbedingungen so gefährden, ist eine völlig logische Konsequenz unserer Evolution, und wenn die Menschheit das nicht sehr, sehr bald versteht, wird es für sehr, sehr viele von uns kein Entrinnen geben. Diese Logik ist, eben wegen ihrer Stringenz, von einer ungeheuerlichen Brutalität und Gnadenlosigkeit, das Leben und/oder die Existenzgrundlagen von Zigmillionen und Aberzigmillionen Menschen («Milliarden» traue ich mich nicht zu sagen, aber logisch gesehen läuft es darauf hinaus) stehen auf dem Spiel, mittelfristig schon, auch in Europa, auch in Deutschland. Ich gehe davon aus, dass Du Kinder hast – ich habe Nichten und Neffen – wenn wir das Steuer nicht doch noch herumreißen, wird sie diese Gefahr mit voller Härte treffen. Und wir, Du und ich und unsere gesamte Generation, wir werden uns als alte Menschen qualvoll fragen, warum wir, als es noch Zeit war, nicht mehr getan haben. Ich zögere nicht, die Schuld, die wir da auf uns laden, mit der Schuld zu vergleichen, die unser Volk durch Fehlbeurteilung, Wegsehen oder Mitläufertum vor 80 Jahren auf sich zu laden begann. Wie damals sind auch heute die eigentlichen Strippenzieher relativ wenige, doch die Mittel der Verführung, derer sie sich bedienen, um ihre Zwecke zu erreichen, sind noch ausgefeilter, noch subtiler als damals und doch die ewig selben: Brot und Spiele! Möglichst viel Brot und möglichst viele Spiele!

Dass der Mensch zu Brot und Spielen von sich aus nicht Nein sagen kann, das ist ein Resultat unserer Evolution, wie Eirik – so heißt der Autor des Buches – deutlich macht: Was unsere auf Überleben oder Vermehrung angelegten Gefühle am direktesten anspricht, was diese Gefühle am meisten erregt, dahin laufen wir. Brot erregt unsere Gefühle, Spiele erregen unsere Gefühle – die Gefahr aber, die von ZU viel Brot und ZU vielen Spielen ausgeht, die erregt unsere Gefühle, jedenfalls die Gefühle der großen Mehrheit nicht, einfach weil die Gefahr (noch) so weit weg ist, selbst wenn jeder im Prinzip weiß, welches Unheil sich da über uns zusammenbraut. Erst wenn aus diesem ZU VIEL ein ZU WENIG geworden sein wird, dann wird die große Mehrheit reagieren und um ihr Dasein zu kämpfen beginnen. Dann aber wird es zu spät sein für sie, ein «Rette-sich-wer-kann» wird regieren in einem Ausmaß, wie die Menschheit es noch nie erlebt hat. Der Beginn dieses Überlebenskampfes liegt, ich sagte es schon, nur noch zwei bis drei Jahrzehnte von uns entfernt. Er wird, meine geliebte Conny, auch Deine Kinder mit voller Härte treffen! Und wer sagt denn, dass ausgerechnet DEINE Kinder überleben werden?

Das also ist die zweite Voraussetzung dafür, dass ich diesen Brief schreibe und in solche Seelennot geraten bin. Ich habe versucht, dieses Buch, das ich gelesen habe, bei deutschsprachigen Verlagen an den Mann zu bringen, weil es so ungeheuer wichtig ist. Die wichtigsten Passagen habe ich übersetzt, zu einem Exposé zusammengestellt und an 40 Verlage in Deutschland, Österreich und der Schweiz geschickt. Das ist jetzt vier Monate her. Aber alle haben, einer nach dem anderen, abgewunken, weil sie – welche Ironie! – an einen Verkaufserfolg in Deutschland nicht glauben.

Nun, schon während des Übersetzens und jetzt, da alle abgelehnt haben, erst recht, nahm allmählich ein Gedanke Form an, der auch nicht gerade tröstlich ist: Selbst wenn das Buch verlegt und ein Verkaufserfolg würde, sagen wir 30 – 40.000 Exemplare, was für ein Sachbuch ziemlich viel wäre, was hätte das denn genützt? Was sind denn in einem Land von 80 Millionen Menschen 30 – 40.000, denen ein Licht aufgeht? Die sind doch in unserer Demokratie ein Fliegenschiss! Die können doch gar nichts bewirken! Und wer liest denn solche Bücher? Doch hauptsächlich Intellektuelle, Leute, die sowieso schon wissen und (möglicherweise!) fühlen, wohin der Hase läuft. Die Gefühle der großen Mehrheit aber, die Gefühle derer, auf die es wirklich ankommt, die würden nach wie vor nicht erreicht. Denn die wird das Buch nie lesen!

Also habe ich mir überlegt, dass ich einen anderen Weg gehen muss. Ich fragte mich: Welche Literaturgattung erregt Gefühle? Romane natürlich! Also Harald, sagte ich mir, schreib einen Roman! Schreib einen Krimi, in den du dieses Buch von Eirik einarbeitest, kombiniere Wissenschaft und Unterhaltung. Krimis werden viel gelesen, da ist die Chance viel größer, dass die Botschaft durchdringt. Ich habe zwar noch nie einen Roman geschrieben, aber versuchen kann ich es ja.

Nur, du allerliebste Conny, das Grundproblem bliebe genau dasselbe. Wer liest Romane? Selbst wenn ich das Glück hätte, einen Verlag zu finden, selbst wenn das Buch ein Riesenerfolg würde, würde es nur von einigen Hunderttausend gelesen. Was sind einige Hunderttausend in einer 80 Millionen Menschen umfassenden Demokratie? Ein zehnmal größerer Fliegenschiss als einige Zehntausend. Mehr nicht! Immer noch viel zu wenig. Denn die Gefühle der großen Mehrheit, auf die es wirklich ankommt, damit ein demokratischer Staat das Steuer herumreißen kann, die würden nach wie vor nicht erreicht! Die große Mehrheit liest keine Bücher!

Und jetzt, Conny, kommt das, was mich bald zum Wahnsinn treibt: Dann musst du es auf die ersten Seiten der Zeitungen schaffen, sagte ich zu mir. Du musst mit der Botschaft auf den Online-Seiten und in den Nachrichten der Hörfunk- und TV-Sender präsent sein, du musst die Gespräche der Mittagstische und an den Arbeitsplätzen beherrschen, DANN erreichst du die Gefühle der Mehrheit. Und du musst der Mehrheit solche Angst machen, dass sie bereit wird, die Weichen anders zu stellen. Diese Angst muss ganz nah sein, denn nur die Gefühle, die uns nah sind, bewegen uns zum Handeln. DANN haben wir, dann haben vor allem unsere Kinder und Kindeskinder noch eine Chance! Also: Du musst selber tun, was in diesem Roman vorkommt!

Damit wäre die Katze endlich aus dem Sack, Conny. «Aber was kommt denn in diesem Roman vor?», wirst du jetzt fragen. Nun, das alles zu er-

klären würde jetzt zu weit führen, es reicht, dass ich sage, dass in diesem Roman passiert, was in Krimis halt passiert: Mord und Totschlag. Viel Mord und Totschlag!

Säßest Du mir jetzt gegenüber, du würdest mich zuerst ungläubig anstarren und wärst dann völlig entgeistert. Und nach langer Sprachlosigkeit würdest Du leise fragen: «Willst du damit andeuten, dass du wirklich Menschen umbringen willst, Harald?» Und ich antwortete leise: «Von Wollen ist keine Rede, Conny. Von Müssen ist die Rede!» Und ich würde heulen wie ein Schlosshund, so wie ich jetzt heule!!! Conny, du hast keine Ahnung, was in mir vorgeht zur Zeit!!! Gut, dass du diesen Brief nie bekommst!!!

«Aber wer redet denn von Müssen? Kein Mensch sagt, dass du so etwas tun musst», würdest du jetzt sagen. Meine Antwort: «Du hast recht. Kein Mensch sagt das oder wird es jemals von mir verlangen. Aber die Logik sagt es. Die eiskalte, gefühllose Logik sagt: Wenn du das tust, Harald, vorausgesetzt, dass du wirklich wasserdicht planst, wirklich alle Eventualitäten bedenkst, dann werden durch den Tod einiger weniger viele, viele Menschenleben gerettet werden.»

Du erinnerst Dich an das Bahnarbeiter-Dilemma? Auf einer einspurigen Bahnstrecke, die an einem bestimmten Punkt zweigleisig wird, kommt ein Zug angerast. Vor der Weiche befindet sich ein Stopsignal für den Zug, damit die Weiche gefahrlos umgestellt werden kann. Doch das Stopsignal hat der Lokführer ignoriert und rast auf die Weiche zu. An beiden Gleisen, auf die der Zug geleitet werden kann, werden aber Wartungsarbeiten durchgeführt. Auf dem einen Gleis arbeiten zwei, auf dem anderen sieben Menschen. Der Zug lässt sich nicht mehr aufhalten. Du bist die Weichenstellerin. Auf welches der beiden Gleise leitest Du jetzt den Zug?

Eine fürchterliche Alternative, nicht wahr? Trotzdem ist die Antwort klar: Auf das Gleis, auf dem nur zwei Menschen arbeiten. Wenn der Tod erst unausweichlich ist, ist es besser, dass «nur» zwei Menschen sterben als sieben.

Gut. Und jetzt bin ich brutal: Ich ersetze die zwei Menschen, die durch die Unachtsamkeit des Lokführers und deine Weichenstellung ums Leben kommen werden, durch Deine beiden Kinder, die dort spielen. Wie stellst Du die Weiche dann?

Da krampft sich Dir das Herz zusammen, nicht wahr? Egal wie Du Dich entscheidest, wird die Entscheidung Dich Dein Leben lang verfolgen. Doch wenn Deine Entscheidung im ersten Fall richtig war, muss sie es auch im Zweiten sein. Das einzige Kriterium, das Dir zur Entscheidung geblieben war, ist das der Zahl. Besser zwei als sieben. Wieso sollte das jetzt nicht mehr gelten? Nur weil du Deine beiden Kinder liebst, die Bahnarbeiter aber nicht? Das geht nicht! Es gibt kein größeres Recht auf Leben des Einen gegenüber dem Anderen. Wenn Du nun trotzdem Deinen Gefühlen folgst und den Zug auf die Bahnarbeiter leitest, wird Dich ihr Schicksal und das ihrer Familien dein Leben lang verfolgen, obwohl du Deine Kinder gerettet hast. Folgst Du hingegen dem Kriterium der Logik, diesem nackten Kriterium der Zahl, hast du zwar ethisch richtig gehandelt, die sieben werden dir ewig dankbar sein, aber das ist Dir überhaupt kein Trost. Du kannst Dir noch so oft sagen, das war richtig, das war richtig, das war richtig, du wirst fühlen, dass Du Deine beiden Kinder auf dem Gewissen hast. Du würdest verrückt werden.

Warum wählte ich dieses Beispiel? Nun, Conny, ich bin der Weichensteller. Ich bin nicht der Lokführer, ich habe das Rotsignal nicht ignoriert, aber ich habe eine Idee gehabt, die mich in die Position bringt, die Weiche so zu stellen, dass «nur» zwei Menschen ums Leben kommen. Und das macht mich bald wahnsinnig!!!

*

Ich habe jetzt eine Pause gemacht, die hat etwas geholfen. Ich betrachte das Problem jetzt etwas abstrakter, das gibt mir mehr Abstand:

Es geht eigentlich um eine neue Variante des Tyrannenmordes. Der Unterschied zum klassischen Problem: Unser Tyrann ist keine bestimmte Person, sondern der entfesselte Kapitalismus, eine vielköpfige Hydra, die den ganzen Globus unter ihren Heilsversprechen ins Verderben führt. Jeder, der folgerichtig zu denken in der Lage ist, verstünde das spätestens, wenn er dieses Buch von Eirik lesen könnte. Weshalb es ja so wichtig ist!

In der klassischen Ethik, auch in der christlichen, ist der Tyrannenmord als das kleinere Übel erlaubt. Dabei geht es mir persönlich nicht um den in diesem Problem auch enthaltenen Rachegedanken, der mir nach wie vor völlig fremd ist! Es geht mir nur darum, wie sich ein Tyrann unschädlich machen lässt. Und um etwas, was die Alten überhaupt nicht bedachten: Ist, wenn man an den Tyrann selbst nicht herankommt, auch die Tötung einiger seiner Mitläufer gerechtfertigt, wenn der Tyrann dadurch so empfindlich getroffen würde, dass er die Waffen strecken muss, und so die übergroße Mehrheit vor ihm gerettet werden könnte?

Es gibt sogar eine historische Parallele, die meiner und unserer Situation recht nahe kommt: Ein sehr, sehr weitsichtiger Mann namens Silvio Gesell, von dem heute nur noch wenige wissen, ersann Anfang des vorigen Jahrhunderts das so genannte Freigeld, einen Weg aus der Zinsknechtschaft, die den Menschen in den Abgrund reitet. (Von der Evolution als treibendem Faktor und einer globalen Umweltkrise wusste er freilich noch nichts.) Doch dieser Mann sah bereits 1918 (!!!) den 2. Weltkrieg voraus. Ich kann ihn aus dem Kopf zitieren: «Trotz des heiligen Versprechens der Völker, den Krieg für alle Zeiten zu ächten, trotz der Rufe der Millionen: »Nie wieder Krieg!«, entgegen all den Hoffnungen auf eine schöne Zukunft, muss ich sagen: wenn das heutige Geldsystem, die Zinswirtschaft, beibehalten wird, so wage ich es, heute zu behaupten, dass es keine 25 Jahre dauern wird, bis wir vor einem neuen, noch furchtbareren Krieg stehen!»

Was nun, wenn dieser Mann frühzeitig, Anfang der 20er, in Adolf Hitler den erkannt hätte, der seine Voraussage wahr machen würde? Und einige der Mitläufer, auf die Hitler angewiesen war, umgebracht hätte? Angesichts des Elends, das Hitler über die Welt gebracht hat, ergibt sich die Antwort doch von selbst, oder? Und trotzdem hätte er ein großes Verbrechen begangen!

«Aber so kann man doch nicht denken, Harald!», würdest du jetzt sagen. «Wir können doch nicht, auch nicht mit noch so guten Gründen, einzelne Menschen umbringen, weil sie potenziell eine Gefahr für viele andere darstellen? Dann kann ja jeder umgebracht werden! Und wer soll denn das entscheiden? Auf was für einem fürchterlichen Holzweg bist du denn da? Gerade du selbst, Harald, müsstest augenblicklich aus dem Weg geräumt werden, noch vor vielen anderen, denn was du hier schreibst, das ist gemeingefährlich! Dabei bist du doch so ein lieber Mensch! Du kannst doch keiner Fliege was zu Leide tun! So kenne ich dich jedenfalls.»

«Genau, Conny, ganz genau! Du hast so recht! Deshalb bin ich ja so verzweifelt! Ich will doch niemanden umbringen! Aber sieh:

Die Gleichung

   Unsere Evolution (= Vermehrung durch ständigen Wettstreit um Attraktivität)
+ *Unsere Zinswirtschaft* (= stetige Vermehrung von Ertrag/Attraktivität)
+ *Unsere Industrialisierung* (= exponentielle Vermehrung von Ertrag/Attraktivität)
+ *Unsere begrenzte Welt*
= *Zusammenbruch des menschlichen Lebensraumes*

ist unausweichlich, sie hat schon immer gegolten. Wir haben sie nur nicht verstanden. Das siehst du doch ein, oder? Aber bis so viele sie kennen und einsehen, dass wir einen der zwei Faktoren, auf die wir Einfluss haben (Industrialisierung oder Zinswirtschaft), auf friedlichem Wege ändern könnten, damit der Zusammenbruch nicht eintritt, würde es Jahrzehnte dauern. Darf man aber den Klimaforschern Glauben schenken, dann haben wir diese Jahrzehnte nicht mehr.

Und nun sitze ich hier auf meiner Hütte, habe das verstanden und einen Weg gefunden, der uns Zeit verschaffen könnte. Dieser Weg führt in der Tat (!) über ein großes Verbrechen. Es geht um nicht weniger als die Ermordung völlig unschuldiger Mitmenschen. Nur zu dem Zwecke, dass die *große Mehrheit ihrer Mitmenschen jetzt (!!!) soviel Angst um ihr eigenes Leben bekommt, dass sie ihr Verhalten, von dem sie sehr wohl weiß, dass es zum kommenden Zusammenbruch beiträgt, ändert. Damit neben anderen auch DEINE Kinder noch eine Chance haben.*

Gibt es einen anderen Weg? Welchen denn? Alle friedlichen, alle legalen Mittel sind doch erschöpft! Vernunft, Argumente allein reichen nicht, das haben die letzten Jahrzehnte doch klar gezeigt! Es müssen Gefühle hinzukommen, sinnlich gefühlte Bedrohungen! Wie eine Freundin von mir neulich sagte: «Wenn die Luft jedes Mal schwarz würde, wenn wir ins Auto steigen, dann würden wir eben andere Wege finden, schnell von A nach B zu kommen.» Und ich füge hinzu: «Unsere Attraktivität, unseren Status würden wir halt auf andere Weise als ein Auto zu besitzen unter Beweis zu stellen suchen, und das würde uns auch gelingen.» Habe ich recht?

Aber die Luft wird leider nicht schwarz. Welche Wahl habe ich also? Meinen Mitmenschen die Luft im übertragenen Sinne durch ein fürchterliches Verbrechen schwarz zu machen. Denn friedliche Mahner, ich sage es noch einmal, hat es genug gegeben. Man hat nicht auf sie gehört. Doch jetzt, wo ich weiß, dass sich die Weiche auf diese Weise neu stellen lassen könnte, wäre es da kein noch größeres Verbrechen, sie in der Position zu belassen, in der sie sich befindet? Und Millionen und Abermillionen Mitmenschen in den Abgrund stürzen zu lassen? Besser zwei als sieben. Besser zwei als sieben! Dieses verdammte Argument der Zahl. Doch ein anderes bleibt uns nicht.

«Aber was macht dich denn so sicher, Harald, dass nur DU weißt, wie die Weiche sich neu stellen lässt?», fragst du noch.

Meine Antwort: «Dass nur ich es weiß, glaube ich natürlich nicht. Die Alternative ist ja so aberwitzig, dass ich mit niemandem über sie reden kann. Das würde für andere, die es wohl geben wird, ebenso gelten. Darüber hinaus gibt es durchaus noch Unsicherheitsmomente. Ich sagte früher: «Wenn ich wirklich wasserdicht plane, wenn ich wirklich alle Eventualitäten bedenke». Ob es sich wirklich so wasserdicht planen lässt, das muss sich noch zeigen. Im Augenblick sieht es tatsächlich so aus. Aber der Teufel sitzt im Detail, es kann ja sein, dass sich an meinem Plan ein Fehler befindet, der das ganze Gebäude zum Einsturz bringt. Fast hoffe ich das. Nicht nur fast! Ich hoffe es eigentlich inbrünstig. Aber ich weiß auch: Das ist Gefühl gegen Logik. Nur Gefühl gegen Logik.»

«Aber Harald, du bist doch Priester! Als Priester weißt du doch, dass wir alles in Gottes Hand legen können. Deine Seelennot verstehe ich jetzt. Aber lass sie fallen, lass dich fallen in die Liebe, die größer ist als diese Welt. Glaubst du denn nicht mehr, Harald?»

«Ach Conny! Wie viele Jahre sind vergangen, seit wir zusammen glauben durften! Ich habe seitdem einiges verstanden. Aus Gottes Liebe können wir wirklich nicht herausfallen. Das stimmt. Aber seiner Liebe haben wir auch den Verstand zu verdanken, mit dem wir unser Schicksal lenken können. Unser Verstand – und unsere Liebe zu Gott sowie durch ihn zu allen unseren Mitmenschen – ist Gottes Hilfe für uns, eine andere gibt es nicht. Wenn es einen Gott gäbe, der nicht nur unseren Verstand überstiege, sondern sich auch über ihn hinwegsetzte, dann hätte dieser Gott doch längst viele, viele Male eingegriffen. Oder nicht? Wir wären auch nicht mehr frei. Doch das wollen wir doch sein, nicht wahr, Conny?»

*

Du Geliebte, jetzt ist es genug. Wie gut, dass du noch da bist, dort in der Kammer meiner Brust. Es hat geholfen, dir zu schreiben, und ich werde diesen Roman schreiben. Ich werde darin alle Eventualitäten bedenken. Und dann entscheiden.

Dein Harald

Kapitel 3

April 2013, Trondheim und Umgebung

Seitdem Harald den Brief geschrieben und so den Entschluss gefasst hatte, seine Entscheidung auszusetzen, fühlte er sich etwas leichter. Wie lange würde es dauern, ein Buch zu schreiben? Ein, zwei Jahre sicherlich. Das gab ihm Zeit. Er würde einfach seine Geschichte erzählen, pseudonym natürlich und soweit sie für die Umstände von Belang war, sich gängiger Muster des Kriminalromans bedienen, hier Fiktion schaffen, dort Realität einfließen lassen, und so seinen Lesern etwas vorsetzen, wovon sie überhaupt nicht wissen würden, wie sie es einordnen sollten. War das, was sie da lesen würden, nun reine Phantasie, eine versteckte Warnung oder gar offene Drohung? Vielleicht würde das Buch ihm ja so gut gelingen, dass er seinen Plan nicht wahr machen musste? Vielleicht konnte er sie so erschrecken, dass sie von sich aus die Gefahr begriffen, in der sie sich befanden? Vielleicht, vielleicht, vielleicht reichte ein Roman ja doch?

Obwohl er skeptisch blieb. In Max Frischs Parabel «Herr Biedermann und die Brandstifter» klingelt es an der Tür. Biedermann öffnet, ein Herr begehrt Einlass, erhält Einlass, schleust einen Komplizen ein. Die beiden erklären offen ihr Vorhaben, die Stadt anstecken zu wollen und erhalten zum Schluss von Biedermann sogar noch die Streichhölzer, um ihr Vorhaben zu verwirklichen. Es gab zwar Unterschiede zwischen Harald und jenen Brandstiftern: Der erste war, dass er seine Streichhölzer bereits haben würde, wenn er an der Tür klingelte. Der zweite: Er würde persönlich und dringend darum bitten, den Brandschutz in ihrer Stadt nicht so sträflich zu vernachlässigen. Und der dritte Unterschied war: Falls er kein Gehör fände, wollte Harald keine Stadt, sondern – was ja schlimm genug war – nur ein Haus anzünden, um seinen Landsleuten zu demonstrieren, wie es in ihrer Stadt um den Brandschutz stand. Doch hatten die Deutschen gelernt? Waren sie keine Biedermänner mehr?

«Doch, wir haben gelernt!» würden sie rufen. «Her mit den Streichhölzern!» würden sie rufen. Und die Streichhölzer in den Hosentaschen der Neunundsiebzigmillionenneunhundertneunundneunzigtausendneunhundertneunundneunzig restlichen Deutschen belassen.

Haralds Streichhölzer hatte in der Tat jeder in der Tasche. So wie es in jeder Küche ein ganzes Arsenal an Mordwerkzeugen gibt, so hatte Harald seine Streichhölzer in der Tasche. Wem nützt es, dass man aus einer von vierzig Millionen Küchenschubladen ein Messer entfernt? Würden seine Biedermänner diesen Gedanken zu denken in der Lage sein? Würden die sich fragen, woran es liegt, dass achtzig Millionen Deutsche sich in vierzig Millionen deutschen Küchen nicht ständig umbringen? Würden sie verstehen, dass der Grund dafür nicht in fehlenden Küchenmessern zu suchen ist? Würden sie verstehen, dass der Grund dafür, dass Deutschland noch nicht brannte, nicht in Hosentaschen bestand, denen es an Streichhölzern ermangelte?

Haralds Streichhölzer waren Steine. Steine, die tausendfach überall herumliegen. Steine, die sich von Brücken so gut wie unnachweisbar auf fahrende Autos hinunter stoßen lassen. Steine, die von einer zielsicheren, behandschuhten Hand vom bewaldeten Rand irgendwelcher Landstraßen geworfen oder geschleudert, eine tödliche Gefahr für jeden Kraftfahrer darstellen. Eine Verbindung zwischen Täter und Tatwaffe herzustellen wäre so gut wie unmöglich, es sei denn, es gäbe direkte Zeugen. Doch wie viele direkte Zeugen befinden sich auf den zehntausenden von Kilometern deutscher Landstraßen, auf den tausenden deutscher Autobahnbrücken? Für einen potenziellen Täter ist es ein leichtes, sich genau dorthin zu stellen, wo Zeugen sich gerade nicht aufhalten. Fliehen kann er als harmloser Spaziergänger, als freundlicher Pilzsammler, als Sonne und Wind genießender Radfahrer.

Systematisch eingesetzt können dann Steine binnen kürzester Zeit unter Deutschlands Autofahrern so viel Schrecken verbreiten, dass sie ihr Auto stehen lassen. Unter Murren und Knurren würden sie das Fahrrad und öffentliche Verkehrsmittel wählen. Empört würden sie von Regierung und Polizei fordern, dass dem Spuk ein Ende gesetzt werde. Über deren Unfähigkeit, der Lage Herr zu werden, würden sie an den Stammtischen und in den Kommentarspalten schimpfen wie die Rohrspatzen. Und dabei keinen Gedanken daran verschwenden, dass sie, indem sie ihr liebstes Kind stehen ließen, ihre eigene Zukunft, die Zukunft ihrer Mitbürger und die Zukunft ihrer wirklichen Kinder endlich so zu schützen beginnen würden, wie es tatsächlich in ihrer Macht stünde. Nein, Harald glaubte nicht, dass die Deutschen gelernt hatten.

Aber konnte man ihnen das eigentlich vorwerfen? Harald ertappte sich dabei, dass er in alte Denkmuster verfiel. Er fabrizierte hier das Moralin, mit dem deutsche Nachkriegsautoren die Katastrophe des letzten Krieges und die Schreckensherrschaft der Nazis zu bearbeiten versucht hatten, das Moralin, mit dem ein alter Lehrer sich über seine angeblich verstockten Schüler erregt und sie damit doch um keinen Deut lernwilliger macht. Moralin war unwirksam, das völlig falsche Medikament. Hatte Eirik das denn nicht erklärt? Menschen handeln erst, wenn sie fühlen, nicht schon, wenn sie wissen. Verantwortlich dafür ist die nackte Biologie, der Sinnesapparat, mit dem jedes Lebewesen dieses Planeten individuell verschieden ausgestattet ist. Hatte Malte nicht deshalb seinerzeit von Ersatzgefühlen gesprochen? Maltes Ostwestpoleskimo hatte kein direktes Gefühl dafür, wann Kartoffeln gesetzt werden müssen. Die Lösung war, ihm Ersatzgefühle zu vermitteln. Jetzt waren Haralds Landsleute die Ostwestpoleskimos, die kein direktes Gefühl für die Riesenbedrohung hatten, auf die sie zusteuerten. Sie wussten um sie, wie der Ostwestpoleskimo weiß, dass, aber nicht wann er Kartoffeln setzen muss, doch ihr Sinnesapparat registrierte sie nicht. Wie sollte man ihnen das vorwerfen können? Gerade deswegen musste jemand ihnen die Angst, die sie vor dieser Bedrohung haben mussten, durch eine andere Angst ersetzen, durch eine Angst, die so greifbar, so nah war, dass sie alles tun würden, diese los zu werden. Allein das war die Legitimierung für Haralds Plan, eine andere gab es nicht.

Allerdings machte nur die Verbreitung von Angst allein auch keinen Sinn, gar keinen. Änderung musste sie bewirken, die Angst, den Strukturwandel einläuten, der so oder so kommen, aber jetzt noch kontrollierbar sein würde. Wenn eine Forderung lauten würde, den Umweltschutz vom Artikel 20a im Grundgesetz, wo er vor sich hin vegetierte, in den Artikel eins aufzuwerten, dann war das eine Forderung, der die Vernunft der meisten sich anschließen könnte und deren Durchsetzung die akute Angst der vielen forcieren würde. Dann wäre viel gewonnen. Dann würde die akute Angst durch ein langlebiges Gesetz ersetzt, und jedes weitere Gesetz müsste sich an seiner Nachhaltigkeit messen lassen. Dann wäre den Lobbys der Industrie, die ambitionierten Umweltschutz in den vergangenen Jahrzehnten immer wieder torpediert hatten, endlich ein Riegel vorgeschoben. Dann würde nachhaltige Politik kein Lippenbekenntnis mehr, sondern ständige Pflicht eines jeden Politikers werden. So wie der Schutz der Menschenwürde für keinen Politiker in Deutschland zur Disposition steht, so würde auch der Schutz der natürlichen Lebensgrundlagen des Menschen unter keinen Umständen zur Disposition stehen.

Zwar würden die mächtigen Gegner einer solchen Änderung des Grundgesetzes argumentieren, eine solche Gesetzeserweiterung sei sinnlos, das habe sich ja bereits gezeigt, und worin der Schutz der natürlichen Lebensgrundlagen des Menschen bestehe, lasse sich nicht definieren. Diesen Leuten musste man aber entgegenhalten, dass sich auch nicht präzise definieren lässt, worin die Würde eines Menschen besteht. Trotzdem stimmt aber jeder zu, wenn man behauptet, dass diese tagtäglich mit Füßen getreten werde. Also muss es einen intuitiven Begriff von ihr geben, der sich, wie im Grundgesetz geschehen, auch in Gesetzesform bringen lässt. Und niemand kommt auf die Idee, der Schutz der Menschenwürde als erklärt höchstes Ziel des Staates habe im Grundgesetz nichts zu suchen.

Bei Licht betrachtet war der Schutz der natürlichen menschlichen Lebensgrundlagen sogar Voraussetzung und Bedingung für den Schutz der Menschenwürde. Dass dies so noch nicht in der Verfassung stand, konnte nur damit zusammenhängen, dass die Gefährdung der natürlichen menschlichen Lebensgrundlagen den Vätern des Grundgesetzes noch nicht vor Augen stand. Doch wiewohl das ein unschlagbares Argument war, würden Lobbyisten unter normalen politischen Bedingungen eine solche Erweiterung zu verhindern wissen. Das Diktat der akuten Angst der Bevölkerung vor unkontrollierbarem Terror auf Deutschlands Straßen aber würde mit der Zeit ein wirksames Gegengewicht gegen die Lobbys bilden. Dann würden sie den Kürzeren ziehen. Was allerdings voraussetzte, dass Harald seine Aktion so plante, dass er sie wenigstens über mehrere Monate hin durchführen konnte. Dafür brauchte er Verbündete.

*

Eine zweite Forderung, viel weniger prinzipiell, aber dafür um so praktischer, um so mehr wirksam, musste erhoben werden. Weil auch ein Theologiestudent arm ist und hier und da mal schwarz fährt, hatte Harald schon als junger Mann über eine Mobilitätsabgabe zur Finanzierung des öffentlichen Nahverkehrs nachgedacht. Seit er selbst Busfahrer war, hatte er die Idee hin und wieder neu bedacht. Jetzt wusste er, was ein Busfahrer verdient, was ein Bus in der Anschaffung, im Betrieb und in der Wartung kostet, wie Fahrpläne gemacht werden, wie die Logistik organisiert wird. Und er machte eine Entdeckung, die sogar ihn selbst zunächst ungläubig staunen ließ:

Eine solche Abgabe würde nämlich sogar die europäische Automobilindustrie, die immerhin seit zwei Jahrzehnten krankte, auf neue Beine stellen und ihr auf Jahrzehnte hinaus wieder sichere Gewinne bescheren. Sie würde Arbeitsplätze sichern, neue Arbeitsplätze schaffen, die auch für die Wirtschaft so wichtige Mobilität der Bevölkerung garantieren. Sie würde den Bürgern mehr Zeit sparen als das Auto, sie würde ihnen mehr Geld in der Tasche lassen als das Auto, sie würde die Umwelt so entlasten wie kein noch so umweltfreundliches motorisiertes Privatfahrzeug es konnte. Sie würde einen Strukturwandel in der gesamten Wirtschaft nach sich ziehen, eben weil die Wirtschaft um die Schlüsselindustrie Automobilbau herum organisiert ist. Dann käme es zu genau dem Strukturwandel, den Deutschland für eine nachhaltige

Politik brauchte.

Dabei war der Grundgedanke einfach: Harald hatte berechnet, dass es in Deutschland ca. 300.000 Großraumbusse braucht, um am Schnittpunkt eines jeden Quadratkilometers 18 Stunden am Tag alle sechs Minuten einen Bus abfahren zu lassen. Über 30 Millionen Menschen würden sich so innerhalb einer Stunde von A nach B transportieren lassen, sogar mit Sitzplatz! Für jeden Deutschen wäre die nächste Bushaltestelle maximal fünf Minuten entfernt. Dabei würde die nicht arbeitende Hälfte der Bevölkerung komplett kostenlos befördert werden können, die arbeitende Hälfte der Bevölkerung durchschnittlich mit ca. 300,- Euro monatlich belastet werden. Unterhalts- und Betriebskosten sowie die Abschreibung eines Kleinstwagens kosteten aber bereits mindestens 320,- Euro pro Monat. Also würde, wer sein Auto abmeldete und stattdessen auf das komfortable Nahverkehrssystem umstieg, bei gleichbleibender Mobilität mehr Geld in der Tasche haben als wenn er ein noch so sparsames Auto führe.

Der wirkliche Clou war aber, dass eine solche Lösung die Automobilindustrie aus der Dauerkrise führen würde. Die für ein solches System notwendige Zahl an Bussen existierte ja noch gar nicht, musste erst noch produziert werden. Für jeden der superkomfortablen, mit WLAN und Liegesitzen ausgestatteten Busse, die um die 500.000 Euro kosten würden und die die Industrie verkaufen konnte, brauchte sie dann ca. 20 Autos nicht zu verkaufen, wenn man den Durchschnittspreis für einen Neuwagen mit 25.000,- Euro veranschlagte. Und weil die Busse wegen ihrer hohen Kilometerleistung etwa alle drei Jahre ausgetauscht werden mussten, war der Industrie auf Jahrzehnte hinaus ein stabiler Absatz garantiert. Ebenso stabil würden die mit ihr verbundenen Arbeitsplätze sein. Direkt vor Deutschlands Nase lag ein völlig offener, riesiger Markt, wenn man Mobilität auf diese Weise neu organisierte. Und der Schadstoffausstoß auf Deutschlands Straßen würde mit einem Schlag um ca. 90 Prozent reduziert.

Setzte man auf Hydrogenbusse, die mit durch Elektrolyse gewonnen Wasserstoff angetrieben werden, würde der Schadstoffausstoß sogar gen Null sinken, der Markt noch riesiger werden. Gleichzeitig erhielte man nämlich auf diese Weise ein flächendeckendes Netz von Hydrogentankstellen, welche dem LKW-Verkehr ebenfalls zur Verfügung stünden und der entsprechend emissionsfrei werden könnte. Die Exportmöglichkeiten für die deutsche Industrie wären gigantisch. Denn wenn Deutschland als Markt für PKW-Produzenten anderer Länder wegbrach, würden diese Länder nachziehen und auf dieses Konzept umsteigen müssen, in der Folge auch dort lang ersehnte neue Arbeitsplätze entstehen. Und: Es müsste keine einzige weitere Straße mehr gebaut werden.

Sogar die Ölindustrie würde bei näherem Hinsehen Vorteile von einem solchen Konzept haben. Sicher, sie würde sich gesund schrumpfen müssen, so wie andere Industrien das vor ihr auch schon mussten. Doch würde ihr Platz in der neuen Wirtschaft weit sicherer sein als er es jetzt war. Dasselbe galt für die Stahlindustrie, für die Kunststoffindustrie, für die Gummiproduktion, für die Energieproduktion, für den Maschinenbau: Weil der Bedarf an Bussen, deren Herstellung diese Industrien zu beliefern hatten, auf Jahrzehnte hinaus abschätzbar war, würden Größe und Umsatz dieser Betriebe sich auf einem niedrigeren Niveau einpendeln müssen, wären dafür aber auf Jahrzehnte hinaus in ihrer Existenz gesichert. Die Überkapazitäten von heute mussten abgebaut werden, gewiss, doch das hatte man, wie gesagt, vorher auch schon anderen Industrien zugemutet – warum sollten die Großen von heute von solchen Umstellungen verschont bleiben? Und nicht zuletzt würden geopolitische Konflikte, die sich immer und immer wieder um das schwarze Gold drehten, entschärft werden können. Denn plötzlich würde man nur noch einen Bruchteil davon brauchen.

Die Einführung einer Mobilitätsabgabe in Deutschland würde so einen Dominoeffekt haben können, der nicht weniger als einer umwelt-, verkehrs- und wirtschaftspolitischen Revolution gleichkommen konnte. Sie würde die Zukunft für alle nicht nur in Deutschland auf Jahrzehnte hinaus sicherer machen und einen erheblichen Zeitgewinn für weitere umwelt- und wirtschaftspolitische Maßnahmen bedeuten, die es ohne Zweifel noch brauchen würde. Die Einführung einer Mobilitätsabgabe und die Organisierung von Mobilität durch den Bus statt des Autos würde zu einem Zeitgewinn führen, den man sehr wohl auch wieder verspielen konnte. Aber dieser Zeitgewinn wäre erheblich.

Doch um einen solchen Strukturwandel jetzt Wirklichkeit werden zu lassen, brauchte es eine geplante Krise. Wenngleich die übergroße Mehrheit der Bevölkerung nur Nutzen von einer solchen Abgabe hätte, würden die tonangebenden Kreise sie unter politischen Normalbedingungen zu verhindern suchen und auch verhindern können. Zu viel stand auf dem Spiel für die Das-Sagen-Haber von heute. Alte Pfründe würden sie verlieren, andere als sie selbst zu Gewinnern werden, andere als sie selbst an ihre Position gelangen, wie bei jeder Umwälzung. Das war einerseits verständlich, wer erleidet schon gern eine Niederlage? Andererseits: Auch diese Kreise wären zumindest Mitgewinner in Form einer sichereren Zukunft, auch für sie. Aber würden sie das einsehen? Wohl kaum! Denn sie wähnten sich ja durch ihre privilegierte Position hinreichend gesichert. Der Druck gegen diese Kreise musste deshalb so groß werden, dass sie nachzugeben gezwungen sein würden. Freiwillig beugten die sich dem Gemeinwohl, selbst wenn es per Definition immer auch das Wohl der Privilegierten ist, nicht; Harald hatte lange genug gelebt, um das zu wissen.

All dies alleine durchzusetzen, dazu war er allerdings viel zu klein. Zwar konnte er auch als einzelner akute Angst verbreiten, aber was half das? Würde die ausreichen? Und wenn er erst töten müssen sollte, dann wollte er es so wenig wie möglich! So unausweichlich der Gedanke schien, so unerbittlich die Logik der Angst war, er wollte andere Wege als nur die des Todes finden, der Angst, die seine ersten Anschläge auslösen würde, Nahrung zu geben. An Todesopfern führte kein Weg vorbei. Erst Todesopfer würden öffentlich die Beachtung erzeugen, die seine Forderungen brauchten, um durchgesetzt werden zu können. Und übersättigt, wie diese Gesellschaft war mit täglichen Nachrichten über Gewalt aller Art, würden einige wenige Tote nicht ausreichen. Es mussten so viele werden, dass ein Aufschrei durch das Land gehen würde, so viele, dass niemand mehr an ihnen vorbei sehen und zur Tagesordnung übergehen konnte.

Aber wenn diese Aufmerksamkeit dann erst einmal erzeugt war, dann konnte es andere Wege geben, eine Schneise schlagen, die den Stein, den er ins Rollen bringen wollte, unaufhaltbar machen würde. Solche Wege musste er suchen. Und wenn er sie finden sollte, dann brauchte er für diese Wege Verbündete. Allein war da nichts zu machen. Gar nichts.

Kapitel 4

Womöglich Donnerstag, 15. Mai 2014 Frankfurt/Main, Gutleutviertel

Ein sehr blonder Mann betrat die Autonomen-Kneipe in Frankfurt. Wer lange genug gelebt hat, um in den 80ern zwischen 20 und 35 gewesen zu sein, fühlte sich dort sofort in alte Zeiten zurückversetzt. Aus den Lautsprechern verklangen gerade die letzten Takte eines Reggae-Songs. Das nächste Stück war instrumental, Acid-Jazz. Alte, mehr oder weniger verschlissene Sofas und Sessel boten den Gästen ihre Sitzplätze, definitiv keine IKEA-Ware, noch definitiver kein altdeutscher Kneipenstil. Durch die großen Fenster flutete das Licht der Nachmittagssonne in den vielleicht 100 Quadratmeter großen Raum, an dessen Ende sich eine moderne Kuchenglastheke befand, dahinter Gläser, Tassen, Teller, Maschinen, alles, was man für den modernen Café-Betrieb braucht. An die Theke schloss sich übergangslos ein undurchsichtiger Holztresen, mit einigen Barhockern davor, an. Der Stuck an der weiß gestrichenen, aber etwas vergilbten Decke, an der sich auch ein Ventilator langsam drehte, erinnerte daran, dass es in Deutschland einmal eine Gründerzeit gegeben hat. Die wenigen Gäste repräsentierten alle Altersschichten, hier ein Student von vielleicht fünfundzwanzig Jahren, dort zwei Mütter Anfang dreißig mit je einem schlafenden Baby im Kinderwagen; am Tisch direkt an der Tür saßen ein Mann und eine Frau, sie vielleicht Mitte vierzig, er etwas älter, in der Mitte des Raumes auf einem Sofa ein ergrauter Zeitungsleser um die Sechzig mit gelbem Zeige- und Mittelfinger von den vielen Zigaretten seines Lebens. Auf seiner Homepage warb das Kneipenkollektiv damit, dass es hier leckere ökologische Kuchen und Gerichte nur aus Rohwaren aus fairem Handel gab, «die braune Brause» hier aber nach wie vor nicht zu bekommen war, was jeder Kubikzentimeter Luft, den man in diesem Raum einatmete, zu beweisen schien. Links vor der Theke befand sich ein Zeitschriftenständer, der neben einigen Tageszeitungen allerlei linksgerichtete Schriften enthielt. Mit diesem

Milieu weniger vertraute Gäste hätte es wohl überrascht, dass es die Zeitschrift «Konkret», ihrerzeit von Ulrike Meinhof gegründet, immer noch gibt. Das ganze Etablissement strahlte eine Art linksradikalen Konservatismus aus; für den distanzierten Betrachter war es, als könne man hier einem zukünftigen politischen Fossil bei seiner langsamen Versteinerung zusehen, was die Betreiber der Kneipe sicher weit von sich gewiesen hätten. Ob ihnen bewusst war, dass die Existenz des von ihnen so kritisch beäugten liberalen Staates ihnen ihre eigene Existenz ermöglichte? Wobei eine ihrer ungern gehörten Fragen war, wie liberal der angeblich liberale Staat bleibt, wenn man die Macht der dort Mächtigen nicht respektiert.

Der sehr blonde Mann ging in Richtung Theke und Tresen, seine Sonnenbrille nahm er nicht ab. Die hübsche braunäugige Bedienung dahinter, mit kurzem, hennarot gefärbtem Haar und grünem Streifen darin, einen Brillant in den kleinen, linken Nasenflügel gepierct, an Punkerzeiten erinnerndem Halsband um den Nacken, Anfang vierzig, hatte sicher mal Architektur oder Soziologie studiert. Auf den Mann hatte sie unmittelbar mit distanzierter Kühle reagiert, als sie den augenscheinlich hier fehlplatzierten Gast von ihrem Platz hinter der Theke zur Tür hereinkommen sah.

«'Jaja, so blau, blau, blau blüht der Enzi ...'. Mann, was willst du denn hier?» hatte Renate gedacht, sich spontan umgedreht und sich mit dem Rücken zur Eingangstür daran gemacht, den Espressoautomaten zu reinigen. Aber ewig konnte sie ja nicht so stehen bleiben. Sie drehte sich nach einigen langen Sekunden dem durchaus unwillkommenen Gast zu und zwang sich zu einem Lächeln: «Und was hättest *du* gerne?» Hier im Kollektiv wurde geduzt, hier war jeder gleich viel wert, das konnte der Kerl sich sofort hinter die Ohren schreiben.
«Eine Cappuccino, please!» sagte der Mann, mit einer auffällig warmen, tiefen Sprechstimme.
Renate war völlig überrascht. Sie schämte sich augenblicklich ihres Vorurteils. «Sure!» antwortete sie und fragte, während sie sich am Kaffeeautomaten zu schaffen machte, über die Schulter gewandt:

«Where do you come from?»

«From America», sagte der Angesprochene. «Aber ich spreche eine wenig Deutsch und ich verstäihe allmeist alle. Sie können sprechen Deutsch zu mich.»

«But I speak English, too», sagte Renate lächelnd. Das zischende Geräusch des Milchschäumers machte die Fortsetzung der Unterhaltung für einen Augenblick unmöglich.

«Oh, no, please. Bitte», sagte der Mann mit der angenehmen Bassstimme und lächelte gar nicht unsympathisch, als Renate ihm die Tasse hinstellte. «Ich habe gelernt Deutsch in viele Jahre, aber es ist so schwer zu mich, weil so viele people sprechen English here. Bitte sprechen Sie Deutsch zu mich!»

«Wenn der doch bloß die blöde Sonnenbrille abnehmen würde. Der sähe wahrscheinlich richtig nett aus!», dachte Renate. In Ermangelung weiterer Gäste blieb sie hinter der Theke stehen, goss sich selbst einen Kaffee ein und fragte neugierig: «Bist du schon lange in Deutschland?»

«Oh, yes, viere Jahre», war die Antwort, wobei Renate nicht verstand, ob der Amerikaner 'vier' oder 'viele' meinte.

«Ich bin eine Künstler from Oclahoma», erzählte er weiter. «Ich habe bekommen eine Exchange Stipend an die Kunsthouchschule hier in Frankfurt viere Jahre bevor.»

«Oh, that's interesting. Und? Gefällt es dir in Deutschland?» wollte Renate wissen.

«Oh, yes, it's a very nice country», sagte der Mann. «Es ist, in eine Weg, die Grund warum ich würde schätzen zu sprechen mit dich.»

Renate war einmal mehr überrascht: «Du willst mit *mir* reden?» Dann sollte der Kerl nun wirklich die Sonnenbrille abnehmen, das gehörte sich in Deutschland so.

«Oh, no, sorry! Not what you think, excuse me!» entschuldigte sich ihr Gegenüber, spürbar verlegen. «Ich haben zu erklären. You know, ich haben gewesen on your homepage, ich haben gesehen, dass Sie haben eine workshop for the – how do you say in German – environment?»

«Arbeitskreis Umwelt?»

«Yes, of course, eine Arbäitskräis Umwelt. Ich würde schätzen zu bekommen in contact mit diese people. Können Sie vielleicht helfen mich?»

«Ich bin selbst Mitglied da», lächelte Renate über das amüsante Kauderwelsch des Amerikaners. «Und du brauchst nicht ständig 'Sie' zu sagen. 'Du' ist völlig in Ordnung.»

«Oh, thanks. Aber Sie verstäihen, es ist viele mehr einfach zu mich zu sagen 'Sie'. Dann ich nicht muss erinnern alle diese viele Endungen man haben in das deutsche Sprache. You see?» Er nahm einen Schluck aus der Kaffeetasse und lächelte: «But I did not understand diese erste Wort Sie haben gesagt. Sie sind eine Mit ..., Mit ..., Mit...what?»

Renate sah ihn einen Augenblick verwirrt an. «Ah, Mitglied», dämmerte es ihr dann. «Member.»

«Yeah, of course, eine Mitgläid. That's very nice. Tuen Sie haben eine Leiter in diese Arbäitskräis?»

Renate stutzte wieder, dann lachte sie offen:

«Einen Leiter meinst du? Oder eine Leiterin? Nein, wir haben keinen Leiter und keine Leiterin. Autonome fassen alle Beschlüsse gemeinsam oder gar nicht.»

«Oh, yes, I understand», sagte der Mann, wobei Renate sich allerdings fragte, ob das so stimmen konnte. Doch der Mann beugte sich etwas vor und fuhr mit gedämpfter Stimme fort: «I've greetings from the Anonymous Movement in the US.»

Plötzlich war Renate elektrisiert. Die Sonnenbrille war dabei, eine alternative Erklärung zu bekommen. Sie sah den Mann mit großen Augen an, der, als würde er ihre Gedanken lesen, bestätigte: «Das ist die Grund für diese sunglasses, you know?»

Renate war sich nicht sicher, ob sie das wusste, aber sicher war auf jeden Fall, dass dieser Mann weder ein zufälliger noch ein gewöhnlicher Gast war. «Okay», sagte sie abwartend, doch immer noch lächelnd. «Was willst du?»

«Ich würde lieben zu treffen Ihre Arbäitskräis und zu sprechen zu es», bot der Mann sein anscheinend höflichstes Deutsch auf.

«Aha. Und warum willst du das?» fragte Renate, nun etwas reservierter.

«Because of the environment, wegen das Umwelt of course. Perhaps wir können arbäiten zusammen. Ich würde schätzen zu machen eine Vorschlag. It is very necessary. Es ist sehr notwendig», übersetzte der Mann sich selbst.

Renate war ratlos. Sie wusste nicht, wie sie sich verhalten sollte. Gott sei Dank hatte sie das Kollektiv, sie musste nichts alleine entscheiden. «Das kommt ein bisschen überraschend. Ich muss mit den anderen darüber reden», sagte sie. «Wie kann ich dich erreichen?»
Der Mann kritzelte eine Telefonnummer auf einen Bierdeckel. «Send eine short message zu mich. Simply write «Arbäitskräis Umwelt okay. Day, time and location.» If I answer, I'll be there. If not, not. Is that okay?»
Renate zögerte einen Augenblick. Sie sah den Mann eindringlich an und versuchte, die Sonnenbrille gewissermaßen zu durchröntgen. Aber die Augen des Mannes blieben ihr verborgen. «Woher weiß ich, dass du nicht vom Verfassungsschutz bist?» fragte sie plötzlich.
«From the what?»
«CIA. FBI. Secret service. Something like that!»
«Oh! Yes! No! That you can't know.»
«Wenn ich das nicht wissen kann, warum soll ich dir dann trauen?»
«Sie sollen nicht trauen *mich*.» Der Mann betonte sein 'mich' überdeutlich. «Sie sollen nur trauen arguments. We are the Anonymous. Wir nur trauen in arguments, not persons.»
«Warum soll ich dir trauen, wenn du mir dein Gesicht nicht zeigst?
«Wenn ich wollte nehmen ab meine sunglasses, what would you win?»
«Ich würde deine Augen sehen!»
«Und dann Sie können trauen mich mehr?» fragte der Mann mit seinem Lächeln ohne Augen. «Und können Sie trauen mich mehr cause I'm smiling now?»
Renate war verunsichert. Was wollte dieser Kerl?
«Etwas mehr auf jeden Fall.»
«Warum das? Haben Sie nie experienced – what do you say in German – er ..., er ..., haben Sie nie er-fah-ren, dass Augen können lügen? Und eine Lächeln auch?»
Renate wurde noch unsicherer und dachte einen Augenblick nach. Doch, natürlich hatte sie erfahren, dass Augen lügen können und ein Lächeln falsch sein kann. Ein ehrliches Gesicht, was immer das war, konnte sehr wohl über wahre Absichten hinwegtäuschen. Aber trotzdem, Augen waren wichtig, besonders für eine Frau.
«Doch, natürlich hab' ich die Erfahrung gemacht», sagte sie. «Aber ich

habe auch erfahren, dass Augen zeigen, ob jemand es ehrlich meint.»
«In private relationships you may be right», räumte der Amerikaner ein. «But not in politics. In politics Sie müssen niemals trauen Augen und Lächeln. Ich sprechen über das Umwelt. That means politics, not private relationships.»
Die Frau hinter der Theke nahm sich zwei, drei weitere Sekunden zum Denken. «So habe ich das noch nicht gesehen», sagte sie dann. «Okay, Politik dann. Und was willst du damit sagen?»
«Wir in die Anonymous movement only trust at arguments. In politics die beste arguments must win, not persons. Dafür wir tragen masques wenn wir treffen und diskutieren. And», fügte er hinzu, «by the way, wir auch nicht haben Leitern.»
«Ihr habt keine Leiter und tragt Masken, wenn ihr diskutiert?»
«Yes, in the States we do so. Dann wir nur hören auf die argument und auf die voice.» Der Mann nahm einen Schluck Kaffee: «Look, arguments are only good or bad.» Der Mann nahm einen neuen Schluck und fuhr fort: «Nur gute oder schlechte arguments. Und ist es nicht viele mehr schwer zu machen eine Voice lügen than eyes? So we hide the eyes, we hide the face. Wenn wir treffen another, die masques machen uns alle egal. So there is no leader. So wir eliminieren die Einfluss von die person who's speaking. In politics wir wollen dass the best arguments win, not persons.»
Renate wurde nachdenklich. Das stimmte ja irgendwie. Eine Stimme lügen zu lassen, das war schwer. Die zittert schnell, wenn man unlautere Absichten hat. Und diese Diskussionstechnik, die war interessant und irgendwie verwandt. Bei den Autonomen diskutierte man so lange, bis alle sich einig waren, zumindest ein für alle annehmbarer Kompromiss herauskam. Da ging es in gewissem Sinne auch darum, den Einfluss der Person zu eliminieren. Beredte und charismatische Leute, die aufgrund ihrer Persönlichkeit Mehrheiten für sich gewinnen konnten, wurden so neutralisiert. Das war ein erklärtes Ziel der ganzen autonomen Bewegung. Keiner sollte über jemand anderen herrschen.
«Okay», sagte Renate. «Und warum willst du uns treffen?»
«Das ich habe erzählt schon. Ich würde schätzen zu machen eine Vorschlag zu die arbäitskräis. The international environment

movement muss bekommen much stronger. And weil ich lebe in Deutschland zu die Zeit my job is to talk with the germans.»

«Okay», sagte Renate wieder. «Aber ich weiß immer noch nicht, ob du nicht doch vom Verfassungsschutz bist.»

«Oh, För-fas-sungs-what? You named this word, ich erinnere, but ich nicht erinnere die Meinung.»

«CIA. FBI. Secret service.»

«Oh, yes, jetzt ich erinnere. Listen, if I really were from diese För-fas-sungs-schutz», der Amerikaner hatte wirklich Mühe, das Wort auszusprechen, «es wollte sein meine Ziel, zu können beschreibe die persons von diese arbäitskräis, by exampel. Wouldn't it?»

Renate nickte.

«So, listen, ich wollte schlagen vor zu bringen mit mich a masque to evry participant of this meeting. So all participants wollten sein anonymous zu mich. Eine Mitgläid von diese För-fas-sungs-schutz would not do that, would it?»

«Da hast du recht, dass würden die wohl nicht tun», räumte Renate ein. «Aber mich kennst du ja jetzt. Du kannst mich beschreiben.»

«Sie haben gesagt very klarlich zu mich, dass Sie sind eine mitgläid von diese arbäitskräis. If that were a dangerous information to give me, you would not given it to me, right?» antwortete der Amerikaner. «I know not more about you than that.»

«Okay, das stimmt», gab Renate zu. Hm. Mehr wusste der in der Tat nicht. Das konnte ja wirklich ein interessantes Experiment werden. Renate sah vor sich die fünfzehn Mitglieder des Arbeitskreises maskiert diskutieren. Spannend!

«Gut. Ich werd's den anderen vorschlagen», sagte sie. «Aber ich verspreche nichts! Ist die Nummer hier auf dem Bierdeckel ein Prepaid-Handy?»

«Of course. And you have a prepaid number, too?»

«Für solche Fälle, ja.»

Die beiden schwiegen einige Sekunden.

«Okay. Ich werd' mit den Anderen reden und schick' dir morgen Abend eine SMS», sagte Renate dann.

«Very nice! How many masques do we need for the arbäitskräis?» fragte der Amerikaner noch.

«Fünfzehn.»

«Okay! If all of you agree! Wenn Sie alle stimmen zu!» Der Weißblonde lächelte wieder sein sonnenbebrilltes Lächeln, von dem Renate nach diesem Gespräch wirklich nicht mehr entscheiden konnte, ob es höflich, freundlich, gewinnend, amüsiert, zufrieden oder aber falsch war, trank seine Tasse leer, zahlte und streckte über die Theke eine kräftige Männerhand zum Abschied hin. «Very nice to meet you. Auf Wiedersäihn!» sagte der Mann. Dann wandte er sich um, verließ das Lokal und blieb nach wenigen Schritten noch einen Augenblick vor einem der drei großen Fenster stehen, gewissermaßen direkt neben der Theke, nur eben draußen auf dem Bürgersteig. Renate sah, wie der Mann sich einen Zigarillo anzündete.

Kapitel 5

Wohl Donnerstag, 22. Mai 2014, Frankfurt/Main, Gutleutviertel

Eine Woche war vergangen, seit der Amerikaner mit Renate gesprochen hatte. Sie hatte den anderen Mitgliedern des Arbeitskreises dessen ungewöhnlichen Vorschlag noch am selben Tag präsentiert und war dabei auf allgemein erstaunte Neugier gestoßen. Nach kurzer Diskussion hatte man sich geeinigt, den Mann einzuladen. Nun saß sie im Café und wartete auf ihn, auch die anderen waren schon da und warteten im Clubraum der Kneipe. Das war so abgemacht. Wenn sie wirklich alle anonym sein sollten, dann musste der Mann die Masken durch Renate verteilen lassen, bevor er selbst den Raum betrat. Das Treffen selbst sollte um halb acht beginnen.

Pünktlich um 19:30 Uhr ging die Eingangstür auf, der weißblonde Mann mit Sonnenbrille erschien, sah sich einen Augenblick im Café um und steuerte dann mit zwei großen Plastiktüten auf Renate zu. Die erhob sich und gab ihm die Hand. «Hi!», sagte sie und lächelte. «Welcome!»
«How do you do! Nice to meet you!», lächelte der Amerikaner zurück. Seine tiefe, ruhige Stimme empfand Reante als ebenso angenehm wie vor einer Woche.
«Die anderen sind alle schon da» sagte Renate.
«Perfect! Very nice. Hier sind die masques!» Der Weißblonde reichte ihr die beiden Tüten, nachdem er eine Guy-Fawkes-Maske herausgenommen hatte. «Ich sollte haben eine masque für mich selbst. Die anderen Sie können verteilen in die arbäitskräis. Wenn alle haben gesetzt auf eine masque, you call me?»
«Wie besprochen», antwortete Renate. Sie registrierte, dass ihr Herz ein wenig schneller als gewöhnlich schlug, nahm die Tüten und verschwand im Clubraum. Währenddessen setzte sich der Amerikaner an den Tisch, an dem sie gewartet hatte, um seinerseits zu warten.
Nach fünf Minuten tauchte Renate wieder auf. «Alles klar», sagte sie, du kannst kommen.»

Der Mann lächelte, erhob sich wortlos und ging mit ihr zur Tür. Beide setzten sich kurz, bevor sie den Raum betraten, ihre Masken auf.

Einer im Raum gegenüber der Tür versteckten Spionkamera hätte sich nun ein merkwürdiges Bild geboten: In dem vielleicht 20 Quadratmeter großen, elektrisch erleuchteten Zimmer mit vorgezogenen Vorhängen saßen 14 Personen im Kreis, undefinierbaren Alters wegen ihrer Maskierung. An den Frisuren der zum Teil sichtbaren Hinterköpfe war teilweise zu erkennen, ob es sich um Männer oder Frauen handelte, an der Kleidung, dass es sich nicht gerade Bankangestellte waren, die sich hier versammelt hatten. Herein kamen zwei ebenfalls maskierte Personen, die eine groß, die andere klein, offensichtlich ein Mann und eine Frau. Den weißen Masken mit ihrem Rouge auf den Wangenknochen, dem schwarzen Schnurr- und Spitzbart nach Mode des 16. Jahrhunderts und dem erstarrten Lächeln auf den roten Lippen fehlten Samtumhänge und andere modische Accessoirs jener längst vergangenen Zeit sowie die Musik, um den Eindruck eines im 21. Jahrhundert exzentrischen Maskenballs zu erwecken.

Die beiden Neuankömmlinge setzten sich auf zwei noch freie Stühle, sahen sich einen Augenblick etwas unschlüssig an, wonach die weibliche Person in die erwartungsvolle Runde sagte: «Ja, ich weiß ja auch nicht, wie wir jetzt eigentlich anfangen sollen. Normal ist ja, dass man jemanden vorstellt, der neu ist. Aber das geht ja jetzt nicht.»
«Excuse me», sagte darauf ihr Begleiter mit ruhiger, tiefer Stimme, «das ist absolut normal, wenn man treffen erste mal so. Ich wollte schlagen vor, dass wir bekommen numbers jede von uns. So we don't need to use names. Dann wenn jemand will schätzen zu sagen etwas, a number gets the word. Is this all right zu alle in die arbäitskräis?»
Verhaltenes Gekicher war vernehmbar, wohl ebenso wegen des holprigen Deutsch des Sprechers wie auch wegen des Verwirrspiels, das er anzetteln wollte. Schon die ersten Minuten dieses Treffens hatten einen gewissen Unterhaltungswert, das war nicht zu leugnen. Einwände gab es nicht.
Der Sprecher holte daraufhin ein bereits vorbereitetes Blatt aus der Brusttasche seines karierten Hemdes, auf dem die Nummern 1 – 16

standen. Er zerriss das Blatt in sechzehn Teile, legte die Schnipsel in die Mitte des Raumes auf den Boden und sagte: «Bitte! Nehmen Sie alle immer eine Stück von Papier!»

Bewegung entstand, indem die Teilnehmer sich jeweils einen Zettel mit einer zufälligen Nummer aus dem Häuflein holten.

«What number got you?» fragte die tiefe Männerstimme ihre Nachbarin.

«Dreizehn», sagte Renate und zeigte die Nummer herum.

«Okay! Immer wenn Sie wollen schätzen zu sagen etwas, Sie liften das nummer in die luft. My number is seven.» Der Amerikaner zeigte den Zettel vor und machte ein paar Sekunden Pause. «Nun ich wollte schätzen zu sagen einige wörter», fuhr er fort. «First, die grund warum ich bin hier. Second was ist unsere vorschlag. Third warum wir machen diese vorschlag. Dann wir diskutieren. Is this all right zu alle in die arbäitskräis?»

Fünfzehn weiße Masken nickten leicht ihr schnurr-spitz-bärtiges, rotlippiges, eingefrorenes Lächeln. Erwartungsvolle Spannung lag über der kleinen Versammlung.

«Dear members von die arbäitskräis», begann die tiefe, angenehme Stimme, «ich bin entsückt zu können sprechen zu Sie. Sie sind die erste umweltarbäitskräis ich spreche zu in Germany, viele wollen folgen ich hoffe. Die problems von die globale umwelt wir nicht müssen diskutieren, ich denke. Wir alle stimmen zu dass die situation ist dramatic and very, very dangerous for whole humanity.»

Der Sprecher machte eine kleine Pause, während die restlichen, im Kreis versammelten Masken nickten. Er fuhr fort:

«Germany in diese globale context ist sehr, sehr wichtig. Germany is a global player especially when it comes to cars. Wolkswägen, Mörceides, Porsche, Ohdi, you name it. And: In Germany die umwelt opposition haben opportunities wir nicht haben in US. In America viele people tuen nicht glauben in die clima change. Das mehr zeit wir verlieren zu gewinnen diese people, das weniger zeit wir haben zu tun etwas efficient. Das ist die grund, warum ich bin hier, das ist die grund warum ich wollte sprechen zu Sie hier in Germany, hier in Frankfurt.»

«Now», der Mann wollte sich mit seiner kräftigen Hand am Kopf kratzen, aber geriet an die Maske und lachte ein bisschen mit seiner tiefen

Stimme, «now», begann er wieder, «Ich meine zu wissen über diese arbäitskräis, dass Sie haben gewesen active in diese Anti-ÄiKäiDabbelju-Movement hier in Germany. Is that right?»

Die Teilnehmer nickten abermals, die Nummer Dreizehn sagte: «Wir haben oft die Castorblockaden mitorganisiert, zum Beispiel. Wenn du weißt, was das ist.»

«Exactly, Castor transports, yes, das ich habe gedacht. Aber lassen Sie mich fragen, haben Sie gehabt einige success?»

«Nein, Erfolg hatten wir eigentlich nicht, wenn wir ehrlich sind», sagte Maske Nummer dreizehn etwas kleinlaut. «Oder viel zu spät, was ja irgendwie dasselbe ist. Wir haben die Probleme, die jetzt so gut wie alle Politiker in Deutschland eingestehen, schon vor dreißig, fünfunddreißig Jahren gesehen. Aber auf uns hat niemand gehört. Wir waren zu schwach.»

«You've been too weak, yes. Like the whole global environment movement!» sagte Nummer sieben nun wieder. «Darum ich wollte schätzen zu machen eine vorschlag wie die german umwelt movement and diese umweltarbäitskräis kann machen die globale movement much stronger, much more efficient. You can turn very simply the global capitalism into an other direction!»

Maske fünfzehn hob die Hand: «Und wie stellst du dir das das vor?», fragte eine helle, männliche Stimme, der die Verwunderung durchaus anzuhören war. «Einige von uns sind seit über dreißig Jahren dabei. Wir haben einiges miterlebt, wir geben nicht auf, aber große Hoffnungen machen wir uns eigentlich nicht mehr.»

Maske sieben nickte: «Yes, I understand that.» Die tiefe Männerstimme schwieg einen Moment. «Please, tun Sie nicht lachen von mich», rückte Maske sieben sich dann auf ihrem Stuhl zurecht. Dabei schien ihr nicht bewusst zu sein, dass schon dieses Deutsch allein eine konstante Humorquelle für die Versammlung war. Doch die Masken der anderen verbargen auch das amüsierte Lächeln, das fünfzehn Mundwinkel ständig umspielte. Maske sieben sagte daher leise, aber unbeirrt: «The weapon we can use is so simple, that no one seems to have seen this possibility yet. We've to use colour spray boxes.»

Die Aktivisten der autonomen Umweltschüzter waren einiges gewöhnt. Dreißig, fünfunddreißig Jahre zivilen Ungehorsams hatten ihnen einiges an Kreativität abverlangt. Deshalb waren sie nicht so erstaunt wie andere, weniger aktivistisch gesonnene Gefährten der Bewegung es gewesen wären. «Would you explain, please», sagte Maske drei, weiblich, daher nur.

«Please, sprechen Sie Deutsch zu mich», erwiderte Maske sieben darauf zunächst. «I know, meine German is not so good, but ich muss hören the spoken language viele mehr, für dass ich kann lernen zu sprechen besser. So viele people nur sprechen English zu mich.»

«Ist ja kein Wunder», dachte es wohl hinter den meisten der fünfzehn Masken, aber natürlich waren auch Autonome viel zu höflich, das laut zu sagen.

«Imaginieren Sie», fuhr der Amerikaner dann fort, er bemühte sich dabei wirklich, «es ist drei, viere Uhren zu Nacht in Frankfurt. Dort sind viele, viele cars parking in the streets. Die Leute sind in die houses schlafen. Suddently, plötzelich, da kommen zwei, drei activists down the street. Sie haben exactly such masques wie wir haben nun in diese meeting. Und diese people haben colour spray boxes. Sie sprayen on the *big* cars, on the drivers window, die Bookstäiben CLAN, meaning Climate Action Now. Or some thing like that. Das sie machen mit viele cars, but only the big and expensive. Sie sprayen so, dass die big cars nicht können fahren next morning.»

Nummer sieben machte eine kleine Kunstpause, hob nun die Zeigefinger beider Hände, während sie sich nach vorne beugte, beide Ellenbogen auf die Knie stützte und weitersprach: «But these activists are not alone. In other streets da sind zwei, drei activists auch. And in other streets again. Das wir haben organized. Das wir haben organized not only in Frankfurt. Das wir haben organized together with our friends in all the large cities in Germany. Hamburg, Berlin, Munich, Cologne, you name it. Hundret and hundret of activists, thousands and thousands of cars at the same night. What, do you think, happens, when Germany awakes next morning?»

Der Amerikaner hatte wie fast immer, wenn er etwas länger sprach, die zwei, drei letzten Sätze nur in seiner Muttersprache hinbekommen. Einen Augenblick war es daher mucksmäuschenstill in dem Raum, man hörte geradezu den Groschen fallen. Dann brandete Applaus auf, ja viele Sitzungsteilnehmer klatschten frenetisch, johlten vor

Begeisterung. Die ganze Frustration der verlorenen Kämpfe der vergangenen Jahre machte sich Luft: «Das machen wir!» «Superidee!» «Saugut! Auf so was muss man erst mal kommen!» «Echt geil!» riefen viele, wenn auch nicht alle der maskierten Frauen- und Männerstimmen durcheinander.

Nummer sieben hob beide Hände, damit die Teilnehmer sich beruhigen sollten. «I'm not ready yet», rief der Amerikaner. «I'm not ready yet!» Es dauerte trotzdem etwas, bis die Versammlung sich beruhigt hatte.

«Listen», sagte er, als seine Zuhörer wieder still waren, «es haben keine meinung wenn das nur passieren eine nacht. We are not – how do you say? – «kläine Jungs». Offensichtlich stolz, sich diesen Ausdruck gemerkt zu haben, blickte er einen Moment um sich als hätte man sein Gesicht sehen können. «Wir sollten nicht tun das weil es machen Spaß zu machen kaputt Dinge von Leute!» fuhr er fort. «Wir wollen nicht einfach kaputtmachen Dinge. Das wir wollen tun nur wegen die umwelt. Cause, if this happens night after night, week after week, what will happen in the society? Die owners von diese big cars bekommen angst über their vehicles. Sie wollen stecken sie weg, sie wollen verstecken sie in a garage or at relatives on the countryside. And sie wollen brauchen bicycles, subway, busses, trains, carsharing, taxies to get from A to B. Many, many people will begin to use other possibilities of personal transport. Das ist good für das Umwelt. That's the *first* point.»

Der Amerikaner machte eine kurze Pause, um seine erste Schlussfolgerung auf die Teilnehmer wirken zu lassen. Er hob gleichzeitig aber beide Hände zum Zeichen, dass er noch nicht fertig war. Seine Zuhörer schwiegen denn auch erwartungsvoll. Nach einigen Sekunden sagte er: «But, listen, there will be a *second* point, a psychological point, was ist viele mehr wichtig! If this happens often, day after day, week after week, People mit kleine cars wollen beginnen zu lachen von die Leute with big cars. Remember, kleine people are the big majority! If this big majority lough, suddently, plötzlich, the car, this big symbol of capitalism, nicht länger will sein eine Symbol for success – how do you say in German for «success», fragte er die Nummer dreizehn neben sich.

«Erfolg», war die Antwort.

«Of course, örfoulg, yes. Now, what happens, if a big car will nicht länger sein eine Symbol für örfoulg? What happens if a big car will sein eine symbol für gewourden zu sein ridicolous – what means ridicolous in German?»

«Lächerlich», kam es von mehreren Stimmen aus der Runde.

«Exactly, lä-cher-lich. Was passieren wenn eine große auto will sein eine symbol für gewourden zu sein lächerlich? Wenn wir haben örfoulg mit organizing such a movement of activists, first in Germany, than in Europe, nur nach einige monate es will nicht länger sein attractive zu haben eine big car, all these Mörceides and BiEmDabbelju and Porsche and so on. Cause die kleine people, die sind die big majority, nun wollen lachen von sie. Cause these owners nicht können zeigen diese fat cars. So es will sein simply lä-cher-lich to own such a car. Do you like that someone lough of you? Trust me, people having so much money that they can buy such cars, like it much less! And than the producers of these cars slowly get a problem. You see? Sie less and less, weniger und weniger können verkaufen diese cars. You see?»

Noch einmal hob Maske sieben die Hände, damit es still bliebe, und machte eine Pause, um die Schlussfolgerung vorzubereiten: «And now the conclusion: Cause western economy generally and german economy especially depends on the car industry, we'll after some month get a crisis. We'll get exactly that crisis we need to put german economy another way. What happens if the german giant falls? European economy falls, too. What happens with the world economy when Europe falls? The answer you know by yourself. And than we get a chance to save our global environment, to save a millions and a millions of peoples life, now and in the future.»

Nun schwieg der Amerikaner. Erst langsam verstanden die Teilnehmer, dass es sich nicht um eine Kunstpause handelte, sondern dass er geendet hatte. Atemlose Stille statt frenetischen Jubels herrschte diesmal in dem Raum angesichts der Konsequenzen, die der koordinierte Einsatz von landesweit vielleicht einigen hundert oder tausend Aktivisten und ein paar Farbspraydosen haben konnte. Die Logik des Sprechers war einleuchtend. Wenn sie dafür sorgten, dass große Autos kein Erfolgssymbol mehr waren, weil deren Besitzer von der Mehrheit der Leute, die solche Autos nicht hatten, nicht mehr bewundert, sondern verspottet wurden, dann würden solche Autos nicht mehr gekauft. Und weil die Produzenten dieser Autos für die deutsche Volkswirtschaft so wichtig waren, würde dieses ganze System, das dabei war, die für die Menschen lebensnotwendige Umwelt Meter für Meter aufzufressen, in die Krise geraten. Dann würde die Förderung von Öl, die weltweit enorme Naturschäden hinterließ, plötzlich viel weniger Gewinn einbringen und folglich reduziert werden müssen. Dann käme es in der Stahlproduktion, die weltweit enorme Energiemengen verschlang, zu gewaltigen Überkapazitäten. Dann würden für die Gummi- und Kunststoffproduktion international harte Zeiten beginnen. Die Börsen würden schon bald verrückt spielen, die Geldgeier dort das ihre dazu beitragen, dass die Krise sich ausbreitete. Das gesamte Wirtschaftssystem käme weltweit ins Wanken. Der koordinierte, kontinuierliche Einsatz von einigen hundert Farbspraydosen konnte tatsächlich zu einer Umwälzung führen, wie sie der Menschheit seit Jahrzehnten nicht mehr widerfahren war. Wenn die Aktivisten einige Wochen oder Monate durchhielten. Wenn sie sich wirklich gut organisierten. Dann würde man sich andere Formen des Wirtschaftens ausdenken müssen. Die Macht, derer sich diese Frankfurter Umweltaktivisten plötzlich bewusst geworden waren, ließ die fünfzehn Maskierten erschauern – und sehr, sehr nachdenklich schweigen. Lange nachdenklich schweigen.

Dann begannen sie zu diskutieren. Es gab eine Menge Probleme, die zu berücksichtigen waren. Diese Aktion würde sich nicht binnen weniger Wochen realisieren lassen. Ein, zwei Jahre mussten sie zur Vorbereitung rechnen. Strengste Geheimhaltung musste gewährleistet sein. Wie sollten sie befreundete Aktivisten im Bundesgebiet und anderen Ländern gewinnen, zum Schweigen verpflichten und dafür sorgen, dass sie die entsprechenden Vorsichtsmaßnahmen beachteten? Wie sollten sie sicherstellen, dass Polizei und Verfassungsschutz keinen Wind von der Sache bekamen? Oder sollten sie stattdessen volle Öffentlichkeit als Strategie wählen? Auch das war, bei Licht betrachtet, keine schlechte Idee. Wenn Osama Bin Laden am 11. September 2000 angekündigt hätte, er werde genau ein Jahr später zwei Passagierflugzeuge in das World Trade Center und eines auf das Pentagon rasen lassen, hätte jeder ihn für verrückt gehalten, kein Mensch ihm geglaubt. Sich größenwahnsinnig zu geben war eine ausgezeichnete Tarnung, wenn man heimlich Großes vor hatte. Und sichere, anonyme Kommunikationswege mussten gefunden werden, so oder so.

Doch viele Mitglieder des Arbeitskreises hatten dreieinhalb Jahrzehnte Erfahrung. Diese Probleme würden sich lösen lassen. Die Maskierten diskutierten bis tief in die Nacht. Als es halb drei geworden war, vereinbarten sie für die kommende Woche das nächste Treffen.

Kapitel 6

Donnerstag, 17. September 2013, Trondheim, Stadtteil Kuhaugen

Harald kam von der Frühschicht heim, es war gegen ein Uhr mittags, der Arbeitstag hatte um vier Uhr früh begonnen. Trotz seiner Müdigkeit war er heute bester Laune. Er hatte beim Fahren eine Idee gehabt, die ihn so laut auflachen ließ, dass die Buspassagiere direkt hinter ihm und auf dem rechten Vordersitz ihn verwundert angeschaut hatten. Am Tag zuvor hatte er in der Zeitung zufällig eine Anzeige gelesen: «Schaufensterpuppen wegen Geschäftsaufgabe billig abzugeben». Gestern war sein Hirn noch untätig geblieben, aber als er mit dem Bus heute auf der Schnellstraße zum Flughafen unter einer Fußgängerbrücke her fuhr, kam ihm die Assoziation: «Was, wenn da jetzt eine Schaufensterpuppe stünde? Die könnte ich von einem Menschen nicht unterscheiden», hatte er gedacht. Und dann hatte er sich die Puppe mit Kapuze, Blindenbinde und kleinem Messingschild auf dem Rücken vorgestellt: Künstlername, Werktitel, Jahreszahl. So ein Messingschild konnte man hier in Trondheim bei jedem x-beliebigen Schlüsseldienst herstellen lassen. Den würde kein Mensch ausfindig machen können. Er bräuchte die Puppen dann nur mit seinem VW-Bus nach Deutschland zu fahren und sie dort zusammen mit anderen Aktivisten auf Brücken zu verteilen, woran überhaupt nichts illegales war. Und kein Mensch würde Verdacht schöpfen, stünde eine solche als Kunstwerk getarnte Puppe wirklich auf einer Brücke in Deutschland, jeder würde sie stehen lassen, sogar die Polizei. Wenn das keine Idee war!

Müde klappte Harald seinen Briefkasten an der Außenwand des Vierparteienhauses auf und fühlte mit der Linken nach Post. Er zog einen Blätterwald von Werbung und zwei Briefe hervor. Eine Rechnung vom E-Werk, ein Umschlag mit deutscher Briefmarke, ohne Absender.

Die Reklame frustrierte ihn wie jeden Tag. Ein Geschäftsmann hatte ihm einmal verraten, dass die Reaktionsquote auf Briefkastenreklame bei 0,3 Prozent liegt. Auf 100.000 Postwurfsendungen kommen im Schnitt 333 gewonnene Kunden. Doch so sehr sich die Leute über die Papierflut ärgerten, hatte der Geschäftsmann argumentiert, hingen an diesen 333 zusätzlichen Kunden und 100.000 produzierten und transportierten Postwurfsendungen Umsatz, Arbeitsplätze, Steuereinnahmen, Wohlfahrtsgüter. Auf Haralds Einwand, dass sie dafür an dem Ast sägten, auf dem sie alle saßen, hatte der Mann achselzuckend gesagt: «Und? Was soll ich machen?»

Harald warf das tägliche Symbol des Dilemmas in die Papiertonne vor dem Haus; während er von dort die paar Meter zum Hauseingang ging, klemmte er die Rechnung zwischen die Zähne und öffnete den Brief aus Deutschland. Sobald er den ersten Satz gelesen hatte, war die gute Laune wie weggeblasen. Zutiefst erschrocken und wie gelähmt blieb er direkt vor der Treppe zum Hauseingang stehen:

Sehr geehrter Herr Böttker,

ich arbeite für eine Behörde, deren Aufgabe es ist, Schaden von der Bundesrepublik Deutschland fern zu halten. Daraus, dass Sie diesen Brief erhalten haben, können Sie schließen, dass ich weiß, wer Sie sind. Es wird Sie daher kaum wundern, dass ich auch weiß, was Sie tun. Mein Name tut nichts zur Sache.

Es ist mir persönlich unerträglich, dass Deutschlands Bürger mehr und mehr unter Generalverdacht gestellt werden, sobald sie sich im Netz in die ein oder andere Richtung zu informieren suchen, kritische Gedanken fernmündlich äußern, elektronisch schriftlich niederlegen oder sie publizieren (wollen). Ich habe meinen Dienst seinerzeit nicht angetreten, um zu einer Praxis beizutragen, die weit über die Vorgaben des Gesetzgebers hinausgeht.

Doch aus einem Geheimdienst kann man sich nicht einfach abmelden. Ich bin kein Edward Snowden, dazu fehlt mir der Mut. Im Einzelfall und wo mir dies gerechtfertigt scheint, nehme ich mir aber die Freiheit, Observierte konkret in Kenntnis zu setzen. In Deutschland stehen weder

der reine Gedanke an eine Straftat noch deren tatsächliche Vorbereitung unter Strafandrohung, von sehr eng definierten Ausnahmen abgesehen. Entsprechend ist meine Behörde vom Gesetzgeber gehalten, ihre Aktivitäten auf diese Ausnahmen zu begrenzen. Was Sie tun, fällt eindeutig nicht unter diese Ausnahmen. Man beobachtet Sie trotzdem.

Ich möchte Ihnen daher um Ihrer Sicherheit willen dringend raten, bestimmte Homepages nicht mehr aufzusuchen, Ihre Gedanken nicht mehr elektronisch festzuhalten oder sie fernmündlich zu äußern, auch wenn Sie nur ein Buch schreiben.

Möglicherweise kommt diese Warnung aber bereits zu spät. Geheimdienste arbeiten nicht immer nur mit legalen Mitteln. Dass Sie im Ausland leben, bedeutet für Sie nur einen geringfügigen Schutz. Achten Sie darauf, ob Ihnen jemand folgt, seien Sie vorsichtig, wenn Sie Ihre Wohnung verlassen, seien Sie vorsichtig, wenn Sie sie betreten.

Mit freundlichem Gruß

M.

Harald ließ das Blatt sinken, der andere Brief mit der Rechnung darin war ihm längst aus dem Mund gefallen. Mit hängenden Armen stand er, der Haustür zugewandt, reglos vor der Treppe und starrte ins Leere. Irgendwann fingerte er zitternd mit der Linken nach der Zigarilloschachtel in der Tasche seiner schwarzen Lederjacke, zitternd kramte er nach dem Feuerzeug, zitternd entzündete er den braunen, langen Glimmstengel. «Jetzt klar denken, Harald», dachte Harald langsam, «jetzt klar denken!», und dachte überhaupt nichts. Wie eine Steinsäule stand er vor der Treppe des Hauseingangs, abgesehen davon, dass eine Steinsäule nicht rauchen kann; er starrte in die Luft, rauchte, starrte in die Luft, rauchte. Und nahm die Schritte hinter sich überhaupt nicht wahr.

«Hei, Harald, unnskyld, jeg vil gjerne forbi», sagte eine helle, freundliche Frauenstimme. Harald zuckte zusammen, drehte sich um und stand direkt vor seiner jungen Wohnungsnachbarin. «Hei, Britt, jeg, jeg høhørte deg ikke!» stotterte er. Er wurde rot, aber war viel zu verwirrt, um sich bewusst dessen schämen zu können. Britt schien das auch zu bemerken, sah auf den Brief, den Harald jetzt, immer noch zitternd, in der linken Hand hielt, sah die Rechte den Zigarillo nervös und hektisch zum Mund führen, sah den Brief, der auf der Erde lag, bückte sich, reichte ihn dem Nachbarn und fragte mitfühlend: «Er alt i orden?»

Harald nahm den Brief mit der Linken entgegen, wobei ihm der andere aus der Hand fiel. Britt bückte sich schnell, erwischte das Blatt, bevor der Wind es wegwehen konnte, richtete sich auf, nahm Harald den anderen Brief aus der Hand, faltete das Blatt und gab beide Harald zurück. Der schaute sie an, als sei sie gerade direkt vor ihn vom Mond gefallen. «Jaja, alles in Ordnung», stammelte er und sog an dem braunen Ding. Die kleine, schmale, blonde Endzwanzigerin blickte skeptisch zu ihm auf: «Vil du bli med inn i huset?» fragte sie. «Jaja, ich will gerne mit ins Haus», murmelte Harald, sah mit leerem Blick auf die Frau, rauchte, merkte gar nicht, dass er Deutsch sprach, rührte sich nicht von der Stelle. «Skal jeg hente en lege?» hörte er die Frauenstimme wie aus weiter Entfernung. Einen Arzt holen? Harald ließ den Sargnagel aufglühen. Warum wollte die denn einen Arzt holen? «Harald, er virkelig alt i orden?» fragte Britt jetzt eindringlich und langsam, fasste ihn am linken Oberarm und schüttelte ihn leicht.

Harald fuhr wieder zusammen, führte den Qualmstengel wieder zum Mund, kam zu sich, aber brauchte noch eine Sekunde, um den Blick seiner Nachbarin wirklich wahrnehmen zu können.

«Unnskyld, Britt, jeg har fått en dårlig nyhet»*, erklärte er dann mit kratziger Stimme, räusperte sich und schämte sich nun. «Fra Tyskland?» fragte Britt. «Ja, fra Tyskland», bestätigte Harald, während er jetzt den Zigarillo wegwarf, selbst in der Jackentasche nach dem Hausschlüssel kramte, die Tür aufschloss und für Britt aufhielt, so dass sie vor ihm das Haus betreten konnte. «Det var leit å høre», sagte Britt. Seite an Seite gingen sie die wenigen Meter zu ihren jeweiligen, einander gegenüberliegenden Wohnungstüren. Bevor sie sich der ihren zuwandte, sagte Britt noch: «Bare si fra, hvis jeg kan gjøre noe for deg!»** Harald bedankte sich: «Tusen takk, Britt, det var snillt av deg. Men jeg klarer meg»***. Er schloss seinerseits die Tür auf, lächelte kurz zu Britt auf der anderen Seite des Hausflurs hinüber, schloss die Wohnungstür von innen, lehnte sich an sie und stöhnte. Was nun? Was, in drei Teufels Namen, was, was, was, was nun?

«Seien Sie vorsichtig, wenn Sie Ihre Wohnung betreten!» Was für eine bizarre Situation! Harald machte ein paar Schritte und öffnete vorsichtig die Tür zu seinem Garderobenschrank. «Spinnst du?» schoss es ihm durch den Kopf. Der Schrank war viel zu klein, als dass sich jemand darin hätte verstecken können. Ja, aber vielleicht war da irgendwas drin? Eine Mikrokamera? Oder beim Öffnen der Schranktür würde eine kleine Giftgasampulle zerquetscht?

«Harry!» brüllte er sich innerlich selbst an. «Wenn du verrückt werden willst, dann ist jetzt genau der richtige Augenblick dazu gekommen.» Er spürte den Hauch von Selbstironie, der in dem Gedanken lag, wie eine tröstende Liebkosung und zwang sich zum Aufatmen. «Jetzt klar denken! Denk wieder klar, Harald! Sortieren! Strukturieren!», befahl er sich. Er hängte die Jacke in den Schrank. Dann ging er in die Küche.

Dort stand der Laptop auf dem Küchentisch, zugeklappt, so wie er ihn am Abend zuvor verlassen hatte. Aber schien das nicht nur so? Konnte der nicht manipuliert worden sein in der Zwischenzeit? Zum Beispiel so, dass er konstant online war, sobald er ihn hochfuhr, selbst wenn er vermeintlich offline schaltete? Oder dass alle Dokumente gelöscht waren, auch das Manuskript? Oder dass das Ding explodierte in dem Moment, in dem er es öffnete? Wozu waren Geheimdienste wirklich fähig? Wie sollte er das wissen? Wie groß oder klein war der Abstand zwischen James Bond und der Wirklichkeit eigentlich?

----

* Entschuldige, Britt, ich habe eine schlechte Nachricht erhalten.
** Sag nur Bescheid, wenn ich etwas für dich tun kann.
*** Tausend Dank, Britt, das ist lieb von dir. Aber ich komme klar.

Harald starrte auf den Laptop, öffnete dann den Kühlschrank und tat etwas, was er sonst so gut wie nie tat: Er holte die Flasche Korn heraus. Harald trank selten Alkohol, in Gesellschaft mal ein Glas Wein, in der Kneipe mal ein, zwei Biere; den Berentzen hatte ihm vor zwei Jahren mal ein Besuch aus Deutschland mitgebracht, nicht wissend, dass Harald auf scharfe Sachen keinen Wert legte. Aber jetzt war es gut, dass er da war, der Fusel. In Ermangelung ordentlicher Schnapsgläser nahm er ein großes Wasserglas, goss es ein Viertel voll, stellte es und setzte sich vor den geschlossenen Laptop. «Prost, du Sau!» nickte er dem Ding düster zu, goss das Viertel runter und schüttelte sich. Brrrr, was für ein Zeug! Egal, noch einen!

Der ungewohnte Alkohol tat schnell seine Wirkung, Harald entspannte sich, ihm wurde warm, er gewann seine Denkfähigkeit zurück. Was für ein Idiot war er doch gewesen! «Du Anfänger! Du elender Anfänger!» knurrte er halblaut vor sich hin. Munter war er x-mal auf den Seiten des BKA gewesen, arglos hatte er Homepages von Anonymous und Anarchisten recherchiert, hatte den Verfassungsschutzbericht des letzten Jahres gelesen, sich in die Geschichte des Terrors in Deutschland eingearbeitet, sich über die zwielichtige Rolle des Verfassungsschutzes in der RAF-Zeit wie im NSU-Skandal informiert, Mails an Rundfunkanstalten verschickt und mit einigen sogar über Skype telefoniert, um Einblick in die Arbeitsweise von Nachrichtenredaktionen zu gewinnen. Und das schlimmste: Er war sozusagen ununterbrochen online gewesen, während er an dem Buch schrieb, ja, er hatte sogar per Mail Probekapitel an einzelne Freunde und Verwandte gesandt. Kein Wunder, dass der Verfassungsschutz oder welcher Geheimdienst auch immer Wind von ihm bekommen hatte.

Moment! Kein Wunder? Das Kapitel, das seine Absichten wirklich enttarnte, der Brief an Conny, das existierte bisher doch nur handschriftlich? Davon konnte doch unmöglich jemand wissen! Oder?

Harald stand auf und ging ins Wohnzimmer zu seinem Schreibtisch. Gerade wollte er die zweite Schublade öffnen, in der der Brief lag, als er sich besann: Er studierte die Schreibtischoberfläche und die Handgriffe der Schubladen. Auf Männerart war er vom Staubwischen nicht gerade besessen, kurz vor Ostern hatte er sich zuletzt dazu hinreißen lassen, das zahlte sich jetzt aus. Nein, hier war niemand gewesen, das konnte er mit absoluter Sicherheit feststellen. Zumeist saß er in der Küche und schrieb, den Schreibtisch nutzte er kaum. Mit instinktiver Bewegung wollte er die Schublade jetzt aufziehen, aber hielt im letzten Augenblick inne. Der Brief war da drin, das wusste er genau, er brauchte nicht nachzusehen, die schöne Staubschicht konnte gut so bleiben, wie sie war. Wenn sich jemand hier verraten wollte ... bitteschön!

Harald ging wieder in die Küche, setzte sich wieder vor den geschlossenen Laptop, goss sich ein drittes Viertel ein und steckte sich, schon ziemlich betrunken, einen weiteren Zigarillo an. So, und was bedeutete das alles jetzt? Den Kopf in der Linken, das Glas vor sich und dem geschlossenen Laptop, den Zigarillo in der Rechten dachte er nach.

Und plötzlich lachte er zornig und schallend auf. «Ha! Ha! Hahaha!» Er setzte sich imaginär einen dunkelbärtigen Geheimdienstler mit Sonnenbrille, mahlenden Backenmuskeln, Trenchcoat und Schlapphut gegenüber an den Küchentisch, hob das Glas, trank dem Hirngespinst zu und brabbelte halblaut: «Prost, du Sau! Dat bedeudeutet, dat ihr auch hihinter Schriftstellern herspioniert. Dat bedeudeutet, dat ihr ziemlich belelesene Leute sein müsst. Dat bedeudeutet, dat ihr jedes Tatortdrehbuch kennt, bebevor es irgend-wwwem vorgelelegt wird, dat ihr massenweise Krimis lest, bebevor sie fertig sind. Sind doch solche Autotoren, die sich ständig abssstruse und höööchst gesellllschaftsgefffährdende Didinge ausdenken, oder? Abbba kann mans vorher wissen, dat'se nnnur Krimis schreiben? Also müsst ihr mitlesen! Macht dat Spaß?»

Sein Gegenüber äußerte sich nicht, Harald sog an seinem Zigarillo.

«Un' dadat ihr die Zeitungsartikel von inve-investi-inve-scheißßßwort-invevestigativen Journalllisten schon kennt, bevor'se in Dddruck gehen. Da könnte ja 'ne nnnneue Ulllrike Mmmeinhof dabei sein. Also müsst ihr mitlllesen!»

Sein bärtiger Gegenüber schwieg naturgemäß, Harald sog an seinem Zigarillo.

«Dabei müsst ihr wirklich unhaheimlich schalau werden. Die stareifen ja nicht nur alle auch auf solchen Seiten rum, auf dedenen ich war, sondern die dedenken auch noch wat un' schareiben, wat'se denken, auf. Abber warum merkt man nix davon, dat ihr so schalau gewworden seid, wo ihr doch alle lelesen könnt?»

Sein Gegenüber mit dem Schlapphut sagte nichts, Harald sog an seinem Zigarillo.

«Andere Frage: Wwwie kommt ihr denn dazu, ausssgerechnet mir so'n Warnbrief zu schicken? Oder is' dat vielleicht'n Trick, den ihr öfter mal anwewendet? Is' doch viel billiliger so'n Brief zu verschicken als kostssspielig fünf Mann zur Beo-o-bachtung an'n Nordpol zu schicken. Wweil jetzt halt' ich ja mein schariftliches Maul, oder?»

Sein Gegenüber im Trenchcoat blieb seelenruhig, Harald sog an seinem Zigarillo.

«Abbba Geld spielt bei euch wahrscheinlich keine Rrrolle. Vielleicht Pppersonalmangel? Könnte also sein, dat tatsächlich einer von euch sich erbbbarmt hat und mich wwwarnen wwollte. Oder is' dat Ganze 'n Scherz von Fafabian? Dem Bebengel hab' ich doch vovon dem Buchprojekt am Telelefon erzählt und per Mail 'n paar Kapppitel geschickt.»

Fabian war einer von Haralds Neffen und studierte in München. Sein Gegenüber mit der Sonnenbrille bestätigte keine dieser Vermutungen, Harald blies ihm Rauch in das eingebildete Gesicht.

«Wat is' denn wawawahrscheinlilicher, dat einer von euch oder mamein lalieber Herr Neneffe der Absender is'? Beides is' gleich unwawahrscheinlich, abbba der Schascheißbrief liegt ja hier!»

Sein Gegenüber nickte wider Erwarten, Harald fuchtelte mit der Hand, in der er den Zigarillo hielt und brüllte, ganz ohne zu lallen: «Ich will dir mal wat sagen: Mundtot kriegt ihr mich nich'! Dat hat sogar der Papst nich' geschafft! Oder habt ihr euch sogar mit den Römern liiert?»

Sein Gegenüber mahlte schweigend und ungerührt mit den Backenmuskeln, Harald warf den Zigarillo in die Tasse mit dem Kaffeerest, die noch vom Morgen auf dem Tisch stand.

«Wie dem auch sei: Wenn ich den Brief jejemandem zazeige, hält mich jeder au-gen-blick-lich für paranoid. Könnt' ich ja auch selbst gescharieben haben. Nich' wahr? Verdddammte Scheiße, gottverdddammte Kackscheiße!»

Harald hieb mit der Rechten auf den Tisch, das es nur so krachte, das Glas hüpfte, sein Gegenüber lächelte maliziös unter seiner Sonnenbrille, während Harald sich ein viertes Viertel eingoss. «Paranoid», murmelte er dabei. «Pa-rrra-no-id».

Doch da, da erhellte sich urplötzlich sein Gesicht. Harald hob den Kopf und grinste seinen imaginären Gegenüber besoffen an wegen der Idee, die die Wortwiederholung ihm eingebracht hatte. «Proust, du Schawein!» hob er in lallendem Triumph sein Glas. «Wenn ich bebesoffen bin, kann ich um so kalarer denken. Mit der Momomotorik klappts ninich' mehr soso gut, stimmt schschschon, abbba der Kopp funktttioniert! Un' deder sagt dir jejetzt, dat ihr keine A-A-Ahnung habt, wwwelche Mömöglichkakeiten ein kakatholilischer Priester hat, sususpendiert oder nich'. Dazu hahabt ihr vieviel zuzu wewenig Phantasie. Wenn ihr die doch habt, reicht euer Arm nich' weit genug. Ha! Haha! Hahaha! Hihihi!»

Harald kicherte, wie nur Betrunkene kichern können, nahm den letzten Schluck, knallte das Glas auf den hölzernen Küchentisch und röhrte: «Ich geh' morgen zu 'nem Arzt, der in Deutschland studiert hat. Da-

davon gibt's hier viele. Dem zeig' ich den Brief. Der dedenkt dadann über mich: Entweder is' der wirklich parrranoid, dann muss ich ihn karank schreiben. Oder er is' wiwirklich in Gefahr, dann muss ich ihn auch karank schreiben. Wenn ich dadann karank geschrieben bin, kauf' ich die Scheißpupuppen und tu' die zu mir in'n Keleller. Un' dann, mein Lalieber, verschwind' ich in einem gaganz bestibestimmten Kaloster. Da schreib' ich waweiter un' bleib' immer schön offline. Den Brief an Connnnny übernehm' ich mit ins Buch un' euer bebescheuertes Wawarnschareiben auch. Un' jejedes Mal, wenn'n Kapppitel fertig is', mach' ich Kokopien auf Mememorysticks un' geb' die an'n ganz bestimmten Mimitbruder im Kaloster. Deden kennt ihr nich'! Gagarantiert kekennt ihr den nich'! Un' wenn mir wawat papassiert, dann soll der 'ne Kokopie an'n Ververlag schicken. Immer schön eine, bibis einer anbabeisst. Un' wenn kein Verlag a-a-anbabeisst, dann wird der laliebe Mimitbruder dat Mamamanussssskript anoanoanonym im Nnnetz veröf-fent-li-chen. Mit der IP-Adddresse vom Kaloster. Ha! Un' wewenn mir nix papassiert, dann mach' ich dadat genau so. Ha! U-un' je-jetzt geh' ich schalafen! Wowollen mamal gucken, ob a-einer vovon euch babei mir im Bett liliegt. Oddder a-eine, dadat wäwär' ja nich' mamal schalllecht.»

Harald erhob sich polternd, schwankte, hielt sich am Tisch fest, der darauf bedenklich zu rutschen begann, der Stuhl kippte nach hinten, der Geheimdienstler löste sich, ganz wie Geheimdienstler zu tun pflegen, in luftigste Luft auf. Der Herr seines Verstandes war in der Tat nicht mehr Herr über seinen Körper. Er fand torkelnd und brabbelnd den Weg ins Schlafzimmer, nicht ohne im Flur noch ein Bild von der Wand gerissen und auf dem Weg durch das Wohnzimmer, das an das ex-priesterliche Schlafgemach grenzte, den CD-Ständer umgeworfen zu haben, welcher deswegen mit ganz unpriesterlichen Flüchen bedacht wurde. Im Schlafzimmer fiel Harald unmittelbar aufs Bett und schlief dort angezogen sofort ein.

Und war und blieb dort durchaus allein.

Kapitel 7

Samstag, 19. September 2013, Kloster Utstein, Südwestnorwegen

Stavanger lufthavn Sola – Harald ließ, um nicht geortet werden zu können, sein Handy ausgeschaltet, als er dem Flugzeug entstieg. Von hier aus war er sich sicher, dass er etwaige Verfolger bemerken und sie abschütteln können oder aber seine Spur sich verlieren würde. Am Vortag hatte er eine Reihe von Vorsichtsmaßnahmen ergriffen: Im Kloster hatte er wohlweißlich nicht vom eigenen Telefon aus angerufen, um zu klären, ob er kurzfristig willkommen sei. Er lieh sich für das kurze Telefonat das Handy eines Tischnachbarn im Café Rabarbra, nachdem er beim Arzt gewesen war. Als er dann den Flug gebucht hatte, hatte er darauf geachtet, einen Sitzplatz ganz vorne im Flugzeug zu belegen. So konnte er, als er in Trondheim Værnes als einer der ersten einstieg, jeden Mitpassagier in Augenschein nehmen. Würde er einen von denen am Busbahnhof von Stavanger wiedererkennen, während er an der Haltestelle 24 auf die Linie 10 nach Rennesøy wartete, war Vorsicht geboten. Noch mehr, wenn diese eventuelle Person auch noch gleichzeitig mit ihm bei der Mautstation Sokn in die Linie 33 zu den Inseln Mosterøy und Fjøløy umsteigen würde. Zwischen den beiden Inseln liegt, durch zwei kleine Brücken mit ihnen verbunden, seit 750 Jahren das Kloster Utstein auf dem nach ihm benannten Eiland Klosterøy.

Zwar rechnete Harald damit, dass Geheimdienste sehr wohl im Handumdrehen herausfinden können, ob ihr Observationsobjekt einen Flug bucht; zwar konnten sie von woanders her einen Spion, der zeitgleich mit ihm von Kopenhagen, Oslo oder Amsterdam aus auf Sola landen würde, auf ihn ansetzen und mit ihm im Flugbus nach Stavanger schicken. Aber Harald war sich gleichzeitig absolut sicher, dass ein solcher, von Deutschland geschickter Spitzel, einen Dialekttest nicht bestehen können würde. Es reichte, dass Harald an der Mautstation eventuell auf denselben Bus wartende Personen nach der Uhrzeit fragte; jeder Norweger verriet mit der Antwort seine ungefähre Herkunft, jeder Ausländer seine nichtnorwegische. Norwegen leistet sich gleich zwei Hochsprachen, das sogenannte Bokmål und das Neunorwegische, beides allerdings nur auf dem Papier, für Behörden und Ausländer gewissermaßen. Im mündlichen Alltag spricht jeder seinen Dialekt, genau so wie ihm der Schnabel gewachsen ist, alles andere gilt als widernatürlich. War also einer seiner Mitpassagiere in diesen entlegenen Winkel der Welt und zu dieser Jahreszeit außerhalb der Touristensaison nicht aus dem Rogaland, wie die Gegend um Stavanger herum heißt, musste Harald vorsichtig sein und spontan sein Reiseziel ändern.

Aber all diese Überlegungen und Vorsichtsmaßnahmen hatten sich als überflüssig erwiesen. Harald war bei der Mautstation der einzige Passagier, der um- und auch zustieg, so dass er sich zu fragen begann, ob der Brief doch ein schlechter Scherz von Fabian gewesen sein könnte. Aber den Bengel direkt zu fragen machte nach wie vor keinen Sinn: Bejahte er die Frage, konnte die Antwort trotzdem Jux und Dollerei sein, verneinte er sie, brauchte sein Nein trotzdem nicht der Wahrheit zu entsprechen – der Zweifel gibt sich seine Gewissheit selbst. Die Herkunft des Briefes entzog sich damit Haralds Überprüfung, egal wie er es drehte und wendete. Das beste war daher, die Warnung ernst zu nehmen und genau das zu tun, was er jetzt tat. Außer ihm war nur noch eine junge Mutter mit ihren beiden kleinen Kindern im Bus. Harald begann nach 48 qualvollen Stunden aufzuatmen.

Und geradezu leicht ums Herz wurde ihm, als er dort auf der Insel, wo die Straße links über die Brücke nach Fjøløy führt, an dem Bushäuschen ausstieg und seine Schritte die letzten 400 Meter geradeaus und im Halbbogen in Richtung des kleinen Klosters lenkte. Links von sich hatte er die Klosterbucht liegen, gegenüber das Ufer von Fjøløy. Schon vor 1000 Jahren musste die Bucht ein so idealer Hafen gewesen sein, dass Menschenhand ihn nicht besser hätte anlegen können. Über den Halbbogen hinweg bot sich Haralds Blick vielleicht 1000 Meter entfernt die einzige nennenswerte Erhebung weit und breit, ein Hügel von ungefähr 100 Metern Höhe. Von dort aus musste man einen weiten, heute einfach nur phantastischen, vor 1000 Jahren überlebenswichtigen Blick auf das Meer und die umliegenden Inseln hin haben. Wohl wegen dieser strategisch günstigen Lage gehört der Ort unzertrennlich zu Norwegens Geschichte: Bevor Augustiner sich im 13. Jahrhundert dort niederließen, war er bereits im 9. Jahrhundert einer der fünf Höfe von König Harald Schönhaar gewesen, der nach dem Vorbild Karls des Großen Norwegen unter sich zu einem Reich zu einen suchte. «Und wozu das?» fragte sich Harald, während er sich Brocken der Landesgeschichte in Erinnerung rief, seinen großen Koffer hinter sich herzog, auf die in der Nachmittagssonne glitzernde Wasserfläche blickte. «Nur um unter seinen Konkurrenten den größten Pfauenschwanz vorweisen zu können. Wenn die Menschen wirklich wüssten, warum sie tun, was sie tun, täten sie es dann immer noch?» Das war im Grunde die für sie alles entscheidende Frage.

Doch nach tiefer schürfenden Gedanken war Harald jetzt nicht, jetzt wollte er einfach aus- und aufatmen, sich frei fühlen, den milden Herbsttag genießen, die Weite der Landschaft, die sich so sehr von der Gegend um Trondheim herum unterscheidet. Vor ihm schimmerten weiße Klostermauern durch uralte, in allen Herbstfarben prangende Laubbäume, die die Klosteranlage umgeben. Rechts von ihm weideten auf einer großen Wiese Schafe. Über alles strich eine leichte Brise von der anderen Seite des Eilands her, von dort wo der Fjord schon Meer wird. Hier gab auch das Meer heute nichts anderes als Frieden.

Im ebenfalls weiß getünchten Innenhof angekommen wusste Harald für einen Augenblick nicht, welcher von mehreren schweren Holztüren er sich zuwenden sollte, bis er das Schild «Hovedinngang» sah. Er lenkte seine Schritte die mittelalterliche Treppe in den ersten Stock des Gebäudes, das direkt an die Kirche anschließt, hinauf. Das Geräusch, das die Rollen seines Koffers auf den groben Steinplatten des Innenhofes und dann auf den Stufen verursachte, musste ihn verraten haben, denn die Tür öffnete sich von innen, noch bevor er oben war. Im Türrahmen erschien ein Mönch in schwarzem Habit.

Ab und zu gibt es Menschen, die ein so auf Anhieb sympathisches Gesicht haben, die unmittelbar so viel Freundlichkeit und Milde ausstrahlen, dass in ihrer Nähe alle Lasten, die man mit sich herumschleppt, nur noch halb so viel zu wiegen scheinen. Merkwürdigerweise trifft man auf solche Menschen vorzugsweise in Klöstern. Harald sah nun ein solches Gesicht, graue Augen, die freundlich durch eine goldgefasste Hermann-Hesse-Brille blitzten, schwarzes Haar, das kurz gehalten auf dem Kopf wie im kurz geschnittenen Vollbart schwarz-weiß meliert zu werden begann, Gesichtszüge, die von Lachfalten geradezu zerfurcht waren; und dieser Kopf entwuchs einer Augustinerkutte.

«Arnold!»

«Harry!»

Harald erklomm die drei letzten Stufen, stellte den Koffer noch in der Tür ab, und die beiden, ungefähr gleich großen, schlanken Männer, der eine augenscheinlich Zivilist, der andere Mönch, umarmten sich lachend und mit großem Getöse.

«Mensch, Harry, wie lang ist das her?»

«10 Jahre? Mindestens!»

Gleichzeitiger, kräftiger Schlag auf zwei Rücken.

«Das war doch bei dieser Tagung in Lütschau – wann war denn das?»

«2002? 2001? Ich weiß nicht mehr ...»

Zeitgleicher, hämmernder Schlag auf zwei Rücken.

«Lass dich mal anschauen!»

«Da gibt's nichts zu sehen!»

Synchroner, fast Atemnot verursachender Schlag auf zwei Rücken. Die beiden Männer ließen einander los und sahen sich an.

«Du siehst gut aus, Arnold!»

«Und du siehst müde aus, Harry. Jetzt komm erst mal rein!», sagte Arnold, bugsierte den schweren Koffer mit dem Fuß, der nackt in einfachen Sandalen steckte, ein, zwei Meter nach innen und schloss die Tür.

In dem etwa 20 Quadratmeter großen, leeren, ebenfalls weiß gekalkten Raum registrierte Harald schwere, dunkel gebeizte Holzdielen, vier Fenster in dicken Mauern, zwei zur Nachbarinsel und zwei zum Innenhof hinaus, sowie links und rechts von ihnen eine schwere, dunkle Holztür. Die eine musste zur Kirche hinunter, die andere weiter in das Gebäude hineinführen.

«Ja, wir haben viel Platz. Hier war früher mal das Dormitorium», erklärte Arnold auf Haralds Blick hin, «aber im Laufe der Jahrhunderte ist hier auch viel umgebaut worden. Utstein ist ja erst seit 15 Jahren wieder im Besitz der Augustiner.»

«Ja, ich weiß», antwortete Harald. «Aber viel mehr weiß ich nicht, bei Gelegenheit darfst du mir gerne mehr erzählen. Jetzt bin ich erst mal froh, dass ich hier sein kann.»

«Wenn ich dich so ansehe, glaube ich dir das sofort», kommentierte der Mönch. «So sehr es mich freut, dich wiederzusehen und hier zu haben, Harald, du warst gestern reichlich kurz am Telefon. Was ist los?»

Harald sah ihn müde an: «Das lässt sich in drei Sätzen nicht erklären. Sagen wir mal so: Ich muss für einige Wochen wo hin, wo mich keiner findet, und verbinde das sehr gerne mit Exerzitien.»

«Du hast dir doch nichts zu Schulden kommen lassen? Nichts wirklich Illegales, meine ich?»

Harald verstand die Anspielung sofort, Arnold kannte ihn immer noch gut. Eine Sache war, als theologischer Linksaußen die kirchliche Autorität zu provozieren, eine andere, auch den weltlichen Gesetzgeber rechts liegen zu lassen. Das erstere hatte den Mönch seinerzeit nicht übermäßig überrascht, das letztere hoffte er jetzt für Harald nicht. Wo bei Harald die Grenzen verliefen, war für Außenstehende nicht gut zu wissen.

«Nein, du kannst ganz ruhig sein. Ich hab' nichts getan», beruhigte der Gast. «Ich erzähle dir gerne, sobald wir Zeit haben.»

«Na, da bin ich ja wirklich gespannt. Aber klar, in zehn Jahren ..., da passiert schon einiges. Heute Abend nach der Vesper trinken wir ein Glas Wein zusammen, wenn du Lust hast.»

«Ja, Arnold, sehr schön! Ach, tut das gut! Arnold, du weißt gar nicht, wie gut mir das tut.»

Der Mönch sah den ehemaligen Priester von der Seite an. Zehn Jahre älter war der geworden, natürlich. Das Gesicht war noch markanter, noch schärfer geschnitten als früher, die früher dunklen Schläfen jetzt deutlich grau, während das kurze Haupthaar sich erst hier und da zu

versilbern begonnen hatte, aber über dem früher so leuchtend-wachen dunkelblauen Blick lag nun ein müder Schleier, unter den Augen hatte der Freund dunkle Ränder, in der Körperhaltung wirkte er in seiner schwarzen Lederjacke irgendwie gebeugt, ja geduckt sogar, wie jemand, der ständig Schläge erwartet. «Verprügelter Hund», dachte Arnold, «Harald, du siehst aus wie ein kluger, treuer, aber verprügelter Hund.»
Laut sagte er: «Dann zeig' ich dir jetzt mal deine Zelle», und öffnete die Tür, die in das Innere des Gebäudes führt.

Harald ergriff den Koffer und zog ihn in den nächsten Raum, während Arnold voranging. «Unser Kapitelsaal», erklärte er. Auch hier waren die Wände schmucklos weiß gekalkt, drei Fenster ließen auf jeder Seite Licht durch die dicken Mauern, in der von Harald aus gesehen linken Ecke stand ein schwarzer, gusseiserner, mit vielen Verzierungen versehener alter Holzofen, daneben waren Holzscheite aufgestapelt, in der Mitte befand sich ein langer, einfacher Holztisch mit zwölf Stühlen, über der Tür zum nächsten Raum hing ein einfaches Kruzifix.

Harald folgte Arnold, der den Tisch umkurvte und die nächste Tür öffnete. Sie kamen in ein Treppenhaus. «Hier geht's zum Klosterladen, zum Refektorium und zur Bibliothek runter. Da stehen auch zwei stationäre PC, die wir uns teilen. Wenn du mal ins Internet oder Mails checken willst, musst du dich da auf die Liste eintragen oder halt gucken, ob ein PC gerade frei ist.»
«Auf den Zellen habt ihr dann wohl keinen Zugang zum Netz?» fragte Harald, wobei er sich die Antwort schon denken konnte.
«Nein. Wir haben zwar noch vier alte Laptops, die jedem zum Schreiben zur Verfügung stehen, und im Büro gibt's auch noch einen stationären PC mit Netzanschluss, aber einen Router haben wir und wollen wir nicht.»
«Vernünftig, mehr braucht man nicht!» kommentierte Harald, während Arnold an der Steintreppe vorbei zur nächsten Tür ging. «Und wie ist das mit dem Handy-Empfang?»
«Draußen auf dem Hügel, wenn du's dir nicht verkneifen kannst», grinste Arnold. «Hier unten im Kloster gibt's keinen Empfang». Arnold

holte einen Schlüsselbund hervor und schloss auf.
«So, und das ist die Klausur. Die Tür lässt sich nur von innen ohne Schlüssel öffnen. Du kriegst dann natürlich auch einen.»

War Harald schon vorher bedeutend leichter ums Herz gewesen, so atmete er jetzt endgültig auf. Genau darauf hatte er gesetzt. Das Kloster lag in einem Funkloch. Hier war er nicht zu orten. Und: Jemand, der dort nicht wohnt, hat zur Klausur eines Klosters keinen Zutritt, weder Verwandte der Mönche, noch deren Freunde oder andere Gäste – und Fremde schon gar nicht. Für alle Geheimdienste dieser Welt hört die Welt vor der Klausur eines katholischen Klosters auf.

Sie betraten einen langen, etwa 1,50 Meter breiten Gang, der Boden bestand wieder aus dunkel gebeizten Holzdielen, sechs Fenster ließen vom Innenhof her großzügig Licht auf zwölf links liegende Zellentüren aus dunkel gebeiztem Kiefernholz fallen.
«Wir sind zu acht, du kriegst dann die Neun», sagte Arnold rückwärts blickend. «Mit Blick auf die Bucht.»
«Und wo sind die anderen jetzt?» fragte Harald, während er der schwarzen, rauschenden Kutte folgte. Den Koffer trug er jetzt wegen des Getöses, das die Rollen schon zuvor auf den Dielen verursacht hatten.
«Bruder Bernhard ist verreist, vier sind noch auf dem Hof oder in der Käserei, und Bruder Fredrik dürfte in der Küche sein», war die Antwort.
«Ihr macht Käse?» fragte Harald erstaunt.
«Ja, von irgend etwas müssen wir ja leben. Wir haben eine kleine ökologische Landwirtschaft und Bruder Bruno ist Franzose und Käsemeister, wir anderen sind angelernt. Hast du nicht die Schafe auf den Weiden gesehen?»
«Doch, natürlich, aber ich habe nicht damit gerechnet, dass die zum Kloster gehören.»
«Tun sie aber. So, hier», Arnold schloss die Zelle Nummer Neun auf, blinzelte Harald dabei zu, öffnete die Tür, grinste breit und machte mit ausgestrecktem Arm eine einladende Bewegung in den geöffneten Raum, «Voilà, das ist dein Reich! Nach Ihnen, Monsieur!»

Harald betrat einen Raum von acht Quadratmetern, worin sich ein Waschbecken mit Spiegel, ein Bett, ein Schrank, vor dem Fenster ein Schreibtisch und ein Stuhl befanden. Die Holzdielen waren dunkel wie im Gang draußen, die Wände waren aus weiß gestrichenem Holzpanel und offensichtlich nachträglich eingesetzt worden, über dem Bett hing am Kopfende ein Kreuz, an der Längsseite des Bettes ein leeres Wandregal. Mehr gab es nicht. Aber mehr brauchte Harald auch nicht. Das Fenster eröffnete nach Südosten einen wunderschönen Blick auf die Bucht und über die Nachbarinsel Fjøløy hinweg.

«Prima! Wirklich prima, Arnold, vielen, vielen Dank!»

Der Mönch überhörte den Dank, lächelte nur in seiner meliertbärtigen Freundlichkeit und sagte: «Am Ende des Flurs ist das Bad mit vier Duschen, zwei Badewannen und zwei Toiletten. Morgens kann's eng werden, wenn alle gleichzeitig duschen wollen. Deshalb abends absprechen.»

Arnold fummelte an seinem Schlüsselbund und fuhr fort: «Ich geb' dir jetzt meinen Schlüssel und lass' dich allein. Um 19:00 Uhr ist Vesper in der Kirche, danach Abendessen im Refektorium. Da stell' ich dich dann den anderen vor.»

«Wissen die, dass ich da bin?» fragte Harald.

«Natürlich, was glaubst du denn? Auch wenn ich Prior bin, tue ich nichts ohne Rücksprache mit den Brüdern.»

«Um so besser», sagte Harald froh, «ich freu' mich wirklich. Aufs Abendgebet, auf die anderen, auf alles.»

«Ich freu' mich auch und den Brüdern bist du willkommen!», erwiderte die mönchgewordene Menschlichkeit Prior Arnold. Er gab dem ehemaligen Priester einen Klaps auf die Schulter. «Dann lass' ich dich jetzt allein. Tu', was du willst, schlaf' oder genieß' das Wetter draußen. Wir sehen uns dann zur Vesper.» Und der Augustiner schloss die Tür und rauschte in seiner Kutte auf dem Gang davon.

Kapitel 8

Samstag, 19. September 2013, Kloster Utstein, Kapitelsaal

Schweigend sah Harald Arnold zu, wie der eine Flasche Rotwein entkorkte. Während der Augustiner beiden in einfache Küchengläser eingoss, streckte sich der Raucher nach der großen, weißen Kerze links von ihm in der Mitte des Tisches, holte sie heran und entzündete sie.
«Okay, dass ich das Licht ausmache?» fragte er, während er schon aufstand, um zum Lichtschalter zu gehen.
«Ja, gerne.»
Das Licht der Kerze beschien in warmem Gelb den Rotwein in den Gläsern, die dunkelgrüne Flasche auf dem Tisch, den Mönch in seiner schwarzen Kutte, Harald in schwarz-weiß kariertem Flanellhemd, das massive Holz des großen Tisches im Kapitelsaal, an dessen Ende sie sich gesetzt hatten. Von Harald aus gesehen entschwand der Schein nach links über den langen Tisch hinweg, rechts waren schemenhaft die weiße Wand, der gusseiserne Ofen, die schwere dunkle Tür zum Treppenhaus und darüber das Kruzifix erkennbar. Im Schein der Kerze trat die Freundlichkeit in Arnolds bärtigem Gesicht noch stärker als bei Tageslicht hervor. Seine grauen Augen schienen jetzt schwarz, wobei dieser Eindruck durch die goldgefasste Hermann-Hesse-Brille entstand, in deren Gläsern sich die Flamme der Kerze spiegelte. Arnold hob sein Küchenglas:
«Zum Wohl, Harry!»
«Zum Wohl, Arnold!»
Beide nahmen einen kleinen Schluck. «Hm, der ist schön rund,» kommentierte Harald. «Aus Norwegen oder aus Deutschland?»
«Von Aldi, als ich das letzte Mal in Deutschland war, wenn du's genau wissen willst. Hier in Norwegen können sich einfache Mönche keinen Wein leisten.»
«Ja, dass kann ich mir denken. Bei den Preisen ...»
Beide schweigen eine Weile. Harald saß nach vorne gebeugt am Tisch,

die Hemdsärmel halb hochgekrempelt, drehte in seinen großen Händen langsam an seinem Glas, während der Mönch sich zurückgelehnt, die Arme auf der Brust verschränkt hatte und Harald bei dessen sinnloser Tätigkeit ruhig zusah.

«Es geht dir also nicht gut, Harry», sagte er schließlich.

Harald sah auf: «Ja, da könntest du recht haben.»

«Hat das was mit deiner Suspension zu tun?»

Natürlich wusste Arnold von der Suspension, das ganze katholische Norwegen wusste davon, sind doch Katholiken dort eine verschwindende Minderheit von nur einigen zehntausend Seelen. Der Skandal, den Haralds Artikel in einem Land ausgelöst hatte, in welchem aktive Katholiken oft katholischer als der Papst scheinen, war unvergessen.

«Nein», sagte Harald. «Oder ja, indirekt. Vielleicht.»

«Du sprichst in Rätseln».

Harald überlegte einen Moment, griff dann in die Brusttasche seines Hemdes und holte einen Memory Stick hervor, den er, indem er sich wieder über den Tisch beugte, demonstrativ an die Kerze hob, so dass das rote, durchsichtige Plastikding gegen die weiße Kerze und die schwarze Kutte des Mönches plötzlich viel mehr war als nur ein rotes, durchsichtiges Plastikding: «Arnold, das ist meine Beichte. Die kriegst du vielleicht mal. Da steht alles drin.»

Arnold runzelte unter seinem kurzen Haar die Stirn: «Wie viele Seiten hat die denn?»

«Etwa 160. Bis jetzt.»

«Ein Buch also. Schreibst du jetzt auch an deinen Confessiones?»

Harald hob zu dem Scherz nur die Brauen:

«Lassen wir den guten August mal raus. Der Grund dafür, dass es mir schlecht geht, nein, die Gründe dafür befinden sich verschriftet auf diesem Wunderding der Elektronik. Wenn ich soweit bin, kriegst du das vielleicht mal in seiner Ganzheit zu lesen. Wenn du Zeit zu so was hast.»

«Die werd' ich dann schon finden.»

«Arnold, du bist ein echter Freund». Harald hob sein Glas.

«Du auch, Harry, du auch». Beide tranken, beide schwiegen. «Junge, was ist los?» hakte Arnold nach einer Weile nach.

«Das, was los ist, das füllt mehrere Abende.»

«Du bis doch morgen und übermorgen auch noch da?»
«Ja, schon, aber lass gut sein, Arnold. Lass mich erst mal richtig ankommen und wieder Herr meiner Sinne werden.»
«Gut, wie du meinst. Aber dir brennt was auf der Seele, das sieht man auf hundert Meter Abstand.»
«Arnold», Harald sah den Augustiner direkt an und lächelte dankbar, aber müde, «gut gebohrt und prima Fragetechnik, wirklich. Aber wie gesagt, lass erst mal gut sein. Mir geht's schon tausendmal besser, nur weil ich hier sein kann, im mehrfachen Sinne. Geht's dir denn so gut, wie du aussiehst?»
«Ich weiß zwar nicht, wie ich aussehe, aber es geht mir gut, ja», antwortete der Mönch.
«Und deine Entscheidung, endgültig ins Kloster zu gehen, ist immer noch richtig?» fragte Harald
Arnold strahlte über sein ganzes freundliches Gesicht wie ein glücklicher Ehemann: «Wie's bis jetzt ausschaut, ja.»
«Immerhin 30 Jahre.»
«31!»
«Oh, entschuldige, 31.»
Nun hob Harald sein Glas: «Auf die guten 31 Jahre!»
«Auf die guten 31 Jahre!»

Die beiden tranken einander zu und sahen sich in eigentümlicher Vertrautheit und großer Ruhe an. Die vielen Jahre, die sie einander nicht gesehen und nur dann und wann über Ecken von einander gehört hatten, hatten der Freundschaft keinen Abbruch getan.

«Was hat euch denn nach Utstein verschlagen?», fragte Harald irgendwann.
«Was hat dich denn nach Utstein verschlagen?»
Jetzt musste der Ex-Priester grinsen: «Du lässt wirklich nicht locker, Arnold!» Dass der alte Freund aus Studienzeiten so direkt fragte, das tat gut! Das wärmte, schon weil Harald spürte, dass Arnold das spürte. Aber jetzt mochte er über das Buch und die Ereignisse, die sich damit verbanden und erst recht die, die sich vielleicht noch damit verbinden würden, noch nicht sprechen. Aber dass Arnold möglicherweise der

war, dem er sich anvertrauen konnte, weil der vielleicht weiter dachte als er selber, die Hoffnung kam ihm jetzt. Warum hatte er nicht früher daran gedacht? Egal. Er musste so oder so noch darüber nachdenken.

«Arnold», sagte er deshalb, «die Zeit ist einfach noch nicht reif.» Nach einer Pause fuhr er fort: «Aber gut, wir könnten bis dahin etwas diskutieren, was auch wichtig ist und durchaus mit diesem Ding hier zu tun hat.» Und er hob den Stick wieder hoch.

«Und das wäre?»

«War es für dich je ein Problem, Gottesglaube und Evolutionstheorie miteinander zu verbinden?»

Der Mönch sah ihn erstaunt an:

«Ach, daher weht der Wind? Nein, war's nicht. Oder – schön, ganz früher mal, noch vor dem Studium, da gab's mal so eine Phase, da hat der Boden etwas gewankt.»

«Wie war das denn damals?»

«Ja, da stand ich gewissermaßen vor der Alternative Bibel oder Darwin. Du etwa nicht?»

«Ja, schon. Wenn man was wirklich ernst nehmen will, geht irgendwie nur eins von beiden, denkt man. Entweder biblische Schöpfungsgeschichte oder darwinsche Evolutionslehre. Wie bei Gericht: Aussage gegen Aussage. Wenn Darwin recht hat, irrt die Bibel. Mehr noch, wenn Darwin recht hat, dann kann's Gott nicht geben.»

«So einfach denken sogar viele Naturwissenschaftler und andere studierte Leute», sagte Arnold. «Und soll man's da den weniger Studierten verdenken?», setzte er hinzu.

«Wie hast du das Problem für dich gelöst?»

«Ich hab's nicht gelöst. Das war Pater Johannes, unser damaliger Prior, als ich noch im Postulat war.»

«Tja, es kommt wohl darauf an, wen man trifft im Leben.»

«Ja, das kann schon sein. Wie so oft.» Arnold nahm einen Schluck und fuhr fort: «Die Lösung besteht aus drei Schritten. Im ersten muss man sich einfach bewusst machen, dass sowohl die Wissenschaft als auch die Bibel uns nur in der Sprache begegnen. Im zweiten muss man sich vergegenwärtigen, dass es in jeder Sprache verschiedene Sprechweisen gibt, je nach Situation. Und im dritten muss man, um einander nicht misszuverstehen, sich vergewissern, das die Sprechweisen dieselben sind.»

«Schon das tun Befürworter und Gegner von Bibel oder Evolutionstheorie ja sehr selten», warf Harald ein.

«Eben! Aber wer die Genesis wie einen wissenschaftlichen Artikel aus heutiger Zeit liest, der hat verloren. Dabei muss man sich nur klar machen, dass jede Zeit ihr Verständnis davon, dass die Welt als ganze und besonders der Mensch sich nicht selbst schaffen können, nach dem Wissensstand dieser Zeit ausdrückt. Das sehen wir ja unter anderem daran, dass es schon in der Bibel zwei Schöpfungsberichte gibt. Der von Adam und Eva ist ja wesentlich älter als der von der Erschaffung der Welt in sieben Tagen. Wenn wir heute den Schöpfungsbericht schreiben sollten, würden wir sagen: Am Anfang schuf Gott den Urknall. Oder so ähnlich.»

Harald hob wieder das Glas: «Und er sah, dass das, was da entstand, sehr gut war.»

«Und dass es im Kosmos zur Entwicklung hoher Intelligenz und auf der Erde zur Entwicklung des Homo sapiens führen würde.»

«Und dass der Homo sapiens irgendwann im Stande sein würde, sich selbst auszurotten. Womit wir beim Sündenfall wären», ergänzte Harald düster und ließ das Glas sinken, ohne getrunken zu haben.

«Aber Gott gab ihm Intelligenz genug, das zu erkennen», entgegnete der Mönch unbeeindruckt. *Er* führte sein Glas zum Mund, sagte aber, bevor er trank: «Und er sandte seinen Sohn in die Welt, damit alle, die an ihn glauben, gerettet würden. Wer ihm glaubt, wer so lebt, wie Jesus gelebt hat, wer so liebt, wie Jesus geliebt hat, der kann sein Leben unmöglich verspielen, der lebt ein Leben randvoll mit Sinn, schon im Diesseits, egal wie alt oder jung er stirbt!»

«Ich stimme dir zu, natürlich. Für unsere Kirchenoberen dürfte sich das allerdings viel zu diesseitig anhören», sagte Harald.

Nun war es Arnold, der an seinem Glas drehte. Dabei erklärte er gelassen: «Mag sein. Für mich ist es aber so und schon alleine Grund genug, Mönch zu sein. Wenn ich einen schlechten Tag habe, mache ich mir bewusst, was ich wollte: Auf die kolossale Liebe dieses Mannes antworten, die bis in den gewaltsamen und doch völlig freiwilligen Tod ging, damit wir Leben haben, von der ich genau deshalb glaube, dass sie die Liebe Gottes zu seiner Welt ist, einfach weil Liebe größer nicht mehr sein kann, weil sie so unüberbietbar wie Gott selber und deshalb im vollem Sinne des Wortes «göttlich» ist. Und ich hab's bis heute nicht bereut!»

«Dann bist du wirklich ein glücklicher Mensch, Arnold?» Harald spürte ein Kratzen im Hals, als er die Frage stellte, räusperte sich und hustete. Der Mönch sah vor sich hin. Aber Arnold zögerte nicht, machte auch keine Kunstpause. Es war, als würde er tatsächlich für ein, zwei Sekunden irgendwie irgendwohin entrückt, bevor er zu sich kam und mit eigentümlichem Lächeln langsam, aber ohne jedes Pathos antwortete: «Ja, ich bin ein glücklicher Mensch, Harry!» Dann erst schaute er auf und den Freund durch seine Brille, in der sich die Kerze spiegelte, an: «Aber du, Harry, du bist nicht glücklich ...»

«Jetzt bohrst du schon wieder ... . Arnold, mir geht's zur Zeit nicht gut und ich hab' zwei Nächte so gut wie nicht geschlafen, das ist was anderes. Ich nehme mal an, dass du Glück nicht mit konstantem Wohlbefinden verwechselst?»

«Natürlich nicht.»

«Gut. Schau, ich mache mir wahnsinnige Sorgen um unsere Mitmenschen. Ich glaube, durch einen norwegischen Humanethologen Dinge verstanden zu haben, die bisher nur bei sehr wenigen angekommen sind.»

«Entschuldige, da bin ich nicht so zu Hause, was ist ein Humanethologe?»

«Humanethologie ist ein Forschungszweig der Biologie, der Evolution und Verhaltensforschung miteinander verbindet und auf den Menschen anwendet.»

«Aha, dann ist die Bildungslücke jetzt geschlossen. Und was macht dir da so wahnsinnige Sorgen?»

«In wie großer Gefahr und vor allen Dingen *warum* mittelfristig sehr, sehr viele Menschen in dieser Gefahr schweben, das haben bisher nur ganz wenige wirklich begriffen.»

«In Gefahr haben die Menschen schon immer geschwebt, das ist ja nun nichts Neues. Deshalb muss man doch nicht so rumlaufen wie du und nächtelang nicht schlafen!»

«Arnold, mir fällt bei der ganzen Geschichte eine Rolle zu, die mir, milde formuliert, überhaupt nicht passt.»

«Jetzt sprichst du aber wirklich in Rätseln. Was für eine Rolle ist das?»
Harald ergriff den Stick, der auf dem Tisch lag, hob das rote Ding erneut ins Kerzenlicht und sagte: «Das steht hier! Wie gesagt, vielleicht darfst du das mal lesen, wenn ich soweit bin. Aber wenn's dich interessiert, dann lies doch in der Zwischenzeit zur Vorbereitung den «Homo biologicus», das Buch von diesem Humanethologen. Du kannst ja Norwegisch. Dann haben wir eine viel bessere Gesprächsgrundlage als wenn ich dir jetzt alles erzählte. Ich hab's mit, ich kann's dir heute Abend noch leihen, wenn du willst. Und ich garantiere dir, dass dir da einige Lichter aufgehen werden.»
«Na, da bin ich ja wirklich gespannt», sagte Arnold.

Beide schwiegen wieder eine Weile, Arnold goss beiden nach. Bei Tageslicht hätte sich dieselbe Situation zäh angefühlt, dasselbe Schweigen hätte nach all den Jahren auf einer Parkbank oder bei einem Spaziergang stattfinden müssen, so dass man geradeaus schauen kann, um keinen Abstand, keine Peinlichkeit auszulösen. Doch hier im Mantel des Kerzenscheins waren sie einfach nur alte Freunde, deren gemeinsames Stillsein ein Teil ihrer Vertrautheit war, zum Inhalt der Freundschaft gehörte.

«Du musst nicht antworten, wenn du nicht willst», eröffnete Arnold schließlich das Gespräch erneut, «wir haben uns ja lange nicht gesehen. Aber die Suspension muss doch fürchterlich für dich gewesen sein. Warum in aller Welt hast du denn damals diesen Artikel geschrieben?»
Haralds Gesicht zuckte. «Das steht doch drin!», antwortete er heftig.
«Ja, schon, aber du musstest doch wissen, welche Konsequenzen der haben würde!»
«Natürlich wusste ich das.»
«Dann versteh' ich dich noch weniger», sagte Arnold.
«Du auch nicht? Du verstehst das auch nicht? Du hättest ihn nicht geschrieben?»
«Ich *habe* ihn nicht geschrieben.»
«Nein, in der Tat, Arnold, du hast ihn nicht geschrieben.» Harald beugte sich erregt vor, stützte seine entblößten Unterarme auf den Tisch,

umfasste das Glas und sah den Mönch zornig an: «Ich will dir mal was sagen, zur erweiternden Erinnerung gewissermaßen an das, was du gerade selber gesagt hast. Da war vor 2000 Jahren mal ein Mann, der war nicht doof. Der wusste sehr genau, welche Konsequenzen sein Handeln haben würde. Wer muckt, kriegt nämlich eins auf die Fresse, das war damals schon so. Aber wenn der für seine Botschaft vom Reich Gottes nicht seinen Kopf hingehalten hätte, und zwar völlig freiwillig, wie du so richtig sagtest, dann säßen wir heute nicht hier. Das hat die ganze Weltgeschichte geändert. Da ist doch wohl ein kleiner Priester, der nur sein Amt dafür aufs Spiel setzt, ein Fliegenschiss dagegen?»

Arnold kannte Harald, wusste, wie heftig er werden konnte, wie sehr ihn die Leidenschaft packte, wenn es um den Nazarener ging. Aber es war auch lange, sehr lange her, dass Arnold mit dieser Leidenschaft konfrontiert worden war. Das einfache, aber beschauliche Leben des Klosters, der Rückzug in die Gottesnähe durch Abgeschiedenheit vom Rest der Welt waren eine ganz andere Art der Nachfolge als Harald sie verstand.

«Du bist immer noch der alte», beendete Arnold irgendwann die Gesprächspause, die entstanden war, «ich muss mich nur daran erinnern, dann versteh' ich dich schon. Aber mein Ding wäre dieser Artikel trotzdem nicht gewesen. Kannst *du* das verstehen?»
Harald fuhr auf, hieb mit der flachen Hand so auf den Tisch, dass die Gläser tanzten, die Flasche wackelte, die Kerze flackerte, der Kapitelsaal für einen Augenblick ein einziger trockener Knall war. Arnold duckte sich geradezu unter der Heftigkeit, mit der es aus dem Ex-Priester herausbrach:
«Das, Arnold, genau das versteh' ich nicht. Es geht doch gar nicht um mich oder dich! Wenn die angeblich Erlösten sich wirklich erlösen ließen, dann könnten sie doch wohl ein bisschen öfter ihr verdammtes Maul aufmachen. Oder? Was haben wir denn zu befürchten? Wenn wir so erlöst sind, wie wir behaupten, wohlgemerkt? Dann kann die Welt uns doch nichts mehr, oder? Dass man mich suspendieren würde, das wusste ich, klar wusste ich das. Und Spaß hat mir das Ganze nicht ge-

macht, das kann ich dir versichern. Aber glaubst du denn, Jesus hätte sein Leben vor dem Tod nicht geliebt? Herrgott im Himmel, wovor habt ihr so viel Angst? Wovor, Arnold, wovor?»

Das Schweigen, das Haralds Ausbruch folgte, war kein gutes mehr. Ob es die Heftigkeit seiner Worte oder deren Inhalt zur Ursache hatte, war nicht zu trennen. Arnold sah den Freund über den Tisch hinweg mit weit geöffneten, traurigen Augen an, hielt die eine Hand am halbvollen Glas, die andere auf dem Schoss. Und wieder war es der Mantel des Kerzenscheins, der dafür sorgte, dass das Freundschaftsband zwischen den beiden hielt. Auf einer Parkbank sitzend wäre vielleicht gerade ein Mann von der Freundlichkeit Arnolds aufgesprungen und einfach gegangen. Während eines Spaziergangs hätten dieselben Worte auch für den geduldigen Arnold zu wortloser Kehrtwendung geführt; er hätte den Sprecher einfach stehen gelassen. Doch hier, im Mantel des Tischfeuers, gab es den wärmenden Schutz, dessen sie beide jetzt bedurften.

«Entschuldige! Das war nicht persönlich gemeint, Arnold», sagte Harald nach einiger Zeit. «Ich hoffe, du weißt das!»
«Ja, ich weiß das», erwiderte Arnold leise. Er hob sein Glas in Haralds Richtung und fuhr fort: «Aber du bist bisweilen schwer zu ertragen. Keiner hat gern einen Stachel im Fleisch. Ich hoffe, *du* weißt *das*!» Und der Mönch trank aus, während er Harald direkt anblickte.
Harald nickte betreten, aber hielt dem Blick des Freundes stand, sagte ebenso leise: «Natürlich. Und es macht keinen Spaß, so ein Stachel zu sein, das kann ich dir versichern.» Er hob seinerseits sein Glas in Arnolds Richtung: «Danke, dass wenigstens du mich aushältst!» Auch er trank aus.
Der Mönch nickte abermals: «Gut, dann ist die Flasche leer und der Kopf mal wieder voll. Geh'n wir schlafen».
Er erhob sich, ging zum Lichtschalter an der Tür, knipste das Licht an. Harald beugte sich über den Tisch, hielt die Hand schützend um die Flamme und blies sie aus. Dann griff er nach dem Stick und ließ ihn in der Hemdtasche verschwinden, stellte die beiden Gläser in einander und nahm sie in die Linke, ergriff mit der Rechten die leere Flasche

und ging zu Arnold, der an der Tür zum Treppenhaus, die Hand auf die Klinke gelegt, wartete.

«Wenn ich dich nicht hätte, Arnold», sagte Harald.

«Schon gut, Harald», sagte Arnold. Er öffnete die Tür, knipste das Licht im Treppenhaus an und im Kapitelsaal aus.

Kapitel 9

Mitte Oktober 2013, Kloster Utstein, Zelle 9

«Sind Sie jemals in einem Gebäude gewesen, das Sie mit seiner Imposanz zu erschlagen drohte?» Ja, das war die Frage, die Harald jetzt seinen Lesern stellen wollte, um sie das Wichtigste dessen, was er erlebt hatte, auch erleben zu lassen. In seiner Eigenschaft als womöglich im Visier des Verfassungsschutzes Stehender war er auf Recherche in Deutschland gewesen, vorsichtshalber nur mit Bussen und Bahnen, und seit einigen Tagen wieder zurück im Kloster.

Um den Geheimdienstlern keinen Gefallen zu tun, war er ohne Laptop und ohne Handy gefahren. Überraschenderweise ging das ziemlich gut. Er hatte genügend Bargeld in Norwegen abgehoben, auch weit genug weg von Utstein, und das dann in Schweden und Dänemark häppchenweise in Euro getauscht, um so weder einen Hinweis auf seinen konkreten Aufenthaltsort noch in Deutschland Transaktionsspuren zu hinterlassen. Er hatte bei seiner alten Mutter hereingeschaut, die über den seltenen Besuch des Sohnes hocherfreut gewesen war, ohne dass er Auffälligkeiten bemerkt hätte. Er hatte von Internet-Cafés aus Recherchen im Netz angestellt und herausgefunden, wo sich Leitbaken mieten lassen. Er hatte sich ein paar Leitbaken besorgt, einen Wagen geliehen und an zwei Abenden selbst damit auf abgelegenen Straßen Scheinwerfer- und Bremstests durchgeführt. Das war zwar auffällig, aber verboten war es nicht, und eine prima Gelegenheit für Agenten, sich seiner zu bemächtigen. Doch gab es solche, so hielten die sich auffällig zurück, es sei denn, die ab und zu sichtbaren Bewohner der Bauernhöfe in der Nähe seiner kleinen Versuchsstrecken mussten als Geheimdienstler gelten, die ihn aus unerfindlichen Gründen unbehelligt gewähren ließen.

Die Tests bestätigten ihm, dass bei Einhaltung der vorgeschriebenen

Geschwindigkeitsbegrenzungen von den Straßensperren keine unmittelbare Gefahr für Leib und Leben ausgehen würde. Bei asymmetrischen Scheinwerfern reicht Abblendlicht rechts auf 70-100 Meter, links 50-60 Meter. Bei Gefahrenbremsungen beträgt der Anhalteweg bei Tempo 60 36 Meter, bei Tempo 80 56 Meter. Die Fahrzeugführer kämen also bei intakten Bremsen mit dem Schrecken davon, auch bei Nacht, auch in den frühen Morgenstunden, auch bei Regen. Schlimmstenfalls waren einige Blechschäden zu erwarten. Allerdings musste Harald auch damit rechnen, dass viele sich nicht an die Geschwindigkeitsregelungen halten oder schlechte Reifen haben würden, und da wurde die Sache schon gefährlich. Und die Bremsen waren bei vielen Autos ganz sicher nicht die besten, viele Scheinwerfer nicht richtig eingestellt. Verletzte oder gar Tote waren nicht völlig auszuschließen. «Aber es gibt Grenzen dafür, wie nett auch ein netter Terrorist noch sein kann, das werden sicher auch die schwierigsten Zeitgenossen verstehen», dachte Harald irgendwann mit bitterer Ironie; die Tour in die Heimat hatte ihm das Leben wahrlich nicht leichter gemacht.

Im Zuge seiner weiteren Recherchen war er nämlich in gleich drei monumentale Bestätigungen der eirikschen Thesen geraten. Ursprünglich nur als mögliche Anschlagsziele anvisiert entpuppten die Museen von Porsche und Mercedes in Stuttgart und das BMW-Museum samt der BMW-Welt in München sich als Monumente der Getriebenheit, als Monokulturen eines Größerwahns, Weiterwahns, Schnellerwahns, wie ihm so noch kein Zeitalter zuvor gehuldigt hat, wobei das Porsche-Museum unter den drei Premium-Herstellern noch einmal hervorstach. Dabei waren deren Bauwerke doch nur die gesetzestreue Fortsetzung dessen, was bisher sonst in der Welt zum Zwecke der Repräsentation gebaut worden war.

Damit sie dies nachvollziehen konnten, bat Harald seine Leser: «Wenn Sie selbst noch nicht dort waren, so gehen Sie doch im Geist in das Gebäude, das Sie mit seiner Imposanz am meisten beeindruckt hat. Nehmen Sie sich Zeit zur Erinnerung. Welches Gebäude war das? Der Petersdom? Versailles? Der Kreml? Wie dem auch sei, denken Sie an die monumentalen Dimensionen jener Räume, die Massen der verbauten Materialien, die Lebensjahre menschlicher Arbeit. Rufen Sie in sich Ihr Staunen zurück über die Vorfahren, die so etwas konnten, die kühne Phantasie der Architekten, die kühle Berechnung der Ingenieure, die präzise Arbeit der Handwerker, die Mühen und Plagen der Arbeiter. Und erinnern Sie sich an Ihre Frage, was den oder die Auftraggeber bewogen haben mochte, jenes Gebäude errichten zu lassen. Oder stellten Sie sich diese Frage nicht? In diesem Fall sind Sie nicht alleine. Erinnern Sie sich an Bert Brechts Gedicht:

> Wer baute das siebentorige Theben?
> In den Büchern stehen die Namen von Königen.
> Haben die Könige die Felsbrocken herbeigeschleppt?
> Und das mehrmals zerstörte Babylon,
> Wer baute es so viele Male auf? In welchen Häusern
> Des goldstrahlenden Lima wohnten die Bauleute?
> Wohin gingen an dem Abend, wo die chinesische Mauer fertig war,
> Die Maurer? Das große Rom
> Ist voll von Triumphbögen. Über wen
> Triumphierten die Cäsaren? Hatte das vielbesungene Byzanz
> Nur Paläste für seine Bewohner? Selbst in dem sagenhaften Atlantis
> Brüllten doch in der Nacht, wo das Meer es verschlang,
> Die Ersaufenden nach ihren Sklaven.
> Der junge Alexander eroberte Indien.
> Er allein?
> Cäsar schlug die Gallier.
> Hatte er nicht wenigstens einen Koch bei sich?
> Philipp von Spanien weinte, als seine Flotte
> Untergegangen war. Weinte sonst niemand?
> Friedrich der Zweite siegte im Siebenjährigen Krieg. Wer
> Siegte außer ihm?
> Jede Seite ein Sieg.
> Wer kochte den Siegesschmaus?
> Alle zehn Jahre ein großer Mann.
> Wer bezahlte die Spesen?
> So viele Berichte,
> So viele Fragen.

So viele Fragen, ja. Und doch, eine ganz bestimmte unter diesen vielen Fragen konnte auch ein Bert Brecht offensichtlich noch nicht stellen: Warum eigentlich brauchte Theben sieben Tore? Warum eigentlich musste Lima von Gold erstrahlen? Warum eigentlich brauchte Byzanz Paläste? Warum zog überhaupt jemand aus, Indien zu erobern, die Gallier zu schlagen, im siebenjährigen Krieg zu siegen? Warum müssen in dieser Welt Männer ständig groß und größer sein? Und warum folgen ihnen so viele?

Wer in das Porsche-Museum hinein gerät, der ist schon erdrückt, den gibt es in der dritten Dimension nicht mehr; der bewegt sich nur noch als Schatten seiner selbst, gleich einem Paulchen Panther, den im Trickfilm ein schonungsloses Schicksal von oben ereilt. Genau so platt gedrückt wird er von dem auf drei Trägern ruhenden, mega-meteorartigen, unförmigen, verspiegelten, 35.000 Tonnen wiegenden Gehäuse für Porschewahn; genau so platt wie ein Meteor Paulchen Panther platt drücken würde. Bewegt der Besucher sich dann erst trickfilmgleich seinem Schatten, so kommt er auch in seinen Hades, der nicht dunkel, man staune, sondern grellweiß von innen erscheint; grellweiß, doch im Ausstellungsbereich ohne Fenster, ohne einen einzigen Strahl natürlichen Lichtes, hingegen kunstvoll künstlich beleuchtet, um einzig das hervorzutun, was hervorzutun er gebaut war: Porsches in Rot, Porsches in Blau, Porsches in Silber, Porsches in Grau. Und wozu wurden *die* gebaut? Dumme Frage: Um schneller zu sein, natürlich.

So ist denn das ganze Museum um ein einziges Wort, einen Komparativ herum gebaut: Schneller! Ja, es ist die erneute Monumentierung des Komparativs schlechthin, des Vergleichs und des Vergleichens. Im Buch zur Architektur des Meteoren – «Perspektive Porsche» heißt es, jede Semantik verlassend und so wirklich alle Bescheidenheit meidend – wird das Museum mit dem Eiffelturm verglichen; die Materialvergeudung des ersteren von der Materialvergeudung des letzteren unterboten; Ingenieur Porsche mit dem Ingenieur Eiffel im selben Atemzug genannt; es geht um Stahl, es geht um Tonnen, es geht um Zahlen; es wird gemessen, es wird verglichen – denn wozu sonst misst man überhaupt – und nichts unterlassen, um den Häuptling Porsche dem Häuptling Eiffel auf der Osterinsel Erde gleichzustellen.

«Wären es doch nur die zwei», hatte Harald gedacht, als er aus der gleißenden Schattenwelt an die frische Luft der dritten Dimension zurückgekehrt war, «man könnte einfach mit den Achseln zucken und die beiden bedauern. Aber es laufen ihnen so unsäglich viele nach und überbieten sich darin, im kosmischen Einakter *Osterinsel Erde* die Unterhäuptlinge oder deren Wasserträger zu geben. Und machen so die Inszenierung des Stückes erst möglich.»

Nun saß Harald also wieder in seiner Zelle am Schreibtisch, schaute versonnen aus dem Fenster über die Bäume hinweg auf die Klosterbucht, während der Wind das rot-gelbe Laub der alten Äste mit leichter Brise kräuselte. Die Bucht lag still in der herbstlichen Nachmittagssonne, nur ein kleiner Fischkutter mit weißer Kajüte auf hölzernem Unterbau tuckerte gemächlich über die Bucht dem Sund zu, um von dort aufs offene Meer zu gelangen. Sich bei dieser idyllischen Aussicht auf den Konflikt zu konzentrieren, dem er hier am klösterlichen Schreibtisch Worte zu geben suchte, war wahrhaftig nicht leicht. Frieden als Versuchung; dass er, der Priester, Frieden jemals als Versuchung, als Störung empfinden würde, wer hätte das gedacht!

Aber dieser Friede trog, es war eben falsch, von dem friedlichen Bild da draußen auf Frieden woanders zu schließen. Noch falscher war es, von jetzigem auf zukünftigen Frieden zu schließen. Die Postkarte da draußen vor Augen hatte Harald jene arglosen Mitbesucher in den Museen im Kopf, wirkliche oder potenzielle Unterhäuptlinge, wirkliche oder potenzielle Wasserträger, samt Gattinnen und Kindern, aus aller Herren Länder, die nichtsahnend die ausgestellten Fahrzeuge bewunderten, sich an technischen Daten, raffinierten Details, elegantem Design berauschten. Nicht ahnend, welche Posse die Biologie dort mit ihnen trieb. Nicht ahnend, dass sie nur dort waren, weil die Evolution sie programmiert hatte, dem Bewunderung zu zollen, der der Schnellere, der Maßlosere war. Nicht ahnend, dass dieses Museum nur existierte, weil die Evolution im Menschen wie in jeder Kreatur eine Gleichung zwischen Verschwendung und Attraktion und zwischen Attraktion und Vermehrung platziert hatte. Verschwendung verschafft An-Sehen, gerade die Adresse Porscheplatz 1, 70435 Stuttgart, Germany verdeutlichte das vielleicht wie keine andere in Mitteleuropa. Wer mehr Blicke auf sich ziehen kann als andere und dabei bewusste oder unbewusste Bewunderung hervorruft, der kann sich nun mal mehr vermehren, das war reine Wahrscheinlichkeitsrechnung, reine Mathematik. «Ihr Frauen», brummte Harald halblaut, mit Blick auf den Sund, «Hand aufs Herz: Wer weckt bei euch mehr spontanes, noch nicht kontrolliertes Interesse, der männliche Käpt'n des Kutters da draußen oder der männliche Pilot eines Porsches? Ihr Frauen, Hand aufs Herz: Der Kutter darf gerne dazukommen, aber der Porsche kommt zuerst. Oder? Und irgendwie scheinen die allermeisten Männer mitzubekommen, dass das so ist. Was in einer industrialisierten, aber unbegrenzten Welt ja problemlos wäre. Doch in einer industrialisierten und gleichzeitig begrenzten Welt muss es in die Katastrophe führen. Ihr Frauen und ihr Männer: Es sieht nicht gut aus für eure Kinder ...».

Wie diese Katastrophe sich anschlich und wie unabwendbar sie sein würde, wenn nicht sehr bald etwas einschneidendes geschah, das hatte Harald dann einmal mehr durch seine Besuche bei Mercedes und BMW verstanden. Während Porsche nach wie vor geradezu ehrlich mit seinem Komparativ protzte, traten die beiden anderen Premium-Hersteller weit dezenter auf. Viel war von Nachhaltigkeit bei ihnen die Rede, von Verkehrs- und Mobilitätsvisionen, von Verantwortung für Umwelt und Mensch, gleich neben der Präsentation von PS-starken Stahlmonstern und Spritspritzen, wohlgemerkt; doch diese auf den Schminktisch stellend: Während der Besucher der BMW-Welt zum Beispiel durch Berühren des Buttons «Technische Daten» auf einem Touchscreen erfuhr, wie viele hundert Pferde bei vergleichsweise doch verteufelt wenig Durst unter die Motorhaube vor ihm gepfercht waren, erfuhr er bei Drücken auf den Button «Nachhaltigkeit» am selben Touchscreen, wie viel der Hersteller auf Elektromobilität und umweltfreundliche Produktionsmethoden setzte, weltweit führend und revolutionär, selbstredend. Die Frage, warum der Interessent für den Wagen vor ihm das Interesse für Nachhaltigkeit ruhig denen nach ihm überlassen konnte, wurde so zwar in den Raum gestellt; aber die

Macher der Ausstellung rechneten ganz offensichtlich damit, dass die keinem zu heftig auf die Schulter tippte, geschweige denn Antwort verlangte. Nachhaltigkeit als Geschmackssache mit anderen Worten, als Sache der Kosmetik, so konnte es scheinen.

Und so war es Harald zunächst selbst erschienen und es hatte ihn zornig gemacht, bis ihm – aus heiterstem, sozusagen urplötzlichem Himmel – aufging, dass diese Hersteller ja gar keine andere Wahl hatten. Wer in Zukunft nachhaltiger produzieren wollte, der musste für die dazu notwendigen Investitionen in der Gegenwart Gewinne machen, und zwar mit dem, was er hatte und besaß, nicht mit dem, was er gerne hätte und besäße. Was hatten, womit verkauften diese Hersteller sich? Mit PS-starken Edelkarossen, deshalb huldigten ihnen ja diese Millionen von Besuchern in ihren Mekkas der Motoren. Doch weder Porsche noch Mercedes noch BMW konnten morgen verkünden, dass sie ab übermorgen der Umwelt oder gar dem Überleben der Menschheit zuliebe nur noch Edelfahrräder produzieren wollten. Am Morgen verkündet wären sie mit dieser Botschaft am Nachmittag pleite. Hinter der scheinbaren Doppelzüngigkeit der deutschen Autohersteller verbarg sich in Wirklichkeit der Kampf ums eigene Überleben.

Und dass sie überleben wollten, wie konnte man ihnen das vorwerfen? Wieder einmal hatte Harald mit seinem Zorn Moralin produziert, weil er bis Dato den unsäglichen Spagat nicht verstanden hatte, mit welchem deutsche Autoproduzenten in ihrer Selbstdarstellung Umwelt und eigene Existenz zu vereinen suchten und zu vereinen suchen mussten. Denn: Als alle diese Unternehmen vor mehr als hundert Jahren gegründet wurden, wer dachte da an die Umweltbelastung, zu der ein Massenprodukt Auto einmal werden würde? Und dem, der sich vor zwanzig, dreißig, vierzig Jahren für einen Beruf in der Autobranche entschieden hatte, blutjung wie die meisten, die eine Berufswahl treffen müssen, konnte man dem verdenken, dass er wollte, dass dieses Produkt weiter existierte, abhängig vom Erlernten, abhängig vom Arbeitsplatz wie er war? Das konnte man nicht!

Nur – würden die Automobilhersteller diesen Überlebenskampf überhaupt gewinnen können? Es war ironischer Weise der BMW-Touchscreen-Button «Nachhaltigkeit», der Harald auf die Frage brachte, die er sich so nie zuvor gestellt hatte. Zusammen mit den meisten Zeitgeistern war er davon ausgegangen, dass die Welt schon in Ordnung käme, würden Autos nur emissionsfrei und die Produktionsmethoden umweltneutral. «Angenommen», dachte er immer wieder, während er dort in der BMW-Welt zuerst vor drei PS-Kämpen direkt am Osteingang stand, dann etwa 50 Meter entfernt einer Rolls-Royce-Präsentation beiwohnte, bei welcher der geschniegelte, männliche Präsentator das Fahrzeug tatsächlich nur mit weißen Handschuhen berührte, wonach Harald kopfschüttelnd weitere 50 Meter zum neuen Elektro-BMW 3i hinüberwanderte und sich sogar in das schicke, futuristische Ding hineinsetzte, «angenommen, diese Vision vom rundum-recykelten und gänzlich emissionsfreien Automobil ließe sich in einigen Jahrzehnten realisieren, wäre der Welt damit wirklich geholfen?»

Die Frage beschäftigte ihn so, dass er hinauf in eine der Cafeterias ging, um in Ruhe darüber nachzudenken. Während er zwischendurch an seinem Kaffee schlürfte, schrieb und zeichnete er mit einem Kuli auf eine Papierserviette:

Die Welt 2050 schrieb er. *9 Milliarden Menschen* schrieb er. *Träume werden wahr* schrieb er. *Verteilungsproblem gelöst* schrieb er. *9 Milliarden Menschen haben genug zu essen* schrieb er. *9 Milliarden Menschen haben 4,5 Milliarden Autos* stand da weiter. *Ein Auto braucht ca. 10 Quadratmeter Parkplatz* stellte er schriftlich fest. *4,5 Milliarden x 10 = 45 Milliarden Quadratmeter = 45.000 Quadratkilometer = Dänemark* war das letzte, was auf der Serviette Platz hatte.

Harald kritzelte etwas, was Dänemark darstellen sollte, auf eine neue Serviette. «Das ist also der Parkplatz für alle Autos dieser Welt im Jahre 2050», dachte er. «Aber die Autos dürfen ja nicht stehen. Die müssen ja fahren. Wie weit fahren die wohl?»

1000 km Aktionsradius pro Auto schrieb er. «Auf jedem Meter dieser 1000 km süd-, west-, nord- oder ostwärts muss man im Prinzip das

Auto abstellen können,» dachte er. «Wenn nicht an jedem Meter, so auf jeden Fall an jedem Kilometer, sonst macht die Karre keinen Sinn.» Harald nahm eine neue Serviette, zog darauf die Wurzel aus 45.000, kam auf ca. 212, nahm eine weitere Serviette, zeichnete ein Quadrat darauf, gab jeder Seite 212 km Länge, verlängerte jede Seite mit 1000 km nach oben und 1000 km nach unten, kam so auf ein neues Quadrat von 2212 km Seitenlänge und multiplizierte.

4.892.944 Quadratkilometer schrieb er dick und fett auf die letzte Serviette. Das war das Ergebnis seines Gedankenexperimentes, in dem er sich vorgestellt hatte, dass alles so kommen würde, wie die meisten Menschen und ganz gewiss die Automobilindustrie und die Politik es sich heute wünschten: Wohlstand für alle auf dem Niveau, wie es bereits 2013 in Deutschland existierte! «Damit alle diese emissionsfreien und rezirkulierten PKW innerhalb eines Umkreises von 1000 km dorthin fahren können, wohin sie wollen und man sie dann dort abstellen kann,» dachte er, «braucht man weltweit 4.892.944 Quadratkilometer Parkplatz. Zusätzlich zu den Straßen, die hier noch gar nicht mit berechnet sind. Wie groß ist die EU heute? 4,4 Millionen Quadratkilometer, glaub' ich.»

Harald lehnte sich zurück und sah durch die große Glaswand hinaus auf den Olympiapark. Dann betrachtete er einen Augenblick nachdenklich seine Nachbarn am Nebentisch, ein Paar, das sich für den Augenblick offensichtlich nicht viel zu sagen hatte; er Ende 50, dunkelhaarig, gut aussehend, elegant gekleidet, Typ TV-Darsteller aus der Nachmittag-Soap "Der Anwalt von Monaco", sie Anfang 40, sehr gut aussehend, blond, sehr modisch gekleidet, Sonnenbrille auf der Stirn, Typ Lady im offenen Cabrio. Harald ließ seinen Blick dann weiter über diese lichte, riesige BMW-Welt und ihre vielen Besucher schweifen, soweit sein Sitzplatz ihm das erlaubte. Was wussten alle diese Menschen? *Er* wusste aus früheren Recherchen, dass 2010 weltweit auf drei PKW ungefähr ein Nutzfahrzeug kam. Seinen 4,5 Milliarden PKW im Jahre 2050 musste er also noch einmal 1,5 Milliarden Nutzfahrzeuge hinzurechnen, wenn er den Trend fortschrieb.

Wenn er jetzt seine Nachbarn am Nebentisch anspräche und ihnen seine Rechnung präsentierte, was würden die wohl sagen? Harald überlegte einen Augenblick, ob er das tun sollte. Was hatte er zu verlieren? Die beiden redeten ja eh nicht miteinander und mehr als eine unfreundliche Abweisung konnte er nicht bekommen. Harald gab sich einen Ruck, beugte sich etwas vor, lächelte freundlich und fragte hinüber:
«Entschuldigen Sie, dürfte ich Sie vielleicht etwas fragen?»
Die beiden blickten überrascht auf. «Kommt drauf an, was», sagte der Mann.
«Ich mache für ein Buch gerade eine kleine Modellrechnung und wüsste gerne, ob die so stimmt.»
«Was für ein Buch denn?» fragte die Frau interessiert.
«Da geht's unter anderem um die Zukunft des Autos.»
«Na, dann sind Sie ja hier richtig», sagte der Mann.
«Sind Sie nur Besucher hier oder holen Sie vielleicht Ihr neues Fahrzeug ab?» fragte Harald.
«Neues Fahrzeug. Aber erst in einer halben Stunde», sagte der Mann und sah auf die Uhr.
«Was für einer wird's denn?» fragte Harald.
«Ich hole heute meinen neuen 4er-BMW», sagte die Frau.

Harald überlegte blitzschnell. Wenn er den beiden jetzt seine Rechnung präsentierte, war das eine Provokation, die zwei Reaktionsweisen wahrscheinlich machte. Entweder würden die sich auf gar keine Diskussion einlassen, etwa indem sie behaupteten, nun doch keine Zeit mehr zu haben. Oder sie würden versuchen, seine Betrachtungsweise zu zerpflücken. Daran würden sie interessiert sein, um ihren Neuwagenkauf samt Parkplatz in Dänemark zu rechtfertigen. Darauf kam es ihm an. Welche Gegenargumente hatten die wohl? Harald präsentierte seine Berechnung.

«Für 2050 erwartet man etwa 2,8 Milliarden Autos», korrigierte der Mann erstaunlich informiert, als Harald fertig war.
«Ach», fragte Harald überrascht, «woher wissen Sie das denn?»
Der Mann lächelte: «Ich arbeite in der Branche. Da weiß man so was».

Harald lächelte zurück: «Das ist ja interessant. Aber dann lassen Sie uns doch kurz überschlagen, wie viel Stellplatz für 4,2 Milliarden Fahrzeuge nötig wäre.»
«2,8!»
«Nein, 4,2!»
«Warum 4,2?»
«Von den 2,8 Milliarden ist jedes vierte ein Nutzfahrzeug, das braucht dreimal so viel Stellplatz wie ein PKW», sagte Harald.

Der Mann stutzte einen winzigen Augenblick, lächelte dann erneut und sagte, mit einem kleinen, aber doch deutlich triumphierenden Unterton: «Nach Ihrem Gedankengang trotzdem nicht wesentlich mehr als für eines!»
Harald war tatsächlich überrumpelt: «Wie darf ich das verstehen?»
Der TV-Typ antwortete: «Sie haben einem Auto einen Aktionsradius von 1000 km in jede Richtung gegeben. Macht 4 Millionen Quadratkilometer. Oder nicht ganz,» schob er nach, «es ist ja eigentlich ein Kreis. Aber der Einfachheit halber können wir's dabei lassen.»
Der Mann war offenbar gewohnt, seinen Gegner einzukreisen. Harald musste ihm recht geben.
«Sehen Sie», fuhr der Mann fort, «deshalb können wir ganz gelassen sein. Rein mathematisch stimmt Ihre Rechnung, soweit ich das beurteilen kann. Aber es gibt bereits heute genug Nahrung für alle, auch bei 4,2 Millionen asphaltierten Quadratkilometern. Darauf wollten Sie doch sicher hinaus, nicht? Die Lebensmittel sind zwar ungerecht verteilt, aber das ist ein anderes Problem, meinen Sie nicht?»
Harald fühlte sich herausgefordert. «Sie vergessen dabei die weltweite Erosion der Böden und den gleichzeitigen Bevölkerungszuwachs bis 2050», sagte er. «Wir werden für immer mehr Menschen immer weniger Landwirtschaftsfläche haben. Sie vergessen, dass die Erträge dieser geringeren Landwirtschaftsfläche durch den Klimawandel gefährdet werden. Jedes Jahr gehen der Welt schon heute 12 Millionen Hektar Ackerland verloren, Tendenz steigend. Sie vergessen, dass die Phosphorvorräte dieser Welt, auf denen der Erfolg der industrialisierten Landwirtschaft beruht, um 2040 aufgebraucht sein werden. Können wir es uns da leisten, fürs Auto noch mehr fruchtbare Erde zu ver-

siegeln als heute schon versiegelt ist?»
Der Mann nahm Zuflucht zu einer Finte: «Das Problem wäre bei 4,2 Milliarden ökologischen Pferdekutschen genau so groß, wahrscheinlich noch viel größer. Stellen Sie sich vor, woher sollten wir das Futter für die Tiere nehmen, woher den Platz für die Ställe, wohin mit all dem Pferdemist? Womit ich sagen will: Wir haben ein Problem, ja. Aber das Auto macht es kleiner, nicht größer! Ich wünschte, das würde endlich mal öffentlich anerkannt.»
«Dass man sich selbst so in die Tasche lügen kann», dachte Harald, obwohl es für den Ex-Priester natürlich nicht das erste Mal war, dass er solchen Menschen begegnete. «Da haben Sie recht», kam er ihm laut entgegen. «Das Problem ist nicht das Auto, sondern das Massenprodukt Auto, so wie eine Pferdekutsche kein Problem ist, 4,2 Milliarden Kutschen es aber sehr wohl wären.»
«Wir sind einfach dabei, zu viele zu werden!» warf die Frau jetzt ein.
«So einfach und so schwierig ist das!», setzte der Mann mit ausladender Handbewegung hinzu.
Harald gab sich daraufhin konziliant: «Ihr Beispiel mit den Pferdekutschen war sehr gut. Es zeigt eigentlich noch viel eindringlicher, worauf ich hinaus wollte.»
«Und das wäre?», fragte der Mann, jetzt eher höflich als interessiert.
«Dass wir, egal ob wir nun mit Pferdekutsche oder Auto unterwegs sind, für den Individualverkehr von heute keinen Platz mehr haben werden, wenn wir unsere Ernährungssicherheit nicht gefährden wollen. Egal, wie umweltfreundlich Autos irgendwann einmal produziert werden könnten. Und dass niemand trotz dieser absehbaren Entwicklung die Weichen anders stellt. Wissen Sie, was BMW mit seinen Investitionen tut? Nichts anderes als auf die High-Tech-Pferdekutsche für alle zu setzen, um in Ihrem Bild zu bleiben! Das kann auf die Dauer unmöglich gut gehen. Weder für BMW noch für uns andere.»
«Es kommt vielleicht darauf an, wie viele Jahrzehnte man nach vorne denkt. Gegenwärtig trifft es uns noch nicht, das ist auf jeden Fall sicher. Und wir müssen jetzt los», beendete der Mann das Gespräch und erhob sich. «Es war interessant, sich mit Ihnen zu unterhalten».
«Für ein paar Jahre können Sie Ihren neuen Wagen sicher noch mit gutem Gewissen fahren», sagte Harald, sah zu der Frau hinauf, die sich

ebenfalls erhoben hatte, und wusste selbst nicht, ob er das stichelnd oder versöhnlich meinte. «Ich wünsch' Ihnen viel Freude bei der Fahrzeugübernahme.»

«Die werden wir haben!» sagte der Mann, nur noch andeutungsweise lächelnd, während die Frau einfach ein patziges Gesicht machte und gar nicht mehr sehr gut, sondern nur noch sehr geschminkt aussah. «Auf Wiedersehen!»

Ja, so war das gewesen in Deutschland und Harald hatte Eirik noch einmal fürchterlich recht geben müssen. Wie geschickt hatte dieser Schauspieler-Typ in der BMW-Welt sich die Probleme mit Halbwahrheiten klein gelogen, das wurde Harald erst jetzt richtig bewusst, nachdem er das Gespräch in seinen Laptop getippt hatte. Wie sehr stand dieser Mann nebst der Frau für Millionen und Abermillionen andere. Und wie sehr waren die Autobauer selbst gefangen in ihren eigenen Strickmustern, wie wenig Handlungsspielraum hatten die!

«Harald, wach auf! Wir sind Tiere! Wir sind wie die Heuschrecken! Nicht besser und nicht schlechter, nur komplexer!», hatte Eirik bei ihrem ersten Gespräch gesagt, und wie sehr hatte Harald sich dagegen gewehrt. War es nicht ganz natürlich, dass andere sich ebenso gegen diese Einsicht wehrten, wie Harald selbst sich gewehrt hatte? Wer ließ sich schon gern mit einer Heuschrecke vergleichen, direkt oder indirekt, namentlich oder nicht? So war und blieb das Problem: Bis alle den Vergleich akzeptiert hatten, würde alles abgefressen sein.

Es gab somit keine andere Möglichkeit als den menschlichen Zikaden ihre schöne, gleißende Welt kaputt zu machen, bevor diese Welt die kaputt machte, die ihnen immer noch nichtsahnend folgten. Je weniger Mercedes, BMW und Porsche, Ferrari, Lamborghini, Maserati, Jaguar, Bentley, Rolls Royce, die gepriesenen Tesla und wie sie alle heißen mochten, samt den diesen hinterherfahrenden Mittelklasse- und Kleinwagen aller Länder und Einkommensschichten durch die Weltgeschichte fuhren, um so besser war es für sie alle. Aber dazu musste jemand den Zikaden das Zirpen vermasseln.

Kapitel 10

Anfang Februar 2014, Utstein, Klosterbucht

Das Wetter war grau und nasskalt an diesem Tag, die Wolken hingen tief. Aber es regnete nicht und nebelig war es auch nicht. Arnold und Harald verließen das Kloster über die steinerne Außentreppe, von der aus man rasch zur Bucht hinunter gelangt.

«Ich weiß nicht, ob ich dich wegen deines Verstandes bewundern oder ob ich an deinem Verstand zweifeln soll. Man kann wirklich beides», eröffnete Arnold das Gespräch.

Harald zog kurz die Augenbrauen hoch: «Du erwartest nicht, dass ich dazu etwas sinnvolles sage?»

«Nicht wirklich», erwiderte der Mönch.

«Dann ist ja gut», sagte Harald.

Beide schwiegen eine Weile, während sie nebeneinander über den Rasen und zwischen den kahlen Bäumen die etwa 150 Meter hinunter zur Bucht gingen. Um diese Jahreszeit war der Wind vom Meer her in der Regel scharf und es auf dieser Seite der Insel spürbar wärmer. Hier und da schrie ewig unabhängig von Wind und Wetter eine Möwe.

«Das Schreiben hat dir gut getan?», fragte der Mönch nach einer Weile.

«Ja», antwortete Harald, «das hat Distanz gebracht. Du glaubst gar nicht, wie viele Miniprobleme man kriegt, wenn man so ein Buch schreibt. Was aber ziemlich gut getan hat, ja.»

«Mmhh», machte Arnold. «Kann ich mir schon vorstellen. Aber jetzt geht's um das große Problem!»

«Ja, jetzt geht's wieder um das große. Ich nehme an, du verstehst mich jetzt?»

«Auf jeden Fall weiß ich jetzt endlich, warum du hier bist», wich Arnold aus. «Lass mich noch ein paar Sachfragen klären.»

«Okay».

«Warst du tatsächlich von hier aus schon in Deutschland?»

Harald zögerte kurz, dann bejahte er.

«Und du hast dort auch getan, was du im Manuskript beschreibst?»
«Zumindest teilweise, ja!»
«Also bist du tatsächlich der blonde Mann?»
Harald zögerte diesmal nicht. «Nicht ganz und auf jeden Fall noch nicht», sagte er.
«Wie soll ich das verstehen?»
«Alles, was im ersten Buch beschrieben wird, ist Zukunft. So gesehen bin ich definitiv nicht der Mann. Noch nicht. Aber ich wollte auch einen Abstand zwischen ihm und mir. Ist dir aufgefallen, dass auch der Bartwuchs bei ihm blond ist?»
«Nein, ehrlich gesagt nicht. Wo steht das denn?»
«Schon im ersten Kapitel. Da ist von weiß-blonden Bartstoppeln die Rede.»
«Dann ist es ja kein Wunder, dass ich dich um ein Haar missverstanden hätte», erwiderte der Mönch ironisch. Harald hob wieder die Augenbrauen und verzog das Gesicht zu einem kleinen Lächeln.
«Und wie geht's dir jetzt bei dem Gedanken, dass dieser feine Unterschied in absehbarer Zukunft aufgehoben sein könnte?» fragte Arnold weiter.
«Fragst du mich das im Ernst?»
«Natürlich. Deshalb sollte ich den Schinken doch lesen. Du wolltest dich entscheiden, wenn das Buch geschrieben ist. Jetzt ist es geschrieben.»
Harald sagte eine Weile nichts. «Ich hab' mich so daran gewöhnt, dass der Mann eine Romanfigur ist ...» Er sprach nicht weiter.
«Aber wenn du so direkt fragst ...», sagte er nach einer Weile.
Harald blieb stehen, um dem Mönch gerade in die Augen zu sehen. Doch als auch der stehen blieb, um Haralds Blick zu erwidern, hielten die tiefblauen die mildgrauen Augen hinter der Hermann-Hesse-Brille nicht lange aus. Harald holte die Zigarillos aus der Tasche.
«Das ist ...» Harald sprach nicht weiter, öffnete die Schachtel, nahm ein braunes Ding heraus, klappte die Schachtel zu, steckte sie zurück in die Jackentasche, fingerte das Feuerzeug hervor, entzündete paffend den Qualmstengel, senkte inhalierend den Blick, sah auf seine braunen Schuhe unter der schwarzen Jeans, scharrte mit dem rechten Fuß, blies den Rauch dem Fuß entgegen. «Beschissen geht's mir damit! Ich

bin genau so weit wie vorher», brachte er dann düster hervor.
«Mmmh», machte Arnold nur, worauf er begann, in Uferrichtung langsam rückwärts zu gehen, um Harald, der noch stehen blieb, den Blick am Boden hatte und seinen Schuhen zurauchte, nicht aus den Augen zu verlieren. «Zweite Frage: Die Bomben im Buch.»
«Ja?» Harald sah wieder auf.
«Sind die dein Ernst?»
«Nein!»
«Wieso beschreibst du dann so genau, was der Mann tut und was dann passiert?»
Auch der Ex-Priester setzte sich jetzt wieder in Bewegung, sog dabei an seinem Zigarillo, ging ebenso langsam vorwärts wie Arnold rückwärts ging. Auf drei, vier Meter Abstand fixierten sie einander.
«Ist nur ein Gimmick. Ein Zugeständnis an das Genre. Würde ich in Wirklichkeit anders machen.»
«Wie denn?»
«Ich würd' einfach nichts tun. Dieses ganze Riesenaufgebot provozieren und dann ins Leere laufen lassen. Und wieder zuschlagen, wenn die Wachsamkeit nachlässt. Das wird sie nämlich.»
«Mit Steinen?»
«Oder mit anderen primitiven Waffen. Mit Waffen, die man nicht verbieten kann.»
«Das heißt, du würdest wirklich Steine von den Brücken schmeißen wollen?»
Harald blieb wieder stehen, ließ den Sargnagel aufglühen. Auch der Mönch hielt daraufhin an. Eine Möwe schrie in den grauen Himmel, erhielt Antwort von einer anderen.
«Arnold, wie genau hast du gelesen? Von Wollen ist nirgendwo die Rede», sagte Harald in seine Rauchwolke hinein. «Es geht wirklich um Müssen. Wegen dieses Müssens hast du hunderte von Seiten gelesen. Nur wegen dieses Müssens hab' ich das ganze Ding geschrieben. Nur deswegen bin ich hier.»
«Keiner muss so was!»
Harald reagierte heftig, fuchtelte mit beiden Händen, den Zigarillo in der Rechten: «Steckst auch du den Kopf noch in den Sand? Immer noch? Arnold! Nochmal: Wie genau hast du gelesen? 40 Jahre Umwelt-

bewegung, 40 Jahre friedliche Proteste haben zu nichts geführt! Die werden auch weiter zu nichts führen. Mach doch die Augen auf! Während ihr hier friedlich euer Öko-Kloster-Ding macht, wird uns das Weltklima zur Sauna! Einigen tausend entscheidenden Leuten, die sehr, sehr viel Kohle haben und auch nichts anderes als Kohle im Kopf, ist das nämlich scheißegal. Seriösen Politikern sind die Hände gebunden. Was anderes als Kosmetik kriegen die nicht hin. Können die auch gar nicht, ihr realpolitischer Spielraum ist viel zu klein, die müssen ja hinter diesen Spekulanten herlaufen. Und unser aller Beitrag zur Misere, den erklärt ja Eirik. Der Klimawandel ist die Frucht eines Systems, in dem wir alle mitspielen. Der lag schon in den Karten, als die Geschichte des Homo sapiens begann. Die Wurzeln reichen bis tief in unsere Biologie hinein. Das müsste doch glasklar geworden sein. Also brauchen wir eine wirkliche Umwälzung. Und wir brauchen Zeit, Arnold! Woher soll die kommen?»

Harald holte erregt mit dem rechten Fuß aus und trat mit aller Kraft gegen einen kleinen Stein vor ihm, so dass der auf- und auf Arnold zu flog. Der konnte nur im letzten Moment ausweichen.

«Pass doch auf!», wurde jetzt auch der sonst so freundliche Mönch zornig.

«Entschuldigung! Das hab' ich nicht gewollt.»

«Du willst ziemlich viel nicht. Dafür machst du ziemlich viel Unsinn!»

«Jetzt bist du ungerecht, Arnold!»

Der Mönch wandte sich wortlos um und ging wieder vorwärts, der Bucht zu. Harald lief vier, fünf Schritte schneller, um ihn einzuholen.

«Verdammt noch mal», sagte er, als er wieder neben dem Freund war. Er zog an seinem Zigarillo, inhalierte, ließ den Rauch dem Mund entweichen, während er redete: «Einer muss hier doch Konsequenzen ziehen, sonst gehen Millionen und Abermillionen wirklich vor die Hunde. Das wissen wir doch. Wir wissen doch, wie der Mensch tickt. Die notwendigen Mehrheiten kriegen wir nie, bevor es zu spät ist. *Darum* brauchen wir Tote, *jetzt!* Damit diese Mehrheit die Angst kriegt, die sie haben *muss* vor dem, was kommt, und damit sie *jetzt*, in allerletzter Minute, die Weichen noch anders stellt. Nicht in zehn, zwanzig oder dreißig Jahren. Dann ist es zu spät! Ach, was rede ich. Steht doch alles im Buch!»

Arnold blieb ungehalten, hielt den Blick geradeaus gerichtet:
«Ich sagte ja schon: Ich weiß nicht, ob ich dich wegen deines Verstandes bewundern oder ob ich an deinem Verstand zweifeln soll. Man kann wirklich beides».
«Ich versteh' dich nicht!»
«Deine Räsonnements haben ihre Logik, zugegeben. Und trotzdem sind sie am wichtigsten Punkt grundfalsch!»
«Würdest du mir das bitte erklären?»
Jetzt blieb Arnold wieder stehen. «Muss ich dir das wirklich sagen? Man kann nicht aus Gewissensgründen morden.»
«Morden nicht. Töten schon.»
«So, meinst du? Meinst du nicht, dass dieser feine Unterschied den Opfern ziemlich egal ist?»
«Völlig richtig, Arnold! Er ist ihnen egal. Die Lebenden machen den Unterschied, nicht die Toten!»
Harald nahm einen letzten Zug und schnipste den Stummel fort. Beide gingen schweigend die verbliebenen Meter zum Ufer. Vor der Wasserfläche angekommen begann Harald, indem er auf und ab ging, auf dem Kiesstrand kleine, flache Steine zu sammeln. Währenddessen stand Arnold in schwarzer Daunenjacke über seiner schwarzen Kutte mit verschränkten Armen da und sah hinaus auf die Bucht. Harald trat ganz dicht ans Wasser und ließ den ersten Stein über die graue Fläche flitschen.
«Sehr geschmackvoll, was du da machst», kommentierte der Mönch.
«Der ist doch nur dreimal ...». Harald drehte sich um, sah den Gesichtsausdruck des Freundes und verstand erst so.
«Entschuldige. Ich denke diese Gedanken seit fast einem Jahr fast jeden Tag. Das bringt eine gewisse Gewöhnung mit sich. Und du denkst sie seit einigen Tagen, seit du das Manuskript gelesen hast. Kannst du mir die paar Steine hier bitte nachsehen?» Und er ließ den zweiten Stein über die Wasserfläche springen. «Sechs», sagte er.
«Man kann aus Gewissensgründen weder morden noch töten», sagte Arnold da. «Morden geht aus Wut, aus Hass, aus Schmerz. Aus Gewinnsucht, aus Machtgier. Aber niemals aus Gewissensgründen. Du hast doch Gewissensgründe, oder?»
Er blieb stehen, wo er stand, den Blick auf die winzige Insel draußen

in der Bucht gerichtet.
Harald lachte bitter: «Auf jeden Fall habe ich gewisse Gründe, ja.»
Der Mönch schüttelte ärgerlich den Kopf: «Lass doch die dummen Wortspielchen! Du bist zu kopflastig, Harry. Was sich aus der Logik ergibt, bedeutet nicht alles. Der Mensch ist keine Maschine. Die Logik unterscheidet zwischen richtig und falsch, aber nicht zwischen gut und böse. Das darf man nicht verwechseln. Unser Tun ist nicht nur im negativen Sinne oft gegen die Logik. Sondern auch im positiven! Wo die Logik mörderisch wird, da steht bei den meisten Menschen ein Gefühl dagegen auf. Und ganz gewiss bei dir.»
Harald ging scheinbar ungerührt in einigen Metern Abstand um Arnold herum und suchte wieder nach Steinen. Ab und zu bückte er sich, hob einen auf, prüfte ihn auf seine Eignung, ließ die meisten wieder fallen.
«Nicht nur schreibst du wegen dieses Gefühls ein dickes Buch, und zwar gerade, um deiner eigenen Logik zu entgehen», hörte er den Freund dabei sagen, «sondern du wirst wegen dieses Gefühls auch nie tun können, was dort steht. Oder – im Extremfall wirst du es vielleicht beginnen können. Aber du wirst es nie zu Ende bringen. Es wird dir misslingen. Dass du das nicht gemerkt hast ...»
«Du sprichst in Rätseln».
«Harry! Wenn du jetzt nicht stehen bleibst, geh' ich wieder rein!»
«Ich hör' dir ja zu!»
«Du könntest mir ja den Respekt erweisen und mich dabei auch ansehen!»
Harald blieb daraufhin direkt vor Arnold stehen und versperrte ihm den Blick auf die Insel. «Ist es so besser?»
Der Mönch ignorierte die Provokation einfach, fasste den Freund mit beiden Händen an den Schultern, sah ihm in die Augen und rüttelte ihn eindringlich:
«So dumm kannst du doch unmöglich sein, Harry! Wenn du am Tag Steine von den Brücken schmeißt, dann kommt hinterher eine Nacht. In der musst du schlafen.»
Arnold ließ Harald los. Er begann, am Ufer entlang zu gehen. Der Ex-Priester blieb noch einen Augenblick stehen, bevor er, jetzt die Hände in den Taschen seiner Lederjacke, sich auch wieder in Bewegung

setzte und zu Arnold aufschloss.

«Kann ja sein, dass Schlafen in der Sommerhitze schwer wird, so wie du das schilderst», fuhr der Mönch da fort. «Aber es wird nicht schwer, sondern unmöglich, wenn du am Tag Menschen umgebracht hast. Überleg' doch mal. In deinem Kopf leben die weiter. Was willst du nach deinem ersten Anschlag tun? Kaffee trinken? Tu das! Aber den Kaffee trinkst du nicht alleine. Da besuchen die dich. Die Familien auch. Und die Polizei sowieso. Und dann? Eine Stunde später, zwei Stunden später, drei Stunden später? Da besuchen die dich. Die Familien auch. Und die Polizei sowieso. Dann kommt irgendwann die Nacht. Was passiert, wenn du in deinem Wohnmobil liegst? Du kriegst Besuch in deinem Kopf, von denen, die du umgebracht hast. Von den Familien auch. Und von der Polizei sowieso. In deinem Kopf wirst du dich ständig von neuem rechtfertigen, dabei wieder und wieder dieselben Gedanken denken. Wenn du dann doch irgendwann ein paar Stunden schläfst, wachst du total gerädert auf. Und dann? Dann willst du wieder funktionieren, willst dieser berechnende Terrorist sein, den du schilderst und der du auch sein musst, damit das alles so funktioniert, wie du dir das gedacht hast?»

Arnold schüttelte den Kopf, gab ein paar kleine Lachlaute von sich, schlug dem Freund, der dicht rechts von ihm ging, zuerst auf die linke Schulter und legte dann den Arm um dessen rechte, während sie langsam nebeneinander weitergingen.

«Harry, dein Terrorist ist ein Papiertiger. Das hältst du mit den Pillen, die du da irgendwann nimmst, vielleicht zwei, drei Tage länger durch, aber dann, dann bist du fertig. Je weniger du schläfst, um so mehr Fehler wirst du machen. Mit jeder schlaflosen Nacht steigt die Gefahr, dass man dich kriegt, bevor du deine hehren Ziele erreicht hast. Jedenfalls musst du damit rechnen. Und dann? Dann, Harry, sind diese Menschen völlig umsonst gestorben. Dann, mein Lieber, hast du nicht getötet, wie du so sophistisch meinst, dann hast du tatsächlich gemordet. Ist dir das tatsächlich die ganze Zeit nicht aufgefallen?»

Völlig überrumpelt blieb Harald stehen. Auch Arnold hielt daraufhin inne. Der Ex-Priester drehte sich leicht und sah den Mönch aus seinen tiefblauen Augen grenzenlos erstaunt an. Er nahm die Hände langsam aus den Taschen und ließ sie herabhängen. Mehrere Sekunden lang sagte er nichts, tat auch nichts. Dann öffnete er immer noch schweigend die herabhängenden Hände. Gleichzeitig fielen zwei flache Wurfsteine heraus, die, als sie auf den Kiesgrund des Ufers trafen, zwei schmale, kurz auf einander folgende Klicklaute verursachten. Dann steckte Harald die Hände wieder in die Taschen, stellte sich rechts neben den Freund, sah, wie der Mönch auch, hinaus auf die Bucht. Dicht vor ihnen schwappten kleine Wellen den Kiesstrand hinauf, über ihnen schrien allgegenwärtig ein paar Möwen. In beider Blickfeld lag jene kleine Insel, auf der gerade mal drei Bäume Platz haben, die aber rettend ist für Schwimmer, die ihre Kräfte überschätzen, die es hinüber zum Nachbarufer nicht mehr schaffen. «Nicht zu fassen. Wie blind man sein kann», sagte Harald schließlich leise. «Die Insel da drüben war die ganze Zeit da. Ich hab' schon tausendmal da rüber geguckt. Und trotzdem ist es, als sähe ich sie heute zum ersten Mal.»

Da blitzte es ein ganz klein wenig in den grauen Augen des Mönches, dort hinter der goldgefassten Hermann-Hesse-Brille. Er bückte sich, hob einen der beiden Steine, die Harald hatte fallen lassen, mit der Linken auf, holte aus und ließ ihn über die Wasserfläche springen. «Eins, zwei, drei. Vier, fünf, sechs. Sieben», zählte er trocken.

Harald schwieg.

*

Arnolds letzte Worte am Ufer lösten ein langes Schweigen aus, ein Schweigen das anhielt, während die beiden nun die kleine Straße in Richtung Mosterøy entlang gingen. Rechts von ihnen lag die Bucht, links hinter ihnen und den alten, laublosen Bäumen das kleine, weiße Kloster.

Harald sprach nicht, weil er sich ertappt fühlte, wie ein kleiner Junge. Da hatte er mehr als ein Jahr lang geschrieben, geschrieben, geschrieben, hatte sich über die große Welt, die große Politik und die grundlegendsten Bedingungen des Menschseins Gedanken gemacht, hatte den dubiosen Brief erhalten, hatte sich krank schreiben lassen, war nach Utstein geflohen, war in Deutschland gewesen, und dann war ihm dieses entscheidende Detail entglitten: Dass die Logik zwischen richtig und falsch, aber nicht zwischen gut und böse unterscheidet. Und erst während er nun missmutig neben Arnold, der ihm die Scheuklappen abgenommen hatte, herging, sah er den zweiten Pferdefuß seines Plans. Jaja, so war das, wenn man beim Gehen den Blick nur in weite Ferne und nicht auch ab und zu auf die eigenen Beine warf. Wie würden sich denn die Verbündeten, die er zur Verwirklichung seines Vorhabens brauchte, zu den Tötungen stellen? Er war bisher davon ausgegangen, dass sie die zwar nicht gutheißen, aber als nicht Eingeweihte und daher Unschuldige um des gemeinsamen Zieles willen doch hinnehmen würden. Schön. Das war zwar möglich. Aber was, wenn dem nicht so sein sollte? Was, wenn die Aktivisten ihre Aktionen abbrächen oder gar nicht erst aufnähmen, um nicht mit Mördern in einen Topf geworfen zu werden? Dann würden die Menschen, die Harald in seinem Planspiel umbrachte, in der Tat völlig sinnlos ihre Leben lassen, und er selber, Harald, würde tatsächlich zum Mörder. Ohne diese Verbündeten aber blieb von seinem Plan nichts übrig. Nur reiner Terror. Als ob es ihm, Harald, je um Terror gegangen wäre. Harald schüttelte sich mehrmals, während er dort neben Arnold herging, schüttelte immer wieder den Kopf, sah meist auf die geteerte Straße direkt vor sich, registrierte mit säuerlicher Selbstironie dort gewisse kleine Geröllsteine, solche, die so knirschen, die so knarzen, blieb irgendwann stehen, entzündete einen neuen Zigarillo, ging weiter, rauchte und schwieg und schwieg und schwieg, schwieg die ganze Zeit, schämte sich und war frustriert.

Der Mönch seinerseits verstand, dass der Freund jetzt vor allem Respekt brauchte, kein Besserwissertum. Harald hatte mit der Niederschrift seines Szenarios etwas geleistet, was er selbst, Arnold, nie zu leisten in der Lage gewesen wäre. Der Ex-Priester hatte das getan, weil er etwas verstanden hatte, was für sie alle sehr wichtig war. Er hatte sich ein qualvolles Gewissen daraus gemacht. Das war nicht gerade Jedermanns Sache. Er hatte die Buchform gewählt, um sich Zeit zu geben, die Form des Romans, um sich in die Umstände hinein zu versetzen, beides auch, um wenigstens der Möglichkeit nach durch einen Leser ein Ventil und so Korrektur zu finden – das war klug gewesen. Er hätte das nicht tun müssen, hätte seiner Logik folgen, seine Gedanken und seinen Plan stramm skizzieren und dann losschlagen können. Es gab genug Verrückte, die nach links, aber nicht mehr nach rechts schauten und dann das Unheil der Welt in Blutbädern zu ertränken suchten. In Arnolds Augen hatte Harald klug und vorausschauend gehandelt und sich nichts vorzuwerfen, gar nichts.

«Du hast das Buch aber trotzdem nicht umsonst geschrieben!», beendete Arnold schließlich das Schweigen.
«Ja, ich weiß», sagte Harald mürrisch, blickte aber auf. «Hätt' ich's nicht geschrieben, hättest du es nicht lesen können. Ich hätte niemandem was erzählt und womöglich einen wahnsinnigen Fehler gemacht. Nicht auszudenken! Ich weiß!»
«Das meinte ich aber nicht», sagte der Mönch.
«Sondern?»
«Du hast ja recht. Es muss etwas passieren, etwas drastisches sogar. Nur Mord darf es nicht sein. Muss es aber auch nicht.»
«Was meinst du?»
«Verstehst du nicht? Du warst doch ganz nah dran. Farbspray. Leitbaken. Modellflugzeuge. Du hast doch selber Methoden entwickelt, um nicht töten zu müssen. Die könnten doch funktionieren. Vielleicht nicht innerhalb einer Woche. Aber nach einigen Monaten? Genau, wie dein ...» Arnold setzte das folgende Wort mit den Händen in luftige Anführungszeichen, «... 'Amerikaner' sagt!»

Harald blieb wieder stehen. Verblüfft. Arnolds Worte wirkten wie ein Schlüssel, der eine Tapetentür von der Außenseite her plötzlich öffnet und einen Ausgang sichtbar macht, wo vor nur einem Augenblick noch eine durchgehende Wand war. Und langsam, gefühlt ganz langsam wich das Gefühl der Scham aus Haralds Körper, wie ein Durst, der mit jedem Schluck Wasser etwas geringer wird.

«Arnold! Die Seite von dir kenne ich ja gar nicht!» rief er nach einigen Sekunden.

Der Mönch lachte, ging wieder rückwärts, sagte dabei:
«Das ist keine Seite. Du argumentierst überzeugend, Harry. Das Leben von Zig- und Abermillionen Menschen steht auf dem Spiel. Stimmt ja. Wer das vorher nicht gewusst hat, der muss es endgültig durch deinen Eirik verstehen. Wirkt alles hochplausibel, wie unsere Evolution die Mehrzahl von uns dazu drängt, einander unsere Gräber zu schaufeln.»
Harald setzte sich wieder in Bewegung, holte Arnold ein. Nebeneinander gingen sie weiter.
«Darum ändert sich da von selber auch nichts. Du hast recht!», fuhr der Mönch fort. «Aber darum hat uns Gott ja auch den Verstand gegeben. Der Triumph des Geistes über die Materie, er war möglich und ist möglich. Immer noch. Und immer wieder!»
Während sie der kleinen Straße folgten, kamen sie aus der Leeseite der Insel langsam heraus. Der Wind wurde schärfer. Die beiden Männer hatten beide die Hände in den Taschen. Sie pressten die Arme dicht an ihren Körper, um so wenig Körperwärme wie möglich aus ihrer Jacken herauszulassen.
«Jesus hat den Händlern im Tempel auch die Tische umgeschmissen», sagte Arnold. «Nur hat er sie nicht getötet. Machen wir dasselbe! Schmeißen wir ihnen die Tische um!»
Harald geriet geradezu aus dem Häuschen: «Das hätte ich nie von dir gedacht, Arnold», rief er laut. «Heißt das, dass du selber zu Aktionen bereit wärst?»
Der Mönch blieb ruhig: «Nur als ultima ratio, Harry! Nur, wenn es wirklich keine andere Möglichkeit mehr gibt. Aber, ja, dann würde ich mitmachen.»
«Mann, was für Superbilder das in der Presse geben würde», jubelte Harald. «Mönch, der von vier vermummten Polizisten weggetragen wird. Du, *die* PR-Schlacht haben unsere krawattigen Weiter-so-Männer jetzt schon verloren!»
Arnold lächelte, während er frierend die Schultern hochzog. «Ja, das kann schon sein. Aber ich hätte da eigentlich eine etwas stillere Idee.»
«Und die wäre?»
Trotz des kalten Windes grinste Arnold spitzbübisch. Dann suchte er Haralds Blick und hielt sich demonstrativ die Nase zu. Er begann, sich um sich selbst zu drehen, wobei die schwarze Kutte sich einen Mo-

ment lang aufblähte wie der Rock eines tanzenden Derwischs. Dazu rief der Mönch theatralisch näselnd: «Ob die Evolution – oder der Liebe Gott – oder beide – wir sind doch mit einem Geruchssinn ausgestattet.»

Harald lachte amüsiert von der kleinen Vorstellung auf der einsamen Straße nach Mosterøy, verstand aber nichts.

«Kapierst du nicht?» näselte der Mönch weiter, hörte aber auf, sich zu drehen.

«Ehrlich gesagt, nein.»

Immer noch hielt Arnold sich die Nase zu. «Stiiiiinkbomben», näselte er, direkt vor Harald stehend. Dann nahm er die Hand von der Nase und sprach wieder normal. «Kann man gut selber basteln. Hab' ich sogar schon gemacht.»

Haralds Gesicht war ein einziges großes Fragezeichen. «Soso, du hast also Stinkbomben gebaut? Aha!» verlautbarte er verständnislos. «Wann denn?» Die Überraschungen dieses Vormittags schienen kein Ende zu nehmen.

«Och, so vor 35 Jahren.»

«Wie alt warst du da?»

«Fünfzehn.»

Diesmal wandte Harald sich zum Weitergehen. Er fragte: «Und die hast du auch losgelassen?»

«Ja, hab' ich. Es hat so gestunken, dass wir drei Tage lang nicht ins Klassenzimmer konnten.»

Zwei erwachsene Männer, beide um die Fünfzig, von denen der eine auch weiterhin, der andere immerhin ehemals geistlichen Standes war, lachten lauthals auf der kleinen Straße in Richtung Mosterøy.

«Und – hat man dich erwischt?» fragte Harald.

«Nein! Aber sollen wir umkehren? Mir wird's kalt.»

«Ja, okay», stimmte Harald zu. Auch er fröstelte.

«Warum hast du das gemacht?» setzte er das Gespräch fort, während sie wieder in Richtung Kloster gingen.

«Nur aus Jux und Dollerei!»

«Hätte ich dir nie zugetraut!»

«Der Schein trügt, Harry. Besonders der Heiligenschein!» Das freundliche Gesichts Arnolds strahlte trotz der Kälte vor Zufriedenheit.

«Und weiter?» fragte Harald.
«Nichts weiter. Es hat eine Riesenaufregung gegeben, aber außer mir wusste ja keiner was. Und ich hab's Maul gehalten.»
«Na, das war ja nicht sehr edel von dir.»
«Ich hab's ja kein zweites Mal gemacht. Darauf kommt's doch wohl an, oder?»
«Okay. Und was hat das jetzt mit unserer Sache zu tun?»
«Du, ich glaub', ich hör' jetzt wirklich auf, deinen Verstand zu bewundern. Kapierst du immer noch nicht?»
«Nein, nicht wirklich.»
«Man kann doch Stinkbomben auch woanders als in Klassenzimmern loswerden. Geh' doch mal im Kopf durch, wo überall du gewesen bist in deinem Buch.»
Wie viele Male an diesem Vormittag war Harald schon stehen geblieben und nicht weiter gegangen? Einige Male zumindest. So auch jetzt wieder. Und noch einmal ging ihm ein Licht auf. Nochmals war er überrascht, war verdutzt, war sprachlos erstaunt. Zuerst sah er Arnold groß an, dann besah er sich wieder diesen scharrenden, braun beschuhten rechten Fuß, der sein eigener war und auch blieb, während er Arnolds Geistesblitz zu seinem eigenen Gedanken werden ließ.
«Natürlich!» Haralds Gesicht verzog sich langsam zu einem breiten Grinsen. Nach langen Sekunden sah er auf. «Man muss dafür doch nicht fünfzehn sein. In stinkende Museen geht keiner.»
Arnold zog hinter seiner Brille vielsagend die Brauen hoch. «Na also! Und tankt jemand da, wo es stinkt?» fragte er, während er sich wieder zum Gehen wandte.
«Oder parkt jemand da, wo es ständig übelst riecht?» fragte Harald rhetorisch, indem auch er sich in Bewegung setzte.
«Oder kauft sich jemand ein Auto der Oberklasse, wenn es beim Händler nach zehn Stinktieren duftet?» fragte Arnold, ohne dass er Antwort erwartete.
Dann schmunzelte er und schüttelte gleichzeitig den Kopf. «Ich weiß selber nicht, was ich dazu sagen soll. Als ich die Idee hatte, musste ich lachen. Jetzt, wo ich dir davon erzählt habe, ist sie mir peinlich. Fühlt sich an wie ... eine Reise in die Pubertät.»
«Ja, stimmt!» bestätigte der Ex-Priester und gab, ebenfalls kopfschüt-

telnd, etwas meckernde Lachlaute von sich. «Der Gedanke *ist* peinlich! Ziemlich sogar!»

«Aber», sagte er nach kurzem Überlegen, «trotzdem, diese Art von Unfug, die Jungs in einem gewissen Alter anstellen, ist politisch eingesetzt eine Superwaffe, das muss man ganz klar sehen. Die Idee ist phantastisch! Echt effektiv, ohne einen einzigen Toten oder Verletzten. Juristisch vielleicht eine Ordnungswidrigkeit. So wie die Spraydosen. Natürlich, natürlich! Das wird bestimmten Leuten überhaupt nicht schmecken!»

Harald tänzelte vom einen Bein aufs andere wie ein Fußballspieler, der einen Gegner austricksen will, fand einen Stein, holte aus und schoss ihn vor sich her.

«Man braucht einige tausend Aktivisten, aber die haben wir ja. Ach, was sage ich. Zehn- oder gar Hunderttausende können wir mobilisieren», phantasierte er weiter. «Ich geh' zu meinen Leuten in Frankfurt. Die haben ein super Netzwerk. Zwei, drei Wochen Agitation im Netz, dann ist das organisiert, wenn's drauf ankommt.»

«Aber als ultima ratio! Als ultima ratio!», mahnte der Mönch, jetzt wieder ernst.

«Sicher! Eben wenn's drauf ankommt», sagte Harald. «Zuerst zeigt man dem Gegner seine Waffen. Dann fordert man Verhandlungen. Wenn die Waffensammlung nicht beeindruckt, statuiert man irgendwo ein paar kleine Exempel, um zu zeigen, dass man seine Waffen auch bedienen kann. Und dann fordert man wieder Verhandlungen. Erst wenn der andere auch dann nicht verhandeln will, geht's richtig los. Aber glaubst du, unsere Gegner sind klug genug zu verstehen, dass wir am Ende die Stärkeren sind? Glaubst du, dass die verhandeln wollen?»

Arnold dachte einen Augenblick nach. «Nein. Eigentlich nicht», sagte er dann. «Es steht zu viel für sie auf dem Spiel. Das wird sie blenden. Die das goldene Kalb umtanzen, sehen nichts anderes. Sonst täten sie es nicht.»

«Ja, das denke ich auch», bestätigte Harald.

Arnold sagte: «Trotzdem hast du recht. Zuerst rasselt man mit dem Säbel. Erst danach zieht man ihn. Wenn ein Mönch so was sagen darf.»

Harald lachte hoffnungsfroh. «Mir kannst du das jedenfalls sagen! Okay. Sollen wir rasseln?» fragte er dann kampflustig. «Soll ich das

Buch veröffentlichen?»
Die beiden waren wieder an der alten Steintreppe, die zum zweiten Stock des Klosters hinauf führt, angelangt. Arnold drehte sich zu Harald, der jetzt hinter ihm stand, um. «Ja. Wenn du auch aufschreibst, was wir hier besprochen haben.»
«Das werde ich tun», sagte Harald.
«Gut.»
Die mönchgewordene Menschlichkeit Pater Arnold nickte, ging zuerst die Treppe hinauf, holte einen dicken Schlüsselbund hervor, schloss die dunkelgrüne, schwere Holztür, durch die man von der Bucht her schnellen Zugang zum Kloster hat, auf und öffnete sie dem Freund. Harald trat dankend zuerst ein. Dann verschwand auch Arnolds schwarze Kutte hinter den weiß gekalkten, stumm-dicken Zeugen eines verflossenen Jahrtausends. Weniger literarisch sagt man einfach «alte Klostermauern».

Nachwort des Herausgebers zum ersten und zweiten ...

... und Vorwort zum dritten Buch

Als mir von Pater Arnold Peters OSA (Name und Orden geändert) das Manuskript zu diesem Roman zugespielt wurde, war seinem kurzen Anschreiben die Kopie einer Notiz der Tageszeitung *Trondheimsposten* beigefügt, welche ich hier in der Übersetzung wiedergebe (norw. Original im Anhang). Die Notiz trägt das Datum des 07.07.2014:

__Stadtbekannter Priester tot aufgefunden__
Der stadtbekannte ehemalige katholische Priester Harald Böttker ist am Wochenende in der Nähe seiner Hütte in Vanvikan tot aufgefunden worden. Wie die Polizei mitteilte, wird der Todesfall als verdächtig eingestuft. Möglicherweise sei Böttker einen steilen Hang, der sich direkt bei der Hütte befinde, hinabgestoßen worden. Eine Polizeisprecherin sagte, Spuren im Heidekraut 30 Meter oberhalb der Fundstelle deuteten auf mehrere Personen und ein Handgemenge hin. Außerdem fehle möglicherweise der Laptop des Verstorbenen. Dies gehe aus einer Zeugenaussage hervor. Böttker hatte vor drei Jahren unter norwegischen Katholiken einen Skandal ausgelöst, als er als katholischer Priester in dieser Zeitung den Rücktritt von Papst Benedikt XVI. gefordert hatte.

Auch ich kannte Böttker (norwegische Schreibweise: Bøttker), wusste von dem Skandal und hatte von seinem Tod gehört. Jedoch wusste ich nicht, dass er an einem Roman arbeitete und dieser erst relativ kurz vor seinem Tod fertig geworden war. Nach der Lektüre des Manuskriptes erhärtete sich für mich der Verdacht, dass Böttker durch Fremdverschulden starb.

Wenn stimmt, was er beschreibt, war es sehr unklug von ihm, unterzutauchen, als er den anonymen Brief aus Deutschland erhalten hatte. Wer Tag und Nacht im Netz sichtbar ist und dort das Interesse gewisser Behörden weckt, weckt es erst recht, wenn er mir nichts, dir nichts verschwindet. Dass er dann ebenso plötzlich wieder auftauchte, muss den Verdacht, dass Böttker bestimmte Pläne und auf jeden Fall etwas zu verbergen gehabt hatte, erhärtet haben.

Möglicherweise waren die Informationen dieser Behörde(n) aber nicht auf dem neuesten Stand, d.h., das Ende des Romans war ihr/ihnen unbekannt. Schlimmer noch wäre allerdings, wenn diese Theorie *nicht* stimmt, dass man also doch wusste, wie das Buch endet. Dann hätten gewisse Kreise in Deutschland sich nicht einen potenziellen Terroristen, sondern einen für sie gefährlichen Kritiker und kommenden Aktivisten mittels geheimdienstlicher Methoden vom Halse geschafft. Gerade dass Böttkers Ideen zu effektivem Widerstand *ohne* zu töten das Bestehen der Bundesrepublik und deren verfassungsmäßige Ordnung *nicht* gefährden, ist für gewisse Leute in Deutschland hochgefährlich. Böttkers gewaltfreie Methoden könnten naturgemäß weit mehr Anhänger finden als seine terroristischen Pläne. Nicht zuletzt nahm er selbst ja auch wieder Abstand davon.

Es könnte demnach für Deutsche nicht nur in Deutschland, sondern sogar außerhalb des Landes lebensgefährlich geworden sein, elektronisch Gedanken festzuhalten, die sich nicht auf Kritik beschränken, sondern die eine *Änderung* der wahren Machtverhältnisse *mittels* unserer Verfassung zum Ziel haben, ohne dass die Verfassung selbst angetastet werden soll. Die weitaus meisten Leser werden mit mir denken, dass eine solche Entwicklung nicht nur für unsere Umwelt, sondern auch für unser Staatswesen katastrophal wäre.

Dies sind die Gründe, warum ich mich zur Veröffentlichung von Böttkers Roman entschloss. Die Form der elektronischen Publikation und der Veröffentlichung über das PoD-Verfahren wählte ich wegen der Dringlichkeit seines Inhaltes. Von der Fertigstellung über die Suche nach einem Verlag bis hin zum Druck eines Manuskriptes vergeht oft mehr als ein Jahr. Gerade in Böttkers Fall wäre der konventionelle Weg für die deutschsprachige Öffentlichkeit verspielte Zeit gewesen.

Allerdings sah ich mich gezwungen, in das Manuskript einzugreifen. In seinem Entwurf hatte Böttker im ersten Buch ein und im zweiten gleich sieben Kapitel so platziert, dass sie den Erzählfluss zum Teil erheblich störten. Böttker war ja kein professioneller Schriftsteller. Auch hatte er keine Gelegenheit, sein Werk zu überarbeiten. Ginge es nur um Erzählkunst, hätte man m.E. am Text sehr wohl noch feilen und auf jeden Fall die genannten Kapitel streichen können. Aber wegen ihres

Inhaltes kam ein solcher Schritt nicht in Frage. Ein Kompromiss musste her.

Dieser besteht nun darin, das Buch dem Wortlaut nach unangetastet, der Gliederung nach modifiziert vorzulegen. Das Kapitel «Anne-Liese im Hubschrauber» (urspr. Kap. 7 im 1. Buch) ist daher jetzt auf der Homepage zu diesem Roman zugänglich. Für den Fortgang der Erzählung kaum von Bedeutung, enthält das Kapitel interessante Informationen und Gedanken über Entstehung und Innenleben des BKA, bedenkenswerte Reflexionen über das Verhältnis von Terrorismus und moderner Staatsbürgerschaft sowie verwandte Themen.

Die ursprünglich sieben ersten Kapitel des zweiten Buches aber sind für das Verständnis des gesamten Werkes so wichtig, dass sie fester Bestandteil des Buches bleiben mussten! Böttker ging es *nicht* darum, der Flut von Kriminalromanen einen weiteren Wellenkamm hinzuzufügen. Es ging ihm auch nicht, wie man meinen könnte, nur darum, die stetig wachsende Gefahr eines Aufstandes der Umweltbewegung realitätsnah darzustellen. Es ging ihm um mehr, ich möchte sogar sagen *dramatisch* mehr. Das versteht man allerdings erst, wenn man die genannten sieben Kapitel kennt.

Daher fasste ich sie als ein eigenes kleines Büchlein zusammen und gab ihm den Behelfstitel «Der Übersetzer». Sie finden es im Anschluss an dieses Nachwort. Ich möchte es Ihnen dringend ans Herz legen – auch wenn der Stil sich ändert, auch wenn wir keinen Kriminalroman mehr vor uns haben. Wer sich die Mühe nicht machen möchte, dieses ganze dritte Büchlein zu lesen, lese zumindest das letzte, das siebente Kapitel. Es ist das wichtigste, erklärt implizit, warum Böttker tat, was er tat, warum er schrieb, was er schrieb. Und einen besonderen Reiz könnte von dort aus etwas entfalten, was man sonst unterlassen sollte: *Ein Buch kapitelweise von hinten nach vorne zu lesen.* So entstünde für diesen dritten Romanteil eine ganz eigene Art von Neugier darauf, zu erfahren, wie was zusammenhängt. Die wäre wohl in Böttkers Sinne, weshalb ich Ihnen diesen unkonventionellen Vorschlag machen möchte.

Denn das Buch, das im Roman «Homo biologicus» heißt, und um das es Böttker ging, gibt es wirklich. Die Autoren sind der Humanethologe Dr. Terje Bongard und dessen Doktorvater Professor Eivind Røskaft, der an der Norwegischen naturwissenschaftlich-technischen Universität NTNU den Lehrstuhl für Evolutionsbiologie innehat. Es heißt im Original «Det biologiske menneske» (Trondheim, 2010) und ist die Weiterführung der Doktorarbeit Bongards. Selten wird aus einer Doktorarbeit ein Bestseller. Doch das war hier in Norwegen mit Bongards Arbeit der Fall.

Böttker präsentiert uns daraus Auszüge in deutscher Sprache, wobei wir als Leser seinem Übersetzungsprozess beiwohnen. Nach Rückfrage ist dies ganz im Sinne Bongards. Ab und zu weicht Böttker vom „Urtext" etwas ab, wohl, um deutschen Lesern entgegen zu kommen. Nach meinem Urteil gewinnt der deutsche Text dadurch, ohne fachlich zu verlieren.

Bongard hat als wohl erster verstanden, wie unser Wirtschaftssystem und unsere Biologie mit einander zusammenhängen, und warum der Homo sapiens seine eigenen Lebensgrundlagen immer mehr zerstören wird, wenn er nicht sehr bald diesen Zusammenhang mehrheitlich erkennt und zu beherrschen lernt. In der Vermittlung dieses Zuammenhangs befinden wir uns, wie Böttker ganz richtig erkannte, in einem dramatischen Wettlauf gegen die Zeit.

Bongard argumentiert mit hochinteressanten Beispielen und leicht verständlich. Ich möchte sein Buch zur vollständigen deutschen Übersetzung wärmstens empfehlen.

Trondheim, den 18.12.2014
Markus Maria Sorge

Drittes Buch: Der Übersetzer

Kapitel 1

Samstag, 25. August 2012, Trondheim, Stadtteil Persaune

Irgendwann war ihm aufgegangen, wie einsam Genies sich fühlen müssen. Nicht, dass er sich je für ein Genie gehalten hätte. Aber gleich und gleich gesellt sich nun mal gern, je höher man kommt, um so dünner wird die Luft, je dünner die Luft wird, um so weniger trifft gleich auf gleich. Das spürte er, obwohl er nur ein auf seine Weise begabtes Kerlchen war. Er konnte ziemlich gut reden, ziemlich gut schreiben, ziemlich gut argumentieren, war überdurchschnittlich musikalisch, war immer so gewesen und fand das normal. Als Student war er viel mit seiner Progrockband durch die Gegend getingelt, mit immerhin ausreichendem Erfolg, um von einer späteren Karriere zu träumen, bis er sich anders entschieden hatte. Aber er *wusste* immer noch, wie man gute Songs schreibt, dass das ein Handwerk ist, in dem man sich perfektionieren kann, wie man von der Idee zum fertigen Werk kommt. Wie die Komponisten des Barock, die sich nicht als Genies, sondern als Handwerker begriffen hatten.

Auch dass sein kreatives Hirn ihm oft nicht nur gute Melodien, sondern auch Gedankenkombinationen beschere, die andere Leute überraschten, hatte er oft erfahren. Da er für diese, im wahrsten Sinne des Wortes *Einfälle*, gar nichts konnte, bildete er sich auch nicht viel auf sie ein – aber er wusste um sie, hatte Freude an ihnen und sprach davon. Das war wohl einer seiner Fehler.

Immer wenn Rita, eine vormals gute Bekannte, ihm einfiel, musste er kopfschüttelnd lachen. Vor vielen Jahren hatte er sie zufällig mal wieder auf der Straße getroffen, sie waren einen Kaffee trinken gegangen. Das übliche «Wie geht's dir?» hatte er wahrheitsgemäß so beantwortet:
«Gut! Ich hab' heute Nacht mal wieder ein gutes Stück gemacht!»

Darauf sie, fast mitleidig: «Siehst du, Harald, deshalb halten dich die Leute für arrogant!»
Er, erstaunt: «Wieso das denn?»
Sie: «Man sagt einfach nicht von sich selber, dass man was gut gemacht hat!»
Er: «Warum denn nicht? Wenn man zufrieden ist? Schau, ich las neulich in einem CD-Booklet über Edvard Grieg, er habe nach Beendigung des Werkes an einen Freund geschrieben, es sei ihm gut gelungen. Warum reagiert denn darauf keiner negativ? War Edvard Grieg arrogant, weil er mit der eigenen Arbeit zufrieden war?»
Sie: «Aber Harald, du willst dich doch nicht etwa mit Edvard Grieg vergleichen?»

Ja, so einfach können auch sonst intelligente Leute gestrickt sein. Nein, auch nur partielle Überdurchschnittlichkeit ist kein reiner Segen. Der IQ-Durchschnitt liegt bei 100. 101 ist auch schon überdurchschnittlich. Nur in diesem Sinne war er überdurchschnittlich, hier und da, was aber genug war, ihn oft einsam zu machen.

Deshalb las er viel. Und er liebte das Übersetzen, zum einen, weil es ihm Freude machte, zum anderen, weil er dieses Training brauchte, um nicht noch einsamer zu sein. Vom Gedanken zum Wort, vom Wort zum Argument, vom Argument zum Gefühl und vom Gefühl zum Ton, der bekanntlich die Musik macht. Es kam ihm dabei nie nur auf ihn selbst an. Wer etwas verstanden hat, was für viele wichtig ist, muss es an die Vielen weitergeben, daran glaubte er fest. Deshalb hatte er seinerzeit seine Berufswahl getroffen. Und neulich hatte er ein Buch gelesen, da war ihm ein Leuchtfeuer von Lichtern aufgegangen. «Das *muss* übersetzt werden», sagte er sich und hatte umgehend Kontakt mit dem Autor aufgenommen. Der war natürlich Feuer und Flamme. Welcher Autor will nicht, dass sein Buch übersetzt wird?

Die Zusammenarbeit mit Eirik klappte von Anfang an, sie verstanden sich, waren vom selben Kaliber, fühlte Harald. Schon Eiriks Haus war ihm sympathisch, als er ihn zum ersten Mal besuchte. Eines dieser Holzhäuser mit Blick auf den Fjord, welche viele deutsche Landsleute sich als mehr oder minder idyllische Blockhütten vorstellen, was sie aber durchaus nicht sind. Zwar aus Holz und farbig gestrichen, aber modern eingerichtet, geräumig, ein wenig unordentlich, Leben und Gemütlichkeit verströmend, wie es Holz eben tut. Ein großer, langer Tisch im großzügigen Wohn-Essbereich. Moderne Bilder an den pastellweißen Wänden, alles Originale, aber Lithografien oder andere Drucke, also noch bezahlbar. Im Windfang häuften sich die Schuhe, die von Familienleben zeugten. Draußen vor dem Eingang stand ein ziemlich neues italienisches Motorrad, eine Moto Guzzi Norge.

Sie hatten sich an jenem milden Spätsommernachmittag auf die Veranda gesetzt, und Harald sagte im skandinavisch üblichen «Du», das auch vor Premierministern, Schachweltmeistern oder Nobelpreisträgern nicht Halt macht:
«Du Eirik, ich schlag' folgendes vor: Wir schicken den deutschen Verlagen zwei Klappentexte, um sie heiß zu machen. Einmal den originalen, übersetzt natürlich, und dann einen fiktiven, von mir. Hab' ich schon vorbereitet, hier ist die Rückübersetzung. Lies mal!»

Er drehte Eirik seinen Laptop zu. Eirik warf einen Blick darauf, goss beiden Kaffee nach, nahm selbst einen Schluck, bevor er sich auf den Bildschirm konzentrierte:

«Eirik Stanghelle, Homo biologicus. Fiktiver Klappentext des Übersetzers:
Der «Homo biologicus» könnte für viele Leser ein weltanschauliches und politisches Pulverfass werden. Jeder denkende Mensch muss sich die Frage stellen, ob der norwegische Forscher recht hat mit seinen Analysen und Schlussfolgerungen. Als Biologe sieht er täglich: Das gigantische Umweltexperiment, das Industrialisierung und Kapitalismus begonnen haben und bis jetzt ungehemmt weiterführen, ist dabei, die Erde zur Osterinsel im Kosmos zu machen.
Essayistisch informiert das Buch über den Zusammenhang zwischen der Evolution des Menschen, den biologischen Mechanismen hinter seinem ökonomischen Tun und Lassen, und der Gefahr, dass die Menschheit an ihre globale Wand prallt und mehrheitlich stirbt. Der Grund für diese

Gefahr liegt dem Autor zufolge in den Prinzipien der Evolution selbst, unseren evolvierten – und deshalb nicht änderbaren – universellen Gefühls- und Verhaltensmustern, welche ausführlich und leicht nachvollziehbar beschrieben werden. Es sind diese Gefühls- und Verhaltensmuster, die den Menschen dazu treiben, seine eigene Umwelt zu zerstören. Damit tut sich ein noch gewaltigeres Problem auf als die globale Umweltkrise im technischen Sinne ohnehin schon darstellt. Denn die Hoffnung, dass wir uns im bestehenden Wirtschaftssystem aus der Krise «heraustechnologisieren» könnten, wird als illusorisch entlarvt. Dass unser Wissen über die evolvierten Verhaltensmuster des Menschen in eine politische Neuorganisierung der Gesellschaft münden muss, wenn der menschliche Lebensraum zu retten sein soll, und zwar bald, sollte für alle außer Zweifel stehen, die dieses Buch gelesen haben.»

Eirik sah auf und nickte anerkennend: «Hm, nicht schlecht. Bringt die Spannweite gut raus. Ich würde den Text etwas kürzen, denn im Grunde sagst du das mit den Gefühlsmustern zweimal. Aber sonst ... hm, ja, gut!»

«Ausgezeichnet!» Harald war zufrieden. Eiriks Direktheit tat ihm gut. Nur wenige Norweger würden, was als Kritik aufgefasst werden könnte, so direkt aussprechen. Schon nach kurzer Bekanntschaft zu sagen, dass ein Text gekürzt werden müsse, traut sich kaum jemand. Man könnte ja so interpretiert werden, als würde man sich anmaßen, über die Arbeit des Anderen negativ zu urteilen, als stelle man sich über den Anderen. Da hätten viele um den heißen Brei geredet, hätten die bereits geleistete Arbeit hervorgehoben, den Stil gelobt, die deutliche Aussage, alles mögliche. Um dann irgendwann in einem Nebensatz vorsichtig anzudeuten, dass ihrer persönlichen Meinung nach ein Satz möglicherweise etwas kürzer formuliert werden könnte. Aber dies sei ihre ganz persönliche Auffassung ...

Harald grinste. «Ausgezeichnet!», wiederholte er. «Natürlich schreib' ich den Verlagen auch, dass von dem Buch schon so und so viele Exemplare verkauft worden sind, dass das Radio Sendungen dazu gemacht hat, und so weiter. Übrigens hab ich selbst im Radio davon gehört. Danach bin ich gleich los und hab's gekauft. Aber muss das so schweineteuer sein?»

Eirik sah ihn etwas beschämt an: «Den Preis hat der Verlag gemacht, für den kann ich nichts. Keine Ahnung, wie die kalkulieren. Aber du hast recht, es ist zu teuer!»

«Na ja, wenn man in Deutschland im Supermarkt arbeitet und dreißig Euro für ein Buch hinlegen muss, überlegt man sich das auch. So gesehen ist es hier nicht teurer. Aber es tat trotzdem weh. Und hat sich trotzdem gelohnt!» Harald grinste wieder und steckte sich einen seiner geliebt-gehassten Zigarillos an. «Okay, dass ich rauche?»

«So lange du es nicht drinnen tust ... ich hol' dir einen Aschenbecher.» Eiriks gedrungene Gestalt erhob sich und verschwand für eine Minute. «Und was machst du sonst so?», fragte der blonde, bebrillte Bürstenhaarschnitt, als er zurück kam. «Lebst du vom Übersetzen?»

«Eher dafür, nicht davon. Dann und wann halt, so nebenher. Mein Geld verdiene ich hauptsächlich als Busfahrer, eigentlich bin ich katholischer Theologe. Lange Geschichte.»

Eirik sah Harald überrascht an: «Katholischer Theologe? Sieht man dir ja nicht gerade an. Bist du Priester?»

«Nee, das war mal. Könnt's auch wieder werden. Müsst' halt zu meinem Bischof gehen und den Reuigen spielen. Aber das kommt nicht in Frage. Wie gesagt, lange Geschichte.»

«Naja, mit der Religion rupf' ich in dem Buch ja auch einige Hühnchen», sagte Eirik. «Noch Kaffee?»

«Danke, ich brauch' nicht mehr. Was die Religion betrifft, werden wir sicher noch einiges zu diskutieren haben. Ich würd' am liebsten, wenn die Übersetzung fertig ist, ein Diskussionsbuch mit dir schreiben. Da ging´s dann auch ums Übersetzen, wenn auch in einem anderen Sinne.»

Eirik schaute Harald interessiert an: «Können wir machen. Aber nun lass uns erst mal abwarten, was die deutschen Verlage sagen.»

«Stimmt natürlich», erwiderte Harald, «und zunächst müssen wir uns wohl einigen, welche Kapitel mit ins Exposè sollen. Die meisten Verlage verlangen einen etwa 30-seitigen Auszug und die Inhaltsangabe, um zu einer Veröffentlichung Stellung nehmen zu können. Das wird nicht einfach.»

«War ja auch nicht einfach, das Buch zu schreiben. Warum soll's einfacher sein, es zu übersetzen?» Eirik grinste stolz.

«Sagt ja kein Mensch», sagte Harald. «Aber du verstehst die globale Umweltkrise als eine logische Konsequenz unserer Evolution. Du begründest das vom ersten Einzeller bis hin zum Homo sapiens und brauchst gut 300 Seiten dafür. Wenn du das auf 30 Seiten gut zusammenfasst, wozu soll man dann noch 300 lesen?» Harald zerdrückte den aufgerauchten Zigarillo im Aschenbecher.

Eirik kratzte sich am Kopf: «Okay, das ist natürlich ein Problem. Was schlägst du vor?»

«Dass wir das Buch zusammen durchblättern und so die Marschroute festlegen.»

«Jetzt?»

«Wenn du Zeit und zwei Exemplare hier hast? Meins liegt Zuhause.»

Eirik sah auf die Uhr. «Hm, da muss ich erst einen Antrag bei der Regierung stellen. Eigentlich waren wir übereingekommen, das Wochenende von Arbeit frei zu halten.»

«Bitte sie doch dazu! Würde mich freuen, sie kennen zu lernen, Frauen denken anders als Männer. Sie kennt das Buch bestimmt so gut wie du.»

«Worauf du Gift nehmen kannst. Fünf Jahre habe ich daran geschrieben, keine Ahnung, wie viele Entwürfe und umgeschriebene Absätze Lisbeth lesen musste. Ich frag' sie mal.»

Eirik verschwand im Inneren des Hauses, während Harald sich noch einen Zigarillo antat. Er fühlte sich wohl hier bei Eirik. Merkwürdig, wie schnell spontane Sympathie sich bestätigte. Er musterte den Garten, der war wie das Innere des Hauses: Auf dem Rasen vor der Terrasse stand eine von Ästen und Laub halbvolle Schubkarre, der man anmerkte, dass sie nicht erst seit einer halben Stunde dort stand. Daneben lag unordentlich eine Harke, der man den Augenblick, bevor sie fallen gelassen worden war, fast noch ansah. Den Menschen, der das Handy ihr vorgezogen hatte und einfach davongelaufen war, konnte man sich gut vorstellen. Hier im Hause schien man das Leben mit seinen tausend kleinen und großen Unwägbarkeiten herein und sich abspielen zu lassen, nicht es in Quadrate und Rechtecke zu sortieren, deren Form auch der letzte Grashalm gehorchen musste. *Kleinchaotisch* nennen die Norweger diese Lebenshaltung, für die es kein gutes deutsches Wort gibt. Dem «Entweder-oder» der Deutschen setzen sie ihr «Sowohl-als-auch» entgegen und erhalten zum Lohn etwas geringere Effektivität, aber dafür deutlich weniger Stress. Nach seinen über 20 Jahren im Lande wusste Harald immer noch nicht, welche der beiden Lebenshaltungen er vorziehen sollte. Beide hatten einfach ihre dezidierten Vorteile.

Aus dem Haus hörte er Eiriks Stimme und die einer Frau, die im nächsten Moment durch die Terrassentür trat. Hinter ihr erschien Eirik. Harald erhob sich.
«Lisbeth, das ist Harald Böttker, der erste Theologe seit Gregor Mendel, der der Evolution etwas abgewinnen kann», stellte Eirik Harald mit Grinsen in der Stimme vor. «Harald, das ist Lisbeth, mein angetrautes Weib und Biologin. Oder war's umgekehrt?»
Die hochgewachsene, schlanke, blonde Mittvierzigerin mit Reitstiefeln an den Beinen gab Harald einen ungewöhnlich festen Händedruck: «Hallo, Harald! Nett, dich kennen zu lernen!»
«Ganz meinerseits», lächelte Harald und drückte die andere Hand ebenfalls herzhaft. «Du bist also auch vom Fach?»
«Wie man's nimmt! Biologie studiert hab' ich, wie Eirik, aber dann kamen die Kinder und ...»
«Ohne Lisbeths kritischen Blick wäre aus dem Buch nie was geworden», unterbrach Eirik. «Hinter jedem wichtigen Mann steht eine noch wichtigere Frau!»
«Nun blas' dich mal nicht so auf», wies Lisbeth den Gatten zurecht.
«Aber das Buch ist wichtig, deshalb bin ich ja hier!» Harald hatte Lisbeths Hand losgelassen und sah zwischen den beiden hin und her. «Darauf können wir uns einigen?»
«Und du willst es tatsächlich übersetzen?» fragte Lisbeth.
«Ja, genau», bestätigte Harald. «Ich glaube nicht, dass das in Deutschland so schon angekommen ist. Meines Wissens hat bisher niemand auf diesen grundlegenden Zusammenhang zwischen unserer Evolution und der Zerstörung unserer Lebensgrundlagen aufmerksam gemacht, geschweige denn Konsequenzen daraus gezogen.»

«Ab und zu hat er halt doch seine lichten Augenblicke», sagte Lisbeth mit liebevollem Spott, sah ihren Mann an und tätschelte ihm leicht die Wange.

Der Forscher erwiderte den Spott, indem er seine Frau wie ein treuherziger Dackel ansah: «Und weil ich ohne dich meist im Dunkeln tappe, wär's schön, wenn du uns jetzt auch ein bisschen leuchten könntest. Harald schlägt vor, dass wir uns gleich hinsetzen und entscheiden, welche Kapitel und Abschnitte in das Exposé sollen, das er den Verlagen schicken will.»

Lisbeth sah Harald etwas prüfend, aber mit unverstellter Freundlichkeit an und dann auf die Uhr: «Überredet, nicht überzeugt. Eine Stunde ist okay. Dann muss ich zu den Pferden.»

«Gut! Ich hol' dann mal drei Bücher,» sagte Eirik und verschwand wieder im Haus, während Lisbeth und Harald sich setzten. «Wie kommt ein Theologe zur Evolutionsbiologie?», fragte sie neugierig.

Harald sog an seinem Zigarillo und blies den Rauch in eine andere Richtung als die der offensichtlichen Nichtraucherin. «Weißt du, das ist eines meiner Lieblingsthemen. Ein Theologe, der sich nicht in anderen Wissenschaften orientiert, kann sein eigenes Fach nicht überzeugend darstellen. Es berührt ja unser ganzes Dasein!»

«Das tut die Evolutionsbiologie auch!»

«Nicht das Dasein in seiner Gesamtheit, nur das biologische! Der Mensch ist mehr als seine Biologie!»

«Woher willst du das wissen? Wir kommen doch aus der Biologie nicht heraus. Der Kopf, mit dem du denkst, ist Biologie, bis in die allerkleinste Zelle.»

«Oder Chemie und Physik, die sich irgendwie zu seiner Biologie organisieren, worin etwas nicht allein physisches, nicht allein chemisches und damit nicht allein biologisches aufscheint ...»

«Ihr seid schon bei der Grundsatzdiskussion?» fragte Eirik, der die letzten Worte gehört hatte und wieder auf die Terrasse gekommen war. «Spannend, spannend,» fügte er hinzu, «aber dafür haben wir jetzt keine Zeit.» Er gab Harald und seiner Frau jeweils ein Buch. «Oder willst du doch nicht zu den Pferden?»

«Doch, du hast recht, die Grundsatzdiskussion müssen wir vertagen», gab sie zurück. «Aber spannend ist sie, die Diskussion.»

Harald nickte, während er in dem Buch zu blättern begann. «Hochspannend, ja! Ich lade euch mal zum Wein ein, dann können wir uns dem Grundsätzlichen widmen.»

«Hört sich gut an, so machen wir's!» Eirik setzte sich an den Tisch und goss dem Gast und sich selbst Kaffee nach. «Also Harald, ich als der Autor finde ja jeden Satz in dem Buch wichtig und kann selbst keinen streichen. Wo würdest du anfangen?»

«Zunächst könnten wir die Einleitung weglassen», antwortete der Übersetzer nach kurzer Überlegung. «Die ist so allgemein, dass wir 14, 15 Seiten sparen können.»

Eirik schluckte etwas pikiert: «Meinst du nicht, dass man die Leser auf das, was kommt, vorbereiten muss?»

«Doch, natürlich! Aber im Buch, nicht im Exposé. Verlage haben nicht die Zeit, die die Leser haben. Durch die beiden Klappentexte wecken wir eine Erwartung. Die müssen wir schnell erfüllen.»

«Da würde ich Harald recht geben», sagte Lisbeth.

Eirik sah seine Frau und danach Harald einen Augenblick nachdenklich an. «Also meinetwegen», stimmte er dann zu.

«Gut. Dann haben wir mehr Platz für den wirklich fachlichen Teil. Du beginnst ja mit einem Abriss von der Entstehung des Lebens, damit der Leser die Grundlage bekommt, die Logik der Evolution des Lebens von Beginn an bis heute zu verstehen. Das muss unbedingt mit rein. Wobei ich mich frage, wie wir das so bewusst machen sollen, dass es präsent bleibt.»

«Das ist ja das Riesenproblem!» Eirik nahm mit der rechten die Brille ab, rieb sich mit Daumen und Zeigefinger seiner Linken die Augen, setzte sein Sehgerät wieder auf, fixierte Harald und beugte sich gleichzeitig vor: «Weißt du, im Grunde müsste man alles gleichzeitig sagen, um zu zeigen, wie elegant alles zusammenhängt! Und warum das Stadium unserer Evolution, in dem wir uns zur Zeit befinden, für uns so gefährlich ist!»

«Eigentlich ist es fast lächerlich einfach», kommentierte Lisbeth. «Jede Tierart vermehrt sich bis an die Grenzen ihres Ökosystems, solange es ihr mehr oder weniger gute Bedingungen gewährt. Auch der Mensch. Verändern die Bedingungen sich zu schnell, im Laufe einiger Monate, Jahre oder Jahrzehnte, je nach Art, kann die Art sich nicht anpassen,

dezimiert sich und läuft Gefahr, auszusterben. Auch der Mensch.»
«Auch der Mensch!», wiederholte Harald. «Genau! Das hab' ich durch das Buch erst richtig verstanden. Wären wir nur Tiere, wir würden alles auffressen, was fressbar ist, und uns so in unseren Untergang hinein vermehren, weil irgendwann nichts mehr da ist.»
«Aber wir *sind* Tiere, Harald! Jetzt nicht in irgendeinem ethischen Sinne, sondern unserer ganzen Biologie nach! Schau dich doch um!» Die randlose Brille verstärkte das Funkeln in Eiriks Augen, der ganze Mann sprühte vor Energie: «Weißt du, wie viel Natur wir seit 1950 unter Asphalt und Beton gelegt haben? Hast du das mal auf einer Landkarte verglichen? Mach das, wenn du mal so richtig Angst kriegen willst. Schau dich um, wo wir überall bauen! Immer mehr, immer größer. Man sollte fast meinen, wir verhalten uns wie jeder Heuschreckenschwarm, der auffrisst, was ihm in die Quere kommt. Zum Schluss ist dann der Schwarm selber dran. Nur die Eier überleben, und dann geht's im nächsten Jahr von vorne los. Die Felsengebirgsschrecke in Nordamerika hat es wirklich geschafft, sich selbst auszurotten. Hat Eier abgelegt, wo nichts mehr da war. Alles aufgefressen vorher. Ratzeputz! So funktioniert Evolution! Und alles, aber auch alles deutet für den, der hinguckt, darauf hin, dass Mensch und Heuschrecke sich hier nicht unterscheiden! Bei uns Menschen dauert's halt ein bisschen länger. Aber das Prinzip ist dasselbe.» Eirik sank zurück in seinen Stuhl.
Harald war nicht unbeeindruckt von Eiriks Eruption. Schweigend saß er da, blickte die beiden Biologen abwechselnd an, führte seine Kaffeetasse zum Mund, trank einen Schluck, stellte sie wieder vor sich auf den Gartentisch. «Aber wir haben Bewusstsein!», entgegnete er dann.
«Bewusstsein wie die Menschen auf der Osterinsel, ja!» Eirik saß schon wieder auf seiner Stuhlkante. «Die hatten auch Bewusstsein. Es hat ihnen aber nichts genützt. Die nutzten ihr Bewusstsein dazu, alles abzuholzen, was sie abholzen konnten, um für ihre Häuptlinge diese idiotischen Statuen aufzustellen. Nur damit der eine Häuptling zeigen konnte, dass er wichtiger oder wenigstens ebenso wichtig wie der andere war. Und wenn einer der Nicht-Häuptlinge intelligent genug war zu verstehen, dass das Wahnsinn war, dass irgendwann der letzte Baum abgeholzt sein und damit die Lebensgrundlage für alle verschwinden würde, was meinst du, was mit dem passierte, wenn er

dumm genug war, seine intelligenten Gedanken mitzuteilen? Sogar als intelligenter Häuptling hattest du keine Chance, weil du die Mehrheit der Kollegen nicht von ihrem Imponiergehabe abbringen konntest. Oder du musstest es deinem Vorgänger gleichtun, um deine Autorität nicht zu schwächen. Harald, wach auf! Wir sind Tiere! Wir sind wie die Heuschrecken! Nicht besser und nicht schlechter, nur komplexer!»
Jetzt schluckte der Theologe: «Aber selbst wenn du recht hättest, ja gerade, wenn du recht hättest, ist die Tatsache, dass wir Bewusstsein haben, dass wir denken können und freien Willen haben, unsere Chance!»
«Ja, da gebe ich dir recht. Wenn sie auch ziemlich klein ist. Denn dass wir eine Chance haben, setzt voraus, dass nicht nur wir verstehen, sondern eine Mehrheit endlich begreift, welches Spiel die Evolution mit uns spielt. Als wie groß beurteilst du die Chance, dass mindestens 51 % der Welt verstehen, was wirklich passiert?»
«Werteste Herren der Schöpfung, wir verzetteln uns!» Lisbeth beugte sich vor und sah auf die Zeitanzeige ihres Handys. «Wir brauchen nicht zu diskutieren, was wir schon wissen. Wir müssen diskutieren, was aus dem Buch in dieses Exposé hinein soll. Oder?»
Eirik und Harald sahen sie und dann einander an. Beide grinsten leicht. «Wenn wir dich nicht hätten!», sagte Eirik dann. «Gut, wie geht es weiter?»
Harald blätterte in dem Buch: «Leben definierst du als Organismen, die sich selbst kopieren und evolvieren können. .... Leben ist aus der «Ursuppe» entstanden. .... Das Wort evolvieren benutzt du bewusst anstelle von «entwickeln». ... «Entwicklung» ist kein wertneutraler Begriff, Evolution selber aber wohl.»
«Genau!» fiel Eirik ihm schon wieder ins Wort, «man kann behaupten, der Mensch ist mehr wert als ein Schimpanse, aber die Schimpansenmama sieht das wohl anders ...»
«Eirik ...!» unterbrach Lisbeth ihren Mann.
Harald lächelte: «Ja. Aber das muss alles mit rein. Ich brauche einen Zettel und was zu schreiben.»
Lisbeth stand auf, ging ins Haus und kam einige Sekunden später mit Papier und Kugelschreiber zurück.
Harald hatte schon weiter geblättert: «Dann sagst du, dass der Mensch

im biologischen Sinne wie alle anderen Tiere Nachkomme der Organismen ist, die sich von einzelligen Pflanzen zu ernähren begannen. Das wissen wir, weil die DNA solcher Organismen und die DNA des Menschen dieselbe Stammform haben. Richtig? Muss rein!»

«Stimmt, ja.» Auch Eirik hatte geblättert: «Und dann: Die drei Faktoren, die Verhalten und Aussehen bei Organismen verändern: Variation, Überproduktion, Auswahl. Alle Arten weisen Überproduktion von Nachkommen auf. Das ist ja fast noch wichtiger! Die Überproduktion ist der ganz entscheidende Punkt: Wer wird der oder die, welche die Art weiter formen? Wer wird selektiert? Nicht wahr?»

«Okay!» Harald notierte die Seitenzahlen. «Soll ich das zusammenfassen oder ganz übersetzen?»

«Das überlasse ich dir. Du siehst ja dann, wie viele Seiten du damit füllst.»

«Das wird nicht einfach. Ein deutscher Text wird gegenüber einem norwegischen im Schnitt um 15 % wortreicher.»

«Ach! Warum das denn?» fragte Lisbeth.

«Hat mit Artikeln, Präpositionen und Pronomen zu tun. Kann ich später mal erklären», sagte Harald kurz. «Um zu verdeutlichen, in welcher Weise Evolution auch heute in uns wirksam ist, muss aber meiner Meinung nach das Kapitel über die beiden Weisen der sexuellen Selektion unbedingt ganz übersetzt werden. Die evolutionäre Triebfeder für unser Wirtschaftssystem und die Umweltkrise ortet Eirik ja genau dort. Das müssen die Leser verstehen, also müssen die Verlage es auch verstehen. Da muss ihnen das erste Licht aufgehen.»

«Ich freu' mich über jeden Satz, den du nicht auslässt», grinste Eirik. «Und sorg' auf jeden Fall dafür, dass Ronald Fisher gehörig Platz bekommt. Der hat schon vor über 80 Jahren gezeigt, wie sich eine völlig nutzlose Eigenschaft oder ein völlig nutzloses Verhalten verbreiten kann. Das sollte heutzutage eigentlich jeder wissen. Aber es wissen immer noch nur die Spezialisten!»

Und er richtete sich wieder auf, beugte sich wieder vor, sprach schon wieder mit Armen und Beinen: «Siehe Osterinsel: Wie viel Arbeitskraft und Naturressourcen müssen diese tonnenschweren Statuen gekostet haben! Jeder, der heute lebt, kapiert sofort, wie sinnlos das war. Aber damals? Der erste, der das schaffte, kam vielleicht aus religiösen Grün-

den darauf. Aber wie er drauf kam, ist eigentlich gar nicht wichtig. *Dass* er das schaffte, das ist wichtig. Es erhöhte seinen Status, wer dann auch Status haben wollte, musste es ihm gleichtun und auch so ein Ding aufstellen, wer Status bekam, war attraktiver als andere, wer attraktiver war, der bekam mehr Nachkommen, und das Spielchen wiederholte sich bis zum Zusammenbruch des Ökosystems und damit der Lebensgrundlage für die allermeisten Bewohner der Insel. Über tausend Statuen ...»
«Eirik, bei allem Respekt, wir haben beide dein Buch gelesen», unterbrach ihn seine Frau wieder und sah ihn jetzt tatsächlich verärgert an. «Wenn ihr mich noch dabei haben wollt, dann bleib bei der Sache!»
«Dass die Osterinsel ein Prachtexempel dafür ist, dass Fisher auch in Bezug auf Menschen und nicht nur auf Pfauen Recht hat, ist mir erst gerade eingefallen», verteidigte sich ihr Mann. «Das hätte ich auch schreiben sollen ...»
«Eirik ...!»
«Ist ja schon gut, ich bin ja schon still.»
Harald sah mit amüsierter Sympathie zwischen den beiden hin und her. Ja, er mochte die beiden, sie waren ein eingespieltes Team. Das kleine Geplänkel bestätigte nur, wie gut sie sich ergänzten. «Gut», sagte er, «alles über Ronald Fisher, ist notiert. Wie geht's weiter?»
«Ich geh' dann mal aufs Klo und sag' so fünf Minuten nichts, dann geht's schneller», sagte Eirik mit demonstrativer Selbstironie. Er erhob sich.
Lisbeth sah ihm mit einem Achselzucken nach und wandte sich dann Harald zu: «Das Handicap-Prinzip von Amotz Zahavi. Diese Geschichte mit den Graudrosslingen. Die ist auch wichtig.»
Harald lachte: «Du meinst diesen pseudoaltruistischen Vogel in Israel? Da könnte ich jetzt zu diskutieren anfangen, damit wir auf jeden Fall nicht weiterkommen. Aber gut, alles zu seiner Zeit.» Harald beugte sich über das Papier, schrieb und richtet sich wieder auf. «Handicap-Prinzip, Graudrosslinge und Amotz Zahavi. Sind notiert. Und dann?»
Lisbeth blätterte: «Hm ... Als nächstes müssen wir ..., denke ich ..., das Kapitel .... «Gefühle als Organe des Verhaltens»! Oder jedenfalls einen Auszug.»
«Darüber müssten wir allerdings doch ein bisschen reden.»

«Warum?»
«Eirik versteht doch Gefühle in gewissem Sinne als Organe. Das ist ja nicht gerade so unmittelbar einsichtig wie all das andere, was wir vorher hatten.»
Jetzt rückte Lisbeth ihren Stuhl zurecht, war dabei etwas umständlicher als ihr Mann, richtete sich dann aber wie zuvor ihr Gatte auf und sah Harald ebenso direkt wie dieser an. Aber im Gegensatz zu ihm dozierte sie eher: «Es handelt sich dabei um eine Parallele: So wie die Organe deines Körpers für ganz bestimmte Funktionen zuständig sind, so sind unsere vielfältigen Gefühle für unsere vielfältigen Handlungen verantwortlich. Ohne seine Niere zum Beispiel könnte Eirik jetzt – entschuldige – nicht pinkeln. Das ist zwar kein schönes, aber dafür sehr prägnantes Beispiel. Zum Pinkeln braucht er die Niere. Aber die allein reicht nicht. Er braucht auch ein Gefühl, das ihm signalisiert: Die Blase ist voll. Erst dann kann er pinkeln gehen. Dass er die Niere hat, dafür hat die Evolution gesorgt. Und dass er auf die Toilette gehen kann und nicht hier unter den Tisch pinkelt, dafür hat auch die Evolution gesorgt. Sie hat ihn zunächst mit dem Körpergefühl «Harndrang» ausgestattet, das auch jedes Tier hat. Dazu kommt beim Menschen die erlernbare Fähigkeit, diesen zu kontrollieren, was ja sozial ziemlich wichtig ist. Das rein körperliche Signalgefühl «Harndrang» ist für uns gleichzeitig ein soziales Warngefühl: «Achtung, Harndrang». Darüber denken wir kaum nach, aber es ist enorm wichtig. Denn hätte Eirik die Fähigkeit nicht, das Gefühl Harndrang auch als soziale Warnung zu interpretieren, wäre ich bestimmt nicht mit ihm verheiratet, so prima der Mann sonst auch ist!»
«Ja, das leuchtet ein!»
«Nicht wahr? Auf diese Weise wird unser gesamtes Verhalten von Gefühlen gesteuert. Wir müssen sie interpretieren, ja, aber da, wo wir nichts fühlen, handeln wir definitiv nicht, egal wie einleuchtende rationale Begründungen wir für die ein oder andere Handlungsalternative anführen können. Und jetzt kommt Eiriks so wichtige Beobachtung: All unsere Warngefühle, die uns auf alle möglichen Gefahren aufmerksam machen, und davon gibt es unendlich viele, basieren auf den Erfahrungen vieler, vieler Generationen, die identische oder ähnliche Situationen erlebt haben. Die Fähigkeit so oder so fühlen zu können

wurde so vererbt. Für die globale Umweltkrise hingegen haben wir kein Warngefühl. Diese Situation ist für die Menschheit völlig neu. Es gibt keine Erfahrungen, aus denen wir ein Gefühl «Achtung, globale Umweltkrise» analog dem Gefühl «Achtung, Harndrang» hätten entwickeln können. Darum, genau darum verhalten sich die allermeisten von uns jeden Tag immer noch so, als gäbe es die Krise nicht und verschärfen sie so immer mehr. Wir wissen von ihr, aber wir fühlen sie nicht. Und deshalb handeln wir im Alltag auch nicht oder viel zu wenig. Wissen allein ist nicht genug. Um Wissen ins praktische Leben umzusetzen, müssen Gefühle hinzukommen. Das meint Eirik mit 'Gefühle als Organe des Verhaltens'. Und genau darum ist die Situation, in der wir uns befinden, so unglaublich gefährlich. Wir sitzen mit unserer Entwicklung in einer evolutionären Falle. Wenn dies in absehbarer Zeit nicht genug Menschen begreifen, dann wird es in nur wenigen Jahrzehnten mit sehr vielen von uns aus sein. Die Evolution ist gnadenlos. Siehe Heuschrecken. Siehe Osterinsel. Und kein Gott wird uns helfen.»

Harald schluckte bei den letzten Worten, während Lisbeth auf die Uhr sah: «Wo bleibt Eirik denn? Ich muss los!»

«Bin ja wieder da». Eirik trat auf die Terrasse: «Wie weit seid ihr?»

«Bei den Gefühlen als Organen des Verhaltens», sagte seine Frau. «Schatz, ich muss jetzt zu den Pferden, ich hab' wirklich keine Zeit mehr.»

«Ist ja in Ordnung. Den Rest schaffen wir schon alleine. Du hast uns sehr geholfen, wie immer!»

Die blonde Frau stand rasch auf, lächelte herzlich und reichte Harald, der sich so schnell gar nicht erheben konnte, die Hand: «War wirklich nett, dich kennen zu lernen. Lass dich gerne wieder blicken!»

«Oder ihr euch bei mir!» Harald erwiderte sitzend den auch diesmal überraschend festen Händedruck. Lisbeth ließ die Hand los, strich ihrem Mann, der wieder Platz genommen hatte, über den Bürstenhaarschnitt: «Bin gegen acht wieder da. Nimmst du noch die Wäsche von der Leine?»

Eirik zwinkerte Harald zu: «Wenn unser Übersetzer mich daran erinnert?»

«Bisher hast du das auch ohne Übersetzer geschafft.»

«Aber wird man nicht im Alter zunehmend unselbständiger?» Eirik grinste: «Ich fühle mich heute wirklich älter als vor zwanzig Jahren!» Harald lachte. Lisbeth lachte auch: «Ach, du ewiger Spinner! Tschüss, ihr zwei!» Die hochgewachsene Frau lächelte Harald noch einmal zu und verschwand dann schnellen Schrittes im Haus.
«Na, euch geht's aber gut, wenn ich mir diese private Bemerkung erlauben darf», sagte Harald zu Eirik. «Wie lange seid ihr schon zusammen?»
«27 Jahre», antwortete Eirik mit sichtlichem Stolz.
«Gratuliere! Das ist heute keine Selbstverständlichkeit mehr!»
«Ich weiß. Ich bin auch wirklich kolossal dankbar.» Eirik saß zurückgelehnt in seinem Gartenstuhl und faltete die Hände über seinem kleinen Bauchansatz. «Das ist übrigens das einzige religiöse Gefühl, zu dem ich mich hinreißen lasse ...». Eiriks blaue Augen blitzten schalkhaft und kampflustig.
«Na, das ist ja gar nicht schlecht für den Anfang», parierte Harald. «Aber wie gesagt, das wirklich Grundlegende müssen wir vertagen. Jetzt gilt es erst einmal, die Welt zu retten.»
«Die Welt retten, ja. Müssen wir. Welches Kapitel schlägst du als nächstes vor?»
«Ich hänge noch bei diesem Zusammenhang zwischen Wissen und Gefühl. Im Grunde geht es um Verstehen. Das ist ganz grundlegend und gilt, nebenbei bemerkt, auch für dein Verhältnis zur Religion!»
Harald machte eine kurze Pause, lächelte spitzbübisch, weil er schon wusste, dass Eirik die Behauptung nicht akzeptieren würde, und fuhr in genau dem Moment, in dem der Biologe protestieren wollte, fort:
«Was du weißt, brauchst du nämlich noch lange nicht verstanden zu haben. Das ist wie mit Büchern, von denen du eine Menge im Regal stehen hast. Einige davon kennst du sehr gut, sie haben dich verändert, andere hast du zu lesen begonnen und dann weggelegt, wieder andere warten noch darauf gelesen zu werden. Nur zu denen, die du wirklich kennst, hast du ein inneres Verhältnis, ein Gefühl aufgebaut, sie verstanden. Das Buch «Globale Umweltkrise» haben wir alle im Regal stehen, aber die allermeisten haben nur den Klappentext dazu gelesen, wir wissen grob, was drin steht, aber Gefühle dazu haben wir noch nicht, deshalb verändert es uns nicht, und das ist das Problem.»

«Das ist ein sehr guter Vergleich, Respekt, Herr Pfarrer!» Eirik sah Harald anerkennend an.

«Und das gilt auch für dich, Herr Biologe! Das neue Motorrad vor deiner Haustür ist mir sofort aufgefallen. Das ist doch deins, oder?»

Eirik klang ziemlich stolz: «Hab' ich seit zwei Monaten ...».

Harald bedachte Eirik ein paar Sekunden lang mit einem spöttisch-resigniertem Ausdruck in den Augen. «Jaja. Siehst du!» sagte er dann. «Jetzt könnt' ich dir wegen deiner Inkonsequenz die Leviten lesen. Auch *ehemalige* Priester können so was, weißt du.»

Er hob abwehrend die Hand, als Eirik etwas erwidern wollte. «Lass mich ausreden. Die Leviten fallen nämlich aus. Die Karre ist die Bestätigung deiner These. Selbst einer wie du, der so genau weiß, wohin der Hase läuft, hat nur im Prinzip ein Gefühl für das Kommende. Das heißt, im Grunde hast du keins! Oder es ist nicht stark genug! Du gehst mit Stofftaschen statt Plastiktüten im Bio-Laden einkaufen. Du schreibst fünf Jahre lang ein dickes Buch. Du hältst darüber Vorträge und gibst Interviews dazu. Aber du leistest dir eine neue Guzzi. Das Gefühl, das dir die Maschine vermittelt, ist dir so viel näher als das Damoklesschwert, das über uns allen hängt. Sogar dir! Mein Gott, wie wir in der Scheiße sitzen!»

Eirik saß wie vom Donner gerührt. Eine weitere Pause entstand. Harald griff nach den Zigarillos. «Nicht wahr? So wie ich mir jetzt dieses Ding in den Mund stecke, obwohl ich genau weiß, welcher Gefahr ich mich damit aussetze. Aber mir fehlt das Gefühl für die Gefahr. Sie ist zu weit weg. Wir hängen alle mit drin.» Harald entzündete den Zigarillo, inhalierte, blies den Rauch aus und schwieg.

«Tja. Sollen wir weitermachen?», fragte er nach einer Weile.

Eirik sagte langsam: «Du hast wirklich was drauf!» und blickte sein Gegenüber mit zusammengekniffenen Augen an: «Du hast's wirklich kapiert!»

«Oder auch nicht!», antwortete Harald ebenso langsam und zeigte vielsagend mit der Linken auf den Zigarillo, den er in der Rechten hielt. «Aber dem Verstehen geht das Wissen voraus. Sollen wir weitermachen?»

Eirik gab sich einen Ruck. «Machen wir weiter!» Er beugte sich zum Tisch vor, ergriff sein Exemplar des Homo Biologicus und blätterte.

Kapitel 2

Samstag, 1. September 2012, Trondheim, Stadtteil Kuhaugen

«Kurzer Weg zwischen Denken und Handeln», hatte jemand, der Harald gut kannte, ihn einmal charakterisiert, was zwar auch, aber nicht nur als Kompliment gemeint gewesen war. Nicht alles, was er tat, war wohl überlegt, manchmal handelte er zu direkt, ja peinlich kurzschlüssig. Er wusste das. Doch «wer was tut, macht Fehler, wer nicht denkt, erst recht» pflegte er zu sagen. Er war gern der, der er war, im Großen und Ganzen jedenfalls. Sein Hirn drängte zur Handlung und es gab so gut wie immer einen Zusammenhang zwischen Denken und Tun bei ihm, darauf war er stolz. Ein «Man müsste» war für ihn ein «Man muss», ein «Man könnte» ein «Man kann». So wartete er nach dem ersten Treffen mit Eirik fieberhaft auf die nächste Gelegenheit, einige Stunden am Stück ausgeruht am Laptop arbeiten zu können.

Sie kam aber erst nach einer Woche. Harald hatte Spätschicht gehabt und ausschlafen dürfen. Sein Morgenritual Kaffee Latte, Zigarillo, Laptop, seine «Heilige Dreieinigkeit», wie er selbstspöttelnd eine seiner zähesten Gewohnheiten nannte, zelebrierte er am liebsten noch im Bademantel, direkt nachdem er mit wirrem Haar vom Schlafzimmer in seine Küche geschlurft kam. Egal wann, ob morgens um halb vier oder mittags um halb zwölf, wie an diesem Samstag.

Die Heilige Dreieinigkeit stand und lag einsatzbereit auf dem Küchentisch. Harald setzte sich, nippte an der Kaffeetasse, entzündete den Zigarillo, inhalierte tief, öffnete den Laptop, ergriff Eiriks Buch, zog die Notizen hervor, die er ins Buch gelegt hatte, und legte sie neben sich. Zuerst stand das Kapitel über Ronald Fisher an. Harald begann zu tippen:

Übertriebene Eigenschaften durch sexuelle Selektion

Haben Sie sich schon einmal Gedanken darüber gemacht, warum männliche Pfauen so einen langen Schwanz haben? In der Schule lernen wir, dass die Männchen ihn zur Balz verwenden. Das ist richtig. Aber reichte dafür nicht auch ein kürzerer Schwanz? Der lange Schwanz macht männlichen Pfauen das Leben nämlich ziemlich schwer. Sie fliegen schwerfällig und werden deshalb viel leichter zur Beute ihrer Fressfeinde, Leoparden und Tigern zum Beispiel. Ein kürzerer Schwanz könnte ebenso schön sein, aber wäre für das einzelne Pfauenmännchen viel besser.

Der englische Genetiker, Statistiker und Evolutionsbiologe Ronald Fisher publizierte 1930 ein Buch, in welchem er reine Mathematik benutzte, um zu zeigen, wie sich durch sexuelle Selektion eine eigentlich nutzlose Eigenschaft verbreiten kann. Die Eigenschaft braucht keinerlei körperliche oder andere Qualitäten zu signalisieren. Sie kann völlig von selbst in extreme Richtungen evolvieren. Es reicht, dass ein Lebewesen beginnt, irgendetwas bei einem anderen des anderen Geschlechts vorzuziehen. Das kann der Startschuss für eine richtungsbestimmende Auswahl sein. Dafür ist der Schwanz des Pfaus das üblichste Beispiel.

«Klar», begann Harald ein Selbstgespräch, als er den letzten Satz eingetippt hatte und sich zurücklehnte, um den Zigarillo in Frieden aufzurauchen, «haben alle Hähne einen kurzen Schwanz, reicht ein einziger Gockel, der ganz zufällig einen längeren Schwanz hat als die anderen.» Harald zog nachdenklich an dem braunen Ding, inhalierte, beugte sich vor, streifte im Aschenbecher rechts vom Laptop Asche ab, lehnte sich wieder zurück, blies den Rauch aus. «Wenn dieser Gockel von einer Henne bevorzugt wird, hat der das wählende Huhn für sich allein,» dachte er halblaut.
Während er vor sich hin sprach, entstanden kleine Rauchringe, denen er aufmerksam folgte, wie sie sich verformten, vergrößerten und langsam in Richtung Küchendecke schwebten.
«Aber zusätzlich hat er eine gleich große Chance bei den anderen Hühnern, die keinen Hahn besonders scharf finden», sinnierte er dabei weiter. «Dann wird es in den nächsten Generationen immer mehr Go-

ckel mit langem Schwanz und mehr Hennen, die lange Schwänze vorziehen, geben. Wie beim Menschen, haha.» Harald grinste wegen des besonders schlechten Witzes, drückte den Qualmstengel im Aschenbecher neben dem Laptop aus, beugte sich wieder über die Tastatur und übersetzte weiter:

Es entsteht eine vorteilhafte Situation für beide Geschlechter. Eine Pfauenhenne, die einen ganz bestimmten Pfauenhahn wählt, wird Söhne bekommen, die dazu tendieren, dieselbe Eigenschaft zu haben. Und sie bekommt Töchter, welche ihre Tendenz, solche Hähne zu wählen, erben.

Damit wird der Antrieb – der Geschmack dafür, irgendetwas vorzuziehen – in sich selbst ein Zug, der selektiert wird. Es ist egal, was dieses «irgendetwas» ist, worüber die Natur jetzt ihre spektakuläre Geschichte erzählt. Der springende Punkt ist, dass in dem Augenblick, in dem Paarungen nicht mehr zufällig stattfinden, diese Nichtzufälligkeit die Arten ändert und die Geschlechter mit verschiedenen Eigenschaften ausstattet. Worin die attraktiven Eigenschaften des Hahns bestehen, ist völlig unwesentlich. Wesentlich ist nur, dass er irgend etwas anderes als die gewöhnlichen Hähne hat.

Der Übersetzer unterbrach sich wieder und runzelte die Stirn. War das nicht ein Widerspruch? Der war ihm noch nicht aufgefallen. Auf der einen Seite sollte es egal sein, worin die attraktiven Eigenschaften des Hahnes bestehen. Auf der anderen Seite sollte durch die zufällige Selektion eine vorteilhafte Situation für beide Geschlechter entstehen. Worin bestand dann der Vorteil? Das erklärte Eirik nicht.
Ja, wenn man nur die Fortpflanzung als Ziel annimmt, dann würden das eine Huhn und der eine Hahn sich mehr vermehren können als die anderen. Das ist in gewissem Sinne ein Vorteil. Aber für wen? Weil zwei Vögel mehr vögeln als die anderen? So denken Menschen, aber nicht Vögel. War das nicht eine Übertragung menschlicher Ziele, Zwecke, Eigenschaften und Verhaltensmuster auf die unbewusste Natur? Ein Anthropomorphismus! Anthropomorphismus werfen die Naturwissenschaftler doch immer den Theologen vor!
«Nee, Eirik, das musst du noch ein bisschen deutlicher machen», mur-

melte Harald. «Du musst gerade hier explizit erwähnen, dass in der Zufälligkeit der Mutationen ab und zu auch eine für die Art nützliche Mutation entsteht. Wird diese dann zufällig von einem Weibchen bei einem Männchen vorgezogen, bekommen mehr Nachkommen dieselbe nützliche Eigenschaft, welche im Laufe der Generationen die weniger nützlichen verdrängt. Weil die Artgenossen mit weniger nützlichen Eigenschaften sich dann weniger fortpflanzen. Eirik, das ist unklar, hier müssen noch ein paar Sätze dazu!»
Aber gut, das würde Harald noch mit ihm bereden können. Er tippte weiter:

In einer gedachten Welt gleichgültiger Artgenossen, in der nur ein einziges Lebewesen wählt, siegt also wählendes Verhalten unweigerlich über die Gleichgültigkeit. Der Pfauenhahn in unserem Beispiel, der von nur einer Pfauenhenne vorgezogen wird, wird unmittelbar mehr Nachkommen bekommen. Denn er wird dann von mehr Hennen als irgendein anderer zufälliger Hahn bevorzugt.

In der nächsten Runde kann die Selektion dann einfach «loslaufen» und die Eigenschaft übertrieben machen. Fisher nannte dies «Runaway selection». Die selektierten Züge können so auffällig, so spektakulär und extrem werden, dass damit Probleme auf anderen Arenen des Lebens entstehen. Pfauenhähne haben es schwer, Raubtieren zu entkommen, gerade wegen ihres attraktiven Schwanzes.

Soso! Und warum sind die Pfauengockel mit den prächtigen Schwänzen dann nicht schon längst ausgestorben? Bester Biologe, darauf musst du auch antworten! Es sollte nicht sein, dass der Theologe dir deine Antworten gibt: Sind sie ja. Die mit den längsten und prächtigsten Schwänzen sind tatsächlich weg, die frisst der Tiger. Es überleben nur die Gockel, deren Schwänze einerseits prächtig genug sind, um während der Paarungszeit ihre vier, fünf Weibchen auf sich zu ziehen, und anderseits nicht so lang und prächtig, dass sie Raubtieren gar nicht mehr entkommen können. Wenn ein Pfauenhahn vier, fünf Weibchen um sich schart, bedeutet das ja, dass die anderen Männchen als Tigerfutter zur Verfügung stehen. Nicht wahr, Herr Biologe? So recht du auch ansonsten hast:

*Beim Menschen ist das **Gefühlsleben** sein evolvierter Pfauenschwanz. Der Druck, sichtbarer, besser als andere, schöner, reicher und cleverer zu sein, plagt uns durch unser gesamtes Leben lang und lässt uns keine Ruhe. Der Mensch ist selektiert, andere Menschen unter dem Kriterium der Attraktivität zu bewerten und hat starke Belohnungsgefühle und somit Antriebe evolviert, um den Attraktivsten seine Aufmerksamkeit zu widmen. Diese «Bewerterei» hört nie auf, selbst wenn wir unseren Seelenfreund und Lebenspartner gefunden haben.*

Ja, das stimmte allerdings! Völlig richtig, dass das Wort Gefühlsleben hier auch fett gedruckt war. Warum nehmen die Reichen und Schönen in jeder Gesellschaft eigentlich einen so herausragenden Platz ein? Bei genauerem Hinsehen erweisen sie sich doch wieder und wieder als genau so mickrig wie alle ihre vorübergehenden Bewunderer, oft noch mickriger! Im Fernsehen sind ganz überwiegend äußerlich attraktive Menschen zu sehen. In der Werbung gibt es nur schöne Menschen. Der Blätterwald der Illustrierten verkauft sich wöchentlich millionenfach, weil er in die Welt der Reichen und Schönen blicken lässt. Filmstars? So gut wie immer schön, auf jeden Fall auf irgendeine Weise attraktiv. Wer ein hervorragender Schauspieler ist, aber das Aussehen nicht auf seiner Seite hat, besonders als Frau, mag sich mit Nebenrollen durchschlagen können. Aber ein Star wird sie nie. Und welcher Mann, welche Frau hätte nicht schon einmal neben ihrem Partner im Kino gesessen und sich heimlich nach einer Schönheit auf der Leinwand gesehnt? Und wer hübscht sich nicht auf, wenn er oder sie zu irgendeinem nicht privaten Anlass muss, wo es um sehen und gesehen werden geht? Warum? Weil wir selektiert sind, den Attraktivsten Aufmerksamkeit zu zollen, ob wir wollen oder nicht, war Eiriks Antwort. Das suchen wir uns nicht aus! Das können wir nicht einfach bleiben lassen! Hinter diesem ganzen Spiel lauert der Druck der sexuellen Selektion, von dem wir uns durchaus nicht einfach verabschieden können, selbst wenn wir es wollten.

Als ehemaliger Priester konnte Harald ein wirklich besonderes Lied davon singen. Er wollte das ja mal, «sich von der sexuellen Selektion verabschieden». Aber wie er, der er mit seinem dunklen, halblangen Haar und tiefblauen Augen, markantem Männergesicht und einladendem, freundlichem Lächeln ein attraktiver Mann war, bei den Gottesdiensten die Blicke der Frauen auf sich zog. Wie sie an seinen Lippen hingen, wenn er mit seiner besonders warmen, tiefen Sprechstimme predigte. Wie er sich seinerseits ständig beherrschen musste, um nicht an einem besonders hübschen Frauengesicht eigenen oder jüngeren und nur sehr selten höheren Alters hängen zu bleiben! Zermürbend war das! Harald schob die Erinnerungen weg.

Denn die, welche Belohnung und Unruhe danach fühlten, mehr zu tun, mehr zu schaffen, sich weiter zu strecken als andere, bekamen in der Summe die zahlreichere Nachkommenschaft. Die Übertreibung der natürlichen Selektion bietet so eine Erklärung dafür, warum es so schwer ist, zufrieden zu sein.

Wie einleuchtend das war!

Diejenigen, die sich hinsetzten und zufrieden waren mit dem, was sie hatten, sind nämlich längst verschwunden. Die, die Unruhe im Körper fühlten und den Möglichkeiten für einen besseren Partner, mehr Ressourcen und größere Sichtbarkeit folgten, hatten Vorteile. Wir bezahlen heute für diese Evolution mit der ganzen Spanne von Überverbrauch, Scheidungen und der Jagd auf Lebensqualität. Ruhe im Leben zu finden ist die große Herausforderung des modernen Menschen. Nun wissen wir den Hintergrund dafür, warum es so schwer, ja vielleicht unmöglich ist, völlig zufrieden zu sein.

Harald hielt wieder inne. Ein neuer Glimmstengel musste her, auch wenn der jetzt nicht mehr schmeckte. Aber da ließ es sich dezidiert besser nachdenken: Was man traditionell die sieben Todsünden nennt, Hochmut, Geiz, Wollust, Zorn, Völlerei, Neid, Faulheit, waren diese nicht alle Aspekte der Unzufriedenheit? Oder die Geschichte vom Sündenfall Adams und Evas im Paradies? Oder die vom Turmbau zu Babel? Ging es da nicht immer um die Reflexion der Unzufriedenheit als einer Grundbedingung des Menschen? Die dann fatale Konsequenzen bekommt? Gerade das Alter dieser Geschichten zeigte, dass die Menschheit schon lange weiß, was ihr zum Schaden, was zum Nutzen ist. Man braucht kein religiöser Mensch zu sein, um die negativen Konsequenzen dieser Charaktereigenschaft zu erkennen. Aber was die Evolutionsbiologie hier aufdeckte, verschob die Akzente. Unzufriedenheit ist keine Eigenschaft, die jemand sich aussucht. Niemand setzt sich hin, um jetzt mal so richtig unzufrieden zu sein. Alle haben sie, die Unzufriedenheit, in mehr oder minder entwickeltem Maß, von Anfang an. Sie ist von der Evolution in sie hineingelegt als Möglichkeit für Entwicklung, im Guten wie im Bösen, der Motor für jeden einzelnen Menschen. Ohne Unzufriedenheit geht es einfach nicht weiter, gibt es keine Bewegung. Aber so sehr am Grundzustand der Unzufriedenheit, des subjektiv erlebten Mangels, niemand selber schuld ist, so sehr sie der Motor aller Entwicklung ist, so sehr treibt sie den Einzelnen wie die Gesamtheit der Menschen dem Ruin entgegen, wenn sie nicht kontrolliert wird. Das hat die Theologie immer gewusst! Unzufriedenheit nicht zu beherrschen, nachdem man ihre Gefahren erkannt hat, *das* macht schuldhaft, worauf die alten biblischen Geschichten hinwiesen. Dieser ererbte Grundzustand, theologisch gesprochen die Sünde, die alle erben, die Erbsünde eben, der gilt ausnahmslos jedem Menschen!

«Tja, Eirik», dachte Harald, grinste etwas, blies seine Rauchringe an die Decke, «dass du hier die gute alte Theologie nicht nur korrigierst, sondern auch bestätigst, das hättest du dir wohl nicht träumen lassen, was?»

Darüber würde er gerne mit ihm diskutieren wollen. Aber das musste warten. Er sah auf die Uhr. Eine gute Stunde hatte er noch. Eine Seite konnte er noch schaffen, dann musste er einkaufen und hinterher zur Arbeit.

*

Was Eirik als nächstes schrieb, war allerdings etwas abstrakt. Den ganzen Abschnitt zu ändern, kam nicht infrage, das konnte der Übersetzer seinem Autor nicht antun. Aber hoffen, dass deutsche Leser bis zu dem späteren, wirklich phantastischen Beispiel aushalten würden, das konnte er:

Die Selektion kann eine weitere Ursache als die in Fischers Theorem ausgedrückt haben. Beide Erklärungen können für sich stehen, aber auch einander ergänzen. Sexuelle Selektion kann man ebenso sowohl als einen natürlichen Effekt von als auch als Mittel zur Bekämpfung von Krankheiten beschreiben. Durch sexuelle Selektion entsteht für die Nachkommen, die ja unter der ständigen Bedrohung von Krankheitserregern durch mutierende Bakterien, Viren und mehrzellige Parasiten stehen, ein stärkeres Immunsystem.

Am empfindlichsten gegen Krankheiten und Schäden ist das Nervengewebe. Nervenzellen können sich nicht teilen, wenn sie erst einmal in Gebrauch sind, so dass Schäden erst an Verhalten bemerkbar werden, das vom Gehirn gesteuert wird. Die sexuelle Selektion resultiert vor diesem Hintergrund oft in Verhaltensmustern, welche ein «ehrliches Signal» aussenden, dass Gehirn und Nervensystem gesund sind.

Denn es ist das Nervensystem, das Verhalten speichert, steuert und ausführt. Beispielsweise sind anspruchsvoller, komplizierter Gesang, Bewegungen, Fähigkeiten wie Stehen oder Fallen an ein gesundes, funktionierendes Nervensystem geknüpft.

Diejenigen, die angenehme Gefühle entwickelten, weil das Verhalten beim anderen Geschlecht auf ein intaktes Gehirn beziehungsweise intaktes Nervensystem schließen ließ und diese deshalb als attraktiv empfunden wurden, bekamen mehr gesunde Nachkommen. Intelligenz, egal wie man sie definiert, ist also ein ehrliches Signal, das man nicht vortäuschen kann. Wenn jemand etwas kann, was niemand anderer kann und dies zu Aufmerksamkeit führt, wird folgendes Signal gesendet: «Ich bin gesund, habe ein gutes Immunsystem und kann mir Status und Beachtung in der Konkurrenz mit anderen verschaffen.»

Harald las, was er bisher übersetzt hatte. Ja, das war abstrakt, wenn auch nicht direkt unverständlich. Ein bisschen trocken eben. Aber das Beispiel, das jetzt kam, das war gar nicht trocken und extrem verblüffend:

Lassen Sie uns ein Beispiel aus der Vogelwelt für so einen sexuell selektierten Gehirntest anführen: In den Regenwäldern der Ostküste Australiens findet man den Seidenlaubenvogel (Ptilonorhynchus violaceus), der auch in Parks und Gärten auftauchen kann. Die Männchen konkurrieren miteinander, indem jedes einen kleinen Bogengang aus Gras baut, wie ein kleines Portal.

Vor dem Portal sammelt das Männchen überwiegend blaue Gegenstände. Blaue Körner, blaue Blumen, sogar blaue Abfälle von nahen Müllkippen sind Trumpf. Die Arbeit der Männchen ist mühsam und anstrengend. Sie stehlen von einander und machen einander die Arbeit kaputt, wo es nur möglich ist. In den Büschen rings herum aber sitzen die Weibchen und bewerten. Das Männchen, das es schafft, das symmetrischste und beeindruckendste Portal mit der schönsten Sammlung blauer Gegenstände zu bauen und zu verteidigen, bekommt Besuch von willigen Weibchen. Allerdings nur von den jüngeren unter ihnen. Die älteren, erfahreneren, lassen sich nicht mehr nur von den Portalen beeindrucken. Sie beachten eher den Balztanz, den das Männchen vor dem Portal vorführt. Allen Männchen gemeinsam ist allerdings: Die weniger Tüchtigen werden übersehen. Das Portal selbst hat keinen anderen Nutzen als zur Paarung zu führen; das Männchen trägt zur Brut und Aufzucht der Nachkommenschaft nichts bei. Auf diese Weise wird also der Portalbauer getestet, seine Fähigkeit zur «Konstruktion», seine Fähigkeit, das Portal zu verteidigen und zu bewachen, damit es nicht von Rivalen kaputt gemacht wird, seine Kreativität beim Tanz, kurz: Die Funktionsfähigkeit seines Gehirns und damit dessen Gewebes. Und der Verdacht liegt nahe: Die Kunst der Menschen hat dieselbe Wurzel. Können wir das Sammeln blauer Körner mit Jacob Weidemanns Gemälden vergleichen?.

Harald schmunzelte, obwohl er die Stelle nicht zum ersten Mal las. Da hatte Eirik eine amüsante Assoziation gehabt. Weidemann war ein norwegischer Maler, der wegen Bildern berühmt geworden war, die ein ganz besonders intensives, unnachahmliches Blau auszeichnete. Das würden die allermeisten wohl nicht wissen.

Gleichzeitig entbehrte die Assoziation nicht der Relevanz. Dabei war Kunst die eine Sache, eine noch wichtigere die mit dem Bauen und Konstruieren. Es sind ja wohl nicht nur Seidenlaubenvogelmännchen, die konstruieren und bauen, bewachen und verteidigen. Wie ist das denn mit den Menschenmännchen? Was tun die denn die ganze Zeit? Warum scheinen denn bestimmte Rollenmuster innerhalb einer seit Jahrzehnten auf Gleichstellung bedachten Gesellschaft geradezu unauflöslich? Und die Menschenweibchen, warum fahren die so auf Männer ab, die gut tanzen können, ein Instrument spielen, viel Humor haben? Und nicht zuletzt ein großes Auto in der Garage haben? Nach dem Motto: Mein Auto, mein Haus, mein Boot.

Harald erinnerte sich an seinen vorletzten Urlaub. Er war nach der Suspendierung erst einmal 14 Tage nach Italien gefahren, um zur Ruhe zu kommen. Zur Ruhe kam er nicht, denn so ungefähr eine halbe Million Menschen hatten den selben Gedanken wie er gehabt. Als er eines Abends am Strand entlang schlenderte, am Yachthafen von Sanremo auf einer Bank landete und über seine Vergangenheit und Zukunft nachdachte, sah er, wie eine Yacht größeren Ausmaßes direkt vor ihm in das Hafenbecken einlief. Er hörte lautes Lachen, das er mehreren Frauen zuordnete. Eine tiefe Männerstimme sagte etwas auf italienisch, was er nicht verstand. Aber was er dann sah, hatte ihn erstaunt und den Kopf schütteln lassen. Auf der Yacht befanden sich sechs ziemlich junge, spärlich bekleidete Damen, um nicht zu sagen, Mädchen, die sich alle vermeintlich äußerst fröhlich um einen einzigen Mann scharten. Der Mann: Groß, bestimmt 1,90, schlank, athletische Figur, graumeliertes Haar, braun gebrannt und, soweit Harald dies einzuschätzen vermochte, um die 60. «Diese armen irregeleiteten Hühner», hatte Harald damals gedacht. Aber jetzt, hier in seiner Küche, beim Übersetzen, ging ihm ein Licht, nein, es gingen ihm zehn Lichter auf.

Hinter diesem ganzen Gebaren versteckte sich ein Gehirntest. «Das

Auto, das Haus, das Boot» oder Weidemanns Bilder von wundervollem Blau sind nicht vorhanden ohne ein gesundes, funktionierendes Gehirn. Hinter all den verschiedenen wirtschaftlichen und kulturellen Aktivitäten der Menschen lauert die Biologie: 1. «Bist du überlebenstauglich?», 2. «Kannst du mir gesunde Nachkommen verschaffen?», 3.»Kannst Du für die Nachkommen angemessen sorgen?» lauten die drei nie direkt, aber immerwährend gestellten Fragen.

Wobei das, was Eirik hier schrieb, auch nach Haralds Kenntnisstand allgemeine biologische Lehrmeinung war. Aber Eirik machte den Stoff ziemlich griffig und hatte zudem etwas entdeckt, was bisher niemand anderem aufgefallen war: Die Bedeutung dieser biologischen Mechanismen für das menschliche Wirtschaften sowie für die Umweltprobleme, die dieses Wirtschaften verursachte. Das würde in den nächsten Kapiteln zunehmend Thema sein.

Aber auch Harald musste wirtschaften. Der Kühlschrank gähnte vor Leere und die verdammte so genannte Erwerbsarbeit rief. Es fiel dem Übersetzer schwer, sich loszureißen. Doch er gab sich einen Ruck, speicherte das bisher Übersetzte, machte den Laptop aus und begann, sich seinen Einkaufszettel zu schreiben.

Kapitel 3

Mitte September 2012, Trondheim, Stadtteil Kuhaugen

Fast 14 Tage waren vergangen, seit er zuletzt am Exposé gearbeitet hatte, viel war dazwischengekommen. Doch heute hatte Harald sich nach der Frühschicht einen Mittagsschlaf leisten können und wollte jetzt eigentlich weiter übersetzen.

Aber er saß reglos und schockiert vor seinem Laptop in der Küche und starrte auf eine Meldung aus dem Jahr 2010, die er gerade zufällig im Netz gefunden hatte. Es fiel ihm nicht einmal ein, sich einen Zigarillo anzuzünden, das wollte etwas heißen. Die Meldung war in verschiedenen Varianten verbreitet worden, beim Spiegel und in der Süddeutschen zu lesen gewesen. Die, die er vor sich hatte, stand bei t-online.de:

Forscher erwarten "beispiellose Dürren" - auch Deutschland ist betroffen - 25.10.2010, 08:20 Uhr

Schon in wenigen Jahrzehnten drohen in weiten Teilen der Welt nie dagewesene Dürrekatastrofen. Auch Deutschland könnte davon betroffen sein. Das ist das Ergebnis einer Studie des renommierten US-Klimaforschungsinstituts NCAR. Grund dafür seien abnehmende Regenfälle und steigende Temperaturen infolge des Klimawandels. Würde dieses Szenario Realität, hätte das "enorme Folgen für die Menschheit", sagte NCAR-Forscher Aigu Dai.

Vor allem bevölkerungsreiche Regionen könnten schon in 30 Jahren unter extremer Dürre leiden. Die Studie nennt hier den Mittelmeerraum als besonders stark betroffene Region, aber auch die USA, Mittelamerika und große Teile Mexikos, Brasiliens, Südostasiens und Chinas, den afrikanischen Kontinent und Australien.

Dürre greift immer weiter um sich

Doch es könnte noch schlimmer kommen: Der Studie zufolge verschärft sich die Trockenheit immer mehr. Schon im Jahr 2060 sind auch große Teile Mitteleuropas fest im Griff der Dürre - Deutschland mit eingeschlossen. Die Grenze zwischen trockenen und feuchten Regionen wandert auf der Nordhalbkugel immer weiter in Richtung Norden. Sogar das südliche Kanada und südliche Skandinavien wären dann von Trockenheit betroffen.

Noch weiter nördlich wird es dem Bericht zufolge allerdings nasser als bisher: Hier nennen die Wissenschaftler Länder wie Alaska, die nördlichen Landesteile Kanadas und Skandinaviens sowie Russland.

Die Berechnungen der Wissenschaftler basieren unter anderem auf Ergebnissen von Modellrechnungen des Weltklimarates der Vereinten Nationen aus dem Jahr 2007 (IPCC-Report). Darin werden Vorhersagen zur Entwicklung von Temperatur, Niederschlägen, Luftfeuchtigkeit und Windgeschwindigkeiten auf der Erde gemacht. Außerdem berücksichtigten die Forscher den zu erwartenden Ausstoß von Treibhausgasen weltweit.

Weniger Wasser und trockene Böden

"Viele Länder in den Subtropen aber auch in mittleren Breiten müssen sich in Zukunft mit den Folgen ausgetrockneter Böden und immer kleineren Wasserflächen auseinandersetzen", sagte Richard Saeger von der Columbia University von New York. Das sei die Folge von weniger Regenfällen auf der einen Seite und einer vermehrten Verdunstung von Wasser auf der anderen Seite, so der Experte für Klimawandel.

Der Begriff "Globale Erwärmung" werde den tatsächlichen Veränderungen durch den Klimawandel nicht mehr gerecht: "Die gravierendste Folge wird der Wassermangel sein, nicht nur der Anstieg der Temperaturen", sagte Saeger.

Die Meldung war wahrlich ernst genug. Doch was Harald wirklich hatte erstarren lassen, war eine zu diesem Artikel gehörende Landkarte, die die erwarteten Dürren in Europa für die Jahre 2030 – 39 veranschaulichte. Der Legende nach würden Portugal, Spanien, große Teile Frankreichs, Italien, Griechenland, der gesamte Balkan, die Türkei, Syrien, Israel, Ägypten und alle nordafrikanischen Länder, sowie Österreich, die Schweiz und in Deutschland Bayern und Baden Württemberg bereits dann von Dürre heimgesucht werden. Diese Dürre würde nicht vorübergehend sein, sondern sich in den kommenden Jahrzehnten noch verschlimmern und sich nach Norden bis nach Skandinavien ausbreiten.

Natürlich würde nicht nur Europa betroffen sein. Aber wie alle Menschen fühlte Harald Betroffenheit in konzentrischen Kreisen, mit sich selbst und den Seinen in der Mitte. Dass es auf der Karte auch für die USA und andere Teile der Welt ebenso schlimm aussah wie für Europa, bedauerte er zwar; aber wirkliches Entsetzen hatte ihn erst gepackt, als er verstand, dass dieses Szenario zu seinen Lebzeiten dort angesiedelt war, wo er selbst leben würde. Plötzlich ging es nicht mehr darum, mitzuhelfen, irgendwelchen Enkeln, die er selbst ja nicht einmal haben würde, in der übernächsten Generation auch noch ein menschenwürdiges Dasein zu ermöglichen. Plötzlich ging es um ihn selbst, um ihn selbst als alten Mann. Und um seine vier Nichten und fünf Neffen, die dann in der Blüte ihres Lebens stehen würden. 70, 75, 80 Jahre würde er sein, 40, 45, 50 diese heute noch jungen, arglosen Menschen, die sich auf ihr Leben freuten, von glücklicher Zukunft träumten – wie alle jungen Leute! Dass der Traum bald schon – wie schnell vergehen 20 Jahre! – ausgeträumt sein würde, dass ließen die sich heute noch nicht träumen.

Die Türkei, Israel, Ägypten, Lybien, Tunesien, Algerien, Marokko, Spanien, Portugal, Frankreich, Italien, Griechenland, der Balkan, Österreich, die Schweiz, Bayern und Baden Württemberg – woher bekam er denn heute zu jeder Jahreszeit seine Äpfel und Apfelsinen, seine Trauben und seinen Wein, seine Paprika, seinen Salat, seine Kartoffeln, seinen Blumenkohl? Damit nicht genug! Das Getreide, aus dem sein Bäcker sein Brot buk, woher kam das denn? Das kam doch längst nicht mehr aus Deutschland bei all dem Mais, der überall herumstand. Und das Fleisch, das er ebenso gerne aß wie seine Landsleute, wovon sollte das denn ernährt werden, bevor es beim Metzger landete? In nur 20 Jahren würde die Landwirtschaft in Nordafrika, weiten Teilen der USA und Lateinamerikas, und in eben ganz Südeuropa, wegen Dürre zunehmend nicht mehr ausreichend, und wenn, dann nur unter immer höheren Kosten aufrecht zu erhalten sein. Mal eben in den Supermarkt gehen und noch ein paar Möhren kaufen, weil er die vergessen hatte? Es konnte durchaus sein, dass die viel zu teuer wären! Er selbst und die meisten seiner Generationsgefährten würde sich von ihrer Rente nur noch mit Ach und Krach ernähren können. Ob die Löhne der unteren Gehaltsklassen der noch arbeitenden Bevölkerung ausreichen würden, war da eher fraglich, wenn sie heute schon zu niedrig waren. Die Politik würde viel zu spät reagieren. Gegen die globale Wirtschaftskrise, die sich in etwa einer Generation wegen andauernden und globalen Missernten andeutete, würde kein Staat der Welt genug Geld bereit stellen können. Einfach weil man auch mit Millionen und Milliarden keinen Regen machen, nicht Sonnentage verteilen kann. Die sozialen und politischen Folgen waren nicht auszudenken, jenseits des Fassungsvermögens eines jeden! Das bedeutete diese Karte!

Nun war es ja nicht sicher, dass es so kommen würde. Das Ganze war ja nur ein Szenario. Aber das war ein ziemlich schwacher Trost.

«Wenn ich wüsste, dass ich morgen mit einer Wahrscheinlichkeit von sagen wir nur 10% an einer Krebsart, die bei Früherkennung noch heilbar ist, erkranken kann, dann würde ich mich heute doch trotzdem dagegen versichern, wenn ich könnte», dachte Harald. «Und alle anderen würden es auch. Man versichert sich heute doch gegen alles mögliche, von der Krankenversicherung über die Verdienstausfall-, Berufsunfähigkeit, Diebstahl-, Brandschutz-, Reiserücktritt-, Hausrat-, Haftpflicht- bis hin zur Hagel- und Blitzschlagversicherung. Wie hoch ist denn die Wahrscheinlichkeit, dass bei einem der Blitz einschlägt? Ziemlich, ziemlich klein! Doch «Schütze sich, wer kann!», sagen die Leute. Und recht haben sie.»

Aber warum schützten die Leute sich dann nicht gegen das Szenario dieser Landkarte? Warum war bei ihrer Veröffentlichung kein Aufschrei durch die Bevölkerung gegangen? «Zwei Jahre sind vorbei, kein Hahn kräht nach dieser Karte. Nirgendwo ist sie Gegenstand der aktuellen politischen Diskussion. Man redet von der Energiewende, handelt im Zeitlupentempo, baut hier Windräder, dort Solarzellen, will 1 Million Elektroautos bis 2020 und tut so als hätte man noch Dekaden Zeit», dachte Harald. «Das ist wie der Arzt, der mir die Diagnose *Krebs im Frühstadium* bestätigt und mir dagegen Beruhigungspillen verschreibt. Würde ich zu dem noch gehen? Wohl kaum!»

Aber wenn die allermeisten Ärzte so waren? Was bedeutete das? Das bedeutete dann, dass der Krebs sich ausbreiten würde. Denn die Zeit, in der sie vorbeugen konnten, verschliefen sie. Die Ärzte. Die Leute. Die Leute. Die Ärzte.

Dabei wussten sie doch schon lange, Patienten so gut wie Ärzte, wie sie vorbeugen konnten. Zum Beispiel weniger Auto fahren. Und langsamer Auto fahren. Stattdessen fuhren aber auf Deutschlands Straßen so viele Autos wie noch nie und die Dinger bekamen mit jedem neuen Modell noch mehr PS. Oder weniger fliegen! Stattdessen flogen immer mehr mal eben zum Shopping nach London. Weniger Fleisch essen. Das taten viele sogar inzwischen, aber die Produktion erhöhte sich trotzdem. Güterverkehr auf Schiff und Schiene! Stattdessen fuhren immer mehr Lastwagen auf deutschen Autobahnen. Weg von Stein- und Braunkohle! Stattdessen hatten Stromkonzerne und Banken in möglichst viele neue Kohlekraftwerke investiert, damit ihre Verluste aus der Stilllegung der Kernkraftwerke so gering wie möglich blieben. Die sollten jetzt 30 – 40 Jahre laufen. Und so weiter! Mit anderen Worten: Die deutschen Ärzte waren nicht nur unfähig, geeignete Therapien zu bündeln und gezielt einzusetzen. Die deutschen Ärzte fütterten den Krebs sogar. Jeder Patient mit nur einem Gramm Grips im Kopf würde bei so einem Ärzteteam unverzüglich das Krankenhaus wechseln. Wenn er denn könnte!
«Wenn die Ärzte in den vergangen 20 Jahren unfähig waren, wenn sie jetzt unfähig sind, warum sollten sie in den nächsten 20 Jahren fähiger sein?» brüllte Harald in seinem Kopf.

«Aber wir sind's doch gar nicht!» riefen die Ärzte von dort aus zurück und bekamen heftigen Applaus von ihren Patienten, Landsleute allesamt. «Die USA und Japan und China und Russland und Indien und Brasilien ...»

«Als ob Deutschland ohne Einfluss wäre! Als ob Deutschland kein Markt wäre, auf den es ankommt! Wer ist denn so scharf darauf, Produkte aus China hier billig zu kaufen? Wer hat denn die Kaufkraft dazu? Auf die Weise verbrauchen Allemannen und Germanen Unmengen von Energie und Rohstoffen als ob sie selbst in der Mandschurei oder in Hong Kong wohnten. Und wer baut und verkauft denn im Reich der Mitte Autos, als wärn's Semmeln? Die Allemannen und Germanen! Die BMW-, die VW-, die AUDI- und PORSCHE-Manager, haben die vielleicht Schlitzaugen?»

«Aber wenn wir's nicht tun, dann tun's die anderen. Die Japaner, die Italiener, die Franzosen, die Engländer, die Amis!»

«Falsch! Wenn wir in Deutschland ein wirklich nachhaltiges Konzept zur Beförderung der Menschen hätten, so billig, so sparsam, so exemplarisch, dass jeder im Handumdrehen von A nach B kommt und jeder es sich leisten kann, dann wäre das ein Exportschlager ohne Gleichen. Da gibt's doch längst Ideen und Konzepte! Die Medizin gegen den Krebs ist doch längst gefunden! Aber ihr Ärzte verschreibt sie nicht!»

Die Ärzte lachten laut auf: «Und was für eine Wundermedizin soll das sein?»

«Mein Gott, überhaupt keine Wundermedizin. Schon mal gehört, wie viele Menschen in einen Bus passen und wie viele in ein Auto? Ich hab' einen Aufkleber auf meinem Bus, da steht drauf: *Sei froh, dass ich vor dir bin. Es könnten auch 40 Autos sein.* Stimmt doch! Nah-und Fernverkehr ließen sich doch ganz anders organisieren, wenn man nur wollte. Die Chinesen und die Inder, die Afrikaner und die Südamerikaner könnten ihre Bevölkerungen innerhalb weniger Jahre so mobil machen, wie wir es sind, zu einem Bruchteil der Kosten. Dann würde unsere gesamte Wirtschaft sich ändern und der Klimawandel würde zumindest verlangsamt. Dann hätten wir vielleicht noch eine Chance. Die Berechnungen des NCAR beruhen ja darauf, dass alles so weitergeht wie bisher!»

«Und unsere Arbeitsplätze? Wer im Bus sitzt, braucht kein Auto! Wenn

du die Autoindustrie zum Husten bringst, kriegt doch Deutschland Lungenentzündung! Was glaubst du denn, wie viele Arbeitsplätze hier davon abhängig sind, dass die Chinesen und die Amis unsere Autos haben wollen?», schrien jetzt die Leute aus dem Krankenhaus.
«Ist ja richtig,» rief Harald zurück, «das ist ja die Zange, in der die Industrie uns hat. Stimmt genau! Nur,» fuhr er fort, «so wie es nach dieser Karte aussieht, können wir uns nur aussuchen, *wann* wir krank werden, nicht *ob*! Und wir können uns aussuchen, ob wir Lungenentzündung haben oder den Krebs weiter füttern wollen. Ich persönlich zieh' die Lungenentzündung dann vor.»
«Ich nicht!» erwiderte ein Arzt, der aber Wert darauf legte, besonnen zu erscheinen, und deshalb in politischer Anästhesie promoviert hatte. «Auch an Lungenentzündung kann man sterben! Wir können aber Autos bauen, die immer effizienter sind, neue Technologien erfinden, die das Auto umweltverträglich machen, und wir sind ja auf gutem Weg dahin. Ein Durchschnittsauto verbraucht heute 30% weniger als vor 20 Jahren.»
«Und lange hab' ich selbst geglaubt, dass der der richtige Weg ist», konterte Harald. «Lange hab' ich geglaubt, der Krebs geht mit Beruhigungspillen weg. Die Dinger wirken eben. Ich hab' aber keine mehr, und deshalb beginne ich zu verstehen, dass der Krebs damit nicht weggeht. Den haben wir! Nehmen wir mal an, ein Durchschnittsauto verbraucht in 20 Jahren nur noch einen Liter Kraftstoff, was ja heute ein ziemlich utopischer Wert ist. Das wäre eine Reduzierung um mindestens 80 % verglichen mit heute. Wenn wir jetzt den Chinesen denselben Motorisierungsgrad gönnen wie uns selbst, was zum Beispiel VW ja ganz bestimmt tut, die sind wirklich unglaublich nett da in Wolfsburg, dann bedeutet das, dass 500 Millionen Chinesen in 20 Jahren so viel emittieren werden wie 100 Millionen, die heute schon ein Auto hätten. Außerdem sind diese 500 Millionen neuen Autos noch gar nicht gebaut. Pro Auto entstehen im Schnitt fünf Tonnen CO_2 bei der Produktion, bevor das Ding auch nur einen Kilometer gefahren ist. Und Straßen und Parkplätze dafür gibt's auch noch nicht! Das alles wird wahnsinnige Mengen an Energie, Rohstoffen und Landwirtschaftsflächen verschlingen. Was meinst du denn, wofür die Amis und die Kanadier, meine lieben Norweger nicht zu vergessen, all ihr Öl för-

dern wollen? Dabei müssten wir heute schon reduzieren, reduzieren, reduzieren, wenn wir die Kurve noch kriegen wollen. Das Jahresbudget für den CO2-Verbrauch pro Kopf der Weltbevölkerung liegt bei 2,3 Tonnen, wenn wir die Erwärmung des Planeten noch auf zwei Grad begrenzen wollen. Jenseits dieses Wertes wird der Klimawandel unbeherrschbar, wie die NCAR-Karte ja eindeutig zeigt. Aber wir Deutschen verbrauchen munter 11 Tonnen pro Kopf! 11 Tonnen! Und das nur, weil Oma und Opa, Babys und Kleinkinder da mitgerechnet sind. In Wirklichkeit liegt die Zahl noch viel höher. Jahr für Jahr!»
Der Doktor der politischen Anästhesie wiegte unschlüssig den Kopf.
«Und übrigens, soll ich dir ein Geheimnis verraten?», fragte Harald.
«Welches denn?», fragte der Arzt zurück.
«In diesem China-Szenario hat noch kein einziger Inder ein Auto, kein einziger ...»
«Ummpf!» sagte der Herr Doktor da ganz unakademisch. «Ummpf!» wiederholten da die Leute. «Und nun?»
«Tja, was nun?!», fragte Harald zurück. Er blickte finster auf seinen Laptop. «Übersetzen! Euch irgendwie begreiflich machen, dass hier die Evolution mit uns Schlitten fährt! Solange wir das nicht kapieren, wird die Talfahrt weitergehen! Und zwar schneller als schnell! Ginge es nur um Mobilität, ließe das Problem sich ja lösen. Aber darum geht's eigentlich nicht, jedenfalls nicht nur. Eigentlich, letztlich geht es um Status, um Attraktivität. Hier geht's um den Pfauenschwanz, um das Grasportal, um den Balztanz. Die Chinesen wollen genauso wie wir Deutschen zum Nachbarn sagen: Guck mal, was für'n schönes Auto ich hab'. Verstanden als: Guck mal, wie erfolgreich ich bin! Verstanden als: Guck mal, wie gut ich für meine Nachkommen sorgen kann. Verstanden als: Guck mal, wie attraktiv ich bin oder meine Kinder es sind! Wobei wir etwas genauer sein müssten: Es sind die Männchen, die das sagen, und die Weibchen, die das hören wollen. In Deutschland wie in China, in Indien wie in Holland, in Brasilien wie in Schweden, in Kenia wie in Russland. Das kapitalistische Wirtschaftssystem mit all seinem Überverbrauch, mit all seiner Verschwendung, mit all seiner Grenzenlosigkeit ist den zwei Grundmustern unserer Evolution wie auf den Leib geschneidert: 1. Überleben und 2. Vermehrung durch größt mögliche Attraktivität. Sobald unser Überleben halbwegs gesichert ist, ist

all unser Augenmerk darauf gerichtet, attraktiv zu sein, Status zu erlangen. Aber wie attraktiv man ist, wie hohen Status man hat, beurteilt ja keiner selbst. Das tun nur die potenziellen Geschlechtspartner und die Mitkonkurrenten um sie. Was die über uns denken, dessen können wir uns aber nie sicher sein! *Deshalb* müssen wir immer noch zulegen, *darum* können wir nicht aufhören, ständig nach mehr zu streben. *Das* ist der Grund, warum wir nie genug bekommen können!»

Der ehemalige Priester unterbrach abrupt und erstaunt von den eigenen Gedanken seine imaginäre Diskussion. Regelrechtes Schweigen breitete sich in ihm aus. Was hatte er da eben gedacht? War der Grund dafür, dass die meisten Menschen so gierig sind, tatsächlich so einfach? Hatten sie das bisher vielleicht deshalb nicht verstanden, weil dieser Grund direkt vor ihren Augen lag, so nah, dass ihn zwar greifen, aber nicht hatten sehen können? Das lieferte auf jeden Fall eine Erklärung dafür, warum der ethische Einfluss der großen Religionen, die der menschlichen Gier doch alle eine Absage erteilen, immer nur moderaten Erfolg zu verzeichnen hatte. Das erklärte, warum auch viele Repräsentanten der Religionen immer wieder selbst der Gier verfielen, Wasser predigten, aber Wein tranken. Die Biologie, sie ließ sich nicht einfach abschalten, nur weil sie einen ideologischen Überbau bekam, ob weltlich wie im realen Sozialismus oder religiös wie im Christentum, im Judentum, im Islam.

«Und» dachte Harald nach und nach weiter, «diese Konkurrenz ums Attraktivsein, ums Angesehen sein, wann lässt die sich denn aussetzen? Nur wenn es ums Überleben geht! Nur dann! Dann ist es uns egal, was die andern über uns denken. Aber weil so wenige bisher kapiert haben, dass es für sehr viele, darunter ziemlich wahrscheinlich sie selbst oder ihre Kinder, tatsächlich ums Überleben gehen wird, schränken sie sich nicht ein, kämpfen sie weiter um ihre Attraktivität, indem sie verschwenden, verschwenden, verschwenden, erst ein Auto, dann ein größeres Auto, dann ein schnelleres Auto, dann ein kleines und ein größeres schnelleres Auto, dann ein kleines schnelleres und ein größeres schnelleres Autos, zwischendurch den neuesten iPad und das neueste Smartphone für die lieben Kinder, ein Flachbildschirm für die ganze Familie im Wohnzimmer und in der Küche und für die Eltern im Schlafzimmer, die zweite und die dritte Urlaubsreise nicht zu vergessen ... und so weiter und so weiter und spitzen den Attraktivitätskampf in einer Welt der begrenzten Ressourcen unweigerlich auf Überlebenskampf hin zu. Wem's nur ums Überleben geht, der kann sich einschränken. Aber wer attraktiv sein, wer Status haben will, der muss protzen, angeben damit, was er hat, und ständig dafür sorgen, dass er mehr hat. Egal, wie viel er schon hat – denn ein anderer könnt' ihm ja den Rang ablaufen. Und wenn's ihm auf den ersten Platz nicht ankommt, muss er es wenigstens denen gleichtun, zu denen er sich zählt!»

Guter Gott, wie wichtig dieses Buch von Eirik war! Harald schlug endlich das Buch an der Stelle auf, an welcher er vor vierzehn Tagen aufgehört hatte. Eirik schrieb weiter:

Das Handicap-Prinzip

Der israelische Biologe Amotz Zahavi veröffentlichte 1975 in der Fachzeitschrift «Journal of Theoretical Biology» eine Theorie, die er das «Handicap-Prinzip» nannte. Das Handicap-Prinzip besteht aus Variationen über das Thema «Ich ertrage echte und ehrliche Bürden oder Belastungen, indem ich Signale der Verschwendung oder des Überflusses sende». Wer trotz Handicap (einem Nachteil) den Wettbewerb mit seinen Artgenossen und Konkurrenten erfolgreich übersteht, wird von seiner Umwelt als besonders lebenstüchtig, potent und dadurch als attraktiv wahrgenommen.

Zahavis Idee war so neu, so anders und so bedrohlich für etablierte Biologen, dass es viele Jahre dauerte, bis seine geniale Beobachtung akzeptiert wurde. Die Lehrbuchautoren Krebs und Davies machten ihn fast lächerlich in ihrem Buch von 1978. Einer der größten Biologen aller Zeiten, John Maynard Smith, war ein scharfer Kritiker. Mit der Zeit musste das biologische Establishment jedoch akzeptieren, dass Zahavi eine Entdeckung gemacht hatte, die sehr viel für die Biologie und für das Verständnis menschlichen Verhaltens bedeutet. Hinter dem etwas seltsamen Namen Handicap-Prinzip verbirgt sich eine evolutionäre

Antriebskraft, die für den Menschen sehr wichtig ist. 1997 gaben Amoz und Avishag Zahavi ein populärwissenschaftliches Buch mit dem Titel «The Handicap Principle: A Missing Piece of Darwin's Puzzle» heraus. Lassen Sie mich kurz Zahavis Paradebeispiel beschreiben.

Harald unterbrach sich und googelte, ob das genannte Werk in deutscher Übersetzung vorläge. Richtig, es war 1998 herausgekommen und trug den Titel «Signale der Verständigung. Das Handicap-Prinzip». Harald machte sich eine Notiz für die spätere Fußnote, um sich dann wieder seiner eigenen Übersetzung zu widmen:

Beim Handicap-Prinzip geht es darum, etwas vorweisen, was wirklich schwierig ist, wobei das, was man vorweist, ein ehrliches Signal sein muss, sonst könnte man Beachtung oder Attraktivität ja auch einfach herbeibluffen.

Zahavi hatte fast 40 Jahre lang die Graudrosslinge (Turdoides squamiceps), eine in Gruppen lebende Drosselart des Mittleren Ostens studiert. Die Gruppen bestehen aus einem guten Dutzend Vögeln und behaupten ihr Revier auf besonders handfeste Weise: Vereinzelte Vögel laufen Gefahr, von ihr Revier behauptenden Gruppen getötet zu werden. Die Gruppen verbergen sich vor Angreifern in Büschen, in welchen sie wegen ihrer kurzen Flügel sehr gut manövrieren können. Die Vögel sind jedoch, während sie fressen, abhängig davon, dass ein Artgenosse Wache hält. Sie verfügen über komplizierte Warntöne für verschiedene Bedrohungen. Ein Vogel muss sich deshalb opfern und oben auf dem Busch Wache sitzen, während die anderen fressen.

Ulkigerweise herrscht nun ein ständiger Wettstreit darum, wer die Wache halten darf. Dies hat folgenden Hintergrund: Jede Gruppe hat eine starke Rangordnung mit einem dominierenden Männchen an der Spitze. Nur die dominanten Männchen dürfen sich mit den Weibchen paaren, das ranghöchste Männchen bekommt die meisten Paarungen. Es wird ausgewählt, indem es durch Verschwendung und Großzügigkeit seine Überlegenheit zeigt.

Die zeigt das dominante Männchen, indem es an der Wache so viel wie möglich teilnimmt. Außerdem können die Anführer durchaus auf die Idee kommen, die Unterlegenen zum Fressen zu zwingen.

Wenn ein Vogel weiter unten auf der Rangleiter Wache hält, kommt nämlich gerne das dominante Männchen mit Futter im Schnabel, gibt einen besonderen Laut von sich, um Aufmerksamkeit auf sich zu ziehen, füttert den Unterlegenen, indem er ihm das mitgebrachte Futter in den Schnabel zwingt, und übernimmt danach selber die Wache. Wenn der Unterlegene sich weigert, gefüttert zu werden, kann das im Streit enden. Die Jungen werden ebenfalls von den Erwachsenen in einem gemeinsamen Nest nach Rang gefüttert, wobei der dominanteste Vogel zuerst füttern darf. Es existiert also ein harter Wettbewerb darum, wer der Großzügigste von allen ist.

Die Unterlegenen, die der Großzügigkeit des Anführers ausgesetzt sind, versuchen oft zu entkommen, aber geben in der Regel auf. Nur wenn einer der Unterlegenen es wagt, die Rangordnung herauszufordern, knallt es. Bei solchen Konfrontationen wird ein Kampf um Alles oder Nichts geführt, welcher oft für den einen der Kontrahenten tödlich endet.

Was steckt hinter diesem Verhalten? Zahavis Resultate zeigen, dass der «Altruist» belohnt wird, indem er mehr Nachkommen bekommt. Das ultimate Ziel des ganzen Spiels ist Attraktivität. Die Weibchen ziehen es vor, sich mit dem «Großzügigsten» zu paaren. Das Signal des dominanten Männchens lautet im Klartext:

«Meine Damen, schaut her, ich kann es mir erlauben, andere zu füttern und selbst Wache zu sitzen. Ich beschaffe Nahrung sowohl für mich selbst als auch für meine Rivalen. Die schaffen es nicht einmal, mich daran zu hindern, dass ich sie füttere. So zeige ich, dass ich gesund bin und dass deine Nachkommen mit mir die besten Futtersucheigenschaften, Dominanzeigenschaften und damit die höchste Attraktivität zur weiteren Vermehrung haben werden.»

Harald hielt inne. Er erinnerte sich gut, wie verblüfft er gewesen war, nachdem er diesen Abschnitt zum ersten Mal gelesen hatte. Und wie ihm langsam, ganz, ganz langsam die Zusammenhänge aufgegangen waren. Die Parallelen zum menschlichen Verhalten waren so nahe liegend, dass man sich hier leicht in eine Diskussion verstricken konnte, ob es wirklichen Altruismus nun gebe oder nicht, ob dieser eine rein menschliche Eigenschaft sei oder nicht. Besonders für den Theologen in ihm war das eine Versuchung, ging es doch um sein Menschenbild ebenso wie seine Weltsicht. Aber Gott sei Dank verstand er bald, dass man sich diese Diskussion für spätere Zeiten aufheben konnte, ja sogar musste, denn die verstellte den Blick auf Eiriks eigentliche Botschaft:

So wie diese Vögel keine Wahl hatten, sich genauso verhalten mussten, wie sie sich verhielten, so hatte auch der Mensch keine Wahl. Er musste sich verhalten, wie er sich verhielt innerhalb seiner Spezies, in diesem evolutionären Spiel um Attraktivität! Es sei denn, er verstand noch früh genug, dass genau dieses Verhalten ihn in einer begrenzten Welt ohne Wenn und Aber mehrheitlich in den Untergang führen würde. Denn die Gattung des Homo sapiens ist genau denselben Gesetzen unterworfen wie der Rest der Natur. Den Gesetzen der Evolution. Sich zu erheben über sie, sie bis zu einem gewissen Grade zu beherrschen, setzt voraus, dass er ihre Gesetze erkennt. In diesem Fall, dass er sie mehrheitlich erkennt. Dass nicht nur eine Minderheit von Politikern, eine Minderheit von Wissenschaftlern, eine Minderheit von Wirtschaftsbossen, die sowieso gut genug positioniert sind, die meisten Katastrophen zu überstehen, verstehen, welches Spiel die Natur mit ihnen spielt.

«Liebe Landsleute!» Harald begann in sich eine weitere Predigt vor seiner imaginären, wenn auch weltlichen Gemeinde: «Großzügigkeit und Verschwendung sind im materiellen Sinne zwei Seiten derselben Medaille! Verschwenden heißt mehr verbrauchen als für den Lebensunterhalt notwendig ist. Großzügig sein heißt mehr geben als man geben müsste. Keine menschliche Kultur ist ohne Großzügigkeit denkbar. Nirgendwo auf dieser Erde werden Knauser als sympathische Menschen aufgefasst. Überall auf diesem Planeten genießt, wer mehr gibt als er muss, hohes Ansehen. Um mehr geben zu können als man muss, muss man aber mehr haben. Man muss sich die «Verschwendung» leisten können. Daraus folgt soziales Ansehen. Darauf baut Attraktivität, darauf baut Status. Eine Welt, in welcher als attraktiv gilt, wer zum Ball mit Knäckebrot einlädt, ist schlechterdings undenkbar. Egal ob ich im egoistischen Sinne eine Verschwender übelster Sorte bin oder im altruistischen Sinne einfach nur jemand, der sich und seinen Nachkommen, dem Rest der Familie, seinen Freunden und der ganzen Menschheit von Herzen gönnt, was er selber hat, es läuft auf dasselbe hinaus! Darum, genau darum, sind alle Einschränkungsappelle, alle Aufrufe zur Mäßigung wegen unserer Umwelt bisher vergeblich gewesen. Und sie werden es sein, bis die Mehrheit versteht, dass es ihr wirklich an den Kragen geht. Dann aber wird es zu spät sein. Die Entscheidungen zur Mäßigung müssen jetzt, in diesen Jahren getroffen werden, wo noch relativ wenige ….»

Harald besann sich endlich. Es hatte doch keinen Sinn, dass er hier in seiner Küche, in seinem Kopf eingebildete Reden schwang. Er steckte sich wieder einen Zigarillo zwischen die Zähne. Er war wie eine Ameise, die allein einen Riesenast zur Erhaltung des Ameisenbaus über ein Stück Waldboden zu schleppen hatte. So fühlte er sich. Während er das braune Ding entzündete, war ihm völlig klar, dass der Ast eigentlich nicht nur in den deutschen Teil des Baus musste, sondern auch noch ganz woanders hin. Aber zu mehr reichten seine Kräfte nicht. Von dort aus mussten andere, stärkere den Ast weiter schleppen. Ob sie das tun würden? Das war keineswegs sicher. Aber wenn er seinen Teil des Jobs nicht machte, dann konnte ihn auch keiner weiterführen. «Übersetzen, Harald», murmelte er halblaut und ließ den Rauch dem Mund langsam entweichen. «Übersetzen!»

Kapitel 4

Mittwoch, 3. Oktober 2012, E6 Trondheim – Lufthavn Værnes

Was macht man, wenn man vielen anderen voraus ist, aber eben nicht allen? Was kann man da bewirken? Harald verglich sich oft mit einem Profiradler, der jährlich die Tour de France fuhr, der gut genug war, regelmäßig unter die ersten zehn zu kommen, aber nie gut genug, einen der ersten drei Plätze zu belegen. Regelmäßig unter den ersten zehn, mal ein Platz fünf, mal ein Platz acht, er fuhr in der Spitzengruppe mit, damit war er zufrieden, für sich selber brauchte er nicht mehr. Die Öffentlichkeit konzentriert sich auf die ersten drei, wäre das nur im Sport so – er hätte gut damit leben können. Aber er musste in letzter Zeit wegen der Arbeit an Eiriks Buch oft an das Jahr 1933 denken. Seit er den Homo biologicus gelesen hatte und ihm die Zusammenhänge aufgegangen waren, sah Harald die Menschen auf eine Katastrophe zulaufen, die gemessen an der Anzahl der Todesopfer den letzten Weltkrieg weit übertreffen würde. Auch damals hatte es viele gegeben, die kommen sahen, was kam. Aber es waren nicht genug gewesen, keiner von denen hatte es gegen die Nazis geschafft, und die Geschichte nahm ihren Lauf. Wie verzweifelt mussten diese gar nicht wenigen Klugen, die auf den Plätzen vier bis zehn im Politrennen der damaligen Zeit lagen, die, die schon 1933 das 1945 sahen, sich gefühlt haben in ihrer Ohnmacht? Die, die wussten, dass der Sieger von heute der Verlierer von morgen ist, und das immer?

Harald steuerte seinen Bus über die schon winterlich gewordene E6 von Trondheim zum Flughafen Værnes, während er seinen Gedanken nachhing. Die Tour fuhr er dreimal täglich, hin und zurück. Den Blick für die weite Landschaft, den kontinuierlichen Blick über den Fjord, wenn es nicht gerade durch einen Tunnel ging, den Blick zur Halbinsel hinüber zu den Fosen-Alpen, wie die Trönder diese mittelgebirglichen Erhebungen nennen, hatte er längst verloren. Wenn es sich nicht um einen dieser atemberaubenden Tage handelte, die es dort doch auch immer wieder gibt. Dann war wirklich schönes Wetter wirklich schöner, als er wirklich schönes Wetter in Deutschland je erlebt hatte. Dann konnte er immer noch staunen, zu jeder Jahreszeit bei jeder Kurve anhalten wollen, weil sich von dort aus ein neuer Blick auf die gleißenden schwedischen Berge im Nordosten oder den leuchtenden Fjord und Horizont im Nordwesten für ihn eröffnete. Nicht wie auf den Fjordbildern vom norwegischen Westland, die in Deutschland so gut wie jeder kennt. Der Trondheimsfjord ist eher wie der Bodensee, bei dem jemand die Alpen mit dem Sauerland und mit noch mehr Horizont ausgetauscht hat. Und nicht so überlaufen wie das deutsch plappernde Binnenmeerchen, nicht Touristen und Hotels an jeder Ecke, die Ufer nicht von Straßen zerfurcht, das weite Wasser nicht von Schiffen und Schiffchen zerpflügt. Aber diese malerischen Tage gab es nicht so oft. Heute war das Wetter, wie es häufig war, grau, die Halbinsel Fosen kaum zu sehen, und leichte Schneeflocken umwirbelten den Bus, den er mit 90 km/h über die Schnellstraße lenkte. 25 Minuten hatte er bei jeder Tour Zeit zum Nachdenken, die restlichen 30 musste er seinen Fahrgästen widmen. Eine willkommene Unterbrechung. Er lebte in letzter Zeit mehr im eigenen Kopf als gesund war.

«Oder nehmen wir 1918», dachte er, «diesen Frieden von Versailles. Damals hat's mit Sicherheit weitsichtige Leute gegeben, die eins und eins zusammenzählen konnten, die gewusst hatten, dass dieser sogenannte Friede eine unheilvolle Saat war. Wenn sie auch 1933 oder 1945 wohl noch nicht in den Einzelheiten vor sich sahen, so verstanden sie doch, dass mit den Vertragsbedingungen von Versailles schwerwiegende Voraussetzungen für den nächsten Krieg geschaffen wurden. Und schon damals hatte sich die Waffentechnik so rasant entwickelt, dass es keines Ingenieurstudiums bedurfte, um zu verstehen, das Opfer und Folgen des nächsten Krieges noch viel furchtbarer sein würden als die des Krieges, den sie gerade hinter sich hatten. 17 Millionen Tote hatte der gefordert, ein bis dahin für die Menschheit unvorstellbares Ausmaß. Vielleicht war es gerade die Unvorstellbarkeit dieses Schreckens, die eine Steigerung den meisten unmöglich erscheinen ließ. Doch wo waren die kühlen Köpfe, die ihren Zeitgenossen damals sagten: 'Ihr täuscht euch!'?» Dass es sie gegeben hatte, das war eine Frage reiner Statistik. Doch welchen Einfluss hatten sie gehabt? Wer hatte auf sie gehört?

Er seufzte, lenkte seine 420 PS in die Einfahrt zum Terminal 1, bremste langsam vor dem Departure-Eingang, ergriff das Mikrofon: «So, liebe Leute, da wären wir. Passt auf, dass ihr nichts liegen lasst, und habt eine gute Reise!»

Er wiederholte seine Sätze auf Englisch. Innerlich schmunzelte er jetzt. Dieses skandinavische Du, diese unkomplizierte Freundlichkeit, mit der die Menschen hier einander zumeist begegneten, die mochte er, die hatte er gerne adaptiert, die freute ihn immer wieder. In Deutschland hätte ein Kollege, wenn überhaupt, und dann wahrscheinlich auf Initiative von oben, auf einen Knopf gedrückt, um eine weibliche Schauspielerstimme abzuspielen: «Sehr verehrte Fahrgäste, wir haben unser Ziel erreicht. Bitte überzeugen Sie sich vor dem Aussteigen davon, dass im Fahrzeug keiner Ihrer persönlichen Gegenstände liegen geblieben ist. Die Gesellschaft Ixypsilon wünscht Ihnen eine angenehme Weiterreise, und wir würden uns freuen, Sie bald wieder bei uns begrüßen zu dürfen.» Ach, die Deutschen, wie die sich aufplusterten, wie dick die sich machten … . Aber das merkte man wohl erst, wenn man lange in Norwegen gelebt hatte. Oder in Japan? Harald warf einen Blick in die Rückspiegel und öffnete die Türen.

Nachdem die Passagiere ausgestiegen waren, ging er durch den Bus. Nichts liegen geblieben? Nein. Schön! Was sollte er jetzt tun? 20 Minuten bis zur Rückfahrt, das war genug für einen Kaffee. Nur beinhaltete das sicher auch Smalltalk mit einem der Kollegen, darauf hatte er keine Lust. Nicht weil er die Kollegen nicht mochte, sondern weil er so gut wie nie Lust auf Worte hatte, die ebenso gut ungesagt bleiben konnten. Er beschränkte solche Situationen auf das absolut notwendigste. Er wusste, dass er sich auf diese Weise isolierte, von den anderen als Fremdkörper betrachtet wurde. Aber man konnte doch nicht im einen Augenblick darüber nachdenken, wie Katastrophen sich abwenden ließen, und im nächsten über das Fußballspiel vom Wochenende reden? Das brachte er jedenfalls nicht zusammen. Also, was tun? Kaffee, trotzdem. Wenn er musste, würde er schon ein Thema finden, das nicht mit Fußball zusammenhing.

Harald fuhr den Volvo-Riesen die Rampe hinunter zu den Busparkplätzen vor der Ankunftshalle, stellte den Motor ab, stieg aus und ging zum einzigen Kiosk des kleinen Flughafens. Ein paar Meter entfernt, vor dem Gepäckband 1 stand Kollege Jostein, wie er in blauer Uniform, der auf seine nächste Tour wartete. Also schön, Smalltalk. Harald kaufte sich einen Cappuccino und schlenderte hinüber zu ihm:
«Hey, Jostein!»
«Ja, hey!» Sein blonder Kopf nickte freundlich, das Lächeln in den Augen war genau so blau wie der Fjord, wenn er bei guter Laune ist.
«Wie geht's?»
«Naja, man schlägt sich durch. Und selbst?»
«Ebenso. Du, mir kam eben ein Gedanke, muss dich mal was fragen.»
Jostein sah ihn gelassen an: «Na, dann frag mal.»
«Du weißt doch, in den Supermärkten, da kannst du dir aussuchen, ob du ökologischen Kaffee oder FairTrade Kaffee oder einfach nur Kaffee kaufen willst.»
«Ja?»
«Kannst du dir vorstellen, dass wir mal in einer Welt leben, in der diese Art von Werbung überflüssig ist?»
«Wie?»
«Na, das mit ökologisch und fair haben die Supermärkte doch jetzt auch als Produktwerbung entdeckt. Meinst du, dass diese Werbung irgendwann mal überflüssig wird? Lass uns mal der Einfachheit halber auf die soziale Gerechtigkeit scheißen. Keine Werbung mit Nachhaltigkeit mehr, einfach weil alles nachhaltig produziert ist?»
«Das liegt wohl sehr weit in der Zukunft, wenn überhaupt», antwortete der Kollege gemessen.
Harald sah ihn direkt an: «Mmh, seh' ich auch so. Aber was bedeutet das?»
«Das bedeutet, dass es den Bach runter geht, und darüber denk ich lieber nich' nach», grunzte Jostein. «Ich muss wieder los, man sieht sich!»

Da hatte Harald wieder den Salat. Jostein musste wirklich los, stimmte schon, aber ebenso sehr wie er los musste, ebenso wenig war er auch bereit, sich mit dieser Herausforderung zu befassen, das hatte der verschlossene Gesichtsausdruck gezeigt. Doch lieber über Fußball reden? Nicht, dass der Kollege nicht nachdachte. Dass tat er, die kurze Antwort war ja eindeutig genug gewesen. Auch Jostein wusste, dass sie gewissermaßen 1933 neu schrieben, auch Jostein sah das neue 1945. Aber von da aus weiterdenken? Sich mit der fatalen Antwort nicht zufrieden geben? Sich das Gehirn zermartern, wie das 1945 anders, nicht als Katastrophe vorüberziehen könnte? Ginge es ganz unmittelbar um Kind und Kegel und Haus und Hof für Jostein, dann täte er das. Aber das angesprochene Problem war nicht nah genug für ihn, so wie Haus und Hof und Kind und Kegel es sind, oder Rosenborg, Trondheims international bekannter Fußballclub, das war der springende Punkt, und da war Jostein überhaupt keine Ausnahme.

Harald war die Ausnahme, einer von hundert, einer von zwanzig oder seinetwegen auch nur zehn, die nicht nur Phantasie genug hatten, sich vorzustellen, was auf alle zukommen würde, sondern dies auch nahe genug an sich herankommen ließen. Aber das waren nun einmal viel zu wenig in einer Demokratie. Auf demokratischem Weg würde sich das kommende globale und damit lokale Unheil nicht abwenden lassen, denn bis die erforderlichen Mehrheiten es am eigenen Körper merken würden, würde es viel zu spät sein. Das machte ihm wirklich Kopfzerbrechen, daran kaute er in letzter Zeit ständig herum. Das machte den Vergleich mit 1933 und 1918 so aktuell. Die Gefühle, die nötig sind, um Menschen rechtzeitig zum Entscheiden und Handeln in die eine oder andere Richtung zu bewegen, die wurden für die relevante Mehrheit nicht erreicht, damals nicht, heute nicht. Oder die falschen Leute hatten sie erreicht und erreichten sie noch. Es gewann und würde gewinnen, wer die Gefühle der Mehrheit beherrschte. Oder sie spalten konnte. Was dasselbe war.

Denkenden Zeitgenossen war das mit Sicherheit ebenso klar wie Harald. Nicht zuletzt weiß man das in jeder Werbeagentur und jeder Wahlkampfzentrale. Aber warum das so ist, das hatte Harald erst durch den Homo biologicus verstanden. Er dachte an das Buch und die Stelle, die er zuletzt übersetzt hatte und erinnerte sich dann an das Gespräch mit Eirik und Lisbeth. Genau! Auch menschliche Gefühle ließen sich als Anpassungen der Evolution an die Umgebung lesen. Gefühle entspringen unseren Sinnen und sind von der Funktion her ähnlich den Organen und ebenso wichtig wie Leber oder Herz, behauptete Eirik. So wie man nicht ohne Leber und Herz überleben kann, so kann man auch nicht ohne funktionierenden Gefühlsapparat überleben. Der Homo sapiens hat ihn entwickelt, um die Anforderungen seiner Umwelt so gut wie möglich zu bestehen; wer genauer hinsah, musste dann aber feststellen, dass Gefühle die Menschen nur Schwierigkeiten meistern lassen, die in ihrem *Nahbereich* entstehen, im Grunde immer noch wie damals, in den Kleingruppen auf den Savannen Afrikas. Es ging dabei immer um die Entwicklung von Gefühlen, die dem Überleben oder der Fortpflanzung dienten, vom Juckreiz bis hin zur Eifersucht. Der Biologe ließ seine Leser verstehen, dass diese Gefühlsmuster zwar damals gut genug waren, um das Überleben zu sichern, es heute aber nicht mehr sind. Denn seit Jahrzehntausenden sind sie dieselben, eben weil die Evolution *Generationen* braucht. Also langsam ist. Sehr, sehr *langsam*. Doch der Homo sapiens lebt nicht mehr in der Savanne. Er lebt global, und das erst seit wenigen Jahrzehnten! Mit diesem begrenzten, auf die Savanne zugeschnittenen Gefühlsapparat würden somit *heute* die ständig zunehmenden *globalen* Umweltprobleme *nie* in den Griff zu bekommen sein. Denn der Mensch weiß nur von ihnen, fühlt sie aber nicht, und handelt doch erst, wenn er fühlt.

Das mussten so viele wie möglich kapieren, das war eine zwingende Voraussetzung, damit sie etwas tun konnten, was über die elende Flickschusterei der Politik hinausging.
«Es braucht in der Tat die Fühl- und Denkfähigkeiten von 51 % aller Josteins dieser Welt. Wie schaffen wir das?», dachte Harald, während er den Kaffeebecher leerte. Dann warf er ihn weg.

«Wie sehr ich selber da drin stecke» durchfuhr es ihn da, und nicht zum ersten Mal. «Es ist wie mit der verdammten Raucherei. Kein Zigarillo führt direkt zum Tode, aber jeder Glimmstengel ist ein Sargnagel.

Und hier denk' ich über die großen Umweltprobleme nach, über die katastrophalen Konsequenzen unseres Handelns, kauf' mir dazu Kaffee und schmeiß' den verdammten Becher weg. Wieder ein neues Nägelchen für den Sarg der bewohnbaren Welt. Von mir persönlich eingeschlagen, von mir, Harald, dem imaginären Beschützer verwitweter Biotope und verwaister Lebensräume! Der Pappbecher hätt's heut Nachmittag doch auch noch getan? Warum nehm' ich mir nich'ne Kaffeetasse selber mit? Dieser verdammte Überfluss! Diese ewige Verschwendung! Bin doch sowieso jeden Tag hier. Kann ich doch gut immer im Bus haben. Kann ich doch gut mit zum Kiosk nehmen. Siehste, du fühlst den Müllberg auch nich'. Du denkst ihn auch nur», wechselte er den Gegenüber im Selbstgespräch: «Ach, Scheiße!»

Er ging durch die Drehtür und zu seinem Bus. Gut, dass es Reisende gab, die er nicht einfach draußen stehen lassen konnte. Aber er musste sobald wie möglich wieder an das Exposé ran. Die Zeit drängte. Wenigstens das *fühlte* Harald.

Kapitel 5

Samstag, 18. Oktober 2012, Trondheim, Stadtteil Bakklandet

«Ja, hallo?» Harald klemmte das Handy zwischen Ohr und Schulter, während er die Wohnungstür aufschloss.
«Moin, Harry. Hier is' Malte.»
«Ja Moin, Malte! Von dir hab' ich ja lang nix mehr gehört! Du wart' mal, ich leg' eben dat Handy ab, ich komm' gerade zur Tür rein.»

Harald kam aus dem Osnabrücker Land, Malte aus Lübeck und war wie Harald schon lange im höheren Norden. Beide benutzten den Gruß, der in ganz Norddeutschland zu jeder Tages- und Nachtzeit verwendet werden kann. Darüber hinaus sprachen sie ein merkwürdiges Kauderwelsch aus dem Hoch- und Niederdeutsch ihrer jeweiligen Region. Normalerweise sprechen Norddeutsche ihr Platt, sofern sie es noch beherrschen, nur mit Menschen der eigenen Gegend, ja, manchmal sogar nur mit Leuten aus dem eigenen Dorf. Doch im Ausland kann sich solche Feinheiten nicht leisten, wer seine Wurzeln nicht ganz verlieren will. Das galt jedenfalls für Harald und Malte.

Harald schloss die Tür hinter sich, machte Licht und legte das Handy auf die Kommode im Flur. Am anderen Ende der Leitung hörte Malte, dass eine Jacke ausgezogen und so geschüttelt und geklopft wurde, dass man meinen konnte, ein Haushund verlange Begrüßung. Die Erklärung für den Quasihund befand sich auch vor Maltes Fenster: Schneetreiben Mitte Oktober. Aus Maltes Telefon tönten Klappern von Kleiderbügeln, eine Schranktür, die geschlossen wurde, vier kurze Schritte. Harald ergriff wieder das Telefon.
«Na, wu geiht di dat?»
«Och, et humpelt un' geiht.»
Sie lachten, diesen Ausdruck gibt es auch nicht im Niederdeutschen. Aber wer einen Norweger fragt, wie es ihm geht, kann «det homper og

går» zu hören bekommen, will heißen: «Das Leben geht seinen Gang.»
«Du, hast du Lust auf'n Bier im Rabarbra? Konzert gibt's auch,» fragte Malte.
«Ja, das wär' doch mal 'ne Abwechslung. Wann denn? Wer spielt denn?»
«Öhh, weiß nicht genau, 'n paar Leute vom Konservatorium. Um Acht?»
Harald sah auf die Uhr. Es war zwanzig nach sechs.
 «Du, dat is' mir 'n bietkn früh, können wir neun sagen? Die fangen ja eh nich' vor zehn zu spielen an, dann heff wi immer noch 'ne Stunde zum Klönschnack. Un' ick kann noch wat essen und mich ausruh'n. Komm' gerade von der Arbeit.»
«Ja, okay, neun geht auch.»
«Kommst du allein?»
«Ja. Wieso?»
«Nur so. Heff ja lang nix von 'nander gehört, da will ick wohl gern mit di allein schnacken.»
«Geiht mi oock so. «Private update» ist wohl angesagt. Also, um nüne denn!»
«Is' gebongt. Gute Maßnahme! Tschüssken!»

Harald legte auf. Das war unerwartet, er freute sich. Malte hatte er erst in Trondheim kennen gelernt. Sieben Jahre hatten die beiden zusammen Musik gemacht. Irgendwann ließen sich dann Beruf und übriges Erwachsenendasein nicht mehr mit regelmäßigen Proben verbinden, so dass sie ihr Projekt aufgeben mussten. Loser Kontakt bestand seitdem, sie sahen sich vier bis fünfmal im Jahr, tranken ein Bier zusammen, luden einander zum Geburtstag ein. Jetzt war Malte wohl aus den USA zurückgekehrt, der Pflanzenbiologe hatte dort einige Monate an seinen Erdbeergenen geforscht. Wie man sich für so was interessieren konnte, war Harald zwar ein großes Rätsel, aber sie hatten ja die Musik. Das Interesse dafür, aus was die Welt gestrickt ist, war ihnen ebenfalls gemeinsam. Das Trondheimer «Kons», wie es in Musikerkreisen heißt, hat auch international einen ausgezeichneten Ruf, besonders im Jazz. Auch wenn noch unbekannte Jazzstudenten vom Konservatorium spielten, war daher eigentlich immer Qualität zu erwarten.

Das würde ein netter Abend werden.

«Okay! Endlich mal wieder raus, Übersetzung hin, Übersetzung her!» sagte Harald halblaut vor sich hin und stapfte ins Bad. Duschen, dann ein paar Spiegeleier, dann ein bisschen Schlaf. Es wurde viel zu schnell halb neun nach dem anstrengenden Tag. Er wollte laufen und hatte 30 Minuten Fußweg vor sich.

Das Rabarbra liegt in Trondheims putzigem, fast puppenstubenhaftem Kneipenviertel «Bakklandet», an der Ostseite des Flusses Nidelva, bevor dieser in den breiten Fjord mündet. Dass man in den 70ern den Stadtteil komplett einebnen wollte, um Platz für eine vierspurige Straße zu schaffen, ist heute ebenso komplett unverständlich wie peinlich; es beweist einmal mehr, dass die Zeitgeister nicht immer die besten und die Das-Sagen-Haber selten die phantasievollsten sind. Jahrelanger studentischer Protest und Hausbesetzungen hatten sich dann zum Schluss durchgesetzt, Gott sei Dank: Die Stadt besäße längst nicht mehr eine ihrer hübschesten Attraktionen. In alten, niedrigen, bunten, teils windschiefen, aber mittlerweile gut gepflegten Holzhäusern des ehemaligen kleinen Handwerker- und Arbeiterviertels siedeln heute urige Kneipencafés, Restaurants, Gallerien, Kunsthandwerks- und Kramläden. Hier gibt es Theatervorstellungen, Literaturabende, Konzerte, hier sitzen tagsüber Möchtegern-Intellektuelle und Studenten bei einer Tasse Kaffee, lesen Zeitung, schielen dabei auf ihr Smartphone, arbeiten an ihren Macs, hier treffen sich am Abend alle Alters- und Bildungsschichten der Stadt über ein Bier. Die Preise schockieren dabei nur die Ausländer, Harald war in diesem Sinne längst Norweger. Und er, der viel zu viel saß, genoss seinen Fußweg dorthin, trotz des Schneematsches in den Straßen. Liegen blieb der Schnee noch nicht.

Als er eine halbe Stunde später die Kneipe betrat, beschlug seine Brille. Der erste Raum des Rabarbra ist aber so klein, dass auch Kurzsichtige mit abgenommener Brille noch erkennen, wer an den Tischen ringsum sitzt. Maltes licht zu werden beginnender, aschblonder, kurzer Haarschopf war da nicht. Also ging Harald durch einen schlauchartigen Gang nach hinten zum zweiten Raum auf der Flussseite des alten

Hauses, das früher einmal ein Handelsspeicher gewesen war und zur Hälfte auf Pfählen im Nidelva steht.

Dort hatte Roger, ein Bekannter von Harald und ehemaliger Besitzer eines schlecht laufenden modernen Antiquariats im Bakklandet, aus seiner Not eine Tugend gemacht. Roger war ein Original: Als junger Mann nach Kalkutta getrampt, hatte bei Mutter Teresa gearbeitet, kam irgendwann nach Norwegen zurück, studierte Philosophie, traf dabei auf Arne Naess, den bedeutendsten Philosophen des Landes, wurde eine Art Jünger von und stand in engem Kontakt zu ihm, bis dieser vor ein paar Jahren hochbetagt starb. Was Roger in die Trönderhauptstadt gebracht hatte, wusste Harald nicht. Aber das kleine Antiquariat im Bakklandet warf jedenfalls nicht genug ab, und so wurden tausende von Büchern zu einem stilvollen Kneipenambiente an den Wänden des Rabarbra und Roger Mitbesitzer des Etablissements.

Malte hatte einen kleinen Tisch an einem der zwei Fenster ergattert und winkte, Harald umkurvte ein paar Gäste und hängte seine Jacke über den freien Stuhl.
«Na?» sagte er. «Ers' mal 'n Beer holen, wat? Schön, dich zu sehen!»
«Ja, nech'? Ebensou!»
«Kümmss'e mit an'n Tresen oder soll ick di wat mitbring'?»
«Ich komm mal mit.»
Malte stand auf, es war üblich, sich sein Getränk selber zu holen. Während sie gemeinsam zur Theke gingen, legten sie einander kurz den Arm um die Schulter.
«Und wie ging's dir «over there»?, fragte Harald.
«Du, das war richtig toll!»
«Wo genau warst du überhaupt?»
«Stanford University.»
«Wow! Dann warst du sicher auch in San Francisco?»
«Jaja, mehrmals. Tolle Stadt.»
«Sind die Hügel so steil, wie man ...»
«Og hva vil dere ha – und was wollt ihr haben?» fragte der junge Mann hinter dem Tresen, der die beiden Deutsch sprechen gehört hatte.
«Zwei Bier.»

Der junge Mann zapfte die beiden halben Liter in einem für deutsche Gewohnheit atemberaubenden Tempo, woran Harald und Malte längst gewöhnt waren. Man kann das Bier trotzdem trinken, es ist gar nicht schlecht.
«Er Roger her?» fragte Harald.
«Nei, dessverre. Han har fri i dag.»
«Okay. Hva skylder jeg deg?»
«Hundrefemti Kroner, takk!»
Harald reichte Malte sein Bier: «Dann nimmst du die nächste Runde», und bezahlte. Mit ihren Gläsern in der Hand wanderten sie zurück zum Tisch.
«Na, Proust denn!» Malte hob sein Glas.
«Prösterken, Malte!» hob Harald das seine.
«Und du? Was treibst du so?» fragte Malte.
«Wir waren doch noch gar nicht fertig mit Kalifornien.»
«Läuft ja nicht weg. Jetzt hab' ich gefragt.»
Harald zuckte die Schultern, nahm einen Schluck und antwortete dann:
«Du, ich pfusch' zur Zeit in deinem Fach rum.»
«Wat, futters' du jetz' Erdbeer'n tum erssen Snee?»
Harald lachte: «Nee, Biologie. Genauer gesagt Evolutionsbiologie und menschliche Verhaltensforschung.»
«Aha. Humanethologie also. Und wie kommst du darauf?»
«Kennst du Eirik Stanghelle?»
«Nicht persönlich, aber hab' von ihm gehört. Der ist am Institut für Naturforschung, oder?»
«Stimmt, ja.»
«Und warum Eirik Stanghelle?»
«Ich versuche, ein Buch von ihm, «Homo Biologicus», bei deutschen Verlagen an den Mann zu bringen.»
«Von dem Buch hab' ich auch gehört. Ich versteh' trotzdem nicht.»
«Das ist wohl das, was mich am meisten beschäftigt zur Zeit. Du musst das unbedingt lesen.»
«Wenn du das sagst. Worum geht's denn genauer?»
«Mag sein, dass das für euch Biologen nix neues ist. Aber für mich war's neu, dieser Zusammenhang zwischen globaler Umweltkrise und

Evolution.»

«So allgemein sagt mir das noch nix.»

Haralds Gesicht bekam einen heftigen, leidenschaftlichen Ausdruck, den Menschen, die ihn nicht gut kannten, oft missverstanden: Als beschuldigte er sie, ihm persönlich etwas angetan zu haben.

«Die wichtigste Botschaft ist: Weil wir evolutionär kein gefühlsmäßiges Warnsystem für die Gefährlichkeit der globalen Umweltkrise haben, weil von ihr zwar wissen, aber sie nicht fühlen und deshalb persönlich nicht ausreichend handeln, und außerdem evolutionär mit einem» - Harald unterstrich jedes der folgenden Worte mit einer heftigen Handbewegung - «*immer weiter, immer schneller, immer größer* ausgestattet sind, und das, damit wir für potenzielle Geschlechtspartner so attraktiv wie möglich werden, was wiederum der Überproduktion von Nachkommenschaft dient, die *alle* Lebewesen auszeichnet, sind dieser verdammte entfesselte Kapitalismus und die globale Umweltkrise eine logische Konsequenz unserer Evolution. So lange wir diesen Mechanismus nicht verstehen, wird die Evolution mit uns Schlitten fahren, die globale Umweltkrise sich verstärken und die Mehrheit der Menschheit unabdingbar an den Rand ihrer Existenz führen.»

Malte kannte Harald. In seinen hellblauen Augen glitzerte amüsierte Gelassenheit:

«Lange Rede, kurzer, aber heftiger Sinn, wat, Harry?» zog er ihn auf.

«Aber Stanghelle könnte schon recht haben», fügte er dann ernst hinzu.

«Also dir ist das nix neues?»

«Was heißt nix neues? So hat das meines Wissens noch keiner formuliert, aber es hört sich logisch an. Sehr logisch sogar.»

«Das heißt, du bist nicht überrascht?»

«Nee, bin ich nicht!»

«Aber» Harald explodierte fast auf seinem Stuhl, «guck mal, dat hat ja 'n Rattenschwanz von Konsequenzen. Dat heißt ja, alle ethischen Appelle nützen nix! Alle Vernunftargumente ziehen nich'! Alles Wissen bleibt vergeblich! Wat wir nich' direkt sehen, schmecken, riechen, anfassen, fühlen können, darauf reagieren wir nich'. Jedenfalls die allermeisten von uns nich'. Dann dauert dat noch 'n paar Jahrzehnte, und dann geiht dat drunner un' drüwer, weil wir alle so weitermachen *müssen* wie bisher.» Und er unterstrich sein «Müssen» wieder mit einer heftigen Handbewegung.

«Und von wegen, dat dat nur die Entwicklungsländer trifft. Dann kriegen wir parallel Überschwemmungen hier und Dürren dort. Die Böden trocknen aus oder werden durch die Überschwemmungen verseucht. Die Ernteerträge werden unkalkulierbar, die Preise steigen, die Löhne aber nich'. Die Kaufkraft wird immer geringer, die Arbeitslosigkeit steigt. Von den weltweiten Klimaflüchtlingen ganz zu ...»

Malte hob sein Bierglas.

«Trink ers' mal'n Schluck, Junge, morgen geiht die Welt jenfalls noch nich' unner.»

Harald sah Malte einen Augenblick verwirrt an, dann verstand er den Wink, grinste etwas, hob sein Glas:

«Besten Tank für den Dipp, im doppelten Sinne!»

Malte lächelte nur kurz wegen der Wortverdrehung: «Du hass' wat von 'nem Volkstribun, Harry. Kannst schon mal 'n Schuss überdramatisch werden.»

Harald beugte sich abrupt vor, gab schon wieder Gas, sah den Freund glühend an: «Aber das ist doch dramatisch, verdammt noch mal, Malte! Ich versteih' nich', wie du da so gelassen sitzen kanns', wenn du versteihs', dat die Welt tum Düwel geiht un' dat dat nich' mehr lang duert. Denk doch an diene Kinners! In maximal zehn Jahren bist du Großvater. Du bist doch auch bald 50. Du weißt doch, wie schnell zwei, drei Jahrzehnte vergehen. Das hat doch was mit dir zu tun. Diene Kinners un' Enkel wer'n dat erleiwen. Un' du äs'n alder Mann oock. Makt dat denn nix mit di?»

Ein düsterer Schatten glitt über Maltes Gesicht:

«Dat darfs' du 'n Biologen nich' frog'n. Doch, makt wat. Awwe ick kann's nich' ännern. Proust!»

Malte leerte sein Glas in einem Zug. «Noch eins?» fragte er Harald, während er aufstand, um zum Tresen zu gehen.

«Noch eins!»

Harald sah ihm nach und dann hinüber zu den vier jungen Leuten am Nachbartisch, die ziemlich laut waren. Worüber die wohl redeten?

Nicht, dass er sich brennend dafür interessiert hätte. Es war ein Test: Selbst wenn man seine Fremdsprache fließend beherrscht, was Harald natürlich tat, gibt es in ihr kaum unwillkürliches Verstehen. Was konnte er hier aufschnappen? Wenig, auch nach über 20 Jahren nicht. Obwohl der Tisch nur ein paar Meter entfernt und die Studenten so laut waren. Der Fremdsprachler lebt wie unter einer Glocke.

Malte kam zurück, stellte das zweite Bier vor Harald hin, setzte sich, hob das Glas und sagte:
«Man müsste es über Ersatzgefühle versuchen. Irgendwie muss es mit Ersatzgefühlen gehen.»
Harald sah ihn verständnislos an: «Darf ich fragen, was du meinst?»
«Wir hatten es doch gerade von den Gefühlen, die uns zum Handeln bringen oder eben auch nicht. Von den fatalen Konsequenzen, die das in ein paar Jahrzehnten haben wird.»
«Ja, hatten wir.»
«Siehst du. Ich habe mir gerade überlegt, was denn 'n Bauern dazu bringt, im Frühjahr zu säen, damit er im Herbst ernten kann. Hungergefühl kann es nicht sein. Hunger, den eigentlichen Grund dafür, dass sie säen, haben Bauern seit 'zig Generationen nicht mehr erlebt.»
«Er hat's gelernt, ganz einfach. Er weiß, wenn er nicht sät, kann er nicht ernten.»
«Ja, aber wie lernt man? Über Gefühle, die sich mit Wissen verbinden! Und wenn der Grund für das Gefühl, das den Bauern zum Säen bringt, nämlich der Hunger, nicht mehr da ist, wie lernt er dann? Über Gefühle, die den Hunger ersetzen. Über Ersatzgefühle.»
Harald begann zu dämmern, was Malte meinte:
«Du meinst die Erfahrungen, die die Generationen an einander sozial vererben? Die natürlich mit einer Unmenge von Gefühlen besetzt sind, guten und schlechten? Die sich im Laufe von Kindheit und Jugend so in uns einnisten, dass wir gar nicht mehr darüber nachdenken?»
«So ungefähr. Stell dir mal 'n Eskimo vom Westpol vor.»
Harald grinste und hob das Glas: «Min kümmt von'n Ostpoul. Proust!»
Malte nickte, trank ebenfalls, setze das Glas ab:
«Gut, unser Ostwestpoleskimo kommt als Erwachsener zu uns und kennt nur Schnee und Eis. Jeder versteht sofort, dass der kein Gefühl

dafür hat, wann er 'ne Kartoffel in die Erde stecken muss. Er weiß nicht, das heißt, er *fühlt* nicht, wann es zu warm, wann es zu kalt, wann es zu trocken, wann es zu nass ist, wann die Verhältnisse genau richtig sind. Natürlich kannst du ihm 'n Kalender geben, die Tage anstreichen und reinschreiben, wenn innerhalb dieser Zeit das Wetter so und so ist und so und so gewesen ist, musst du die Kartoffeln setzen. Unser Ostwestpoleskimo, der ist nicht doof. Der kann lesen un' schreim un' Platt kanne oock. Und trotzdem würde das alleine nicht reichen, den richtigen Zeitpunkt zu treffen. Aber er könnte es schaffen. Wenn er die Information mit Ersatzgefühlen verbindet. Aber da muss ihm einer die Gefühle vermitteln.»

Malte nahm einen Schluck, beugte sich vor, sah Harald verschmitzt an und sagte plötzlich mit übertrieben hanseatischem Tonfall und in reinstem Holsteiner Platt:

«Pawlows Hunde. Klassische Konditionierung. Währnd de Widderungsverhäldnisse de richtign sin', muss' du 'n de gaanze Tied ankiekn, anlachn, muss' ihm guede Witze vertelln, Kekse gevn un' seggn: Nu plantn wi! Un' denn tus'n streicheln un' seggs de gaanze Tied: Du büss'n gaanz, gaanz leewn Ostwestpouleskimou ...»

Harald, der gerade einen Schluck nahm, prustete los. Verschluckte sich, hustete Hopfen und Malz ins Glas, von dort spritzte Bier ins Gesicht, er hustete, lachte, hustete, lachte, hustete, lachte, schwappte Bier auf den Tisch, bekam Bier auf die Hose, bekam mit Mühe die Brille ab, warf sie in die Bierlache auf dem Tisch vor ihm, stützte lachend das biernasse Gesicht in die biernasse Hand, blickte auf, sah den lachenden Malte verschwommen aus halb lachtränenblinden Augen, musste noch mehr lachen: Malte sah aus, wie Malte aussah, wenn Malte lachte; Harald musste unwillkürlich an diese grinsenden, gelb leuchtenden Mondlaternen zu St. Martin denken. «Sonne, Mond un' Sterne, Maltes Kopp is' 'ne Laterne.» Aber in Maltes Kopf hatte jemand einen gackernden Lachsack gesteckt, der irgendwie die Laterne zum Leuchten brachte und sie dadurch die Farbe wechseln ließ: Gelb wurde langsam zu Rot. Und blieb rot.

Es dauerte eine Weile, bis beide sich beruhigt hatten. Irgendwann stand Malte auf und holte ein Paket Papierservietten vom Tresen. Zusammen wischten sie die Schweinerei weg, so gut sich das machen ließ.

«Manchmal ist es ein Vorteil, wenn du keine Frau hast, zu der du nach Hause kommst.», sagte Harald. «Aber ich habe 'ne nette Waschmaschine, die hat noch nie was gesagt. Hoffentlich bleibt das so.»

«Ich erhebe mein Glas auf die Diskretion deiner Waschmaschine!», sagte Malte feierlich.

«Und ich auf unseren Ostwestpoleskimo! Der war wirklich ein Supergag, Malte!»

Der grinste: «Dabei hatte ich das durchaus ernst gemeint. Dat moal sou upp echtign Platt to seggn kam mir nur so.»

«War aber'n guter Effekt, zusammen mit der klassischen Konditionierung.»

«Aber das war ja das, was ich am Anfang meinte. Ersatzgefühle. Die werden ja durch Konditionierung festgeschrieben. Das ist bei uns nicht anders als bei Pawlows Hunden, nur viel komplexer natürlich. Wenn die Erinnerung an das Hungergefühl dich nicht zur Vorsorge treibt, dann sind es andere Gefühle, die da einspringen. Als ich noch 'n Kind war, hatte ich nie Lust, für meine Mutter einkaufen zu gehen. Sie wusste natürlich, dass der Kühlschrank leer ist, wenn keiner einkaufen geht. Da hab ich als Kind natürlich nicht dran gedacht. Nu hätt'se seggen könn', Malde, wennu nich' inkaups', wirssu irgndwann hungern, weil dann is' de Köhlsrank leer. Stattdessen hieß dat: Malde, wenn du nich' inkaupen geihs', gev' ick di Husarrest. Das war mir ja viel näher. Also bin ich einkaufen gegangen, aus Angst vor Hausarrest, nicht weil ich Angst vor Hunger hatte. Aber das Ergebnis war dasselbe: Der Kühlschrank war wieder voll.»

«Dann gehst du also heute noch aus Angst vor Hausarrest einkaufen?» witzelte Harald.

Malte blieb unbeeindruckt: «Im Laufe des Lebens vermischen sich diese Einflüsse ja zu einer undurchsichtigen Suppe. Aber wenn es sich bei der Drohung mit Hausarrest um ein traumatisches Erlebnis für mich gehandelt hätte, mit richtig starken Gefühlen verbunden, dann wäre mein Hauptgrund fürs Einkaufen heute in der Tat meine Angst vor Hausarrest, nicht die Angst vor Hunger, ja.»

«Dann müsste man aber eher von Ersatzstimuli als von Ersatzgefühlen sprechen», korrigierte Harald. «Die Angst ist ja das Grundgefühl, was dich antreibt, ob Hunger oder Hausarrest. Die Reize, die Angst auslösen und dich auf dasselbe Ziel hinzwingen, können ja sehr verschieden sein.»

«Stimmt natürlich», gab Malte zu. «Wobei man den Hunger selber sowohl als Gefühl als auch als Stimulus beschreiben kann. Wie dem auch sei, jedenfalls dachte ich am Tresen, dass wir für die Gefahren des Klimawandels Ersatzgefühle- oder meinetwegen Reize finden müssen, die uns aus Angst vor den Konsequenzen noch früh genug zum Kurswechsel bewegen. Dafür reicht nackte und verstreute Information über die Gefahr, in der wir schweben, offenbar nicht aus.»

«Aha. Und an was für Ersatzstimuli denkst du da?»

Malte gab sich selbstironisch: «Mensch, Harald, wir sind doch Akademiker. Da darf man doch wohl mal ein bisschen theoretisch werden?»

«Hallo, hallo» sagte plötzlich eine Frauenstimme durch einen Lautsprecher und jemand klopfte auf ein Mikrofon. «Hallo, hallo. Sssound, Sssound. Check, Check.» Gleich danach wurde eine Kaskade von Tenorsaxofontönen durch den Raum geschleudert. Vom Klavier erscholl ein fetter Jazz-Akkord, dazu perlte virtuos aus der rechten Hand des Pianisten eine Bluestonleiter abwärts.

«Ich begreif' einfach nicht und werde nie begreifen» schrie Harald wütend zu dem alten Musikerkollegen hinüber, «wozu man in so einem kleinen Raum noch über Verstärker spielen muss!»

Malte, der von seinem Platz aus die Band sehen konnte, hob zur Antwort nur sein Bierglas und trank ihm zu. Harald nickte, drehte seinen Stuhl um, wandte dem Freund den Rücken zu und richtete seine Aufmerksamkeit auf die Musiker.

Kapitel 6

Samstag, 3. November 2012, Vanvikan, Gemeinde Lensvik, Nord-Trøndelag

Es war gegen 15:00 Uhr an einem dieser windstillen, ersten, klaren Frosttage wie sie Anfang November in Trøndelag oft vorkommen. Der Himmel wölbt an solchen Tagen über die Landschaft sein wolkenloses, alle Sinne füllendes Blau, das bisher kein Maler, kein Fotograf einzufangen vermocht hat. Noch zeigt sich die Sonne nicht nur am südlichen Horizont wie sechs, sieben Wochen später, noch steht sie niedrig im Südwesten und taucht Fjord und Land in ihr unvergleichliches Licht. Vom Vanvikaner Kai aus gesehen duckt Trondheim sich in sieben, acht Kilometern Entfernung direkt gegenüber auf der anderen Seite des Fjordes in eine weite Talsenke, die sich zu dem 120 Kilometer langen Meeresarm hin öffnet. Leichte Rauchschwaden der vielen in den Häusern immer noch gebräuchlichen Holzöfen liegen bei solch windstillem, kaltem Wetter über der Stadt. Aus ihnen ragen Nidarosdom, Festung und Fernsehturm hervor, gemeinsam Zeugen ihrer tausendjährigen Geschichte. Sogar die postmodernen Großbauten der letzten Jahre zum Fjord hin können auf diese Entfernung den Frieden nicht stören. Das Auge sieht Weite, das Ohr hört Stille: Wellengluckern, Möwenschreie, hier und da, sonst nichts.

Ein Katamaran pflügte die spiegelglatte Wasseroberfläche in zwei Furchen, während die schweren Dieselmotoren die Stille zunehmend zerbrummten. Harald sah vom Kai aus dem Schnellboot entgegen. Wie immer, wenn er dort stand, beobachtete er fasziniert, wie das vielleicht 25 Meter lange Schiff 2-300 Meter vor dem Kai die Geschwindigkeit senkte und in die vergleichsweise enge Anlegestelle einzulaufen begann. Das war echte Zentimeterarbeit. Das Manöver dauert um die fünf Minuten und macht allein zwanzig Prozent der Überfahrtzeit aus. Als das Fahrzeug vertäut und der Landungssteg ausgefahren waren, stiegen wie aus einem Flugzeug die Fahrgäste einzeln an Land, nur nicht von oben nach unten, sondern von unten nach oben, zur zwei Meter höher liegende Kaianlage hinauf. Eirik und Lisbeth winkten von unten, als sie Harald sahen. Der hob zum Gruß die Hand.

«Na, ihr zwei? Schön, euch zu sehen!»

«Gleichfalls», sagten die beiden unisono. Sie gaben einander die Hand.

«Und jetzt?» fragte Lisbeth.

«Jetzt haben wir zehn Minuten auf der Straße bergauf vor uns, dann geht's ins Gebüsch und wir sind da.»

«Wie bist du denn an die Hütte gekommen?», fragte Eirik, während sie sich in Bewegung setzten.

«Reiner Zufall. Ich hab' mal von hier eine Radtour auf Fosen gemacht. Als ich vom Kai die Straße hinauf radelte, fiel mir ein kleiner, zuwuchernder Seitenweg auf. Und weil ich so ein neugieriges Kerlchen bin, hab' ich halt mal geguckt, wo der hinführt. Da lag eine Hütte, die jahrelang ungenutzt schien. Mit phantastischen Aussicht. Ihr werdet's ja sehen.»

«Aha. Und weiter?» fragte Lisbeth.

«Ich fand es einfach schade, dass so ein wunderschönes Fleckchen Erde verwahrlosen sollte. Ein paar Tage später hab' ich mich ans Telefon gehängt. Es stellte sich heraus, dass die Hütte einer alten Dame gehört, die heute im Altersheim lebt. Da dachte ich: Entweder hat sie keine Kinder oder die leben zu weit weg, um die Hütte instand zu halten. Dass eine Frau von 95 das nicht kann, war ja klar. Also hab' ich sie besucht und gefragt, ob ich die Hütte mieten dürfte, wenn ich sie wieder in Schuss bringe.»

«Und das durftest du?»

«Zu einem lächerlichen Preis. Aber schön, die Renovierung geht ja auch auf meine Kosten. So gesehen hab' ich kein schlechtes Gewissen.»

«Und was passiert, wenn die Dame mal stirbt?» fragte Eirik.

«Das wird die Zukunft zeigen. Vielleicht kann ich die Hütte kaufen, wenn die Nachkommen daran interessiert sind und mir einen guten Preis machen. Ein Krösus bin ich ja nicht gerade. Wenn nicht, dann hab' ich für billiges Geld ein Refugium gehabt, um das viele mich beneiden würden.»

«Vor allem so nah an der Stadt», kommentierte Lisbeth.

«Genau. Und man kommt da ohne Auto hin. Mit dem Fahrrad oder Bus

bis zum Pier in Trondheim, dann auf's Boot, dann noch zehn Minuten zu Fuß und man ist da. Habt ihr auch 'ne Hütte?»
«Alle Norweger haben eine Hütte», sagte Eirik.
«Jetzt übertreibst du.»
«Na gut. Jeder fünfte halt. Aber da hat ganz Norwegen Platz.»
«Und ihr habt eine?»
«Ja. Aber in der Gegend von Røros.»
«Das dauert natürlich, bis man da hinkommt.»
«Gut zwei Stunden.»
«Wenn du fährst, ja. Wenn ich fahre, zweieinhalb», warf Lisbeth ein.
«Aha. Dann gibt der Umweltschützer also gern ein bisschen mehr Gas als er muss?»
«Du weißt ja, Harald, die Gefühle ...»
«Eirik, keiner weiß besser als du, was die Guzzi im Kopf mit uns allen macht ...»
«Sei doch nicht so streng, du alter Pfarrer ...»
«So, hier geht's rein.»
Die kleine Gruppe schlug sich nach links auf einem kaum sichtbaren Weg ins Gebüsch, ging noch 15 Schritte und stand vor der Hütte, einem Holzhäuschen mit Flachdach, irgendwann in den 70ern gebaut, umgeben von jetzt laublosen Bäumen und Gestrüpp. Die Hütte war frisch in Grau gestrichen, die Fensterrahmen in einem dunklen Rosa.
«Liegt ja wirklich versteckt», sagte Eirik.
«Nicht wahr? Dann kommt mal rein in die gute Stube!»
Sie betraten nacheinander einen winzigen Windfang, zogen die Schuhe aus und hängten ihre Jacken auf.
«Durchgehen. Ist zu eng hier», sagte Harald zu Eirik. Der öffnete die Tür und stand gleich im größten Raum der Hütte. Auf 30 Quadratmetern drängten sich Küche, Ess- und Wohnzimmer in einem Raum zusammen. Der Geruch von Fisch schlug ihnen entgegen.
«Gibt's auch was zu essen?», fragte Lisbeth.
«Klar. Dorsch, selbst gefangen, wie's sich gehört. Durchgehen, Lisbeth.»
«Ohoo! Nicht schlecht! Nicht schlecht», staunte die hochgewachsene Frau, als auch sie den Raum betrat. Es blieb ungewiss, ob sie das zu erwartende Essen, die Aussicht, die Einrichtung oder alles zusammen

meinte. Vor großen Fenstern breitete sich unter einem Steilhang der Fjord aus, nach Nordosten, Osten, Südosten, Süden, Südwesten konnte man kilometerweit sehen, unendlich viel Wasser, eingerahmt von Mittelgebirgszügen, darüber Horizont, der zu dieser Jahres- und Tageszeit von Südwesten nach Nordosten von hellem Orange zu immer satterem Dunkelblau wird. Der Holzofen bullerte, an einem kleinen, ausklappbaren Tisch war für drei Personen gedeckt, vor dem großen Hauptfenster nach Süden hin stand ein kleiner Nierentisch aus den 50ern, darum herum, aber so, dass jeder Sitzplatz grandiose Aussicht bot, drei kleine, abgewetzte Sessel aus derselben Zeit. Wo kein Fenster war, waren die Wände mit Regalen bestückt, bewohnt von einer ansehnlichen Anzahl Büchern. Vor einem der Regale lehnte eine Gitarre.

«Hier kann man's ja wirklich aushalten! Donnerwetter», blickte Eirik Harald an, der als letzter die Stube betreten hatte.

«Ja, nicht? Ich hab' Glück gehabt, ich weiß. Aber setzt euch mal, das Essen ist schon fertig.»

«Kann ich helfen?» fragte Lisbeth standesgemäß.

«Nur durch hinsetzen und wohlfühlen».

Die beiden rückten sich auf ihre Stühle, Harald trug Pellkartoffeln, gekochte Möhren, viel zerlassene Salzbutter mit viel Lauch darin auf, sowie Dorsch in Scheiben, die, während er die beiden abholte, in heißem Wasser mit etwas Salz und ein paar Lorbeerblättern darin gezogen hatten. Norwegische Hausmannskost, billig, herzhaft, nahrhaft und sehr lecker. Dazu trinkt man Gänsewein. Harald nahm selbst Platz:

«Ihr müsst nicht, aber ich bete vor dem Essen. Das wundert euch sicher nicht.» Harald senkte kurz den Kopf, während die beiden ein wenig befangen vor sich hinschauten.

«Greift zu und lasst's euch schmecken! Schön, dass ihr da seid!» sagte er, als er das Kreuzzeichen gemacht hatte.

Während sie sich bediente, fragte Lisbeth: «Entschuldige meine Neugier, aber ich muss ja doch mal fragen. Wie wird ein katholischer Priester Busfahrer? Das ist ja doch etwas ungewöhnlich.»

Harald antwortete nicht sofort, schluckte, fühlte ein Kratzen im Hals aufsteigen, räusperte sich und gab dann mit belegter Stimme Antwort: «Ich spreche nicht gern über die Sache, aber ein Geheimnis ist sie auch nicht. Ihr erinnert euch sicher an den Missbrauchsskandal in der katholischen Kirche?»

Die beiden sahen Harald an und nickten.

«Nun, es kam ja heraus, dass auch der damalige Bischof von Trondheim da Dreck am Stecken hatte. Und als die internationale Presse dann die zweifelhafte Rolle des Papstes bei der ganzen Geschichte aufdeckte, da wurde es mir zu viel. Ich schrieb einen Artikel in der *Trondheimsposten*, in welchem ich indirekt, aber deutlich genug den Rücktritt des Papstes forderte. Das tut ein katholischer Priester natürlich nicht ungestraft. Es hat einen Riesenzirkus gegeben und zwei Tage später war ich suspendiert.»

Eirik und Lisbeth sahen Harald erstaunt an. Nach einer Weile, in der nur das Geklapper von Besteck zu hören war, sagte Eirik langsam: «Wenn ich so überlege, den meine ich sogar gelesen zu haben. Du warst das also?»

«Ja, ich war das.»

«Jetzt bin ich aber platt.» Eirik sah Harald anerkennend an: «Alle Achtung! Ich geh' davon aus, dass du wusstest, was du tatest?»

«Natürlich wusste ich das. Man ist in der Kirche daran gewöhnt, Kamele zu schlucken. Aber dieses war zu groß. Hier ging es einfach darum, öffentlich zu zeigen, dass das Evangelium über der Kirchenräson steht, das hatte der Papst ja nicht getan. Für das Evangelium stehen kann man im Zweifelsfall nur, wenn es etwas kostet. Wenigstens als Priester. Sonst ist man nicht glaubwürdig.»

«Warst du gerne Priester?» fragte Lisbeth.

«Ja, war ich.» Harald nahm einen tiefen Schluck Wasser, sah die beiden an, zwang sich zu einem Lächeln. «Lassen wir das jetzt mal liegen. Ich möcht' eigentlich lieber über Eiriks Buch reden. Deshalb seid ihr ja auch hier. Wenn wir später noch Zeit haben, können wir von mir aus wieder auf die Geschichte zurückkommen.»

«Okay, wie du meinst», sagte Eirik. Lisbeth sah Harald nur mitfühlend an. Der lud sich neue Kartoffeln auf den Teller, nahm eine weitere Scheibe Dorsch und sagte, während er den Fisch von Haut und Gräten reinigte:

«Eirik, dieses Kapitel *Was ist Geld*, das ist ja ganz wichtig. Aber ich finde, der Grundgedanke darin verschwimmt etwas und am Ende wird er etwas zu banal, obwohl er durchaus treffend formuliert ist.»

«Was meinst du?»
«Du sagst am Ende, ohne die Erkenntnis, dass Geld Selbstbetrug sei, könnten wir die globale Umweltkrise nicht lösen. Du hast ja recht, aber gleichzeitig ist das fürchterlich banal. Dass Geld oder vielmehr die Jagd danach Selbstbetrug ist, kapiert jeder denkende Mensch. Dazu muss man kein Buch über Evolutionsbiologie lesen.»
«Ja, aber es ist *evolutionär angelegter* Selbstbetrug.»
«Eben dieser feine Unterschied kommt meines Erachtens für den Leser nicht gut genug raus und ist doch so enorm wichtig, weil er erklärt, warum wir alle, obwohl wir wissen, dass diese Jagd auf Geld letztlich völlig sinnlos ist, damit nicht aufhören können. Sonntags sieht jeder ein, dass es im Leben um was ganz Anderes geht, Montags bis Samstags vergessen wir es wieder.»
«Dann hängst du also keiner metaphysischen Erklärung dafür an?»
«Deine ist doch viel plausibler.»
«Du erstaunst mich immer mehr, Harald!»
«Nur, weil du Opfer deiner Vorurteile bist, Eirik. Die täuschen dich wie uns alle, wie du ja selber auch schreibst in deinem Buch. Vorurteile brauchen wir ja zum Leben. Wir können nicht ständig alles prüfen. Anderseits müssen wir prüfen, wo wir können, weil eben Vorurteile auch falsche Urteile sein können. Der eine prüft hier, der andere da, wo er eben kann. Dazu gehört das Urteil, der Mensch sei ständig auf's Geld aus, weil er böse sei, dazu vom Teufel verführt werde oder ähnliches. Deine Erklärung ist tausendmal besser.»
Eirik wurde unter seinem Bürstenhaarschnitt tatsächlich ein bisschen rot durch Haralds Anerkennung: «Na, vielen Dank! Es schmeckt übrigens ausgezeichnet.»
Harald lachte zufrieden: «Jaja. Wenn ihr nur satt werdet.»
Lisbeth fragte: «Aber was soll denn da deiner Meinung nach anders formuliert werden, Harald?»
Der kaute, schluckte, antwortete: «Es fehlt eigentlich nur der Zusatz *evolutionär angelegt,* so wie Eirik eben spontan sagte. Auch wenn ihr nicht besonders bibelfest seid, habt ihr doch sicher vom Tanz um das Goldene Kalb gehört oder den Satz: «Man kann nicht Gott *und* dem Mammon dienen»?»
Die beiden nickten.

«Überlegt mal, wie alt diese Texte sind. Die Geschichte vom Goldenen Kalb um die 3000 Jahre, das Jesus-Zitat um die 2000. Nun, vergleichen wir mit den Menschen von heute. Wie viele Generationen haben seitdem gelebt? Hat sich da irgendwas geändert? Eben nicht!»
Harald unterbrach sich, nahm einen Schluck Wasser und fuhr dann fort: »Also müsste man doch fragen: Warum nicht? Die Geschichten reflektieren ja, dass die Menschen schon damals wussten, was ihnen schadet und was ihnen nützt. Warum also tun sie so viel von dem, was ihnen schadet, immer noch und immer wieder? Die klassische Antwort ist: Der Mensch ist einem metaphysischen Bösen ergeben oder von ihm verführt. Deine Antwort, Eirik, ist: Die Evolution sorgt dafür. Und da stimme ich dir zu! Das erklärt nämlich, warum der Mensch sich in zwei, drei Jahrtausenden, trotz seines Wissens, nicht geändert hat. Es zeigt sich deutlich überall in der Natur: Jedes Tier frisst, bis es nicht mehr kann. Tiere, die Vorräte anlegen, legen so viel an wie sie können. Wozu dient das? Dem Überleben. Und der Mensch? Tut genau dasselbe. Spätestens seit das Geld erfunden worden ist, ist es dem Menschen möglich, Vorräte in Form von Symbolen anzulegen. Aber er hat's auch schon vorher getan, in Form von Schmuck zum Beispiel. Durch das Anlegen solcher Symbolvorräte geschahen zwei Dinge: Er sicherte sein Überleben in höherem Maße als andere, die das nicht taten, und er wurde attraktiver als andere, weil potenzielle Nachkommen auf diese Weise eine sicherere Zukunft bekamen. Das ging immer so lange gut, wie die Symbolwerte wieder in echte Werte getauscht werden konnten: Nahrung, Kleidung et cetera. Heute allerdings sind wir in der noch nie dagewesenen Situation, dass wir absehen können, wann das nicht mehr funktionieren wird. Weil das höchste Ziel des Kapitalismus ist, die wirklichen Werte, nämlich die Lebensressourcen der Erde, in den Symbolwert Geld umzumünzen und das in höchst möglichem Tempo, ist das Ende der Fahnenstange sichtbar geworden. Und unsere Gefühle, die uns wie bei Pawlows Hunden Symbol und Wirklichkeit miteinander zuerst verbinden und dann verwechseln lassen, verleiten uns dazu. Dass das so ist, dafür hat die Natur gesorgt, unsere Evolution. Das ist doch deine Botschaft, Eirik, oder?»
«Pawlows Hunde hab' ich zwar nicht erwähnt, aber im Prinzip hast du recht, ja», sagte der Biologe, während er sich neuen Fisch aus dem

Topf nahm, sich dann an Kartoffeln und Möhren bediente. Zuletzt goss er Butter über alles.

«Willst du Pawlows Hunde mit in den Text bringen, Harald?» fragte Lisbeth.

«Würde ich gerne, ja. Das macht das ganze sehr deutlich.»

«Meinst du nicht, dass du beim Leser damit eine psychologische Barriere aufbaust? Wer identifiziert sich schon gern mit Hunden?» gab Lisbeth zu bedenken.

«Die Parallelen sind einfach zu schlagend.» Harald machte eine Pause beim Essen. «Schau, Pawlow kombinierte Futter und Glocke und stellte fest, dass nach einer gewissen Zeit allein das Läuten der Glocke ausreiche, um Speichelproduktion bei den Hunden auszulösen. Allein die Glocke läutete die Erwartung von Futter ein. Nun überleg' mal, wie wir mit der Bedeutung von Geld gefüttert werden, schon von Kindesbeinen an. Geld gehört doch zu unserer Zivilisation wie die Luft zum Atmen, seit mehreren Jahrtausenden. Schon für Kleinkinder ist es ständig gegenwärtig, und da ist es doch kein Wunder, dass wir zuerst Gefühle daran knüpfen. Kinder abstrahieren ja nicht. Ein Kind lernt: Geld = Eis. Geld = Spielzeug. Auch: Fehlendes Geld = kein Eis. Fehlendes Geld = kein Spielzeug. Mit anderen Worten: Geld = Wohlbehagen. Bevor wir beginnen nachzudenken und davon zu abstrahieren, irgendwann in der Jugend, hat sich dieses Geld = Wohlbehagen = Wohl*gefühl* längst ganz fest bei uns eingenistet. Die allermeisten kommen dann von dieser Gleichung nicht mehr weg, so sehr sie auch mit dem Kopf verstehen, dass sie nur bedingt stimmt.»

«Genau!» rief Eirik zustimmend mit fast vollem Mund. Er nahm einen Schluck Wasser: «Und so wie Pawlows Hunde sich nicht aussuchen können, ob sie Glocke und Futter mit einander verbinden sollen oder nicht, so können wir uns nicht aussuchen, ob wir Geld und Wohlgefühl miteinander verbinden oder nicht. Das passiert einfach, dazu sind wir disponiert. Weil die Evolution uns mit der Fähigkeit ausgestattet hat, Gefühle an Symbole zu koppeln. Diese Fähigkeit können wir nicht wegwählen. Die ist einfach da, seit tausenden von Jahren. Und diese Fähigkeit wird uns jetzt zum Fluch. Vielleicht sollte ich doch mal die Bibel lesen. Schreib das, Harald. Du hast mein volles Einverständnis!»

«Prima. Soll ich auch schreiben, dass du jetzt die Bibel lesen willst?»

grinste der.

Eirik hob drohend den Zeigefinger: «Ich warne dich! Sonst zeig' ich dir, dass ich der Obergraudrossling bin und stopf' dir noch was von dem Fisch da ins Maul. Aber mit Gräten!»

«Mach das!» lachte Harald. «Ich mach auch den Mund auf. Aber den Kampf wirst du kaum gewinnen. Ich hab' den Blasius-Segen.»

«Den was?»

«Den Blasisus-Segen».

«Was ist das denn?» fragte der Biologe.

«Das ist ein Segen, den jeder Katholik einmal im Jahr bekommt, wenn er will. Am 3. Februar. Gegen Halskrankheiten, Gräten inklusive. Den hab' ich dreiundzwanzig Jahre lang gespendet. Also hab' ich nie Husten. Und Gräten tun mir auch nix.»

«Das ist nicht dein Ernst!»

«Doch!» Harald hatte ein kleines, schelmisches Blitzen in seinen blauen Augen.

Eirik sah ihn ungläubig an: «Harald, das glaub' ich nicht. Harald, ich versteh' dich nicht! Erst kommst du daher als einer der vernünftigsten Menschen, die mir je begegnet sind, und dann so was. Das gibt's doch nicht. Das kann doch nicht dein Ernst sein?»

«Ernst und Ernst», antwortete sein Gastgeber, während er sich Fisch auf die Gabel schob. «Das ist Volksfrömmigkeit und Lebenshilfe, darüber sollte man nicht spotten. Blasius war der Überlieferung nach Bischof von Sebaste in der heutigen Türkei und erlitt 316 das Martyrium. Er zählt zu den vierzehn sogenannten Nothelfern der Kirche. Die bekannteste Erzählung über Blasius berichtet, wie er während seiner Gefangenschaft in einem römischen Gefängnis einem jungen Mann, der an einer Fischgräte zu ersticken drohte, das Leben rettete. Deshalb erteilt die Kirche an seinem Gedenktag den Blasius-Segen zum Schutz gegen Halskrankheiten. Nachgewiesen allerdings erst seit dem 17. Jahrhundert.»

Harald schob sich die Gabel in den Mund und ließ genüsslich das zarte Fischfleisch im Mund zergehen. Dabei zog er eine große Gräte heraus und legte sie auf seinen Tellerrand.

«Und an so was glaubst du?» fragte Eirik.

«Sagen wir mal so: Ich wünschte, ich könnte es. Wenn ihr nicht werdet

wie die Kinder … . Ich hätte mehr Ruhe, ich wäre gelassener.»
«Aber das ist doch blanker Unsinn, Harald, reiner, schierer, purer Aberglaube!»
«Aus wessen Perspektive? Aus deiner, ja. Aber aus Sicht des Abergläubigen nicht. Auch Aberglaube ist Glaube. Weißt du, dein Glaube ist deine Welt, so oder so. So sehr du Wissenschaftler bist, so sehr kannst du den allergrößten Teil der Welt nicht überprüfen. Den Rest musst du einfach glauben, das heißt darauf vertrauen, dass sie so ist, wie sie sich dir darstellt. Du könntest nie leben ohne diesen Glauben, du wärst völlig gelähmt in deiner Existenz. Nicht wahr?»
Harald hob bedeutungsvoll die Augenbrauen und fuhr fort: »Dann ist doch die Frage, ob die Welt sich dir gut oder schlecht darstellt. Wenn du in dem Glauben, die Welt sei gut, durch dein Leben gehst, dann wird dein Leben doch anders, als wenn du glaubst, sie sei schlecht, oder? In der katholischen Tradition werden wir in den Glauben geführt, die Welt sei wohlgeordnet und Gott halte seine schützende Hand über uns. Das wird durch Rituale wie zum Beispiel den Blasius-Segen versinnbildlicht. Da sind die Widrigkeiten des Lebens wesentlich leichter zu ertragen. Und das ist doch etwas Gutes, oder? Ehrlich, Eirik, ich wünschte, ich könnte etwas abergläubischer sein.»
Lisbeth mischte sich ein: «Ich glaub', ich versteh', was du meinst. Dir geht's um das naive, gute Vertrauen, das Kinder haben, wenn sie geborgen aufwachsen, und das wir als Erwachsene so vermissen?»
«Ja, Lisbeth, genau. Schau, jedes Kind schlägt sich mal das Knie auf. Aber es macht einen Unterschied, einen Riesenunterschied sogar, ob es dann von Mutter und Vater getröstet wird oder man es anschnauzt: Hör auf zu heulen! Stell dich nicht so an! Es würde mich nicht überraschen, wenn die Wissenschaft herausfände, dass Wunden von Kindern, die in Geborgenheit aufwachsen, schneller heilen als Wunden von Kindern, die sich ungeliebt fühlen. Man müsste das wirklich mal untersuchen. Die Kirche ist jedenfalls mit ihren Ritualen der Volksfrömmigkeit ein Versuch, den Menschen, die als Kinder Geborgenheit erlebt haben, diese Geborgenheit auch weiterhin, und denen, die sie in ihrer Kindheit nicht hatten, trotzdem zu geben. Da steckt ganz viel Fürsorge drin. Die Wunden, die das Leben uns schlägt, heilen einfach besser, wenn uns jemand tröstet. So seh' ich das.»

«Bist du deshalb Priester geworden? Weil du trösten wolltest?» fragte Lisbeth leise.

Harald schaute sie einen Augenblick schweigend an, schluckte und sagte dann: «Unter anderem, ja.»

Einige lange Sekunden sagte niemand etwas, die Gesprächspause war eine seltsame Mischung aus Beklommenheit und Nähe, ein Schweigen, das keiner gerne bricht und das doch gebrochen werden muss.

«Jaja, es kommt nicht oft vor, dass man über so etwas spricht», sagte Eirik dann irgendwann. Der Biologe seufzte ein ganz klein wenig, mit einer kleinen Trauer, einer Resignation, die einzugestehen er sich hier und jetzt und auch nur hier und jetzt ein winziges Quäntchen traute. «Aber du hast sicher Kaffee für uns? Ich möchte jedenfalls jetzt gerne einen starken Kaffee.»

«Sollst du haben. Und wir setzen uns dazu ans Fenster, ja?» antwortete Harald. Auch er war erleichtert.

«Okay». Die zwei Gäste nickten. Zu dritt räumten sie das Geschirr ab.

Kapitel 7

Sonntag, 4. November 2012, Vanvikan, Gemeinde Lensvik

Harald sah auf die Uhr. Es war halb sechs und kalt im Alkoven der Hütte, aber warm unter der Decke. Sollte er noch liegen bleiben? Genug geschlafen hatte er. Zwei Grundbedürfnisse kämpften mit einander: Das nach Wärme gegen das, welches Entleerung der Blase verlangte. Die Blase siegte.

Harald gab sich innerlich einen Stoß, schwang sich auf, schlüpfte von der Bettkante aus in den dicken Isländerpulli, der auf dem Hocker vor ihm bereit lag. Dann hinein in die Schuhe und hinaus in das Häuschen mit dem Herzchen drauf. Dort hing ein Thermometer. Minus 8 Grad, das ging ja noch. Im Übermaß lud die Temperatur trotzdem zum Verweilen nicht ein, entsprechend schnell war er wieder in der Hütte. Er zündete den Gasherd an und setzte den Kaffeekessel auf. Dann hockte er sich vor den Ofen, um Feuer zu machen. Er blieb vor der geöffneten Ofentür auf dem Boden mit zusammengezogenen Knien sitzen, legte die Arme um diese, genoss die sich ausbreitende Wärme der Flammen, das Knistern des Holzes. Der Mensch und das Feuer, woher diese eigentümliche Verbindung? An einem offenen Feuer ist man nicht so einsam. Erst wenn es erlischt, kriecht mit der Kälte die Einsamkeit wirklich in einen hinein, jedenfalls wenn es dunkel ist. Elektrisches Licht hingegen kann Einsamkeit noch einsamer machen. Es ist besser, es zu löschen und eine Kerze zu entzünden, und immer noch besser, gar kein Licht zu haben als Einsamkeit elektrisch zu beleuchten. Jedenfalls ging es Harald so. Warum war das so?

Der Kaffeekessel pfiff. Harald stand auf, drehte das Gas ab und tat vier große Löffel grob gemahlenen Kaffees in die Kanne, den er zehn Minuten ziehen und sinken ließ, so wie es viele Nordmänner immer noch in ihren abertausenden von Hütten tun. Dieser Kaffee ist anders als der aus der Kaffeemaschine oder gar diesen Automaten, die neuerdings nicht nur in Cafés, sondern auch Privathäusern anzutreffen sind. Dieser Kaffee schmeckt wirklich noch gebraut, er holt Vergangenheit zurück in die Gegenwart. Harald hockte sich mit einer großen Tasse des schwarzen Saftes wieder vor den Ofen, schlürfte einen ersten, zweiten, dritten Schluck und entzündete dann einen Zigarillo. Während er den Rauch in die Flammen blies, dachte er an den gestrigen Tag: Eirik und Lisbeth waren bis zum letzten Boot geblieben, das Gespräch war angeregt gewesen und hatte sich, wie hätte es anders auch sein können, um Religion und Naturwissenschaft gedreht, während sie einander zwischendurch Privates erzählten. Nett, die beiden, wirklich nette Leute.

Doch das Gespräch vom Mittagessen klang am meisten nach, das beunruhigte ihn. Dass da Pawlows Hunde wieder aufgetaucht waren, lag wohl an dem Abend mit Malte neulich, als der seinen Klops über den Ostwestpoleskimo losgelassen hatte. Irgendwie hatten Haralds Hirnzellen gestern die Hundeviecher mit Eiriks Idee der über Generationen vererbten Gefühle fürs Geld zu einer neuen Einsicht kombiniert. Was ihn daran beunruhigte, war, dass diese neue Hypothese dem Leben so viel näher kam als Eiriks sicher auch richtige, jedenfalls nachvollziehbare Theorie evolutionärer Vererbung von Geldgefühlen über die Generationen hinweg. War Harald schon vorher durch den Homo biologicus klar geworden, in welcher Gefahr die Mehrheit der Menschen sich befindet, so war es ihm durch diese plötzliche Einsicht von gestern noch klarer. Aber vielleicht fühlte sich das ja nur so an, weil die Einsicht frisch war? Wie auch immer, er musste sie jedenfalls aufschreiben.

Harald schnippte den Stummel in die Flammen, stand auf, goss sich Kaffee nach, holte den Laptop hervor und setzte sich vor das große Panoramafenster. Noch war es dunkel, der Fjord ließ sich nur ahnen, doch im Osten zeigte sich der rötliche Streifen am Horizont, der sich nun Minute für Minute vergrößern würde. «Lass das Ding noch zu», sagte Harald leise zu sich selbst, meinte den Laptop, «lass dir dieses Schauspiel nicht entgehen», nahm sich beim Wort, ließ den Laptop zu und schaute aus dem Fenster nach Osten. Nur das Feuer durchknisterte die Stille.

Was für ein Morgen! «Egal, was ihr Naturwissenschaftler noch herausfinden werdet, nie werdet ihr mit euren Methoden kapieren, warum der Mensch staunen kann», dachte Harald. Der rote Streifen war schon ein Stück breiter geworden. Wie schnell das ging, wenn es erst begann. «Ist nicht Staunen etwas, was für Menschen ganz wichtig ist? Wäre jemand, der nicht staunen kann, nicht ein wahrer Kümmerling, ein wirklich armer Tropf? Gibt es überhaupt einen Menschen, der jemals nicht gestaunt hätte? Das Staunen unterscheidet uns von aller Kreatur – und ist doch evolutionär gesehen völlig überflüssig.» Und schon hatte der Streifen sich abermals verbreitert, war in die Dunkelheit hinein ein helles Orange geworden. Harald lächelte leise Triumph:«So recht ihr Verhaltensbiologen mit euren Erkenntnissen haben mögt, aber die Daseinsdeutung darf man euch nicht überlassen. Dann wäre der Mensch nicht mehr als eine biochemische Maschine, er hätte auch keine höhere Existenzberechtigung als künstliche Intelligenz, ja, er hätte gar kein Recht auf Existenz, nur den Trieb dazu. Damit wäre letztendlich alles gleichgültig. Welchem Menschen aber darf ein anderer sagen: Es ist ganz egal, ob es dich gibt oder nicht? Warum braucht jeder Mensch wie die Muttermilch die Botschaft: Es ist *gut*, dass es dich gibt?» Jetzt war am östlichen Horizont über den Bergen das erste Rund des glühenden Feuerballs sichtbar geworden, der Himmel dahinter schon von gleißendem Hellblau, davor noch orange und nach Südwesten hin tief violett. Harald dachte an den aaronitischen Segen aus dem Ersten Testament: «Der Herr segne und behüte dich. Er lasse sein Angesicht leuchten über dir und sei dir gnädig. Der Herr hebe sein Angesicht über dich und gebe dir Frieden.» 3000 Jahre waren diese Worte alt, mindestens. Was sagten die über den Menschen? Sie sollten heute sein Morgengebet sein.

Er öffnete den Laptop, nutzte die Sekunden, die das Gerät zum Hochfahren brauchte, um sich auf sein Thema zu konzentrieren, klickte auf den Ordner »Homo biologicus», öffnete ein neues Dokument, begann zu schreiben:

Für den Kapitalismus ist es fundamental, dass das Symbol «Geld» als echter Wert, als Eigenwert aufgefasst wird. Ohne dieses Fundament gäbe es keinen Kapitalismus. Wie nun der Symbolwert «Geld» zum Eigenwert «Geld» wird, können wir an Pawlows Hunden verdeutlichen:

Pawlow hatte im Verlauf seiner mit dem Nobelpreis ausgezeichneten Experimente zum Zusammenhang von Speichelfluss und Verdauung beobachtet, dass bei Zwingerhunden schon die Schritte des Besitzers Speichelfluss auslösten, obwohl noch gar kein Futter in Sicht war. Er vermutete, dass das Geräusch der Schritte, dem regelmäßig die Fütterung folgte, für die Hunde mit Fressen verbunden war. Der vorher neutrale akustische Stimulus (Schrittgeräusch) werde im Organismus des Hundes mit dem Stimulus «Futter» in Verbindung gebracht. Um diese Hypothese zu prüfen, gestaltete er 1905 ein berühmtes Experiment: Auf die Darbietung von Futter, einem unbedingten Reiz, folgt Speichelfluss (unbedingte Reaktion), auf das Ertönen eines Glockentons (neutraler Reiz) nichts. Wenn aber der Glockenton wiederholt in engem zeitlichem Zusammenhang mit dem Anbieten von Futter erklingt, reagieren die Hunde schließlich auf den Ton allein mit Speichelfluss. Dieses Phänomen bezeichnete Pawlow als Konditionierung.

Das war aus dem Gedächtnis geschrieben. Obwohl Harald sich ziemlich sicher war, dass er alles wesentliche richtig wiedergegeben hatte, stand er auf, holte sein Notizbuch, setzte sich wieder, notierte: «Wikipedia. Pawlow checken», legte Büchlein und Beine auf den Tisch, nahm den Laptop auf den Schoß, begann seinen eigenen Gedanken zu formulieren:

Wenn wir uns nun einmal vergegenwärtigen, wie früh wir Menschen mit Geld in Kontakt kommen, ist es sehr naheliegend zu vermuten, dass uns hier dieselbe Konditionierung widerfährt wie Pawlows Hunden. Sobald ein Kind beobachtan kann, nimmt es Geld als etwas wahr, was mit seinem Wohlsein, seinem Wohlgefühl in Verbindung steht. Im Supermarkt lernt es, dass für Geld Kaugummi, Eis, andere Süßigkeiten, übrige Lebensmittel und Waren des täglichen Bedarfs zu haben sind. Sobald es anfängt, Gespräche der Erwachsenen aufzufangen, erfährt es, dass die sich oft um Geld drehen. Sobald es etwas eigenes Geld bekommt und dies ausgeben kann, verwendet ein Kind das Symbol dafür, dass ihm Gutes widerfährt; es kauft sich etwas, das sein Wohlbefinden erhöht. Lange bevor ein Kind selbst nachzudenken und kritische Fragen zu stellen beginnt, hat sich also das Symbol Geld mit der ungeheuer vielfachen Erfahrung, dass von Geld sein Wohlsein abhänge, verbunden. Je erwachsener er wird, versteht der Mensch zwar, dass dem allein keineswegs so ist. Aber dieses Verstehen ist eine späte Abstraktion. Das Gefühl für Geld als etwas unbedingt Gutem – von Gutem kann man natürlich nicht genug haben – ist viel älter und kann nicht mehr gelöscht werden. Auf diese Weise verselbständigt sich das Symbol Geld zu einem vermeintlichen Eigenwert.

Harald las den Abschnitt. Ja, der konnte so bleiben. Welche Konsequenzen hatte seine Beobachtung nun? Er dachte einen Augenblick nach, schrieb dann weiter:

Diese durch die Evolution entstandene Fähigkeit, Symbole mit Gefühlen zu verbinden, die es beim Menschen und vielen Tieren gleichermaßen gibt, führte für uns zu einer weiteren Evolution, einer wirtschaftlichen: Denken wir an eine Wirtschaftsweise, in der es nur Naturalien gibt. In einer solchen Naturalienwirtschaft lassen sich Gegenstände und Dienstleistungen zwar tauschen. Aber sie lassen sich nur sehr begrenzt verleihen. Ich kann einen Schinken verleihen und einen später zurückbekommen. Es ist aber sinnlos, einen Schinken zu verleihen und dafür später zwei zurückzubekommen. Denn der zweite Schinken verdirbt, ich kann ihn nicht mehr nutzen. In dem Augenblick, in welchem ich den Schinken gegen ein Symbol verleihen kann und dem Symbol Tauschwert zugemessen wird, sieht die Sache aber anders aus, denn ein Symbol verdirbt eben nicht. Und: Zins und Zinseszins werden endgültig einführbar, als Rückversicherung oder Belohnung dafür, dass ich das Risiko eingehe, mein Symbol, das in der 1:1-Wirtschaft immer noch Schinken bedeutet und als Nahrungsmittel lebensnotwendig ist, nicht zurück zu bekommen.

War das einleuchtend, das Beispiel mit dem Schinken brauchbar? Doch, das musste gehen. Jeder Leser würde verstehen, dass es um verderbliche Lebensmittel und Naturalien im Allgemeinen ging. Gut, weiter:

Etwas zu verleihen ist immer eine Wette auf die Zukunft. Ein durch Absprache zugesagter Zins ist die Vorwegnahme der Erträge zukünftiger Arbeit. Wer sich gegen Zins etwas leiht, muss deshalb mehr arbeiten. Wenn viele das tun, entsteht eine in der Summe materiell prosperierende Gesellschaft, weil in aller Regel mehr Arbeit zu mehr Ertrag führt.

Harald hielt schon wieder inne. Würde man ihm vorwerfen, dass er hier das Verteilungsproblem ausklammerte? Er zögerte einen Augenblick. Das war möglich, aber darum ging es jetzt ja gar nicht. Er schrieb weiter:

Da die Erträge nun aber in Symbolen, in Geld, repräsentiert werden, lassen sie sich horten und immer wieder verleihen: Dies ist der Befruchtungsaugenblick des Kindes, das später einmal «Kapitalismus» heißen wird. Kapital ist ja ursprünglich nichts anderes als die Ansammlung durch Geld symbolisierter Erträge bereits geleisteter Arbeit.

Wirtschaftswissenschaftler würden das sicher differenzierter sehen. Auch gut möglich, das es weitere Theorien zur Wirkung von Zins und Kapital gab. Aber die mussten das folgende ausschließen, um hier relevant zu sein; die Existenz einer solchen Theorie würde Harald sehr überraschen; was er hier dachte, erschien ihm einfach als zu folgerichtig:

Zins und Kapital werden so zum Motor einer immer schnelleren Entwicklung zu arbeitsteiligen, hochdifferenzierten Gesellschaften. Vor der Industrialisierung hielt sich diese Entwicklung gleichwohl innerhalb überschaubarer Grenzen. Mit der Industrialisierung hingegen übernahmen Maschinen die Arbeit, die früher von Menschen geleistet wurde; später auch Arbeit, die Menschen überhaupt nicht leisten können; beides in die menschliche Arbeitskraft vielfach multiplizierendem Maß. Da Arbeit aber immer, auch in ihrer maschinell multiplizierten Form, die Umsetzung von Naturressourcen in vom Menschen verwertbaren Ertrag ist, *führt das Zusammenspiel von Zins, Kapital und Maschine sowie dem **Gefühl für Geld als etwas Gutem** in einer begrenzten Welt unweigerlich in eine Überausbeutung der lebensnotwendigen Naturressourcen.*

Der letzte Satz war die erste wichtige Schlussfolgerung. Sollte er die Hervorhebung wieder rückgängig machen? Das konnte er später noch entscheiden. War der Satz vielleicht zu umständlich und lang formuliert? Egal, jetzt konnte er es nicht besser. Man darf von einem Leser auch erwarten, dass er einen Satz zweimal liest, wenn er wichtig, aber nicht sofort verständlich wirkt. Einfach das Lesetempo für einen Augenblick senken, das geht. Jetzt musste er noch die zweite Schlussfolgerung formulieren, wo Eiriks und seine eigenen Gedanken sich wieder trafen:

Auf diese Weise ist die globale Umweltkrise unserer Zeit ein zwingendes Resultat unserer Evolution, hervorgebracht durch drei Faktoren: 1. durch die Gefühle, die die Evolution die Gattung Homo sapiens für das Symbol Geld entwickeln lässt; 2. durch den Kampf ums Überleben in Form von Vorsorge, die die Gattung Homo sapiens an das Symbol Geld koppelt; 3. durch den Kampf um Attraktivität oder Status, welcher Vermehrung sichert und welche der Homo sapiens ebenfalls an das Symbol Geld knüpft. Was uns aber lange Zeit auch ein Segen war, wird uns jetzt, in unserer globalen, aber trotzdem begrenzten Welt zum Fluch. Glaube an Geld wird für uns endgültig zum Selbstbetrug.

So! Ging das so? Er las das Ganze bis hierhin noch einmal, blickte vom Laptop auf und gedankenverloren hinaus auf den Fjord. Doch, das wirkte doch gut lesbar und folgerichtig, oder? Jetzt musste das Ganze noch durch Beispiele illustriert werden. Eirik hatte für seine norwegischen Leser das folgende:

Wenn die norwegische Fischfarmindustrie behauptet, «Werte» zu produzieren, was für Werte sind das? In den Fischfarmen entsteht weniger Nahrung als die, welche zugeführt wird. Zusätzlich braucht es große Mengen Öl an Treibstoff für die Fischerei nach Futter, mit dem die Fische in den Farmen gefüttert werden. Netto verbraucht die Fischfarmindus-

trie mehr echte Werte als unter dem Strich herauskommen. Doch weil der Fischfarmer das Geld, das dabei herauskommt, als den eigentlichen Wert fühlt, geht dies immer so weiter.

Leicht verständlich, aber ein Beispiel aus deutscher wie internationaler Wirklichkeit konnte nicht schaden. Das betrifft einen dann mehr:

Wenn der Anbau von Mais zur Produktion von Biobrennstoffen so viel Ackerflächen verbraucht, dass die Nahrungsmittelproduktion darunter leidet, dass die Böden durch die einseitige Nutzung mineralarm werden, dass in den Monokulturen noch mehr Pestizide eingesetzt werden müssen, dass durch die Monokulturen Bienen nicht mehr genug Nahrung finden, sich dezimieren und so andere Pflanzen nicht mehr bestäubt werden, dann entsteht in der Summe eine viel schlechtere Ökobilanz als der Biotreibstoff herstellen kann. Doch weil das Geld, das dabei herauskommt, als der eigentliche Wert gefühlt wird, geht das so lange so weiter, bis es sich nicht mehr «lohnt»– in Geld gemessen natürlich..

Das dritte Beispiel kam wieder von Eirik, auch wenn es Haralds Worte waren und auch seine Gedanken hier einflossen. Aber die Hauptbeobachtung, dass nämlich Rentenversicherungen die Zukunft nicht sichern, sondern unsicher machen, die hatte Harald Eirik zu verdanken und war von enormer Bedeutung:

*Wenn wir eine Rentenversicherung abschließen, dann ist dies entgegen der landläufigen Meinung keine Sicherheit, sondern eine hochriskante Wette auf die Zukunft, deren Risiko wir um so mehr erhöhen, je mehr wir einzahlen. Denn wenn hunderte von Millionen Menschen das tun, hat das fatale Folgen: Rentenversicherungen legen unser Geld in Fonds an, die in Unternehmen anlegen, die Rendite erwarten lassen. Doch diese Rendite wird in **Geld** gemessen. Es kann zum Beispiel passieren, dass unser Geld in die norwegische Fischfarmindustrie oder in die Produktion von Biobrennstoffen fließt, denn diese Wirtschaftszweige machen satte Gewinne – in Geld. Aber die eigentlichen Ressourcen, die wir für die Zukunft brauchen, beuten sie aus. Nahrung der Zukunft muss nämlich in der Zukunft hergestellt werden, jetzt geht das nicht. Die Ressourcen des* *täglichen Lebens der Zukunft kann es nur in der Zukunft geben, nicht jetzt. Das Symbol Geld ist aber keine gespeicherte Ressource. Auch als Zins und Zinseszins bleibt es das, was es ist: Ein vermehrtes, gespeichertes Symbol, sonst nichts. Es ist also nur eine Frage der Zeit, wann die vereinten Rentenversicherer aller Länder zwar ihr zinseszinsverzinsten Symbole an hunderte von Millionen Versicherten auszahlen werden, aber dafür vor allem Nahrung, aber auch Kleidung und natürliche Baumaterialien wie Holz zum Beispiel immer weniger gekauft werden können. Denn die Ressourcen dafür werden mehr und mehr verbraucht sein, einzig und allein zum Zwecke der Symbolvermehrung. Das ist so zwingend logisch, wie es heute noch unvorstellbar ist. Denn weil das Symbol Geld, das bei alledem herauskommt, als der eigentliche Wert gefühlt wird und sich an Kapital, Maschinen, Zins und Zinseszins bindet, wird dies immer so weiter gehen.*

Ja, das diese Erkenntnis war ein wirklicher Hammer! Doch dessen nicht genug, Eirik hatte noch einen weiteren Hieb parat:

*Die Investitionen, die genau dorthin führen werden, sind übrigens minimal durch eine volksvertretende Demokratie gesteuert. Nicht Volksvertretungen, sondern nicht gewählte und vergleichsweise wenige Investoren setzen ungebeten, aber trotzdem stellvertretend für uns alle auf die wundersame Geldvermehrung. Mit Fug und Recht kann man annehmen, dass es sich dabei um die Menschen unter uns handelt, deren Gefühle am allermeisten an Geld gekoppelt sind. Sie investieren minimal in Nachhaltigkeit, verglichen mit den enormen Investitionen in Ölgewinnung und petrochemische Industrie, Mineralausbeutung, fossile oder nukleare Stromerzeugung, monokulturellen Ackerbau, industrielle Produktion von Nahrungsmitteln oder die Massenproduktion von industriellen Luxusgütern aller Art, vom Handy über den Kaffeevollautomat bis hin zum Auto. Doch: Dass so wenig in Nachhaltigkeit investiert wird, entspricht völlig evolutionärer Logik! <u>Wer maximales Glücksgefühl und maximale Attraktivität/Status (!) mit maximaler Rendite, also **Geld** verbindet, kann nicht warten.</u>*

Harald unterstrich den letzten Satz. War das denn nicht zwingend? Das war wie einem Gourmet mittags ein 5-Sterne-Gericht direkt vor die Nase zu setzen, ihm dann aber ersatzweise etwas Obst vorzuschlagen und ihn aufzufordern, dass er mit dem Genuss der Gourmet-Mahlzeit bis zum Abend warten solle. Die Begründung: Jetzt zu verzichten sei ja so viel gesünder, der Genuss am Abend um so viel höher. Jeder versteht sofort, dass das nur einem von hundert Gourmets gelingen würde.

*Die Erkenntnis, dass Geld **evolutionär angelegter Selbstbetrug** ist, und dass es unsere **evolvierten Gefühle** sind, die uns zu diesem Selbstbetrug verleiten, ist somit eine Voraussetzung dafür, für Demokratie, Produktion und Nachhaltigkeit nach anderen Lösungen zu suchen. Doch wie viel Zeit haben wir noch, um das Steuer herumzureißen? Vier Jahrzehnte oder drei? Zwei oder nur eins? Niemand weiß das. Wenn wir allerdings an die exponentielle Beschleunigung des Ressourcenrückgangs denken, die Kapital plus Zinseszins plus Industrialisierung plus Gefühle für das Symbol Geld in den letzten Jahrzehnten ausgelöst haben, tun wir gut daran, keinen Tag mehr zu verlieren!*

«Das ist noch milde formuliert. Allen, die noch 20 Jahre oder mehr zu leben haben, sollte himmelangst vor der Zukunft sein», dachte Harald, nachdem er den letzten Satz geschrieben hatte. Denn Eirik sprach hier von «Erkenntnis». Wenn er sich aber selber ernst nahm, dann musste es hier nicht «Erkenntnis», sondern «Gefühl» heißen: Das Gefühl dafür, das Geld evolvierter Selbstbetrug ist ... . Denn erst wenn Erkenntnis ins Gefühl umgesetzt wird, kann sie zu Handeln führen. Wie aber sollten sie es schaffen, diese Erkenntnis innerhalb von nur zwei, drei Jahrzehnten in Gefühle umzumünzen?

Harald hob den Kopf und blickte düster auf den jetzt völlig hellen Fjord. Da war kein Staunen mehr. Jetzt sah er nur noch kalte, gnadenlose Natur. Der aaronitische Segen war weg.

Anhang

1. Weiterführende Links und Hinweise

Homepage und Blog zu diesem Buch: www.weichensteller.com . Dort auch Link zum norwegischen Original «Det biologiske menneske» von Terje Bongard und Eivind Røskaft.

Für das letzte Kapitel des ersten Buches kombinierte der Autor diese beiden Extremwetterereignisse:
http://www.zdf.de/ZDFmediathek/beitrag/video/1882918/Unwetter-in-Berlin-Tegel#/beitrag/video/1882918/Unwetter-in-Berlin-Tegel
http://www.zdf.de/ZDFmediathek/beitrag/video/1882918/Unwetter-in-Berlin-Tegel#/beitrag/video/1883002/Hagel-aus-heiterem-Himmel

Link zur Meldung „Beispiellose Dürren" vom 25.10.2010, zitiert in Kapitel 3, drittes Buch: http://www.t-online.de/nachrichten/klimawandel/id_43210048/forscher-erwarten-beispiellose-duerren-auch-in-deutschland.html

Wer sich ein umfassendes Bild von den für die kommenden Jahrzehnte zu erwartenden Wetterveränderungen in Deutschland machen möchte, kann das hier:
http://www.klimafolgenonline.com/

Diese Seite informiert unzensiert auf Deutsch und Englisch über tägliche klimarelevante Nachrichten aus Politik und Wissenschaft:
http://www.climatiq.ch/

Zu Organisation und Aufgaben der BKA-Abteilung ST:
http://www.bka.de/nn_206354/DE/DasBKA/Organisation/ST/organisationST_node.html?__nn

Zu den «Nichtbehörden» GTAZ und GETZ:
http://de.wikipedia.org/wiki/Gemeinsames_Terrorismusabwehrzentrum
http://de.wikipedia.org/wiki/Gemeinsames_Extremismus-_und_Terrorismusabwehrzentrum
http://www.deutschlandradiokultur.de/nachrichtendienste-terrorabwehrzentrum-ohne-kontrolle.1008.de.html?dram

Bert Brechts «Fragen eines lesenden Arbeiters» zitiert nach:
http://www.sgipt.org/wisms/geswis/brecht.htm

Text zu **«Artenvielfalt statt Einheitsgrün»** (S. 188) fotografiert vor dem Daimler-Werk Sindelfingen am 26.02.2014

2. Norwegischer Originaltext der Zeitung Trondheimsposten vom 7. Juli 2014

Bykjent prest funnet død

Den bykjente tidligere katolske presten Harald Bøttker ble i helgen funnet død, nær sin hytte i Vanvikan. Ifølge politiet anses dødstilfellet som mistenkelig. Muligens ble Bøttker dyttet ned en bratt skråning rett ved hytten. En polititalskvinne sa, spor i lyngen 30 meter ovenfor stedet der Bøttker ble funnet, tydet på flere personer og et håndgemeng. Dessuten manglet muligens den bærbare datamaskinen til avdøde. Dette gikk fram av et vitneutsagn. Bøttker hadde for tre år siden utløst en skandale blant norske katolikker da han som katolsk prest krevde pave Benedikt XVI. sin avgang i denne avisen.

Inhaltsverzeichnis

Impressum..4
    Dank und Widmung des Herausgebers..5
Verzeichnis der häufigsten Abkürzungen...6

Erstes Buch: Steinschlag..7
    Nullpunkt: Donnerstag, 28. Juli 2016...8
    0.1 Bei Holdorf (Oldenburger Land)...9
    0.2 http://www.presseinfo.de/polizeipresse/.......................................15
    0.3 http://www.presseinfo.de/polizeipresse/.......................................17
    0.4 http://www.presseinfo.de/polizeipresse/.......................................19
    0.5 http://www.presseinfo.de/polizeipresse/.......................................21
    Kapitel 1: Montag, 1. August 2016...22
    1.1 Ab 09:03 Uhr:...23
    SWR, Funkhaus Stuttgart, Nachrichtenredaktion................................23
    1.2 Ab 09:27 Uhr:...36
    SWR, Funkhaus Stuttgart, Raum der Redaktionskonferenz................36
    A3 Frankfurt – Würzburg, Autobahnbrücke ST 2312...........................52
    1.5 Ab 10:55 Uhr:...58
    Gemeinsames Terrorismusabwehrzentrum (GTAZ), Berlin.................58
    Bundeskriminalamt, Meckenheim-Merl..68
    BKA Meckenheim-Merl, Konferenzraum B12......................................78
    1.8 Ab 16:50 Uhr:...93
    BKA Meckenheim-Merl, Büro Dr. Karl-Heinz Hoffkamp.....................93
    Bundeskanzleramt Berlin, Presseraum...98
    1.10 Ab 22:17 Uhr:...110
    Meckenheim, Hotel Birkenhof...110
    Kapitel 2: Dienstag, 2. August 2016..115
    2.1 Ab 03:15 Uhr:...116
    Wien, Dreihackengasse, 9. Bezirk...116
    2.2 Ab 15:00 Uhr:...121
    BKA Meckenheim-Merl, Großer Konferenzraum.................................121
    BKA Meckenheim-Merl, Großer Konferenzraum.................................132
    2.4 Ab 22:15 Uhr:...144
    Meckenheim, Hotel Birkenhof...144
    Kapitel 3: Mittwoch, 3. August 2016..153
    3.1 Ab 02:30 Uhr:...154
    Campingplatz Musetorp, Ostfriesland..154
    BKA Meckenheim-Merl, Büros Wegner/Dr. Hoffkamp.......................176
    3.4 Ab 08:51 Uhr:...188
    Daimler-Werk Sindelfingen, G 50, Erker II..188
    3.5 Ab 09:06 Uhr:...201
    BKA Meckenheim-Merl, Büros Schwartzer/Wegner...........................201
    3.6 Ab 09:07 Uhr:...209
    Daimler-Werk Sindelfingen, Parkhaus 307..209
    3.7 Ab 22:35 Uhr:...224
    Opernhaus Oslo, Bjørvika..224
    Kapitel 4: Donnerstag, 4. August 2016..230
    4.1 Ab 02:13 Uhr:...231
    Deutschland, fast irgendwo...231
    4.2 Ab 07:00 Uhr:...235
    Oslo, Hotel Opera – Internationaler Fährenkai...................................235
    4.3 Ab 08:57 Uhr:...250
    Deutschland, fast irgendwo...250
    4.4 Ab 09:15 Uhr:...256
    Internationaler Fährenkai Oslo – Stadtteil Nordre Aker, Blindern......256
    A14 Leipzig – Dresden, Nähe Mockritz..264
    4.6 16:30 Uhr:..270
    Bundeskanzleramt Berlin..270
    4.7 17:00 Uhr:..282
    Universitätsstadt Trondheim, Mittelnorwegen....................................282

Kapitel 5: Freitag, 5. August 2016 298
    5.1 Ab 00:07 Uhr: 299
    Nähe A8 München – Augsburg, bei Sulzemoos 299
    5.2 Ab 08:14 Uhr: 308
    Trondheim politikammer, Krimvakta 308
    5.3 11:37 Uhr: 317
    Deutschland, fast irgendwo 317
    Bundeshauptstadt Berlin 324
Ausblick 338

Zweites Buch: Homo sapiens 340
Kapitel 1 341
Mittwoch, 25. März 2013, Trondheim, Stadtteil Kuhaugen 341
Karfreitag 2013, Vanvikan, Gemeinde Lensvik, Nord-Trøndelag 344
Kapitel 3 354
April 2013, Trondheim und Umgebung 354
Kapitel 4 363
Womöglich Donnerstag, 15. Mai 2014 Frankfurt/Main, Gutleutviertel 363
Kapitel 5 371
Wohl Donnerstag, 22. Mai 2014, Frankfurt/Main, Gutleutviertel 371
Kapitel 6 380
Donnerstag, 17. September 2013, Trondheim, Stadtteil 380
Kuhaugen 380
Kapitel 7 390
Samstag, 19. September 2013, Kloster Utstein, ... 390
Südwestnorwegen 390
Kapitel 8 398
Samstag, 19. September 2013, Kloster Utstein, Kapitelsaal 398
Kapitel 9 408
Mitte Oktober 2013, Kloster Utstein, Zelle 9 408
Kapitel 10 421
Anfang Februar 2014, Utstein, Klosterbucht 421

Nachwort des Herausgebers zum ersten und zweiten **436**
... und Vorwort zum dritten Buch: Der Übersetzer 437
    Kapitel 1 443
    Samstag, 25. August 2012, Trondheim, Stadtteil Persaune 443
    Kapitel 2 460
    Samstag, 1. September 2012, Trondheim, Stadtteil Kuhaugen 460
    Kapitel 3 471
    Mitte September 2012, Trondheim, Stadtteil Kuhaugen 471
        Forscher erwarten "beispiellose Dürren" - auch Deutschland ist betroffen - 25.10.2010,
        08:20 Uhr 471
        Das Handicap-Prinzip 480
    Kapitel 4 485
    Mittwoch, 3. Oktober 2012, E6 Trondheim – Lufthavn Værnes 485
    Kapitel 5 492
    Samstag, 18. Oktober 2012, Trondheim, Stadtteil Bakklandet 492
    Kapitel 6 503
    Samstag, 3. November 2012, Vanvikan, Gemeinde Lensvik, ... 503
    Nord-Trøndelag 503
    Kapitel 7 514
    Sonntag, 4. November 2012, Vanvikan, Gemeinde Lensvik 514

Anhang 524
1. Weiterführende Links 525
2. Norwegischer Originaltext der Zeitung Trondheimsposten vom 7. Juli 2014 526